LONGE DA MULTIDÃO

Título original: *Far from the Madding Crowd*
Copyright da tradução © Editora Lafonte Ltda., 2024

Todos os direitos reservados.
Nenhuma parte deste livro pode ser reproduzida sob quaisquer
meios existentes sem autorização por escrito dos editores.

Direção Editorial *Ethel Santaella*
Revisão *Rita Del Monaco*
Diagramação e capa *Marcos Sousa*
Imagem de Capa *Shutterstock.com*

Dados Internacionais de Catalogação na Publicação (CIP)
(eDOC BRASIL, Belo Horizonte/MG)

H268l

Hardy, Thomas, 1840-1928.
 Longe da multidão / Thomas Hardy; tradução Débora Ginza. –
São Paulo, SP: Lafonte, 2024.
 480 p. : 13,5 x 20,5 cm

 Título original: Far from the Madding Crowd
 ISBN 978-65-5870-568-0 (Capa A)
 ISBN 978-65-5870-573-4 (Capa B)

 1. Ficção inglesa. 2. Literatura inglesa – Romance. I. Ginza,
Débora. II. Título.
 CDD 823

Elaborado por Maurício Amormino Júnior – CRB6/2422

Editora Lafonte

Av. Profª Ida Kolb, 551, Casa Verde, CEP 02518-000, São Paulo-SP, Brasil
Tel.: (+55) 11 3855-2100, CEP 02518-000, São Paulo-SP, Brasil
Atendimento ao leitor (+55) 11 3855-2216 / 11 – 3855-2213 – *atendimento@editoralafonte.com.br*
Venda de livros avulsos (+55) 11 3855-2216 – *vendas@editoralafonte.com.br*
Venda de livros no atacado (+55) 11 3855-2275 – *atacado@escala.com.br*

THOMAS HARDY

LONGE DA MULTIDÃO

Tradução
Débora Ginza

Lafonte

2024 • Brasil

ÍNDICE

PREFÁCIO 7

Capítulo I. Descrição do fazendeiro Oak – Um Incidente 11

Capítulo II. A noite – O rebanho – Um interior – Outro interior 17

Capítulo III. Uma jovem a cavalo – Conversa 26

Capítulo IV. A decisão de Gabriel – A visita – O erro 35

Capítulo V. A partida de Bathsheba – Uma tragédia pastoril 46

Capítulo VI. A feira – A viagem – O incêndio 52

Capítulo VII. Reconhecimento – Uma garota tímida 64

Capítulo VIII. A cervejaria – A conversa – As notícias 69

Capítulo IX. A propriedade – Um visitante – Desconfianças 90

Capítulo X. A patroa e os homens 98

Capítulo XI. Fora do quartel – Neve – Um encontro 106

Capítulo XII. Fazendeiros – Uma regra – Uma exceção 112

Capítulo XIII. As Santas Escrituras – O pretendente 118

Capítulo XIV. O efeito da carta – O nascer do Sol 123

Capítulo XV. Um encontro pela manhã – A carta novamente 128

Capítulo XVI. Todos os santos e todas as almas 141

Capítulo XVII. No mercado 145

Capítulo XVIII. Reflexões de Boldwood – Arrependimento 148

Capítulo XIX. O banho das ovelhas – A oferta 153

Capítulo XX. Perplexidade – Amolando as tosquiadeiras –
Uma disputa 160

Capítulo XXI. Problemas no curral – Uma mensagem 167

Capítulo XXII. O grande celeiro e os tosquiadores de ovelhas 175

Capítulo XXIII. Entardecer – Uma segunda declaração 187

Capítulo XXIV. Na mesma noite – A plantação de abetos 195

Capítulo XXV. A descrição do novo conhecido 203

Capítulo XXVI. Cena à beira do campo de feno 207

Capítulo XXVII. Reunindo as abelhas 218

Capítulo XXVIII. O espaço entre as samambaias..................222

Capítulo XXIX. Detalhes de um passeio ao escurecer..................228

Capítulo XXX. Rosto quente e olhos cheios de lágrimas..................237

Capítulo XXXI. Culpa – Fúria..................243

Capítulo XXXII. Noite – Passos de cavalo..................253

Capítulo XXXIII. Sob o sol – Um presságio..................263

Capítulo XXXIV. Novamente em casa – Um vigarista..................272

Capítulo XXXV. Em uma janela no andar de cima..................284

Capítulo XXXVI. Riqueza em perigo – A festa..................289

Capítulo XXXVII. A tempestade – Os dois juntos..................299

Capítulo XXXVIII. Chuva – Um solitário encontra o outro..................307

Capítulo XXXIX. Voltando para casa – Um grito..................312

Capítulo XL. Na estrada de Casterbridge..................317

Capítulo XLI. Suspeita – Fanny é trazida..................325

Capítulo XLII. Joseph e sua obrigação – Buck's Head..................337

Capítulo XLIII. A revanche de Fanny..................350

Capítulo XLIV. Debaixo de uma árvore – Reação..................362

Capítulo XLV. O romantismo de Troy..................370

Capítulo XLVI. A gárgula: suas ações..................375

Capítulo XLVII. Aventuras à beira-mar..................384

Capítulo XLVIII. Dúvidas surgem – Dúvidas permanecem..................388

Capítulo XLIX. O avanço de Oak – Uma grande esperança..................394

Capítulo L. A feira de ovelhas – Troy toca na mão de sua esposa..................401

Capítulo LI. Bathsheba conversa com o cavaleiro que a escolta..................417

Capítulo LII. Caminhos convergentes..................427

Capítulo LIII. Concurritur – Hora e momento
(Vivendo cada minuto)..................439

Capítulo LIV. Depois do choque..................452

Capítulo LV. Depois de março – "Bathsheba Boldwood"..................457

Capítulo LVI. A bela na solidão – Finalmente..................462

Capítulo LVII. Uma manhã e uma noite de névoa – Conclusão..................473

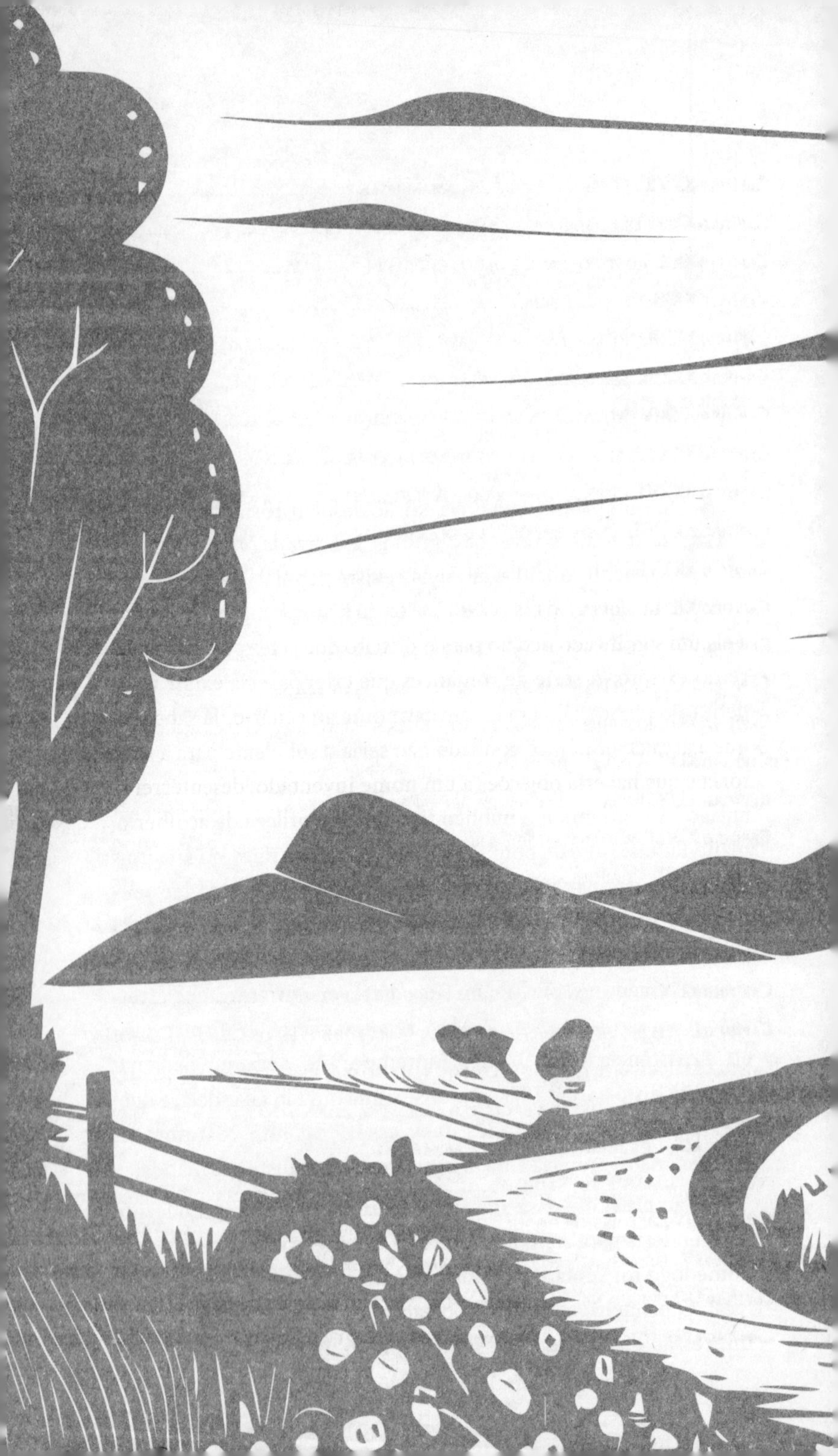

PREFÁCIO

Ao reimprimir uma nova edição desta história, lembro-me de que, ao escrever os capítulos de *Longe da Multidão*, mensalmente editados em uma revista popular, me aventurei a adotar a palavra "Wessex", do início da história inglesa, e de dar a ela um significado fictício para o distrito que já fez parte daquele reino extinto. A série de romances que criei parecia exigir uma definição territorial para trazer harmonia ao cenário. Já sabendo que a área de um único condado não seria o suficiente para a história e que haveria objeções a um nome inventado, desenterrei o antigo. A imprensa e o público tiveram a gentileza de acolher o plano fantasioso e de bom grado juntaram-se a mim no anacronismo de imaginar uma população de Wessex vivendo sob o reinado da rainha Vitória. Uma Wessex moderna de ferrovias, correios, máquinas de cortar e colher, sindicatos, caixas de fósforos, trabalhadores que sabiam ler e escrever e crianças que estudavam em escolas nacionais. Mas creio estar certo ao afirmar que, até a existência dessa Wessex contemporânea ser anunciada na presente história, em 1874, nunca se tinha ouvido falar dela, e que a expressão "um camponês de Wessex" ou "um costume de Wessex" não se referia a nada posterior à conquista normanda.

Não previ que essa aplicação da palavra a um uso moderno se estenderia para além dos capítulos dos meus romances. Mas o nome logo foi adotado em outros lugares como uma designação local. O primeiro a fazê-lo foi o agora extinto *Examiner*, que, na impressão datada de 15 de julho de 1876, intitulou um de seus artigos como "*O Trabalhador de Wessex*" e apresentou um artigo que não era uma dissertação sobre a agricultura durante a Heptarquia, mas sobre o camponês moderno dos condados do sudoeste e a apresentação dele nessas histórias.

Desde então, a denominação que pensei estar reservada aos horizontes e paisagens de uma terra de sonho meramente realística tornou-se cada vez mais popular como definição prática; e a terra dos sonhos solidificou-se, gradualmente, em uma região útil para onde as pessoas podiam ir, comprar uma casa e de onde podiam escrever para os jornais. Mas peço a todos os bons e gentis leitores que, por favor, esqueçam isso e se recusem firmemente a acreditar que existiu algum habitante de uma Wessex vitoriana fora das páginas deste e de outros volumes complementares onde foram mencionados pela primeira vez.

Além disso, o vilarejo chamado Weatherbury, onde se passaram quase todas as cenas desta história, talvez fosse dificilmente identificado por algum explorador hoje em dia, sem nenhuma ajuda; embora na época, comparativamente recente, em que o conto foi escrito, houvesse uma realidade suficiente para identificar as descrições, tanto de pano de fundo quanto de personagens, com bastante facilidade. A igreja permanece, por sorte, não restaurada e intacta, assim como algumas das casas antigas; mas a antiga cervejaria, outrora tão característica do local, foi demolida há uns vinte anos, e também a maioria dos chalés com telhados de palha e sótãos onde muitos já haviam morado. O jogo do prisioneiro, que até pouco tempo parecia ser de uma vitalidade perene, pode, até onde posso dizer, ser totalmente desconhecido pela crescente geração de estudantes locais. A prática da consagração de acordo com a Bíblia e com as leis, a consideração da comemoração do dia dos namorados como algo de grande importância, a celebração da santa ceia e das colheitas, também quase desapareceram, assim como as casas antigas. E, assim como todas essas coisas, dizem que também se fora aquele amor pelas reuniões alegres ao qual o vilarejo era notoriamente propenso. A mudança na origem disso era a recente substituição da classe dos trabalhadores rurais fixos, que davam continuidade às tradições e brincadeiras locais, por uma população de trabalhadores mais ou menos migratórios, o que levou a uma interrupção na continuidade da história local, mais fatal do que qualquer outra coisa para a preservação da lenda, do folclore, das estreitas relações intersociais e das individualidades excêntricas. Para isso, as condições indispensáveis de existência são o apego ao solo de um determinado local, geração após geração.

T. H.
Fevereiro de 1895.

CAPÍTULO I

DESCRIÇÃO DO FAZENDEIRO OAK - UM INCIDENTE

Quando o fazendeiro Oak sorria, os cantos de sua boca se espalhavam de orelha a orelha, seus olhos se reduziam a fendas, e rugas apareciam ao redor deles, estendendo-se sobre seu rosto como desenhos rudimentares de raios do nascer do sol.

Seu nome de batismo era Gabriel, e nos dias de trabalho ele era um jovem de bom senso, movimentos calmos, vestimenta adequada e bom caráter. Aos domingos, era um homem de ideias vagas, bastante dado a procrastinar e atrapalhado por suas melhores roupas e seu guarda-chuva: no geral, sentia que deveria ocupar moralmente aquele vasto espaço intermediário de discrição que existia entre o povo da comunhão da paróquia e a multidão de bêbados, ou seja, ele ia à igreja, mas bocejava em particular quando a congregação estava na parte do credo niceno, e pensava no que haveria para o jantar quando deveria estar ouvindo o sermão. Ou, para afirmar o seu caráter tal como se apresentava para a opinião pública, quando seus amigos e críticos tinham acessos de raiva, ele era considerado um homem bastante mau; quando estavam satisfeitos, era um homem bom; quando não estavam nem de um jeito nem do outro, ele era um homem cuja moral tinha a mesma cor da mistura de pimenta e sal.

Considerando que Oak vestia suas roupas velhas para o trabalho, seis dias na semana, em comparação à sua roupa de domingo, essa era a aparência peculiar que seus vizinhos tinham em mente e já estavam acostumados. Ele usava um chapéu de feltro de copa baixa, mais apertado na base da cabeça para proteção contra ventos fortes, e um casaco como o do dr. Johnson. Suas pernas ficavam envoltas em perneiras de couro comuns e botas enfaticamente grandes, proporcionando a cada pé, espaço suficiente para que pudesse ficar em um rio o dia todo sem sentir uma só gota de umidade. O fabricante de botas era um homem zeloso que se esforçava para compensar qualquer fraqueza em seu corte com dimensão e solidez ilimitadas.

O sr. Oak carregava consigo um pequeno relógio de prata. Em outras palavras, era um grande relógio quanto à forma e intenção, e pequeno quanto ao tamanho. Esse instrumento, sendo vários anos mais velho que o avô de Oak, tinha a particularidade de ir rápido demais ou não funcionar. O ponteiro menor também ocasionalmente escapava do pivô e, assim, embora os minutos fossem contados com precisão, ninguém conseguia ter certeza da hora a que pertenciam. Oak resolvia a peculiaridade de seu relógio parado com pancadas e chacoalhadas, e escapava de quaisquer consequências desastrosas de outros defeitos por meio de constantes deduções, observações do sol e das estrelas e pressionando o rosto contra o vidro das janelas de seus vizinhos, até que pudesse discernir a hora marcada pelos ponteiros do visor verde dentro da casa. Pode-se mencionar que a corrente do relógio de Oak era de difícil acesso, devido à sua posição um tanto alta no cós das calças (que também ficava a uma altura remota sob o colete). Para pegar o relógio ele tinha de jogar o corpo para o lado, comprimindo a boca e o rosto, devido ao esforço, e puxar o relógio pela corrente, como se faz quando se retira um balde de um poço.

Mas algumas pessoas atentas, que o viram caminhando por um de seus campos numa certa manhã de dezembro, ensolarada e extremamente agradável, poderiam ter considerado Gabriel Oak em outros aspectos além desses. Em seu rosto podia-se notar que muitos dos tons e curvas da juventude haviam permanecido até a idade adulta. Ainda restavam alguns traços de menino em suas rugas mais remotas. Sua altura e largura teriam sido suficientes para tornar sua presença imponente, se tivessem sido exibidas com a devida consideração. Mas há um costume que alguns homens têm, tanto os rurais como os urbanos, no qual o intelecto é mais importante do que a carne e os músculos. É o costume de reduzir suas dimensões pela maneira de mostrá-las. Ele era de uma modéstia silenciosa, que poderia ser considerada até pura, e achava que não tinha grande direito sobre o espaço no mundo. Oak caminhava despretensiosamente e um pouco curvado, embora tivesse o andar muito distinto, apesar dos ombros caídos. Isso poderia ser considerado um defeito para um indivíduo que desse importância maior à sua aparência do que à sua capacidade de se vestir bem, o que não acontecia com Oak.

Acabara de chegar a um ponto da vida em que "jovem" deixa de ser o prefixo de "homem" quando se fala de um. Estava no período mais brilhante do crescimento masculino, quando seu intelecto e suas emoções ficavam claramente separados. Havia passado o tempo durante o qual a influência da juventude os mistura indiscriminadamente para formar um caráter baseado no impulso, e ainda não havia chegado ao estágio em que eles se unem novamente, em caráter de preconceito, pela influência da esposa e da família. Resumindo, tinha 28 anos e era solteiro.

O campo onde ele estava nesta manhã estendia-se até uma encosta chamada Norcombe Hill. Na parte mais elevada passava a estrada entre Emminster e Chalk-Newton. Olhando casualmente por cima da cerca viva, Oak viu descendo a encosta à sua frente uma carroça toda ornamentada, pintada de amarelo e alegremente enfeitada, puxada por dois cavalos, um carroceiro caminhando ao lado segurando um chicote em perpendicular. A carroça estava carregada de utensílios domésticos e plantas para janelas, e na parte de cima estava sentada uma mulher jovem e atraente. Gabriel não tinha visto a cena por mais de meio minuto, quando o veículo parou bem diante de seus olhos.

– A tampa traseira da carroça caiu, senhorita – disse o carroceiro.

– Eu ouvi cair – disse a moça, com voz suave, embora não particularmente baixa. – Ouvi um barulho que não consegui identificar quando estávamos subindo a colina.

– Vou voltar correndo para pegar.

– Pode ir – ela respondeu.

Os cavalos obedientes permaneceram imóveis, e os passos do carroceiro foram ficando cada vez mais fracos a distância.

A jovem no topo da carga estava sentada imóvel, cercada por mesas e cadeiras, com as pernas viradas para cima, encostada em um baú de carvalho ornamentado à sua frente por vasos de gerânios, murtas e cactos, com um canário dentro de uma gaiola... todos provavelmente estavam nas janelas da casa que havia acabado de ser desocupada. Havia também uma gata dentro de uma cesta com a tampa entreaberta, de onde ela olhava com os olhos semicerrados e observava carinhosamente os passarinhos ao redor.

A bela moça esperou algum tempo preguiçosamente em seu lugar, e o único som ouvido naquele silêncio era o pulo do canário para cima e para baixo nos poleiros de sua prisão. Então ela olhou atentamente para baixo. Não foi para o pássaro, nem para a gata, foi para um pacote retangular amarrado em papel e colocado entre eles. Virou a cabeça para ver se o carroceiro estava vindo. Ele ainda não estava à vista, e seus olhos voltaram-se para o pacote, seus pensamentos pareciam se concentrar no que havia dentro dele. Por fim, colocou o objeto em seu colo e o desembrulhou. Um pequeno espelho móvel urgiu, e ela começou a observar-se atentamente, abrindo os lábios com um belo sorriso.

Era uma linda manhã, e o sol iluminava com um brilho escarlate a jaqueta carmesim que ela usava, jogando um brilho suave em seu rosto claro e nos cabelos escuros. As murtas, os gerânios e os cactos amontoados ao seu redor eram frescos e verdes e, numa estação tão seca, proporcionavam aos cavalos, à carroça, aos móveis e à jovem um encanto primaveril peculiar. O que a levava a apreciar a visão de pardais, melros e de um fazendeiro despercebido, que eram os únicos espectadores... ninguém sabe se aquele sorriso tinha começado como um sorriso artificial, para testar sua capacidade nessa arte, mas terminou certamente com um sorriso verdadeiro. Ela corou ao admirar a si mesma e, ao ver seu reflexo corar, corou ainda mais.

A mudança do local habitual e a ocasião necessária de tal ato... da hora de vestir-se no quarto até o momento de viajar para longe... proporcionou ao ato inútil uma novidade que ele não possuía intrinsecamente. A imagem era delicada. A fragilidade feminina consagrada espreitava à luz do sol, enchendo-a de frescor e originalidade. Uma conclusão cética era irresistível por parte de Gabriel Oak enquanto ele observava a cena, por mais generoso que tivesse sido. Ela realmente não precisava olhar-se no espelho. Não ajeitou o chapéu, não arrumou o cabelo, não ajeitou nenhum cacho, nem fez nada que indicasse o motivo pelo qual havia pegado o espelho. Simplesmente se observava como um belo produto da natureza na espécie feminina, seus pensamentos pareciam deslizar por dramas distantes, embora prováveis, nos quais os homens desempenhariam um papel... visões de conquistas prováveis... e os sorrisos sugeriam que os corações poderiam ser perdidos ou encontrados. Ainda assim, tudo era apenas conjectura, e todas as ações foram realizadas de forma tão preguiçosa, que era precipitado afirmar que a jovem tivesse alguma intenção em fazê-las.

Ouviram-se os passos do carroceiro retornando. Ela colocou o espelho no pacote e tudo de novo em seu devido lugar.

Quando a carroça passou, Gabriel saiu do seu ponto de espionagem e, descendo a estrada, seguiu o veículo até a passagem para a rodovia, um pouco além do sopé da colina, onde o objeto de sua contemplação agora estava parado para o pagamento de pedágio. Ainda restavam cerca de vinte passos entre ele e a passagem, quando ouviu uma discussão. Havia uma diferença de 2 centavos sendo discutida entre as pessoas da carroça e o cobrador no pedágio.

– A sobrinha da patroa está lá na parte de cima, com todas as coisas, e diz que eu já estou pagando o suficiente e que não vai pagar mais – Essas foram as palavras do carroceiro.

– Muito bem. Então diga à sobrinha de sua patroa que vocês não podem passar – disse o cobrador, fechando o portão.

Oak olhou para os dois lados da disputa e não acreditou no que estava ouvindo. Dois centavos era algo notavelmente insignificante. Três centavos tinham um valor definido como dinheiro... poderia até ser considerado uma violação apreciável do salário de um dia e, como tal, questão de pechinchar; mas 2 centavos eram outra história.

– Aqui está – disse ele, dando um passo à frente e entregando 2 centavos ao cobrador – Deixe a jovem passar.

Ao ouvir as palavras dele, ela imediatamente olhou para baixo.

As feições de Gabriel aderiam em toda a sua forma exatamente à linha intermediária entre a beleza de São João e a feiura de Judas Iscariotes, conforme representada em uma janela da igreja que ele frequentava, que nem um único traço poderia ser selecionado e considerado digno deles, nem por distinção nem por notoriedade. A moça do casaco vermelho e cabelos escuros também parecia pensar a mesma coisa, pois olhou descuidadamente para ele e disse ao carroceiro para seguir em frente. Ela deveria ter agradecido a Gabriel no minuto seguinte, mas não o fez. Provavelmente não sentiu nada, pois, ao ganhar uma passagem, nem mesmo olhou para ele, e todos sabemos como as mulheres recebem um favor desse tipo.

O cobrador examinou o veículo que foi passando e comentou:
– É uma jovem muito bonita – disse ele a Oak.

– Mas tem seus defeitos – respondeu Gabriel.

– Verdade, fazendeiro.

– E o maior deles é... bem, o de sempre.

– Maltratar as pessoas? Sim, é verdade.

– Ah, não, esse não.

– Qual é, então?

Gabriel, talvez um pouco irritado com a indiferença da atraente viajante, olhou para trás, para onde havia testemunhado a atuação dela sobre a cerca viva, e disse:

– Vaidade.

CAPÍTULO II

A NOITE - O REBANHO -
UM INTERIOR - OUTRO INTERIOR

Era quase meia-noite da véspera do dia de São Tomás, o mais curto do ano. Um vento desolador soprava do norte sobre a colina onde Oak observara a carroça amarela e sua ocupante sob o sol de alguns dias antes.

Norcombe Hill... não muito longe da solitária Toller-Down... era um dos locais que sugerem ao viajante que ele está na presença de uma forma que se aproxima do indestrutível, o mais perto que se pode encontrar na terra. Era uma convexidade inexpressiva de calcário e solo... um tipo comum daquelas protuberâncias suavemente delineadas no globo que podem permanecer intactas em um dia de grande confusão, quando granitos muitos maiores e desorientados desabam.

A colina era coberta em seu lado norte por uma antiga e decadente plantação de faias, cuja borda superior formava uma linha acima do cume, enfeitando sua curvatura contra o céu, como uma juba. Durante a noite, essas árvores protegiam a encosta sul das rajadas mais fortes, que atingiam a floresta e passavam por ela produzindo um som semelhante ao de um murmúrio, ou corriam sobre os ramos mais altos como um gemido mais fraco. As folhas secas na vala agitavam-se nas mesmas brisas, uma língua de ar ocasionalmente desentocava algumas e as fazia girar pela grama. Um ou dois grupos, das que restavam entre a multidão de folhas mortas, permaneciam até meados do inverno nos galhos que as sustentavam e, ao caírem, chocavam-se contra os troncos com pancadas estridentes.

Entre essa colina quase nua, semiarborizada, e o horizonte vago e imóvel que seu cume dominava indistintamente, havia uma camada misteriosa de sombra impenetrável, cujos sons sugeriam que o que ela escondia tinha alguma semelhança reduzida com as características dali. A grama fina, que cobria parte da colina, era tocada pelo vento com brisas de diferentes intensidades e naturezas diversas... uma esfregava as folhas com força, outra as escovava com violência, e outra as varria como uma vassoura macia. O ato instintivo da humanidade era ficar em pé e ouvir, aprendendo como as árvores à direita e as árvores à esquerda lamentavam ou cantavam entre si as antífonas regulares do coro de uma catedral; como as cercas-vivas e outras formas captavam a melodia, reduzindo-a ao mais suave soluço, e como a rajada acelerada rumava para o sul, para não ser mais ouvida.

O céu estava claro... extraordinariamente claro... e o brilho de todas as estrelas parecia ser apenas um corpo, marcado por um pulso comum. A Estrela do Norte estava diretamente no olho do vento, e desde o anoitecer a Ursa girava em torno dela em direção ao leste, até que agora estava em ângulo reto com o meridiano. Uma diferença de cor nas estrelas... mais lida do que vista na Inglaterra... era realmente perceptível aqui. A iluminação soberana de Sirius penetrava nos olhos com um brilho metálico, a estrela chamada Capella era amarela, Aldebarã e Betelgeuse brilhavam com um vermelho ardente.

Para as pessoas que ficam sozinhas em uma colina em uma noite clara como essa, a rotação da terra para o leste é quase palpável. A sensação pode ser causada pelo deslizamento panorâmico das estrelas sobre objetos terrestres, que é perceptível em poucos minutos de quietude, pela melhor visão do espaço que uma colina oferece, pelo vento ou pela solidão; mas seja qual for a sua origem, a impressão do movimento é vívida e duradoura. A poesia do movimento é uma expressão muito usada, e para desfrutar da forma épica dessa gratificação é necessário ficar em pé em uma colina na madrugada e, depois de expandir-se com um senso de diferença da massa da humanidade civilizada, que está envolta em sonhos e desconsidera todos esses processos nesse momento, observar longa e silenciosamente seu progresso majestoso através das estrelas. Depois de tamanha exploração noturna, é difícil voltar à terra e acreditar que a consciência de uma velocidade tão majestosa deriva de uma minúscula estrutura humana.

De repente, uma série inesperada de sons começou a ser ouvida nesse lugar contra o céu. Esses sons tinham uma clareza que não se encontrava em parte alguma do vento, e uma sequência que não se encontrava em parte alguma da natureza. Eram as notas da flauta do fazendeiro Oak.

A melodia não flutuava livremente ao ar livre, parecia abafada de alguma forma e tinha potência muito reduzida para espalhar-se. Vinha da direção de um objeto pequeno e escuro sob a cerca-viva no meio da plantação... a cabana de um pastor... apresentando agora um contorno com o qual uma pessoa mal-informada ficaria intrigada ao atribuir significado ou alguma utilidade.

A imagem era a de uma pequena Arca de Noé sobre um pequeno monte Ararat, seguindo os contornos tradicionais e a forma geral da Arca que são seguidos pelos fabricantes de brinquedos, e estabelecidos na imaginação dos homens, para criar um padrão aproximado. A cabana ficava sobre pequenas rodas, que elevavam o piso cerca de trinta centímetros do chão. Essas cabanas de pastores são arrastadas para os campos quando chega a época de nascimento das ovelhas, para abrigar o pastor em sua assistência noturna forçada.

Fazia pouco tempo que as pessoas começaram a chamar Gabriel de "fazendeiro" Oak. Durante os doze meses anteriores a essa época, graças aos esforços assistidos de alguns negociantes do ramo e bondosos espíritos, ele conseguiu arrendar a pequena fazenda de ovelhas da qual Norcombe Hill fazia parte e formou um rebanho de duzentas ovelhas. Anteriormente ele havia sido administrador de propriedades por um curto período, e antes disso tinha sido apenas um pastor, tendo, desde a infância, ajudado o pai a cuidar dos rebanhos dos grandes proprietários, até que o velho Gabriel falecesse.

Esse empreendimento, sem ajuda e solitário, nos caminhos da agricultura como mestre e não como homem, com um adiantamento de ovelhas que ainda não havia sido pago, foi um momento crítico para Gabriel Oak, e ele reconhecia claramente a sua posição. O primeiro movimento em seu novo progresso foi a cria de ovelhas, e como as ovelhas eram sua especialidade desde sua juventude, ele sabiamente se absteve de delegar a tarefa de cuidar delas nesse momento a um interesseiro ou aprendiz.

O vento continuava a soprar nos cantos da cabana, mas a flauta parou de tocar. Um espaço retangular de luz aparecia na lateral da cabana, e na abertura era possível ver o contorno da imagem do fazendeiro Oak. Ele carregava uma lanterna na mão e, fechando a porta atrás de si, aproximou-se e ocupou-se com o canto do campo por quase vinte minutos, a luz da lanterna aparecia e desaparecia aqui e ali, iluminando-o ou encobrindo-o quando permanecia em pé na frente ou atrás dela.

Os movimentos de Oak, embora tivessem uma energia silenciosa, eram lentos, e sua deliberação combinava bem com sua ocupação. Como sua boa forma física era a base da beleza, ninguém poderia negar que seus movimentos e giros constantes dentro e fora do rebanho tinham elementos de graça. No entanto, embora, se a ocasião exigisse, pudesse fazer ou pensar algo com um ímpeto tão inconstante quanto os homens das cidades que nasceram dessa forma, seu poder especial moral, física e mentalmente, era estático, tendo pouco ou nada de impulso como regra.

Um exame minucioso do terreno por aqui, mesmo sob a luz fraca das estrelas, revelava como uma parte do que teria sido casualmente chamado de encosta selvagem era apropriada para o grande propósito do fazendeiro Oak nesse inverno. Cercas isoladas cobertas de palha ficavam fincadas no chão em vários pontos dispersos, no meio e embaixo das quais as figuras esbranquiçadas das dóceis ovelhas se moviam e baliam. O toque do guizo das ovelhas, que estava silencioso durante a ausência dele, recomeçou, em tons mais suaves do que claros, devido à quantidade de lã em volta. Isso continuou até que Oak se retirou novamente do rebanho. Voltou para a cabana, trazendo nos braços um cordeiro recém-nascido, com quatro patas grandes o suficiente para uma ovelha adulta, unidas por uma membrana aparentemente sem importância cobrindo metade das pernas que, naquele momento, constituíam quase todo o corpo do animal.

Colocou o pequeno grão de vida sobre um punhado de feno diante do minúsculo fogão, onde fervia uma lata de leite. Oak assoprou a lanterna para apagá-la, depois apertou o pavio, e então o lugar ficou iluminado por uma vela suspensa em um arame retorcido. Um sofá bastante duro, formado por alguns sacos de milho jogados descuidadamente no chão, cobria metade do chão dessa pequena habitação, e aqui o jovem se esticou, afrouxou o cachecol de lã e fechou os olhos. Digamos que no mesmo tempo que uma pessoa não acostumada ao trabalho braçal teria levado para decidir de que lado se deitaria, o fazendeiro Oak já estava dormindo.

O interior da cabana, como se apresentava agora, era aconchegante e atraente, e a parte escarlate do fogo, junto da vela, refletia sua cor genial sobre tudo o que atingia e lançava sensações de alegria, até mesmo sobre utensílios e ferramentas. No canto ficava o cajado de ovelhas, e ao longo de uma prateleira de um lado havia frascos e latas de preparações simples relativas à cirurgia e medicamentos de ovinos; soluções alcoólicas de vinho, terebintina, alcatrão, magnésia, gengibre e óleo de rícino eram os principais. Em uma prateleira triangular, no canto, havia pão, bacon, queijo e uma xícara de cerveja ou cidra que era servida com uma jarra que ficava logo embaixo. Ao lado das provisões estava a flauta, cujas notas haviam sido recentemente tocadas pelo observador solitário para distração em hora tediosa. A casa era ventilada por dois furos redondos, como as luzes da cabine de um navio, com corrediças de madeira.

O cordeiro, reanimado pelo calor, começou a balir, e o som entrou nos ouvidos e no cérebro de Gabriel com um significado instantâneo, como acontece com os sons esperados. Passando do sono mais profundo para a vigília mais alerta com a mesma facilidade que acompanhou a operação reversa, ele olhou para o relógio, descobriu que o ponteiro das horas havia mudado novamente, colocou o chapéu, pegou o cordeiro nos braços e levou-o para a escuridão. Depois de colocar a criaturinha com sua mãe, levantou-se e examinou cuidadosamente o céu, para determinar a hora da noite pelas estrelas.

As estrelas Cão Maior e Aldebarã, apontadas para as inquietas Plêiades, estavam no meio caminho do céu, ao sul, e entre elas havia Órion, cuja linda constelação nunca brilhara tão vividamente como agora, enquanto se elevava acima da borda da paisagem. Castor e Pólux, com seu brilho tranquilo, estavam quase no meridiano: o Quadrado de Pégaso, inóspito e sombrio, se arrastava para noroeste; ao longe, através da plantação, Vega brilhava como uma lâmpada suspensa entre as árvores desfolhadas, e o trono de Cassiopeia estava elegantemente posicionado nos galhos mais altos.

– Uma hora – disse Gabriel.

Como era um homem que tinha uma consciência frequente de que havia algum encanto nessa vida que levava, ficou parado olhando para o céu como um instrumento útil e contemplou-o como uma obra de arte extremamente bela, já que tinha um espírito apreciativo. Por um momento pareceu impressionado com a solidão eloquente da cena, ou melhor, com a completa abstração de todo o seu âmbito das imagens e sons humanos. Era como se não existissem as formas, as interferências, os problemas e as alegrias humanas, e parecia não haver no hemisfério sombreado do globo nenhum ser sensível exceto ele próprio. Conseguia imaginar que todos eles haviam passado para o lado ensolarado.

Assim ocupado, com os olhos direcionados para longe, Oak gradualmente percebeu que o que antes considerava ser uma estrela lá embaixo, nos arredores da plantação, na verdade não era tal coisa. Era uma luz artificial, quase ao alcance da mão.

Encontrar-se completamente só, à noite, onde a companhia é desejável e esperada, deixa algumas pessoas com medo; mas um caso que é muito mais irritante para os nervos é descobrir alguma companhia misteriosa quando a intuição, a sensação, a memória, a analogia, o testemunho, a probabilidade, a indução, ou seja, todo tipo de evidência na lista do lógico, se uniram para persuadir a consciência de que se está em perfeito isolamento.

O fazendeiro Oak foi em direção à plantação e empurrou os galhos mais baixos para o lado que estava ventando. Uma massa indistinta sob a encosta lembrou-lhe que ali havia um estábulo, cortado pela encosta do morro, de modo que, na parte posterior, o telhado ficava quase nivelado com o chão. A parte da frente era formada por tábuas pregadas e cobertas com alcatrão para conservação. Através das fendas no telhado e nas laterais espalhavam-se raios e pontos de luz, cuja combinação formava o brilho que o atraíra. Oak deu um passo atrás, onde, inclinando-se sobre o telhado e colocando o olho perto de um buraco, podia ver o interior claramente.

No local havia duas mulheres e duas vacas. Ao lado das vacas havia um ensopado de farelo fumegante dentro de um balde. Uma das mulheres já tinha mais idade, mas sua companheira era aparentemente jovem e graciosa; ele não conseguia ver por completo a aparência dela, pois ela estava praticamente embaixo de seus olhos, de modo que a via de uma perspectiva aérea, como o Satã de Milton viu pela primeira vez o Paraíso Perdido. A jovem não estava usando nenhum gorro ou chapéu, mas envolvida em um grande manto descuidadamente jogado para proteger sua cabeça.

— Pronto, agora vamos para casa — disse a mais velha, apoiando os nós dos dedos nos quadris e observando todas as coisas que tinham feito — Espero que Daisy volte agora. Nunca estive tão assustada em minha vida, mas não me importo de interromper meu descanso se ela se recuperar.

A jovem, cujas pálpebras se fechariam diante do menor silêncio, bocejou sem entreabrir os lábios de forma inconveniente, fazendo com que Gabriel fosse contagiado e bocejasse ligeiramente em solidariedade.

– Gostaria que fôssemos ricas o suficiente para pagar um homem para fazer essas coisas – disse ela.

– Como não somos, devemos fazê-las nós mesmas – respondeu a outra –e você deve me ajudar se ficar.

– Bem, meu chapéu sumiu – continuou a mais jovem – Voou pela cerca viva, eu acho. O vento deve tê-lo levado.

A vaca que estava em pé era da raça Devon e estava envolta em uma pele indiana vermelha, quente e justa, absolutamente uniforme da cabeça à cauda, como se o animal tivesse sido mergulhado em uma tinta daquela cor, seu longo dorso havia sido matematicamente nivelado. A outra era malhada de cinza e branco. Ao lado dela, Oak notou que havia um bezerro de cerca de um dia de idade, olhando para as duas mulheres sem entender o que estava acontecendo, indicando que não estava acostumado com o fenômeno da visão, e várias vezes voltando-se para a lanterna, que aparentemente confundia com a lua, devido ao instinto herdado, já que ainda tinha pouco tempo de vida para distinguir a diferença. Ultimamente, Lucina estava ocupada com ovelhas e vacas em Norcombe Hill.

– Acho melhor mandar buscar um pouco de aveia – disse a mulher mais velha – não tem mais farelo.

– Sim, tia; irei buscá-lo assim que amanhecer.

– Mas não temos uma sela lateral[1].

– Posso cavalgar com a outra. Confie em mim.

Ao ouvir essas observações, Oak ficou mais curioso para ver suas feições, mas essa perspectiva lhe foi negada pelo efeito de

---

1 Sela lateral: normalmente usada por mulheres quando usam saias ou vestidos, pois os dois pés ficam do mesmo lado do cavalo.

capuz que a capa causava e pela posição aérea dele. Sentiu-se, então, recorrendo à sua imaginação para obter detalhes. Ao analisarmos imagens horizontais e claras, colorimos e moldamos tudo o que nossos olhos trazem de acordo com nossas necessidades. Se Gabriel pudesse ter tido uma visão distinta do semblante dela desde o início, sua avaliação seria de que era muito ou ligeiramente bonita, uma vez que sua alma suplicava por uma divindade naquele momento ou já estava pronta para encontrar uma. Já fazia algum tempo que ele tinha necessidade de encontrar uma forma satisfatória para preencher um vazio crescente dentro dele e como sua posição ali lhe proporcionava o mais amplo escopo para sua fantasia, ele pintou-a como uma bela mulher.

Como uma daquelas coincidências extravagantes em que a Natureza, como mãe ocupada, parece reservar um momento de seu trabalho incessante para se virar e fazer seus filhos sorrirem, a jovem deixou cair a capa e apareceram as mechas de cabelo preto sobre um casaco vermelho. Oak reconheceu-a instantaneamente como a heroína da carroça amarela, das murtas e do espelho: prosaicamente, como a mulher que lhe devia 2 centavos.

Colocaram o bezerro ao lado da mãe novamente, pegaram a lanterna e saíram, a luz foi diminuindo colina abaixo até não passar de uma nebulosidade. Gabriel Oak voltou ao seu rebanho

CAPÍTULO III

UMA JOVEM A CAVALO - CONVERSA

O dia lento começou a romper. Por nenhum motivo em particular, exceto o incidente da noite que ocorrera ali, Oak voltou para a plantação. Estava meditando quando ouviu os passos de um cavalo no sopé da colina, e logo apareceu um pônei avermelhado montado por uma jovem, subindo pelo caminho que levava ao estábulo. Ela era a jovem da noite anterior. Gabriel imediatamente pensou no chapéu que ela havia mencionado ter perdido no vento; possivelmente viera procurá-lo. Ele examinou rapidamente a vala e depois de caminhar cerca de dez metros encontrou o chapéu entre as folhas. Gabriel pegou-o e voltou para sua cabana. Permaneceu ali espiando pela brecha na direção em que o cavalo se aproximava com a jovem.

Ela se aproximou e olhou em volta. Depois olhou para o outro lado da cerca viva. Gabriel estava prestes a avançar e devolver-lhe o item perdido quando uma atuação inesperada o induziu a suspender a ação por um momento. O caminho, depois de passar pelo estábulo, cortava a plantação. Não era uma trilha, apenas um caminho para pedestres, e os galhos se espalhavam horizontalmente a uma altura não superior a dois metros e meio acima do solo, o que tornava impossível andar ereto embaixo deles. A jovem, que não usava traje de montaria, olhou em volta por um momento, como se quisesse se certificar de que toda a humanidade não estava à vista, depois inclinou-se habilmente para trás e deitou-se no dorso do pônei, a cabeça sobre a cauda, os pés apoiados nos ombros, e seus olhos apontados para o céu. A rapidez com que deslizou até essa posição foi a de um martim-pescador, e o seu silêncio, o de uma águia. Os olhos de Gabriel mal conseguiram segui-la. O pônei alto e esguio parecia acostumado com tais movimentos e continuou caminhando despreocupado. Assim ela passou sob os galhos nivelados.

A jovem equilibrista parecia bastante à vontade em qualquer lugar entre a cabeça e a cauda do cavalo, e não tendo mais a necessidade de ficar naquela posição anormal depois de passar pela plantação, logo adotou outra, ainda mais obviamente conveniente do que a primeira. Ela não tinha uma sela lateral, e era muito evidente que um assento firme sobre o couro liso abaixo dela era inacessível pela lateral. Saltando para a posição perpendicular de costume, como um rebento curvado, e certificando-se de que não havia ninguém por perto, sentou-se da maneira exigida pela sela, embora não fosse o esperado para uma mulher, e saiu cavalgando na direção de Tewnell Mill.

Oak achou graça, talvez tenha ficado um pouco surpreso, e pendurando o chapéu em sua cabana, voltou novamente para o meio das ovelhas. Uma hora se passou, a jovem voltou, agora devidamente sentada, com um saco de farelo colocado à sua frente. Ao se aproximar do estábulo, foi recebida por um menino que trazia um balde de ordenha e segurou as rédeas do pônei enquanto ela descia. O menino levou o cavalo embora, deixando o balde com a jovem.

Logo sons suaves alternados com sons altos vieram em sucessão regular de dentro do galpão, os sons claros de uma pessoa que está ordenhando uma vaca. Gabriel apanhou o chapéu perdido e esperou ao lado do caminho que ela seguiria ao sair da colina.

Ela veio, com o balde em uma das mãos, batendo em seu joelho. O braço esquerdo estava estendido para proporcionar equilíbrio, o suficiente para que Oak desejasse que o evento estivesse acontecendo no verão, quando tudo poderia ser revelado. Naquele momento, havia nela um ar e uma atitude alegres, pelos quais parecia insinuar que a conveniência de sua existência não poderia ser questionada; e essa suposição um tanto atrevida não era nada ofensiva, porque o espectador sentiu que era, naturalmente, verdadeira. Assim como a ênfase excepcional no tom de um gênio, aquilo que tornaria ridícula a mediocridade era um acréscimo ao poder reconhecido. Foi com certa surpresa que ela viu o rosto de Gabriel surgindo como a lua por detrás da cerca viva.

O ajuste das concepções vagas do fazendeiro sobre os encantos dela com a imagem que ela mesma apresentava agora era menos uma diminuição do que uma diferença. O ponto de partida escolhido para julgamento foi a sua altura. Ela parecia alta, mas o balde era pequeno e a cerca muito baixa; portanto, levando em consideração os erros para fazer a comparação com esses dois, não seria tão alta quando se desejava para as mulheres. Todos os traços eram sérios e regulares. As pessoas que andavam pelos condados procurando por beleza podiam observar que na mulher inglesa raramente se encontrava um rosto de formato clássico ligado a um semblante do mesmo padrão, sendo que os traços totalmente perfeitos geralmente são grandes demais para o restante da estrutura, e que uma figura graciosa e proporcional de oito cabeças geralmente se transforma em curvas faciais aleatórias. Sem comparar a leiteira com uma Ninfa, digamos que aqui a crítica seria deslocada, ele olhou para as suas proporções com uma longa consciência de prazer. Pelos contornos da parte superior de seu corpo, ela devia ter lindos ombros e pescoço, mas desde a infância ninguém os tinha visto. Se ela estivesse usando um vestido curto, teria corrido e se escondido em um arbusto. No entanto, não era de forma alguma uma garotinha tímida. Foi apenas seu instinto que traçou a linha que separa o que pode ser visto do que não pode, como fazem nas cidades.

Naturalmente, os pensamentos da jovem pairaram sobre seu rosto e corpo assim que ela viu os olhos de Oak a observando. O autoconhecimento demonstrado teria sido vaidade se fosse um pouco mais definido, e dignidade se fosse um pouco menos. Os raios da visão masculina parecem causar cócegas nos rostos virgens nas áreas rurais. Ela coçou o rosto com a mão, como se Gabriel estivesse irritando sua superfície rosada com o toque real, e a liberdade de seus movimentos anteriores foi imediatamente reduzida a uma atitude recatada. No entanto, foi o homem que ficou corado, não a moça.

– Encontrei um chapéu – disse Oak.

– É meu – disse ela, e, com um senso de proporção, controlou sua tendência de rir distintamente dando um pequeno sorriso e respondeu: – voou ontem à noite.

– À uma hora da manhã?

– Bem... isso mesmo – Ela disse surpresa e continuou: – Como você sabe?

– Eu estava aqui.

– Você é o fazendeiro Oak, não é?

– Mais ou menos isso. Faz pouco tempo que cheguei aqui.

– A fazenda é grande? – ela perguntou, virando os olhos e jogando para trás o cabelo preto, mas, como já passava uma hora do nascer do sol, os raios tocavam as curvas proeminentes e proporcionavam uma cor própria.

– Não, não é grande. Cerca de cem acres.

– Queria usar meu chapéu esta manhã – ela continuou – Tive de cavalgar até Tewnell Mill.

– Sim, eu sei.

– Como você sabe?

– Eu a vi.

– Onde? – ela perguntou, com uma apreensão que paralisou todos os músculos de seu rosto.

– Aqui... passando pela plantação e descendo a colina – disse o fazendeiro Oak, demonstrando em sua fisionomia que estava bastante pensativo, enquanto olhava para um ponto remoto na direção indicada e depois se virava para encontrar os olhos de sua interlocutora.

Uma percepção fez com que ele desviasse os olhos dos dela tão repentinamente como se tivesse sido pego roubando algo.

A lembrança das peripécias que ela havia feito ao passar por entre as árvores manifestou-se na jovem através de uma exasperação, o que deixou seu rosto corado. Era o momento de ver uma mulher ruborizar como não era de seu costume; a ordenhadora ficou da cor mais profunda de uma rosa. Do vermelho mais forte, passando por todas as variedades da provençal até a toscana carmesim, o semblante da conhecida de Oak foi se transformando rapidamente, e então ele, por consideração, virou a cabeça.

O homem compreensivo ainda olhava para o outro lado e imaginava quando ela recuperaria a calma suficiente para que ele pudesse olhar para ela de novo. Ele ouviu o que parecia ser o movimento de uma folha seca na brisa e olhou. Ela tinha ido embora.

Com um ar entre a tragédia e a comédia, Gabriel voltou ao trabalho.

Cinco manhãs e noites se passaram. A jovem vinha regularmente ordenhar a vaca saudável ou cuidar da doente, mas nunca permitia que sua visão se desviasse para o lado de Oak. A falta de tato dele a havia ofendido profundamente... não porque ele viu o que não poderia ter evitado... mas por deixá-la saber que ele tinha visto. Pois, assim como não há pecado quando não existe lei, não há indecência sem visão; e ela parecia sentir que a espiada de Gabriel a tornara uma mulher indecorosa, sem a conivência dela. Para ele, isso era motivo de grande arrependimento; fora também um contratempo que trouxe à vida um calor latente que ele experimentou naquela situação.

No entanto, a convivência poderia ter terminado em um lento esquecimento, não fosse um incidente ocorrido no final da mesma semana. Certa tarde, começou a ficar muito frio e piorou com a chegada da noite, o que parecia estreitar os laços furtivos. Era uma hora em que, nas cabanas, o hálito de quem dormia congelava nos lençóis, enquanto as costas dos que estavam em volta da lareira da sala de estar de uma mansão de paredes grossas ficavam frias, mesmo quando seus rostos estavam todos aquecidos.

Muitos passarinhos foram dormir sem jantar naquela noite entre os galhos desfolhados.

Como a hora da ordenha já estava próxima, Oak manteve sua vigilância habitual no estábulo. Por fim, sentiu frio e jogou uma quantidade extra de forragem em volta das ovelhas de um ano, entrou na cabana e colocou mais lenha na lareira. O vento entrava pela parte inferior da porta e, para evitá-lo, Oak colocou ali um saco e girou a cama um pouco mais para o lado sul. Dessa forma o vento soprava pelos buracos de ventilação que ficavam de cada lado da cabana.

Gabriel sempre soube que enquanto o fogo estivesse aceso e a porta fechada, um dos buracos de ventilação deveria ser mantido aberto, e o escolhido era sempre aquele do lado oposto ao vento. Fechando a janela, virou-se para abrir a outra. Pensando bem, o fazendeiro considerou que primeiro se sentaria e deixaria ambas fechadas por um ou dois minutos, até que a temperatura da cabana aumentasse um pouco. Ele sentou-se.

Sua cabeça começou a doer como não era de costume e, imaginando-se cansado por causa do descanso interrompido nas noites anteriores, Oak decidiu se levantar, abrir a janela e depois adormecer. Porém, adormeceu sem abrir a janela primeiro.

Gabriel nunca soube quanto tempo permaneceu inconsciente. Durante os primeiros estágios de seu retorno à percepção, ações peculiares pareciam estar em andamento. Seu cachorro uivava, sua cabeça doía terrivelmente, alguém o puxava de um lado para outro e mãos afrouxavam seu lenço.

Ao abrir os olhos, descobriu que já havia anoitecido de uma forma estranha e inesperada. A jovem com lábios notavelmente agradáveis e dentes brancos estava ao lado dele. Mais do que isso, surpreendentemente mais, a cabeça dele estava no colo dela, o rosto e o pescoço estavam desagradavelmente molhados e os dedos dela desabotoavam o colarinho dele.

– O que foi que aconteceu? – perguntou Oak, vagamente.

Ela parecia sentir-se alegre, mas um tipo insignificante demais de alegria.

– Agora nada – ela respondeu – já que você não está morto. É uma maravilha que você não tenha morrido sufocado nessa sua cabana.

– Ah, a cabana! – murmurou Gabriel – Dei dez libras por aquela cabana. Mas vou vendê-la e sentar-me sob os montes de palha, como faziam nos velhos tempos, e enrolar-me para dormir em um monte de feno! Outro dia quase aconteceu a mesma coisa! – A título de ênfase, Gabriel deu um soco no chão.

– Não foi exatamente culpa da cabana – observou ela num tom que mostrava uma novidade entre as mulheres, aquela que terminava um pensamento antes de começar a frase que lhe dava sentido – Acho que você deveria ter pensado melhor e deixado as janelas abertas.

– Sim, eu deveria ter feito isso – disse Oak, distraído. Estava se esforçando para captar e apreciar a sensação de estar assim com ela, com a cabeça apoiada em seu vestido, antes do que havia acontecido anteriormente. Seu desejo era que ela soubesse de suas impressões, mas percebeu que seria uma tarefa impossível tentar transmitir as intangibilidades de seu sentimento em sua linguagem grosseira. Então permaneceu em silêncio.

Ela o fez sentar, e então Oak começou a enxugar o rosto e se sacudir como Sansão.

– Como posso agradecer? – disse finalmente, com gratidão, um pouco corado, já que a cor começava a voltar ao seu rosto.

– Ora, não se incomode com isso – disse a jovem, sorrindo e permitindo que seu sorriso continuasse até o próximo comentário de Gabriel, seja lá o que fosse.

– Como você me encontrou?

– Ouvi seu cachorro uivando e arranhando a porta da cabana quando cheguei para a ordenha (foi muita sorte, a temporada de ordenha da Daisy está quase acabando, e não voltarei aqui depois desta semana ou da próxima). O cachorro me viu, saltou em minha direção e puxou minha saia. A primeira coisa que vi foi a cabana, e olhei ao redor para ver se as janelas estavam fechadas. Meu tio tem uma cabana como essa, e já o ouvi dizer ao pastor para não dormir sem deixar uma janela aberta. Abri a porta e lá estava você, como se estivesse morto. Joguei o leite em você, porque não tinha água, mas esqueci que estava quente e não adiantaria de nada.

– Nossa... e se eu já estivesse morto? – Gabriel disse, em voz baixa, falando mais para si mesmo do que para ela.

– Oh não! – a jovem respondeu. Ela parecia preferir uma probabilidade menos trágica; salvar um homem da morte envolvia conversas que deveriam se harmonizar com a dignidade de tal ato, e ela evitou isso.

– Acredito que você salvou minha vida, senhorita... não sei seu nome. Sei o nome da sua tia, mas não o seu.

– Preferiria não lhe dizer... não mesmo. Também não há razão para fazê-lo, já que provavelmente nunca nos veremos de novo.

– Mesmo assim gostaria de saber.

– Você pode perguntar a minha tia, ela lhe dirá.

– Meu nome é Gabriel Oak.

– O meu não é. Você parece ter muito orgulho do seu, ao dizê-lo tão decisivamente, Gabriel Oak.

– Bem, é o único que tenho e devo tirar o melhor proveito disso.

– Sempre acho que o meu parece estranho e desagradável.

– Acho que deveria arranjar outro logo.

– Meu Deus do céu! – quantas opiniões você tem sobre as outras pessoas, Gabriel Oak.

– Bem, senhorita, desculpe-me por minhas palavras, pensei que gostaria delas. Mas sei que não consigo ser igual a você no que diz respeito a colocar em palavras o que vem à minha mente. Nunca fui muito inteligente. Mas agradeço. Venha, ajude-me a levantar.

Ela hesitou, um tanto desconcertada com a conclusão sincera e antiquada de Oak para um diálogo conduzido com leveza. – Muito bem – disse ela, e estendeu-lhe a mão, comprimindo os lábios com recatada passividade. Ele a segurou por apenas um instante e, com medo de ser muito explícito, desviou-se para o extremo oposto, tocando os dedos dela com a leveza de uma pessoa acanhada.

– Sinto muito – ele disse no instante seguinte.

– Por quê?

– Por soltar sua mão tão rápido.

– Você pode segurá-la novamente se quiser – Ela lhe deu a mão novamente.

Dessa vez Oak segurou-a por mais tempo, na realidade, um tempo curiosamente mais longo. – Como sua mão é macia, mesmo sendo inverno, sua pele não é áspera, nem rachada ou algo assim – ele disse.

– Pronto, já é tempo suficiente – disse ela, mas sem retirar a mão – Mas suponho que você esteja pensando que gostaria de beijá-la? Você pode, se quiser.

– Não estava pensando nisso – disse Gabriel, com simplicidade – mas vou beijá-la

– Não vai não! – ela respondeu e puxou a mão.

Gabriel sentiu-se culpado por outra falta de tato.

– Agora descubra meu nome – ela respondeu para provocá-lo e retirou-se.

CAPÍTULO IV

A DECISÃO DE GABRIEL - A VISITA - O ERRO

A única superioridade tolerável nas mulheres em relação ao sexo oposto é, via de regra, a do tipo inconsciente; mas uma superioridade que se reconhece pode às vezes agradar, sugerindo possibilidades de captura do homem subordinado.

Essa bela e atraente jovem logo invadiu de maneira delicada o lado emocional do jovem fazendeiro Oak.

O amor, sendo um agiota extremamente exigente (uma sensação de lucro exorbitante, espiritualmente falando, por uma troca de corações, que está no fundo das puras paixões, assim como a sensação de lucro exorbitante, no sentido corporal ou material, está no fundo das paixões da atmosfera inferior), todas as manhãs os sentimentos de Oak eram tão sensíveis quanto o mercado financeiro nos cálculos de suas possibilidades. Seu cachorro esperava pelas refeições da mesma forma que Oak esperava pela presença da jovem, tanto assim que o fazendeiro nem olhava para o cachorro. No entanto, ele continuava a observar através da cerca-viva, esperando sua chegada regular, e assim seus sentimentos em relação a ela foram se aprofundando sem que houvesse nenhum efeito correspondente da parte dela. Oak ainda não tinha nada terminado e pronto para dizer, e não era capaz de formular frases de amor que fizessem algum sentido; contos apaixonados... – Cheios de som e fúria, – Sem nenhum significado – Então não dizia nada.

Fazendo perguntas aqui e ali, descobriu que o nome da jovem era Bathsheba Everdene, e que o leite da vaca secaria em aproximadamente sete dias. Ele temia o oitavo dia.

Finalmente, o oitavo dia chegou. A vaca havia parado de dar leite naquele ano, e Bathsheba Everdene não subiu mais a colina. Gabriel havia atingido um nível de existência que nunca poderia ter previsto pouco tempo antes. Gostava de dizer "Bathsheba" como diversão em vez de assobiar. Voltou a gostar de cabelos pretos, embora tivesse jurado que preferia os castanhos desde menino, isolou-se de tudo e de todos. O amor é uma força possível em uma fraqueza real. O casamento transforma uma distração em apoio, o poder que deve ter, e felizmente muitas vezes tem, em proporção direta ao grau de imbecilidade que suplanta. Oak começou então a ver luz nessa direção e disse para si mesmo: – Vou transformá-la em minha esposa, ou, pela minha alma, não servirei mais para nada!

Tudo isso enquanto maquinava uma oportunidade para a tarefa de visitar a cabana da tia de Bathsheba.

Encontrou sua oportunidade na morte de uma ovelha, mãe de um cordeiro que ficou vivo. Em um dia que tinha a cara do verão e a constituição de inverno... uma bela manhã de janeiro, quando o céu azul era visível o suficiente para deixar as pessoas felizes com um brilho ocasional de sol prateado, Oak colocou o cordeiro em uma respeitável cesta de domingo, e atravessou os campos até a casa da sra. Hurst, a tia. George, o cão, caminhava atrás, com um semblante de grande preocupação com a séria mudança que os assuntos pastorais pareciam estar tomando.

Gabriel observava a fumaça azulada saindo da chaminé com um pensamento estranho. Ao cair da tarde, ele fantasiosamente imaginou a chaminé em seu local de origem e viu a lareira e Bathsheba ao lado dela em seu vestido de sair, pois as roupas que ela usava na colina eram, por associação, iguais a ela e incluídas no compasso da afeição dele. Naquele momento inicial de seu amor, elas pareciam um ingrediente necessário para a doce mistura chamada Bathsheba Everdene.

Ele se arrumou de modo cuidadosamente limpo e despreocupadamente combinado, como se fosse sair em um bom dia de trabalho ou em um domingo chuvoso. Limpou totalmente a corrente de prata do seu relógio com clareador, colocou cadarços novos nas botas, cuidou dos ilhoses de latão, foi até a plantação em busca de uma bengala nova e modelou-a vigorosamente no caminho de volta; tirou um lenço novo do fundo do baú de roupas, vestiu o colete leve todo estampado com ramos de um tipo elegante de flor que unia as belezas da rosa e do lírio sem os defeitos de ambos, e usou todo o óleo capilar que tinha em seu cabelo, que geralmente era seco, acastanhado e bastante encaracolado, até que o deixou com uma cor esplendidamente nova, entre a do guano e do cimento romano, fazendo-o grudar em sua cabeça como uma casca em volta de uma noz-moscada, ou uma alga marinha em volta de um rochedo depois da maré baixa.

Nada perturbava o silêncio da casa, exceto o tagarelar de um bando de pardais no beiral. Pode-se imaginar que escândalos e boatos não sejam em menor número nesses pequenos círculos nos telhados do que daqueles que estão abaixo deles. Parecia que o presságio era desfavorável, pois, no início um tanto adverso das propostas de Oak, assim que ele chegou ao portão do jardim, viu um gato lá dentro, assumindo várias formas arqueadas e convulsões diabólicas ao ver seu cachorro, George. O cachorro não deu atenção, pois havia chegado a uma idade em que todos os latidos supérfluos eram cinicamente evitados como perda de fôlego. Na realidade, ele nunca latia nem para as ovelhas, exceto por ordem, quando isso era feito com um semblante absolutamente neutro como uma espécie de serviço de alerta que, embora ofensivo, tinha de ser realizado de vez em quando para assustar o rebanho para seu bem.

Uma voz veio de trás de alguns arbustos de loureiros para onde o gato havia corrido:

– Pobrezinho! Um cachorro bruto e horrível queria matá-lo. Queria sim, pobrezinho!

– Perdoe-me – disse Oak para a voz – mas George estava andando atrás de mim com um ânimo mais leve que uma pluma.

Um pouco antes de terminar de falar, Oak ficou em dúvida de quem seria o ouvido que estava escutando sua resposta. Ninguém apareceu, e ele ouviu a pessoa recuar entre os arbustos.

Gabriel começou a refletir tão profundamente, que pequenas rugas se formaram na testa por pura força do devaneio. Quando o assunto de uma entrevista tem a mesma probabilidade de ser uma grande mudança para pior ou para melhor, qualquer diferença inicial em relação às expectativas causa sensações dolorosas de fracasso. Oak foi até a porta um pouco envergonhado: seu ensaio mental e a realidade não tinham nada em comum para oferecer uma oportunidade.

A tia de Bathsheba estava dentro de casa. Oak disse: – A senhora poderia dizer à srta. Everdene que alguém gostaria muito de falar com ela? – (Chamar-se simplesmente de "alguém", sem dar nome, não deve ser tomado como exemplo da má educação no mundo rural. Isso é uma modéstia refinada, da qual as pessoas da cidade, com seus cartões e declarações, não têm nenhuma noção.)

Bathsheba estava fora. Evidentemente a voz era a dela.

– Quer entrar, sr. Oak?

– Oh, obrigado – respondeu Gabriel, seguindo-a até a lareira – Trouxe um cordeiro para a srta. Everdene. Achei que ela gostaria de cuidar de um; geralmente as moças gostam.

– Pode ser que ela goste, – disse a sra. Hurst, pensativa – embora seja apenas uma visita aqui. Se você esperar um minuto, Bathsheba já irá entrar.

– Sim, vou esperar – disse Gabriel, sentando-se – Na realidade, o cordeiro não é o assunto que me trouxe aqui, sra. Hurst. Para resumir a história, eu ia perguntar se ela não gostaria de se casar.

– Isso é verdade?

– Sim. Porque se ela quisesse, ficaria muito feliz em me casar com ela. A senhora sabe se há outro jovem interessado por ela?

– Deixe-me pensar – disse a sra. Hurst, atiçando o fogo de

leve... – Sim, meu Deus do céu, tantos jovens. Veja bem, fazendeiro Oak, ela é tão bonita e, além disso, muito estudiosa... ela já foi governanta, sabe, só que era muito arredia. Não que alguns deles já tenham vindo até aqui, mas, meu bom Deus, como ela é mulher, deve ter uma dúzia!

– Que pena – disse o fazendeiro Oak, contemplando com tristeza uma rachadura no chão de pedra. – Sou apenas um homem comum, e minha única chance era ser o primeiro a chegar... Bem, não adianta esperar, pois foi só por isso que vim. Então vou embora para casa, sra. Hurst.

Quando Gabriel já tinha percorrido cerca de duzentos metros, ouviu um "ei-ei!" vindo de trás dele, em uma nota estridente e mais aguda do que aquela em que a exclamação geralmente se materializa quando gritada em um campo aberto. Ele olhou em volta e viu uma garota correndo atrás dele, agitando um lenço branco.

Oak ficou parado, e a moça continuou a correr até chegar perto dele. Era Bathsheba. Gabriel ficou bem corado, e ela já estava bem corada, não de emoção, mas de tanto correr.

– Fazendeiro Oak... eu... – ela disse, fazendo uma pausa para respirar, parando na frente dele com o rosto inclinado e colocando a mão ao lado do corpo.

– Acabei de vir para vê-la – disse Gabriel, aguardando o que ela falaria em seguida.

– Sim, eu sei disso – disse ofegante, como um tordo americano, o rosto vermelho e úmido por causa do esforço, como uma pétala de peônia antes que o sol seque o orvalho. – Não sabia que você viria me ver ou teria saído do jardim imediatamente. Corri atrás de você para dizer que minha tia cometeu um erro ao mandá-lo embora sem me cortejar...

Gabriel endireitou-se e disse: – Sinto muito por ter feito você correr tão rápido, minha querida – com uma sensação agradável de que coisas boas estavam para acontecer – Espere um pouco até você recuperar o fôlego.

– Foi um grande erro minha tia lhe dizer que eu já tinha alguém – continuou Bathsheba – Não tenho nenhum namorado... e nunca tive um, e pensei que, como o tempo passa para as mulheres, seria uma pena mandar você embora pensando que eu tivesse vários.

– Estou realmente feliz em ouvir isso! – disse o fazendeiro Oak, sorrindo um de seus longos sorrisos especiais e corando de alegria. Ele segurou sua mão para não pegar a da ela que foi lindamente estendida sobre o peito para acalmar o coração que batia forte, depois que ela soltou o lado do corpo. Mas assim que ele pegou a mão dela, ela a colocou atrás de si, de modo que escorregou por entre seus dedos como uma enguia.

– Tenho uma pequena fazenda, bonita e confortável – disse Gabriel, com um pouco menos de confiança do que quando segurou a mão dela.

– Sim, você tem.

– Um homem me adiantou algum dinheiro para começar, mas em breve será pago e, embora eu seja apenas um homem comum, sempre economizei um pouco desde menino – Gabriel pronunciou "um pouco" em um tom que mostrava a ela que aquela era a forma complacente de dizer "uma boa quantia". Ele continuou: – Quando nos casarmos, tenho certeza de que poderei trabalhar duas vezes mais do que agora.

Ele avançou e esticou o braço novamente. Bathsheba o alcançou em um ponto onde havia um arbusto baixo de azevinho, agora carregado de frutinhas vermelhas. Vendo a aproximação dele assumir a forma de uma atitude que ameaçava um possível cerco, se não compressão, de sua pessoa, ela contornou o arbusto.

– Ora, fazendeiro Oak – ela disse de modo exagerado, olhando para ele com os olhos arregalados – eu nunca disse que me casaria com você.

– Bem, que história é essa, então? – disse Oak, consternado.
– Correr atrás de alguém desse jeito e depois dizer que você não o quer!

– O que eu queria lhe dizer era apenas isso – disse ela com entusiasmo, mas ainda assim meio consciente do absurdo da posição que assumira para si mesma – que ainda não tive nenhum namorado, em vez de eu ter uma dúzia, como minha tia disse. Detesto ser considerada propriedade dos homens dessa forma, embora isso provavelmente aconteça um dia. Ora, se eu quisesse você, não correria atrás de você desse jeito. Seria algo muito atrevido! Mas não há problema algum em correr atrás de alguém para corrigir uma notícia falsa que lhe foi contada.

– Oh, não, mal nenhum – Mas existe algo mais em ser generosa demais ao expressar um julgamento impulsivamente, e Oak acrescentou com um senso mais agradecido das circunstâncias: – Bem, não tenho certeza se não houve nenhum mal.

– Na verdade, não tive tempo para pensar antes se quero ou não me casar, porque você já estava subindo a colina.

– Vamos – disse Gabriel, ficando animado de novo – Pense um ou dois minutos. Vou esperar um pouco, srta. Everdene. Você quer se casar comigo? Aceite, Bathsheba. Eu a amo muito mais do que o normal!

– Vou tentar pensar – observou ela, com mais timidez – se eu puder pensar fora de casa, minha mente voa para longe.

– Mas você pode dar um palpite.

– Então, deixe-me pensar um pouco – Bathsheba olhou pensativamente na direção oposta em que Gabriel estava.

– Posso fazer você feliz – disse ele atrás da cabeça dela, do outro lado do arbusto – Você terá um piano dentro de um ou dois anos... as esposas dos fazendeiros estão começando a ter pianos agora... e praticarei bem a flauta para tocar com você, à noite.

– Sim. Eu gostaria muito.

– Poderíamos ter um daqueles pequenos carrinhos para o

mercado... e lindas flores, e aves... galos e galinhas, quero dizer, porque são úteis – continuou Gabriel, sentindo-se equilibrado entre a poesia e a praticidade.

– Eu também adoraria.

– E um local para cultivar pepinos, como um cavalheiro e uma dama.

– Sim.

– E quando o casamento acabasse, colocaríamos na lista de casamentos do jornal.

– Eu realmente adoraria isso!

– E os bebês seriam mencionados nas listas de nascimentos... cada um deles! E em casa, perto da lareira, sempre que você olhar para cima, lá estarei... e sempre que eu olhar, lá estará você.

– Espere, espere, e não seja inadequado!

Ela abaixou o rosto e ficou em silêncio por algum tempo. Ele olhou repetidamente para as frutinhas vermelhas entre eles, a tal ponto que, em sua vida após a morte, o azevinho parecia ser uma cifra que significava uma proposta de casamento. Bathsheba virou-se decididamente para ele.

– Não, é inútil – ela disse – Não quero me casar com você.

– Tente.

– Eu realmente tentei o tempo todo em que estive pensando, pois um casamento seria muito bom em certo sentido. As pessoas falariam sobre mim e pensariam que eu havia vencido minha batalha, e que deveria me sentir triunfante e tudo mais. Mas um marido...

– Bem!

– Ora, ele estaria lá, como você disse; toda vez que eu o procurasse, ele estaria lá.

– É claro que estaria, quer dizer, eu estaria.

– Bem, o que quero dizer é que não me importaria de ser a noiva em um casamento, se pudesse ficar sem o marido. Mas como uma mulher não pode exibir-se assim sozinha, não me casarei, pelo menos por enquanto.

– Isso não tem cabimento!

Diante dessa crítica à sua declaração, Bathsheba aumentou sua dignidade afastando-se dele ligeiramente.

– Do fundo do meu coração e da minha alma, não sei o que mais de estúpido uma mulher solteira pode dizer do que isso – comentou Oak. – Mas, querida, – ele continuou com uma voz paliativa – não faça isso! – Oak deu um suspiro profundo e honesto. No entanto, era como um suspiro na plantação de pinheiros, bastante perceptível como uma perturbação da atmosfera. – Por que você não me aceita? – ele implorou, rastejando ao redor do azevinho para chegar ao lado dela.

– Eu não posso – ela disse, recuando.

– Mas por quê? – insistiu, parado no desespero de alcançá-la, e olhando para o arbusto.

– Porque não o amo.

– Sim, mas...

Ela segurou um leve bocejo inofensivo, para não ser mal-educada. – Eu não amo você – ela disse.

– Mas eu a amo e fico feliz por ser querido.

– Oh, sr. Oak... É muita bondade sua! Você deve me desprezar.

– Nunca – disse o sr. Oak, tão sinceramente que a força de suas palavras parecia estar trazendo-o através do arbusto direto para os braços dela. – Farei uma coisa nessa vida, uma coisa certa, que é, amar você, sentir saudades de você e continuar desejando-a até morrer – A voz dele tinha agora uma convicção genuína, e suas grandes mãos morenas tremiam perceptivelmente.

– Parece terrivelmente errado não o aceitar quando você tem tanto sentimento! – ela disse isso com um pouco de angústia, e procurando desesperadamente algum meio de escapar de seu

dilema moral – Como eu gostaria de não ter corrido atrás de você!
– No entanto, ela parecia ter um atalho para voltar a ficar alegre e
olhou para ele com certa malícia em seu rosto – Isso não daria
certo, sr. Oak. Quero que alguém me domine porque sou muito
independente e você nunca conseguiria fazer isso, eu sei.

Oak olhou para o campo de um modo que demonstrava que
era inútil tentar argumentar.

– Sr. Oak – disse ela, com clareza e bom senso – o senhor está
em melhor situação do que eu. Não tenho um centavo no mundo,
estou morando com minha tia para conseguir me sustentar. Tenho
mais estudo do que você e não o amo nem um pouco: esse é o meu
lado da história. Agora o seu: você é um fazendeiro que está apenas
começando, e deve, com bastante prudência, se decidir se casar (o
que certamente não deveria pensar em fazer no momento), se casar
com uma mulher com dinheiro, que pudesse lhe proporcionar uma
fazenda maior do que a que você tem agora.

Gabriel olhou para ela com um pouco de surpresa e muita
admiração.

– Isso é exatamente o que eu estava pensando! – ele disse com
toda a sua ingenuidade.

O fazendeiro Oak tinha características um tanto cristãs para
ter sucesso com Bathsheba: sua humildade e uma metade supérflua
de honestidade. Bathsheba ficou realmente desconcertada.

– Bem, então, por que você veio me perturbar? – ela perguntou, quase com raiva, se não totalmente, e uma mancha vermelha
foi crescendo em cada uma de suas bochechas.

– Simplesmente não consigo fazer o que acho que seria...
seria...

– Correto?

– Não... sábio.

– Você fez uma confissão agora, sr. Oak! – ela exclamou, com
ainda mais arrogância, e balançando a cabeça com desdém.

– Depois disso, acha que eu poderia me casar com você? Não sabendo disso.

Ele interrompeu apaixonadamente: – Mas não me entenda mal assim! Porque sou aberto o suficiente para reconhecer o que qualquer homem no meu lugar teria pensado, você fica corada e irritada comigo. Isso de você não ser boa o suficiente para mim é um absurdo. Você fala como uma dama... toda a paróquia percebe isso, e seu tio em Weatherbury é, pelo que ouvi, um grande fazendeiro... muito maior do que jamais serei. Posso visitá-la à noite ou você caminha comigo aos domingos? Não quero que tome nenhuma decisão agora, se não quiser.

– Não, não, eu não posso. Não me pressione mais, por favor. Eu não o amo e isso seria ridículo – ela disse rindo.

Nenhum homem gosta de ver suas emoções rodando em um carrossel de nervosismo. – Muito bem – disse Oak, com firmeza, com a postura de alguém que iria dedicar seus dias e noites à leitura de Eclesiastes para sempre – Então não vou perguntar mais nada.

CAPÍTULO V

A PARTIDA DE BATHSHEBA - UMA TRAGÉDIA PASTORIL

A notícia que um dia chegou a Gabriel, de que Bathsheba Everdene havia deixado a vizinhança, teve sobre ele uma influência que poderia ter surpreendido qualquer um que nunca suspeitasse que, quanto mais enfática é a renúncia, menos absoluto é seu caráter.

Deve-se observar que não existe um caminho regular para fugir do amor como existe para encontrá-lo. Algumas pessoas acham que o casamento é um atalho nesse sentido, mas sabe-se que ele falha. A separação, que foi o meio que o acaso ofereceu a Gabriel Oak com o desaparecimento de Bathsheba, embora eficaz com pessoas de certos temperamentos, é capaz de idealizar o objeto removido em outros casos, principalmente para aqueles cuja afeição, por mais plácida e regular que seja, flui profunda e demoradamente. Oak pertencia à ordem equilibrada da humanidade e sentia que a fusão secreta de si mesmo com Bathsheba ardia com uma chama mais tênue agora que ela havia partido... essa era a explicação.

Sua amizade incipiente com a tia dela foi prejudicada pelo fracasso da situação, e tudo o que Oak soube dos movimentos de Bathsheba foi de modo indireto. Parecia que tinha ido para um lugar chamado Weatherbury, a mais de trinta quilômetros de distância, mas em que qualidade, se como visitante ou permanentemente, ele não conseguiu descobrir.

Gabriel tinha dois cachorros. George, o mais velho, exibia um nariz com ponta cor de ébano, rodeado por uma estreita margem de carne rosada, e uma pelagem marcada com manchas brancas aleatórias e cinza ardósia; mas o cinza, depois de anos de sol e chuva, ficou chamuscado e desbotado das mechas mais proeminentes, deixando-as com um tom marrom-avermelhado, como se o componente azul do cinza tivesse desbotado, como o índigo da mesma cor nos quadros de Turner. A textura era originalmente de pelo, mas o longo contato com as ovelhas parecia tê-lo transformado gradativamente em lã de baixa qualidade.

Esse cão pertencia originalmente a um pastor de moral inferior e temperamento terrível, e o resultado foi que George conhecia os graus exatos de condenação representados por xingamentos e palavrões de todas as descrições melhor do que o velho mais perverso da vizinhança. A longa experiência ensinou ao animal com muita precisão a diferença entre exclamações como "Venha!" e "Droga, venha agora!", que ele sabia perfeitamente a velocidade que tinha de andar atrás das caudas dos carneiros se quisesse escapar de algum golpe de cajado. Embora fosse velho, ele ainda era inteligente e confiável.

O cachorrinho, filho de George, provavelmente era a imagem de sua mãe, pois não havia muita semelhança entre ele e George. Ele estava aprendendo o ofício de pastorear ovelhas, para ser capaz de cuidar do rebanho quando o outro morresse, mas ainda só sabia o básico e encontrava uma dificuldade insuperável em distinguir entre fazer bem o suficiente alguma coisa e fazê-la muito bem. Esse cão mais novo era tão determinado e ao mesmo tempo tão teimoso (ele não tinha um nome em particular e respondia com perfeita prontidão a qualquer interjeição alegre) que, se o mandassem acompanhar o rebanho para cuidar das ovelhas, ele o fazia tão minuciosamente que corria atrás delas por todo o condado com o maior prazer, se não fosse chamado ou lembrado de quando parar, seguindo o exemplo do velho George.

Chega de falar de cães. Do outro lado de Norcombe Hill havia uma mina de calcário, de onde o calcário era extraído há gerações e distribuído pelas fazendas adjacentes. Duas cercas-vivas convergiam para ela em formato de V, mas sem se encontrarem. A estreita abertura à esquerda, que ficava bem acima do topo da mina, era protegida por uma grade rústica.

Uma noite, quando o fazendeiro Oak voltava para casa, acreditando que não haveria mais necessidade de sua presença com o rebanho, ele chamou os cães como de costume, antes de trancá-los em um galpão externo até a manhã seguinte. Apenas um respondeu: o velho George; o outro não foi encontrado, nem na casa, nem no caminho, nem no jardim. Gabriel lembrou-se, então, de que havia deixado os dois cachorros na colina comendo um cordeiro morto (espécie de carne que ele não costumava dar a eles, exceto quando faltava outro alimento), e concluindo que o cão menor ainda não havia terminado sua refeição, entrou em casa para aproveitar o luxo de uma cama, que ultimamente só desfrutava aos domingos.

Era uma noite calma e úmida, pouco antes do amanhecer, e ele foi despertado pela reverberação anormal de uma música familiar. Para o pastor, a nota do sino das ovelhas, assim como o tique-taque do relógio para outras pessoas, é um som crônico que significa para o ouvido acostumado, por mais distante que esteja, que tudo está bem no rebanho; a não ser que seja interrompido ou alterado de alguma maneira incomum. Na calma solene da manhã que despertava, aquela nota foi ouvida por Gabriel, batendo com violência e rapidez incomuns. Esse toque excepcional poderia ter sido causado de duas maneiras: pela alimentação rápida das ovelhas que carregam o sino, como quando o rebanho invade um novo pasto, o que lhe confere uma rapidez intermitente, ou pelas ovelhas que começam a correr, quando o som tem palpitações regulares. O ouvido experiente de Oak sabia que o som que ele ouvia agora era causado pela corrida do rebanho em grande velocidade.

Pulou da cama, vestiu-se, saiu em disparada pela estrada em meio a névoa da manhã e subiu a colina. As ovelhas que haviam parido eram mantidas separadas daquelas cujos cordeiros nasceriam mais tarde, havendo duzentas dessa última classe no rebanho de Gabriel. Essas duzentas pareciam ter desaparecido completamente da colina. Lá estavam as outras cinquenta com seus cordeiros, fechadas na outra extremidade, como ele as havia deixado, mas o restante, formando a maior parte do rebanho, não estava em lugar nenhum. Gabriel gritou a plenos pulmões o chamado do pastor:

– Eia, eia, eia!

Nem um único balido. Foi até a cerca viva, uma brecha havia sido aberta e na brecha estavam as pegadas das ovelhas. Bastante surpreso que elas haviam quebrado a cerca nessa estação, mas atribuindo isso imediatamente ao seu grande gosto pela hera no inverno, da qual uma grande quantidade crescia na plantação, ele seguiu através da cerca. Elas não estavam na plantação. Ele chamou novamente: os vales e as colinas mais distantes ressoaram como quando os marinheiros invocavam Hilas que tinha se perdido na costa da Mísia, mas nenhuma ovelha. Passou por entre as árvores e ao longo do cume da colina. No ponto mais extremo, onde a ponta das duas cercas convergentes, mencionadas anteriormente, se encontravam no topo da mina de calcário, ele viu o cão mais jovem de pé contra o céu... escuro e imóvel como Napoleão em Santa Helena.

Uma convicção horrível tomou conta de Oak. Com uma sensação de fraqueza no corpo ele avançou: a certa altura do caminho as grades estavam quebradas, e ali viu as pegadas de suas ovelhas. O cachorro se aproximou, lambeu sua mão e fez sinais insinuando que esperava uma grande recompensa pelos serviços prestados. Oak olhou para o precipício. As ovelhas estavam lá embaixo mortas ou morrendo a seus pés... um monte de duzentas carcaças mutiladas que representavam no estado em que estavam pelo menos mais duzentas.

Oak era um homem intensamente humano: na verdade, sua humanidade muitas vezes despedaçava suas intenções políticas que beiravam a estratégia, e o levava adiante como se fosse por gravitação. Aquele rebanho morto transformou-se em uma sombra na sua vida, pois naquele dia ele descobriu que um pastor era um traidor completo de suas ovelhas indefesas. Seu primeiro sentimento agora era de pena pelo destino prematuro daquelas dóceis ovelhas e de seus cordeiros que não nasceriam.

Levou um segundo para lembrar de outro problema que surgia com a morte das ovelhas. Elas não estavam seguradas. Todas as economias de uma vida simples foram dispersadas de uma só vez; suas esperanças de ser um agricultor independente haviam sido destruídas... possivelmente para sempre. As energias, a paciência e a diligência de Gabriel foram tão severamente cobradas durante os 18 e os 28 anos, para atingir seu atual estágio de progresso, que nada mais parecia restar. Debruçou-se sobre a grade e cobriu o rosto com as mãos.

No entanto, a letargia não dura para sempre, e o fazendeiro Oak se recuperou. Foi impressionante e característico que a única frase que proferiu fora de agradecimento:

– Graças a Deus não sou casado. O que ela faria na pobreza que agora me atinge?!

Oak ergueu a cabeça e, imaginando o que poderia fazer, examinou a cena com indiferença. Na margem externa havia um lago oval, e sobre ele pendia o esqueleto atenuado de uma lua amarelo--cromo que duraria apenas alguns dias, pois logo a estrela da manhã viria buscá-la pela mão esquerda. O lago brilhava como o olho de um homem morto e, quando o mundo acordou, soprou uma brisa, sacudindo e alongando o reflexo da lua sem quebrá-lo, e transformando a imagem da estrela em um risco fosfórico sobre a água. Oak viu e se lembrou de tudo isso.

Pelo que se sabe, parece que o pobre cão jovem, ainda com a impressão de que, como era mantido para correr atrás de ovelhas, quanto mais corria atrás delas, melhor, comeu no final da refeição o cordeiro morto, que pode ter dado a ele energia e ânimo adicionais para reunir todas as ovelhas em um canto, empurrando as criaturas tímidas através da cerca viva, através do campo na parte de cima e por força maior da preocupação deu-lhes impulso suficiente para que quebrassem uma parte da grade podre, e então as empurrou para o abismo.

O filho de George havia feito seu trabalho tão detalhadamente que foi considerado bom demais para continuar vivo e, de fato, foi tragicamente baleado às 12 horas daquele mesmo dia. Outro exemplo do destino desagradável que tantas vezes atinge cães e outros filósofos que seguem uma linha de raciocínio até sua conclusão lógica e tentam uma conduta perfeitamente consistente em um mundo feito em grande parte de concessões.

A fazenda de Gabriel foi abastecida por um negociante, com base na aparência e no caráter promissores de Oak, que receberia uma porcentagem do fazendeiro até o momento em que o adiantamento fosse liquidado. Oak descobriu que o valor do rebanho, da plantação e dos instrumentos que realmente eram seus seria suficiente para pagar suas dívidas, deixando-se um homem livre com as roupas do corpo e nada mais.

CAPÍTULO VI

A FEIRA - A VIAGEM - O INCÊNDIO

Dois meses se passaram. Chegamos a um dia de fevereiro, em que era realizada a feira anual de estatutos ou contratações no condado de Casterbridge.

Em uma das extremidades da rua havia entre duzentos e trezentos trabalhadores alegres e vigorosos esperando por uma oportunidade. Eram todos homens de bem para quem o trabalho não sugere nada pior do que uma luta contra a força da gravidade e um prazer nada melhor do que a renúncia ao mesmo. Entre eles, carroceiros e condutores se distinguiam por terem um pedaço de corda enrolado em volta dos chapéus; aqueles que construíam telhados usavam um pedaço de palha trançada; os pastores de ovelhas seguravam seus cajados nas mãos; e assim a situação exigida era conhecida pelos contratantes num piscar de olhos.

No meio da multidão estava um jovem atlético de aparência um tanto superior aos demais. Na verdade, sua superioridade era marcante o suficiente para levar vários camponeses corados que estavam por perto a interrogá-lo como se ele fosse um fazendeiro, e chegavam a usar a palavra "senhor" no final da pergunta. Sua resposta sempre era:

– Eu mesmo estou procurando uma oportunidade de emprego. Você conhece alguém que esteja precisando de um empregado?

Gabriel estava mais pálido agora. Seus olhos estavam mais meditativos, e sua expressão era mais triste. Havia passado por uma provação de infelicidade que lhe dera mais do que tirara. Tinha caído de sua modesta elevação como rei do pastoril para os poços de lama do Vale de Sidim[2]; mas restou-lhe uma calma digna que nunca antes conhecera, e aquela indiferença ao destino que, embora muitas vezes transforme um homem em vilão, é a base da sua sublimidade quando isso não acontece. E assim a humilhação foi a exaltação, e a perda transformou-o em vencedor.

De manhã, um regimento de cavalaria deixara a cidade e um sargento e o seu grupo andavam à procura de recrutas pelas quatro ruas. À medida que o fim do dia se aproximava e não era contratado, Gabriel quase desejou ter se juntado a eles e partido para servir seu país. Cansado de ficar no mercado e não se importando muito com o tipo de trabalho que realizava, decidiu oferecer-se em alguma outra função que não a de administrador.

Todos os agricultores pareciam estar procurando pastores. Cuidar de ovelhas era a especialidade de Gabriel. Virando por uma rua obscura e entrando em uma viela ainda mais obscura, ele foi até a oficina de um ferreiro.

– Quanto tempo leva para fazer um cajado?

– Vinte minutos.

– Quanto custa?

– Dois xelins.

Sentou-se em um banco, e o cajado foi feito, uma haste foi dada a ele como barganha.

Dirigiu-se então a uma loja de roupas prontas, com cujo proprietário ele tinha uma grande ligação rural. Como o cajado havia absorvido a maior parte do dinheiro de Gabriel, trocou seu sobretudo por um avental de pastor.

Concluída essa transação, novamente correu para o centro da cidade e ficou parado no meio-fio, como um pastor, com o cajado na mão.

---

2 O Vale de Sidim ocupava uma área circular no extremo sul do mar Morto, atualmente submerso pelas suas águas salgadas. Sodoma e Gomorra faziam parte desse vale e foram destruídas por Deus por causa da maldade de seu povo.

Agora que Oak se transformara em pastor, parecia que os administradores eram os mais procurados. Contudo, dois ou três agricultores notaram-no e aproximaram-se. Seguiram-se diálogos, mais ou menos assim:

– De onde você vem?

– Norcombe.

– É bem longe daqui.

– Vinte e cinco quilômetros.

– De quem era a última fazenda onde trabalhou?

– Minha.

Essa resposta invariavelmente funcionou como um boato de cólera. O fazendeiro questionador se afastou e balançou a cabeça em dúvida. Gabriel, assim como seu cachorro, era bom demais para ser confiável e nunca avançou além desse ponto.

É mais seguro aceitar qualquer oportunidade que se apresente e improvisar um procedimento para adaptar-se a ela, do que preparar um bom plano e esperar por uma oportunidade de usá-lo. Gabriel desejou não ter se destacado como pastor, mas ter se preparado para qualquer coisa em todo o ciclo de trabalho exigido na feira. Anoiteceu. Alguns homens alegres assobiavam e cantavam perto do mercado de cereais. A mão de Gabriel, que estava há algum tempo ociosa no bolso do avental, tocou a flauta que ele carregava. Aqui estava uma oportunidade para colocar em prática sua sabedoria adquirida.

Pegou a flauta e começou a tocar *"Jockey to the Fair"* no estilo de um homem que nunca conheceu um momento de tristeza. Oak podia tocar a flauta com doçura arcadiana, e o som das notas bem conhecidas alegrava seu coração, bem como o dos que estavam observando. Tocou com toda emoção e, em meia hora, ganhou em centavos o que seria uma pequena fortuna para um homem necessitado.

Ao fazer perguntas, descobriu que haveria outra feira em Shottsford no dia seguinte.

— Onde fica Shottsford?

— Quinze quilômetros para o lado de Weatherbury.

Weatherbury! Foi para lá que Bathsheba tinha ido dois meses antes. Essa informação foi como passar da noite para o dia.

— Qual é a distância até Weatherbury?

— Sete ou oito quilômetros.

Bathsheba provavelmente já havia deixado Weatherbury há muito tempo a essa altura, mas o local tinha interesse suficiente para levar Oak a escolher a feira de Shottsford como seu próximo campo de investigação, porque ficava perto de Weatherbury. Além disso, o povo de Weatherbury não era de forma alguma profundamente desinteressante. Se o relato falasse a verdade, eles eram um grupo tão forte, alegre, próspero e perverso quanto qualquer outro em todo o condado. Oak decidiu dormir em Weatherbury naquela noite, a caminho de Shottsford, e partiu imediatamente para a estrada que havia sido recomendada como rota direta para o vilarejo em questão.

A estrada estendia-se por prados alagados cruzados por pequenos riachos, cujas superfícies trêmulas eram trançadas no centro e dobradas nas laterais; ou, onde o fluxo era mais rápido, o riacho estava coberto de manchas de espuma branca, que avançavam com serenidade imperturbável. Nos níveis mais altos, as carcaças mortas e secas das folhas batiam no chão enquanto rolavam desordenadamente sobre os ombros do vento, e pequenos pássaros nas sebes farfalhavam suas penas e se aconchegavam confortavelmente durante a noite, mantendo seus lugares, se Oak continuasse se movendo, mas caso ele parasse para observá-los, voavam para longe. Passou por Yalbury Wood, onde as aves de caça subiam em seus poleiros, e ouviu o assobio estridente dos faisões e o cacarejar ofegante das galinhas.

Quando já havia percorrido cinco ou seis quilômetros, todas as formas da paisagem assumiram um tom uniforme de escuridão.

Desceu a colina de Yalbury e pôde discernir à sua frente uma carroça, parada sob uma grande árvore à beira da estrada.

Ao se aproximar, descobriu que não havia cavalos presos ali, e o local era aparentemente bastante deserto. A carroça, pela sua posição, parecia ter sido deixada ali durante a noite, pois além de cerca de metade de um fardo de feno amontoado no fundo, estava vazia. Gabriel sentou-se nos eixos do veículo e considerou sua posição. Calculou que havia caminhado uma boa parte da viagem; e como estava em pé desde o amanhecer, sentiu-se tentado a deitar-se sobre o feno na carroça, em vez de seguir para a vila de Weatherbury e ter de pagar por um alojamento.

Depois de comer as últimas fatias de pão e presunto e beber da garrafa de cidra que tivera o cuidado de trazer consigo, subiu na carroça solitária. Aqui estendeu metade do feno como cama e, o melhor que pôde na escuridão, puxou a outra metade sobre si como um cobertor, cobrindo-se inteiramente e sentindo-se, fisicamente, tão confortável como sempre esteve em sua vida. A melancolia interior era impossível para um homem como Oak, que era muito mais introspectivo que seus vizinhos para banir completamente a presente página desagradável de sua história. Assim, pensando nas suas infelicidades, amorosas e pastoris, adormeceu, como gostam os pastores e também os marinheiros, com o privilégio de poder invocar Deus em vez de ter de esperar por Ele.

Ao acordar de repente, depois de um sono cuja duração não tinha ideia, Oak descobriu que a carroça estava em movimento. Estava sendo carregado pela estrada a uma velocidade bastante considerável para um veículo sem molas e sob circunstâncias de desconforto físico, com a cabeça balançando para cima e para baixo na carroça como uma baqueta. Então distinguiu vozes conversando, vindas da parte dianteira da carroça. Sua preocupação com esse dilema (que teria sido alarmante, se ele fosse um homem próspero, mas o infortúnio é um excelente ópio para o terror pessoal) levou-o a observar cautelosamente através do feno, e a primeira coisa que viu foram as estrelas acima dele. A constelação da

Carruagem de Charles estava formando um ângulo reto com a estrela Polar, e Gabriel concluiu que deviam ser cerca de 9 horas... em outras palavras, que ele havia dormido duas horas. Esse pequeno cálculo astronômico foi feito sem nenhum esforço positivo, e enquanto ele se voltava furtivamente para descobrir, se possível, em que mãos havia caído.

Duas figuras eram vagamente visíveis na frente, sentadas com as pernas para fora da carroça, uma das quais dirigia. Gabriel logo descobriu que esse era o condutor, e parecia que eles tinham vindo da feira de Casterbridge, como ele.

A conversa estava em andamento e era assim:

– Seja como for, ela tem um corpo lindo e bonito, no que diz respeito à aparência. Mas isso é apenas a pele da mulher, e essas mulheres elegantes são tão perigosas quanto um demônio em seu interior.

– Sim, é o que parece, Billy Smallbury, é o que parece – Essa declaração era muito duvidosa por natureza, e mais ainda pelas circunstâncias, os solavancos da carroça interferiam na voz do homem que segurava as rédeas.

– Ela é uma mulher muito arrogante, é o que se diz em toda a parte.

– Ora! Se for assim, não vou conseguir olhar para ela. Meu Senhor Deus, não, não vou não, sou um homem muito tímido!

– Sim... ela é muito convencida. Dizem que toda noite antes de se deitar ela se olha no espelho para arrumar sua touca adequadamente.

– E não é uma mulher casada. Eita, meu Deus do céu!

– E dizem que toca piano. Toca tão bem que pode fazer a melodia de um salmo soar como a canção mais alegre que alguém já ouviu.

– Foi o que falei! Vamos nos divertir, e me sinto um novo homem! E quanto ela paga?

– Isso eu não sei, sr. Poorgrass.

Ao ouvir essas e outras observações semelhantes, um pensamento selvagem passou pela mente de Gabriel, de que eles poderiam estar falando de Bathsheba. Não havia, contudo, motivos para manter tal suposição, pois a carroça, embora estivesse indo na direção de Weatherbury, poderia estar indo mais distante, e a mulher a que se referia parecia ser a dona de alguma propriedade. Eles estavam agora aparentemente próximos de Weatherbury e, para não alarmar desnecessariamente os homens que estavam conversando, Gabriel saiu da carroça sem ser visto.

Encontrou uma abertura na cerca e descobriu que se tratava de um portão, pulou e sentou-se meditando se deveria procurar um alojamento barato na vila ou garantir um ainda mais barato, deitando-se sob algum feno ou pilha de milho. O barulho da carroça morreu em seus ouvidos. Estava prestes a seguir em frente quando notou do seu lado esquerdo uma luz incomum, que parecia estar a uns oitocentos metros de distância. Oak observou, e o brilho aumentou. Algo estava pegando fogo.

Gabriel subiu novamente no portão e, saltando para o outro lado, percebeu que era um solo arado e atravessou o campo na direção exata do fogo. As chamas, ampliando-se em proporção dupla pela aproximação dele e pelo próprio aumento, mostraram-lhe, à medida que se aproximava, os contornos dos montes de feno ao lado dela, iluminados com grande nitidez. Um campo de feno era a origem do incêndio. Seu rosto cansado agora começava a ser colorido com um rico brilho laranja, e toda a frente de seu avental e polainas estavam cobertas por sombras dançantes de galhos dos espinheiros. A luz o alcançava através de uma cerca viva sem folhas, e o gancho metálico de seu cajado também tinha um brilho prateado. Chegou até a cerca e levantou-se para recuperar o fôlego. Parecia que o local estava totalmente desocupado. Não havia uma viva alma.

O fogo vinha de um enorme monte de palha, tão grande, que não existia a possibilidade de salvá-lo. Um monte de feno queima de forma diferente de uma casa. À medida que o vento sopra o fogo para dentro, a porção em chamas desaparece completamente, como açúcar derretido, e o contorno se perde à vista. No entanto, um monte de feno ou de trigo bem amarrado resistirá à combustão por muito tempo, se ela começar do lado de fora.

O que estava diante dos olhos de Gabriel era um monte de palha, totalmente solto, e as chamas dispararam dele com a rapidez de um raio. Brilhava na direção do vento, aumentando e diminuindo de intensidade, como a brasa de um charuto. Então um feixe sobreposto rolou, causando um ruído de agitação; as chamas se alongaram e se curvaram com um rugido silencioso, mas sem estalar. Bancos de fumaça saíam horizontalmente da parte de trás, como nuvens passageiras, e atrás dessas chamas ocultas queimavam, iluminando a folha semitransparente de fumaça com uma uniformidade amarela brilhante. Pedaços de palha eram consumidos em um movimento rastejante de calor avermelhado, como se fossem nós de minhocas vermelhas, e acima brilhavam rostos imaginários de fogo, línguas penduradas nos lábios, olhos brilhantes e outras formas estranhas, das quais, de tempos em tempos, voavam faíscas em grupos, como pássaros em um ninho.

Oak de repente deixou de ser um mero espectador ao descobrir que o caso era mais sério do que inicialmente imaginara. Um rolo de fumaça foi soprado para o lado e mostrou-lhe um fardo de trigo em surpreendente justaposição com o que estava sendo consumido, e atrás desse uma série de outros, que formavam a principal produção de milho da fazenda; de modo que, em vez da pilha de palha ficar, como ele havia imaginado, comparativamente isolada, havia uma conexão regular entre ela e as pilhas restantes do grupo.

Gabriel pulou por cima da cerca viva e viu que não estava sozinho. O primeiro homem que encontrou corria com muita pressa, como se seus pensamentos estivessem vários metros à frente de seu corpo e não conseguiam arrastá-lo rápido o suficiente.

– Oh, meu Deus... fogo, fogo! Um bom patrão e um mau

empregado dá em fogo, fogo!... É o que digo, um mau empregado e um bom patrão. Oh, Mark Clark... venha! E você também, Billy Smallbury... e você, Maryann Money... venham também Jan Coggan e Matthew! – Outras pessoas apareceram por trás daquele homem que gritava entre a fumaça, e Gabriel descobriu que, longe de estar sozinho, estava em excelente companhia... cujas sombras dançavam alegremente para cima e para baixo, sincronizadas pelo movimento das chamas, e não pelo movimento de seus proprietários. O grupo todo... pertencente àquela classe da sociedade que transforma seus pensamentos em sentimentos e seus sentimentos em comoção... começou a trabalhar com uma notável confusão de propósitos.

– Interrompam a corrente de ar embaixo do feixe de trigo! – gritou Gabriel para aqueles que estavam mais próximos dele. O milho ficava em estacas de pedra e, entre elas, línguas amareladas da palha queimada lambiam e saltavam alegremente. Se o fogo chegasse a essa pilha, tudo estaria perdido.

– Peguem uma lona... rápido! – gritou Gabriel.

Trouxeram uma lona e penduraram-na como uma cortina no canal. As chamas imediatamente pararam de passar por baixo da pilha de milho e ficaram na vertical.

– Fique aqui com um balde de água e mantenha a lona molhada – disse Gabriel novamente.

As chamas, agora impulsionadas para cima, começaram a atacar os ângulos do enorme telhado que cobria o monte de trigo.

– Uma escada – gritou Gabriel.

– A escada estava encostada no monte de palha e foi reduzida a cinzas – disse uma forma espectral na fumaça.

Oak agarrou as pontas cortadas dos feixes, como se fosse participar na operação de "juntar o junco", e cavando com os pés, ocasionalmente puxando a haste com seu cajado, ele subiu na parte mais alta. Imediatamente sentou-se lá em cima com as pernas abertas para os lados e, com seu cajado, começou a bater nos fragmentos de fogo que haviam se alojado ali, gritando para os outros que lhe arranjassem um galho, uma escada e um pouco de água.

Billy Smallbury, um dos homens que estava na carroça, a essa altura havia encontrado uma escada, por onde Mark Clark subiu, segurando-se ao lado de Oak sobre a palha. A fumaça naquele canto era sufocante, e Clark, um sujeito ágil, tendo recebido um balde de água, banhou o rosto de Gabriel e borrifou-o de maneira geral, enquanto o próprio Gabriel, agora com um longo galho de faia em uma das mãos, além de seu cajado na outra, continuava varrendo a pilha e afastando todas as partículas de fogo.

No chão, os grupos de moradores da vila ainda estavam ocupados em fazer tudo o que podiam para conter a destruição, que não era grande. Estavam todos tingidos de laranja e cobertos por sombras de padrões variados. No canto da pilha maior, fora dos raios diretos do fogo, estava um pônei, carregando uma jovem. Ao seu lado estava outra mulher, em pé. As duas pareciam manter distância do fogo, para que o cavalo não ficasse assustado.

– É um pastor de ovelhas – disse a mulher que estava em pé
– Sim, ele é. Veja como seu cajado brilha enquanto bate no fardo. E seu avental tem dois furos feitos pelo fogo, posso ver! Que belo pastor ele é, senhora.

– Ele é pastor de quem? – perguntou a amazona com uma voz clara.

– Não sei, senhora.

– Os outros também não sabem?

– Ninguém sabe, já perguntei a todos. Disseram que ele é um estranho.

A jovem no pônei saiu da sombra e olhou ansiosamente ao redor.

– Você acha que o celeiro está a salvo? – ela disse.

– Você acha que o celeiro está a salvo, Jan Coggan? – disse a segunda mulher, fazendo a pergunta para o homem mais próximo em sua direção.

– Seguro agora, pelo menos, acho que sim. Se esse fardo não estivesse aqui, o celeiro teria queimado todo. Foi aquele corajoso pastor lá em cima quem fez a proeza, sentado no topo do fardo, balançando seus longos braços como um moinho de vento.

– Ele é muito esforçado – disse a jovem sentada no pequeno cavalo, olhando para Gabriel através do grosso véu de lã – Gostaria que ele fosse pastor daqui. Nenhum de vocês sabe o nome dele?

– Nunca ouvi o nome desse homem em minha vida, nem o vi antes.

O fogo começou a diminuir, e a posição de Gabriel lá em cima não era mais necessária, então ele fez menção de descer.

– Maryann – disse a jovem que estava no cavalo – vá até ele enquanto está descendo e diga que a fazendeira gostaria de agradecê-lo pelo excelente serviço que fez.

Maryann caminhou em direção ao fardo e encontrou Oak ao pé da escada e entregou a mensagem.

– Onde está seu patrão, o fazendeiro? – perguntou Gabriel, animado com a ideia de que poderia conseguir um emprego naquele momento.

– Não é patrão, é patroa, pastor.

– Uma fazendeira?

– Sim, e rica também! – disse um espectador – Faz pouco tempo que ela veio de longe e assumiu a fazenda do tio, que morreu repentinamente. Costumava medir o seu dinheiro em copos de meio litro. Dizem agora que ela tem negócios em todos os bancos de Casterbridge, e não pensa mais em jogar cara ou coroa como você e eu fazíamos com meio centavo, por nada nesse mundo, pastor.

– Ali está ela, sentada no cavalo – disse Maryann – com seu rosto coberto por um pano preto com furinhos.

Oak, com as feições sujas, todo encardido e irreconhecível pela fumaça e pelo calor, com seu avental furaco pelo fogo e pingando água, seu cajado queimado e quinze centímetros mais curto, avançou com a humildade que a severa adversidade havia lhe imposto até a pequena forma feminina na sela. Ele tirou o chapéu com respeito, mas não sem galanteio, aproximou-se dos pés dela e disse com voz hesitante:

– Por acaso precisa de um pastor, madame?

Ela levantou o véu de lã amarrado em volta do rosto e pareceu espantada. Gabriel e sua amada de coração frio, Bathsheba Everdene, estavam cara a cara.

Bathsheba não disse nada, e ele mecanicamente repetiu com uma voz triste e acanhada:

– A senhora precisa de um pastor, madame?

CAPÍTULO VII

RECONHECIMENTO - UMA GAROTA TÍMIDA

Bathsheba retirou-se para a sombra. Não sabia se estava surpresa pela singularidade do encontro ou pela estranheza dele. Havia espaço para um pouco de pena e também para um pouco de exultação: a primeira relacionada a ele, a segunda a ela. Não estava envergonhada, e lembrou-se da declaração de amor que Gabriel havia feito para ela em Norcombe apenas para pensar que quase a havia esquecido.

– Sim – ela murmurou, assumindo um ar de dignidade, e voltando-se novamente para ele com o rosto um pouco avermelhado – Eu quero um pastor, mas...

– Este é o homem, madame – disse um dos moradores da vila, bem baixinho.

A certeza gera a confiança.

– É isso mesmo – disse outro morador, decisivamente.

– Com certeza, esse é o homem – disse um terceiro com convicção.

– Ele é perfeito! – disse o quarto, fervorosamente.

– Então digam a ele para falar com o administrador! – disse Bathsheba.

Tudo estava prático novamente agora. A proximidade do verão e a solidão foram necessárias para dar ao encontro a devida plenitude de romance.

O administrador foi apresentado a Gabriel, que, controlando a palpitação em seu peito ao descobrir que essa Astarte era apenas uma modificação de Vênus, tão bem conhecida e admirada, retirou-se com ele para conversar sobre as preliminares necessárias para a contratação.

O fogo diante deles havia desaparecido.

– Homens, – disse Bathsheba – devem se refrescar um pouco depois desse trabalho extra. Não querem entrar?

– Podemos comer e beber alguma coisa de graça, senhorita, então iremos para o Warren's Malthouse – respondeu um deles.

Bathsheba então saiu cavalgando pela escuridão, e os homens se espalharam pela vila em dois ou três... Oak e o administrador foram deixados sozinhos na pilha de trigo.

– E agora – disse o administrador – acho que está tudo resolvido sobre sua vinda, então irei para casa. Boa noite para você, pastor.

– Você pode me arrumar um lugar para ficar? – perguntou Gabriel.

– Na verdade, não posso – disse ele, passando por Oak como um cristão passa pela bandeja de ofertório quando não tem a intenção de contribuir – Se você seguir pela estrada até chegar em Warren's Malthouse, para onde todos já foram para comer, acho que alguém pode lhe arrumar um lugar para ficar. Boa noite, pastor.

O administrador, que demonstrava certo pavor em amar o próximo como a si mesmo, subiu a colina, e Oak seguiu até a vila, ainda surpreso com o reencontro com Bathsheba, feliz por sua proximidade com ela e perplexo com a rapidez com que a moça inexperiente de Norcombe se tornara a mulher supervisora e calma daqui. Mas algumas mulheres só precisam de uma emergência para se adequarem à situação.

Obrigado, até certo ponto, a renunciar aos sonhos para encontrar seu caminho, chegou à praça da igreja e passou por baixo do muro onde cresciam várias árvores centenárias. Havia uma grande margem de grama ali, e os passos de Gabriel eram amortecidos por sua maciez, mesmo nesse período difícil do ano. Ao se deparar com um tronco que parecia ser o mais antigo dos antigos, ele percebeu que havia alguém parado atrás dele. Gabriel não parou de caminhar, e em outro momento chutou acidentalmente uma pedra solta. O barulho foi suficiente para incomodar o estranho imóvel, que se assustou e assumiu uma posição descuidada.

Era uma moça esbelta, vestindo roupas leves.

– Boa noite – disse Gabriel, cordialmente.

– Boa noite – respondeu a jovem a Gabriel.

A voz era inesperadamente atraente. Era a nota baixa e delicada que sugeria romance, muito comum nas descrições, rara na experiência.

– Agradeceria se você pudesse me informar se estou no caminho certo para Warren's Malthouse? – Gabriel continuou com a intenção de obter mais informações e indiretamente ouvir mais daquela voz melodiosa.

– Muito bem. Fica lá no sopé da colina. E você sabe... a garota hesitou e depois continuou: – Você sabe até que horas o Buck's Head Inn fica aberto? – Ela parecia ter sido conquistada pela cordialidade de Gabriel, assim como Gabriel havia sido conquistado por sua musicalidade.

– Não sei onde fica o Buck's Head, não conheço nada por aqui. Você está pensando em ir até lá esta noite?

– Sim – respondeu a mulher e parou de falar. Não havia necessidade de continuar a conversa, e o fato de ela dizer algo mais vinha de um desejo inconsciente de mostrar despreocupação fazendo um comentário, o que é perceptível nos ingênuos quando agem furtivamente – Você não é de Weatherbury, é? – ela disse, timidamente.

– Não sou. Sou o novo pastor... acabei de chegar.

– Só um pastor... mas parece quase um fazendeiro pelos seus modos.

– Só um pastor – Gabriel repetiu, em uma cadência monótona de determinação. Seus pensamentos estavam voltados para o passado, seus olhos para os pés da moça; e pela primeira vez ele percebeu um tipo de inquietação. Ela deve ter percebido a direção do rosto dele, pois disse de forma persuasiva:

– Você não vai dizer nada na vila que me viu aqui, não é? Pelo menos, não por um dia ou dois?

– Não vou dizer nada se você não quiser que eu diga – disse Oak.

– Muito obrigada – respondeu a moça – Sou bastante pobre e não quero que as pessoas saibam nada sobre mim – Então ficou em silêncio e estremeceu.

– Você precisa de um casaco numa noite tão fria – observou Gabriel – Acho que você deveria entrar.

– Ah, não! Pode seguir seu caminho e me deixar aqui! Agradeço muito pelo que me disse.

– Vou continuar, então – ele respondeu e acrescentou com certa hesitação: – Já que você não está muito bem, talvez aceite o pouco que tenho, é só um xelim, mas é tudo que tenho guardado.

– Sim, eu aceito – disse a estranha com gratidão.

Ela estendeu a mão dela, e Gabriel a dele. Ao tatearem a palma da mão um do outro na escuridão, antes que o dinheiro pudesse ser repassado, ocorreu um pequeno incidente que foi muito importante. Os dedos de Gabriel pousaram no pulso da jovem, e este pulsava com uma intensidade trágica. Ele frequentemente sentia a mesma batida rápida e forte na artéria femoral de seus cordeiros quando estavam cansados. Sugeria um consumo muito grande de vitalidade que, a julgar pela sua figura e estatura, devia ser muito pequena.

– Qual é o problema?

– Nenhum.

– Mas algo está errado!

– Não, não, não! Não conte a ninguém que me viu aqui!

– Tudo bem, não direi nada. Boa noite, novamente.

– Boa noite.

A jovem permaneceu imóvel junto à árvore, e Gabriel desceu até a vila de Weatherbury, ou Lower Longpuddle, como era chamada às vezes. Imaginou ter sentido uma tristeza muito profunda ao tocar aquela criatura leve e frágil. Mas a sabedoria está em moderar meras impressões, e Gabriel esforçou-se para pensar pouco sobre aquilo.

CAPÍTULO VIII

A CERVEJARIA - A CONVERSA - AS NOTÍCIAS

O Warren's Malthouse era cercado por um velho muro coberto de hera e, embora pouco do exterior fosse visível àquela hora, as características e os propósitos do edifício eram claramente demonstrados pelo seu contorno no céu. Das paredes subia um telhado de palha até o ponto central, onde ficava uma pequena lanterna de madeira, com aberturas em todos os quatro lados, e dessas aberturas percebia-se vagamente uma névoa escapando pelo ar noturno. Não havia janela na parte da frente, mas um buraco quadrado na porta era fechado por uma única vidraça, através da qual raios vermelhos e confortantes se estendiam sobre a parede de hera em frente. Era possível ouvir as vozes que vinham lá de dentro.

A mão de Oak deslizou pela superfície da porta com os dedos estendidos como fazia Elimas, o Mágico mencionado no Novo Testamento, até encontrar uma tira de couro, que puxou. Ao fazer isso, uma trava de madeira foi levantada, e a porta se abriu.

A sala lá dentro era iluminada apenas pelo brilho avermelhado da boca do forno, que brilhava no chão com a horizontalidade do sol poente, e projetava para cima as sombras de todas as irregularidades faciais daqueles reunidos no local. O piso de pedra estava desgastado, criando um caminho que ia da porta até o forno e formando ondulações por toda parte. Um banco curvo de carvalho estendia-se ao longo de uma das laterais e em um canto remoto ficava uma pequena cama e seu pequeno estrado, cujo proprietário e ocupante frequente era o preparador de malte.

Esse homem idoso estava agora sentado em frente ao fogo, o cabelo e a barba brancos e gelados cobriam-lhe o rosto, como o musgo cinzento e o líquen em uma macieira sem folhas. Ele usava calças até os joelhos, sapatos amarrados na altura dos tornozelos e mantinha os olhos fixos no fogo.

O nariz de Gabriel foi saudado por uma atmosfera carregada do doce cheiro do malte novo. A conversa (que parecia ter sido sobre a origem do fogo) parou imediatamente, e todos o criticaram com o olhar, franzindo a testa e fechando os olhos, estreitando as pálpebras, como se ele fosse uma luz forte demais para a visão deles. Após o término da verificação, vários exclamaram em pensamento:

– Ora, acho que esse é o novo pastor.

– Pensamos ter ouvido uma mão arranhando a porta em busca da maçaneta, mas não tínhamos certeza se não era uma folha seca jogada ao vento – disse um deles – Entre, pastor, seja bem-vindo, embora não saibamos seu nome.

– Gabriel Oak, esse é meu nome, vizinhos.

Ao ouvir a resposta de Gabriel, o velho cervejeiro sentado no centro virou-se como o giro de um guindaste enferrujado.

– Não pode ser o neto de Gable Oak aqui em Norcombe... não pode ser! – ele disse, como uma fórmula expressiva de surpresa, que ninguém deveria, nem por um momento, interpretar literalmente.

– Meu pai e meu avô também se chamavam Gabriel – disse o pastor, placidamente.

– Logo pensei que conhecia o rosto do homem quando o vi na palha! E para onde você vai agora, pastor?

– Estou pensando em ficar aqui – disse o sr. Oak.

– Conheci seu avô há muito tempo! – continuou o cervejeiro com as palavras surgindo por conta própria, como se o impulso que surgiu anteriormente tivesse sido suficiente.

– Ah... verdade?!

– Conheci sua avó.

— Ela também?

— Da mesma forma conheci seu pai quando ele era criança. Ora, meu filho Jacob e seu pai eram como irmãos de verdade... não é mesmo, Jacob?

— Sim, verdade – disse o filho dele, um homem de aproximadamente 65 anos de idade, meio careca e com um dente no centro esquerdo da arcada superior, que se destacava por si só como um marco na margem do rio – Mas era o Joe que ficava mais com ele. No entanto, meu filho William deve ter conhecido o mesmo homem antes de nós... não é, Billy, antes de você partir de Norcombe?

— Não, foi Andrew – disse o filho de Jacob, Billy, um homem de 40 anos, mais ou menos, que tinha a peculiaridade de possuir uma alma alegre em um corpo triste, e cujos bigodes assumiam um tom de chinchila.

— Lembro-me de Andrew – disse Oak – como uma pessoa importante no local quando eu era pequeno.

— Sim, outro dia, eu e minha filha mais nova, Liddy, estávamos no batizado do meu neto, – continuou Billy – conversando sobre essa mesma família, e era o último Dia da Purificação, quando o dinheiro é doado aos mais pobres, você sabe, pastor, e lembro que eles todos tiveram de ir até a sacristia... sim, a família desse mesmo homem.

— Venha e beba, pastor. Coma conosco, aqui é tudo muito simples – disse o cervejeiro, tirando seus olhos do fogo, pois estavam extremamente vermelhos e turvos por contemplá-lo por tantos anos – Pegue o Deus-que-me-perdoe, Jacob. Veja se está quente, Jacob.

Jacob inclinou-se para pegar a caneca Deus-que-me-perdoe, que era uma caneca alta de duas alças que ficava no meio das cinzas, rachada e carbonizada pelo calor. Era totalmente coberta por um material estranho por fora, especialmente nas fendas das alças, na parte mais interna, cujas curvas não viam a luz do dia há anos devido a essa incrustação formada por cinzas acidentalmente umedecidas com cidra. Mas, para qualquer bebedor sensato, a xícara não era pior por causa disso, estando incontestavelmente limpa por dentro e na borda. Deve-se observar que esse tipo de caneca é chamado de Deus-que-me-perdoe em Weatherbury e seus arredores por razões incertas; provavelmente porque seu tamanho faz com que qualquer beberrão sinta vergonha de si mesmo ao ver o fundo ao esvaziá-la.

Jacob, ao receber a ordem para ver se a bebida estava quente o suficiente, mergulhou placidamente o dedo indicador nela como um termômetro e, depois de pronunciá-la quase no grau adequado, ergueu a xícara e, muito civilizadamente, tentou tirar o pó de algumas cinzas usando a parte de baixo do avental, porque o Pastor Oak era um estranho.

– Uma caneca limpa para o pastor – disse o cervejeiro.

– Não, de jeito nenhum – disse Gabriel, em tom de reprovação e consideração – Nunca me preocupo com a sujeira em seu estado puro e quando sei de que tipo é – dizendo isso, pegou a caneca e bebeu um centímetro ou mais da profundidade de seu conteúdo e passou-a devidamente para o próximo homem – Eu não pensaria em dar tanto trabalho aos vizinhos para lavar a louça quando já há tanto trabalho a ser feito no mundo – continuou Oak em um tom mais úmido, depois de se recuperar da falta de ar causada por beber um grande gole da caneca.

– Um homem muito sensato – disse Jacob.

– Verdade, verdade, não se pode negar! – observou um jovem ativo chamado Mark Clark, um cavalheiro genial e agradável, que queria conhecer todos os lugares de suas viagens, beber tudo o que podia e, infelizmente, pagar por isso.

– E aqui está um bocado de pão e bacon que a patroa mandou, pastor. A cidra ficará melhor com um pouco de comida. Não morda muito perto, pastor, pois deixei o bacon cair na estrada lá fora enquanto o trazia, e pode ser que esteja um pouco sujo de terra. Pronto, aqui está limpo, sem sujeira; todos nós já percebemos que você não é um homem cheio de frescuras, pastor.

– Verdade, verdade, não sou mesmo – disse o amistoso Oak.

– Não deixe seus dentes se encontrarem e assim você não sentirá a areia. Ah, é maravilhoso o que podemos fazer com alguns pequenos truques!

– Também acho, vizinho.

– Ah, ele realmente é neto do avô dele!... o avô dele era um homem muito bom e sem particularidades! – disse o cervejeiro.

– Beba, Henry Fray... beba – disse magnanimamente Jan Coggan, uma pessoa que seguia os princípios do Conde de Saint-Simon de compartilhar e compartilhar as bebidas alcoólicas enquanto a vasilha mostrava sinais de que chegaria até ele em sua evolução gradual entre os que bebiam.

Quando aquele momento chegou ao fim, Henry, com um olhar melancólico, não recusou a caneca. Era um homem de mais de meia-idade, com sobrancelhas altas, que afirmava que a lei do mundo era ruim do modo como se apresentava em sua imaginação e ao mesmo tempo jogava um olhar sofrido em seus ouvintes. Sempre assinava seu nome "Henery", insistindo arduamente nessa grafia, e se algum professor que passasse se aventurasse a comentar que o segundo "e" era supérfluo e antiquado, recebia a resposta de que "H-e-n-e-r-y" era o nome com o qual ele fora batizado e o nome que usaria, em um tom de alguém para quem as diferenças ortográficas eram questões que tinham muito a ver com sua personalidade.

Jan Coggan, que havia passado a taça para Henery, era um homem de cor avermelhada com um semblante largo e um brilho particular nos olhos, cujo nome aparecia no registro de casamento de Weatherbury e paróquias vizinhas como padrinho e testemunha principal em inúmeras uniões dos vinte anos anteriores. Também ocupava frequentemente o cargo de padrinho em batizados do tipo delicadamente jovial.

– Venha, Mark Clark... venha. Há muito mais no barril – disse Jan.

– Sim, é o que farei, esse é meu único remédio – respondeu o sr. Clark, que era vinte anos mais novo que Jan Coggan, mas girava na mesma órbita. Ele ocultava a alegria em todas as ocasiões para descarga especial em festas populares.

– Ora, Joseph Poorgrass, você não bebeu nem uma gota! – disse o sr. Coggan para um homem constrangido ao fundo, apontando a caneca em direção a ele.

– Um homem tão modesto como ele! – disse Jacob Smallbury – Ora, você mal teve coragem para olhar no rosto de nossa jovem patroa, pelo que ouvi, Joseph?

Todos olharam para Joseph Poorgrass com compassiva reprovação.

– Não, eu mal olhei para ela – sorriu Joseph acanhado, diminuindo seu corpo enquanto falava, aparentemente por uma dócil sensação de proeminência indevida. – E quando olhei para ela, só fiquei corado de vergonha!

– Pobre homem – disse o sr. Clark.

– Essa é uma natureza curiosa para um homem – disse Jan Coggan.

– Sim – continuou Joseph Poorgrass – sua timidez, que era tão dolorosa quanto um defeito, enchendo-o com uma leve complacência agora que era considerado um assunto interessante. – Fui ficando vermelho, vermelho e mais vermelho a cada minuto, enquanto ela estava falando comigo.

– Acredito em você, Joseph Poorgrass, pois todos sabemos que é um homem muito acanhado.

– É um dom estranho para um homem, pobre alma – disse o cervejeiro – E há quanto tempo você sofre com isso, Joseph?

– Ah, desde menino. Sim... minha mãe ficava muito preocupada com isso. Mas não era nada.

— Por acaso você já tentou fazer alguma coisa para mudar isso, Joseph Poorgrass?

— Ah, sim, tentei todos os tipos de companhia. Eles me levaram à Feira de Greenhill e a um grande show alegre e agitado, onde havia mulheres que montavam em cavalos, usando somente suas batas, mas isso não me ajudou nem um pouco. Em seguida, fui colocado como mensageiro na Pista de Boliche feminina, nos fundos do Tailor's Arms, em Casterbridge. Era uma situação horrível e pecaminosa, e um lugar muito esquisito para um homem bom. Tinha de ficar de pé e olhar na cara das pessoas de manhã até a noite, mas também não adiantou nada... afinal, eu continuava tão ruim quanto antes. Ficar vermelho está na família há gerações. Então, é muita sorte se eu não ficar pior.

— Verdade — disse Jacob Smallbury, meditando sobre o assunto — É uma coisa para se pensar, que você poderia estar pior, mas, mesmo assim, é uma angústia muito grande para você, Joseph. Pois, veja bem, pastor, embora isso seja normal para uma mulher, é estranho para um homem como ele, coitado!

— É mesmo, verdade — disse Gabriel, voltando de uma meditação — Sim. É muito estranho para um homem.

— Sim, e ele também é muito tímido — observou Jan Coggan — Uma vez estava trabalhando até tarde em Yalbury Bottom, tomou uns goles a mais de bebida e se perdeu quando voltava para casa... por Yalbury Wood, não foi, Mestre Poorgrass?

— Não, não, não, essa história não! — exclamou o homem modesto, forçando uma risada para esconder sua preocupação.

— E assim se perdeu completamente — continuou o sr. Coggan, com uma expressão impassível, insinuando que uma história verdadeira, como o tempo e a maré, deve seguir seu curso e não respeitar ninguém — E quando ele estava caminhando, no meio da noite, muito amedrontado e incapaz de encontrar a saída através das árvores, eu gritei: "Homem perdido! Homem perdido!", e uma coruja em uma árvore estava gritando "Hu-hu-hu", como elas fazem, sabe, pastor (Gabriel acenou que sim), e Joseph, todo trêmulo, disse "Joseph Poorgrass, de Weatherbury, senhor!"

– Não, não, isso já é demais! – disse o homem tímido, tornando-se de repente um homem de coragem desmedida – Eu não disse "*senhor*". Juro que não disse "Joseph Poorgrass de Weatherbury, *senhor*". Não, não; o que é certo é certo, e eu nunca disse "senhor" para a ave, sabendo muito bem que nenhum homem em posição de cavalheiro estaria piando ali àquela hora da noite. "Joseph Poorgrass de Weatherbury" foi tudo o que eu disse, e não teria dito se não fosse por toda cerveja que bebemos para comemorar o Dia do Capataz... E ainda bem que terminou daquele jeito.

O grupo tacitamente resolveu que a questão deveria acabar ali, mas Jan continuou com seus pensamentos:

– Ele é o homem mais medroso daqui, não é, Joseph? Sim, outra vez você se perdeu perto de Lambing-Down Gate, não foi, Joseph?

– Sim, foi mesmo – respondeu Poorgrass, como se houvesse algumas condições sérias demais até mesmo para a modéstia de se lembrar do ocorrido.

– Sim, isso foi no meio da noite também. O portão não abria, por mais que ele tentasse, e sabendo que havia a mão do demônio ali, ele se ajoelhou.

– É verdade – disse Joseph, adquirindo confiança com o calor do fogo, a sidra e uma percepção das capacidades narrativas da experiência mencionada. – Meu coração morreu dentro de mim naquele momento, mas ajoelhei-me e recitei o Pai Nosso, e depois o Credo Apostólico, em seguida os Dez Mandamentos, em oração sincera. Mas o portão não abria, e então continuei com Queridos e Amados Irmãos, e acho que repeti umas quatro vezes porque era tudo o que eu sabia do livro, e se isso não desse certo, nada daria, e eu estaria perdido. Bem, quando cheguei a Repitam Comigo, levantei-me e descobri que o portão estava aberto... sim, vizinhos, o portão se abrira como sempre.

Todos se entregaram a uma meditação sobre o óbvio e, durante a sua continuação, cada um dirigiu a sua visão para o buraco com as cinzas, que brilhava como um deserto nos trópicos sob um sol vertical, moldando seus olhos em um formato longo e fino, em parte por causa da luz, em parte pela profundidade do assunto discutido.

Gabriel quebrou o silêncio: – Que tipo de lugar é esse para se viver e que tipo de senhora ela é para se trabalhar? – O peito de Gabriel estremeceu suavemente enquanto escondia do grupo o assunto mais íntimo de seu coração.

– Sabemos pouco sobre ela... nada para ser sincero. Ela só apareceu há alguns dias. Seu tio ficou doente, e um médico muito bom foi chamado, mas não conseguiu salvar o homem. Pelo que sei, ela vai continuar com a fazenda.

– É mais ou menos isso, acredito – disse Jan Coggan – Sim, é uma família muito boa. Eu preferiria trabalhar para eles do que ficar trabalhando um pouco aqui, outro pouco ali. O tio dela era um homem muito justo. Você o conheceu, pastor, o homem solteiro?

– Não.

– Eu costumava ir à casa dele cortejar minha primeira esposa, Charlotte, que era sua leiteira. Bem, o fazendeiro Everdene era um homem de muito bom coração, e eu, sendo um jovem respeitável, tinha permissão para visitá-la e beber tanta cerveja quanto quisesse, mas sem levar nenhuma que pudesse ser notada, é claro.

– Sim, sim, Jan Coggan, sabemos o que você quer dizer.

– Então, vocês entendem, era uma cerveja muito boa, e eu queria valorizar a gentileza do homem tanto quanto pudesse, e não ser mal-educado a ponto de beber apenas um gole, o que seria um insulto à generosidade dele.

– Verdade, sr. Coggan, seria mesmo – confirmou Mark Clark.

– E então costumava comer muito peixe salgado antes de ir, e quando chegava lá estava com minha boca estava tão seca quanto uma cesta de limas... completamente seca, e aquela cerveja descia... ah, descia doce! Tempos felizes! Tempos celestiais! Que bebedeiras adoráveis eu costumava ter naquela casa! Você se lembra, Jacob? Você costumava ir comigo, às vezes.

– Lembro, lembro sim – respondeu Jacob – Aquela vez, também, que estávamos no Buck's Head na Segunda-feira de Pentecostes, foi uma bela bebedeira.

– Foi sim. Mas, para uma comemoração de primeira classe, aquilo não lhe aproximou mais do dono da casa do que você estava antes de começar, não havia nenhuma bebida igual àquelas na cozinha do fazendeiro Everdene. Nem mesmo uma única bebida para um pobre coitado, mesmo no momento mais alegre, quando todos nem enxergavam mais, embora a boa e velha palavra de pecado lançada aqui e ali nessas ocasiões fosse um grande alívio para uma alma alegre.

– É verdade – disse o cervejeiro – Nater precisa xingar durante o dia ou ela não é ela mesma, e os palavrões são uma necessidade da vida.

– Mas Charlotte – continuou Coggan – não permitia uma só palavra desse tipo, nem a menor coisa tomada em vão... Ah, pobre Charlotte, imagino que ela teve a grande sorte de entrar no céu quando morreu! Mas eu não terei tanta sorte, e talvez vá direto para baixo, pobre alma!

– Algum de vocês conheceu o pai e a mãe da srta. Everdene? – perguntou o pastor, que estava achando difícil manter a conversa na direção desejada.

– Eu os conhecia bem pouco, – disse Jacob Smallbury – mas eles moravam na cidade e não aqui. Eles já morreram há muitos anos. Pai, que tipo de gente eram o pai e a mãe da senhorita?

– Bem – disse o cervejeiro – ele não era muito bonito, mas ela era uma mulher adorável. Ele tinha grande admiração por ela como companheira.

– Costumava beijá-la muitas vezes sem parar, como diziam – comentou Coggan.

— Ele também tinha muito orgulho dela enquanto eram casados, como me contaram — disse o cervejeiro.

— Verdade — disse Coggan — Ele a admirava tanto que costumava acender a vela três vezes por noite para olhar para ela.

— Amor sem limites. Não consigo imaginar uma coisa dessas! — murmurou Joseph Poorgrass, que habitualmente falava em grande escala em suas reflexões morais.

— Bem, pode acreditar — disse Gabriel.

— Ah, isso é verdade. Eu conheci muito bem o homem e a mulher. Levi Everdene... esse era o nome do homem, claro. "Meu Deus, o que é isso", eu dizia inquieto, mas ele pertencia a um círculo de vida mais elevado do que este. Era um alfaiate, na verdade, muito rico. Faliu duas ou três vezes.

— Ora, pensei que ele fosse um homem comum! — disse Joseph.

— Ah, não, não! Esse homem perdeu muito dinheiro, em ouro e prata.

Como o cervejeiro sentiu bastante falta de ar, o sr. Coggan, depois de examinar distraidamente um carvão que havia caído entre as cinzas, retomou a narrativa, com um giro particular de seus olhos:

— Bem, agora, vocês não vão acreditar, mas aquele homem... o pai da nossa srta. Everdene... foi um dos maridos mais inconstantes do mundo, depois de um tempo. Entendem? Não que quisesse ser inconstante, mas não conseguia evitar. O pobre homem era fiel e verdadeiro o suficiente como ela desejava, mas seu coração vagava, e ele o seguia. Certa vez, ele conversou comigo muito perturbado com isso. — Coggan — ele disse — Eu nunca poderia desejar uma mulher mais bonita do que a que tenho, mas sentindo que ela é minha legítima esposa, não posso evitar que meu coração perverso entre em devaneios e faça o que quiser — Mas, finalmente, acredito que ele resolveu o problema, pois pedia que ela tirasse a aliança de casamento e chamava-a pelo nome de solteira quando se sentavam juntos, depois que a loja fechava, e então ele imaginava que ela era apenas sua namorada, e não casada com ele. E desse modo ele conseguia imaginar que não estava agindo errado e desobedecendo o sétimo mandamento, pois gostava dela como sempre, e eles viviam uma imagem perfeita de amor mútuo.

– Bem, foi uma solução realmente terrível – murmurou Joseph Poorgrass – mas devemos sentir profunda alegria porque a Providência Divina impediu que a situação ficasse pior. Vejam bem, ele podia ter seguido o caminho errado e caído totalmente na ilegalidade... sim, ilegalidade grosseira, por assim dizer.

– Vejam – disse Billy Smallbury – a vontade do homem era fazer a coisa certa, mas o coração dele não deixava.

– Ele melhorou muito nos últimos anos; tanto que se tornou um santo, não foi, Jan? – perguntou Joseph Poorgrass – Ele começou a viver de forma mais séria e começou a dizer "Amém" quase tão alto quanto o sacristão, e gostava de copiar versos reconfortantes das lápides. Costumava segurar o prato de coleta durante o hino *Deixe a sua luz brilhar* e era padrinho de pobres criancinhas que não tinham um pai; mantinha uma caixa missionária embaixo de sua mesa para doar às pessoas de surpresa, quando elas viessem fazer uma visita. Também dava um tapinha nas orelhas dos meninos carentes quando eles riam dentro da igreja, até que mal conseguissem ficar de pé, e fazia outros atos de caridade que são naturais para aqueles inclinados à santidade.

– Sim, naquela época ele não pensava em nada além de coisas elevadas – acrescentou Billy Smallbury – Um dia, o Parson Thirdly encontrou-se com ele e disse: "Bom dia, sr. Everdene, está um belo dia!", e Everdene respondeu "Amém", bastante ausente, pensando apenas em religião quando via um pároco. Sim, ele era um homem muito cristão.

– A filha dele não era uma criança bonita naquela época – disse Henery Fray – Nunca pensei que ela ficaria tão linda depois que crescesse.

– Tomara que seu temperamento seja tão lindo quanto seu rosto.

– Bem, sim, mas a beleza não combina muito com os negócios e conosco mesmo. Ah! – Henery olhou para o buraco de cinzas e sorriu com muito conhecimento irônico.

– Um cristão estranho, parecendo um lobo vestido em pele de cordeiro, como diz o ditado – comentou Mark Clark.

– Ele é – disse Henery, insinuando que a ironia deve cessar em certo ponto – Entre nós dois, homens, acredito que o homem mentiria que os domingos são dias de trabalho... isso é o que eu acho.

– Meu Deus, como vocês falam – disse Gabriel.

– É verdade mesmo – disse o homem amargurado, olhando ao redor para o grupo que dava uma risada oriunda de uma apreciação mais aguçada das misérias da vida que os homens comuns são capazes de fazer – Bem, existem pessoas de todos os tipos, mas aquele homem... pelo amor de Deus!

Gabriel achou melhor mudar de assunto e disse: – O senhor deve ter uma idade avançada, cervejeiro, para ter filhos crescidos e adultos – ele comentou.

– Papai é tão velho que não dá para se calcular a idade dele, não é, pai? Interrompeu Jacob – E ele também ficou terrivelmente corcunda nos últimos tempos – Jacob continuou, examinando a figura de seu pai, que era um pouco mais curvada do que a sua – Realmente, pode-se dizer que o pai está totalmente torto.

– Os corcundas vivem bem mais – respondeu o cervejeiro que não estava em um de seus melhores humores.

– O pastor gostaria de ouvir a história de sua vida, pai, não gostaria, pastor?

– Ah, sim, gostaria – disse Gabriel com a cordialidade de um homem que há vários meses desejava ouvi-la – Qual é a sua idade, cervejeiro?

O cervejeiro limpou a garganta de forma exagerada para dar ênfase e, alongando o olhar até o ponto mais remoto do buraco onde ficavam a cinzas, disse de modo lento e justificável quando a importância de um assunto é tão geralmente sentida que qualquer maneirismo deve ser tolerado para chegar a ele: – Bem, não me importo com o ano em que nasci, mas talvez possa me lembrar dos lugares onde morei, e então calcular minha idade dessa forma. Morei lá em Upper Longpuddle – (acenando com a cabeça para o norte) – até os 11 anos. Morei sete anos em Kingsbere – (acenando com a cabeça para o leste) – onde comecei a trabalhar com o malte. De lá fui para Norcombe e trabalhei com o malte lá por vinte e dois anos, e por vinte e dois anos fiquei lá plantando e colhendo nabos. Ah, conheci aquele lugar antigo, Norcombe, anos antes de você pensar em nascer, Mestre Oak – (Oak sorriu acreditando sinceramente na história) – Então trabalhei com malte em Durnover por quatro anos e fiquei quatro anos plantando nabos; estive quatorze vezes por onze meses em Millpond St. Jude – (disse isso acenando com a cabeça de noroeste para norte) – O velho Twills não me contratava por mais de onze meses seguidos, para evitar que eu não tivesse que ser mantido pela paróquia, caso ficasse incapacitado de trabalhar. Então, fiquei três anos em Mellstock e estou aqui há trinta e um anos, em Candlemas. Quantos anos no total?

– Cento e dezessete – gargalhou outro senhor que gostava muito de cálculos e de pouca conversa e que até então estava sentado em um canto, sem ser observado.

– Bem, então essa é a minha idade – disse o cervejeiro, enfaticamente.

– Lógico que não, pai! – respondeu Jacob – Sua plantação de nabos no verão e seu trabalho com malte no inverno aconteceram no mesmo ano, e não podemos contar as duas metades, pai.

– Podemos sim! Eu vivi durante os verões, não foi? Essa é a minha pergunta. Suponho que vocês irão dizer que não tenho idade para falar?!

– É claro que não vamos fazer isso – disse Gabriel, com toda calma.

– Você é uma pessoa muito idosa, cervejeiro – atestou Jan Coggan, também com toda calma – Todos nós sabemos disso, e você deve ter uma natureza maravilhosa e cheia de talento para conseguir viver tanto tempo, não é mesmo, vizinhos?

– Verdade, é verdade, deve mesmo, cervejeiro, é maravilhoso – disse o grupo em unanimidade.

O cervejeiro, agora mais calmo, foi até generoso o suficiente para menosprezar voluntariamente a virtude de ter vivido tantos anos, mencionando que a caneca em que bebiam era três anos mais velha do que ele.

Enquanto a caneca era examinada, a ponta da flauta de Gabriel Oak ficou visível no bolso de seu avental e Henery Fray exclamou: – É verdade, pastor, vi você tocando flauta muito bem em Casterbridge!

– Viu mesmo – respondeu Gabriel, ficando corado imediatamente – Estou com muitos problemas, vizinhos, e tive de fazer isso. Não costumava ser tão pobre quanto estou agora.

– Não se preocupe, amigo! – disse Mark Clark – Você tem de deixar as coisas acontecerem, pastor, e sua hora chegará. Mas ficaríamos felizes se pudesse tocar para nós, se não estiver muito cansado, é claro!

– Não ouvi nem tambor nem trompete desde o Natal – disse Jan Coggan. – Vamos lá, toque uma música, Mestre Oak!

– Sim, vou tocar – disse Gabriel, pegando sua flauta e preparando-a. – Não é um instrumento muito fácil, mas vocês vão gostar do que eu consigo fazer com ela.

Oak então tocou a bela canção *"Jockey to the Fair"* três vezes, acentuando as notas na terceira rodada de uma maneira mais artística e animada, dobrando seu corpo em pequenos movimentos e batendo com o pé para marcar o ritmo.

– Ele toca flauta muito bem… realmente muito bem – disse um jovem casado, que não se importava de ser conhecido como "o marido de Susan Tall". Ele continuou: – Adoraria tocar uma flauta tão bem.

– Ele é um homem inteligente, e é uma verdadeira alegria ter um pastor assim entre nós – murmurou Joseph Poorgrass, em tom de voz suave – Devíamos ser imensamente gratos por ele tocar essas músicas alegres em vez de músicas ruins; graças a Deus ele fez do pastor um homem humilde e feliz... um simples pecador, por assim dizer. Sim, pelo bem de nossas esposas e filhas, devemos nos sentir verdadeiramente agradecidos.

– Verdade, verdade, muito gratos! – interrompeu Mark Clark concluindo, sem sentir que tivesse qualquer consequência para sua opinião o fato de ele ter ouvido apenas uma palavra e meia do que Joseph havia dito.

– Sim – continuou Joseph, começando a se sentir como um homem da Bíblia – pois o mal prospera tanto nesses tempos que você pode ser tanto enganado pelo homem mais bem barbeado e de camisa mais branca quanto pelo vagabundo mais esfarrapado na estrada, se posso dizer assim...

– Sim, posso ver a sua cara agora, pastor – disse Henery Fray, criticando Gabriel com olhos enevoados quando ele começou a tocar a segunda música. – Sim, agora que o vejo tocando a flauta, sei que é o mesmo homem que vi tocar em Casterbridge, pois sua boca estava franzida e seus olhos arregalados como os de um homem estrangulado, assim como estão agora.

– É uma pena que tocar flauta faça um homem parecer um espantalho – observou o sr. Mark Clark, com mais críticas ao semblante de Gabriel que estava inclinado e fazia uma careta horrível exigida pelo instrumento, pois estava tocando o refrão de *"Dame Durden"*:

"Twas Moll and Bet, and Doll and Kate, And Dorothy Draggle Tail."[3]

– Espero que não se importe com a falta de educação daquele jovem ao falar de sua aparência? – sussurrou Joseph para Gabriel.

– De jeito nenhum – respondeu o sr. Oak.

---

3 Música para o Dia dos Namorados: *"Eram Molly e Betty e Dolly e Kate, e Dorothy vinha logo atrás..."* (tradução livre).

– Pois por natureza você é um homem muito bonito, pastor – continuou Joseph Poorgrass, com certa imponência.

– Sim, isso é verdade, pastor – disse o grupo.

– Muito obrigado – disse Oak, no tom modesto que as boas maneiras exigiam, pensando, porém, que nunca permitiria que Bathsheba o visse tocando flauta, mostrando nessa resolução uma discrição igual à de sua sagaz inventora, a própria divina Minerva.

– Ah, quando eu e minha esposa nos casamos, na Igreja de Norcombe – disse o velho cervejeiro, não satisfeito por ter ficado de fora do assunto, – éramos chamados de o casal mais bonito da vizinhança... todo mundo dizia isso.

– O que aconteceria se você não tivesse mudado, cervejeiro – disse uma voz com o vigor natural de uma declaração notavelmente verdadeira. Veio do velho que estava sentado na parte de trás, cujos modos ofensivos e rancorosos eram encobertos pelas risadas ocasionais que ele dava, acompanhando as risadas gerais.

– Oh, não, não – disse Gabriel.

– Não toque mais, pastor – disse o marido de Susan Tall, o jovem casado que já havia falado uma vez – Preciso ir embora, e quando ouço música, parece que estou pendurado por fios. Se eu imaginar que fui embora e a música ficou tocando, vou me sentir bem melancólico.

– Qual é a razão da pressa, Laban? – perguntou Coggan – Você costumava ser o último a sair daqui.

– Bem, meus vizinhos, acabei de me casar, e agora ela é a minha vocação, então vocês sabem como é... – o jovem parou de falar meio sem jeito.

– Novos senhores, novas leis, como diz o ditado, suponho – observou Coggan.

– Sim, acredito que sim... ha, ha! – disse o marido de Susan Tall, em um tom que insinuava que costumava ouvir piadas sem se importar com elas. O jovem então lhes desejou boa noite e retirou-se.

Henery Fray foi o primeiro a segui-lo. Então Gabriel levantou-se e partiu com Jan Coggan, que lhe oferecera alojamento. Poucos minutos depois, quando os restantes estavam de pé e prestes a partir, Fray voltou apressado. Agitando o dedo de modo ameaçador, ele lançou um olhar que parecia estar repleto de notícias e pousou, por acidente, no rosto de Joseph Poorgrass.

– O que aconteceu, qual é o problema, Henery? – disse Joseph, voltando.

– O que está acontecendo, Henery? – perguntaram Jacob e Mark Clark.

– O administrador Pennyways... o administrador Pennyways... eu disse, sim, eu disse que era ele!

– O que foi, ele foi pego roubando algo?

– Roubando é a palavra. A notícia é que, depois que a srta. Everdene chegou em casa, ela saiu novamente para ver se tudo estava bem, como sempre faz, e deu de cara com o administrador Pennyways rastejando pelos degraus do celeiro com meio alqueire de cevada. Ela o expulsou de lá como um gato... com aquele seu jeito de moleca... tem certeza de que as portas estão fechadas? Ninguém pode me ouvir.

– Estão fechadas, Henery, tenho certeza.

– Ela o expulsou e, para encurtar a história, ele teve de trazer de volta cinco sacos ao mesmo tempo, para que ela prometesse não processá-lo. Bem, agora que ele se foi de vez, a minha pergunta é: quem vai ser o administrador?

A pergunta era tão profunda que Henery foi obrigado a beber ali mesmo do copo grande, até que o fundo ficasse claramente visível. Antes de recolocá-lo na mesa, entrou o jovem, marido de Susan Tall, ainda mais apressado.

– Já ouviram as notícias que estão correndo por toda a paróquia?

– Sobre o administrador Pennyways?

– Além disso?

– Não, mais nada – eles responderam, olhando bem para Laban Tall como se quisessem encontrar as palavras antes que ele as dissesse.

– Que noite dos horrores! – murmurou Joseph Poorgrass, agitando as mãos espasmodicamente – Já ouvi más notícias com meu ouvido esquerdo sobre um assassinato, e vi um corvo preto!

– Fanny Robin, a criada mais jovem da srta. Everdene, não foi encontrada. Eles estão querendo trancar as portas há duas horas, mas ela ainda não chegou. Eles não sabem o que fazer porque querem dormir, mas estão com medo de trancá-la do lado de fora. Eles não ficariam tão preocupados se ela não tivesse sido vista tão desanimada nos últimos dias, e Maryann acha que um inquérito pode começar para descobrir o que aconteceu com a pobre garota.

– Oh... ela pode ter se queimado! – disse Joseph Poorgrass com seus lábios secos.

– Não... acho que ela se afogou! – disse Tall.

– Ou se cortou com a faca de seu pai! – sugeriu Billy Smallbury, com um senso vívido de detalhes.

– Bem... a srta. Everdene quer falar com um ou dois de nós antes de irmos para a cama. Com esse problema do administrador, e agora com a moça desaparecida, a patroa está ficando louca.

Todos correram pela alameda até a casa da fazenda, exceto o velho cervejeiro, que nem as notícias, nem o fogo, nem a chuva, nem os trovões conseguiam tirar de sua cova. Lá, enquanto os passos dos outros iam desaparecendo, ele sentou-se novamente e continuou olhando como de costume para a fornalha com seus olhos vermelhos e turvos.

Da janela do quarto, acima de suas cabeças, a cabeça e os ombros de Bathsheba, vestida com um roupão branco místico, eram vagamente vistos no ar.

– Alguns de meus homens estão com vocês? – ela perguntou ansiosamente.

– Sim, senhora, vários deles – respondeu o marido de Susan Tall.

– Amanhã de manhã quero que dois ou três de vocês façam perguntas nos vilarejos vizinhos para saber se alguém viu uma pessoa como Fanny Robin. Façam isso em silêncio, não há motivo para alarme ainda. Ela deve ter saído enquanto estávamos todos apagando o incêndio.

– Desculpe-me, senhora, mas havia algum jovem que a estava cortejando na paróquia? – perguntou Jacob Smallbury.

– Não sei – respondeu Bathsheba.

– Nunca ouvimos nada sobre isso, madame – disseram dois ou três.

– Acho pouco provável – continuou Bathsheba – Pois qualquer admirador dela poderia ter vindo até aqui se fosse um rapaz respeitável. O fato mais misterioso relacionado à sua ausência... na verdade, a única coisa que me deixa preocupada... é que Maryann a viu saindo de casa apenas com sua roupa de trabalho, sem nem mesmo um chapéu.

– E a senhora quer dizer, desculpe a intromissão, que uma jovem dificilmente iria ver seu namorado sem se vestir bem – disse Jacob, voltando sua visão mental para experiências passadas – É verdade, ela não faria isso, senhora.

– Acho que ela tinha um pacote na mão, embora eu não conseguisse ver muito bem – disse uma voz feminina de outra janela, que parecia ser de Maryann – Mas ela não tinha nenhum rapaz por aqui. O pretendente dela mora em Casterbridge, e acredito que ele seja um soldado.

– Você sabe o nome dele? – perguntou Bathsheba.

– Não, senhora; ela sempre foi muito reservada.

– Talvez eu consiga descobrir se for ao quartel de Casterbridge – disse William Smallbury.

– Muito bem, se ela não voltar amanhã, lembre-se de ir lá e tentar descobrir quem é o homem e fale com ele. Sinto-me mais responsável do que deveria se ela tivesse amigos ou parentes vivos. Espero que ela não tenha sofrido nada de mal por causa de um homem desse tipo... E depois temos esse caso vergonhoso do administrador... mas não posso falar dele agora.

Bathsheba tinha tantos motivos para ficar inquieta que parecia que não achava que valia a pena insistir em nenhum deles em particular.

– Muito bem, façam como eu lhes disse – e finalmente fechou a janela.

– Sim, senhora, faremos o que nos pediu – eles responderam e foram embora.

Naquela noite, na casa de Coggan, Gabriel Oak, sob a proteção de suas pálpebras fechadas, estava ocupado com fantasias e agitado como um rio fluindo rapidamente sob o gelo. A noite sempre fora o momento em que ele via Bathsheba com mais nitidez e, através das lentas horas de sombra, ele contemplava agora a imagem dela com ternura. É raro que os prazeres da imaginação compensem a dor da insônia, mas possivelmente o fizeram com Oak aquela noite, pelo prazer de meramente vê-la apagar a percepção dele da grande diferença entre ver e possuir.

Ele também pensou em planos para buscar seus poucos utensílios e livros em Norcombe. *A Melhor Companhia para um Jovem, O Guia Seguro do Ferrador, O Cirurgião Veterinário, O Paraíso Perdido, O Progresso do Peregrino, Robinson Crusoé, Dicionário de Ash* e *Aritmética de Walkinggame* constituíam sua biblioteca; e embora fosse uma série limitada, foi aquela da qual ele adquiriu mais informações sólidas por meio de uma leitura diligente do que muitos homens de oportunidades conseguiram em um longo período em suas prateleiras lotadas.

CAPÍTULO IX

A PROPRIEDADE - UM VISITANTE - DESCONFIANÇAS

À luz do dia, o caramanchão da nova patroa de Oak, Bathsheba Everdene, parecia um edifício antigo, do início da Renascença Clássica no que diz respeito à sua arquitetura, e de uma proporção que dizia à primeira vista que, como acontece tantas vezes nesse caso, já havia sido um memorial de uma pequena propriedade ao seu redor, agora totalmente apagada como uma propriedade distinta e fundida na vasta área de um proprietário não residente, que abrangia vários domínios modestos.

Pilastras caneladas, de pedra maciça, decoravam sua fachada, e acima da cobertura as chaminés eram retangulares ou arredondadas, algumas arestas com remates e características semelhantes ainda conservavam vestígios da sua origem gótica. Musgos macios e marrons, como veludo desbotado, formavam almofadas sobre os ladrilhos de pedra, e tufos de erva-doce brotavam dos beirais dos prédios baixos ao redor. Um caminho de cascalho, que ia da porta até a estrada em frente, estava incrustado nas laterais com mais musgo. Aqui era uma variedade verde-prateada, o tom de marrom acastanhado ficava visível até a largura de apenas trinta centímetros no chão no centro. Essa circunstância e o ar geralmente sonolento de todo o prospecto aqui, somado ao estado animado e contrastante da fachada reversa, sugeriam que, na adaptação do edifício para fins agrícolas, o princípio vital da casa tinha sido virado para que ela ficasse de frente para o outro lado. Reformas desse tipo, como estranhas deformidades e tremendas paralizações, são frequentemente impostas pelo comércio a edifícios, individuais ou agregados, como em ruas e cidades, que foram originalmente planejados apenas para o lazer.

Vozes animadas foram ouvidas de manhã nos quartos superiores, a escadaria principal, que era de carvalho maciço, os balaústres pesados como colunas de cama, torneados e moldados no estilo singular de seu século, o corrimão, tão robusto quanto um parapeito, e as escadas formavam um caracol como se uma pessoa tentasse olhar por cima do ombro. Na parte de cima, era possível verificar que os pisos, sem o carpete naquele momento, apresentavam uma superfície muito irregular, onde as tábuas mostravam várias elevações e caídas com inúmeras ondulações. Cada janela respondia com um estrondo à abertura e fechamento de cada porta, um tremor seguia cada movimento, e um rangido acompanhava alguém caminhando pela casa, como um espírito, onde quer que fosse.

Na sala de onde vinha a conversa, Bathsheba e sua dama de companhia, Liddy Smallbury, seriam descobertas sentadas no chão, separando uma infinidade de papéis, livros, garrafas e lixo espalhado sobre ele... restos dos estoques domésticos do falecido ocupante. Liddy, a bisneta do cervejeiro, tinha quase a mesma idade de Bathsheba, e seu rosto era um anúncio proeminente da alegre camponesa inglesa. A beleza que poderia faltar na forma de suas feições era amplamente compensada pela perfeição da tonalidade de sua pele, que nesse inverno era o avermelhado suavizado sobre uma superfície de alta obesidade que encontramos nas pinturas de Terburg ou Gerard Douw; e, assim como as apresentações desses grandes coloristas, o rosto de Lilly se mantinha bem distante da fronteira entre a beleza e o ideal. Embora de natureza adaptável, ela era menos ousada do que Bathsheba e ocasionalmente demonstrava alguma seriedade, que consistia metade em sentimento genuíno e metade em bons modos adquiridos por meio do dever.

Através de uma porta entreaberta, o barulho de uma escova

conduzia até a faxineira, Maryann Money, uma pessoa de rosto redondo, menos enrugado pela idade do que pelos longos olhares de perplexidade para objetos distantes. Pensar nela era ficar bem-humorado, falar dela era levantar a imagem de uma maçã norueguesa seca.

– Pare de usar essa escova por um momento – disse Bathsheba pela porta – Estou ouvindo alguma coisa.

Maryann parou de escovar.

O barulho forte do trote de um cavalo era aparente, aproximando-se da frente do prédio. Os passos ficaram mais lentos, viraram no postigo e, o que era mais incomum, vieram pelo caminho coberto de musgo perto da porta. Bateram na porta com a ponta de um chicote ou com um pedaço de pau.

– Que impertinência! – disse Liddy, em voz baixa – Para que chegar com o cavalo tão perto assim! Por que ele não parou no portão? Meu Deus! É um cavalheiro! Estou vendo o topo do chapéu dele.

– Fique quieta! – disse Bathsheba.

A expressão adicional da preocupação de Liddy foi demonstrada em seu rosto e não em sua narrativa.

– Por que a sra. Coggan não vai abrir a porta? – continuou Bathsheba.

O *toc-toc-toc-toc* ressoou mais decisivamente no carvalho da porta de Bathsheba.

– Maryann, vá você! – ela disse, vibrando com as inúmeras possibilidades românticas.

– Oh, madame... aqui está tudo tão bagunçado!

O argumento não podia ser respondido depois que ela deu uma olhada em Maryann.

– Liddy, vá você, então – disse Bathsheba.

Liddy ergueu as mãos e os braços, cobertos de poeira do

lixo que estavam separando, e lançou um olhar suplicante para a patroa.

– Pronto... a sra. Coggan está indo! – disse Bathsheba, exalando seu alívio na forma de um longo suspiro que permaneceu em seu peito por um minuto ou mais.

A porta foi aberta, e uma voz forte disse:

– A srta. Everdene está em casa?

– Vou ver, senhor – respondeu a sra. Coggan, e em um minuto apareceu no quarto.

– Meu Deus, que mundo louco é esse! – continuou a sra. Coggan (uma senhora de aparência saudável que usava uma voz para cada tipo de comentário de acordo com a emoção envolvida e sabia lançar uma panqueca ou girar um esfregão com pura precisão matemática, e que nesse momento mostrava mãos cheias de fragmentos de massa e braços incrustados de farinha) – Nunca me sujo até os cotovelos para fazer um pudim, senhorita, mas uma de duas coisas sempre acontece: meu nariz começa a coçar, e não consigo ficar sem coçá-lo ou alguém bate à porta. É o sr. Boldwood que deseja vê-la, srta. Everdene.

Como um vestido faz parte do semblante de uma mulher, e qualquer desordem nele significa uma má formação ou ferida nela mesma, Bathsheba disse imediatamente:

– Não posso recebê-lo nesse estado. O que devo fazer?

Nas fazendas de Weatherbury não era nada natural dizer que alguém não estava em casa, então Liddy sugeriu: – Vamos dizer que você está coberta de poeira e não pode descer.

– Sim, parece uma boa desculpa – disse a sra. Coggan, criteriosamente.

– Diga que não posso vê-lo – isso será o suficiente.

A sra. Coggan desceu e entregou o recado conforme solicitado, acrescentando, no entanto, sob sua responsabilidade:

— A senhorita está tirando o pó de garrafas, senhor, e dá muito trabalho... essa é a razão.

— Oh, muito bem — disse uma voz grave com indiferença — Tudo o que queria saber é se ouviram alguma coisa de Fanny Robin?

— Nada, senhor... mas talvez saibamos hoje à noite. William Smallbury foi para Casterbridge, onde mora o admirador dela, como se imagina, e os outros homens estão procurando e perguntando dela em todos os lugares.

O cavalo começou a cavalgar, saindo da frente da casa, e a porta se fechou.

— Quem é o sr. Boldwood? — perguntou Bathsheba.

— Um gentil cavaleiro de Little Weatherbury.

— Casado?

— Não, senhorita.

— Quantos anos ele tem?

— Quarenta, eu acho... é muito bonito, de aparência um pouco severa e... rico.

— Que incômodo é toda essa poeira! Estou sempre resolvendo um problema ou outro — reclamou Bathsheba — Por que ele veio perguntar sobre Fanny?

— Ah, porque, como ela não tinha amigos na infância, ele a levou para a escola e conseguiu um lugar aqui para ela, trabalhando com seu tio. Ele é um homem muito gentil nesse aspecto, mas, meu Deus do céu!

— O que é?

— Nunca houve um homem tão difícil de ser conquistado por uma mulher! Já foi cortejado por seis ou sete jovens, simples e educadas, até jovens que moram a quilômetros de distância. Jane Perkins tentou conquistá-lo durante dois meses como uma escrava, e as duas srtas. Taylor passaram um ano tentando ganhar a atenção dele. Ele custou noites de lágrimas e vinte libras em roupas novas à filha do fazendeiro Ives; mas, minha nossa, foi dinheiro jogado pela janela.

Um garotinho apareceu nesse momento e olhou para elas. A criança era um dos Coggans, que, com os Smallburys, eram tão comuns entre as famílias desse distrito como os rios Avons e Derwents entre os nossos rios. Ele sempre tinha um dente solto ou um dedo cortado para mostrar a amigos específicos, o que fazia com um ar de superioridade sobre os seres humanos comuns sem aflição, esperando que as pessoas dissessem "*Pobre criança*!" com uma pitada de felicitação e também de pena.

– Ganhei uma mo-moeda! – disse Master Coggan, gaguejando.

– Muito bem... que lhe deu a moeda, Teddy? – perguntou Liddy.

– O se-senhor Bold-wood! Ele me deu porque abri o portão.

– O que ele disse?

– Ele disse: "Aonde você vai, rapazinho?", e eu respondi "falar com a srta. Everdene", e ele disse "Ela é uma mulher velha, não é, meu rapaz?", e eu respondi "Sim".

– Seu menino travesso! Por que você disse isso?

– Porque ele me deu uma moeda!

– Nossa, que confusão! – disse Bathsheba, descontente, quando a criança foi embora – Saia daqui Maryann, ou continue esfregando, ou faça alguma coisa! Você deveria estar casada a essa altura, e não aqui me incomodando!

– É verdade, senhorita... eu deveria mesmo. Mas não quero me casar com um homem pobre, e os ricos não me querem, então fico como um pelicano na natureza!

– Alguém já quis se casar com você, senhorita? – Liddy aventurou-se a perguntar quando ficariam novamente sozinhas.

– Muitos, ouso dizer.

Bathsheba fez uma pausa, como se fosse recusar-se a responder, mas a tentação de dizer sim, já que isso estava realmente em seu poder, era irresistível para quem aspirava à virgindade, apesar de seu descontentamento por ter sido considerada velha.

– Um homem quis casar-se comigo uma vez – disse ela, falando como se já tivesse grande experiência no assunto, e a imagem de Gabriel Oak, como fazendeiro, surgiu diante dela.

– Deve ser muito bom! – disse Liddy, como se estivesse mentalizando a situação – E a senhorita não aceitou?

– Ele não era bom o bastante para mim.

– Como é bom poder desdenhar, quando a maioria de nós fica feliz em dizer "Obrigada!" Parece que estou ouvindo "Não, senhor, sou melhor do que você" ou "Beije meus pés, senhor; meu rosto é para bocas importantes". E você o amava, senhorita?

– Oh, não. Mas gostava muito dele.

– Ainda gosta?

– É claro que não. Que passos são esses que estou escutando?

Liddy olhou pela janela dos fundos para o pátio na parte de trás, que agora estava ficando sombrio e escuro com a chegada da noite. Um grupo de homens se aproximava da porta dos fundos. O bando todo que os seguiam avançou no mais completo equilíbrio de intenções, como as notáveis criaturas em um cardume de peixes que, distintamente organizadas, têm uma vontade comum a toda uma família. Alguns estavam, como sempre, com aventais brancos como a neve, outros usavam aventais de linho marrom desbotados... marcados nos pulsos, no peito, nas costas e nas mangas com bordados de favo de mel. Duas ou três mulheres com botas vinham na retaguarda.

– Os filisteus chegaram – disse Liddy, apertando seu nariz contra o vidro.

– Oh, muito bem. Maryann, desça e os mantenha na cozinha até eu me vestir. Depois traga-os até mim na sala.

CAPÍTULO X

A PATROA E OS HOMENS

Meia hora depois, Bathsheba, toda arrumada e seguida por Liddy, entrou na extremidade superior do antigo salão e descobriu que todos os seus homens estavam sentados em um banco na extremidade inferior. Sentou-se à mesa e abriu o livro de ponto, com uma caneta na mão e uma bolsa de lona com dinheiro ao seu lado. Em seguida, derramou um pequeno monte de moedas. Liddy escolheu uma posição ao lado dela e começou a costurar; às vezes parava e olhava em volta, ou, com ares de pessoa privilegiada, pegava uma das moedas que estava diante dela e a examinava apenas como uma obra de arte, enquanto controlava rigorosamente seu semblante para que não demonstrasse nenhum desejo de possuí-la.

– Bem, antes de começar, rapazes – disse Bathsheba – tenho dois assuntos para resolver. O primeiro é que o administrador foi demitido por roubo, e tomei a decisão de não ter mais nenhum administrador. Eu mesma vou tomar conta de tudo.

Os homens soltaram um suspiro de espanto.

– O próximo assunto é para saber se vocês têm alguma notícia de Fanny?

– Nada madame.

– Vocês fizeram alguma coisa?

– Encontrei o fazendeiro Boldwood – disse Jacob Smallbury – e fui com ele e mais dois de seus homens e dragamos o Lago Newmill, mas não achamos nada.

– E o novo pastor foi até Buck's Head, perto de Yalbury, achando que ela poderia ter ido até lá, mas ninguém a viu – disse Laban Tall.

– William Smallbury não foi até Casterbridge?

– Sim, madame, mas ainda não voltou. Ele prometeu que estaria de volta por volta das 6.

– São quinze para às 6 agora – disse Bathsheba, olhando em seu relógio – Acredito que ele deve estar chegando. Muito bem, vamos ver então... – ela olhou em seu livro – Joseph Poorgrass, você está aí?

– Sim, senhor, quero dizer, senhora – disse a pessoa mencionada – Sou o próprio Poorgrass.

– E o que você faz?

– Nada a meu ver. Aos olhos das outras pessoas... bem, não sei dizer o que eles pensam.

– O que você faz na fazenda?

– Eu carrego coisas o ano todo e, na época das sementes, atiro nas gralhas e nos pardais e ajudo na matança de porcos, senhora.

– Quanto você recebe?

– Noventa e nove centavos quando fica bom, e meio centavo quando fica ruim, senhor, quer dizer, senhora.

– Muito correto. Agora, aqui estão dez xelins a mais como um pequeno presente, já que acabei de chegar.

Bathsheba ficou ligeiramente corada com a sensação de ser generosa em público, e Henery Fray, que tinha se aproximado da cadeira dela, levantou as sobrancelhas e os dedos expressando certa surpresa.

– Quanto devo a você, homem no canto, qual é o seu nome? – continuou Bathsheba.

– Matthew Moon, senhora – disse uma silhueta singular usando roupas muito simples que avançava na ponta dos pés sem uma direção definida e seguia em frente balançando ao acaso.

– Você disse "Matthew Mark"?... diga mais alto... não vou lhe machucar – pediu a jovem fazendeira, educadamente.

– Matthew Moon, senhora – disse Henery Fray, corrigindo-a, de trás da cadeira dela, ponto em que ele havia chegado.

– Matthew Moon – murmurou Bathsheba, voltando seus olhos brilhantes para o livro – Doze centavos e mais meio centavo é a quantia que lhe é atribuída, como posso ver aqui.

– Sim, senhora – disse Matthew como o farfalhar do vento entre as folhas mortas.

– Aqui está, dez xelins. Agora, o próximo: Andrew Randle, ouvi dizer que você é novo aqui. Por que você deixou sua última fazenda?

– Po... po... po... por fa... fa... fa... fa... favor, ma... mada... da... me, po... po... por fa... fa... fa... vor, mada... da... me, por fa... fa... vor.

– Ele é gago, madame – disse Henery Fray em voz baixa – e eles não o quiseram mais porque a única vez que ele falou claramente disse que era dono de si próprio e outras maldades ao fazendeiro. Ele consegue xingar, senhora, tão bem quanto todos nós, mas não consegue falar uma palavra descente para salvar a própria pele.

– Andrew Randle, aqui está sua parte... pare de me agradecer. Controle-se e tenha moderação. Temos mais duas mulheres, suponho?

– Sim, estamos aqui – disseram as duas juntas com uma voz estridente.

– O que vocês fazem?

– Cuidamos da máquina de debulhar e dos feixes de feno e espantamos os galos e as galinhas quando eles vêm pegar suas sementes, e também plantamos batatas usando enxadas.

– Sim, entendo. Elas trabalham bem? – perguntou educadamente a Henery Fray.

– Oh, senhora, não me faça essa pergunta! São mulheres submissas... o par mais vermelho que possa existir! – disse Henery bem baixinho.

– Sente-se.

— Quem, senhora?

— Sente-se.

Joseph Poorgrass, ao fundo, estremeceu, e seus lábios ficaram secos de medo de algumas consequências terríveis, ao ver Bathsheba falando sumariamente, e Henery se esgueirou em um canto.

— Agora o próximo. Laban Tall, você continuará trabalhando para mim?

— Para a senhora ou para qualquer pessoa que me pagar bem, madame — respondeu o jovem casado.

— Verdade... o homem precisa viver — disse uma mulher lá no fundo que havia acabado de entrar com tamancos barulhentos.

— Quem é essa mulher? — perguntou Bathsheba.

— Sou a legítima esposa dele! — continuou a voz com grande destaque de maneira e tom. Aquela senhora dizia que tinha 25 anos, parecia ter 30, passava por 35 e tinha 40. Era uma mulher que nunca, como alguns recém-casados, demonstrava ternura conjugal em público, talvez porque não tivesse nenhuma para demonstrar.

— Oh, muito bem — disse Bathsheba — Bem, Laban, você ficará?

— Sim, ele ficará, madame! — disse novamente a língua afiada da mulher de Laban.

— Bem, ele pode falar por si mesmo, suponho.

— Ah, meu Deus do céu, ele não pode não, madame! É uma simples ferramenta. Muito bom, mas simplesmente um pobre mortal desajeitado — respondeu a esposa.

— Heh-heh-heh! — riu o homem casado com um horrível esforço de apreciação, pois ficava tão irrepreensivelmente bem-humorado sob críticas horríveis quanto um candidato parlamentar nos palanques.

Os nomes restantes foram chamados da mesma maneira.

– Acho que terminei com vocês – disse Bathsheba, fechando o livro e jogando para trás uma mecha de cabelo – William Smallbury já voltou?

– Não, senhora.

– O novo pastor precisará de um homem para acompanhá-lo – sugeriu Henery Fray, tentando se tornar importante novamente ao chegar perto da cadeira dela.

– Oh, vai mesmo. Quem poderia ser?

– O jovem Caim Ball é um rapaz muito bom – disse Henery – e o pastor Oak não se importa por ele ser tão jovem, não é mesmo? – acrescentou, virando-se com um sorriso de desculpas para o pastor, que acabara de entrar em cena e agora estava encostado no batente da porta com os braços cruzados.

– Não, não me importo – respondeu Gabriel.

– Como Caim recebeu esse nome? – perguntou Bathsheba.

– Veja, senhora, a mãe dele não entendia muito bem das Escrituras e cometeu um erro no batismo dele, pensando que foi Abel que matou Caim, e o chamou de Caim, ou seja, ela queria que fosse Abel o tempo todo. O padre corrigiu, mas já era tarde demais, pois o nome não poderia ser mais apagado do registro na paróquia. É muito triste para o menino.

– É muito triste mesmo.

– Sim. No entanto, suavizamos o máximo que podemos e o chamamos de Cainey. Ah, pobre viúva! ela quase morreu de tanto chorar por causa disso. Ela foi criada por um pai e uma mãe pagãos, que nunca a mandaram para a igreja ou a escola, e isso mostra como os pecados dos pais recaem sobre os filhos, senhora.

O sr. Fray demonstrou feições com o leve grau de melancolia exigido quando as pessoas envolvidas no infortúnio presente não pertencem à sua família.

– Muito bem, então, Cainey Ball ajudará o pastor. E você conhece bem suas tarefas?... quero dizer você, Gabriel Oak?

— Muito bem, obrigado, srta. Everdene — disse o pastor Oak do batente da porta — Se eu não souber, vou perguntar — Gabriel estava bastante surpreso com a notável frieza com que ela agia. Certamente ninguém sem informações prévias teria sonhado que Oak e a bela mulher diante da qual ele estava alguma vez tivessem sido outra coisa além de estranhos. Mas talvez o seu ar fosse o resultado inevitável da ascensão social que a fez passar de uma cabana para uma grande casa de fazenda. O caso não é inédito na alta sociedade. Quando, nos escritos dos poetas recentes, descobre-se que Júpiter e sua família se mudaram de seus alojamentos apertados no pico do Olimpo para o vasto céu acima deles, suas palavras mostram um aumento proporcional de arrogância e discrição.

Nesse instante, passos foram ouvidos na passagem, combinando as qualidades de peso e medida, muito mais do que velocidade.

(Todos) — Aí vem Billy Smallbury, chegando de Casterbridge.

— E quais são as novidades? — perguntou Bathsheba, enquanto William, depois de marchar até o meio do salão, tirava um lenço do chapéu e enxugava a testa do centro para as laterais da testa.

— Era para eu ter chegado antes, senhorita — disse ele — se não fosse pelo tempo — Então bateu os pés com força e, ao olhar para baixo, percebeu que suas botas estavam cheias de neve.

— Mas finalmente chegou, não é? — disse Henery

— Bem, e quanto a Fanny? — perguntou Bathsheba.

— Bem, madame, aparentemente ela fugiu com os soldados — disse William.

— Não pode ser, Fanny é uma jovem tão equilibrada!

— Vou lhe contar todos os detalhes. Quando cheguei ao Quartel de Casterbridge, eles disseram: "Os Dragões da Décima-Primeira Cavalaria foram embora, e novas tropas chegaram". Partiram na semana passada para Melchester e daí em diante. A Rota veio do governo como um ladrão no meio da noite, como é de sua natureza, e antes que a Décima-Primeira percebesse, eles estavam em marcha e passaram perto daqui.

Gabriel estava ouvindo com interesse e disse: – Eu os vi passando.

– Sim – continuou William – eles desfilaram pela rua tocando *The Girl I Left Behind Me*, em gloriosas notas de triunfo. Todos que estavam assistindo tremiam em suas entranhas com as batidas do grande tambor, e não havia um só olho seco em toda a cidade desde as pessoas em suas casas até as mulheres anônimas!

– Mas eles estavam indo para alguma guerra?

– Não, senhora; cada um deles voltou para o lugar ao qual estivesse intimamente ligado. E então eu disse a mim mesmo: o rapaz de Fanny fazia parte do regimento, e ela foi atrás dele. Pronto, senhora, o mistério está resolvido.

– Você descobriu o nome dele?

– Não; ninguém sabia. Acho que ele tinha um nível mais alto do que um soldado raso.

Gabriel ficou pensativo e não disse nada, porque ele estava em dúvida.

– Bem, de qualquer forma, não é provável que saibamos mais esta noite – disse Bathsheba – Mas é melhor um de vocês ir até a casa do fazendeiro Boldwood e contar isso a ele.

Então, ela levantou-se e, antes de se retirar, dirigiu-lhes algumas palavras com muita dignidade, às quais o seu vestido de luto acrescentava uma sobriedade que dificilmente se encontrava somente em palavras.

– Agora, lembrem-se, vocês têm uma patroa em vez de um patrão. Ainda não conheço meus poderes nem meus talentos na agricultura; mas farei o meu melhor, e, se vocês me servirem bem, também os servirei. Se houver alguém desleal entre vocês (se houver alguém, mas espero que não haja) não pense que, por ser mulher, não entendo a diferença entre comportamentos bons e ruins.

(Todos) – Não, senhora!

(Liddy) – Muito bem lembrado.

– Estarei acordada antes de vocês; estarei no campo antes de vocês acordarem e tomarei café da manhã antes que vocês cheguem ao campo. Em resumo, surpreenderei a todos vocês.

(Todos) – Sim, senhora!

– Boa noite a todos.

(Todos) – Boa noite, senhora.

Então essa pequena legisladora saiu da mesa e do salão, com seu vestido de seda preta arrastando algumas palhas e fazendo um barulho como se o chão estivesse sendo arranhado. Liddy, elevando seus sentimentos para a ocasião com um senso de grandeza, flutuava atrás de Bathsheba com uma dignidade mais leve, não totalmente isenta de farsa, e a porta se fechou.

CAPÍTULO XI

FORA DO QUARTEL - NEVE - UM ENCONTRO

Em termos de tristeza, nada poderia superar a vista dos arredores de uma certa cidade e estação militar, muitos quilômetros ao norte de Weatherbury, mais tarde nessa mesma noite de neve... se é que isso pode ser chamado de vista cujo principal elemento era a escuridão.

Era uma noite em que a tristeza pode chegar ao máximo sem causar nenhum grande sentimento de incongruência: quando, com pessoas impressionáveis, o amor se torna solícito, a esperança se transforma em apreensão, e a fé em esperança: quando o exercício da memória não desperta sentimentos de arrependimento por oportunidades de ambição que foram ignoradas, e a antecipação não estimula a ousadia.

O cenário era uma rua margeada à esquerda por um rio, atrás do qual se erguia um muro alto. À direita havia uma extensão de terra, em parte pradaria e em parte pântano, alcançando, em sua extremidade remota, um amplo planalto ondulado.

As mudanças das estações são menos perturbadoras em locais desse tipo do que em cenários florestais. Ainda assim, para um observador atento, são igualmente perceptíveis. A diferença é que seus meios de manifestação são menos banais e familiares do que meios bem conhecidos, como o florescer dos botões ou a queda das folhas. Muitos não são tão furtivos e graduais como podemos imaginar ao considerar a lentidão geral do pântano ou do deserto. O inverno, ao chegar ao interior, avançava em etapas bem marcadas, nas quais era possível observar a fuga das cobras, a transformação das samambaias, o enchimento das lagoas, o surgimento dos nevoeiros, o escurecimento pela geada, o colapso dos fungos e uma obliteração pela neve.

O clímax da série tinha sido atingido à noite, no pântano mencionado, e pela primeira vez na estação, suas irregularidades eram formas sem feições; nada sugestivas, nada demonstrativas e sem nenhuma outra característica além do limite de algo mais: a camada mais baixa de um firmamento de neve. Nesse céu caótico, cheio de flocos aglomerados, a campina e o pântano recebiam nova roupagem temporariamente, apenas para parecerem momentaneamente mais despidos. O vasto arco de nuvens acima era estranhamente baixo e formava como se fosse o teto de uma grande caverna escura, afundando gradualmente no chão. O pensamento instintivo era que a neve que reveste os céus e que incrusta a terra logo se uniria, em uma massa sem nenhuma brecha de ar entre eles.

Voltamos nossa atenção para as características do lado esquerdo que estavam niveladas em relação ao rio, na vertical, em relação à parede atrás dele e escuras em relação a ambos. Essas características formavam uma massa. Se alguma coisa pudesse ser mais escura do que o céu, era o muro, e se alguma coisa pudesse ser mais sombria do que o muro, era o rio abaixo. O topo indistinto da fachada era entalhado e espetado por chaminés aqui e ali, e em sua parte frontal havia vagas marcações do formato oblongo das janelas, embora apenas na parte superior. Abaixo, até a beira da água, a planície inabalada por furos ou projeções.

Uma sucessão indescritível de rajadas, desconcertantes em sua regularidade, fazia barulho com dificuldade pela atmosfera espessa. Eram quase 10 horas. O sino estava ao ar livre e, coberto e abafado por vários centímetros de neve, havia perdido a voz naquele momento.

Por volta dessa hora a neve diminuiu. Dez flocos caíram onde vinte haviam caído antes. Não muito depois, uma forma moveu-se à beira do rio.

Pelo seu contorno sobre o fundo incolor, um observador

atento poderia ver que era pequeno. Isso era tudo o que se podia positivamente detectar, embora parecesse humano.

A forma avançava lentamente, mas sem muito esforço, pois a neve, embora repentina, ainda não tinha mais de cinco centímetros de profundidade. Nesse momento algumas palavras foram ditas em voz alta:

– Um. Dois. Três. Quatro. Cinco.

Entre cada declaração, a pequena forma avançava cerca de meio metro. Era evidente agora que as janelas no alto do muro estavam sendo contadas. A palavra "Cinco" representava a quinta janela do final do muro.

Aqui a figura parou e ficou menor, parecia estar curvada. Então um pedaço de neve voou através do rio, em direção à quinta janela, batendo contra o muro em um ponto a vários metros de seu alvo. O lançamento foi a ideia de um homem, e a execução, de uma mulher. Nenhum homem que já tivesse visto um pássaro, um coelho ou um esquilo em sua infância poderia ter jogado com tanta imbecilidade como aconteceu aqui.

Outra tentativa, e mais outra; até que, gradualmente, o muro ficou cheio de pedaços de neve aderentes. Finalmente um fragmento atingiu a quinta janela.

O rio podia ser visto durante o dia como um tipo profundo e suave que corre pelo meio e pelos lados com a mesma precisão de deslizamento, sendo quaisquer irregularidades de velocidade imediatamente corrigidas por um pequeno redemoinho. Nada foi ouvido em resposta ao sinal, exceto o gorgolejar e o cacarejar de uma dessas rodas invisíveis, com alguns pequenos sons que um homem triste chamaria de gemidos, e um homem feliz, de risada, causados pelo bater das águas contra insignificantes objetos em outras partes do fluxo.

A janela foi atingida novamente da mesma maneira.

Então ouviu-se um barulho, aparentemente produzido pela abertura da janela, que foi seguido por uma voz do mesmo local:

— Quem está aí?

A voz era masculina, e o tom não era de surpresa. Como era o muro alto de um quartel, e o casamento não era bem visto pelo exército, encontros amorosos e comunicações provavelmente eram feitos à noite, perto do rio.

— É o sargento Troy? — disse o ponto borrado e trêmulo na neve.

Essa pessoa parecia uma mera sombra no chão, e o outro orador parecia fazer parte do edifício, então se poderia dizer que o muro estava conversando com a neve.

— Sim — veio a resposta desconfiada da sombra — Quem é você, moça?

— Ora, Frank, não me reconhece. Sou eu, sua esposa, Fanny Robin.

— Fanny! — disse o muro, com total espanto.

— Sim — respondeu a jovem com um suspiro meio reprimido de emoção.

Havia algo no tom da mulher que não era o da esposa, e havia uma atitude no homem que raramente é a do marido. O diálogo continuou:

— Como chegou aqui?

— Perguntei qual era sua janela. Desculpe-me!

— Não esperava que você viesse hoje à noite. Na realidade, não deveria ter vindo aqui. Foi um milagre ter me encontrado aqui. Estou no turno de amanhã.

— Você disse que era para eu vir.

— Bem... eu disse que você poderia vir.

— Sim, eu quis dizer que poderia. Você está feliz em me ver, Frank?

— Oh, sim, é claro.

— Você pode vir até mim?

– Minha querida Fan, não posso! A corneta soou, os portões do quartel estão fechados, e não tenho licença. Estamos todos como que na prisão até amanhã de manhã.

– Então não poderei vê-lo até lá! – As palavras demonstravam um tom hesitante de decepção.

– Como veio de Weatherbury até aqui?

– Andando... parte do caminho... o restante, peguei carona com algumas carroças.

– Estou surpreso.

– Sim, eu também. E, Frank, quando será?

– O quê?

– O que você prometeu.

– Não me lembro.

– Claro que se lembra! Não fale assim. Isso é muito difícil para mim. Você deveria dizer isso primeiro.

– Não importa... diga.

– Nossa! Será que devo? Quando devemos nos casar, Frank?

– Ah, entendi. Bem... você precisa comprar roupas adequadas.

– Eu tenho dinheiro. Será por proclamas ou por licença?

– Proclamas, eu acho.

– E moramos em duas paróquias.

– Moramos? E qual é o problema?

– Minha residência pertence à St. Mary, e a sua não. Então o casamento deve ser publicado nas duas.

– Essa é a lei?

– Sim. Oh, Frank... tenho medo de que você já tenha me esquecido! Não faça isso, querido Frank... eu o amo tanto! Você disse muitas vezes que se casaria comigo, e eu... eu... eu...

– Não chore! Não seja tola. Se eu disse que vou, é claro que irei me casar com você.

– Então posso anunciar as proclamas na minha paróquia e você na sua?

– Sim

– Amanhã?

– Não amanhã. Vamos resolver isso em alguns dias.

– Você conseguiu a permissão dos oficiais?

– Não, ainda não.

– Oh, como assim? Você disse que quase tinha conseguido quando saiu de Casterbridge.

– A realidade é que me esqueci de pedir. A sua vinda assim é tão repentina e inesperada.

– Sim, é mesmo. Errei em preocupá-lo. Vou embora agora. Você virá me ver amanhã, na casa da sra. Twills, na North Street? Não gosto de vir ao Quartel. Há mulheres de má reputação por aí, e podem pensar que sou uma delas.

– Podem mesmo. Irei até você, minha querida. Boa noite.

– Boa noite, Frank... boa noite!

E ouviu-se novamente o barulho de uma janela fechando. A pequena figura se afastou. Quando ela passou pela esquina, uma exclamação abafada podia ser ouvida do lado de dentro do muro.

– Ha... ha Sargento... ha... ha! – Seguiu-se uma refutação, mas indistinta, e perdeu-se em meio a uma risada baixa, que mal se distinguia do gorgolejar dos pequenos redemoinhos lá fora.

CAPÍTULO XII

FAZENDEIROS - UMA REGRA - UMA EXCEÇÃO

A primeira evidência pública da decisão de Bathsheba de ser ela mesma a administradora e não mais por procuração foi sua aparição no dia seguinte de trabalho no mercado de milho em Casterbridge.

O salão baixo, porém extenso, sustentado por vigas e pilares, e posteriormente dignificado pelo nome de Bolsa do Milho, estava lotado de homens exaltados que conversavam em grupos de dois ou três, com o interlocutor da vez olhando de soslaio para o rosto de seu ouvinte, concentrado em seu argumento com a contração de uma pálpebra durante o discurso. A maior parte carregava nas mãos galhos de freixo, usando-os em parte como bengalas e em parte para cutucar porcos, ovelhas, vizinhos de costas e coisas paradas em geral, que pareciam exigir tal tratamento no decorrer de suas peregrinações. Durante as conversas, cada um submetia seu galho a uma grande variedade de usos... dobrando-o nas costas, formando um arco entre as duas mãos, colocando-o no chão até que formasse um semicírculo ou ainda enfiando-o às pressas debaixo do braço enquanto o saco de amostra era puxado e um punhado de milho derramado na palma da mão, que, após críticas, era jogado no chão, um acontecimento perfeitamente conhecido por meia dúzia de aves espertas criadas na cidade que, como sempre, haviam entrado sorrateiramente no prédio sem serem observadas, e aguardavam o cumprimento de suas expectativas com o pescoço esticado e os olhos enviesados.

Entre esses importantes fazendeiros deslizava uma figura feminina, a única do seu gênero que o local continha. Ela estava muito bem vestida, até mesmo delicadamente. Movia-se entre eles como uma carruagem entre carroças, era ouvida por deles como um romance após sermões, era sentida entre eles como uma brisa entre fornalhas. Foi necessário um pouco de determinação... muito mais do que ela imaginara inicialmente... para assumir uma posição aqui, pois em sua primeira entrada os diálogos constrangedores cessaram, quase todos os rostos estavam voltados para ela, e aqueles que já estavam olhando começaram a prestar atenção.

Apenas dois ou três fazendeiros conheciam Bathsheba pessoalmente, e ela foi até eles. Mas se quisesse ser a mulher prática que pretendia mostrar ser, os negócios deveriam ser levados adiante, com apresentações ou não, e ela finalmente adquiriu confiança suficiente para falar e responder com ousadia a homens sobre os quais havia apenas ouvido falar. Bathsheba também tinha seus sacos de amostras e, aos poucos, adotou o método profissional de despejar os grãos na mão... segurando-os em sua palma estreita para inspeção, no perfeito estilo Casterbridge.

Com os lábios entreabertos, mostrando uma curva exata de sua arcada dentária perfeita e os cantos bem desenhados de sua boca vermelha, ela virou o rosto de maneira desafiadora para discutir com um homem alto, sugerindo que havia bastante potencial naquele frágil ser humano e que seu sexo frágil era ousado o suficiente para qualquer desafio. Mas seus olhos tinham uma doçura invariável que, se não fossem escuros, teriam parecido nebulosos; porém, como eram escuros, causavam uma expressão que era claramente penetrante.

Por estranho que pareça, tratando-se de uma mulher em seu pleno esplendor e vigor, sempre permitia que seus interlocutores terminassem suas declarações antes de retomar as dela. Ao discutir os preços, mantinha-se firme, como era natural de um negociante, e reduzia os deles persistentemente, como era inevitável em uma mulher. Mas havia uma elasticidade na sua firmeza que a afastava da obstinação, assim como havia uma ingenuidade no seu barganhar que a salvava da maldade.

Os fazendeiros com quem ela não negociava (de longe a

maior parte) perguntavam-se continuamente: – Quem é ela? – e a resposta era: – A sobrinha do fazendeiro Everdene. Herdou a fazenda Weatherbury Upper, demitiu o administrador e jura que fará tudo sozinha.

Os outros homens então balançavam as cabeças.

– Sim, é uma pena que ela seja tão teimosa – disse o primeiro – Mas deveríamos estar orgulhosos de ela estar aqui porque ilumina o velho lugar. É uma dama muito formosa, portanto, logo encontrará alguém.

Seria deselegante sugerir que a novidade de seu compromisso com tal ocupação tivesse quase tanto a ver com o magnetismo quanto com a beleza de seu rosto e de seus movimentos. No entanto, o interesse foi geral, e a estreia no sábado, seja lá o que tenha sido para Bathsheba como fazendeira que comprava e vendia, havia sido sem dúvida um triunfo para ela como mulher. Na verdade, a sensação foi tão pronunciada que o seu instinto, em duas ou três ocasiões, foi meramente andar como uma rainha entre esses deuses no pousio[4], como uma irmã mais nova do pequeno Júpiter, e negligenciar completamente o fechamento final dos preços.

As numerosas evidências de seu poder de atração só foram realçadas por uma exceção marcante. As mulheres parecem ter olhos atentos para questões como essas. Bathsheba, sem olhar em ângulo reto, percebeu uma ovelha negra no meio do rebanho.

Isso a deixou perplexa primeiro. Se houvesse uma minoria respeitável em ambos os lados, o caso teria sido mais natural. Se ninguém a tivesse olhado, ela teria encarado o assunto com indiferença... tais casos ocorriam. Se todos, incluindo este homem, a tivessem ignorado, ela teria tomado isso como algo natural... as pessoas já tinham feito isso antes. Mas essa pequena exceção tornou-se um mistério.

Logo ela soube muito mais sobre a aparência do recusante. Ele era um cavalheiro educado, com feições romanas completas e

---

4 É o nome que se dá ao descanso ou repouso de terras cultiváveis.

distintamente delineadas, cujas proeminências brilhavam ao sol com um tom de riqueza semelhante ao bronze. Tinha uma atitude ereta e um comportamento quieto. Uma característica o marcava de forma preeminente: a dignidade.

Aparentemente, há algum tempo, ele havia chegado à meia-idade, na qual o aspecto de um homem naturalmente deixa de se alterar durante cerca de uma dúzia de anos; e, artificialmente, acontece o mesmo com a mulher. A variação de sua idade estava entre 35 e 50 anos, e ele poderia ter qualquer uma delas.

Pode-se dizer que homens casados de 40 anos geralmente estão prontos e são generosos o suficiente para lançar olhares de passagem para qualquer espécime de beleza moderada que possam encontrar pelo caminho. Provavelmente, tal como acontece com as pessoas que jogam uíste por amor, a consciência de certa imunidade, sob quaisquer circunstâncias, relativamente ao pior limite possível, o ter de pagar, torna-as indevidamente especulativas. Bathsheba estava convencida de que aquele homem impassível não era casado.

Quando as negociações terminaram, ela correu até Liddy, que a esperava ao lado da carruagem amarela que haviam usado para ir até a cidade. O cavalo foi atrelado, e elas partiram. Os pacotes de açúcar, chá e cortinas de Bathsheba estavam embalados e dispostos na parte de trás e expressavam de uma maneira indescritível, por sua cor, formato e contornos gerais, que eram propriedade daquela jovem fazendeira, e não mais do dono da mercearia e do comerciante.

— Consegui, Liddy, e já acabou. Não me importo mais, pois todos já estarão acostumados a me ver lá; mas esta manhã foi tão terrível quanto uma cerimônia de casamento... todos olhavam para mim!

— Sabia que seria assim – disse Liddy – Os homens são uma classe terrível da sociedade ao olharem para alguém.

— Mas havia um homem que teve mais bom senso do que perder tempo comigo – A informação foi colocada dessa forma para que Liddy nem por um momento pudesse supor que sua senhora estivesse irritada. – Um homem muito bonito, – ela continuou – ereto, com cerca de 40 anos, eu acho. Você tem ideia de quem seja?

Liddy não conseguia imaginar quem poderia ser.

– Você não tem a mínima ideia? – perguntou Bathsheba com certo desapontamento.

– Não tenho a menor ideia; além disso, não faz diferença, já que ele prestou menos atenção em você do que qualquer um dos outros. Agora, se ele tivesse reparado mais, teria muita mais importância.

Bathsheba estava sofrendo com o sentimento inverso naquele momento, e elas seguiram em silêncio. Uma carruagem baixa, avançando ainda mais rapidamente atrás de um cavalo de raça incontestável, alcançou-as e ultrapassou.

– Ora, lá está ele! – ela disse.

Liddy olhou e disse: – Aquele! Aquele é o fazendeiro Boldwood... é claro... é o homem que a senhorita não recebeu no outro dia quando ele a visitou.

– Ah, o fazendeiro Boldwood – murmurou Bathsheba, e olhou para ele enquanto as ultrapassava. O fazendeiro não virou a cabeça uma única vez, mas com os olhos fixos no ponto mais avançado da estrada passou tão inconsciente e distraidamente, como se Bathsheba e seus encantos não fossem nada.

– É um homem interessante, você não acha? – ela observou.

– Ah, sim, muito. Todos acham isso – respondeu Liddy.

– Gostaria de saber por que é tão calado e indiferente, aparentemente tão distante de tudo o que vê ao seu redor.

– Dizem, mas ninguém tem certeza, que teve uma amarga decepção quando era jovem e alegre. Dizem que uma mulher o abandonou.

– As pessoas sempre dizem isso, e sabemos muito bem que as

mulheres raramente abandonam os homens; são os homens que nos abandonam. Espero que seja simplesmente da natureza dele ser tão reservado.

– Simplesmente da natureza dele... também espero, senhorita, mais que tudo no mundo.

– Ainda assim, é mais romântico pensar que foi tratado de forma cruel, coitado! Talvez, no fim das contas, tenha sido maltratado mesmo!

– Pode ter certeza de que foi. Ah, sim, senhorita, ele foi! Sinto que ele sofreu muito.

– No entanto, somos muito propensos a pensar de maneira extrema sobre as pessoas. Afinal, acho que deveria me perguntar se não foi um pouco dos dois, ou algo entre os dois, um pouco de crueldade e um pouco reservado.

– Ah, senhorita, acho que não, não consigo imaginar algo entre as duas possibilidades!

– Mas é o mais provável.

– Bem, a senhorita tem razão, é mesmo. Estou convencida de que é o mais provável. Pode acreditar, senhorita, esse é o problema com ele.

CAPÍTULO XIII

AS SANTAS ESCRITURAS - O PRETENDENTE

Era tarde de domingo na casa da fazenda do dia 13 de fevereiro. Terminado o jantar, Bathsheba, por falta de uma companhia melhor, pediu a Liddy que fosse sentar-se com ela. A mansão embolorada era sombria no inverno, antes que as velas fossem acesas e as venezianas fechadas. A atmosfera do lugar parecia tão antiga quanto as paredes; cada canto atrás dos móveis tinha a própria temperatura, pois o fogo não era aceso naquela parte da casa no início do dia. O novo piano de Bathsheba, que era antigo em outros tempos, parecia particularmente inclinado e desnivelado no chão deformado antes que a noite lançasse uma sombra sobre seus ângulos menos proeminentes e escondesse os defeitos. Liddy, como um pequeno riacho, embora raso, estava sempre agitada; sua presença não tinha muita importância para desafiar o pensamento, mas era suficiente para exercitá-lo.

Sobre a mesa havia uma velha Bíblia encadernada em couro. Liddy, olhando para ela, disse:

– Senhorita, já tentou descobrir com quem vai se casar por meio da Bíblia e da chave?

– Não seja tão tola, Liddy. Como se tal coisa fosse possível!

– Bem, parece que realmente é verdade.

– Bobagem, menina.

– E faz seu coração bater com medo. Alguns acreditam, outros não; eu acredito.

– Muito bem, vamos tentar – disse Bathsheba, saindo de seu assento com aquele total desrespeito à consistência que pode ser tolerada em relação a um dependente, e entrando imediatamente no espírito de adivinhação – Vá pegar a chave da porta da frente.

Liddy foi buscar a chave e voltou dizendo: – Gostaria que não fosse domingo. Talvez seja errado fazer isso hoje.

– O que é correto fazer nos dias de semana também é aos domingos – respondeu sua patroa em um tom que era a prova em si.

O livro foi aberto... as folhas, desbotadas pelo tempo, bastante desgastadas nos versos muito lidos pelo dedos indicadores de leitores inexperientes de antigamente, onde eram movidos ao longo da linha para ajudar a visão. O versículo especial do Livro de Rute foi procurado por Bathsheba, e as palavras sublimes encontraram seus olhos. Elas a emocionaram e a envergonharam um pouco. Era a sabedoria abstrata enfrentando a insensatez no concreto. A insensatez no concreto ficou corada e persistiu em sua intenção colocando a chave no livro. Uma mancha enferrujada bem em cima do versículo, causada pela pressão anterior de uma substância de ferro sobre ele, dizia que essa não era a primeira vez que o antigo volume era usado para esse propósito.

– Agora fique imóvel e em silêncio – disse Bathsheba.

O versículo foi repetido, o livro virou, e Bathsheba corou de culpa.

– Em quem você pensou? – perguntou Liddy, curiosa.

– Não devo lhe contar.

– Observou o comportamento do sr. Boldwood na igreja esta manhã, senhorita? – Liddy continuou, tentando adivinhar pelo comentário o rumo que os pensamentos dela haviam tomado.

– Na verdade, não – respondeu Bathsheba, com serena indiferença.

– O banco dele estava exatamente oposto ao seu, senhorita.

– Eu sei.

– E não viu o que ele estava fazendo!

– Estou lhe dizendo que na realidade não vi.

Liddy abaixou a cabeça e fechou os lábios decididamente.

Esse movimento foi inesperado e proporcionalmente desconcertante. – O que ele fez? – disse Bathsheba forçosamente.

– Não virou a cabeça nenhuma vez para olhá-la durante todo o culto.

– Por que deveria? – respondeu novamente sua senhora, com um olhar irritado – Não pedi a ele que o fizesse.

– Oh não. Mas todo mundo estava observando você; e era estranho que ele não o fizesse. Mas isso é típico dele. Rico e refinado, com o que ele se importa?

Bathsheba ficou em silêncio com a intenção de expressar que tinha opiniões sobre o assunto que eram um tanto difíceis para a compreensão de Liddy, considerando que não tinha nada a dizer.

– Meu Deus, quase esqueci o cartão de Dia dos Namorados que comprei ontem – ela exclamou finalmente.

– Dia dos Namorados! Para quem, senhorita? – disse Liddy – para o fazendeiro Boldwood?

Era o único nome entre todos os possíveis nomes errados que naquele exato momento parecia mais pertinente do que correto a Bathsheba.

– Bem, não. É apenas para o pequeno Teddy Coggan. Prometi uma coisa a ele, e isso será uma bela surpresa. Liddy, você pode me trazer o cartão, está em cima da minha mesa, e o enviarei agora mesmo.

Bathsheba pegou um cartão com um desenho maravilhoso, em alto relevo, que havia sido comprado no dia anterior na papelaria de Casterbridge. No centro havia um pequeno círculo em branco para que o remetente pudesse inserir palavras ternas mais apropriadas à ocasião especial, melhor do que qualquer generalidade que pudesse ter sido impressa.

— Aqui tem um lugar para escrever — disse Bathsheba — O que devo colocar aqui?

Liddy respondeu prontamente: — Acho que algo assim:

"A rosa é vermelha,

A violeta é azul,

O cravo é amarelo,

E este é um presente singelo."

— Sim, será isso mesmo. É adequado para uma criança de rosto delicado como ele — disse Bathsheba. Escreveu as palavras com letras pequenas, mas legíveis; colocou a folha em um envelope e pegou a caneta para escrever o endereço.

— Que divertido seria mandá-lo para o velho e tolo Boldwood. Como ele ficaria surpreso! — disse a irreprimível Liddy, erguendo as sobrancelhas e entregando-se a uma alegria terrível à beira do medo, ao pensar na magnitude moral e social do homem contemplado.

Bathsheba fez uma pausa para analisar a ideia detalhadamente. A imagem de Boldwood começou a ser uma imagem problemática, uma espécie de profeta Daniel em seu reino, que persistia em ajoelhar-se quando a razão e o bom senso diziam que ele poderia muito bem seguir o exemplo dos demais e lançar a ela um olhar de admiração que não lhe custava nada. Ela estava longe de estar seriamente preocupada com o inconformismo dele. Ainda assim, era ligeiramente deprimente que o homem mais digno e valioso da paróquia não olhasse para ela, e que uma garota como Liddy falasse sobre isso. Então a ideia de Liddy foi a princípio mais perturbadora do que maliciosa.

— Não, não farei isso. Ele não acharia graça nenhuma nessa atitude.

— Ele morreria de curiosidade — disse a persistente Liddy.

— Realmente não me importo de enviá-la para Teddy — observou a patroa — Ele é uma criança bem travessa, às vezes.

— Sim, é mesmo.

— Vamos jogar a moeda como os homens fazem — disse Bathsheba, preguiçosamente — Muito bem, cara, Boldwood; coroa, Teddy. Não, não vamos tirar a sorte com dinheiro no domingo, isso seria realmente uma invocação ao demônio.

— Jogue esse hinário, não pode haver pecado algum nisso, senhorita.

— Muito bem. Aberto, Boldwood... fechado, Teddy. Não, é mais provável que caia aberto. Aberto, Teddy... fechado, Boldwood.

O livro voou pelo ar e caiu fechado.

Bathsheba, com um pequeno bocejo na boca, pegou a caneta e, com serenidade imediata, dirigiu a missiva a Boldwood.

— Agora acenda uma vela, Liddy. Qual selo devemos usar? Aqui temos uma cabeça de um unicórnio... não há nada nela. O que é isso?... duas pombas... não. Deveria ser algo extraordinário, não deveria, Liddy? Aqui está com um lema... lembro que é engraçado, mas não consigo ler. Vamos experimentar esse e se não der certo, tentamos outro.

Um selo grande e vermelho foi devidamente fixado. Bathsheba olhou de perto a cera quente para descobrir as palavras.

— Excelente! — ela exclamou, atirando o bilhete com travessura — Isso perturbaria a solenidade de uma pessoa e de um oficial também.

Liddy olhou as palavras do selo e leu:

"CASE-SE COMIGO."

A carta foi enviada na mesma tarde e devidamente classificada no correio de Casterbridge naquela noite, para ser devolvida a Weatherbury novamente pela manhã.

A atitude foi totalmente impensada. Bathsheba tinha um bom conhecimento do amor como espetáculo, mas subjetivamente ela não sabia nada sobre ele.

CAPÍTULO XIV

O EFEITO DA CARTA - O NASCER DO SOL

Ao anoitecer, na noite do Dia dos Namorados, Boldwood sentou-se para jantar como de costume, ao lado da lareira brilhante de troncos antigos. Sobre a cornija, em frente a ele, havia um relógio em cima de uma águia com as asas abertas e sobre as asas da águia estava o cartão que Bathsheba havia enviado. O olhar do solteiro fixou-se de tal forma naquele cartão que o grande selo vermelho se transformou numa mancha de sangue na retina do seu olho; e enquanto ele comia e bebia, ainda lia com imaginação as palavras ali contidas, embora estivessem muito distantes para sua visão:

"CASE-SE COMIGO."

A injunção atrevida era como aquelas substâncias cristalinas que, por serem incolores, assumem o tom dos objetos ao seu redor. Aqui, na tranquilidade da sala de Boldwood, onde tudo o que não era sério era estranho, e onde a atmosfera era a de um domingo puritano que durava toda a semana, a carta e a sua formalidade mudaram o seu teor, da negligência da sua origem para uma profunda solenidade, embebida de seus acessórios agora.

Desde o recebimento da missiva pela manhã, Boldwood sentiu que a simetria de sua existência estava sendo lentamente distorcida na direção de uma paixão ideal. A perturbação foi como a primeira erva daninha flutuante para Colombo... possibilidades desprezíveis e sugestivas de algo infinitamente grande.

O cartão devia ter origem e motivo. É claro que Boldwood não sabia que o motivo era da menor magnitude compatível com a sua existência. E tal explicação nem sequer lhe parecia uma possibilidade. Em uma condição mental de confusão, é estranho para a pessoa confusa perceber que os processos de aprovação de um curso sugerido pelas circunstâncias e de definição de um curso a partir de um impulso interior sejam iguais. A grande diferença entre iniciar uma série de eventos e direcionar uma série já iniciada para um determinado ritmo raramente é aparente para a pessoa que está confusa com o problema.

Quando Boldwood foi para a cama, colocou o cartão de Dia dos Namorados no canto do espelho. Estava consciente de sua presença, mesmo quando lhe dava as costas. Foi a primeira vez na vida de Boldwood que tal evento ocorreu. O mesmo fascínio que o levou a pensar que se tratava de um ato com um motivo deliberado impediu-o de considerá-lo uma impertinência. Olhou novamente na direção do cartão. As misteriosas influências da noite trouxeram a presença da escritora desconhecida. A mão de alguém, de alguma mulher, passava suavemente pelo papel que levava o nome dele; os olhos dela não revelados observaram cada curva enquanto ela escrevia o bilhete; o cérebro dela o via em imaginação naquele momento. Por que ela o imaginaria? A boca dela teria lábios vermelhos ou pálidos, volumosos ou enrugados? Curvavam-se para certa expressão à medida que a caneta avançava, e os cantos se moviam com todo o seu tremor natural: qual seria a expressão?

A visão da mulher escrevendo, como um complemento das palavras escritas, não tinha individualidade nenhuma. Ela era uma forma nebulosa, e bem poderia ser, considerando que seu original estava naquele momento em sono profundo e alheio a todo amor e cartas escritas sob o céu. Sempre que Boldwood cochilava, ela assumia uma forma e comparativamente deixava de ser uma visão: quando ele acordava, olhava para a carta que justificava o sonho.

A lua brilhava naquela noite, e sua luz não era do tipo habitual. A janela dele recebia apenas um reflexo de seus raios com o brilho pálido que a direção invertida da neve proporciona, subindo e iluminando o teto de uma forma não natural, lançando sombras em lugares estranhos e colocando luzes onde as sombras costumavam estar.

O conteúdo do cartão lhe preocupava muito pouco em

comparação com o fato de sua chegada. De repente, ele se perguntou se poderia encontrar algo mais no envelope além do que havia retirado. Pulou da cama sob a luz estranha, pegou o cartão, puxou a folha de papel frágil, sacudiu o envelope... procurou algo. Não havia mais nada lá. Boldwood olhou, como fizera centenas de vezes no dia anterior, para o insistente selo vermelho: "Case-se comigo", disse ele em voz alta.

O solene e reservado proprietário fechou novamente o cartão e colocou-o na moldura do espelho. Ao fazer isso, viu o reflexo de suas feições, a expressão pálida e a forma insubstancial. Viu quão estreitamente sua boca estava comprimida e como seus olhos estavam arregalados e vazios. Sentindo-se inquieto e insatisfeito consigo mesmo por causa dessa irritabilidade nervosa, voltou para a cama.

Então chegou o amanhecer. O poder total do céu claro não era igual ao de um céu nublado ao meio-dia, quando Boldwood levantou-se e se vestiu. Desceu as escadas e saiu em direção ao portão de um campo a leste, onde parou, inclinou-se sobre ele e olhou em volta.

Era um nascer do sol lento, como habitual naquela época do ano, e o céu, de cor violeta no apogeu, era cor de chumbo para o norte e sombrio para o leste, onde, sobre a colina nevada ou sobre as ovelhas na fazenda Weatherbury Upper, aparentemente repousando sobre a cerca, a única metade do sol ainda visível queimava sem raios, como um fogo vermelho e sem chama brilhando sobre uma lareira branca. Todo o efeito lembrava um pôr do sol como se vê na infância.

Em outras direções, os campos e o céu eram tão da mesma cor por causa da neve que dificultava dizer onde ficava o horizonte só com um olhar rápido; e em geral havia aqui também aquela já mencionada inversão sobrenatural de luz e sombra que acompanha a perspectiva quando o brilho extravagante comum no céu é encontrado na terra, e as sombras da terra estão no céu. No oeste pairava a lua minguante, agora opaca e amarelo-esverdeada, como latão manchado.

Boldwood olhava sem prestar atenção para a geada que havia endurecido e formado uma camada fina de gelo na superfície da neve, até que ela brilhou na luz vermelha do leste como mármore, como acontecia em algumas partes da encosta, onde partes de grama seca, envoltas em pingentes de gelo, eriçavam-se através da cobertura lisa e pálida nas formas retorcidas e curvas da antiga veneziana e como as pegadas de alguns pássaros, que haviam saltado sobre a neve enquanto ela estava no estado de uma lã macia, ficavam agora congeladas por um curto período de permanência. Um ruído meio abafado de rodas leves o interrompeu. Boldwood virou-se para a estrada. Era o carrinho de correio... um veículo maluco de duas rodas, tão leve que mal resistia a uma rajada de vento. O motorista entregou uma carta. Boldwood agarrou-a e abriu, esperando outra carta anônima... as ideias de probabilidade das pessoas são tão grandes de que o precedente se repetirá.

– Não acho que seja para o senhor – disse o homem, quando ele percebeu a atitude de Boldwood. – Embora não tenha nome, acho que é para seu pastor.

Boldwood então olhou para o endereço:

Para o Novo Pastor,

Fazenda Weatherbury,

Perto de Casterbridge

– Oh... foi um erro! ... não é para mim. Nem para meu pastor. É para o pastor da srta. Everdene. É melhor levá-la para ele, Gabriel Oak, e diga-lhe que a abri por engano.

Nesse momento, na cerca, contra o céu escaldante, ele viu uma figura que parecia um pavio negro no meio da chama de uma vela. Então ela começou a movimentar-se vigorosamente de um lugar para outro, como uma armação quadrada circundada pelos mesmos raios. Uma pequena figura de quatro patas seguia atrás. A forma alta era a de Gabriel Oak, a pequena era George; os artigos em movimento eram obstáculos.

– Espere – disse Boldwood. – É aquele homem na colina, eu mesmo vou levar a carta para ele.

Para Boldwood já não era mais apenas uma carta para outro homem. Era uma oportunidade. Exibindo um rosto cheio de intenção, entrou no campo nevado.

Naquele minuto, Gabriel descia o morro pela direita. A claridade se estendia agora naquela direção e tocava o telhado distante da Warren's Malthouse, para onde o pastor aparentemente estava indo; Boldwood seguia a distância.

CAPÍTULO XV

UM ENCONTRO PELA MANHÃ - A CARTA NOVAMENTE

A luz escarlate e alaranjada do exterior da Warren's Malthouse não penetrava em seu interior, que era, como sempre, iluminado por um brilho rival de tonalidade semelhante irradiado da lareira.

O cervejeiro, depois de ter se deitado todo vestido por algumas horas, estava agora sentado ao lado de uma mesa de três pernas, tomando café da manhã com pão e bacon. A refeição era servida sem prato, com uma fatia de pão sobre a mesa, a carne espalhada sobre o pão, uma camada de mostarda sobre a carne e uma pitada de sal por cima de tudo. Ele fazia um corte vertical com um grande canivete até que a madeira fosse atingida, quando o pedaço cortado era espetado na faca e elevado de forma adequada até a boca. A falta de dentes do cervejeiro não parecia diminuir sensivelmente seus poderes de mastigação. Estava sem eles há tantos anos que a falta de dentes era considerada menos um defeito do que as gengivas duras uma aquisição. Na verdade, ele parecia aproximar-se da sepultura como uma curva hiperbólica se aproxima de uma linha reta... menos diretamente até chegar mais perto, até que se duvidasse que algum dia chegaria.

No buraco de cinzas havia uma pilha de batatas assadas e uma panela de barro com pão tostado, chamado de "café", para o benefício de quem quer que lá estivesse, pois o Warren's era uma espécie de clube, usado como alternativa de hospedagem.

– Eu sempre digo, temos um belo dia, e então chega alguém para te assustar, à noite – foi um comentário que se ouviu de repente espalhando-se no interior da cervejaria assim que a porta foi aberta. A figura de Henery Fray avançou em direção à lareira, batendo a neve de suas botas quando estava na metade do caminho. A fala e a entrada não pareceram de forma alguma um começo abrupto para o cervejeiro, considerando que as apresentações eram muitas vezes omitidas nessa vizinhança, tanto por palavra quanto por ação, e o cervejeiro, tendo a mesma liberdade que lhe era permitida, não se apressou em responder. Pegou um pedaço de queijo, bicando-o com a faca, como um açougueiro faz com espetos.

Henery apareceu com um sobretudo de casimira pardo, abotoado sobre o avental cuja barra branca era visível a uma distância de cerca de trinta centímetros abaixo do casaco, que, quando se acostumava com o estilo da vestimenta, parecia bastante natural, até mesmo ornamental e certamente era confortável.

Matthew Moon, Joseph Poorgrass e outros condutores de carroças e carruagens chegaram também, carregando grandes lanternas nas mãos, o que mostrava que tinham acabado de chegar dos estábulos dos cavalos das carroças, onde estavam ocupados desde às 4 horas da manhã.

– E como ela está se saindo sem um administrador? – o cervejeiro perguntou. Henery balançou a cabeça e deu um daqueles sorrisos amargos, levantando toda a pele da testa e formando uma elevação enrugada no centro.

– Ela vai se arrepender... com certeza, com certeza! – ele disse – Benjy Pennyways não era um homem verdadeiro nem um administrador honesto... era um grande traidor como o próprio Judas Iscariotes. Mas pensar que ela pode continuar sozinha! – Ele balançou a cabeça três ou quatro vezes em silêncio – De jeito nenhum, nunca!

Todos entenderam essa atitude como a conclusão de algum discurso sombrio que foi expresso apenas em pensamento durante o balançar de cabeça, mas Henery mantinha várias marcas de desespero em seu rosto, o que implicava que elas seriam usadas novamente assim que ele continuasse falando.

— Tudo estará arruinado, e nós também, e não haverá carne nas casas dos senhores! – disse Mark Clark.

— Uma dama teimosa, é isso que ela é... e não ouve nenhum conselho. O orgulho e a vaidade arruinaram muitas mulheres como ela. Meu Deus, Meu Deus, fico com medo só de pensar nisso!

— É verdade, Henery, você tem razão, eu sei – disse Joseph Poorgrass com uma voz de quem concorda totalmente e um sorriso de tristeza.

— Não faria mal a nenhum mortal ter o que ela tem debaixo de seu chapéu – disse Billy Smallbury, que acabara de entrar, mostrando o seu único dente na boca – Ela fala muito bem e tem um pouco de bom senso em algum lugar. Vocês me entendem?

— Entendo, entendo sim; mas sem um administrador... eu merecia aquele cargo – lamentou Henery, demonstrando o talento desperdiçado ao olhar fixamente para visões de um destino elevado aparentemente visível para ele no avental de Billy Smallbury – Acho que é assim que tem de ser. Sua sorte é sua sorte, e as Escrituras não são nada; você pode fazer o bem, mas não será recompensado de acordo com suas obras, será enganado com alguma maldade sem sua recompensa.

— Não, não, não concordo com você – disse Mark Clark – Deus é perfeito em tudo que faz.

— Bom trabalho, boa recompensa, é assim que se diz – afirmou Joseph Poorgrass.

Seguiu-se uma breve pausa e, como uma espécie de entreato, Henery virou-se e apagou as lanternas que não eram mais necessárias com o aumento da luz do dia na cervejaria, com sua única janela de vidro.

— Fico imaginando o que uma agricultora pode querer com um cravo, um saltério, um piano, ou seja lá como for que chamam? – disse o cervejeiro – Liddy disse que ela tem um novo.

— Ela tem um piano?

— Sim. Parece que as velharias de seu tio não eram boas o suficiente para ela. Ela comprou tudo novo. Tem cadeiras pesadas para os mais fortes e leves e finas para os esguios. Relógios grandes como os de parede para ficar em cima do aparador da lareira.

— Quadros, a maioria deles com molduras esplêndidas.

— E bancos de longas crinas de cavalo para acomodar os bêbados, com almofadas de crina de cavalo em cada ponta — disse Clark — Além dos espelhos para as beldades e livros que mentem para os ímpios.

Um passo firme e alto foi ouvido do lado de fora; a porta se abriu cerca de quinze centímetros, e alguém do outro lado exclamou:

— Vizinhos, vocês têm espaço para alguns cordeiros recém-nascidos?

— Sim, claro, pastor — respondeu o grupo.

A porta foi puxada para trás até bater na parede e estremecer de cima a baixo com o golpe. Oak apareceu na entrada com o rosto todo suado, faixas de feno enroladas nos tornozelos para proteger contra a neve, uma tira de couro em volta da cintura, fora do avental, e parecendo um símbolo universal de saúde e vigor. Quatro cordeiros pendurados em várias atitudes embaraçosas sobre seus ombros, e o cachorro George, que Gabriel havia conseguido trazer de Norcombe, andando solenemente atrás dele.

— Bem, pastor Oak, e como está a criação de carneiros este ano, se me permite perguntar? — disse Joseph Poorgrass.

— Terrível. — respondeu Oak — Acabei me molhando duas vezes por dia, com neve ou chuva, na última quinzena. Cainy e eu não fechamos os olhos esta noite.

— Soube que são gêmeos, verdade?

— Sim; geralmente só um deles sobrevive. Os carneiros estão muito estranhos este ano. Acho que não vamos terminar até o feriado no Dia da Anunciação.

— E no ano passado tudo acabou no Domingo da Quaresma — observou Joseph.

— Traga os outros, Cainy — disse Gabriel — e volte correndo para os carneiros. Volto logo atrás de você.

Cainy Ball, um jovem de rosto alegre, com covinhas perto da boca, avançou e trouxe outros dois, retirando-se conforme ordenado. Oak baixou os cordeiros da altura que para eles não era natural, embrulhou-os em feno e colocou-os perto da lareira.

— Não temos aqui nenhuma cabana para cordeiros, como eu costumava ter em Norcombe — disse Gabriel — e é muito incômodo trazer esses bichinhos para dentro de uma casa. Se não fosse esse lugar aqui, cervejeiro, não sei o que faria nesse tempo tão terrível. E como estão as coisas por aqui, cervejeiro?

— Oh, não estou nem triste, nem doente, pastor; mas também não estou mais jovem.

— Sim, eu entendo.

— Sente-se, pastor Oak — continuou o velho cervejeiro — E como estava sua antiga casa em Norcombe, quando você foi buscar seu cachorro? Gostaria de ver aquele velho local familiar, mas acho que não conheceria mais ninguém lá agora.

— Acho que não conheceria mesmo. As coisas mudaram muito.

— É verdade que a sidraria de Dicky Hill foi demolida?

— É sim... anos atrás e também a casa de Dicky que ficava acima dela.

— Minha nossa, é mesmo?!

— Sim, e a velha macieira de Tompkins, que costumava produzir dois barris de cidra sem a ajuda das outras árvores, também foi arrancada.

— Arrancada?... não me diga! Ah! que tempos conturbados estamos vivendo... que tempos conturbados.

— O senhor se lembra do velho poço que ficava no meio da

praça? Ele se transformou em uma bomba de ferro sólido com uma grande calha de pedra, e tudo destruído.

– Meu Deus, meu Deus... como a face das nações se altera, e o que vivemos para ver hoje em dia! Sim, e é a mesma coisa aqui. Eles estavam comentando agora mesmo sobre as coisas estranhas que a nova patroa anda fazendo.

– O que eles estão falando sobre ela? – perguntou Oak, virando-se rapidamente e demonstrando interesse.

– Esses homens de meia-idade estão criticando o trabalho dela, dizendo que ela é orgulhosa e vaidosa – disse Mark Clark – mas eu sempre digo, deixem ela se enforcar com a própria corda. Que Deus abençoe aquele lindo rosto, como gostaria de tocar aqueles seus lábios de cereja! – Nesse instante, o galante Mark Clark fez um som peculiar e bem conhecido com a boca.

– Mark – disse Gabriel com seriedade – preste bem atenção! Nada dessa conversa fiada com esses tipos de comentários maliciosos sobre a srta. Everdene. Não permito isso. Escutou o que eu disse?

– Claramente, já que não tenho nenhuma chance – respondeu o sr. Clark, cordialmente.

– Vocês andaram falando mal dela? – disse Oak, virando-se para Joseph Poorgrass com um olhar bem sombrio.

– Não, não, nem uma palavra, ainda bem que ela não é pior, foi isso que eu disse – respondeu Joseph, tremendo e corando de medo – Foi o Matthew que estava dizendo algo...

– Matthew Moon, o que você andou dizendo por aí? – perguntou Oak.

– Eu? Ora, você sabe que eu não faria mal nem a uma minhoca debaixo da terra! – respondeu Matthew Moon, parecendo bastante desconfortável.

– Bem, alguém falou... e olhem aqui, vizinhos – embora Gabriel fosse um dos homens mais quietos e gentis do mundo, reagiu energicamente e disse: – Este é o meu punho – colocou o punho, bem menor em tamanho do que um pão comum, no centro exato da mesinha do cervejeiro, e com ele deu uma ou duas pancadas, como que para garantir que todos os olhos captassem completamente a ideia que queria transmitir – Agora... o primeiro homem na paróquia que eu ouvir falando mal da patroa – (nesse instante ele levantou o punho e o deixou cair como Thor faria com seu martelo) – sentirá o peso disso... ou sou um mentiroso.

Pela expressão de sinceridade nas feições de todos eles ficou claro que não consideravam o pastor um mentiroso, mas lamentavam a situação que se criara com os comentários e Mark Clark gritou: – Ouçam, ouçam, foi exatamente o que eu disse.

O cachorro George ergueu os olhos ao mesmo tempo após a ameaça do pastor e, embora não entendesse inglês muito bem, começou a rosnar.

– Vamos lá, pastor, não se importe tanto com isso! – disse Henery, protestando calmamente como um bom cristão.

– Ouvimos dizer que você é um homem extraordinariamente bom e inteligente, pastor – disse Joseph Poorgrass com considerável ansiedade, atrás da cama do cervejeiro, para onde ele havia se retirado por segurança – é ótimo ser inteligente, tenho certeza – acrescentou ele, movimentando-se de acordo com seu estado de espírito e não com seu corpo – gostaríamos de ser também, não é, vizinhos?

– Sim, gostaríamos, é claro – disse Matthew Moon, com uma risada ansiosa, para Oak, para mostrar que ele também queria ser simpático.

– Quem disse que sou inteligente? – disse Oak.

– É o que se ouve falar por aí – disse Matthew – Ouvimos dizer que você pode saber dizer as horas pelas estrelas assim como sabemos pelo sol e pela lua, pastor.

– Sim, conheço um pouco – Gabriel respondeu como alguém que soubesse um pouco sobre o assunto.

– Ouvimos também que você sabe fazer relógios de sol e gravar os nomes das pessoas em suas carroças como em uma placa de cobre, com lindos floreios e grandes traços longos. É maravilhoso ser um homem tão inteligente, pastor. Joseph Poorgrass costumava gravar as carroças do fazendeiro James Everdene antes de você chegar, e nunca sabia para que direção virar o J e o E, não é, Joseph? – Joseph balançou a cabeça para mostrar que ele realmente nunca sabia a direção certa – E então ele escrevia o jeito errado, assim, não é, Joseph? – Matthew escreveu no chão empoeirado com o cabo do chicote:

LAMƎS

– E como o fazendeiro James ficava irritado e chamava você de tolo, não era assim, Joseph, quando percebia que seu nome estava errado? – continuou Matthew Moon com emoção.

– Sim, era mesmo – disse Joseph, humildemente – Mas, vejam, eu não era tão culpado, porque o J e o E são bem complicados para lembrar qual é voltado para trás e qual é para frente, e além disso sempre tive uma memória fraca.

– É uma aflição muito grande para você, já que é um homem que passou por tantas calamidades.

– Bem, é verdade; mas uma feliz Providência ordenou que não fosse pior, e sou muito grato. Quanto ao pastor, tenho certeza de que a patroa vai colocá-lo no cargo de administrador... já que é um homem apropriado para isso.

– Não me importo de admitir que esperava por isso – disse Oak, francamente. – Na verdade, esperava por esse lugar. Ao mesmo tempo, a srta. Everdene tem o direito de ser ela mesma a administradora, se assim o desejar, e de me manter apenas como um pastor comum. Oak respirou fundo, olhou tristemente para o buraco de cinzas brilhante e parecia perdido em pensamentos que não eram dos mais esperançosos.

O calor agradável do fogo começou, então, a estimular os

cordeiros quase sem vida a balir e a mover os membros rapidamente sobre o feno, e a reconhecer pela primeira vez o fato de terem nascido. O barulho deles aumentou para um coro de "bés", e então Oak puxou a lata de leite diante do fogo e, tirando um pequeno bule de chá do bolso de seu avental, encheu-o de leite e ensinou as criaturas indefesas, que não seriam devolvidos às suas mães para aprender, um truque que adquiriram com surpreendente aptidão.

– E ouvi dizer que ela nem deixa você ficar com as peles dos cordeiros mortos, não é? – retomou Joseph Poorgrass, seus olhos demorando-se nas operações de Oak com a necessária melancolia.

– Eu não as quero – respondeu Gabriel.

– Você foi muito maltratado, pastor – arriscou Joseph novamente, na esperança de, afinal, ter Oak como aliado na lamentação – Acho que ela se aproveita de você, isso é o que eu acho.

– Oh, não, de jeito nenhum – respondeu Gabriel, apressadamente, e deu um suspiro que dificilmente teria sido causado pela privação de peles de cordeiro.

Antes que qualquer comentário adicional fosse feito, uma sombra escureceu a porta e Boldwood entrou na cervejaria, conferindo a cada aceno de cabeça com uma qualidade entre simpatia e condescendência.

– Ah! Oak, achei que você estaria aqui – disse ele – Encontrei a carroça do correio há dez minutos e uma carta me foi entregue, a qual abri sem ler o endereço. Acredito que seja sua. Por favor, desculpe-me o acidente.

– Oh, sim... não tem importância nenhuma sr. Boldwood... nem um pouco – disse Gabriel prontamente. Ele não tinha um correspondente na terra, nem havia uma possível carta chegando a ele cujo conteúdo toda a paróquia não pudesse ler.

Oak afastou-se e leu a carta a seguir cuja letra ele não conhecia:

CARO AMIGO: não sei seu nome, mas como acho que estas poucas linhas chegarão até você, escrevi para agradecer sua gentileza comigo na noite em que deixei Weatherbury de forma imprudente. Também devolvo o dinheiro que lhe devo, e você me desculpará por não ficar com ele como presente. Tudo terminou bem, e tenho o prazer de anunciar que vou me casar com o jovem que me corteja há algum tempo: o Sargento Troy, da 11ª Cavalaria que agora está aquartelado nesta cidade. Sei que ele se oporia a que eu tivesse recebido qualquer coisa, exceto como empréstimo, sendo um homem de grande respeitabilidade e honra; na verdade, um nobre de sangue.

Ficaria muito grata se mantivesse o conteúdo desta carta em segredo por enquanto, querido amigo. Pretendemos surpreender Weatherbury chegando como marido e mulher, embora eu envergonhe-me de dizer isso a alguém quase estranho. O sargento cresceu em Weatherbury. Agradeço novamente por sua gentileza,

Sinceramente,
FANNY ROBIN.

– Você leu, sr. Boldwood? – perguntou Gabriel – se ainda não o fez, é melhor fazê-lo. Sei que está interessado em Fanny Robin.

Boldwood leu a carta e pareceu abatido.

– Fanny... pobre Fanny! O fim em que ela está tão confiante ainda não aconteceu, ela deveria se lembrar... e pode nunca acontecer. Vejo que ela não dá endereço.

– Que tipo de homem é esse sargento Troy? – perguntou Gabriel.

– Hum... receio que não seja alguém em quem se possa ter muita esperança num caso como esse – murmurou o fazendeiro – embora ele seja um sujeito inteligente e preparado para tudo. Ele também é fruto de um leve romance. Sua mãe era uma governanta francesa, e parece que existia uma ligação secreta entre ela e o falecido Lord Severn. Ela era casada com um médico pobre e logo depois nasceu um bebê; e enquanto havia dinheiro disponível, tudo correu bem. Infelizmente para o filho dela, seus melhores amigos morreram; e conseguiu, então, uma posição como segundo escriturário de um advogado em Casterbridge. Ele permaneceu lá por algum tempo e poderia ter conseguido algum tipo de posição digna se não tivesse se entregado à loucura de se alistar no exército. Tenho muitas dúvidas de que algum dia a pequena Fanny nos surpreenda da maneira que ela menciona... duvido muito. Que menina tola! Muito tola!

A porta abriu-se novamente às pressas, e Cainy Ball entrou correndo, sem fôlego, a boca vermelha e aberta como uma trombeta barata, tossindo com grande vigor e com uma grande distensão do rosto.

– Meu Deus, Cainy Ball – disse Oak, severamente – por que corre tanto assim para perder o fôlego? Estou sempre lhe dizendo isso.

– Oh... perdi o ar... peguei o caminho errado, por favor, sr. Oak, e isso me fez tossir... cof... cof!

– Bem, por que veio?

– Corri para lhe contar – disse o pastor júnior, apoiando seu corpo jovem e exausto contra o batente da porta – que você deve vir logo. Mais duas ovelhas tiveram gêmeos... esse é o problema, pastor Oak.

– Ah, é isso – disse Oak, levantando-se de um pulo e deixando de lado por enquanto seus pensamentos sobre a pobre Fanny. – Você é um bom menino por vir correndo me contar, Cainy, e algum dia ganhará um grande pudim de ameixa como presente. Mas, antes de irmos, Cainy, traga o pote de alcatrão e vamos marcar e terminar este lote.

Oak tirou de seus bolsos infinitos um ferro de marcar, mergulhou-o no pote e gravou nos traseiros dos carneirinhos as iniciais daquela que ele adorava: "B. E.", o que significava para toda a região que doravante os carneiros pertenciam à fazendeira Bathsheba Everdene, e a mais ninguém.

– Muito bem, Cainy, coloque os dois cordeiros em seus ombros e vamos embora. Tenha um bom dia, sr. Boldwood – O pastor levantou as dezesseis pernas compridas e os quatro corpos pequenos que ele próprio havia trazido e desapareceu com eles na direção do campo de criação de cordeiros, já que agora estavam mais ágeis e com esperança de viver, contrastando com a situação de quase morte de meia hora antes.

Boldwood seguiu-o um pouco pelo campo, hesitou e voltou. Então decidiu segui-lo novamente e não retornar. Ao aproximar-se do recanto onde o curral fora construído, o fazendeiro tirou a sua carteira, abriu-a e deixou-a aberta em sua mão. Havia uma carta... era de Bathsheba.

– Eu ia perguntar a você, Oak – disse ele, com descuido proposital – se você sabe de quem é esta letra?

Oak olhou a carta e respondeu instantaneamente, com o rosto corado: – A letra é da srta. Everdene.

Oak ficou corado simplesmente porque pronunciou o nome dela. Ele agora sentiu uma angústia estranha com um novo pensamento. É claro que a carta era anônima ou a pergunta não teria sido necessária.

Boldwood não entendeu a confusão dele: pessoas sensíveis estão sempre prontas a perguntar "Algum problema comigo?", em vez de raciocinar objetivamente.

– A pergunta foi perfeitamente justa – respondeu ele, e havia algo de incongruente na seriedade que ele dedicava a uma discussão sobre a carta do Dia dos Namorados – Você sabe que sempre se espera que se façam perguntas particulares, é aí que reside a... diversão – Se a palavra "diversão" fosse substituída por "tortura", não poderia ter sido pronunciada com um semblante mais constrangido e inquieto do que o de Boldwood naquele momento.

Assim que deixou Gabriel, o homem solitário e reservado voltou para sua casa para tomar seu café da manhã sentindo pontadas de vergonha e arrependimento por ter exposto seu humor por meio daquelas perguntas tolas a um estranho. Novamente colocou a carta sobre a lareira e sentou-se para pensar nas circunstâncias que a acompanhavam à luz da informação fornecida por Gabriel.

CAPÍTULO XVI

TODOS OS SANTOS E TODAS AS ALMAS

Em um dos dias da semana pela manhã, uma pequena congregação, composta principalmente de mulheres e meninas, levantou-se depois de se ajoelhar na nave mofada da Basílica de Todos os Santos, na distante cidade de Melchester, no final de um culto sem sermão. Estavam prestes a dispersar-se quando passos apressados, entrando pela porta e avançado no corredor central, chamaram a atenção. O passo ecoou com um som incomum em uma igreja; era o tilintar das esporas. Todos olharam. Um jovem soldado da cavalaria vestido com um uniforme vermelho, com as três divisas de sargento na manga, caminhou pelo corredor, com um embaraço que era ainda mais marcado pelo intenso vigor de seus passos e pela determinação em seu rosto em não demonstrar constrangimento. Um leve rubor tomou conta de seu rosto quando ele passou entre as mulheres; mas, ao passar pelo arco da capela-mor, não parou até chegar perto da grade do altar. Ali ele ficou sozinho por um momento.

O sacerdote, que ainda não havia tirado a sobrepeliz, percebeu o recém-chegado e o acompanhou até o local de comunhão. Ele sussurrou algo para o soldado e depois acenou para o sacristão, que por sua vez sussurrou para uma senhora idosa, aparentemente sua esposa, e eles também subiram os degraus da capela.

– É um casamento! – algumas mulheres murmuraram, sorridentes – Vamos esperar!

A maioria delas sentou-se novamente.

Ouviu-se um rangido de engrenagens na parte de atrás da igreja, e alguns dos jovens viraram a cabeça. Do lado interno do muro da torre projetava-se um pequeno dossel com um boneco que marcava os quartos de hora e um pequeno sino abaixo dele, sendo que esse boneco era acionado pelo mesmo mecanismo de relógio que tocava o grande sino da torre. Entre a torre e a igreja havia uma cortina cuja porta era mantida fechada durante os cultos religiosos, escondendo esse grotesco mecanismo do relógio. No momento, porém, a porta estava aberta, e a saída do boneco, as batidas no sino e sua retirada para o recanto novamente eram visíveis para muitos e audíveis por toda a igreja.

O boneco marcava 11h30.

– Onde está a mulher? – sussurraram alguns espectadores.

O jovem sargento ficou parado com a rigidez anormal dos antigos pilares ao redor. Permaneceu em silêncio olhando para sudoeste.

O silêncio tornou-se perceptível com o passar dos minutos, ninguém aparecia e nem uma alma se movia. A agitação do boneco do relógio novamente em seu nicho, marcando os quinze minutos, e sua retirada barulhenta eram quase dolorosamente abruptos, fazendo com que muitos na congregação começassem a ficar inquietos.

– Onde será que está a mulher?! – sussurrou uma voz novamente.

Começou então aquele leve movimento de pés, e várias pessoas com aquela tosse artificial que denuncia um suspense nervoso. Por fim, houve uma risada silenciosa. Mas o soldado não se mexeu. Lá estava ele, com o rosto voltado para o sudoeste, ereto como uma coluna, com a boina na mão.

O relógio avançava. As mulheres deixaram o nervosismo de lado, e as risadinhas tornaram-se mais frequentes. Então veio um silêncio mortal. Todos estavam esperando pelo fim. Algumas pessoas notaram que os quartos de hora estavam passando muito mais rápido. Era difícil acreditar que o boneco não tivesse se enganado nos minutos, quando o barulho recomeçava, o boneco surgia, e os quatro quartos batiam da mesma forma intermitente de antes. Era quase que possível ter certeza de que havia um olhar malicioso no rosto daquela horrível criatura e um deleite travesso em seus movimentos. Então, seguiu-se a ressonância surda e remota das doze badaladas pesadas na torre acima. As mulheres ficaram impressionadas, e dessa vez não houve risadas.

O sacerdote entrou na sacristia, e o sacristão desapareceu. O sargento ainda não havia se virado; todas as mulheres da igreja estavam esperando para ver seu rosto, e ele parecia saber disso. Por fim, virou-se e seguiu resolutamente pela nave, enfrentando todos eles, com os lábios comprimidos. Dois velhos mendigos curvados e desdentados entreolharam-se e riram inocentemente, mas o som teve um efeito esquisito naquele lugar.

Em frente à igreja havia uma praça pavimentada, em torno da qual vários edifícios antigos de madeira faziam uma sombra pitoresca. O jovem passou pela porta e estava atravessando a praça quando, no meio do caminho, encontrou uma mocinha. A expressão no rosto dela, que era de intensa ansiedade, tornou-se quase de terror ao vê-lo.

– Muito bem!? – ele disse, com uma paixão reprimida, olhando fixamente para ela.

– Oh, Frank... cometi um erro! Pensei que a igreja com a torre fosse a de Todos os Santos e estava na porta às 11h30 como você disse. Esperei até quinze para o meio-dia, e descobri que estava na igreja Todas as Almas. Mas não fiquei muito assustada, pois pensei que poderia ser amanhã também.

– Sua tola, como pôde me enganar assim! Mas não diga mais nada.

– Será amanhã, Frank? – ela perguntou totalmente desconcertada.

– Amanhã! – ele soltou uma risada rouca – Garanto a você

que ficarei um bom tempo sem passar por essa experiência novamente!

– Mas, afinal, – ela disse com voz trêmula – o erro nem foi tão terrível! Então, querido Frank, quando será?

– Ah, quando? Só Deus sabe! – ele disse com leve ironia e afastou-se dela rapidamente.

CAPÍTULO XVII

NO MERCADO

No sábado, Boldwood estava no mercado de Casterbridge, como sempre, quando aquela que perturbava seus sonhos apareceu. Adão acordou de seu sono profundo, e olhe só quem estava lá: Eva. O fazendeiro tomou coragem e pela primeira vez olhou realmente para ela.

As causas materiais e os efeitos emocionais não devem ser colocados em equações regulares. O resultado do capital empregado na produção de qualquer movimento de natureza mental é, às vezes, tão tremendo quanto a própria causa é absurdamente pequeno. Quando as mulheres estão com um humor estranho, sua intuição comum, seja por descuido ou por defeito inerente, aparentemente não lhe ensina nada, e foi por isso que Bathsheba estava fadada a ficar surpresa naquele dia.

Boldwood olhou para ela... não de forma astuta, crítica ou compreensiva, mas com um olhar vazio, como um ceifador olha para um trem que passa... como algo estranho ao seu elemento, mas vagamente compreendido. Para Boldwood, as mulheres eram fenômenos remotos, e não complementos necessários, eram como cometas com aspecto, movimento e permanência tão incertos, que se suas órbitas fossem tão geométricas, imutáveis e sujeitas a leis quanto as dele, ou tão absolutamente erráticas quanto pareciam superficialmente, ele não achava que deveria levá-las em consideração.

Ele viu seu cabelo preto, suas curvas faciais e seu perfil perfeito, e a forma arredondada de seu queixo e pescoço. Também observou suas pálpebras, olhos e cílios, e o formato de sua orelha. Em seguida, notou a silhueta dela, sua saia e até mesmo as solas dos sapatos.

Boldwood achou-a linda, mas perguntava-se se estava certo em seu julgamento, pois parecia impossível que essa doçura em forma de carne e osso, se fosse tão doce como ele imaginava, pudesse durar muito tempo sem criar uma comoção de deleite entre os homens e provocar mais dúvidas do que ela já tinha provocado, o que já não era pouco. Na sua opinião, nem a natureza nem a arte poderiam melhorar aquela perfeição entre muitos imperfeitos. Seu coração começou a bater mais forte dentro do peito. Deve-se lembrar que Boldwood, embora tivesse 40 anos de idade, nunca havia observado uma mulher com tanta atenção e força no olhar; elas atingiam todos os seus sentidos de modo geral.

Ela era realmente linda? Mesmo depois de observá-la com cuidado, ele não conseguia se assegurar de que sua opinião era verdadeira. Então perguntou furtivamente a um vizinho: – A srta. Everdene é considerada bonita?

– Oh, sim, todos ficaram impressionados quando ela veio aqui pela primeira vez, se você não se lembra. Realmente é uma jovem muito bela.

Um homem acredita muito mais que está certo quando recebe opiniões favoráveis sobre a beleza de uma mulher, no caso de quem está meio ou totalmente apaixonado; a mera palavra de uma criança sobre esse assunto tem o mesmo peso da palavra de um médico. Agora Boldwood estava satisfeito.

E aquela mulher encantadora, na verdade, havia lhe dito: "Case-se comigo". Por que ela teria feito aquele pedido estranho? A cegueira de Boldwood para a diferença entre aprovar o que as circunstâncias sugeriam e inventar o que não sugeriam foi bem combinada com a insensibilidade de Bathsheba aos possíveis grandes problemas de pequenos começos.

Nesse momento ela estava negociando friamente com um jovem e arrojado fazendeiro, fazendo contas com ele com tanta indiferença, como se o rosto dele fosse a página de um livro contábil. Era evidente que uma natureza como a dele não sentia atração por uma mulher com os gostos de Bathsheba. Mas Boldwood ficou entusiasmado com um ciúme incipiente. Pela primeira vez ele chegou ao "inferno do amante ferido". Seu primeiro impulso foi se colocar entre eles. Isso poderia ser feito de uma única maneira: pedindo para ver uma amostra do milho dela. Boldwood rejeitou a ideia. Não podia fazer aquilo porque seria algo degradante pedir para comprar e vender, e abalaria as concepções que tinha dela.

Durante todo esse tempo, Bathsheba teve consciência de ter finalmente invadido aquela fortaleza solene. Ela percebia que os olhos dele a seguiam por toda parte. Isso era um triunfo que havia acontecido naturalmente e se tornava ainda mais doce para ela devido a esse atraso provocativo. Mas foi provocado por uma engenhosidade mal direcionada, e ela só o valorizava como valorizava uma flor artificial ou uma fruta de cera.

Sendo uma mulher com algum bom senso no raciocínio sobre assuntos em que seu coração não estava envolvido, Bathsheba verdadeiramente se arrependeu de ter feito aquela loucura, que cabia tanto a Liddy quanto a ela mesma, de ter se empenhado em perturbar a paz de um homem que ela respeitava muito para provocar deliberadamente.

Naquele dia, ela teve a intenção de pedir perdão na próxima vez que o encontrasse. Porém, começou a refletir que se tomasse essa atitude poderia ser que ele pensasse que ela o ridicularizara, que um pedido de desculpas poderia aumentar a ofensa ao ser desacreditado. E se ele pensasse que ela queria ser cortejada, isso seria uma evidência adicional da ousadia dela.

CAPÍTULO XVIII

REFLEXÕES DE BOLDWOOD
- ARREPENDIMENTO

Boldwood era proprietário da fazenda Little Weatherbury e era a pessoa mais próxima da aristocracia da qual esse bairro mais remoto da paróquia poderia se orgulhar. Estranhos cavalheiros, que adoravam as próprias cidades, mas que por acaso eram obrigados a permanecer naquela cidade por mais tempo, ouviam o som de rodas leves e rezavam para ver alguém da alta sociedade, no papel de um senhor solitário, ou no mínimo de um fazendeiro, mas era apenas o sr. Boldwood saindo para trabalhar. Eles ouviam o som das rodas mais uma vez, e eram reanimados pela expectativa: era apenas o sr. Boldwood voltando para casa.

A sua casa ficava afastada da estrada, e os estábulos, que são para uma fazenda o que uma lareira é para uma sala, ficavam na parte de trás, perdidos entre arbustos de louros. Para dentro da porta azul, que estava entreaberta, podia-se ver naquele momento as costas e as caudas de meia dúzia de cavalos aquecidos e satisfeitos, parados em suas baias. Eles apresentavam alternâncias de ruão[5] e louro como um arco mourisco, com as caudas formando uma listra no meio de cada um. Acima deles, e invisíveis para os que contemplavam através da luz do lado de fora, era possível ouvir a boca desses animais ocupada em sustentar o calor e a gordura com boas quantidades de aveia e feno. A figura inquieta e sombria de um potro vagava por uma baia que ficava no fundo, enquanto o ritmo constante de mastigação dos cavalos era ocasionalmente modificado pelo barulho de uma corda ou pela batida de uma pata.

---

5 Ruão: aquele que tem pelo branco e pardo, ou pelo branco com malhas escuras e redondas (diz-se de cavalo).

Caminhando para cima e para baixo atrás dos animais estava o próprio fazendeiro Boldwood. Esse lugar era ao mesmo tempo sua recompensa e seu claustro. Aqui, depois de cuidar da alimentação de seus dependentes de quatro patas, o celibatário caminhava e meditava até o anoitecer, até que os raios da lua entrassem pelas janelas cobertas de teias de aranha, ou que a escuridão total envolvesse o cenário.

Sua estrutura forte e robusta mostrava-se agora mais plenamente do que na multidão e na agitação do mercado. Durante essa caminhada meditativa, seu pé tocava o chão com o calcanhar e o dedo do pé simultaneamente, e seu belo rosto de pele avermelhada ficava virado para baixo, o suficiente para esconder a boca imóvel e o queixo bem arredondado, embora bastante proeminente e largo. Algumas linhas horizontais claras e finas eram a única interrupção na superfície lisa de sua grande testa.

As fases da vida de Boldwood eram bastante comuns, mas sua natureza não era. Essa serenidade, que impressionava os observadores casuais mais do que qualquer outra coisa em seu caráter e hábitos, e parecia tão precisamente com uma falta de atitude, podia ser o equilíbrio perfeito entre enormes forças antagônicas positivas e negativas, em ajuste preciso. Se seu equilíbrio fosse perturbado, ele imediatamente partia para um estado extremo. Se uma emoção o possuía, ela a dominava; um sentimento que não o dominasse era totalmente latente. Estagnado ou rápido, mas nunca lento. Ele era sempre atingido mortalmente ou erravam o alvo.

Não tinha delicadeza nem descuido em seu temperamento, nem para o bem nem para o mal. Era severo nas linhas de ação, moderado nos detalhes e sério em absolutamente tudo. Não via lados absurdos nas loucuras da vida e, portanto, embora não fosse muito sociável aos olhos dos homens alegres e brincalhões e daqueles que acham graça de tudo na vida, ele não era intolerável com os sinceros e aqueles familiarizados com o sofrimento. Considerando que era um homem que interpretava todos os dramas da vida com seriedade, se deixasse de se alegrar com fatos engraçados, não havia um tratamento frívolo para censurá-lo quando por acaso terminassem tragicamente.

Bathsheba nem de longe sonhava que a figura sombria e silenciosa sobre a qual ela tão descuidadamente lançara uma semente era um canteiro de intensidade tropical. Se ela conhecesse o temperamento de Boldwood, sua culpa teria sido terrível, e a mancha em seu coração seria indelével. Aliás, se ela soubesse de seu poder atual sobre esse homem, para o bem ou para o mal, teria estremecido diante de sua responsabilidade. Felizmente para o seu presente, infelizmente para sua tranquilidade futura, a sua compreensão ainda não lhe havia dito quem era Boldwood. Ninguém sabia inteiramente, pois embora fosse possível fazer suposições sobre suas capacidades selvagens a partir de antigas marcas de enchentes quase invisíveis, ele nunca havia sido observado nas marés altas que as causaram.

O fazendeiro Boldwood chegou à porta do estábulo e olhou para os campos. Além do primeiro cercado havia uma cerca viva e, do outro lado, uma campina que pertencia à fazenda de Bathsheba.

Era o início da primavera, época de levar as ovelhas para o pasto, quando elas recebem a primeira alimentação, antes que os campos sejam preparados para a plantação. O vento, que soprava para leste há várias semanas, desviou-se para sul, e o meio da primavera chegou abruptamente, quase sem começo. Era aquele período primaveril em que achamos que as Dríades estão chegando. O mundo vegetal começa a se mover e a expandir e as seivas fluem, até que no mais completo silêncio dos jardins solitários e das plantações intocadas, onde tudo parece indefeso e imóvel, depois da prisão e da escravidão da geada, chegam a agitação, a tensão, os impulsos coletivos e empurrões, que em comparação com os poderosos guindastes e polias em uma cidade barulhenta são apenas esforços de pigmeus.

Quando Boldwood olhou para as campinas distantes, viu três silhuetas. Eram as da srta. Everdene, do pastor Oak e de Cainy Ball.

Quando a silhueta de Bathsheba iluminou os olhos do fazendeiro, foi como a lua iluminando uma torre alta. O corpo de um homem é como a casca ou o retrato de sua alma, pois ele é reservado ou ingênuo, expansivo ou introvertido. Houve uma mudança na aparência de Boldwood em relação à sua antiga passividade. Seu rosto mostrava que pela primeira vez estava vivendo fora de suas defesas e com uma terrível sensação de exposição. É a experiência habitual de naturezas fortes quando amam.

Finalmente chegou a uma conclusão. Dirigir-se até lá e conversar corajosamente com ela.

O isolamento de seu coração durante tantos anos, sem qualquer tipo de canal para emoções, surtiu efeito. Foi observado mais de uma vez que as causas do amor são principalmente subjetivas, e Boldwood era um testemunho vivo da verdade dessa afirmação. Não tinha mãe para absorver sua devoção, nenhuma irmã para receber sua ternura, nenhum vínculo para o sentimento. Ficou sobrecarregado com o composto, que era o amor genuíno de um admirador.

Aproximou-se do portão da campina. Do outro lado, o chão estava harmonizado com ondulações, o céu com cotovias e o balido baixo do rebanho misturava-se com ambos. A patroa e o homem estavam empenhados na operação de "aceitar" um cordeiro, que é realizada sempre que uma ovelha perde seu filhote, sendo-lhe dado um dos gêmeos de outra ovelha como substituto. Gabriel havia tirado a pele do cordeiro morto e estava amarrando-a sobre o corpo do cordeiro vivo, da maneira habitual, enquanto Bathsheba mantinha aberto um pequeno cercado quadrado, para o qual a mãe e o cordeiro emprestado seriam conduzidos e onde permaneceriam até que a mãe demonstrasse afeição pelo cordeirinho.

Bathsheba olhou para cima depois de terminar o procedimento e viu o fazendeiro perto do portão, debaixo de um salgueiro em plena floração. Gabriel, para quem seu rosto era como a glória incerta de um dia de abril, estava sempre atento às suas mais tênues mudanças, e imediatamente discerniu nelas a marca de alguma influência externa, na forma de um rubor autoconsciente. Ele também se virou e viu Boldwood.

Conectando imediatamente esses sinais com a carta que Boldwood lhe mostrara, Gabriel suspeitou que fosse algum tipo de galanteio que ela havia iniciado e que continuava desde então, ele não sabia como.

O fazendeiro Boldwood entendeu a pantomima que indicava que eles estavam cientes de sua presença, e a percepção era de que muita luz iluminava sua nova sensibilidade. Ainda estava na estrada e, ao seguir em frente, esperava que nenhum dos dois reconhecesse que ele pretendia originalmente entrar no campo. Passou com uma sensação absoluta e avassaladora de ignorância, timidez e dúvida. Talvez nos modos dela houvesse sinais de que ela desejava vê-lo... talvez não ... ele não conseguia interpretar uma mulher. A cabala dessa filosofia erótica parecia consistir nos significados mais sutis expressos de forma enganosa. Cada curva, olhar, palavra e timbre de voz continha um mistério bastante diferente de seu significado óbvio, e nenhum deles jamais havia sido ponderado por ele até agora.

Quanto a Bathsheba, ela não estava enganada ao acreditar que o fazendeiro Boldwood havia passado por ali a negócios ou por acaso. Juntou as probabilidades do caso e concluiu que ela mesma era responsável pela aparição de Boldwood ali. Ficou muito incomodada ao ver que grande chama um pequeno incêndio provavelmente acenderia. Bathsheba não planejava casar-se, nem brincava deliberadamente com o sentimento dos homens, e a experiência de censura ao perceber que era um flerte de verdade depois que Boldwood ficou observando-a era uma sensação de surpresa por Bathsheba ser tão diferente e, ao mesmo tempo, exatamente igual a uma sedutora.

Ela decidiu nunca mais, por olhar ou sinal, interromper o fluxo constante da vida daquele homem. Mas uma resolução para evitar um mal raramente é formulada até que o mal esteja tão avançado que seja impossível evitá-lo.

CAPÍTULO XIX

O BANHO DAS OVELHAS - A OFERTA

Finalmente, Boldwood decidiu visitá-la. Ela não estava em casa. – Claro que não – ele murmurou. Ao contemplar Bathsheba como mulher, havia esquecido os incidentes de sua posição como agricultora... por ser uma fazendeira, uma posição tão importante quanto a dele, seu provável paradeiro era fora de casa nessa época do ano. Esse e outros enganos cometidos por Boldwood eram naturais em seu estado de espírito e ainda mais naturais devido às circunstâncias. A grande ajuda para a idealização do amor estava presente ali: a observação ocasional dela a distância, a ausência de relações sociais com ela, a familiaridade visual e a estranheza oral. Os menores elementos humanos eram mantidos fora da vista. As trivialidades que tão amplamente fazem parte de todas as vidas e ações terrenas eram disfarçadas pelo acidente do amante e da amada não se encontrarem; havia um pensamento dificilmente levantado por Boldwood de que ela tivesse tristes realidades domésticas, ou que, como todas as outras, tinha momentos comuns quando ser menos vista significava ser mais lindamente lembrada. Assim, uma espécie de leve apoteose ocupou os pensamentos dele, enquanto ela ainda vivia e respirava dentro do mesmo horizonte que ele, uma criatura conturbada.

Foi no final de maio que o fazendeiro decidiu que não sentiria mais repulsa por trivialidades nem seria distraído pelo suspense. A essa altura, já estava acostumado a estar apaixonado; a paixão agora o assustava menos, mesmo quando o torturava mais, e sentia-se adequado à situação. Ao perguntar por Bathsheba na casa dela, disseram que estava dando banho nas ovelhas, e ele foi vê-la.

O tanque das ovelhas era uma bacia redonda de alvenaria construída nas campinas, cheia da água mais límpida. Para os pássaros que estavam voando, sua superfície vítrea, refletindo a luz do céu, era visível a quilômetros de distância, como um olho brilhante de ciclope em um rosto verde. A grama ao redor da margem nessa temporada era um espetáculo para ser lembrado por muito tempo e de forma simples. A atividade de sugar a umidade da grama rica e encharcada era quase um processo visível a olho nu. Os arredores da campina eram diversificados por pastagens arredondadas e ocas, onde até aquele momento toda flor que não fosse um botão-de-ouro era margarida. O rio deslizava silenciosamente como uma sombra, os juncos formavam uma paliçada flexível sobre sua margem úmida. Ao norte da campina havia árvores cujas folhas eram novas, macias e suculentas, ainda não endurecidas, escurecidas ou ressecadas sob o sol do verão, com uma parte de cor amarela ao lado da verde e outra parte verde ao lado da amarela. Dos recessos desse nó de folhagem, as notas altas de três cucos ressoavam no ar parado.

Boldwood desceu as encostas meditando com os olhos voltados para suas botas, onde o pólen amarelo dos botões-de-ouro havia desenhado gradações artísticas. Um afluente do riacho principal corria pela bacia do poço por uma entrada e saída em pontos opostos de seu diâmetro. O pastor Oak, Jan Coggan, Moon, Poorgrass, Cainy Ball e vários outros estavam reunidos aqui, todos ensopados até a raiz dos cabelos, e Bathsheba estava parada com um novo traje de montaria, o mais elegante que ela já havia usado, e as rédeas do cavalo enroladas em seu braço. Jarros de cidra estavam espalhados pelo gramado. As ovelhas mansas eram empurradas para dentro do lago por Coggan e Matthew Moon, que ficavam na parte mais baixa, imersos até a cintura; então Gabriel, que ficava na beira, empurrava-as para baixo, enquanto nadavam, com um instrumento semelhante a uma muleta, feito para esse fim, e também para ajudar os animais exaustos quando a lã ficava saturada e as ovelhas começavam a afundar. Elas eram lançadas contra a corrente e através da abertura superior, todas as impurezas fluíam para baixo. Cainy Ball e Joseph, que realizavam essa última operação, ficavam mais molhados que os demais e pareciam golfinhos embaixo de uma fonte, cada saliência e ângulo de suas roupas pingando como um pequeno riacho.

Boldwood aproximou-se e desejou-lhe bom dia, com tal constrangimento que ela não pôde deixar de pensar que ele tinha ido até lá por si só, na esperança de não a encontrar ali; além disso, ela imaginou que a testa dele demonstrava seriedade, e seu olhar era desdenhoso. Bathsheba imediatamente planejou recuar e caminhou ao longo do rio até ficar a poucos passos de distância. Ela ouviu passos roçando a grama e teve consciência de que o amor a envolvia como um perfume. Em vez de se virar ou esperar, Bathsheba avançou entre os juncos altos, mas Boldwood parecia determinado e continuou até passarem completamente da curva do rio. Aqui, sem serem vistos, eles podiam ouvir os barulhos e os gritos dos homens lavando as ovelhas logo acima.

– Srta. Everdene! – disse o fazendeiro.

Ela estremeceu, virou-se e disse: – Bom dia

O tom de voz dele era totalmente diferente do que ela esperava no início. Era baixo e bastante calmo: ele dava ênfase aos significados profundos e a forma, ao mesmo tempo, era pouco clara. O silêncio tem, por vezes, um poder notável de indicar o sentimento da alma e é então mais impressionante que a fala. Da mesma forma, dizer pouco é muitas vezes dizer mais do que dizer muito. Boldwood disse tudo ao cumprimentá-la.

Assim como a consciência se expande ao entender que o que se imaginava ser o barulho das rodas é a reverberação de um trovão, o mesmo aconteceu com Bathsheba quanto à sua convicção intuitiva.

– Não consigo parar um minuto de pensar – disse ele, com uma simplicidade solene. – Vim conversar com você sem rodeios. Minha vida não é minha desde que a observei claramente, srta. Everdene... venho fazer-lhe uma proposta de casamento.

Bathsheba tentou preservar um semblante absolutamente

neutro, e todo o movimento que fez foi fechar os lábios que antes estavam um pouco abertos.

– Tenho 41 anos. – continuou ele – Devem me chamar de solteiro convicto, e eu realmente era um solteiro convicto. Nunca me vi como marido na minha juventude, nem pensei sobre o assunto desde que fiquei mais velho. Mas todos nós mudamos, e minha mudança, neste assunto, veio ao ver você. Tenho sentido ultimamente, cada vez mais, que meu modo atual de viver é ruim em todos os aspectos. Mais do que tudo, quero você como minha esposa.

– Acredito, sr. Boldwood, que, embora o respeite muito, não sinto... o que me justificaria... aceitar sua oferta – ela gaguejou.

Essa troca da dignidade parecia abrir as barreiras do sentimento que Boldwood ainda mantinha fechadas.

– Minha vida é um fardo sem você – exclamou ele, em voz baixa – Quero ficar com você... quero que me deixe dizer que a amo sem parar!

Bathsheba não respondeu nada, e a égua cuja rédea estava em seu braço pareceu ter ficado tão impressionada que, em vez de comer a grama, olhou para cima.

– Espero que você se importe o suficiente para ouvir o que tenho a lhe dizer!

O impulso momentâneo de Bathsheba ao ouvi-lo foi perguntar por que ele pensava daquele modo, até que ela se lembrou de que, longe de ser uma suposição vaidosa da parte de Boldwood, era apenas a conclusão natural de uma reflexão séria baseada em premissas enganosas da oferta que ela própria fizera.

– Gostaria de poder lhe fazer elogios corteses – continuou o fazendeiro em um tom mais tranquilo – e dar uma forma graciosa ao meu sentimento rude, mas não tenho poder nem paciência para aprender essas coisas. Quero você como minha esposa, tão intensamente que nenhum outro sentimento consegue habitar em mim, mas não teria dito nada se não tivesse esperança.

– O cartão do Dia dos Namorados novamente! Bendito cartão! – ela pensou consigo mesma, mas não disse nenhuma palavra a ele.

– Se você pode me amar, diga-me, srta. Everdene. Caso contrário, não diga que não!

– Sr. Boldwood, é doloroso ter de lhe dizer que estou surpresa, de modo que não sei como responder com propriedade e respeito, mas só consigo expressar o que sinto, quero dizer, o que quero dizer. Acredito que não posso me casar com você, por mais que o respeite. Não estou à altura de sua dignidade, senhor.

– Mas, srta. Everdene!

– Eu... eu não... eu sei que nunca deveria ter sonhado em enviar aquele cartão de Dia dos Namorados... perdoe-me, senhor... foi uma coisa estúpida que nenhuma mulher com um pouco de respeito próprio deveria fazer. Se o senhor puder perdoar minha falta de consideração, prometo que nunca...

– Não, não, não diga que foi falta de consideração! Faça-me pensar que foi algo mais, que foi uma espécie de instinto profético, o início de um sentimento de que você gostava de mim. Você me tortura ao dizer que isso foi feito sem consideração... nunca pensei dessa forma e não posso suportar isso. Ah! Gostaria de saber como conquistá-la! Mas isso não consigo, só posso perguntar se você me admira. Se não, e não é verdade que você me procurou sem pensar em mim como penso em você, não posso dizer mais nada.

– Não estou apaixonada por você, sr. Boldwood... certamente devo lhe dizer isso – Ela permitiu que um pequeno sorriso aparecesse pela primeira vez em seu rosto sério, ao dizer isso, e a fileira branca de dentes superiores, e os lábios bem desenhados já observados, sugeriam uma ideia de crueldade, que foi imediatamente contrariada pelos olhos amáveis.

– Mas simplesmente pense, com bondade e condescendência... se não puder me tolerar como marido! Creio que sou velho demais para você, mas acredite, cuidarei mais de você do que muitos homens da sua idade. Eu a protegerei e cuidarei de você com todas as minhas forças, lhe dou minha palavra! Você não terá de se preocupar com absolutamente nada, nem com assuntos domésticos e viverá em paz, srta. Everdene. A administração da fazenda será feita por um homem... posso pagar por isso. Você nunca terá de sair para cuidar da colheita do feno nem se preocupar com o clima na colheita. Prefiro manter a carruagem, porque é a mesma que meus pobres pais usavam, mas se você não gostar, eu a venderei, e você terá a própria carruagem. Não posso dizer o quão acima de qualquer outra ideia e objeto na terra você me parece. Ninguém sabe, só Deus, o que você significa para mim!

O coração de Bathsheba era jovem e se encheu de compaixão pelo homem de personalidade forte que falava com tanta simplicidade.

– Não diga isso! Não! Não suporto pensar que o senhor tenha tanto sentimento, e eu não sinta nada. Receio que todos nos vejam, sr. Boldwood. Seria melhor deixarmos o assunto de lado agora, não é? Não consigo pensar calmamente. Não sabia que o senhor ia me dizer isso. Oh, fui muita má por fazê-lo sofrer assim! – Ela estava assustada e também inquieta com a veemência dele.

– Diga então que não me recusa por completo. Não recusa, não é?

– Não posso fazer nada. Não consigo responder.

– Posso falar sobre esse assunto com você novamente?

– Sim.

– Posso pensar em você?

– Sim, suponho que possa pensar em mim.

– E posso ter esperanças de me casar com você?

– Não, não pode! Vamos deixar isso de lado.

– Posso visitá-la amanhã novamente?

– Não, por favor, não. Vamos esperar algum tempo.

– Sim, vou esperar o tempo que quiser – ele disse com sinceridade e gratidão – Estou mais feliz agora.

– Não, eu imploro! Não fique mais feliz se a felicidade só depende do meu consentimento. Fique neutro, sr. Boldwood! Preciso pensar.

– Vou esperar – ele respondeu.

Em seguida, ela virou-se e saiu dali. Boldwood levou o olhar para o chão e ficou parado por um longo tempo, como um homem que não sabia onde estava. As realidades retornaram sobre ele como a dor de um ferimento cujo momento de alegria encobre, e ele também foi embora.

CAPÍTULO XX

PERPLEXIDADE - AMOLANDO AS TOSQUIADEIRAS - UMA DISPUTA

— Ele é tão abnegado e gentil que me oferece tudo o que posso desejar – refletiu Bathsheba.

No entanto, o fazendeiro Boldwood, devido à sua natureza gentil, ou ao contrário da amabilidade, não estava exercendo a bondade aqui. As mais raras ofertas dos amores mais puros são apenas comodismo e não generosidade.

Bathsheba, não estando nem um pouco apaixonada por ele, finalmente conseguiu analisar a proposta com calma. Era daquelas que muitas mulheres da sua posição na vizinhança, e muitas até de posição mais elevada, teriam ficado loucas em aceitar e orgulhosas em divulgar. De todos os pontos de vista, do político ao passional, era desejável que ela, uma jovem solitária, se casasse, e se casasse com esse homem sério, próspero e respeitado. Ele morava perto dela, sua posição era suficiente, suas qualidades eram até mais do que desejáveis. Se ela sentisse, o que não sentia, qualquer desejo abstrato de estar casada, não poderia razoavelmente tê-lo rejeitado, sendo uma mulher que frequentemente apelava à sua compreensão para se libertar dos seus caprichos. Boldwood era perfeito para o casamento; ela o estimava e gostava dele, mas não o queria. Parece que os homens comuns arrumam esposas porque a posse não é possível sem o casamento, e que as mulheres comuns aceitam os maridos porque o casamento não é possível sem a posse; com objetivos totalmente diferentes, o método é o mesmo em ambos os lados. Mas o incentivo compreendido por parte da mulher estava faltando aqui. Além disso, a posição de Bathsheba como dona absoluta de uma fazenda e de uma casa era nova, e a novidade ainda não havia começado a se desgastar.

Mas uma inquietação tomou conta dela, o que era de certo modo positivo para ela mesma, pois teria afetado a poucos. Além das razões mencionadas com as quais combateu suas objeções, tinha a forte sensação de que, tendo sido ela quem começou o jogo, deveria honestamente aceitar as consequências. Ainda assim, a relutância permanecia. Pensava ao mesmo tempo que seria falta de generosidade não se casar com Boldwood, mas que não poderia fazer isso para salvar sua vida.

A natureza de Bathsheba era impulsiva sob um aspecto deliberativo. Com o cérebro de uma Elizabeth e o espírito de uma Maria Stuart, ela frequentemente realizava ações da maior ousadia com extrema discrição. Muitos dos seus pensamentos eram raciocínios perfeitos; infelizmente eles sempre permaneciam como pensamentos. Apenas alguns eram suposições irracionais, mas, infelizmente, eram eles que mais frequentemente se transformavam em ações.

No dia seguinte ao da declaração, ela encontrou Gabriel Oak no fundo de seu jardim, amolando sua tosquiadeira para tosar as ovelhas. Todas as cabanas vizinhas estavam realizando mais ou menos a mesma operação; o barulho da afiação espalhava-se pelo ar por todas as partes do vilarejo como o preparo de um arsenal antes de uma batalha. A paz e a guerra se beijam nas horas de preparação... foices, gadanhas, ganchos e tosquiadeiras, como se fossem espadas, baionetas e lanças, em sua necessidade comum de fazer ponta e afiar.

Cainy Ball girava o cabo da pedra de amolar de Gabriel, sua cabeça fazia o balanço melancólico para cima e para baixo a cada volta da roda. Oak ficava mais ou menos como Eros é representado quando está afiando suas flechas: seu corpo ligeiramente curvado, jogando o peso sobre a tosquiadeira, e sua cabeça balançando para os lados, com uma compressão crítica dos lábios e contração das pálpebras para coroar a atitude.

A patroa aproximou-se, olhou para eles em silêncio por um ou dois minutos e então disse:

– Cainy, vá até a campina do lado de baixo e pegue a égua da baia. Pode deixar que vou girar a manivela da pedra de amolar. Quero falar com você, Gabriel.

Cainy partiu, e Bathsheba assumiu o controle. Gabriel olhou para cima com intensa surpresa, reprimiu sua expressão e olhou para baixo novamente. Bathsheba girava a manivela, e Gabriel colocava a tesoura.

O movimento peculiar envolvido no giro de uma roda tem uma tendência excepcional de entorpecer a mente. É uma espécie de variedade atenuada da punição de Íxion[6] e contribui com um capítulo sombrio para a história das prisões. O cérebro fica confuso, a cabeça fica pesada, e o centro de gravidade do corpo parece se acomodar gradualmente em um pedaço de chumbo em algum lugar entre as sobrancelhas e o topo da cabeça. Bathsheba sentiu os sintomas desagradáveis depois de duas ou três dúzias de voltas.

– Você pode girar, Gabriel, e me deixar segurar a tesoura? – ela disse – Minha cabeça está girando e não consigo falar.

Gabriel trocou de lugar com ela. Bathsheba então começou, com certo constrangimento, permitindo que seus pensamentos se desviassem ocasionalmente de sua história para cuidar da tosquiadeira, o que exigia um pouco de delicadeza para manter o fio.

– Gostaria de lhe perguntar se os homens fizeram algum comentário sobre eu ter ido lá atrás dos juncos conversar com o sr. Boldwood ontem?

– Sim, fizeram – disse Gabriel. – Você não está segurando a tesoura direito, senhorita... eu já estava imaginando que não saberia fazer isso muito bem... segure assim.

Ele deixou a manivela de lado e, envolvendo as duas mãos dela completamente com as suas (como às vezes fazemos com as

---

6 Íxion: depois de blasfemar contra o rei do Olimpo, Íxion foi morto por Zeus e foi mandado para o submundo onde, por punição, foi amarrado a uma roda e permaneceu queimando por toda a eternidade.

mãos de uma criança ao ensiná-la a escrever), segurou a tosquiadeira com ela e disse: – Incline o fio assim.

Mãos e tesouras estavam inclinadas para se adequarem às palavras e foram mantidas assim por um tempo peculiarmente longo pelo instrutor enquanto ele falava.

– Já basta – exclamou Bathsheba. – Solte minhas mãos. Não quero mantê-las presas! Gire a manivela.

Gabriel soltou as mãos dela silenciosamente, voltou para a manivela, e a afiação continuou.

– Os homens acharam estranho? – ela perguntou novamente.

– Estranho não é bem a palavra, senhorita.

– O que eles disseram?

– Que o nome do fazendeiro Boldwood e o seu provavelmente se uniriam perante o púlpito antes do fim do ano.

– Achei que seria algo assim, pela aparência deles! Ora, não é nada nisso. É um comentário tolo, e quero que você o desminta, foi para isso que vim aqui falar com você.

Gabriel parecia incrédulo e triste, mas, entre seus momentos de incredulidade, aliviado.

– Devem ter ouvido nossa conversa – ela continuou.

– Bem, então, Bathsheba! – disse Oak, parando a manivela e olhando para o rosto dela com espanto.

– Srta. Everdene, você quer dizer – ela respondeu com dignidade.

– O que quero dizer é que, se o sr. Boldwood realmente falou em casamento, não vou contar uma história e dizer que não o fez só para agradar você. Já tentei lhe agradar demais para o meu bem!

Bathsheba voltou-se para ele com os olhos arregalados de perplexidade. Ela não sabia se devia ter pena dele por tê-la decepcionado ou se ficava com raiva dele por ter superado aquilo... seu tom era ambíguo.

– Disse que queria apenas que você mencionasse que não era verdade que eu me casaria com ele – ela murmurou, com um ligeiro declínio em sua segurança.

– Posso dizer isso a eles se desejar, srta. Everdene. Mas eu também poderia dar uma opinião sobre o que você fez.

– Penso que sim. Mas não quero sua opinião.

– Suponho que não – disse Gabriel amargamente e, continuando a girar a manivela, suas palavras subiam e desciam como uma onda em cadência regulares enquanto abaixava ou subia com a manivela, de acordo com a sua posição, perpendicularmente para dentro da terra ou na horizontal em relação ao jardim, com os olhos fixos em uma folha no chão.

Com Bathsheba, um ato apressado era um ato imprudente; mas, como nem sempre acontecia, o tempo ganho era garantido pela prudência. Deve-se acrescentar, entretanto, que muito raramente se ganhava tempo. Nesse período, a única opinião na paróquia sobre ela mesma e suas ações, que ela considerava mais sólida do que a sua, era a de Gabriel Oak. A honestidade do caráter dele era tão evidente, em qualquer assunto, mesmo sobre o amor dela ou seu casamento com outro homem, que o mesmo desinteresse de opinião poderia ser calculado e solicitado. Completamente convencido da impossibilidade de ser o escolhido, tomou a digna resolução de não prejudicar ninguém. Essa é a virtude mais estoica de quem ama, assim como a falta dela é o pecado mais leve de todos. Sabendo que ele responderia com sinceridade, ela fez a pergunta, por mais doloroso que soubesse que o assunto seria. Assim é o egoísmo de algumas mulheres encantadoras. Talvez fosse uma desculpa para ela torturar a honestidade em seu benefício, pois não tinha absolutamente nenhum outro julgamento sensato ao seu alcance.

– Bem, qual é a sua opinião sobre a minha conduta – disse ela, calmamente.

– Que não é digna de nenhuma mulher cautelosa, meiga e decente.

No mesmo instante o rosto de Bathsheba ficou corado com um vermelho carmesim, como o pôr do sol nas montanhas. Mas absteve-se de expressar esse sentimento, e a reticência de sua língua apenas tornou a eloquência de seu rosto ainda mais perceptível.

O que Gabriel fez em seguida foi um erro.

– Talvez você não goste da rispidez da minha repreensão, pois sei que sou grosseiro, mas achei que deveria lhe dizer isso.

Instantaneamente ela respondeu com sarcasmo:

– Pelo contrário, minha opinião sobre você é tão baixa, que vejo em seu abuso o elogio de pessoas exigentes!

– Fico feliz que você não se importe, pois digo isso honestamente e com um significado sério.

– Entendo. Mas, infelizmente, quando você tenta não falar de brincadeira, você é engraçado, e quando tenta evitar a seriedade, às vezes você diz uma palavra sensata.

Era um golpe duro, mas Bathsheba tinha inconfundivelmente perdido a paciência e, por esse motivo, Gabriel manteve totalmente a sua. Ele não disse nada. Ela então explodiu:

– Acredito que posso perguntar onde está em particular a minha falta de dignidade? Em não me casar com você, talvez!

– De jeito nenhum – disse Gabriel calmamente. – Há muito tempo desisti de pensar nesse assunto.

– Ou de desejar isso, suponho – respondeu ela, e era evidente que esperava uma negação sem hesitação dessa suposição.

O que quer que Gabriel sentisse, ele repetiu friamente as palavras dela:

– Ou de desejar isso.

Uma mulher pode ser tratada com uma amargura que lhe é doce e com uma grosseria que não é ofensiva. Bathsheba teria se submetido a um castigo por sua leviandade se Gabriel declarasse que a amava ao mesmo tempo. A impetuosidade da paixão não correspondida é suportável, mesmo que doa e amaldiçoe... há um triunfo na humilhação e uma ternura no conflito. Isso era o que ela esperava e o que não conseguiu. Receber um sermão porque o palestrante a viu sob a luz fria da manhã de uma desilusão com as portas abertas era irritante. Ele também não havia terminado. Continuou com a voz mais severa:

– Minha opinião, já que pediu, é que você é a grande culpada por fazer uma brincadeira dessas com um homem como o sr. Boldwood, apenas como passatempo. Enganar um homem de quem você nem mesmo gosta não é uma ação louvável. E mesmo que a senhorita tivesse algum sentimento por ele, poderia ter deixado que ele descobrisse isso de alguma forma mais verdadeira e amorosa e não enviando-lhe um cartão de Dia dos Namorados.

Bathsheba largou a tosquiadeira.

– Não posso permitir que nenhum homem... critique minha conduta privada! – ela exclamou – Nem por um minuto. Então, por favor, deixe a fazenda no fim da semana!

Pode ter sido uma peculiaridade... de qualquer forma, era um fato... que quando Bathsheba era influenciada por uma emoção de tipo terreno, seu lábio inferior tremia; quando era por uma emoção refinada, era o lábio superior que tremia. Naquele instante, foi seu lábio inferior que tremeu.

– Muito bem, é o que farei – disse Gabriel calmamente. Ele estava preso a ela por um lindo fio que lhe custava quebrar, e não por uma corrente que ele não conseguiria arrebentar – Ficarei ainda mais satisfeito em ir imediatamente – acrescentou ele.

– Vá imediatamente, então, pelo amor de Deus! – disse ela, seus olhos procurando os dele, embora sem os encontrar – Não me deixe ver seu rosto nunca mais.

– Muito bem, srta. Everdene... assim será.

Então, pegou sua tosquiadeira e afastou-se dela com plácida dignidade, como Moisés fez na presença do Faraó.

CAPÍTULO XXI

PROBLEMAS NO CURRAL - UMA MENSAGEM

Gabriel Oak havia parado de alimentar o rebanho de Weatherbury por cerca de vinte e quatro horas, quando, na tarde de domingo, os idosos cavalheiros Joseph Poorgrass, Matthew Moon, Fray e meia dúzia de outros vieram correndo até a casa da patroa de Upper Farm.

– Qual é o problema, senhores? – ela disse, encontrando-os na porta no instante em que saía a caminho da igreja, e parando por um momento de apertar seus lábios vermelhos, com os quais ela acompanhara o esforço de colocar uma luva apertada.

– Sessenta! – disse Joseph Poorgrass.

– Setenta! – interrompeu Moon.

– Cinquenta e nove! – acrescentou o marido de Susan Tall.

– Ovelhas quebraram a cerca – continuou Fray.

– E entraram em um campo de trevos novos – disse Tall.

– Trevos novos! – repetiu Moon.

– Isso... trevos – disse Joseph Poorgrass.

– E eles estão passando mal – disse Henery Fray.

– Realmente estão – acrescentou Joseph.

– E todas irão cair mortas como lêndeas, se não forem tiradas de lá e tratadas! – disse Tall.

O semblante de Joseph estava enrugado de preocupação. A testa de Fray estava franzida tanto na horizontal quanto na vertical, formando uma espécie de treliça, demonstrando um duplo desespero. Os lábios de Laban Tall estavam finos, e seu rosto rígido. A mandíbula de Matthew caiu, e seus olhos viravam-se para qualquer lado que o músculo puxasse mais forte.

– Sim – disse Joseph – e estava sentado em casa, procurando o livro de Efésios na Bíblia e dizendo a mim mesmo "Não há nada além de Coríntios e Tessalonicenses nesse raio de Novo Testamento" quando Henery entrou e disse "Joseph, as ovelhas se envenenaram".

Para Bathsheba foi um momento em que o pensamento se tornou fala e a fala, exclamação. Além disso, ela mal havia recuperado a serenidade desde o aborrecimento que sofrera com os comentários de Oak.

– Já chega... já chega!... ah, seus tolos! – ela gritou, jogando a sombrinha e o livro de orações no corredor e saindo da casa na direção que ele levava – Vieram até mim em invés de irem direto para salvá-las! Oh, seus imbecis, inúteis!

Seus olhos estavam mais escuros e brilhantes agora. Como a beleza de Bathsheba era mais demoníaca do que angelical, nunca ficava tão bela como quando estava com raiva, e particularmente quando o efeito era intensificado por um vestido de veludo bastante vistoso, cuidadosamente colocado diante de um espelho.

Todos os homens correram atrás dela, como uma multidão desordenada, para o campo de trevos, Joseph caindo no meio do caminho como uma flor que murcha em um mundo cada vez mais insuportável. Tendo recebido o estímulo que a presença dela sempre lhes proporcionava, começaram a cuidar das ovelhas com determinação. A maioria dos animais afetados estava deitada e não podia se mexer. Esses foram carregados, e os outros levados para o campo ao lado. Ali, depois de alguns minutos, várias outras ovelhas caíram e ficaram indefesas e lívidas iguais ao resto.

Bathsheba, com o coração triste e arrebatado, olhou para os melhores exemplares de seu nobre rebanho enquanto eles estavam jogados ali: *"Inchadas com o vento e com o violento vapor que soltavam"*.[7]

Muitas delas espumavam pela boca, a respiração era rápida e curta, enquanto os corpos de todas estavam terrivelmente distendidos.

– Oh, o que posso fazer, o que posso fazer! – disse Bathsheba, atordoada – As ovelhas são animais tão azarados! Sempre há algo acontecendo com elas! Nunca soube que um rebanho passasse um ano sem se meter em algum apuro.

– Só existe uma maneira de salvá-las – disse Tall.

– Que maneira? Diga logo!

– Precisam ser perfuradas na lateral com um objeto apropriado.

– Você pode fazer isso? Eu posso?

– Não, senhora. Nós não podemos, nem a senhora pode. Deve ser feito em um local específico. Se perfurar um centímetro a mais ou a menos para a direita ou para a esquerda, você pode matar a ovelha. Via de regra, nem mesmo um pastor consegue fazer isso.

– Então, elas irão morrer – ela disse, em tom resignado.

– Apenas um homem na vizinhança sabe como fazer isso – disse Joseph, que tinha acabado de levantar – Ele poderia curar todos eles se estivesse aqui.

– Quem é ele? Vamos buscá-lo!

– O pastor Oak – disse Matthew. – Ah, ele é um homem inteligente, tem muitos talentos!

– Ah, ele é mesmo! – completou Joseph Poorgrass.

– Verdade... ele é o homem certo – disse Laban Tall.

– Como ousam falar desse homem na minha presença! – ela disse irritada – Já lhes disse para nunca mais o mencionarem se quiserem continuar a trabalhar para mim. Ah! – ela acrescentou, animando-se: – O fazendeiro Boldwood sabe!

---

7 Trecho do poema Lycidas, de John Milton.

– Ah, não, senhora – respondeu Matthew – Duas das ovelhas dele tiveram o mesmo problema outro dia e estavam exatamente como estas. Ele mandou um homem a cavalo aqui, às pressas, para buscar Gabriel, e Gabriel os salvou. O fazendeiro Boldwood tem a ferramenta para fazer isso. É um tubo com uma ponta afiada dentro. Não é, Joseph?

– É... um tubo oco – repetiu Joseph – É isso mesmo.

– Sim, claro, essa é a ferramenta – disse Henery Fray, reflexivamente, com uma indiferença oriental em relação do tempo decorrido.

– Muito bem – explodiu Bathsheba – não fiquem aí parados, dando suas explicações para mim! Vão buscar alguém para curar as ovelhas imediatamente!

Todos então saíram consternados, para buscar alguém conforme as instruções dela, sem ter nenhuma ideia de quem seria. Em um minuto eles desapareceram pelo portão, e ela ficou sozinha com o rebanho moribundo.

– Nunca irei mandar buscá-lo... nunca! – ela disse firmemente.

Naquele momento, uma das ovelhas contraiu horrivelmente os músculos, esticou-se e saltou alto no ar. O salto foi surpreendente. A ovelha caiu pesadamente e ficou imóvel.

Bathsheba se aproximou da ovelha e viu que estava morta.

– Oh, meu Deus! O que devo fazer... o que devo fazer! – ela exclamou novamente, torcendo as mãos – Não vou mandar buscá-lo. Não, eu não vou!

A expressão mais vigorosa de uma decisão nem sempre coincide com o maior vigor da própria decisão. Muitas vezes é lançada como uma espécie de suporte para apoiar uma convicção enfraquecida que, embora forte, não exija nenhuma declaração para comprová-la. O "Não, eu não vou" de Bathsheba significava virtualmente: "Acho que devo".

Ela seguiu seus assistentes pelo portão e ergueu a mão para um deles. Laban respondeu ao seu sinal.

– Onde Oak está morando?

– Do outro lado do vale, em Nest Cottage!

– Suba na égua baia, vá até lá correndo e diga a ele que deve retornar imediatamente porque estou mandando.

Tall correu para o campo e em dois minutos estava sobre Poll, a égua, sem sela e apenas com um cabresto como rédea. Ele diminuiu a velocidade ao descer a colina.

Bathsheba ficou observando, e todos os outros também. Tall galopou ao longo do caminho por Sixteen Acres, Sheeplands, Middle Field, The Flats, Cappel's Piece, quase desaparecendo, cruzou a ponte e subiu pelo vale através de Springmead e Whitepits do outro lado. A cabana para onde Gabriel se retirara antes de partir definitivamente da localidade era visível como uma mancha branca na colina oposta, ladeada por abetos azuis. Bathsheba andava de um lado para o outro. Os homens entraram no campo e tentaram aliviar a angústia das pobres criaturas, esfregando-as. Mas nada adiantava.

Bathsheba continuou andando. O cavalo foi visto descendo a colina, e a cansativa série teve de ser repetida na ordem inversa: Whitepits, Springmead, Cappel's Piece, The Flats, Middle Field, Sheeplands, Sixteen Acres. Ela esperava que Tall tivesse tido a ideia de entregar a égua para Gabriel e voltar a pé. O cavaleiro se aproximou deles. Era Tall.

– Oh, que tolice! – disse Bathsheba.

Não se via Gabriel em parte alguma.

– Talvez ele já tenha partido! –ela disse.

Tall chegou perto do cercado e saltou, com o rosto tão trágico quanto o de Morton após a batalha de Shrewsbury.

– E então? – perguntou Bathsheba, não querendo acreditar que seu mandato de busca verbal pudesse ter fracassado.

– Ele disse que *para a fome não há pão duro* – respondeu Laban.

– O quê! – disse a jovem fazendeira, arregalando os olhos e respirando fundo como um desabafo. Joseph Poorgrass recuou alguns passos e ficou atrás de uma das cercas.

– Disse que não virá a menos que a patroa peça civilizadamente e de maneira adequada, como acontece com qualquer mulher que implora por um favor.

– Oh, oh, essa é a resposta dele! De onde ele tira tanta soberba? Quem ele acha que é para me tratar desse modo? Devo implorar a um homem que implorou a mim?

Outra ovelha do rebanho saltou no ar e caiu morta.

Os homens pareciam preocupados, como se estivessem omitindo suas opiniões.

Bathsheba virou-se para o lado com os olhos cheios de lágrimas. A situação difícil em que se encontrava por causa de seu orgulho e de sua impertinência não podia mais ser disfarçada. Começou a chorar amargamente, todos eles viram, e ela não tentou mais esconder.

– Eu não choraria por isso, senhorita – disse William Smallbury, compassivamente – Por que não pede ajuda a ele de maneira mais suave? Tenho certeza de que ele virá. Gabriel é um homem fiel nesse sentido.

Bathsheba controlou sua dor e enxugou os olhos – Oh, é uma crueldade terrível para mim... é mesmo... é! – ela murmurou – E ele me leva a fazer o que não quero, mas, ele quer assim! Tall, venha comigo para dentro de casa.

Após esse colapso, pouco digno para a dona de um estabelecimento, ela entrou em casa acompanhada por Tall. Ali sentou-se e rabiscou apressadamente um bilhete entre pequenos soluços convulsivos de convalescença que se seguem a um ataque de choro, assim como uma onda que vem depois da tempestade. O bilhete não deixava de ser educado por ter sido escrito às pressas. Ela o segurou a distância, estava prestes a dobrá-lo e acrescentou as seguintes palavras no final:

"*Não me abandone, Gabriel!*"

Parecia estar um pouco mais vermelha ao redobrá-lo e fechou os lábios, como que para suspender a ação da consciência ao avaliar se tal estratégia era justificável. O bilhete com a mensagem foi enviado, e Bathsheba esperou dentro de casa pelo resultado.

Foi um quarto de hora ansioso que se interpôs entre a partida do mensageiro e o som do passo do cavalo novamente lá fora. Ela não pôde assistir dessa vez, mas, inclinando-se sobre a velha escrivaninha onde havia escrito a carta, fechou os olhos, como se quisesse manter tanto a esperança quanto o medo.

A situação, no entanto, era promissora. Gabriel não estava zangado, estava simplesmente neutro, embora a primeira ordem dela tivesse sido tão arrogante. Tal arrogância poderia prejudicar sua beleza; e, por outro lado, tal beleza redimia um pouco a arrogância.

Ela saiu quando ouviu o cavalo e olhou para cima. Uma figura montada passou entre ela e o céu e avançou em direção ao campo das ovelhas, o cavaleiro virou o rosto ao recuar. Gabriel olhou para ela. Foi um momento em que os olhos e a língua de uma mulher contam histórias distintamente opostas. Bathsheba parecia cheia de gratidão e disse:

– Ah, Gabriel, como pôde ser tão cruel comigo?!

Uma repreensão tão terna pelo seu atraso anterior era o único discurso que ele poderia perdoar por não ser um elogio à sua prontidão agora.

Gabriel murmurou uma resposta confusa e apressou-se. Ela sabia, pelo olhar, qual frase de seu bilhete o havia trazido. Bathsheba seguiu para o campo.

Gabriel já estava entre as ovelhas túrgidas e prostradas. Tirou o casaco, arregaçou as mangas da camisa e tirou do bolso o instrumento da salvação. Era um pequeno tubo com uma lanceta que passava por dentro. Gabriel começou a usá-lo com uma destreza que teria encantado um cirurgião hospitalar. Passando a mão pelo flanco esquerdo da ovelha e selecionando o ponto adequado, perfurava a pele e o rúmen com a lança que estava no tubo; então ele retirava repentinamente a lança, mantendo o tubo em seu lugar. Uma corrente de ar subia pelo tubo, com força suficiente para apagar uma vela que estivesse presa no orifício.

Dizem que depois da tempestade vem a bonança, e os semblantes daquelas pobres criaturas expressava isso agora. Quarenta e nove operações foram realizadas com sucesso. Devido à grande pressa exigida pelo estado avançado de alguns membros do rebanho, Gabriel errou o local a ser perfurado em um caso, e em apenas uma delas... acertando longe do alvo e infligiu um golpe mortal na ovelha agonizante. Quatro morreram, e três se recuperaram sem operação. O número total de ovelhas que se perderam e se feriram tão perigosamente foi de cinquenta e sete.

Quando o homem guiado pelo amor terminou seu trabalho, Bathsheba veio e olhou-o no rosto.

– Gabriel, você ficará aqui comigo? – ela disse, sorrindo de forma vitoriosa, e sem se preocupar em juntar os lábios novamente no final, porque logo haveria outro sorriso.

– Ficarei – respondeu Gabriel.

E ela sorriu para ele novamente.

CAPÍTULO XXII

O GRANDE CELEIRO E OS TOSQUIADORES DE OVELHAS

Os homens com frequência diminuem-se na insignificância e no esquecimento por não aproveitarem ao máximo a alegria quando eles a tem e por não terem alegria quando ela é indispensável. Ultimamente, Gabriel, pela primeira vez desde a sua prostração pelo infortúnio, tinha pensamentos independentes e tomava atitudes com vigor... condições que não valem nada sem uma oportunidade, assim como uma oportunidade sem elas é inútil, mas que teriam lhe dado um impulso seguro quando a conjunção favorável acontecesse. Mas seu incurável vagar ao lado de Bathsheba Everdene roubava-lhe o tempo de forma tenebrosa. As mudanças das marés passavam sem fazê-lo flutuar, e logo poderia chegar a maré baixa que não poderia arrastá-lo.

Era o primeiro dia de junho e culminava a época da tosa das ovelhas com a paisagem, até nas pastagens mais secas, cheia de saúde e cor. Todas as folhas eram novas, os poros estavam abertos, e todos os talos estavam inchados com correntes de seiva. Deus estava palpavelmente presente no campo, e o demônio tinha ido para a cidade. Amentilhos floridos dos tipos mais recentes, brotos de samambaia que pareciam o bastão de um bispo; a moscatelina de formato quadrado, o estranho lírio de Arum, igual a um santo apoplético em um nicho de malaquita, os agriões do prado brancos como a neve, a cardamina, semelhante à carne humana, as encantadoras petúnias e as campânulas de pétalas negras, todas faziam parte do reino vegetais mais curiosos de Weatherbury e nos arredores naquela época fervilhante. No reino animal estavam as feições metamorfoseadas do sr. Jan Coggan, o mestre tosquiador; o segundo e o terceiro tosquiadores, que apareciam quando eram chamados, sem que fosse necessário dizer seus nomes; Henery

Fray, o quarto tosquiador, o marido de Susan Tall, o quinto, Joseph Poorgrass, o sexto, o jovem Cainy Ball como tosquiador assistente e Gabriel Oak como supervisor-geral. Nenhum deles estava vestido de forma digna de ser mencionada, cada um parecendo ter atingido, em matéria de vestuário, a média decente entre um hindu de casta alta e outro de casta baixa. Uma rigidez nas feições e uma fixação do maquinário facial proclamavam que o trabalho sério estava na ordem do dia.

Eles tosquiavam no grande celeiro, chamado naquele momento de celeiro de tosa, que na planta baixa lembrava uma igreja com transeptos. Não só imitava a forma da igreja vizinha, mas também competia com ela na antiguidade. Ninguém parecia saber se o celeiro alguma vez fizera parte de um grupo de edifícios de um convento; não havia nenhum vestígio de tal ambiente. Os amplos alpendres laterais, suficientemente elevados para permitir a passagem de uma carroça carregada até o topo com feixes de milho, eram atravessados por pesados arcos pontiagudos de pedra, de corte largo e arrojado, cuja própria simplicidade dava origem a uma grandeza não aparente em construções onde tentaram colocar mais ornamentos. O telhado com camadas na cor castanho--escuro, sustentado e amarrado por enormes anéis, curvos e diagonais, tinha um desenho muito mais nobre, porque era mais rico em material do que nove décimos daqueles usados em nossas igrejas modernas. Ao longo de cada parede lateral havia uma série de enormes pilares, lançando sombras profundas nos espaços entre eles, que eram perfuradas por finas aberturas, combinando em suas proporções as exigências precisas tanto de beleza quanto de ventilação.

Era possível dizer que o celeiro, diferente de uma igreja ou de um castelo, porém semelhante em idade e estilo, tinha ainda a mesma finalidade estabelecida por sua construção original. Ao contrário e superior a qualquer um desses dois remanescentes típicos do medievalismo, o velho celeiro incorporava práticas que não sofreram mutilações nas mãos do tempo. Ali, pelo menos, o espírito dos antigos construtores estava em harmonia com o espírito do observador moderno. Diante daquela edificação desgastada, o olho observava seu uso real, a mente demorava-se em sua história passada, com uma sensação de satisfação por sua continuidade funcional em toda parte, um sentimento quase de gratidão, e de bastante orgulho, pela permanência da ideia pela qual o local tinha sido construído. O fato de que quatro séculos não tinham provado que houvesse algum erro nesse celeiro, não tinham inspirado nenhum ódio pelo seu propósito, nem dado origem a nenhuma reação que o tivesse destruído, conferia a esse simples e cinzento esforço de velhos pensamentos certa tranquilidade, se não uma grandeza, à qual uma reflexão demasiadamente curiosa poderia perturbar seus companheiros eclesiásticos e militares. Pela primeira vez, o medievalismo e o modernismo tiveram um ponto de vista comum. As janelas em formato de lança, os arcos e chanfros desgastados pelo tempo, o posicionamento dos eixos, o entalhe castanho e indistinto das vigas, não se referiam a nenhuma arte distinta de fortificação ou a um credo religioso desgastado. A defesa e salvação do corpo pelo pão de cada dia ainda é um estudo, uma religião e um desejo.

Naquele dia as grandes portas laterais estavam abertas em direção ao sol, para deixar entrar uma luz abundante no local das operações realizadas pelos tosquiadores, que era o chão de madeira no centro, feito de carvalho grosso, escurecido pelo tempo e polido pelo bater dos debulhadores por muitas gerações, até que se tornasse tão escorregadio e rico em cores quanto o piso de uma mansão elisabetana. Ali os tosquiadores se ajoelhavam, o sol incidindo sobre suas camisas desbotadas, braços bronzeados e as tesouras polidas que seguravam, reluzindo com mil raios fortes o suficiente para cegar um homem de olhos fracos. Perto deles, uma ovelha cativa jazia ofegante, com o coração acelerando enquanto a apreensão se confundia com o terror, até que estremecia como a paisagem quente lá fora.

A imagem daquele dia, na sua moldura de quatrocentos anos

atrás, não produzia aquele contraste marcante entre o antigo e o moderno que está implícito no contraste da data. Em comparação com as cidades, Weatherbury era imutável. O "Antigamente" do cidadão era o "Agora" do rústico. Em Londres, vinte ou trinta anos atrás eram velhos tempos; em Paris, isso significava dez ou cinco anos; em Weatherbury, sessenta ou oitenta anos eram incluídos no presente, e nada menos que um século deixava uma marca em sua aparência ou cor. Cinco décadas mal modificavam o corte de uma polaina ou o bordado de um avental. Dez gerações não conseguiam alterar o significado de uma única frase. Nesses recantos de Wessex, os agitados tempos antigos são apenas antigos, seus velhos tempos ainda são novos, e seu presente é o futuro.

Portanto, o celeiro era natural para os tosquiadores, e os tosquiadores estavam em harmonia com o celeiro.

Os amplos cantos do edifício, respondendo eclesiasticamente às extremidades da nave e da capela-mor, eram fechados com barreiras, sendo que as ovelhas eram todas reunidas, como uma multidão, dentro dessas duas áreas que tinham um ângulo formando um curral de captura, no qual três ou quatro ovelhas eram continuamente mantidas prontas para serem capturadas pelos tosquiadores sem perda de tempo. No fundo, suavizadas pela sombra marrom amarelada, estavam as três mulheres, Maryann Money, Temperance e Soberness Miller, juntando as lãs e tecendo fios com uma pua para amarrá-los. Elas eram indiferentemente bem assistidas pelo velho cervejeiro que, quando a temporada de produzir o malte, de outubro a abril, já havia passado, auxiliava em qualquer uma das fazendas vizinhas.

Atrás de todos estava Bathsheba, observando cuidadosamente os homens para ver se não havia cortes ou ferimentos por descuido e se os animais eram tosquiados corretamente. Gabriel, que esvoaçava e pairava sob seus olhos brilhantes como uma mariposa, não tosquiava continuamente, gastando metade do tempo cuidando dos outros e selecionando as ovelhas para eles. Naquele momento, ele estava passando uma caneca de bebida suave, fornecida de um barril que ficava no canto, e cortando pedaços de pão e queijo.

Bathsheba, depois de lançar um olhar aqui, um aviso ali, e dar uma advertência a um dos operadores mais jovens que havia permitido que sua última ovelha terminada fosse embora para o meio do rebanho sem remarcá-la novamente com suas iniciais, voltou a procurar Gabriel, enquanto ele deixava seu almoço no chão para arrastar uma ovelha assustada para sua tosquia, virando-a de costas com um giro hábil de seu braço. Ele podou as mechas da cabeça da ovelha e depois foi cortando ao redor do pescoço, com sua patroa observando-o calmamente.

– Ela fica até corada de vergonha – murmurou Bathsheba, observando o rubor rosado que surgiu e se espalhou pelo pescoço e pelos ombros da ovelha, que foram deixados nus pelo corte com a tesoura... um rubor que era invejável, por sua delicadeza, por muitas rainhas da sociedade, e teria sido digno de crédito, por sua rapidez, a qualquer mulher no mundo.

A alma do pobre Gabriel era alimentada com o luxo do contentamento por tê-la perto ele, os olhos dela voltados essencialmente para a ágil tesoura que ele tinha nas mãos e que aparentemente iria cortar um pedaço de carne a cada aproximação, mas que nunca o fazia. Assim como Guildenstern[8], Oak estava feliz por não ser demasiadamente feliz. Não tinha vontade de conversar com ela. Bastava-lhe o fato de que sua brilhante dama e ele próprio formarem uma equipe, exclusivamente deles, e de ninguém mais no mundo.

Então a conversa era deixada toda por conta dela. Há uma loquacidade que nada diz, que pertencia a Bathsheba; e há um silêncio que diz muito e que era de Gabriel. Cheio dessa felicidade vaga e temperada, ele virou a ovelha para o outro lado, cobrindo-lhe a cabeça com o joelho, passando gradualmente a tesoura, linha

---

8 Personagem de Hamlet, de Shakespeare.

após linha, ao redor de sua papada e dali para o flanco e as costas, terminando na cauda.

– Muito bem e com rapidez! – disse Bathsheba, olhando para o relógio enquanto o último corte ainda ressoava.

– Quanto tempo, senhorita? – perguntou Gabriel, enxugando a testa.

– Vinte e três minutos e meio desde que você tirou a primeira mecha da testa dela. É a primeira vez que vejo ser feito em menos de meia hora.

A criatura limpa e elegante emergiu de sua lã, tão perfeita quanto Afrodite saindo da espuma de seu banho. Parecia assustada e tímida com a perda de sua vestimenta, que estava no chão, como uma nuvem macia com a parte visível sendo apenas a superfície interna que, nunca antes exposta, era branca como a neve e sem a mínima falha ou mancha.

– Cainy Ball!

– Sim, sr. Oak; estou aqui!

Cainy agora veio correndo com o pote de alcatrão. As iniciais "B. E." logo foram estampadas na pele tosquiada, e com pequenos saltos e ofegante, a ovelha juntou-se ao rebanho despido lá fora. Então veio Maryann para pegar as mechas soltas de lã, enrolar e carregar para o fundo, como um quilo e meio de puro calor para o deleite de inverno de pessoas desconhecidas e distantes que, no entanto, nunca experimentariam o conforto superlativo derivado da lã como ela estava aqui, nova e pura... antes que a untuosidade de sua natureza viva estivesse seca, dura e lavada, tornando-a então superior a qualquer coisa de lã quanto o creme é superior à mistura de leite e água.

Porém, uma circunstância cruel acabaria com a felicidade de Gabriel naquela manhã. Os carneiros, as ovelhas mais velhas e as que precisavam de duas tosas já tinham sido devidamente atendidas. Os homens continuavam com os animais menores quando a crença de Oak de que ela ficaria agradavelmente ao lado dele para cronometrar outra tosa foi dolorosamente interrompida pela aparição do fazendeiro Boldwood no outro canto do celeiro. Ninguém parecia ter percebido sua entrada, mas lá estava ele, com certeza. Boldwood sempre carregava consigo uma atmosfera social própria, que todos sentiam quando se aproximavam dele; e a fala, que a presença de Bathsheba de alguma forma suprimia, estava agora totalmente suspensa.

Ele foi em direção de Bathsheba, que se virou para cumprimentá-lo com uma postura de perfeita desenvoltura. Falou com ela em voz baixa, e ela instintivamente modulou sua voz no mesmo tom, tanto que finalmente captou a inflexão da dele. Ela estava longe de desejar parecer misteriosamente conectada a ele, mas a mulher de idade impressionável se eleva na presença de alguém importante, não apenas na escolha das palavras, o que fica aparente todos os dias, mas até mesmo nos tons de humor, quando a influência é grande.

Gabriel não conseguia ouvir o que estavam conversando, pois era independente demais para se aproximar, embora estivesse preocupado demais para ignorar. A questão do diálogo deles foi o educado fazendeiro ter segurado na mão dela para ajudá-la a atravessar a passagem para o dia ensolarado de junho que fazia lá fora. Parados ao lado das ovelhas já tosquiadas, continuaram a conversar. Em relação ao rebanho? Aparentemente não. Gabriel ficou pensando, e com toda razão, que na discussão tranquila de qualquer assunto ao alcance dos olhos dos oradores, esses geralmente se fixam no respectivo assunto. Bathsheba olhou recatadamente para uma palha desprezível caída no chão, de uma forma que sugeria menos críticas ovinas do que constrangimento feminino. Ela estava com as bochechas um tanto vermelhas, o sangue oscilando em fluxo e refluxo incertos sobre o espaço sensível entre a vazante e a cheia. Gabriel continuava a fazer a tosa, constrangido e triste.

Ela saiu do lado de Boldwood, e ele caminhou sozinho para cima e para baixo por quase um quarto de hora. Então ela reapareceu com seu novo traje de montaria verde-murta, que lhe ajustava até a cintura como uma casca se ajusta a uma fruta. O jovem Bob Coggan trouxe a égua dela, e Boldwood pegou seu cavalo na árvore, onde ele havia sido amarrado.

Oak não conseguia desviar os olhos deles e, ao tentar continuar a tosquia ao mesmo tempo em que observava os modos de Boldwood, ele cortou a virilha de uma ovelha. O animal gritou, e Bathsheba imediatamente olhou para ele e viu o sangue.

– Ora, Gabriel! – ela exclamou, repreendendo-o severamente – você é tão rigoroso com os outros e veja o que você mesmo fez!

Para quem está de fora, não havia muito do que reclamar nessa observação; mas, para Oak, que sabia que Bathsheba estava bem ciente de que ela mesma era a causa do ferimento da pobre ovelha, porque havia ferido o tosquiador da ovelha em uma parte ainda mais vital, como se fosse um ferrão causando uma dor imensa, porque o sentimento permanente de sua inferioridade em relação a ela e a Boldwood não poderia ser curado. Mas a determinação viril de reconhecer com ousadia que não tinha mais nenhum interesse amoroso por ela o ajudava ocasionalmente a esconder um sentimento.

– A garrafa! – ele gritou, com uma voz inalterada de rotina. Cainy Ball correu, a ferida foi untada, e a tosa continuou.

Boldwood gentilmente colocou Bathsheba na sela e, antes de se virarem, ela falou novamente com Oak com a mesma graciosidade dominadora e tentadora.

– Agora vou ver os carneiros Leicesters do sr. Boldwood. Assuma meu lugar no celeiro, Gabriel, e mantenha os homens cuidadosamente em seu trabalho.

Eles emparelharam os cavalos e saíram trotando.

A profunda dedicação de Boldwood era motivo de grande interesse para todos ao seu redor; mas, depois de ter sido apontado por tantos anos como o exemplo perfeito de um solteiro próspero, seu lapso foi um anticlímax que lembrava um pouco o da morte de

St. John Long por tuberculose, em meio às suas provas de que não era uma doença fatal.

— Isso significa casamento — comentou Temperance Miller, seguindo-os com o olhar.

— Também acredito que sim — disse Coggan, que continuou trabalhando sem levantar a cabeça.

— Bem, melhor casar-se com um conhecido do que com um estranho — disse Laban Tall, girando sua ovelha.

Henery Fray falou, com os olhos tristes, ao mesmo tempo:
— Não vejo por que uma mulher deve arranjar um marido quando ela é ousada o suficiente para travar as próprias batalhas e não quer um lar; pois isso significa tirar o lugar de outra mulher. Mas deixe estar, pois é uma pena que ele e ela tenham problemas nas duas casas.

Como sempre acontece com pessoas de caráter decidido, Bathsheba invariavelmente provocava críticas de indivíduos como Henery Fray. Seu defeito flagrante era ser muito enfática em suas objeções e não suficientemente clara em suas preferências. Aprendemos que não são os raios que os corpos absorvem, mas sim aqueles que eles rejeitam, que lhes dão as cores pelas quais são conhecidos; e da mesma forma as pessoas são conhecidas por suas aversões e antagonismos, enquanto a sua boa vontade não é considerada um atributo.

Henery continuou com um humor mais complacente: — Certa vez, falei sobre minhas ideias para ela, como um pobre mendigo que ousa fazer com um doutor. Todos vocês sabem como sou e que não meço minhas palavras quando meu orgulho está fervendo, não é, vizinhos?

— Sabemos, sim, Henery, sabemos perfeitamente.

— Então eu disse: — Senhorita Everdene, há lugares vazios e há homens talentosos dispostos; mas a maldade... não, não a maldade... eu não disse maldade... mas a vilania do lado contrário... eu disse, (referindo-se às mulheres), os mantém afastados. Será que foi muito forte dizer isso a ela?

– Bem razoável.

– Sim, eu teria dito isso, se a morte e a salvação tivessem tomado conta de mim. Esse é o meu jeito quando tenho algo em mente.

– Um homem verdadeiro e orgulhoso como o demônio.

– Vocês percebem a astúcia? Ora, na verdade era uma questão de ser administrador; mas não deixei isso tão claro, e ela não entendeu o que eu quis dizer. Essa foi a minha profundidade! No entanto, deixe-a casar, e sei que ela o fará. Talvez já seja a hora. Acredito que o fazendeiro Boldwood já a beijou, lá atrás do lavatório das ovelhas, outro dia.

– Isso é mentira! – disse Gabriel.

– Ah, vizinho Oak... como é que sabe? – perguntou Henery, calmamente.

– Porque ela me contou tudo o que aconteceu – disse Oak, com uma sensação de hipocrisia de que não era como os outros tosquiadores quanto a esse assunto.

– Você tem o direito de acreditar nisso – disse Henery, com indignação – um direito muito verdadeiro. Mas eu me distanciaria um pouco das coisas! Ser um cabeça-dura por ocupar o lugar de um administrador é uma besteira... grande besteira. No entanto, vejo a vida com muita calma. Vocês me entendem, vizinhos? Minhas palavras, embora feitas da maneira mais simples possível, são bastante profundas para algumas cabeças.

– Sim, Henery, entendemos você.

– Um pouco estranho e velho, meus caros, jogado daqui para lá, como se eu não fosse nada! Um pouco torto também. Mas tenho meus pontos positivos; ah, tenho sim! Poderia chegar a ser um pastor, cabeça a cabeça. Mas não... ah, não!

– Muito estranho mesmo! – interrompeu o cervejeiro, com

uma voz queixosa – E você nem é velho ainda, poderia ser o escolhido. Seus dentes ainda nem caíram; e quem é velho quando ainda tem os dentes? Eu já não estava casado antes de vocês saírem do exército? É uma pena ter 60 anos, quando há pessoas que já passaram dos 80... uma ostentação tão fraca quanto um fio de água.

Era costume invariável em Weatherbury deixar as diferenças de lado quando o cervejeiro precisava ser acalmado.

– Tão fraca quanto um fio de água! Sim – disse Jan Coggan – Cervejeiro, achamos que você é um veterano maravilhoso e ninguém contesta isso.

– Ninguém – disse Joseph Poorgrass – Você é um exemplo muito raro, cervejeiro, e todos nós o admiramos por esse dom.

– Sim, e quando eu era jovem, no auge da minha prosperidade, eu também era querido por aqueles que me conheciam – disse o cervejeiro.

– Sem dúvida você era... sem dúvida.

O velho homem curvado ficou satisfeito, e aparentemente Henery Fray também. O assunto continuou com a delicada fala de Maryann, que, com sua pele morena e roupas de linho desbotado, tinha no momento o tom suave de uma antiga pintura a óleo do notável Nicholas Poussin.

– Alguém conhece algum homem torto, manco ou de segunda mão que queira se casar comigo? – disse Maryann – Já não espero encontrar ninguém perfeito nessa fase da minha vida. Se eu conseguisse alguém assim, seria muito melhor do que torradas e cerveja.

Coggan forneceu uma resposta adequada. Oak continuou com sua tosquia e não disse mais nada. Ele tinha ficado mal-humorado, e isso provocou seu silêncio. Bathsheba havia lhe concedido demonstrações de prestígio acima de seus companheiros, colocando-o como administrador da fazenda, o que era indispensável. Não cobiçava o cargo na fazenda, o que lhe interessava era a relação com ela, por ainda não estar casada com outro, isso sim ele cobiçava. Suas opiniões sobre ela pareciam agora vagas e indistintas. Ele estava pensando que o sermão que fez para ela havia sido um dos erros mais absurdos que já cometera. Longe de flertar com Boldwood, ela brincava consigo mesma ao fingir que estava brincando com outro. Ele estava interiormente convencido de que, de acordo com as expectativas de seus camaradas tranquilos e menos instruídos, naquele dia a srta. Everdene aceitaria Boldwood como marido. Nessa época de sua vida, Gabriel havia superado a aversão instintiva que todo menino cristão tem pela leitura da Bíblia, lendo-a agora com bastante frequência, e dizia a si mesmo: "Achei uma coisa mais amarga do que a morte, a mulher cujo coração é cheio de redes e laços"[9]. Isso era apenas uma exclamação... a espuma da tempestade. Ele adorava Bathsheba do mesmo jeito.

— Nós, os trabalhadores, teremos uma festa nobre esta noite — disse Cainy Ball, lançando seus pensamentos em uma nova direção. — Esta manhã eu os vi fazendo grandes pudins nos baldes de ordenha — pedaços de nata do tamanho do seu polegar, sr. Oak! Nunca havia pedaços de nata tão grandes e esplêndidos antes em toda a minha vida... eles nunca foram maiores que um grão de feijão. E havia um grande pote preto sobre o fogão a lenha com as pernas para fora, mas não sei o que havia dentro.

— E havia duas bacias enormes cheias de maçã para fazer tortas — disse Maryann.

— Bem, espero cumprir meu dever para ter direito a tudo isso — disse Joseph Poorgrass, com uma expectativa agradável e faminta — Sim, comida e bebida são coisas alegres e acalmam os nervos, se posso dizer assim. É algo sagrado para o corpo, sem o qual perecemos, por assim dizer.

---

9 Eclesiastes 7:26.

CAPÍTULO XXIII

ENTARDECER - UMA SEGUNDA DECLARAÇÃO

Para o jantar a ser servido após a tosa, uma longa mesa foi colocada no gramado ao lado da casa, com a ponta apoiada sobre o parapeito da ampla janela e a uns trinta centímetros para dentro da sala. A srta. Everdene estava sentada junto à janela, à cabeceira da mesa. Desse modo ela não se misturava aos homens.

Naquela noite, Bathsheba estava excepcionalmente agitada, com as bochechas e os lábios vermelhos contrastando brilhantemente com os cachos de seu cabelo escuro. Ela parecia esperar ajuda e, a seu pedido, o assento ao lado oposto do dela ficou vago até o início da refeição. Ela então pediu a Gabriel que assumisse o lugar e as atribuições pertinentes a esse fim, o que ele fez com grande prontidão.

Nesse momento, o sr. Boldwood entrou pelo portão e atravessou o gramado até Bathsheba, na janela. Ele pediu desculpas pelo atraso; sua chegada foi evidentemente planejada.

– Gabriel – ela disse – você poderia mudar de lugar, por favor, e deixar o sr. Boldwood sentar-se aí?

Oak voltou em silêncio para seu assento original.

O gentil fazendeiro estava vestido em estilo alegre, com um casaco novo e um colete branco, contrastando bastante com seus habituais ternos sóbrios de cor cinza. Parecia estar bastante alegre em seu íntimo e, consequentemente, falante em um grau excepcional. O mesmo aconteceu com Bathsheba depois que ele chegou, embora a presença indesejada de Pennyways, o administrador que havia sido demitido por roubo, perturbasse um pouco sua serenidade.

Terminada a ceia, Coggan começou a cantar por conta própria, sem pedir licença aos ouvintes:

> *Perdi meu amor e não me importo,*
> *Perdi meu amor e não me importo;*
> *Em breve encontrei outro*
> *Melhor do que esse que se foi;*
> *Perdi meu amor e não importo.*

Assim que a canção terminou, todos se olharam silenciosamente, dando a entender que a apresentação, como uma obra daqueles autores consagrados que independem de avisos nos jornais, era um deleite conhecido que não precisava de aplausos.

– Agora, mestre Poorgrass, sua canção! – disse Coggan.

– Bebi demais e não estou em condições de cantar – respondeu Joseph, menosprezando-se.

– Bobagem, não seja tão mal-agradecido, Joseph, vamos lá! – disse Coggan, expressando seu descontentamento com uma inflexão de voz – E a patroa está olhando fixamente para você, como se dissesse: "Cante logo, Joseph Poorgrass".

– Meu Deus, ela está mesmo, bem, então preciso cantar!... Olhem para meu rosto e vejam como estou vermelho, vizinhos!

– Não está tão vermelho assim – disse Coggan.

– Sempre tento evitar ficar muito corado quando os olhos de uma bela dama se fixam em mim – disse Joseph, de forma estranha – mas se for o desejo de todos, eu canto.

– Agora, Joseph, cante sua canção, por favor – pediu Bathsheba, da janela.

– Bem, senhora, na verdade, – ele respondeu em tom submisso – não sei o que dizer. É uma canção simples de minha autoria.

– Cante, cante! – todos disseram.

Poorgrass, animado, cantou uma antiga canção sentimental,

mas louvável, cuja melodia consistia em uma ou outra nota tônica, sendo que a última predominava sobre a primeira. Foi tão bem-sucedido que em seguida começou a cantar outra, depois de algumas falsas partidas:

Semeei...

Semeei...

Semeei as sementes do amor,

Todas elas na primavera,

Em abril, maio, e no sol de junho,

Quando os pássaros cantam para quem espera.

– Muito bem – disse Coggan, ao fim do verso. – A parte que fala dos pássaros é muito comovente.

– Sim, e também tem a parte das "sementes do amor". Embora na parte do "amor" o tom fique bem agudo para a voz de um homem. Próximo verso, mestre Poorgrass.

Mas durante a apresentação o jovem Bob Coggan exibiu uma daquelas anomalias que são comuns em pessoas mais jovens, quando outras pessoas estão particularmente sérias: ao tentar conter o riso, ele empurrou garganta abaixo o máximo que conseguiu da toalha de mesa, quando, depois de continuar hermeticamente fechado por um curto período, sua gargalhada explodiu pelo nariz. Joseph percebeu isso e, com as bochechas vermelhas de indignação, parou imediatamente de cantar. Coggan deu um tapa nas orelhas de Bob no mesmo instante.

– Continue, Joseph, continue cantando, e não se preocupe com esse jovem malandro – disse Coggan. – É uma canção muito cativante. Vamos lá, de novo... o próximo verso. Vou ajudá-lo a cantar as notas agudas quando você perder o fôlego:

Oh, o salgueiro vai se retorcer,

E o salgueiro vai se contorcer.

Mas o cantor não conseguiu mais continuar cantando. Bob Coggan foi mandado para casa por seu mau comportamento, e a tranquilidade foi restaurada por Jacob Smallbury, que se voluntariou para cantar uma canção tão longa e interminável quanto aquela que o digno e velho Sileno apresentou em certa ocasião semelhante aos pastores Chromis e Mnasylus e outros companheiros de sua época.

Já estava escurecendo, embora a noite se tornasse furtivamente visível nos campos mais baixos, os raios de luz do lado oeste varriam a terra sem pousar sobre ela e iluminavam os pontos mortos. O sol havia se arrastado ao redor da árvore, como um último esforço antes de sua morte, e então começou a se pôr, ocultando as partes inferiores dos tosquiadores no crepúsculo, enquanto suas cabeças e ombros ainda aproveitavam o dia, tocados por um brilho amarelo intenso, que parecia inerente e não adquirido.

O sol se pôs formando uma névoa ocre, mas eles continuaram sentados e conversando, tão felizes quanto os deuses no céu de Homero. Bathsheba permanecia do lado de dentro da janela, fazendo seu tricô, de onde, às vezes, olhava por cima para ver a cena que se desvanecia lá fora. O lento crepúsculo expandia-se e envolvia a todos completamente antes que os sinais de movimento se mostrassem.

Gabriel, de repente, sentiu falta do fazendeiro Boldwood em seu lugar, na outra ponta da mesa. Oak não fazia ideia de quanto tempo ele já não estava mais ali, mas aparentemente havia se retirado com a chegada do anoitecer. Enquanto ele pensava nisso, Liddy trouxe velas para a parte de trás da sala, com vista para os tosquiadores, e suas novas chamas vivas brilharam sobre a mesa e sobre os homens, dispersando-se entre as sombras verde na parte de trás. A silhueta de Bathsheba, ainda em sua posição original, estava agora novamente distinta entre os olhos dele e a luz, revelando que Boldwood havia entrado na sala e estava sentado ao lado dela.

Em seguida veio a dúvida da noite. Será que a srta. Everdene cantaria para eles a canção que sempre cantava de modo encantador... *"The Banks of Allan Water"* ...antes de voltarem para casa?

Após um momento de reflexão, Bathsheba concordou, acenando para Gabriel, que se apressou em entrar na cobiçada atmosfera.

– Você trouxe sua flauta? – ela disse baixinho.

– Sim, senhorita.

– Toque para que eu cante, então.

Ela ficou de pé na abertura da janela, de frente para os homens, as velas atrás dela, Gabriel à sua direita, do lado de fora da porta. Boldwood ficou parado à sua esquerda, dentro da sala. Seu canto era suave e um tanto trêmulo no início, mas logo ficou perfeitamente claro. Os acontecimentos subsequentes fizeram com que um dos versos fosse lembrado por muitos meses, e até anos, por mais de um dos que estavam ali reunidos.

Um soldado à sua noiva pediu,
Com sua fala cativante:
Às margens do rio Allan Water
Que fosse sua esposa dali em diante!

Além do som doce da flauta de Gabriel, Boldwood juntou-se a eles com seu tom baixo de voz habitual, pronunciando suas notas tão suavemente, no entanto, que se absteve inteiramente de fazer qualquer coisa parecida com um dueto comum da música; a voz dele formava uma sombra rica e inexplorada, que realçava os tons da voz dela. Os tosquiadores reclinavam-se uns contra os outros, como nos jantares nos primeiros tempos do mundo, e estavam tão silenciosos e absortos, que a respiração dela quase podia ser ouvida entre os compassos. No final da canção, quando o último tom se prolongou até um final inexprimível, surgiu aquele burburinho de alegria que é o aroma do aplauso.

Nem é necessário dizer que Gabriel não pôde deixar de notar a atitude do fazendeiro naquela noite em relação à sua anfitriã. No entanto, não houve nada de excepcional nas atitudes dele além do que pertencia ao momento em que se apresentou. Era exatamente quando todos desviavam o olhar que Boldwood a observava;

quando eles a olhavam, ele se virava; quando eles agradeciam ou elogiavam, ele ficava em silêncio; quando eles estavam desatentos, ele murmurava seus agradecimentos. O significado estava na diferença entre as atitudes, nenhuma das quais tinha significado por si mesma; e a necessidade de ter ciúme, que incomoda os amantes, não levou Oak a subestimar esses sinais.

Bathsheba então lhes desejou boa noite, saiu da janela e retirou-se para a parte de trás da sala, Boldwood fechou a janela, as venezianas e permaneceu lá dentro com ela. Oak saiu andando sob as árvores silenciosas e perfumadas. Recuperando-se da sensação suavizante produzida pela voz de Bathsheba, os tosquiadores levantaram-se para sair. Coggan virou-se para Pennyways enquanto empurrava o banco para trás, para passar, e disse:

– Gosto de fazer um elogio quando ele é merecido, e o homem o merece... merece de verdade – observou ele, olhando para o ladrão virtuoso, como se ele fosse a obra-prima de algum artista de renome mundial.

– Tenho certeza de que nunca teria acreditado se não tivéssemos a prova – soluçou Joseph Poorgrass – que cada xícara, cada uma das melhores facas e garfos, e cada garrafa vazia esteja em seu lugar, exatamente como estava no início, nem uma roubada.

– Tenho certeza de que não mereço metade dos elogios que você me dá –, disse o ladrão virtuoso, severamente.

– Bem, posso dizer em favor de Pennyways – acrescentou Coggan – que quando ele realmente decide fazer uma coisa nobre, uma boa ação, como pude ver pelo rosto dele, sentado aqui esta noite, ele é capaz de fazê-lo. Sim, tenho orgulho de dizer, vizinhos, que ele não roubou nada.

– Muito bem, você teve um ato honesto, e agradecemos por isso, Pennyways – disse Joseph, cuja opinião foi compartilhada por todos que ali estavam.

Nesse momento da partida, quando nada mais era visível no

interior da sala a não ser uma tênue e imóvel fresta de luz entre as venezianas, uma cena apaixonada estava acontecendo bem ali.

A srta. Everdene e Boldwood estavam sozinhos. Suas bochechas haviam perdido muito do brilho saudável devido à seriedade de sua posição, mas seus olhos brilhavam com a excitação de um triunfo, embora ele fosse mais contemplado do que desejado.

Ela estava atrás de uma poltrona baixa, da qual acabara de se levantar, e ele estava ajoelhado diante dela, inclinando-se em direção a ela e segurando sua mão entre as dele. Seu corpo se movia inquieto, e era como o que Keats delicadamente chama de uma felicidade muito feliz. Essa inusitada abstração, por amor, de toda dignidade de um homem que sempre pareceu ser seu principal elemento, foi, em sua angustiante incongruência, uma dor para ela que extinguiu grande parte do prazer que tinha com a prova de que era idolatrada.

– Vou tentar amá-lo. – disse ela, com a voz trêmula, bem diferente de sua autoconfiança habitual – E se eu puder acreditar de alguma forma que serei uma boa esposa, estarei realmente disposta a me casar com você. Mas, sr. Boldwood, a hesitação em um assunto tão importante é honrosa para qualquer mulher, e não quero fazer-lhe nenhuma promessa solene nesta noite. Prefiro pedir que espere algumas semanas até que eu possa entender melhor minha situação.

– Mas você tem todos os motivos para acreditar que *depois*...

– Tenho todos os motivos para esperar que, ao final das cinco ou seis semanas, entre hoje e a colheita, em que você diz que vai ficar longe de casa, eu possa prometer ser sua esposa – disse ela, firmemente – Mas lembre-se disso claramente, não estou prometendo nada ainda.

– É o suficiente, não vou perguntar mais nada. Mal posso esperar por essas preciosas palavras. E agora, srta. Everdene, boa noite!

– Boa noite – ela disse graciosamente... quase com ternura; e Boldwood retirou-se com um sorriso sereno.

Bathsheba o conhecia melhor agora. Ele havia exposto completamente seus sentimentos diante dela, até quase o ponto de mostrar em seus olhos a tristeza de um grande pássaro sem as penas que o tornam grandioso. Ela ficou impressionada com a ousadia que teve no passado e estava lutando para fazer as pazes consigo mesma sem pensar se o pecado que cometera valia o castigo que ela imputava a si mesma. Ouvir tudo aquilo foi terrível, mas depois de um tempo a situação até que provocou um pouco de alegria. É maravilhosa a facilidade com que mesmo as mulheres mais tímidas adquirem por vezes o gosto pelo que é assustador, quando isso é acompanhado de um pequeno triunfo.

CAPÍTULO XXIV

NA MESMA NOITE - A PLANTAÇÃO DE ABETOS

Entre os vários deveres que Bathsheba se impôs voluntariamente ao dispensar os serviços de um administrador, estava o de dar uma olhada na propriedade antes de ir para a cama, para ver se tudo estava bem e seguro durante a noite. Gabriel quase sempre a precedia nessa rotina todas as noites, observando seus assuntos tão cuidadosamente quanto qualquer funcionário de vigilância especialmente nomeado o faria; contudo, essa terna devoção era quase que totalmente desconhecida por sua patroa, e o que era conhecido era recebido de maneira um tanto ingrata. As mulheres nunca se cansam de lamentar a inconstância do homem no amor, mas parecem apenas desprezar sua constância.

Como a observação é melhor quando feita de forma invisível, ela geralmente carregava uma lanterna apagada na mão e de vez em quando a acendia para examinar cantos e recantos com a calma de um policial metropolitano. Essa calma poderia existir nem tanto pelo seu destemor diante do perigo esperado, mas devido à sua liberdade em relação à suspeita de algum perigo. A pior descoberta que ela poderia esperar seria um cavalo que não estivesse bem preso, as aves que poderiam não estar todas ali ou uma porta que não estivesse fechada.

Naquela noite, as instalações foram inspecionadas como de costume, e ela foi até o estábulo da fazenda. Ali, os únicos sons que perturbavam a quietude eram as mastigações constantes de muitas bocas e as respirações estrondosas dos narizes invisíveis, que terminavam em roncos e baforadas, como o sopro lento de um fole. Então a mastigação recomeçava, quando a imaginação ativa podia ajudar o olho a discernir um grupo de narinas branco-rosadas, em forma de cavernas, muito pegajosas e úmidas em suas superfícies, não exatamente agradáveis ao toque, até que se acostumasse com elas; as bocas tentavam a todo custo fechar-se sob qualquer ponta solta da roupa de Bathsheba que estivesse ao alcance de suas línguas. Acima de cada um deles, uma visão ainda mais aguçada sugeria uma testa morena e dois olhos fixos, embora nada hostis, e, acima deles, um par de chifres esbranquiçados, como duas luas particularmente novas, e um ocasional "muuu!" impassível anunciando, sem sombra de dúvida, que esses fenômenos eram as silhuetas de Daisy, Whitefoot, Bonny-lass, Jolly-O, Spot, Twinkle-eye etc., as respeitáveis vacas leiteiras da raça Devon que pertenciam à Bathsheba.

O caminho de volta para casa passava por uma jovem plantação de abetos afilados, que haviam sido plantados alguns anos antes para proteger o local do vento norte. Devido à densidade da folhagem entrelaçada acima, o local era sombrio ao meio-dia, mesmo sem nuvens, virava crepúsculo ao entardecer, era escuro como a meia-noite ao anoitecer e preto como a nona praga do Egito à meia-noite. Descrever o local é chamá-lo de um salão vasto, baixo e de formato natural, cujo teto era sustentado por finos pilares de madeira viva, com o chão coberto por um tapete macio e pardo de folhas mortas e pinhas mofadas, com um tufo de grama aqui e ali.

Essa parte do caminho era sempre o ponto crucial da caminhada noturna, embora, antes de começar, suas apreensões de perigo não fossem vívidas o suficiente para levá-la a pedir que alguém a acompanhasse. Deslizando por ali secretamente como o Tempo, Bathsheba imaginou ter ouvido passos vindo no caminho do lado oposto. Com certeza eram passos. Os dela instantaneamente pareciam tão suaves quanto flocos de neve. Tranquilizou-se ao lembrar que o caminho era público e que o viajante provavelmente era algum aldeão voltando para casa; lamentou, ao mesmo tempo, que o encontro estivesse prestes a ocorrer no ponto mais escuro do seu percurso, mesmo que estivesse na porta de casa.

O barulho se aproximou, chegou perto, e uma figura estava prestes a passar por ela quando algo puxou sua saia e a prendeu com força ao chão. A parada repentina quase desequilibrou Bathsheba. Ao se recuperar, ela bateu em roupas quentes e botões.

– Meu Deus do céu, pela minha alma! – disse uma voz masculina, cerca de trinta centímetros acima de sua cabeça – Eu o machuquei, rapaz?

– Não – disse Bathsheba, tentando se soltar.

– Acho que tropeçamos um no outro de alguma forma.

– Sim.

– É uma mulher?

– Sim.

– Devo dizer que sou uma dama.

– Não importa.

– Sou um homem.

– Oh!

Bathsheba tentou soltar-se novamente puxando a roupa suavemente, mas sem sucesso.

– É uma lanterna que você tem aí? Acho que sim – disse o homem.

– Sim.

– Se me permite, vou abri-la, e assim posso soltar você.

Uma mão pegou a lanterna, a portinhola foi aberta, os raios irromperam de sua prisão, e Bathsheba contemplou sua posição com espanto.

O homem com quem ela estava presa brilhava em bronze e escarlate. Era um soldado. Sua aparição repentina foi para as trevas o que o som de uma trombeta é para o silêncio. A escuridão, o *genius loci* [10] sempre presente, tinha sido totalmente derrubada

---

10 Espírito do lugar.

naquele instante, não tanto pela luz da lanterna mas pelo que ela iluminou. O contraste dessa revelação com as expectativas dela de se deparar com alguma figura sinistra em trajes sombrios foi tão grande que exerceu sobre ela o efeito de uma transformação mágica.

Ficou imediatamente aparente que a espora do militar havia ficado presa na bainha que enfeitava a saia de seu vestido. Então ele viu o rosto dela.

– Eu lhe soltarei em um minuto, senhorita – disse ele com um galanteio que surgira repentinamente.

– Ah, não precisa se incomodar, posso fazer isso sozinha, obrigada –respondeu apressadamente e abaixou-se para fazê-lo.

O desprender não foi um assunto tão insignificante. A fileira de pontas da espora havia se enrolado tanto entre os cordões da bainha que a separação provavelmente levaria um tempo maior.

Ele também se abaixou, e a lanterna colocada no chão entre eles iluminava, através de sua porta aberta, as agulhas dos pinheiros e as folhas da grama alta e úmida, provocando o efeito de um grande vagalume. A lanterna irradiava sua luz em direção a seus rostos e projetava sobre metade da plantação sombras gigantescas do homem e da mulher, distorcendo cada uma das formas e deixando-as misturadas aos troncos das árvores até se transformarem em nada.

Ele olhou fixamente nos olhos dela quando ela os levantou por um instante e logo os baixou, pois o olhar dele era intenso demais para ser recebido diretamente. Mas ela observou rapidamente que ele era jovem, magro e que usava três divisas na manga.

Bathsheba tentou se libertar novamente.

– Você está presa, senhorita; não adianta ignorar a situação – disse o soldado, secamente – Terei de cortar seu vestido, se está com tanta pressa.

– Sim, faça isso, por favor! – ela exclamou, impotente.

– Não seria necessário se esperasse um momento – e ele

desenrolou uma corda da espora. Ela puxou sua mão, mas, por acidente ou intencionalmente, ele a tocou. Bathsheba ficou irritada e mal sabia o motivo.

Ele continuou a desenrolar, mas mesmo assim parecia não ter fim. Ela olhou para ele novamente.

— Obrigado pela visão de um rosto tão lindo! — disse o jovem sargento, sem cerimônia.

Ela corou de vergonha.

— Mostrei meu rosto contra minha vontade — respondeu ela de modo ríspido e com muita dignidade, que era muito pouca, quanto poderia infundir em posição de cativeiro.

— Gosto mais de você por essa indelicadeza, senhorita — disse ele.

— Eu realmente gostaria... gostaria muito... que você nunca tivesse invadido esse local e aparecido para mim! — Ela tentou se libertar novamente e as pregas de seu vestido começaram a ceder alguns milímetros.

— Mereço o castigo que suas palavras me dão. Mas por que uma jovem tão bela e respeitosa tem tanta aversão ao sexo do pai?

— Siga o seu caminho, por favor.

— Como posso seguir, minha bela, e arrastar você comigo? Olhe para isso, nunca vi algo tão emaranhado!

— Oh, é vergonhoso da sua parte; você está piorando as coisas de propósito só para me manter aqui... com certeza!

— Na realidade, acho que não — respondeu o sargento, com uma piscadela alegre.

— Pois eu acho que está! — ela retrucou nervosa — Eu mesma vou resolver isso. Agora, deixe-me ver isso aqui!

— Certamente, senhorita. Não sou de aço — ele deu um suspiro que tinha tanta malícia quanto um suspiro poderia ter, sem perder completamente sua natureza. — Sou grato pela beleza, mesmo quando ela é jogada para mim como um osso para um cachorro. Em breve tudo estará resolvido!

Ela fechou os lábios em um silêncio determinado.

Bathsheba estava pensando se, com uma arrancada ousada e desesperada, poderia se libertar sem correr o risco de deixar a saia para trás. A ideia era terrível. O vestido, que ela usara para parecer imponente no jantar, era o melhor de todo seu guarda-roupa; nenhum outro lhe caía tão bem. Que mulher na posição de Bathsheba, que não era naturalmente tímida, e ao chamar seus empregados, teria conseguido escapar de um soldado bonito por um preço tão caro?

– Tudo a seu tempo, acho que logo tudo estará resolvido – disse seu amigo, sossegado.

– Pare com essas provocações insignificantes e... e...

– Não seja tão cruel!

– Pare de me insultar!

– Vou aproveitar essa ocasião para ter o prazer de pedir desculpas a uma mulher tão encantadora, o que faço imediatamente com muita humildade, madame – disse ele, curvando-se em reverência.

Bathsheba realmente não sabia o que dizer.

– Já vi muitas mulheres na minha vida – continuou o jovem, como que murmurando e mais pensativo do que antes, olhando criticamente para a cabeça dela que estava abaixada – mas nunca vi uma mulher tão bonita quanto você. Você pode aceitar ou recusar, ofender-se ou apreciar... não me importo.

– Quem é você, então, que pode tão bem desprezar a opinião alheia?

– Não sou nenhum estranho. Sou o sargento Troy. Estou hospedado neste lugar. Pronto! Finalmente o emaranhado está desfeito, viu! Seus dedos leves foram mais ágeis do que os meus. Gostaria que fosse um nó de nós, que não pudesse ser desfeito!

A situação só foi ficando pior. Ela começou a andar, e ele também. Como fugir dele decentemente... essa era a dificuldade dela agora. Ela foi se afastando aos poucos, com a lanterna na mão, até que não pôde mais ver o vermelho do casaco dele.

– Ah, bela, adeus! – ele disse.

Ela não respondeu e, chegando a uma distância de vinte ou trinta metros, deu meia-volta e correu para dentro de casa.

Liddy tinha acabado de se retirar para descansar. Ao subir para seu quarto, Bathsheba abriu suavemente a porta do quarto da moça e, ofegante, perguntou:

– Liddy, há algum soldado hospedado na vila... algum sargento... muito educado para um sargento, e bonito... usando um casaco vermelho com detalhes azuis?

– Não, senhorita... não que eu saiba; mas, na verdade, pode ser o sargento Troy que está em licença, embora eu não o tenha visto. Ele esteve aqui uma vez quando o regimento estava em Casterbridge.

– Sim, é esse o nome. Ele tinha um bigode... sem costeletas, sem barba?

– Sim, tinha.

– Que tipo de pessoa ele é?

– Ah! senhorita... tenho vergonha de dizer... é um homem alegre! Sei também que é muito esperto e elegante, e poderia ter ganhado milhares como fazendeiro. É um jovem muito inteligente! Tem o sobrenome de um médico, o que já é muito bom; mas ele é filho de um conde por natureza!

– O que significa muito mais. Imagine! Isso é verdade?

– Sim. E teve uma excelente educação na Casterbridge Grammar School por muitos anos. Aprendeu vários idiomas enquanto esteve lá, e dizem que ele se saiu tão bem que conseguia até mesmo taquigrafar em chinês; mas isso eu não posso afirmar, pois só ouvi dizer. No entanto, desperdiçou sua sorte e alistou-se como soldado. Mesmo assim tornou-se sargento sem esforço algum. Ah! é uma bênção ser bem-nascido; a nobreza de sangue se reflete até mesmo no exército. Ele realmente voltou para casa, senhorita?

– Acho que sim. Boa noite, Liddy.

Afinal, como poderia uma moça otimista ficar permanentemente ofendida com o homem? Há ocasiões em que moças como Bathsheba toleram muitos comportamentos não convencionais. Quando querem ser elogiadas, o que acontece com frequência; quando querem ser dominadas, o que acontece às vezes; e quando não querem absurdos, o que é raro. Naquele instante, o primeiro sentimento estava em ascensão com Bathsheba, com uma pitada do segundo. Além disso, por acaso ou por maldade, quem ministrou tais sentimentos tornou-se anteriormente interessante por ser um belo estranho que evidentemente já tinha visto dias melhores.

Portanto, ela não conseguia decidir claramente se ele a havia insultado ou não.

– Foi a coisa mais estranha que já me aconteceu! – ela finalmente exclamou para si mesma, em seu quarto. – E foi a coisa mais cruel que já fiz... fugir assim de um homem que foi apenas educado e gentil! – Era evidente que ela não considerava o elogio audacioso à sua pessoa um insulto agora.

Foi uma omissão fatal de Boldwood o fato de ele nunca ter dito a ela que ela era linda.

CAPÍTULO XXV

A DESCRIÇÃO DO NOVO CONHECIDO

As características comportamentais peculiares e a vicissitude combinaram-se para classificar o sargento Troy como um ser excepcional.

Ele era um homem para quem as lembranças eram um estorvo e as expectativas, supérfluas. Simplesmente sentia, considerava e cuidava do que estava diante de seus olhos, era vulnerável apenas ao presente. Sua visão do tempo era como um lampejo transitório que acontecia de vez em quando. A projeção da consciência nos dias passados e futuros, que faz do passado um sinônimo de patético e do futuro uma palavra que exige cautela, era desconhecida para Troy. Para ele, o passado foi ontem; o futuro, amanhã; o nunca, o dia seguinte.

Por esse motivo, ele poderia, sob certos aspectos, ter sido considerado um dos mais afortunados de sua classe. Pois pode-se argumentar com grande plausibilidade que as memórias são menos um dom do que uma doença, e que a expectativa na sua única forma confortável, a da fé absoluta, é praticamente impossível; enquanto na forma de esperança e dos compostos secundários, paciência, impaciência, determinação, curiosidade, são uma flutuação constante entre prazer e dor.

O sargento Troy, que era totalmente inocente na prática da expectativa, nunca ficava desapontado. Para compensar esse ganho negativo, pode ter havido algumas perdas positivas decorrentes de certo estreitamento dos gostos e sensações mais elevados que isso acarretava. Mas a limitação da capacidade nunca é reconhecida como uma perda por parte do perdedor. Nesse sentido, a pobreza moral ou estética pode contrastar plausivelmente com a material, uma vez que aqueles que sofrem não se importam com isso, enquanto aqueles que se importam com isso logo param de sofrer.

Não é negar o que nunca teve, e Troy nunca sentiu falta do que nunca apreciou; mas, como estava plenamente consciente de que desfrutava daquilo que as pessoas sóbrias sentiam falta, ou seja, sua capacidade, embora realmente menor, parecia maior que a dos outros.

Ele era razoavelmente verdadeiro com os homens, mas mentia para as mulheres como um cretense... um sistema de ética acima de todos os outros, calculado para ganhar popularidade logo na primeira admissão em uma sociedade ativa; e a possibilidade de o favor obtido ser transitório referia-se apenas ao futuro.

Nunca ultrapassou a linha que separa os vícios elegantes dos vulgares; e, embora sua moral dificilmente tivesse sido aplaudida, sua desaprovação era frequentemente temperada com um sorriso. Esse tratamento o levou a se tornar uma espécie de repetidor dos galanteios de outros homens, para o próprio engrandecimento como um Coríntio, e não pela vantagem moral de seus ouvintes.

A sua razão e as suas inclinações raramente atingiam algum tipo de equilíbrio, tendo-se separado por consentimento mútuo há muito tempo. Acontecia por vezes que, embora as suas intenções fossem tão honrosas quanto se poderia desejar, qualquer ação em particular formava um fundo escuro que as colocava em relevo. As fases de vícios do sargento eram fruto do impulso, e suas fases virtuosas vinham de uma calma meditação. Essa última tendência modesta era mais frequentemente ouvida do que vista.

Troy tinha muitas atividades, mas elas eram menos de natureza locomotiva do que vegetativa; e eram exercidas sobre qualquer objeto que o acaso colocasse em seu caminho, e nunca baseadas em alguma escolha original de princípio ou direção. Consequentemente, embora às vezes fosse um orador brilhante porque era espontâneo, ele ficava abaixo da média nas ações, por incapacidade de orientar esforços incipientes. Tinha uma compreensão rápida e uma força de caráter considerável; mas, não tendo o poder de combiná-los, a compreensão envolvia-se com trivialidades enquanto esperava que a vontade a orientasse, e a força se desperdiçava inutilmente por ignorar a compreensão.

Era um homem bastante instruído para alguém da classe média... excepcionalmente bem educado para um soldado comum. Falava fluentemente e sem parar. Dessa forma, poderia ser uma coisa e parecer outra. Por exemplo, poderia falar sobre o amor, pensando no jantar; chamar a atenção do marido para olhar para a esposa; estar ansioso para pagar e com a intenção de ficar devendo.

O maravilhoso poder que o elogio exerce sobre as mulheres, quando comparado a um movimento de esgrima, é uma percepção tão universal que pode ser comentada por muitas pessoas quase tão automaticamente quanto repetem um provérbio, ou dizem que são cristãs e coisas do gênero, sem pensar muito nas enormes implicações que surgem da declaração. Entretanto, ele não atua para o bem do ser mencionado. Para a maioria, tal opinião é arquivada com todos aqueles aforismos banais que requerem alguma catástrofe para trazerem por completo seus significados extraordinários. Quando expresso com alguma reflexão, parece coordenado com a crença de que tal elogio deve ser razoável para ser eficaz. É um mérito dos homens que poucos tentem resolver a questão pela experiência, e talvez seja para sua felicidade que o incidente nunca seja resolvido. No entanto, é uma verdade ensinada a muitos através de eventos indesejados e tortuosos, que um homem impostor que astutamente encanta as mulheres com sabedoria, ao inundá-las com fantasias insustentáveis, pode adquirir poderes que chegam ao extremo da perdição. Alguns confessam ter alcançado esse mesmo conhecimento por experiência, como mencionado acima, e alegremente continuam a fazê-lo causando efeitos terríveis. O sargento Troy era um deles.

Era conhecido por observar casualmente que, ao lidar com mulheres, a única alternativa à lisonja era praguejar ou falar mal. Não havia terceiro método. Ele costuma dizer: – Trate-as bem e você será um homem perdido.

A aparição pública dessa pessoa em Weatherbury ocorreu imediatamente após sua chegada. Uma ou duas semanas depois da tosa, Bathsheba, sentindo-se indescritivelmente aliviada devido à ausência de Boldwood, aproximou-se de seus campos de feno e observou os agricultores por cima da cerca. Eles formavam um grupo de proporções quase iguais com formas retorcidas e flexíveis, sendo que os primeiros eram homens, e os segundos eram mulheres, que usavam chapéus de tecido de algodão que caíam sobre seus ombros como uma cortina. Coggan e Mark Clark estavam fazendo a colheita em uma campina próxima, Clark cantarolava uma melodia ao som dos golpes de sua foice, e Jan não fazia nenhum esforço para acompanhar o ritmo. Já estavam carregando o feno no primeiro campo, as mulheres o recolhiam com ancinhos formando vários montes, e os homens transferiam esses montes para a carroça.

De trás da carroça surgiu uma mancha escarlate brilhante, que continuou trabalhando despreocupadamente com os outros empregados. Era o galante sargento, que estava ajudando na colheita por prazer; e ninguém poderia negar que ele estava prestando à dona da fazenda um verdadeiro serviço de cavaleiro com essa contribuição voluntária de seu trabalho em um período movimentado.

Assim que Bathsheba entrou no campo, Troy a viu e, fincando seu rastelo no chão para fazer a colheita, foi se aproximando dela. Bathsheba corou de constrangimento e ficou um pouco irritada, fixando os olhos e os pés na direção de seu caminho.

CAPÍTULO XXVI

CENA À BEIRA DO CAMPO DE FENO

— Ah, srta. Everdene! – disse o sargento, tocando seu diminuto boné. – Não poderia imaginar que era com você que estava falando na outra noite. E, no entanto, se eu tivesse refletido melhor, a "Rainha do Mercado de Milho" (verdade seja dita, ontem ouvi dizer que você é chamada assim em Casterbridge), a "Rainha do Mercado de Milho" não poderia ser outra mulher. Agora estou aqui para implorar seu perdão mil vezes, por ter sido levado por meus sentimentos a me expressar com tanto exagero para um estranho. Esteja certa de que não sou um estranho neste lugar... sou o sargento Troy, como lhe disse, e ajudei seu tio nestes campos inúmeras vezes quando era menino. Estou fazendo o mesmo por você hoje.

— Suponho que devo agradecer-lhe por isso, sargento Troy – disse a Rainha do Mercado de Milho, usando um tom indiferente, mas agradecido.

O sargento pareceu magoado e triste e respondeu: – Na verdade, você não me deve nada, srta. Everdene. Por que acha que tal coisa seria necessária?

— Estou feliz que não seja.

— Por quê? Posso lhe perguntar sem ofender?

— Porque não quero lhe agradecer por nada.

— Receio ter feito um buraco com a minha língua que meu coração nunca conseguirá consertar. Ora, que tempos de intolerância vivemos. Será que o azar deve seguir um homem por dizer honestamente a uma mulher que ela é linda?! Foi o máximo que eu disse... você deve reconhecer isso; e o mínimo que posso dizer é que reconheço o que fiz.

— Esse é o tipo de conversa que dispenso mais facilmente do que dinheiro.

— Tem razão. Minha observação foi um tipo de devaneio.

— Não. Significa que prefiro seu quarto a sua companhia.

— E prefiro receber suas pragas aos beijos de qualquer outra mulher; então vou ficar aqui.

Bathsheba ficou absolutamente sem palavras. E ainda assim não podia deixar de sentir que a ajuda que ele estava prestando impedia uma repulsa muito severa.

— Bem, — continuou Troy — suponho que haja um elogio para a grosseria, e esse pode ser meu. Ao mesmo tempo existe um tratamento de injustiça, e esse pode ser o seu. Porque um homem simples e rude, que nunca aprendeu a ficar calado, fala o que pensa sem intenção de magoar, deve ser expulso como o filho de um pecador?

— Na verdade, não existe tal caso entre nós. — disse ela, virando-se — Não permito que estranhos sejam ousados e atrevidos, mesmo que me elogiem.

— Ah... não é o fato, mas o método que a ofende — disse ele, descuidadamente — Mas tenho a triste satisfação de saber que minhas palavras, sejam elas agradáveis ou ofensivas, são inequivocamente verdadeiras. Você gostaria que eu olhasse para você e dissesse a meus conhecidos que você é uma mulher bastante comum, para evitar o constrangimento de ser observada, caso eles se aproximassem de você? Não poderia fazer isso. Eu não poderia contar uma mentira tão ridícula sobre uma beldade para encorajar uma mulher na Inglaterra a ser excessivamente modesta.

— O que você está dizendo não passa de fingimento! — exclamou Bathsheba, rindo dela mesmo pelo método astuto — Você tem uma invenção rara, sargento Troy. Por que não passou por mim naquela noite sem dizer nada? É por isso que eu o reprovo.

— Porque não podia ficar calado. Metade do prazer de um sentimento reside em poder expressá-lo no calor do momento, e eu sou assim. Teria sido a mesma coisa se você fosse o contrário, feia e velha, teria me expressado da mesma maneira.

– Há quanto tempo você é atingido por sentimentos fortes assim, então?

– Ora, desde que tinha idade suficiente para distinguir a beleza da deformidade.

– Espero que seu senso de diferença não se limite a rostos, mas se estenda também à moral.

– Não falarei de moral nem de religião... nem da minha nem de qualquer outra pessoa. Embora talvez eu seja um bom cristão, se vocês, lindas mulheres, não me transformarem em idólatra.

Bathsheba seguiu em frente para esconder as irreprimíveis covinhas de alegria. Troy a seguiu, enrolando seu fardo de feno.

– Então, srta. Everdene, pode me perdoar?

– Dificilmente.

– Por quê?

– Porque você diz muita bobagem.

– Disse que era bonita, e continuo dizendo; pelo amor de Deus... você realmente é! É a mais linda que já conheci, posso cair morto neste instante se não for verdade! Ora, por que eu...

– Não... não! Não quero mais ouvir você... você é muito profano! – ela respondeu em um estado inquieto entre a angústia de ouvi-lo e uma *propensão* a continuar ouvindo.

– Volto a dizer que é uma mulher fascinante. Não há nada de notável em eu dizer isso, não é? Tenho certeza de que o fato é bastante evidente. Srta. Everdene, minha opinião pode ser exagerada para agradá-la e, aliás, insignificante demais para convencê-la, mas certamente é honesta, e por que não pode ser desculpada?

– Porque isso... não é correto – ela murmurou com feminilidade.

– Oh, que vergonha! Sou pior ainda por violar o terceiro dos Dez Mandamentos do que você por violar o nono?

– Bem, não me parece *muito* verdadeiro que eu seja fascinante – ela respondeu evasivamente.

– Não para você. Então digo com todo o respeito que, se pensa assim, é devido à sua modéstia, srta. Everdene. Mas certamente você já deve ter ouvido de todos o que todos percebem? E você deveria acreditar nas palavras deles.

– Eles não dizem exatamente isso.

– Ah, devem dizer sim!

– Bem, quero dizer, na minha cara, como você faz – ela continuou, permitindo-se ser ainda mais atraída para uma conversa que a intenção havia rigorosamente proibido.

– Mas você sabe que eles acham isso?

– Não... bem... Liddy já me disse que sim, mas... – Ela fez uma pausa.

Capitulação... esse era o significado da resposta simples, por mais cautelosa que fosse. Uma capitulação, desconhecida para ela mesma. Nunca uma frase tão simples e frágil tinha transmitido um significado tão perfeito. O sargento sorriu descuidadamente para si mesmo, e provavelmente também o diabo tenha sorrido de uma brecha em Tofete[11], pois aquele momento era o ponto de virada da situação. O tom e o semblante dela indicavam, sem sombra de dúvida, que a semente que levantaria os alicerces havia criado raízes. O restante era uma mera questão de tempo e de mudanças naturais.

– É aí que a verdade aparece! – respondeu o soldado – Nunca me diga que uma jovem é admirada por todos e não sabe nada sobre isso. Ah, muito bem, srta. Everdene, você é... perdoe meu jeito grosseiro... é mais um insulto à nossa raça do que outra coisa.

– Como assim... o que quer dizer com isso? – ela disse, arregalando os olhos.

– Ora, é verdade. Posso muito bem ser sacrificado como uma

---

11 Local para sacrifícios em Jerusalém.

ovelha ou como um cordeiro (um antigo ditado que não tem muita importância, mas serve para um soldado grosseiro), e então direi o que penso, independentemente do seu gosto, e sem esperança nem intenção de obter o seu perdão. Ora, srta. Everdene, sua boa aparência pode fazer mais mal do que bem no mundo – O sargento olhou para o campo com uma abstração crítica – Geralmente, um homem comum se apaixona por uma mulher normal. Ela pode se casar com ele, ele fica feliz e leva uma vida proveitosa. Mulheres como você são cobiçadas por centenas de homens... seus olhos podem enfeitiçar dezenas de dezenas deles, que irão se apaixonar por você, mas você só pode se casar com um dentre tantos. Entre eles, digamos, vinte tentarão afogar na bebida a amargura do amor desprezado; mais vinte passarão suas vidas deprimidas sem o desejo ou a tentativa de deixar uma marca no mundo, porque não têm nenhuma ambição além de acompanhá-la; outros vinte, talvez eu me inclua entre eles, estarão sempre rastejando atrás de você, indo até onde eles possam vê-la, fazendo coisas desesperadas. Os homens sempre são tolos! Os demais podem tentar superar sua paixão com mais ou menos sucesso. Mas todos esses homens ficarão tristes. E não apenas esses noventa e nove homens, mas as noventa e nove mulheres com quem poderiam ter se casado ficarão tristes com eles. Essa é a minha história. É por isso que digo que uma mulher tão encantadora como você, srta. Everdene, dificilmente é uma bênção para sua raça.

Durante o discurso, as feições do belo sargento estavam tão rígidas e severas quanto as de John Knox, ao se dirigir à sua linda e jovem rainha.

Vendo que ela não respondia, ele perguntou: – Você estudou francês?

– Não. Eu comecei a estudar, mas, quando cheguei nos verbos, meu pai morreu – ela respondeu simplesmente.

– Eu estudo, quando tenho uma oportunidade, o que ultimamente não tem acontecido com frequência (minha mãe era parisiense), e eles têm um provérbio que diz *"Qui aime bien, châtie bien"* e significa "Quem ama também castiga". Entendeu?

– Ah! – ela respondeu, e havia até um certo tremor em sua voz, que geralmente era fria – Se você conseguir lutar com a mesma perspicácia que consegue falar, será capaz de fazer um ferimento de baioneta virar um prazer! – E então a pobre Bathsheba percebeu instantaneamente seu erro ao fazer esse comentário e ao tentar consertá-lo às pressas, ela foi de mal a pior – Não suponha, entretanto, que eu sinta algum prazer com o que você me diz.

– Eu sei que não... sei disso perfeitamente – disse Troy, com muita convicção no exterior de seu rosto: e alterando a expressão para mau humor; – Quando uma dúzia de homens está pronta para falar com você com ternura e dar-lhe a admiração que merece sem incluir o aviso que você precisa, é lógico que minha pobre mistura grosseira de elogios e censuras não pode proporcionar muito prazer. Por mais tolo que eu seja, não sou tão vaidoso a ponto de supor isso!

– Acho que você é... convencido, no entanto – disse Bathsheba, olhando de soslaio para um caniço que ela puxava irregularmente com uma das mãos, sentindo-se tensa com o modo como o soldado agia, não porque a natureza da bajulação dele fosse totalmente despercebida, mas por causa de seu vigor que era opressivo.

– Não causaria mal algum a ninguém, muito menos a você. No entanto, pode ter havido alguma presunção na minha tola suposição da outra noite. Sei que o que eu disse com admiração pode ser uma opinião que muitas vezes deram só para lhe agradar, mas, na verdade, pensei que a sua natureza bondosa lhe impediria de julgar duramente uma língua descontrolada, que foi o que você fez, e pensar mal de mim chegando a me magoar esta manhã, quando estou trabalhando duro para recolher seu feno.

– Bem, você não precisa pensar mais nisso, talvez não tivesse a intenção de ser rude comigo ao falar o que pensava. Na verdade, acredito que não teve – disse a mulher astuta, com uma seriedade dolorosamente inocente – E agradeço por ajudar aqui. Mas... lembre-se de não falar comigo novamente dessa maneira, ou de qualquer outra, a menos que eu fale com você.

– Ah, srta. Bathsheba! Isso é muito difícil!

– Não, não é. Por que seria?

– Não terá de falar comigo, pois não ficarei aqui por muito tempo. Em breve voltarei à miserável monotonia do quartel... e talvez nosso regimento receba ordem de partida em breve. Ainda assim, você tira o pequeno prazer que tenho nesta minha vida tristonha. Bom, talvez a generosidade não seja a característica mais marcante das mulheres.

– Quando irá partir daqui? – ela perguntou com certo interesse.

– Dentro de um mês.

– Mas como pode lhe dar prazer falar comigo?

– Como ainda me pergunta srta. Everdene, se já sabe em que se baseia minha ofensa?

– Se você se importa tanto com uma bobagem desse tipo, então não me importo de fazê-lo – respondeu ela, em dúvida – Mas você realmente não se importa com as coisas que eu digo, não é? Você só diz isso por dizer.

– Isso é injusto, mas não vou repetir o comentário. Estou muito satisfeito por receber tal demonstração de sua amizade a qualquer preço para reparar o tom. Eu me importo com isso, srta. Everdene. Você pode achar que um homem é tolo por querer apenas ouvir uma palavra, apenas um bom dia. Talvez ele seja, não sei. Mas você nunca foi um homem olhando para uma mulher, considerando que essa mulher é você.

– Bem.

– Então não sabe nada sobre essa experiência... e Deus permita que você nunca saiba!

– Que besteira, você é um bajulador! Como pode ser isso? Estou interessada em saber.

– Em poucas palavras, é não ser capaz de pensar, ouvir ou olhar em qualquer direção, exceto aquela sem infelicidade, nem tortura.

– Ah, sargento, não adianta... você está fingindo! – ela disse, balançando a cabeça – Suas palavras são muito arrojadas para serem verdadeiras.

– Não estou, pela honra de um soldado.

– Mas *por que* diz isso? É claro que estou perguntando apenas para passar o tempo.

– Porque você me distrai tanto, e eu sou tão disperso.

– Parece mesmo.

– Mas eu realmente sou.

– Ora, você só me viu aquela noite!

– Isso não faz diferença. A atração foi imediata. Eu a amei no instante que a vi... como amo agora.

Bathsheba examinou-o com curiosidade, dos pés à cabeça, tão alto quanto sua visão alcançava, o que não era mais alto do que os olhos dele.

– Você não pode e não ama – disse ela recatadamente – Não existe esse sentimento repentino nas pessoas. Não vou mais ouvir você. Ouça-me, gostaria de saber que horas são... estou indo... já perdi muito tempo aqui!

O sargento olhou para o relógio e disse as horas para ela – Por que você não tem um relógio, senhorita? – ele perguntou.

– Não tenho um no momento... mas estou prestes a comprar um novo.

– Não. Você vai ganhar um. Sim, você precisa de um. Um presente, srta. Everdene, um presente.

E, antes que ela soubesse o que o jovem pretendia, um pesado relógio de ouro foi colocado em sua mão.

— Ele é muito bom para pertencer a um homem como eu — disse ele calmamente — Esse relógio tem uma história. Pressione a mola e abra a parte de trás.

Assim ela o fez.

— O que você vê?

— Um brasão e um lema.

— Uma coroa com cinco pontas e, abaixo, *Cedit amor rebus*, que quer dizer "O amor se rende às circunstâncias". É o lema dos Condes de Severn. Esse relógio pertencia a um falecido lorde e foi dado ao marido da minha mãe, um médico, para que ele usasse até eu atingir a maioridade, quando foi dado a mim. Foi toda a fortuna que herdei. Esse relógio já marcou momentos de interesse imperial, cerimoniais majestosos, encontros amorosos, viagens extraordinárias e os sonos dos nobres. Agora é seu.

— Mas, sargento Troy, não posso aceitá-lo... não posso! — ela exclamou, com olhos arregalados de admiração — Um relógio de ouro! O que você está fazendo? Não seja tão dissimulado!

O sargento recuou para evitar receber o relógio de volta, que ela estendeu persistentemente para ele. Bathsheba o seguiu enquanto ele se afastava do local.

— Fique com ele, srta. Everdene, fique com ele! — disse o jovem impulsivo — O fato de você possuí-lo faz com que valha dez vezes mais para mim. Um outro relógio mais comum também servirá ao meu propósito, e o prazer de saber no pulso de quem bate meu antigo relógio... bem, não vou falar sobre isso. Está em mãos muito mais dignas do que já esteve.

— Mas, na verdade, eu não posso ficar com ele! — ela disse, a ponto de ter um ataque de angústia — Oh, como pode fazer uma coisa dessas; isto é, se você realmente está dizendo a verdade! Dar o relógio do seu falecido pai, tão valioso! Você não deveria ser tão descuidado, sargento Troy!

— Eu amava meu pai. Mas a amo ainda mais. É por isso que posso fazer isso — disse o sargento, com uma entonação de fidelidade tão nobre que evidentemente não havia fingimento. A beleza dela, que estava imóvel enquanto ele a elogiava em tom de brincadeira, o comoveu seriamente em suas fases animadas; e embora a seriedade dele fosse menor do que ela imaginava, provavelmente era maior do que ele próprio imaginara.

Bathsheba estava totalmente perplexa e agitada e disse, com um tom suspeito e sentimental: – Como pode ser isso! Oh, como você pode se interessar por mim tão de repente! Você me viu por tão pouco tempo. Posso não ser tão... tão bonita quanto pareço para você. Por favor, pegue o relógio de volta. Por favor! Não posso e não vou aceitá-lo. Acredite, sua generosidade é grande demais. Nunca lhe fiz uma única gentileza, e por que você está sendo tão gentil comigo?

Uma resposta artificial estava pronta em seus lábios, mas ele novamente se calou e olhou para ela com um olhar apreensivo. A verdade era que, tal como ela estava agora, entusiasmada, agitada e honesta como o dia, sua beleza sedutora sustentava tão plenamente os epítetos que ele lhe dera que ele ficou bastante surpreso com sua ousadia em apresentá-los como falsos. Ele disse mecanicamente: – Ora, por quê? – e continuou olhando para ela.

– E meus empregados que estão me vendo com você andando no campo e ficam imaginando o que está acontecendo. Ah, isso é terrível! – ela continuou, inconsciente da transmutação que estava realizando.

– A princípio, eu não pretendia que você aceitasse o presente, pois era minha única patente humilde de nobreza – ele explodiu, sem rodeios – mas, sinceramente, gostaria que você fizesse isso agora. Sem nenhuma vergonha, por favor! Não me negue a felicidade de usá-lo em meu lugar! Embora você seja linda demais para se importar em ser tão gentil quanto os outros são.

– Não, não, não diga isso! Tenho motivos para reservas que não posso explicar.

– Deixe estar, então, deixe estar – disse ele, finalmente

recebendo o relógio de volta. – Devo deixar você agora. Você conversará comigo durante essas poucas semanas da minha estadia?

– Na verdade eu vou. Pensando bem, não sei se o farei! Oh, por que você veio e me perturbou tanto?!

– Talvez eu tenha caído na minha própria armadilha. Essas coisas acontecem. Bem, você me deixará trabalhar em suas terras? – ele suplicou.

– Sim, acho que sim, se isso lhe trouxer algum prazer.

– Srta. Everdene, eu lhe agradeço muito.

– Não, não precisa agradecer.

– Até mais!

O sargento levou a mão ao boné que estava caído de lado em sua cabeça, fez uma saudação e voltou para o distante grupo de trabalhadores.

Bathsheba não poderia encarar seus empregados agora. Com o coração acelerado por causa da emoção e da perplexidade, o rosto pegando fogo e quase chorando, ela voltou para casa, murmurando: – Oh, o que foi que eu fiz? O que isso significa? Gostaria de saber o quanto disso era verdade!

CAPÍTULO XXVII

REUNINDO AS ABELHAS

As abelhas demoraram para aparecer em Weatherbury naquele ano. Era fim de junho e, no dia seguinte à sua conversa com Troy no campo de feno, Bathsheba estava em seu jardim, observando um enxame no ar e tentava adivinhar seu provável local de colonização. Elas não estavam apenas atrasadas aquele ano, mas também tinham um comportamento estranho. Às vezes, ao longo da estação, os enxames pousavam no galho mais baixo possível, como parte de um arbusto de groselha ou de uma macieira; no ano seguinte, com a mesma unanimidade, iriam direto para os ramos mais altos de outras variedades de macieiras, desafiando todos os invasores que não viessem armados com escadas e varas para pegá-las.

Era isso que estava acontecendo ali. Os olhos de Bathsheba, protegidos por uma mão, seguiam o enxame que subia a inexplorável extensão do céu azul até que finalmente as abelhas pararam perto de uma das árvores mencionadas. Era possível observar um processo um tanto análogo ao das supostas formações do universo em um passado longínquo. O enxame agitado cobriu o céu como uma névoa dispersa e uniforme, que agora se concentrou em um único ponto. O conjunto deslizou sobre um galho e ficou ainda mais denso, até formar uma mancha preta sólida sobre a luz.

Todos os homens e mulheres estavam ocupados, recolhendo o feno. Até Liddy havia saído de casa para ajudar, então Bathsheba resolveu ela mesma reunir as abelhas na colmeia, se possível. Cobriu a caixa da colmeia com ervas e mel, pegou uma escada, uma vassoura e um cajado, armou-se com luvas de couro, chapéu de palha e um grande véu de gaze, que outrora era verde, mas agora estava totalmente desbotado, e subiu doze degraus. Imediatamente ela ouviu, a menos de dez metros de distância, uma voz que começava a ter um estranho poder de perturbá-la.

– Srta. Everdene, deixe-me ajudá-la. Você não deve tentar fazer isso sozinha.

Troy estava acabando de abrir o portão do jardim.

Bathsheba soltou a vassoura, o cajado e a caixa colmeia vazia, puxou a saia do vestido firmemente em volta dos tornozelos com uma tremenda agitação e desceu da melhor maneira que podia pela escada. Quando chegou ao chão, Troy já estava lá abaixando-se para pegar a caixa da colmeia.

– Que sorte a minha ter aparecido neste exato momento! – exclamou o sargento.

Ela recuperou sua voz em um minuto. – Nossa! Você vai colocá-las na caixa para mim? – perguntou de um jeito inseguro para quem era uma jovem desafiadora; embora, para uma jovem tímida, parecia bastante corajosa.

– Vou sim! – respondeu Troy. – Claro que vou. Como você está radiante hoje! Troy largou seu bastão e colocou o pé na escada para subir.

– Mas você precisa usar o véu e as luvas, ou será terrivelmente picado!

– Ah, sim! Devo colocar o véu e as luvas. Poderia por gentileza me mostrar como ajustá-los corretamente?

– E também precisa usar o chapéu de abas largas, pois seu boné não tem aba para segurar o véu, e elas conseguiriam chegar ao seu rosto.

– O chapéu de aba larga também, com certeza.

Então, um destino caprichoso ordenou que o chapéu dela fosse tirado, com véu e tudo, e colocado na cabeça dele. Troy jogou seu quepe em um arbusto de groselha e depois prendeu o véu na borda inferior em volta do colarinho e colocou as luvas.

Ele ficou com uma aparência tão extraordinária naqueles

trajes que, agitada como estava, ela não pôde deixar de cair na gargalhada. Foi a remoção de mais um obstáculo que o mantinha afastado.

Bathsheba olhou-o do chão enquanto ele estava ocupado varrendo e agitando as abelhas da árvore, segurando a caixa da colmeia com a outra mão, para que elas entrassem ali. Aproveitou os minutos que ele estava totalmente concentrado na operação para se arrumar um pouco. Ele desceu segurando a caixa da colmeia com o braço estendido, atrás da qual se arrastava uma nuvem de abelhas.

– Meu Deus do céu – disse Troy, através do véu – segurar esta colmeia faz o braço doer mais do que uma semana de exercício com a espada.

Terminada a manobra, ele se aproximou dela e disse: – Será que poderia me soltar e me ajudar a sair daqui? Estou quase sufocando dentro desta gaiola de seda.

Para esconder seu constrangimento durante o processo incomum de desamarrar o cordão do pescoço dele, ela disse:

– Nunca ouvi falar sobre isso.

– Sobre o quê?

– O exercício com espada.

– Ah! Quer que eu lhe mostre? – perguntou Troy.

Bathsheba hesitou. Ocasionalmente, ela ouvia relatos maravilhosos de moradores de Weatherbury, que por acaso haviam permanecido algum tempo em Casterbridge, perto do quartel, e presenciavam essa estranha e gloriosa atuação, o exercício da espada. Homens e meninos que haviam espiado o pátio do quartel pelas frestas ou por cima dos muros retornavam com relatos de que aquela era a coisa mais incrível que alguém possa imaginar; apetrechos e armas brilhando como estrelas, aqui, ali, acolá, mas tudo seguindo as regras e normas. Em seguida, ela disse de modo calmo o que sentia intensamente.

– Sim, gostaria muito de ver.

– Então verá; você verá como faço isso.

– Não! Como?

– Deixe-me pensar.

– Não com uma bengala... não quero ver a apresentação assim. Deve ser uma espada de verdade.

– Sim, eu sei, é que não tenho nenhuma espada aqui, mas posso conseguir uma até o início da noite.

– Então fará isso?

Troy se inclinou em direção a ela e murmurou uma sugestão:

– Ah, não, de jeito nenhum! – disse Bathsheba, corando – Muito obrigado, mas não posso aceitar de forma alguma.

– É claro que pode. Ninguém ficará sabendo.

Ela balançou a cabeça demonstrando que estava em dúvida e disse: – Se eu fosse, levaria Liddy comigo. Não posso?

Troy olhou para longe e disse friamente: – Não vejo razão para levá-la com você.

Um olhar inconsciente de consentimento nos olhos de Bathsheba mostrava que algo mais do que a frieza dele a fez sentir também que a presença de Liddy seria supérflua. Ela teve aquela sensação, mas mesmo assim fez a proposta.

– Muito bem, irei e não levarei Liddy, mas não vou me demorar – ela acrescentou – ficarei pouco tempo.

– Não levará nem cinco minutos – disse Troy.

CAPÍTULO XXVIII

O ESPAÇO ENTRE AS SAMAMBAIAS

A colina em frente à residência de Bathsheba estendia-se por um quilômetro e meio de distância, até uma parte de terra não cultivada, pontilhada nessa estação por moitas altas de samambaias, carnudas e transparentes, devido a seu crescimento rápido e recente, em tons brilhantes e puros de verde-claro.

Às 8 horas daquela noite de verão, enquanto a bola dourada e eriçada no oeste ainda varria as pontas das samambaias com seus raios longos e exuberantes, um suave roçar de roupas podia ser ouvido, e Bathsheba apareceu entre elas. Os braços macios e emplumados das samambaias acariciavam-na até os ombros. Ela parou, virou-se, voltou pela colina e a meio caminho de sua porta lançou um olhar de despedida para o local que acabara de deixar, tendo resolvido que não permaneceria mais ali.

Viu um ponto vermelho escuro artificial movendo-se ao redor da encosta e desaparecendo do outro lado.

Esperou um minuto... dois minutos... pensando na decepção de Troy por ela não ter cumprido um compromisso prometido, até que correu novamente pelo campo, subiu a margem e seguiu na direção original. Agora estava literalmente tremendo e ofegante com sua ousadia em uma tarefa tão inútil; sua respiração estava ofegante, e seus olhos brilhavam de acordo com a luz. No entanto, ela precisava ir. Chegou à beira de um buraco no meio das samambaias. Troy estava ali no fundo, olhando para ela.

– Ouvi você passando entre as samambaias antes de te ver – disse ele, aproximando-se e dando-lhe a mão para ajudá-la a descer a encosta.

O poço era côncavo em formato de pires, com um diâmetro superior de cerca de nove metros e raso o suficiente para permitir que a luz do sol alcançasse suas cabeças. Bem no centro, o céu lá em cima encontrava-se com um horizonte circular de samambaias que quase chegavam até o fundo da encosta e depois terminavam abruptamente. O centro da faixa verde era coberto por um tapete grosso e macio de musgo e grama misturados, tão maleável que o pé ficava semienterrado nele.

– Agora – disse Troy, mostrando a espada que, ao ser erguida sob a luz do sol, brilhou como uma espécie de saudação, como uma coisa viva – primeiro, temos quatro golpes à direita e quatro à esquerda; quatro investidas à direita e quatro à esquerda. Na minha opinião, os ataques e as defesas da infantaria são mais interessantes que os nossos, mas eles não são tão avassaladores. Eles têm sete ataques e três golpes. Isso foi uma preliminar. Bem, a seguir, nosso primeiro golpe é como se você estivesse plantando milho... assim – Bathsheba viu uma espécie de arco-íris, desenhado de cabeça para baixo no ar, e o braço de Troy ficou imóvel novamente – O segundo golpe é como se você estivesse se protegendo... assim. O terceiro, como se estivesse colhendo... dessa forma. O quarto, como se estivesse debulhando... desse jeito. Então a mesma coisa à esquerda. Os golpes são estes: um, dois, três, quatro, direita; um, dois, três, quatro, esquerda – Ele os repetiu – Quer vê-los de novo? – perguntou – Um, dois...

Ela interrompeu apressadamente: – Prefiro não; embora não me lembre muito bem do segundo e do quarto, o primeiro e o terceiro são terríveis!

– Muito bem. Não vou repetir o primeiro e o terceiro. Em seguida, temos todos os golpes e defesas juntos – Troy os exibiu com destreza. – Depois, há a prática, desta forma: – ele fez os movimentos como antes – Essas são as formas estereotipadas. A infantaria tem dois cortes mais diabólicos, que somos humanos demais para usar. Como estes... três, quatro.

– Que cruel e sanguinário!

– Eles são bastante mortais. Agora serei mais interessante e deixarei você ver um pouco de jogo livre... dando todos os golpes e pontos, da infantaria e da cavalaria, mais rápido que um raio, e de modo indiscriminado... com regras apenas suficientes para regular o instinto sem restringir os movimentos. Você é minha antagonista, com a diferença da guerra real, a espada vai passar a um fio de cabelo, ou talvez dois. Não recue, haja o que houver.

– Certamente que não! – Ela disse invencivelmente.

Ele apontou para cerca de um metro à sua frente.

O espírito aventureiro de Bathsheba estava começando a descobrir algum prazer nesses procedimentos totalmente novos. Assumiu sua posição conforme indicado, de frente para Troy.

– Agora, só para saber se você tem coragem suficiente para me deixar fazer o que desejo, farei um teste preliminar.

Ele floreou a espada repetindo a introdução número dois, e a próxima coisa que ela percebeu foi que a ponta e a lâmina da espada estavam disparando um brilho em direção ao seu lado esquerdo, logo acima do quadril; depois, a espada reapareceu no seu lado direito, emergindo por assim dizer entre as costelas, como se tivesse transpassado seu corpo. O terceiro item de consciência foi o de ver a mesma espada, perfeitamente limpa e sem nenhum sangue, na posição vertical na mão de Troy (na posição tecnicamente chamada de "recuperar espadas"). Tudo foi tão rápido quanto um raio.

– Oh! – ela gritou assustada, pressionando a mão ao lado do corpo – Você me atravessou? Não, você não fez isso! Nossa que susto!

– Nem toquei em você – disse Troy calmamente – Foi um mero truque com as mãos. A espada passou atrás de você. Agora você não está com medo, está? Porque se você estiver, não posso continuar. Dou minha palavra de que não apenas não a machucarei, mas também não vou tocá-la nenhuma vez.

– Acho que não estou com medo. Tem certeza de que não irá me machucar?

– Estou absolutamente certo que não.

– A espada é muito afiada?

– Oh não... apenas fique parada como uma estátua. Agora!

Num instante a atmosfera se transformou diante dos olhos de Bathsheba. Feixes de luz capturados pelos raios baixos do sol, acima, ao redor, na frente dela, como se estivessem presos entre a terra e o céu... todos emitidos nas maravilhosas evoluções da lâmina reluzente de Troy, que aparecia em todos os lugares ao mesmo tempo e em nenhum lugar especial. Esses brilhos circulares eram acompanhados por um som agudo... quase um assobio... que também brotava de todos os lados dela ao mesmo tempo. Em suma, ela estava envolta em um firmamento de luz e assobios agudos, como se fosse um céu cheio de meteoros ao alcance das mãos.

Nunca, desde que a espada de lâmina larga se tornou a arma nacional, houve tanta destreza demonstrada em seu manejo do que pelas mãos do sargento Troy, e nunca ele esteve tão esplêndido em seu desempenho quanto agora, sob o sol da tarde, entre as samambaias de Bathsheba. Pode-se afirmar com segurança, com relação à proximidade de seus cortes, que se fosse possível ao fio da espada deixar no ar uma substância permanente por onde quer que ela passasse, o espaço deixado intocado teria sido quase um molde da silhueta de Bathsheba.

Por trás dos fluxos luminosos dessa *demonstração militar*, ela podia ver a nuance do braço da espada de Troy, espalhada em uma névoa escarlate sobre o espaço coberto por seus movimentos, como uma corda de harpa vibrante, e por trás do próprio Troy, principalmente de frente para ela; às vezes, para mostrar os golpes traseiros, ele virava-se de lado; no entanto, seus olhos sempre medindo atentamente a largura e o contorno dela, e os lábios dele firmemente fechados em um esforço contínuo. Em seguida, os movimentos dele ficaram mais lentos, e ela pôde vê-los individualmente. O assobio da espada cessou, e ele parou completamente.

– Esse cacho de cabelo solto precisa ser arrumado – disse ele, antes que ela se movesse ou falasse. – Espere, vou fazer isso por você.

Um arco de prata brilhou do lado direito dela, a espada havia descido. O cacho caiu no chão.

— Aguentou bravamente! — disse Troy — Você não vacilou nem um pouquinho. Maravilhoso para uma mulher!

— Foi porque eu não esperava. Ora, você estragou meu cabelo!

— Só mais uma vez.

— Não... não! Estou com medo de você... realmente estou! — ela gritou.

— Não vou tocar em você, nem mesmo no seu cabelo. Só vou matar aquela lagarta que está pousando em você. Agora: fique quieta!

Parecia que uma lagarta tinha saído da samambaia e escolhido a frente do corpete como local de descanso. Ela viu a ponta brilhar em direção ao seu peito e aparentemente atingi-lo. Bathsheba fechou os olhos, convencida de que finalmente havia sido morta. No entanto, sentindo que estava viva, ela abriu os olhos novamente.

— Aí está ela, olhe — disse o sargento, segurando a espada diante dos olhos de Bathsheba.

A lagarta estava espetada na ponta.

— Ora, é mágico! — disse Bathsheba, encantada.

— Ah, não, é destreza. Eu simplesmente apontei para o seu peito onde estava a lagarta e, em vez de perfurá-la, calculei a extensão a um milésimo de polegada da sua superfície.

— Mas como você conseguiu cortar um cacho do meu cabelo com uma espada que não tem fio?

— Não tem fio? Esta espada corta como uma navalha. Olhe aqui.

Ele tocou a palma da mão com a lâmina e levantando-a, mostrou-lhe uma fina lasca de pele pendurada nela.

— Mas, antes de começar, você disse que não tinha corte e que não poderia me ferir!

— Fiz isso para você ficar parada e assim garantir sua segurança. O risco de ferir você durante sua movimentação era grande demais para não me forçar a lhe contar uma mentirinha.

Ela estremeceu e disse: — Minha vida esteve por um fio e eu não sabia disso!

— Mais precisamente falando, esteve meia polegada de ser cortada viva duzentas e noventa e cinco vezes.

— Cruel, cruel, é isso que você é!

— No entanto, você está perfeitamente segura. Minha espada nunca erra —E Troy colocou a espada na bainha.

Bathsheba, dominada por uma centena de sentimentos tumultuosos resultantes da cena, sentou-se distraidamente numa moita de urze.

— Preciso deixar você agora — disse Troy, calmamente — E ouso levar e guardar essa lembrança sua.

Ela o viu inclinar-se sobre a grama, pegar o cacho que havia cortado de suas múltiplas tranças, enrolá-lo nos dedos, desabotoar um botão no peito do casaco e colocá-lo cuidadosamente ali dentro. Ela se sentia impotente para resistir ou negá-lo. Ele era demais para ela, e Bathsheba parecia alguém que, enfrentando um vento revigorante, percebe que ele sopra com tanta força que interrompe a respiração. Ele se aproximou e disse: — Preciso ir agora.

Ele se aproximou ainda mais. Um minuto depois, ela viu sua forma escarlate desaparecer em meio às samambaias, quase num piscar de olhos, como uma tocha agitada rapidamente.

O intervalo de um minuto fez com que o sangue subisse para seu rosto, fazendo-a arder como se seus pés estivessem em chamas, aumentando mais ainda a emoção em um compasso que inundava completamente o pensamento. Isso lhe causou um impacto como o de Moisés no riacho do Monte Horebe... aqui um riacho de lágrimas. Ela sentia-se como alguém que cometeu um grande pecado.

A circunstância havia sido o suave mergulho da boca de Troy sobre a dela. Ele a tinha beijado.

CAPÍTULO XXIX

DETALHES DE UM PASSEIO AO ESCURECER

Vemos agora o elemento de loucura misturando-se distintamente a muitos detalhes que constituíam o caráter de Bathsheba Everdene. Era quase estranho à sua natureza intrínseca. Introduzido como linfa no dardo de Eros que acabava por permear e colorir toda a sua constituição. Bathsheba, embora tivesse muita compreensão para ser inteiramente governada por sua feminilidade, tinha muita feminilidade para usar seu entendimento da melhor maneira possível. Talvez em nenhum ponto a mulher surpreenda mais sua companheira do que no estranho poder que ela possui de acreditar em bajulações que ela sabe serem falsas... exceto, de fato, no de ser totalmente cética em relação às restrições que ela sabe serem verdadeiras.

Bathsheba amava Troy da mesma forma que somente as mulheres autoconfiantes amam quando abandonam sua autoconfiança. Quando uma mulher forte joga fora sua força de forma imprudente, ela é pior do que uma mulher fraca que nunca teve força para jogar fora. Uma fonte de sua inadequação é a novidade da ocasião. Ela nunca teve prática em tirar o melhor proveito de tal condição. A fraqueza é duplamente fraca por ser nova.

Bathsheba não tinha consciência do engano nesse assunto. Embora em certo sentido fosse uma mulher do mundo, era, afinal de contas, aquele mundo de círculos diurnos e tapetes verdes por onde o gado passa e os ventos sopram forte; onde uma família tranquila de coelhos ou lebres vive do outro lado do muro, onde seu vizinho é alguém do mesmo vilarejo, e onde o cálculo está confinado aos dias de mercado. Dos gostos fabricados pela boa sociedade da moda, ela sabia muito pouco, e da autoindulgência formulada pelos maus, absolutamente nada. Se seus pensamentos mais profundos nesse sentido eram claramente formulados (e por ela mesma nunca foram), eles apenas teriam sido transformados em impulsos que eram os guias mais agradáveis do que sua discrição. Seu amor era como o de uma criança e, embora quente como o verão, era fresco como a primavera. Sua culpa residia em não ter feito nenhuma tentativa de controlar os sentimentos por meio de uma investigação sutil e cuidadosa das consequências. Ela poderia mostrar aos outros o caminho íngreme e espinhoso, mas não considerava nada quando a situação era com ela mesma.

E os defeitos de Troy ficavam totalmente ocultos na visão de uma mulher, enquanto seus encantos estavam na superfície; contrastando assim com o humilde Oak, cujos defeitos eram evidentes até para um cego e cujas virtudes eram como metais em uma mina.

A diferença entre amor e respeito era claramente demonstrada em sua conduta. Bathsheba falava sobre seu interesse em Boldwood com a maior liberdade para Liddy, mas quanto a Troy, comunicava-se apenas com o próprio coração.

Gabriel notava todo esse fascínio e ficava perturbado desde o momento em que iniciava sua jornada diária pelo campo até seu retorno, e nas primeiras horas de muitas noites. O fato de ele não ser amado havia sido até aquele momento sua grande tristeza; o fato de Bathsheba estar se envolvendo era agora uma tristeza maior que a primeira, e que quase obscurecia a primeira. Era um resultado semelhante à observação frequentemente citada por Hipócrates a respeito das dores físicas.

Esse é um amor nobre, embora talvez pouco promissor, que nem mesmo o medo de gerar aversão no seio da pessoa amada pode impedir de combater seus erros. Oak estava determinado a falar com sua patroa. Ele basearia seu apelo no que considerava o tratamento injusto que ela deu ao fazendeiro Boldwood, agora ausente de casa.

Certa noite, surgiu uma oportunidade, quando ela fez uma curta caminhada por uma trilha que atravessava os campos de milho vizinhos. Já anoitecia quando Oak, que não tinha estado muito longe naquele dia, tomou o mesmo caminho e encontrou-a voltando, bastante pensativa, como ele já imaginava.

O trigo agora estava alto, e a estrada era estreita; assim, o caminho era um sulco bastante profundo entre o matagal em ambos os lados. Duas pessoas não conseguiam andar lado a lado sem danificar a colheita, e Oak afastou-se para deixá-la passar.

– Oh, é você Gabriel? – ela perguntou – Veio caminhar também?! Boa noite.

– Pensei em vir encontrá-la, pois já é bastante tarde – disse Oak, virando-se e seguindo-a quando ela passou por ele com certa rapidez.

– Muito obrigada, mas não tenho medo.

– Ah, não, pode haver maus elementos andando por aí.

– Nunca os encontrei.

Agora Oak, com incrível ingenuidade, apresentaria o galante sargento como "mau elemento". Mas, de repente, o esquema fracassou e ocorreu-lhe que esse era um método um tanto desajeitado e muito descarado para começar. Resolveu tentar outro preâmbulo.

– E como o homem que naturalmente viria encontrá-la também está longe de casa, quero dizer, o fazendeiro Boldwood, pensei em vir até aqui – disse ele.

– Ah, sim – Ela seguiu em frente sem virar a cabeça e, durante muitos passos, nada mais se ouviu além do farfalhar de seu vestido contra as pesadas espigas de milho. Então ela respondeu de forma bastante rude:

– Não entendo muito bem o que você quis dizer sobre o sr. Boldwood vir naturalmente me encontrar.

– Digo isso por causa do casamento que provavelmente acontecerá entre vocês dois, senhorita. Perdoe-me falar de modo tão claro.

– O que dizem não é verdade – ela respondeu rapidamente – Não haverá nenhum provável casamento entre nós.

Gabriel agora expôs sua opinião clara, pois havia chegado o momento.

– Bem, srta. Everdene, deixando de lado o que as pessoas dizem, realmente não sei o que é um cortejo se o que ele está fazendo com você não for um.

Bathsheba provavelmente teria encerrado a conversa ali mesmo, proibindo categoricamente o assunto, se a consciência da fraqueza de sua posição não a tivesse levado a hesitar e argumentar com esforços para melhorá-la.

– Já que esse assunto foi mencionado, – disse ela com muita ênfase – estou feliz pela oportunidade de esclarecer um erro que é muito comum e muito provocador. Definitivamente, não prometi nada ao sr. Boldwood. Nunca me importei com ele. Eu o respeito, e ele me pediu em casamento. Mas não lhe dei nenhuma resposta clara. Assim que ele retornar, farei isso; e a resposta será que não consigo pensar em me casar com ele.

– As pessoas cometem muitos erros.

– Sim, cometem.

– Outro dia disseram que estava brincando com ele, e você quase provou que não estava; depois eles disseram que não está, e você imediatamente começou a mostrar...

– Que estou, acho que é isso que você quer dizer.

– Bem, espero que estejam falando a verdade.

– Estão, mas às vezes entendem de modo incorreto. Não é uma brincadeira, portanto, não tenho nada a ver com ele.

Infelizmente, Oak foi levado a falar sobre o rival de Boldwood em um tom equivocado: – Gostaria que você nunca tivesse conhecido aquele jovem sargento Troy, senhorita – ele suspirou.

Os passos de Bathsheba ficaram ligeiramente irregulares.

– Por quê? – ela perguntou.

– Ele não é bom o suficiente para você.

– Alguém lhe disse para falar comigo assim?

– Ninguém.

– Então me parece que o sargento Troy não é assunto a ser tratado aqui – disse ela, com bastante indelicadeza. – No entanto, devo dizer que o sargento Troy é um homem educado e digno de qualquer mulher. Além de ser de boa família.

– O fato de ele ter melhor educação e ser de família mais nobre do que muitos outros soldados é tudo menos uma prova de seu valor. Isso indica que ele pode ser inferior.

– Não consigo entender o que isso tem a ver com a nossa conversa. O sr. Troy não é inferior de forma alguma, e sua superioridade *é* uma prova de seu valor!

– Acredito que ele não tenha consciência disso. E não posso deixar de lhe implorar, senhorita, que não tenha nenhum relacionamento com ele. Ouça-me desta vez... só desta vez! Não digo que ele seja um homem tão mau quanto imaginei... peço a Deus para que não seja. Mas como não sabemos exatamente o que ele é, por que não se comportar como se ele fosse mau, simplesmente para sua segurança? Não confie nele, senhorita. Peço que não confie tanto nele.

– Ora, diga-me por quê?

– Gosto de soldados, mas deste não gosto. – ele disse com firmeza – A inteligência dele em sua vocação pode tê-lo deixado desorientado, e o que é alegria para os vizinhos pode ser ruína para a mulher. Quando ele tentar falar com você novamente, por que não se afastar dizendo um breve "Bom dia"; e quando você o vir vindo para um lado, caminhe para o outro. Quando ele disser algo engraçado, faça de conta que não entendeu o motivo e não sorria, e não fale dele diante daqueles que entenderão sua conversa dizendo "aquele homem fantástico" ou "aquele sargento... qual é o nome dele?", ou ainda "aquele homem cuja família foi arruinada".

Não seja grosseira com ele, simplesmente não seja tão amável e, assim, livre-se dele.

Nenhum pássaro detido por uma vidraça tremeria mais do que Bathsheba nesse momento.

— Eu digo e repito, você não tem o direito de falar dele. Não sei por que você insiste em falar dele dessa maneira! — ela exclamou desesperadamente. — Eu sei disso... que... que ele é um homem totalmente conscienció... às vezes um pouco rude, e até grosseiro... mas sempre fala o que pensa das pessoas abertamente!

— Oh!

— Ele é tão bom quanto qualquer um nesta paróquia! Também é muito preocupado em relação a ir à igreja... sim, ele é!

— Acho que ninguém nunca o viu por lá. Eu mesmo nunca o vi.

— O motivo disso é que — ela disse com ansiedade — ele entra pela velha porta da torre, logo quando a missa começa, e se senta no fundo da galeria. Ele mesmo me contou isso.

Esse exemplo supremo da bondade de Troy caiu nos ouvidos de Gabriel como a décima terceira badalada de um relógio maluco. Não só recebeu o exemplo com total incredulidade, mas começou a duvidar de todas as garantias que o precederam.

Oak ficou aflito ao descobrir o quanto ela confiava em Troy. Um profundo sentimento o dominou quando respondeu com voz firme que foi prejudicada pela palpabilidade de seu grande esforço para mantê-la assim:

— A senhora sabe o quanto a amo e sempre amarei. Menciono isso apenas para lembrar-lhe que, de qualquer forma, eu não lhe causaria nenhum mal; no mais, deixo tudo de lado. Perdi tudo na corrida por dinheiro e coisas boas, e não sou tão tolo a ponto de tentar cortejá-la agora que sou pobre e que você está muito acima de mim. Bathsheba, minha querida senhora, uma coisa peço que leve em consideração: se quer tanto manter sua honra entre os trabalhadores e sua simples generosidade para com um homem honrado que a ama tanto como eu, deveria ser mais discreta em suas atitudes para com esse soldado.

– Não, não, não! – ela exclamou com a voz embargada.

– Você é mais importante para mim do que minha própria vida! – ele continuou – Escute-me, por favor! Sou seis anos mais velho que você, e o sr. Boldwood é dez anos mais velho que eu, então peço-lhe que considere antes que seja tarde demais... o quanto você estaria segura nas mãos dele!

A alusão de Oak a seu amor por ela diminuiu, até certo ponto, a raiva dela pela interferência dele, mas ela realmente não podia perdoá-lo por permitir que seu desejo de se casar com ela fosse encoberto por seu desejo de lhe fazer o bem, assim como pelo menosprezo dele em relação a Troy.

– Quero que você vá para outro lugar – ela ordenou com uma palidez no rosto invisível aos olhos, mas que era sugerida pelas palavras trêmulas. – Não fique mais nesta fazenda. Não quero você aqui, imploro que vá embora!

– Isso é um absurdo! – disse Oak, calmamente – Esta é a segunda vez que você finge me demitir. E para que você faz isso?

– Fingir! Vá embora, senhor... não vou mais ficar ouvindo seus sermões! Sou a patroa aqui.

– Ir embora... tem certeza?! Que loucura você dirá a seguir? Você me trata como se eu fosse Dick, Tom e Harry, quando sabe que há pouco tempo minha posição era tão boa quanto a sua! Pela minha vida, Bathsheba, é muita audácia sua. Você também sabe que não posso ir embora e abandonar todas as coisas aqui, pois você ficaria em uma situação bem difícil, e não sei como conseguiria resolver. A menos que você prometa arrumar um bom administrador, um capataz ou algo assim. Irei embora imediatamente se me prometer isso.

– Não terei nenhum administrador. Continuarei administrando tudo sozinha. – disse ela decididamente.

– Muito bem, então. Seja grata porque vou ficar. Como

você tomará conta da fazenda sozinha, sendo mulher? Mas lembre-se: não quero que você sinta que me deve alguma coisa. Não para mim. Faço o que tenho de fazer. Às vezes acho que seria tão feliz quanto um pássaro se deixasse esse lugar, porque não pense que estou contente em ser um ninguém na vida. Fui feito para coisas melhores. No entanto, não gosto de ver suas preocupações indo à ruína, como acontecerá se você continuar desse jeito... Odeio tomar as próprias medidas de forma tão clara, mas, meu Deus do céu, seus modos provocadores fazem um homem dizer o que ele não sonharia em outros momentos! Sinto muito, mas tenho de interferir. Você sabe muito bem como é, e quem é a mulher de quem gosto muito, e me sinto um idiota quando sou gentil com ela!

É mais do que provável que ela o respeitasse um pouco, de modo secreto e inconsciente, por essa fidelidade sombria que se manifestava mais em seu tom de voz do que em suas palavras. De qualquer forma, ela murmurou algo no sentido de que ele poderia ficar se quisesse. Em seguida, disse com mais clareza:
– Você vai me deixar em paz agora? Não peço isso como patroa, peço como mulher, e espero que você não seja indelicado a ponto de recusar.

– Certamente que sim, srta. Everdene – respondeu Gabriel gentilmente. E ficou pensando que aquele pedido foi feito no momento certo, pois o conflito havia terminado, e eles estavam em uma colina completamente afastada de tudo, longe de qualquer habitação humana, e estava ficando tarde. Ele ficou parado e permitiu que ela se distanciasse dele até que ele só pudesse ver a silhueta dela contra o céu.

Naquele momento surgiu uma explicação angustiante para a ansiedade de se livrar dele. Uma figura aparentemente *subiu* da terra ao lado dela. A silhueta, sem sombra de dúvida, era a de Troy. Oak não conseguia ouvi-los, e imediatamente voltou até que houvesse uns bons duzentos metros de distância entre ele e os amantes.

Gabriel voltou para casa pelo pátio da igreja. Ao passar pela torre, ele pensou no que ela havia dito sobre o virtuoso hábito do sargento de entrar na igreja despercebido no início da missa. Acreditando que a pequena porta da galeria a que se referia estivesse totalmente abandonada, subiu a escada externa até o topo e examinou-a. O brilho pálido que ainda pairava no céu a noroeste foi suficiente para mostrar que um ramo de hera havia crescido da parede do outro lado da porta, com mais de trinta centímetros de comprimento, amarrando delicadamente o painel ao batente de pedra. Era uma prova decisiva de que a porta não havia sido aberta pelo menos desde que Troy voltou a Weatherbury.

CAPÍTULO XXX

ROSTO QUENTE E OLHOS CHEIOS DE LÁGRIMAS

Meia hora depois, Bathsheba entrou em casa. Seu rosto ardeu ao encontrar a luz das velas, e o rubor e a excitação eram pouco menos que crônicos para ela agora. As palavras de despedida de Troy, que a acompanhara até a porta, ainda permaneciam em seus ouvidos. Havia se despedido dela por dois dias, que, segundo ele afirmou, seriam passados em Bath, visitando alguns amigos. Ele também a beijou uma segunda vez.

É justo com Bathsheba explicar aqui um pequeno fato que só veio à luz muito tempo depois: a aparição tão apropriada de Troy à beira da estrada naquela noite não foi combinada anteriormente. Ele havia sugerido... ela proibira; e foi apenas com a possibilidade de ele ainda aparecer que ela dispensara Oak, temendo um encontro entre eles naquele momento.

Ela agora afundou em uma cadeira, irritada e perturbada por todas essas sequências novas e febris. Em seguida deu um pulo com uma atitude decidida e puxou uma pequena escrivaninha que estava sob uma mesa no canto.

Em três minutos, sem pausa ou modificação, escreveu uma carta para Boldwood, para seu endereço em Casterbridge, dizendo com suavidade, mas com firmeza, que havia pensado muito bem sobre o assunto que ele havia apresentado a ela e gentilmente lhe dado tempo para decidir, informando que sua decisão final era de que não poderia se casar com ele. Ela havia expressado a Oak a intenção de esperar até que Boldwood voltasse para casa antes de comunicar-lhe sua resposta conclusiva. Mas Bathsheba descobriu que não podia esperar.

Era impossível enviar essa carta até o dia seguinte; então, para acalmar seu desconforto tirando-a de suas mãos, e por assim dizer, dar início ao ato imediatamente, ela se levantou para levá-la a qualquer uma das mulheres que estivessem na cozinha.

Ela fez uma pausa no corredor. Um diálogo estava acontecendo na cozinha, e Bathsheba e Troy eram o assunto.

– Se ele se casar com ela, ela não vai mais cuidar da fazenda.

– Será uma vida garbosa, mas pode trazer alguns problemas entres as alegrias... é o que eu acho.

– Bem, gostaria de ter só metade desse marido.

Bathsheba tinha muito bom senso para se importar seriamente com o que seus criados diziam sobre ela, mas havia muita redundância feminina de discurso para deixar de lado o que foi dito até que morresse naturalmente. Explodiu como uma bomba sobre elas.

– Sobre quem estão falando? – perguntou.

Houve uma pausa antes que alguém respondesse. Finalmente Liddy disse com sinceridade: – Estávamos falando um pouco sobre você, senhorita.

– Foi o que pensei! Maryann, Liddy e Temperance... eu as proíbo de fazer suposições. Vocês sabem que não me importo nem um pouco com o sr. Troy... não mesmo. Todo mundo sabe o quanto eu o odeio. Sim – repetiu a jovem rebelde – *odeio*!

– Sabemos que sim – disse Liddy – todas nós o odiamos.

– Eu o odeio também – disse Maryann.

– Maryann... como pode mentir tão descaradamente! – disse Bathsheba, um tanto nervosa – Você disse que o admirava de todo coração esta manhã mesmo. Sim, Maryann, você sabe disso!

– Sim, senhorita, mas você também sabe. Ele é um patife safado, e você tem razão em odiá-lo.

– Ele *não* é um patife safado! Como você se atreve a dizer isso na minha cara! Não tenho o direito de odiá-lo, nem você, nem ninguém. Mas sou uma tola! O que me importa o que ele é? Você sabe que não é nada. Não me importo com ele e não pretendo defender seu bom nome. Lembrem-se: se alguma de vocês disser uma palavra contra ele, será demitida imediatamente!

Ela largou a carta sobre a mesa e voltou para a sala, com o coração apertado e os olhos marejados, com Liddy seguindo-a.

– Ah, senhorita! – disse a gentil Liddy, olhando com pena para o rosto de Bathsheba – Lamento que a deixamos confusa! Achei que você se importasse com ele, mas agora vejo que não.

– Feche a porta, Liddy.

Liddy fechou a porta e continuou: – As pessoas sempre dizem essas bobagens, senhorita. Daqui por diante responderei: "É claro que uma senhora como a srta. Everdene não pode amá-lo", vou dizer isso, preto no branco.

Bathsheba explodiu:

– Ora Liddy, como você é ingênua! Não consegue ler enigmas? Não consegue perceber? Você pensa como uma mulher?

Liddy arregalou os olhos de surpresa.

– Sim, você deve ser cega, Liddy! – ela respondeu com abandono imprudente e tristeza – Oh, eu o amo demais, com muito sofrimento e agonia! Não tenha medo de mim, embora talvez eu assuste o suficiente qualquer mulher inocente. Aproxime-se, chegue mais perto. Ela colocou os braços em volta do pescoço de Liddy e disse: – Preciso contar isso para alguém, está acabando comigo! Você ainda não me conhece o bastante para entender essa minha triste negação? Ó Deus, que mentira foi essa! Meu Senhor, que Deus me perdoe. E você não sabe que uma mulher que ama não pensa em perjúrio quando isso é jogado contra seu amor? Por favor, saia da sala, quero ficar sozinha.

Liddy foi saindo em direção à porta.

– Liddy, venha aqui. Jure solenemente que ele não é um homem leviano, que tudo o que dizem sobre ele é mentira!

– Mas, senhorita, como posso dizer que ele não é se...

– Não seja deselegante! Como você pode ter o coração tão cruel para repetir o que dizem? Como você é insensível... Como você ou qualquer outra pessoa no vilarejo, ou na cidade, ousa falar assim de uma pessoa! – Ela começou a andar da lareira até a porta e voltar.

– Não, senhorita. Eu não... sei que não é verdade! – disse Liddy, assustada com a veemência incomum de Bathsheba.

– Suponho que você só está concordando comigo desse modo para me agradar. Mas, Liddy, ele *não pode ser* tão ruim como dizem. Você me ouviu?

– Sim, senhorita, sim.

– Você não acredita que ele seja, não é?

– Não sei o que dizer, senhorita – respondeu Liddy, começando a chorar. – Se eu disser que não, você não acreditará em mim; e se eu disser que sim, você ficará com raiva de mim!

– Diga que não acredita... diga que não!

– Não acredito que ele seja tão ruim quanto dizem.

– Ele não é mau... de jeito nenhum. Meu pobre coração, como sou fraca! – ela gemeu, de uma forma relaxada e incoerente, sem se importar com a presença de Liddy – Oh, como eu gostaria de nunca tê-lo visto! Amar é sempre um sofrimento para as mulheres. Jamais perdoarei a Deus por ter me feito mulher, e estou começando a pagar caro pela honra de possuir um rosto bonito. – Ela recuperou-se, virou para Liddy de repente e disse: – Preste atenção, Lydia Smallbury, se você repetir em qualquer lugar uma única palavra do que eu lhe disse aqui dentro, nunca mais confiarei em você, nem gostarei de você, e você não me fará companhia nem por mais um momento... nem por um minuto sequer!

– Não quero repetir nada – disse Liddy, com uma dignidade feminina diminuta – mas não quero ficar com você. Irei embora no fim da colheita, ou esta semana, ou hoje ainda... Não mereço ser atacada e confrontada por nada! – concluiu brilhantemente a pequena mulher.

— Não, não, Liddy; você tem de ficar! – disse Bathsheba, caindo da arrogância para a súplica com inconsequência caprichosa – Não leve em consideração meu comportamento agora, porque estou em uma situação difícil. Você não é uma empregada... é uma companheira para mim. Minha querida, não sei o que estou fazendo desde que essa dor miserável começou a pesar em meu coração, e está me desgastando tanto! O que devo fazer? Acho que terei cada vez mais problemas. Às vezes me pergunto se estou condenada a morrer em um asilo, já que não tenho quase nenhum amigo, só Deus sabe!

— Não levarei o que disse em consideração e não ire lhe deixar! – soluçou Liddy, impulsivamente encostando os lábios em Bathsheba e beijando-a.

Em seguida, Bathsheba também deu um beijinho em Liddy, e tudo ficou bem novamente.

— Não choro com frequência, não é, Liddy? Mas você trouxe lágrimas aos meus olhos – ela disse, com um sorriso brilhando e molhado. – Por favor, tente pensar que ele é um bom homem, querida Liddy!

— Tentarei, senhorita, de verdade.

— Ele é um tipo de homem firme e selvagem, você sabe. Isso é melhor do que ser como alguns, selvagens de forma constante. Receio que eu também seja assim. E prometa-me que irá manter meu segredo, Liddy! Não deixe que saibam que tenho chorado por causa dele, porque será terrível para mim e não será bom para ele, coitado!

— Quando tenho de guardar um segredo, senhorita, nem a morte a arrancará de mim, e sempre serei sua amiga. – respondeu Liddy, enfaticamente, ao mesmo tempo trazendo mais algumas lágrimas aos próprios olhos, não por qualquer necessidade particular, mas por um senso artístico de estar de acordo com o restante da imagem, que parece influenciar as mulheres nesses momentos – Acho que Deus gosta que sejamos boas amigas, não é?

– Tenho certeza que sim.

– Querida senhorita, não vai mais me atormentar e me atacar, não é? Porque você vira um leão, e isso me assusta! Acho que seria páreo para qualquer homem quando fica nervosa.

– Nunca! Você acha isso? – disse Bathsheba, rindo levemente, embora um tanto alarmada com a imagem selvagem de si mesma. – Espero não ser uma dama muito ousada... com comportamento masculino? – continuou ela com um pouco de ansiedade.

– Ah, não, masculino de jeito nenhum; mas é um modo feminino tão poderoso, que às vezes atrapalha. Ah, senhorita! – disse ela, depois de inspirar e soltar todo o ar com muita tristeza. – Gostaria de cometer metade de suas falhas. É uma grande proteção para uma pobre dama nesses dias de falsas companhias!

CAPÍTULO XXXI

CULPA - FÚRIA

Na noite seguinte, Bathsheba, com a ideia de ficar fora do caminho do sr. Boldwood, caso ele voltasse para responder pessoalmente a carta dela, começou a cumprir um compromisso feito com Liddy algumas horas antes. A companheira de Bathsheba, como medida da reconciliação, tinha recebido uma semana de férias para visitar a irmã, que era casada com um próspero corredor de obstáculos e criador de gado que vivia em um encantador labirinto de aveleiras, não muito longe de Yalbury. O combinado era que a srta. Everdene os honrasse com sua presença, indo lá por um ou dois dias para inspecionar alguns dispositivos engenhosos que aquele homem da floresta havia introduzido em seus produtos.

Deixando suas instruções com Gabriel e Maryann, para que eles deixassem tudo cuidadosamente trancado durante a noite, ela saiu de casa logo após o fim de uma oportuna chuva com trovões, que refinou o ar e banhou delicadamente a superfície da terra, embora tudo abaixo estivesse seco como sempre. Nos contornos variados das margens do rio e nas partes mais baixas, o frescor exalava uma essência como se a terra respirasse o hálito de uma donzela, e os pássaros alegres cantavam hinos diante da cena. Diante dela, entre as nuvens, havia um contraste na forma de tocas de luz feroz que apareciam nos arredores do sol escondido, demorando-se no canto a noroeste dos céus que a estação de verão permitia.

Ela havia caminhado quase três quilômetros em sua jornada, observando como o dia estava recuando e pensando como o tempo das ações estava silenciosamente se fundindo com o tempo do pensamento, para dar lugar ao tempo da oração e do sono, quando percebeu avançando pela colina de Yalbury o homem do qual tanto procurava escapar. Boldwood vinha caminhando, mas não com aquele passo tranquilo e de força reservada que era seu andar habitual, no qual parecia estar sempre equilibrando dois pensamentos. Seus modos agora estavam atordoados e lentos.

Boldwood despertou pela primeira vez para os privilégios de uma mulher em fuga, mesmo quando isso envolve a possível ruína de outra pessoa. O fato de Bathsheba ser uma garota firme e positiva, muito menos inconsequente do que suas companheiras, era o verdadeiro combustível de sua esperança; pois ele sustentava que essas qualidades a levariam a seguir um caminho reto, por uma questão de consistência, e a aceitá-lo, embora ela não conseguisse vê-lo inundado com tons iridescentes do amor eterno. Mas a discussão voltou agora como brilhos de tristeza em um espelho quebrado. A descoberta não era menos um flagelo do que uma surpresa.

Ele vinha olhando para o chão e não viu Bathsheba até que estivessem a menos de um arremesso de pedra um do outro. Ergueu os olhos ao ouvir os passos dela, e sua aparência alterada mostrou a ela a profundidade e a força dos sentimentos paralisados por sua carta.

– Ah, é você, sr. Boldwood? – ela hesitou, um calor culpado pulsou em seu rosto.

Aqueles que têm o poder de censurar em silêncio acham que esse é um meio mais eficaz do que palavras. Há expressões nos olhos que não estão na língua, e há mais histórias que vêm de lábios pálidos do que as que entram pelo ouvido. É a grandeza e a dor dos estados de espírito mais remotos que evitam o caminho do som. O olhar de Boldwood era irrespondível.

Ao perceber que ela se virou um pouco para o lado, ele disse:
– Qual é o problema, está com medo de mim?

– Por que diz isso? – perguntou Bathsheba.

– Parece que está – disse ele – E é muito estranho, por causa do contraste com o meu sentimento por você.

Ela recuperou o autocontrole, fixou os olhos com calma e esperou.

– Você sabe que sentimento é esse. – continuou Boldwood, deliberadamente – Algo tão forte quanto a morte. Nenhuma recusa apressada por carta pode afetá-lo.

– Gostaria que você não tivesse sentimentos tão fortes por mim. – ela murmurou – É generoso de sua parte, e mais do que mereço, mas não quero ouvir nada sobre isso agora.

– Ouvir? O que você acha que tenho para dizer? Não vou me casar com você, e isso é o suficiente. Sua carta foi totalmente clara. Não quero que você ouça nada... não mesmo.

Bathsheba foi incapaz de direcionar sua vontade para qualquer direção definida para se libertar dessa posição terrivelmente estranha. Sentindo-se confusa, ela disse: – Boa noite – e seguiu em frente. Boldwood caminhou até ela pesada e estupidamente.

– Bathsheba... querida... está tudo terminado?

– Sim, está.

– Ora, Bathsheba, tenha piedade de mim! – Boldwood explodiu – Pelo amor de Deus, sim, me rebaixei ao mais baixo nível para pedir piedade a uma mulher! E essa mulher é você... é você.

Bathsheba se controlou bem. Mas ela dificilmente conseguiria expressar com clareza o que lhe veio instintivamente aos lábios: – Há pouca honra na mulher que está falando. – Foi apenas um sussurro, pois havia algo indescritivelmente triste, e não menos angustiante nesse espetáculo de um homem mostrando-se tão inteiramente movido pela paixão que enfraquecia o instinto feminino de meticulosidade.

– Estou fora de mim, e ficando louco com esse assunto. – disse ele – Não sou nada estoico para estar suplicando aqui, mas lhe suplico. Gostaria que soubesse da minha devoção a você, mas é impossível. Por pura misericórdia humana para com um homem solitário, não me despreze agora!

– Eu não o desprezo, como poderia? Eu nunca o tive. – Em

sua nítida sensação de que nunca o amara, ela esqueceu por um momento sua atitude impensada naquele dia de fevereiro.

– Mas houve um tempo em que você me procurou, antes de eu pensar em você! Não a censuro, pois ainda sinto que estaria naquela escuridão ignorante e fria em que vivia se você não tivesse atraído minha atenção com aquela carta de Dia dos Namorados, como vocês dizem. Teria sido pior do que conhecê-la, embora isso tenha me trazido essa enorme tristeza. Mas houve um tempo em que não sabia nada sobre você, e não me importava nem um pouco, e ainda assim você me atraiu. E se você diz que não me incentivou, não posso deixar de contradizê-la.

– O que você chama de incentivo foi um jogo infantil de um momento ocioso. Arrependo-me amargamente de ter feito isso... sim, amargamente e em lágrimas. E por que você ainda continua me lembrando?

– Não a acuso disso... lamento. Levei a sério o que você insiste que era uma brincadeira, e agora eu imploro para que suas palavras sejam uma brincadeira, o que você diz é horrível e terrivelmente sério. Nossos ânimos se encontram em lugares errados. Queria que seu sentimento fosse mais parecido com o meu, ou que o meu fosse mais parecido com o seu! Ah, se eu pudesse ter previsto a tortura a que essa brincadeira insignificante iria me levar, como eu teria amaldiçoado você; mas, como só consegui enxergar isso agora, não posso fazer isso, porque a amo demais! Mas é pura tolice e inútil continuar assim... Bathsheba, você é a primeira mulher de qualquer natureza que já amei, e é por ter estado tão perto de tê-la como esposa é o que torna essa negação tão difícil de suportar. Você praticamente prometeu que se casaria comigo! Mas não falo agora para comover seu coração e fazê-la sofrer por causa da minha dor; isso não adiantaria de nada. Devo suportar tudo isso. Minha dor não diminuiria por magoar você.

– Mas tenho muita pena de você... profundamente... ah, sinto muito mesmo! – ela disse com sinceridade.

– Não faça isso... não faça isso. Seu precioso amor, Bathsheba, é algo tão maior comparado à sua piedade, que a sua pena não ameniza a perda do seu amor. Como você foi doce e carinhosa comigo quando conversamos atrás dos cabriolés, perto dos tanques de banho das ovelhas, no celeiro na tosquia, e naquela última vez, à noite, em sua casa! Para onde foram todas as suas palavras agradáveis... sua esperança sincera de ser capaz de me amar? Onde está sua firme convicção de que gostaria de mim? Foram todas realmente esquecidas?

Ela controlou a emoção, olhou-o com calma e claramente no rosto e respondeu com voz baixa e firme: – Sr. Boldwood, não lhe prometi nada. O senhor deveria me ver como uma mulher de barro quando me fez o maior e mais elevado elogio que um homem pode fazer a uma mulher... dizendo-lhe que a ama. Eu precisava demonstrar algum sentimento, se não quisesse ser uma megera sem graça. No entanto, cada um desses prazeres foi apenas algo momentâneo. Como eu poderia saber que o que é um passatempo para todos os outros homens seria a morte para você? Raciocine, haja e pense com mais gentileza comigo!

– Bem, essa discussão não nos levará a nada. Uma coisa é certa: você quase foi minha, e agora está longe de ser. Tudo mudou, e isso somente por culpa sua, lembre-se disso. Você não era nada para mim, e eu estava muito bem. Agora você não é mais nada para mim e, como o segundo, nada é diferente do primeiro! Quisera Deus que você nunca tivesse me conhecido, já que era apenas para me ignorar!

Bathsheba, apesar de sua coragem, começou a sentir sinais inequívocos de que era inerentemente o vaso mais fraco. Lutou miseravelmente contra essa feminilidade que insistia em fornecer emoções espontâneas em fluxos cada vez mais fortes. Tentou escapar daquela agitação fixando sua mente nas árvores, no céu, em qualquer objeto trivial diante de seus olhos, enquanto as censuras dele caíam, mas a ingenuidade não poderia salvá-la agora.

– Não o ignorei... certamente que não! – ela respondeu com toda a coragem que pôde – Mas não me trate desse modo. Posso suportar que me diga que estou errada, se você falar gentilmente! Oh, senhor, será que não pode fazer a gentileza de me perdoar e olhar para essa situação com mais alegria?

– Alegria!? Como pode um homem enganado a ponto de ter o coração partido encontrar um motivo para estar feliz? Se perdi, como posso agir como se tivesse vencido? Meu Deus, você é muito cruel! Se eu soubesse que isso seria terrivelmente doce e amargo, teria evitado lhe conhecer, nunca a teria visto nem ouvido. Digo-lhe tudo isso, mas de que adianta?! Você não se importa com nada.

Ela devolvia respostas negativas silenciosas e fracas às acusações dele, e balançava a cabeça desesperadamente, como se quisesse afastar as palavras enquanto elas chegavam aos seus ouvidos, vindas dos lábios do homem trêmulo no clímax da vida, com seu rosto romano bronzeado dentro de uma elegante moldura.

– Minha querida, minha querida, ainda estou oscilando entre os dois opostos de renunciá-la imprudentemente e lutar humildemente por você de novo. Esqueça que você disse "Não" e deixe tudo como estava! Diga, Bathsheba, que você só escreveu essa recusa para mim por brincadeira... vamos lá, diga que sim!

– Seria falso e doloroso para nós dois. Você superestima minha capacidade de amar. Não possuo nem metade do calor da natureza que você acredita que eu tenha. Uma infância desprotegida em um mundo frio arrancou de mim a gentileza.

Ele imediatamente respondeu com mais ressentimento: – Isso pode ser verdade, até certo ponto; mas ah, srta. Everdene, isso não serve como justificativa! Você não é a mulher fria que gostaria que acreditasse que é. Não, não! Não é porque você não tem nenhum sentimento que você não me ama. Você naturalmente me faria pensar assim... esconderia de mim que tem um coração ardente como o meu. Você tem amor suficiente, mas está direcionado para um novo canal e sei para qual é.

A música rápida no coração dela tornou-se agora um burburinho e pulsava até o extremo. Ele estava chegando em Troy. Então sabia o que havia acontecido! E o nome saiu de seus lábios no momento seguinte.

– Por que Troy não deixou meu tesouro em paz? – perguntou ele, ferozmente – Quando eu não tinha a intenção de feri-lo, por que ele se esforçou para que você o notasse! Antes que ele se colocasse em seu caminho, sua intenção era comigo; quando eu viesse até você, sua resposta teria sido sim. Pode negar? Vou perguntar novamente, pode negar?

Ela demorou para responder, mas foi honesta demais para negar e sussurrou: – Não posso.

– Sei que não pode. Mas ele entrou na minha ausência e me roubou. Por que ele não conquistou você antes, quando ninguém teria ficado triste? Quando ninguém ficaria contando histórias. Agora as pessoas zombam de mim... até mesmo as colinas e o céu parecem rir de mim até que eu fique corado de tanta vergonha pela minha loucura. Perdi meu respeito, meu bom nome, minha posição... perdi tudo, para nunca mais recuperá-los. Vá e case com seu homem... vá em frente!

– Oh, senhor... Sr. Boldwood!

– Sim, você pode. Não tenho nenhum direito sobre você. Quanto a mim, é melhor ir a algum lugar sozinho e me esconder... e orar. Amei uma mulher uma vez. Agora estou envergonhado. Quando eu morrer, as pessoas dirão "que homem doente de amor e miserável ele era". Meu Deus do céu, se eu tivesse sido rejeitado secretamente, e a desonra não fosse conhecida, a minha posição seria mantida! Mas não importa, a mulher se foi e não a ganhei. Que vergonha... que vergonha!

A raiva irracional dele a deixou aterrorizado, e ela se afastou dele, sem obviamente se mover, enquanto dizia: – Sou apenas uma garota... não fale comigo assim!

– O tempo todo você sabia... sabia muito bem... que seu novo capricho seria minha desgraça. Deslumbrada com o bronze e o escarlate... ora, Bathsheba... isso é realmente a loucura das mulheres!

Então ela disparou com veemência: – Você está preocupado apenas com si mesmo! Todo mundo está sempre me cobrando... todo mundo. Um homem não deve atacar uma mulher dessa forma! Não tenho ninguém no mundo para travar minhas batalhas por mim; mas nenhuma misericórdia é mostrada. No entanto, se mil de vocês zombarem e disserem coisas contra mim, não serão humilhados!

– Sem dúvida conversará com ele sobre mim. Diga a ele: "Boldwood teria morrido por mim". Sim, e você cedeu aos caprichos dele, mesmo sabendo que ele não era o homem certo para você. Ele a beijou... reivindicou-a como dele. Você está ouvindo? Ele a beijou. Negue isso!

A mulher mais trágica é intimidada por um homem trágico, e embora Boldwood fosse, com veemência e brilho, quase que ela mesma no sexo oposto, o rosto de Bathsheba tremia. Ela disse ofegante: – Deixe-me, senhor, deixe-me! Não sou nada para você. Deixe-me continuar!

– Negue que ele a beijou.

– Não posso.

– Ah... então ele a beijou – o fazendeiro disse com a voz rouca.

– Sim, me beijou. – disse ela, lentamente e, apesar do medo, desafiadoramente – Não tenho vergonha de falar a verdade.

– Então eu o amaldiçoo, o amaldiçoo! – disse Boldwood, irrompendo numa fúria sussurrada – Você sabia que eu daria tudo no mundo para tocar sua mão e deixou um libertino entrar sem direito ou cerimônia e... beijá-la! Misericórdia... ele a beijou!... Ah, chegará um momento na vida dele em que terá de se arrepender e pensar miseravelmente na dor que causou a outro homem; e então poderá sofrer, desejar, amaldiçoar e ansiar... como faço agora!

– Não, não, oh, não deseje o mal a ele! – ela implorou com

um grito de desespero – Qualquer coisa menos isso... qualquer coisa. Oh, seja gentil com ele, senhor, pois eu o amo de verdade!

As ideias de Boldwood atingiram aquele ponto de fusão em que o contorno e a consistência desaparecem completamente. A noite iminente parecia concentrar-se em seus olhos. Ele não a ouvia mais agora.

– Eu vou puni-lo... pela minha alma que vou! Eu o encontrarei, soldado ou não, e chicotearei esse jovem inconsequente que roubou de forma imprudente a minha única felicidade. Se ele fosse uma centena de homens, eu o chicotearia... – Ele baixou a voz de repente, sem naturalidade – Bathsheba, minha doce e perdida coquete, me perdoe! Estou lhe culpando e ameaçando, comportando-me como um ignorante com você, quando ele é o maior pecador. Roubou seu lindo coração com suas mentiras insondáveis!... Sorte a dele ter voltado para seu regimento e não estar mais aqui! Espero que ele não volte tão rápido. Peço a Deus que ele não apareça na minha frente, pois posso perder o controle de mim mesmo. Oh, Bathsheba, mantenha-o longe, sim, mantenha-o longe de mim!

Por um momento, Boldwood ficou tão inerte que sua alma parecia ter sido totalmente exalada com o sopro de suas palavras acaloradas. Virou o rosto e retirou-se. Sua silhueta logo foi coberta pelo crepúsculo, enquanto seus passos se misturavam com o assobio baixo das árvores cobertas de folhas.

Bathsheba, que permanecera imóvel como uma estátua todo esse tempo, levou as mãos ao rosto e tentou desesperadamente refletir sobre a situação que acabara de acontecer. As origens surpreendentes de sentimentos febris em um homem calmo como o sr. Boldwood eram incompreensíveis, terríveis. Em vez de um homem preparado para controlar-se, ele era... o que ela tinha visto dele.

A força das ameaças do fazendeiro residia na sua relação com uma circunstância conhecida no momento apenas por ela: seu amante voltaria para Weatherbury em um ou dois dias. Troy não havia retornado ao seu quartel distante, como Boldwood e outros achavam, mas apenas fora visitar algum conhecido em Bath, e ainda faltava uma semana ou mais para terminar sua licença.

Ela tinha a infeliz certeza de que, se ele a visitasse naquele exato momento e se encontrasse com Boldwood, a consequência seria uma briga feroz. Ela ofegava com solicitude quando pensou em um possível dano a Troy. A menor faísca despertaria rapidamente sentimentos de raiva e ciúme no fazendeiro; ele perderia o autodomínio como aconteceu essa noite. A alegria de Troy poderia se tornar agressiva, e isso poderia levar ao escárnio, e a raiva de Boldwood tomaria então a direção da vingança.

Com um pavor quase mórbido de ser considerada uma jovem efusiva, essa mulher ingênua escondia muito bem do mundo, sob uma forma de descuido, as profundezas calorosas de suas fortes emoções. Mas agora não havia reserva. Distraída, em vez de avançar mais, ela andava para cima e para baixo, batendo no ar com os dedos, pressionando a testa e soluçando para si mesma. Depois sentou-se num monte de pedras à beira do caminho para pensar. Lá permaneceu por muito tempo. Acima da margem escura da terra apareceram faixas e elevações de nuvens acobreadas, delimitando uma extensão verde e transparente no céu ocidental. Um brilho amarantino surgiu, então, sobre eles, e o mundo inquieto girava ao redor dela em uma perspectiva contrastante para o leste, na forma de estrelas indecisas e palpitantes. Ela ficou contemplando os espasmos silenciosos das estrelas em meio às sombras do espaço, mas não percebeu nada. Seu espírito perturbado estava longe com Troy.

CAPÍTULO XXXII

NOITE - PASSOS DE CAVALO

O vilarejo de Weatherbury estava silencioso como um cemitério no seu centro, e os vivos estavam deitados quase tão imóveis quanto os mortos. O relógio da igreja bateu 11 horas. O ar estava tão vazio de outros sons que o zumbido do relógio imediatamente antes das badaladas era nítido, assim como seu clique quando elas terminavam. As notas voavam com a habitual obtusidade cega das coisas inanimadas... batendo e ricocheteando entre as paredes, ondulando contra as nuvens dispersas, espalhando-se através de seus interstícios em quilômetros inexplorados do espaço.

Os cômodos recônditos e mofados de Bathsheba estavam ocupados apenas por Maryann naquela noite. Liddy, como já mencionado, estava com sua irmã, a quem Bathsheba havia decidido ir visitar. Poucos minutos depois das 11 horas, Maryann virou-se na cama com a sensação de estar perturbada. Estava totalmente inconsciente da natureza da interrupção do seu sono. Isso levou a um sonho, e o sonho a um despertar, com uma sensação incômoda de que algo havia acontecido. Saiu da cama e olhou pela janela. O cercado de cavalos ficava nessa extremidade do edifício, e lá ela conseguia discernir, pela cor cinzenta e nebulosa, uma figura em movimento aproximando-se do cavalo que ali se alimentava. A figura agarrou o cavalo pelo topete e conduziu-o até o canto do campo. Ali ela podia ver algum objeto que as circunstâncias provaram ser um veículo, pois, depois de alguns minutos aparentemente gastos no arreio, ela ouviu o trote do cavalo pela estrada, misturado ao som de rodas leves.

Apenas dois tipos de seres humanos poderiam ter entrado no cercado como se fosse um fantasma deslizando. Uma mulher ou um cigano. Uma mulher estava fora de cogitação em tal ocupação a tal hora, e o invasor poderia ser nada menos que um ladrão, que provavelmente sabia da fraqueza da casa naquela noite em particular, e a teria escolhido por causa disso para sua tentativa ousada. Além disso, para levantar a suspeita da convicção em si, havia ciganos em Weatherbury Bottom.

Maryann, que teve medo de gritar na presença do ladrão, perdeu o medo ao vê-lo partir. Vestiu-se às pressas, desceu cambaleando a escada desconjuntada com seus cem rangidos diferentes, correu para a casa de Coggan, a mais próxima, e deu o alarme. Coggan chamou Gabriel, que agora estava acomodado em sua casa como antes, e juntos foram para o cercado. Sem dúvida, o cavalo se foi.

– Ouçam! – disse Gabriel.

Eles ouviram. O som de um cavalo trotando passando por Longpuddle Lane podia ser ouvido no ar estagnado, logo depois do acampamento dos ciganos em Weatherbury Bottom.

– Essa é a nossa Dainty... juro que são os passos dela – disse Jan.

– Meu Deus do céu! A patroa vai ficar furiosa e nos chamar de estúpidos quando voltar! – gemeu Maryann – Como eu gostaria que isso tivesse acontecido quando ela estava em casa, e nenhum de nós fosse responsável!

– Devemos ir atrás do ladrão – disse Gabriel, decididamente – Serei o responsável perante a srta. Everdene pelo que fizermos. Sim, vamos atrás dele.

– Com certeza, não vejo como. – disse Coggan – Todos os nossos cavalos são pesados demais para esse truque, exceto a pequena Poppet, e como vamos fazer se somos dois? Se ao menos pudéssemos usar aquele par do outro lado da cerca, poderíamos fazer algo.

– Que par?

– Tidy e Moll, do sr. Boldwood.

– Então espere aqui até eu voltar – disse Gabriel. Ele desceu a colina correndo em direção à casa do fazendeiro Boldwood.

– O fazendeiro Boldwood não está em casa – disse Maryann.

– Melhor ainda. – respondeu Coggan – Sei o que ele foi fazer.

Menos de cinco minutos, e Oak estava de volta, correndo no mesmo ritmo, com dois cabrestos na mão.

– Onde você os encontrou? – perguntou Coggan, virando-se e saltando sobre a cerca viva sem esperar por uma resposta.

– Sob os beirais. Sabia onde eles estavam guardados. – disse Gabriel, seguindo-o – Coggan, você consegue montar sem sela? Não há tempo para procurar as selas.

– Como um herói! – disse Jan.

– Maryann, vá se deitar. – Gabriel gritou para ela do outro lado da cerca viva.

Saltando para as pastagens de Boldwood, cada um embolsou seu cabresto para escondê-lo dos cavalos, que, vendo os homens de mãos vazias, docilmente se deixaram agarrar pela crina, quando os cabrestos foram habilmente colocados. Não tendo freio nem rédeas, Oak e Coggan improvisaram, passando a corda por um lado da boca do animal e enrolando-a no outro lado. Oak saltou e montou, enquanto Coggan subiu com a ajuda de um banco. Subiram até o portão e galoparam na direção tomada pelo cavalo de Bathsheba e pelo ladrão. Não sabiam a que veículo o cavalo havia sido atrelado.

Chegaram em Weatherbury Bottom em três ou quatro minutos. Examinaram a área verde à beira da estrada. Os ciganos já tinham desaparecido.

– Os vilões! – disse Gabriel – Qual caminho será que eles tomaram?

– Seguiram em frente, com certeza, como um mais um são dois – disse Jan.

— Muito bem, estamos mais bem montados e devemos ultrapassá-los – disse Oak – Agora, a toda velocidade!

Nenhum som do condutor em seu veículo podia ser descoberto agora. O barulho do metal na estrada ficou mais suave e argiloso à medida que Weatherbury era deixada para trás. A chuva recente havia umedecido sua superfície, deixando-a mais mole, mas não lamacenta. Chegaram a um cruzamento. Coggan de repente parou Moll e desceu.

— Qual é o problema? – perguntou Gabriel.

— Devemos tentar rastreá-los, já que não podemos ouvi-los – disse Jan, remexendo nos bolsos. Acendeu um fósforo e o levou até o chão. A chuva tinha sido mais forte ali, e todas as pegadas feitas a pé e a cavalo antes da tempestade tinham sido desgastadas e borradas pelas gotas, e agora eram pequenas conchas de água, que refletiam a chama do fósforo como se fossem olhos. Um conjunto de rastro estava fresco e não continha água, e um par de sulcos também estava vazio e sem pequenos canais, como os outros. As pegadas que formavam essa impressão recente estavam repletas de informações sobre o ritmo. Estavam em pares equidistantes, separados por um metro ou um metro e meio, os pés direito e esquerdo de cada par exatamente opostos um ao outro.

— Vamos seguir em frente! – exclamou Jan – Rastros como esses significam um galope constante. Não é de admirar que não o ouvimos. E o cavalo está arreado... observe os sulcos. Sim, essa é a nossa égua, com certeza!

— Como você sabe?

— O velho Jimmy Harris acabou de colocar ferraduras novas na semana passada, e eu reconheço o trabalho dele de longe.

— O resto dos ciganos deve ter partido mais cedo, ou de alguma outra forma – disse Oak – Você viu que não havia outros rastros?

— Verdade.

Cavalgaram em silêncio por um longo e cansativo tempo.

Coggan carregava um antigo relógio dourado que herdara de algum gênio de sua família e que marcava uma hora naquele momento. Ele acendeu outro fósforo e examinou o chão novamente.

– Agora é um meio galope – disse ele, jogando fora o fósforo – Um ritmo sinuoso e instável para um veículo. O fato é que eles aceleraram o ritmo na partida, mas ainda vamos alcançá-los.

Mais uma vez eles apressaram-se e entraram em Blackmore Vale. O relógio de Coggan marcou uma hora. Quando olharam novamente, as marcas dos cascos estavam tão espaçadas que formavam uma espécie de ziguezague se unidas, como as lâmpadas ao longo de uma rua.

– Isso é um trote, eu sei – disse Gabriel.

– Agora é só um trote – disse Coggan, animado – Agora vamos alcançá-los a tempo.

Eles avançaram rapidamente por ainda três ou três quilômetros.

– Ah, um momento! – disse Jan – Vamos ver como ela foi conduzida até esta colina. Isso nos ajudará. Um fósforo foi prontamente aceso em suas polainas, como antes, e o exame foi feito.

– Puxa vida! – disse Coggan – Ela andou até aqui... muito bom. Vamos alcançá-los em três quilômetros, aposto uma coroa com você.

Cavalgaram três e pararam para ouvir. Não se ouvia nenhum som, exceto o de um lago que passava por um moinho, sugerindo possibilidades sombrias de afogamento se entrassem nele. Gabriel desmontou quando chegaram a uma curva. As pegadas eram absolutamente o único guia quanto à direção que tinham de seguir agora, e era necessário muito cuidado para evitar confundi-las com outras que haviam aparecido recentemente.

– O que isso significa?... embora ache que já sei – disse Gabriel, olhando para Coggan enquanto movia o fósforo no chão perto da curva. Coggan, tão ofegante quanto os cavalos, já mostrava sinais de cansaço e examinou novamente os sinais místicos. Dessa vez, apenas três tinham o formato normal de ferradura. O quarto era um ponto.

Ele fez uma careta e emitiu um longo "Uau!"

– Manca – disse Oak.

– Sim. Dainty está manca, está pisando com dificuldade – disse Coggan lentamente, ainda observando as pegadas.

– Vamos em frente – disse Gabriel, montando novamente em seu cavalo úmido.

Embora a estrada ao longo de sua maior parte fosse tão boa quanto qualquer rodovia expressa no país, era nominalmente apenas uma via secundária. A última curva os levou à estrada principal, que levava a Bath. Coggan se recompôs.

– Agora nós o encontraremos! – ele exclamou.

– Onde?

– Em Sherton Turnpike. O guardião daquele portão é o homem mais sonolento daqui até Londres... Dan Randall, esse é o nome dele... conhecido há anos, quando estava no portão de Casterbridge. O trabalho será feito entre o coxeio e o portão.

Avançaram, então, com extrema cautela. Nada foi dito até que, contra um fundo sombreado de folhagem, cinco barras brancas ficaram visíveis, cruzando o percurso um pouco à frente.

– Silêncio... estamos quase lá! – disse Gabriel.

– Caminhe devagar pela grama – disse Coggan.

As barras brancas foram apagadas no meio de um vulto escuro na frente delas. O silêncio daquele momento solitário foi interrompido por uma exclamação daquele lado.

– Ei! Ei! Abram o portão!

Parecia que havia ocorrido um chamado anterior que não havia sido notado, pois, ao se aproximarem, a porta da casa do pedágio se abriu, e o porteiro saiu meio vestido, com uma vela na mão. Os raios iluminaram todo o grupo.

– Mantenham o portão fechado! – gritou Gabriel – Ele roubou o cavalo!

– Quem? – perguntou o homem do pedágio.

Gabriel olhou para o motorista do carro e viu uma mulher... Bathsheba, sua patroa.

Ao ouvir a voz dele, ela virou o rosto para longe da luz. Contudo, Coggan conseguiu vê-la nesse meio-tempo.

– Meu Deus! É a patroa... eu juro! – ele disse, espantado.

Com certeza era Bathsheba e a essa altura ela já havia feito o truque que sabia fazer tão bem em crises que não eram românticas, ou seja, mascarar uma surpresa com modos frios.

– Bem, Gabriel – ela perguntou em voz baixa – aonde você está indo?

– Pensamos... – começou Gabriel.

– Estou indo para Bath. – disse ela, tomando para si a segurança que faltava a Gabriel – Um assunto importante fez com que eu desistisse de visitar Liddy e partisse imediatamente. Mas, então, vocês estavam me seguindo?

– Pensamos que o cavalo tinha sido roubado.

– Ora, mas que coisa! Que tolice de vocês não saber que peguei a carroça e o cavalo. Não consegui acordar Maryann nem entrar em casa, embora tenha batido durante dez minutos no parapeito da janela dela. Felizmente consegui pegar a chave da cocheira e não incomodei mais ninguém. Você não achou que poderia ser eu?

– Por que deveríamos, senhorita?

– Talvez não. Ora, esses não podem ser os cavalos do fazendeiro Boldwood! Meu Deus, misericórdia! O que vocês estão fazendo... trazendo problemas para mim dessa maneira? O que é isso?! Uma dama não pode se afastar um centímetro de sua porta sem ser perseguida como um ladrão?

– Mas como poderíamos saber se a senhorita não nos disse

o que iria fazer? – retrucou Coggan – E as damas não andam em suas carruagens a essas horas da noite, senhorita, como regra geral da sociedade.

– Deixei um recado... e vocês o teriam visto pela manhã. Escrevi com giz nas portas da cocheira que havia voltado para pegar o cavalo e a carruagem e parti; avisei que não queria acordar ninguém e deveria voltar logo.

– Mas considere, senhorita, que não poderíamos ver o recado até o amanhecer.

– É verdade – ela disse, e, embora a princípio irritada, teve muito bom senso para não culpá-los por muito tempo ou seriamente por uma devoção a ela que era tão valiosa quanto rara. Por fim, acrescentou com muita graça: –Bem, realmente agradeço de coração por se darem a todo esse trabalho; mas gostaria que vocês tivessem emprestado os cavalos de qualquer um que não fosse o sr. Boldwood.

– Dainty está manca, senhorita – disse Coggan – Consegue continuar assim?

– Era apenas uma pedra na ferradura dela. Desci e puxei-a cem metros atrás. Consigo me virar muito bem, obrigada. Estarei em Bath ao amanhecer. Vocês podem voltar agora, por favor!

Ela virou a cabeça. A vela do porteiro brilhou em seus olhos rápidos e claros e, ao passar pelo portão, logo foi envolta nas sombras dos misteriosos galhos de verão. Coggan e Gabriel montaram os cavalos e, pelo ar aveludado daquela noite de julho, refizeram o caminho por onde tinham vindo.

– Um estranho capricho dela, não é, Oak? – disse Coggan, curiosamente.

– Sim – respondeu rapidamente Gabriel.

– Ela não vai chegar em Bath antes do amanhecer!

– Coggan, vamos manter o trabalho dessa noite em segredo, certo?

– Estava pensando a mesma coisa.

– Muito bem. Estaremos em casa por volta das 3 da manhã e poderemos entrar sorrateiramente como cordeiros.

As meditações perturbadas de Bathsheba à beira da estrada acabaram por levar à conclusão de que havia apenas duas soluções para a atual situação desesperadora. A primeira era apenas manter Troy longe de Weatherbury até que a indignação de Boldwood esfriasse; a segunda era ouvir as súplicas de Oak, as denúncias de Boldwood e desistir completamente de Troy.

Infelizmente não! Como poderia desistir desse novo amor, induzi-lo a renunciá-la dizendo que não gostava dele e que não poderia mais falar com ele e implorar-lhe, para o bem dela, que terminasse sua licença em Bath e não voltasse a vê-la em Weatherbury?

Era um cenário cheio de tristeza, mas por um momento ela contemplou-o com firmeza, permitindo-se, no entanto, como fazem as meninas, pensar na vida feliz que teria desfrutado se Troy fosse Boldwood, e o caminho do amor, o caminho do dever. Entretanto, infligiu a si mesma torturas gratuitas ao imaginá-lo amando outra mulher depois de esquecê-la, pois ela havia penetrado a natureza de Troy a ponto de estimar suas tendências com bastante precisão, mas infelizmente não o amava menos ao pensar que ele poderia em breve deixar de amá-la... na verdade, o amava muito mais.

Ficou de pé. Ela o veria imediatamente. Sim, imploraria que a ajudasse nesse dilema. Uma carta para mantê-lo afastado não chegaria até ele a tempo, mesmo que ele estivesse disposto a ouvi-la.

Será que Bathsheba estava totalmente cega para o fato óbvio de que o apoio dos braços de um amante não é o melhor tipo de ajuda na decisão de renunciar a ele? Ou será que ela era sofisticamente sensata, com um arrepio de prazer, para pensar que ao adotar essa atitude para se livrar dele estaria garantindo um encontro com ele, pelo menos, mais uma vez?

Já estava escuro e deviam ser quase 10 horas. A única maneira de cumprir seu propósito era desistir da ideia de visitar Liddy em Yalbury, retornar à Fazenda Weatherbury, colocar o cavalo na carruagem e dirigir imediatamente para Bath. A princípio, o esquema parecia impossível: a viagem era terrivelmente pesada, mesmo para um cavalo forte, de acordo com sua estimativa; e ela subestimou muito a distância. Era muito arriscado para uma mulher, à noite e sozinha.

Mas ela poderia ir até a casa de Liddy e deixar as coisas seguirem seu curso? Não, não, qualquer coisa menos isso. Bathsheba estava cheia de uma turbulência estimulante, ao lado da qual a cautela implorava em vão para ser ouvida. Ela voltou para o vilarejo.

Sua caminhada era lenta, pois ela não desejava entrar em Weatherbury até que os moradores estivessem na cama e, principalmente, até que Boldwood estivesse seguro. Seu plano agora era ir até Bath durante a noite, encontrar o sargento Troy pela manhã, antes que ele partisse para ir até ela, despedir-se dele e deixá-lo. Depois disso, para descansar completamente o cavalo (e também para chorar, ela pensou), começaria cedo na manhã seguinte a sua viagem de volta. Com esse arranjo, ela poderia cavalgar com Dainty suavemente o dia todo, encontrar Liddy em Yalbury, à noite, e voltar para casa em Weatherbury com ela quando quisessem, de modo que ninguém saberia que ela estivera em Bath. Esse era o plano de Bathsheba. Mas, em sua ignorância topográfica, por ter chegado tarde ao local, calculou erroneamente que a distância de sua jornada não era muito maior que a metade do que realmente era.

Essa foi a ideia que ela levou a cabo, com o sucesso inicial que já vimos.

CAPÍTULO XXXIII

SOB O SOL - UM PRESSÁGIO

Uma semana se passou e não houve notícias de Bathsheba; nem houve nenhuma explicação sobre seus planos.

Então chegou um bilhete para Maryann, afirmando que o negócio que havia levado sua patroa a Bath ainda a detinha lá; mas que ela esperava voltar no decorrer de mais uma semana.

Outra semana passou. A colheita da aveia começou, e todos os homens estavam no campo sob o céu monocromático de Lammas, em meio ao ar trêmulo e às sombras curtas do meio-dia. Dentro de casa não se ouvia nada, exceto o zumbido das moscas-varejeiras azuis; ao ar livre, era possível ouvir o afiar das foices e o silvo das espigas de aveia esfregando-se umas nas outras enquanto seus talos perpendiculares de cor amarelo-âmbar caíam pesadamente em cada faixa. Cada gota de umidade que não estava nas garrafas e jarros em forma de cidra dos homens, escorria como suor de suas testas e bochechas. A seca estava em todos os lugares.

Eles estavam prestes a se retirar por um tempo para a sombra acolhedora de uma árvore perto da cerca, quando Coggan viu uma figura de casaco azul e botões de latão correndo em direção a eles pelo campo.

– Gostaria de saber quem é que está chegando aí? – ele disse.

– Espero que não haja nada de errado com a patroa – disse Maryann, que estava amarrando os feixes com algumas outras mulheres (a aveia sempre era amarrada em feixes nessa fazenda – mas vi um sinal de azar dentro de casa esta manhã. Fui destrancar a porta e deixei a chave cair no chão de pedra, e ela se partiu em dois pedaços. Quebrar uma chave é um presságio terrível. Queria que a patroa estivesse em casa.

– É Cain Ball – respondeu Gabriel, parando de afiar sua foice.

Oak não tinha a obrigação de ajudar na plantação de milho, mas o mês da colheita é um período de ansiedade para um fazendeiro, e o milho era de Bathsheba, então ele decidiu ajudar.

– Ele está vestido com suas melhores roupas, – disse Matthew Moon – Esteve fora de casa por alguns dias, desde que machucou o dedo, e disse que como não poderia trabalhar tiraria uma folga.

– Um bom momento... um excelente momento – disse Joseph Poorgrass, endireitando as costas. Ele, assim como alguns dos outros, tinha um jeito de descansar um pouco do trabalho em dias tão quentes por razões realmente insignificantes, das quais o advento de Cain Ball em um dia de semana em suas roupas de domingo foi de primeira magnitude. – Foi uma perna ruim que me permitiu ler *O Progresso do Peregrino*, e Mark Clark aprendeu a jogar Truco quando teve um furúnculo.

– Sim, e meu pai torceu o braço para ter tempo de namorar – disse Jan Coggan, em tom abafado, enxugando o rosto com a manga da camisa e empurrando o chapéu para a nuca.

A essa altura, Cainy estava se aproximando do grupo de colhedores e foi visto carregando uma grande fatia de pão e presunto em uma das mãos, da qual tirava bocados enquanto corria, e outra fatia enrolada em uma embalagem. Quando chegou perto, sua boca assumiu o formato de um sino, e ele começou a tossir violentamente.

– Meu Deus do céu, Cainy! – disse Gabriel, severamente – Quantas vezes preciso dizer para você não correr tão rápido enquanto estiver comendo? Um dia você ainda vai se sufocar fazendo isso, Cain Ball.

– Cof-cof-cof! – tossiu Caim – Uma migalha de pão foi para o lado errado... cof-cof! Foi isso que aconteceu, sr. Oak! Fui visitar Bath porque estava com meu polegar machucado e vi... cof-cof!

Assim que Cainy mencionou Bath, todos largaram as foices e ancinhos e se aproximaram dele. Infelizmente, a migalha que entrou no lugar errado não melhorou a sua capacidade narrativa, e um obstáculo suplementar foi um espirro, arrancando do bolso o seu relógio bastante grande, que ficou pendurado diante do jovem como um pêndulo.

– Sim. – ele continuou, direcionando seus pensamentos para Bath e deixando seus olhos seguirem: – Finalmente eu vi o mundo... sim... e vi nossa patroa... cof-cof-cof!

– Pare com isso, menino! – disse Gabriel – Alguma coisa está sempre indo para o lado errado na sua garganta, de modo que você não consegue dizer o que é necessário.

– Cof! Ora! Por favor, sr. Oak, um mosquito acabou de voar para o meu estômago e trouxe a tosse de novo!

– Sim, é isso mesmo. Sua boca está sempre aberta, seu malandro!

– É terrível ter um mosquito na garganta, coitado! – disse Matthew Moon.

– Bem, em Bath você viu... – perguntou Gabriel.

– Vi nossa patroa – continuou o aprendiz de pastor – e um soldado, caminhando juntos. Eles foram se aproximando cada vez mais, e então ficaram de braços dados, como um namoro normal... cof-cof! Como um namoro normal... cof!... Namoro normal... – e, perdendo o fio da narrativa nesse ponto, simultaneamente com seu fôlego, o informante olhou para cima e para baixo no campo, aparentemente em busca de alguma pista – Bem, vi nossa patroa e um soldado... cof-cof!

– Maldito menino! – disse Gabriel.

– É só o meu jeito, sr. Oak, se me der licença – disse Cain Ball, olhando com censura para Oak, com os olhos encharcados em suas lágrimas.

– Aqui está um pouco de cidra para ele... isso vai curar sua garganta – disse Jan Coggan, levantando um garrafão de cidra, tirando a rolha e jogando o líquido na boca de Cainy. Enquanto isso, Joseph Poorgrass começou a pensar apreensivamente nas graves consequências que se seguiriam se Cainy se afogasse em sua tosse e a história de suas aventuras em Bath morressem com ele.

– Para o meu bem, sempre digo "por favor, Deus" antes de fazer qualquer coisa. – disse Joseph, com uma voz humilde – Você também deveria fazer isso, Cain Ball. É uma grande proteção, e talvez possa salvá-lo de morrer sufocado um dia.

Coggan derramou a bebida abundantemente na boca do coitado do Cain; metade dela escorreu pela lateral do garrafão, a outra metade do que chegou à boca dele escorreu para fora de sua garganta, e parte do que correu na direção errada foi tossido e espirrado nos ceifeiros ao redor como uma névoa de cidra, que por um momento pairou no ar ensolarado como uma pequena exalação.

– Que espirro desajeitado é esse! Por que você não pode ter modos melhores, seu tonto?! – disse Coggan, retirando o garrafão.

– A cidra entrou no meu nariz! – gritou Cainy, assim que conseguiu falar; – e agora desceu pelo meu pescoço, pelo meu dedo machucado e pelos meus botões brilhantes e por todas as minhas melhores roupas!

– A tosse do pobre rapaz é mesmo lamentável! – disse Matthew Moon – E uma grande história também. Bata nas costas dele, pastor.

– Essa é a minha natureza. – lamentou Cain – Mamãe diz que eu sempre ficava muito agitado quando ficava nervoso!

– É verdade, é verdade. – disse Joseph Poorgrass – Os Balls sempre foram uma família muito agitada. Conheci o avô do menino... um homem verdadeiramente nervoso e modesto, até mesmo refinado. Ficava corado, muito corado, quase tanto quanto eu... não, mas esse é um defeito meu!

– De jeito nenhum, sr. Poorgrass. – respondeu Coggan – É uma qualidade muito nobre sua.

– Heh heh! bem, não quero fazer nenhum comentário... não quero dizer absolutamente nada. – murmurou Poorgrass, timidamente – Mas nos acostumamos com as coisas... essa é a verdade. No entanto, preferiria que meu defeito ficasse escondido; embora, talvez, uma natureza boa não seja tão boa assim, e quando nasci, todas as coisas eram possíveis ao meu Criador, e ele pode não ter me concedido nenhum dom... Mas o seu talento, Joseph! O seu talento! É um desejo estranho, vizinho, esse desejo de se esconder, e não fazer nenhum elogio. No entanto, há um Sermão da Montanha com um calendário dos bem-aventurados logo no início, e certos homens mansos podem ser mencionados nele.

– O avô de Cainy era um homem muito inteligente. – disse Matthew Moon – Criou uma macieira da sua cabeça, que é conhecida por seu nome até hoje... Early Ball. Você conhece, Jan? Um enxerto de três tipos de macieiras. Costumava passear em um bar com uma mulher com a qual nem era casado. Era um homem inteligente nesse sentido.

– Bem, agora continue. – disse Gabriel, impaciente – o que você viu, Cain?

– Vi nossa patroa entrar numa espécie de parque, onde há bancos, arbustos e flores, de braços dados com um soldado. – continuou Cainy, com firmeza, mas com uma vaga sensação de que suas palavras eram muito fortes para as emoções de Gabriel – E acho que o soldado era o sargento Troy. Ficaram ali sentados juntos por mais de meia hora, conversando sobre coisas comoventes, e houve certo momento que ela quase morreu de tanto chorar. E quando eles saíram, os olhos dela brilhavam, e ela estava branca como um lírio; eles se entreolharam, como se fossem amigos, como um homem e uma mulher podem ser.

As feições de Gabriel pareceram ficar mais leves – Bem, o que mais você viu?

– Oh, muitas coisas.

– Branca como lírio? Tem certeza que era ela?

– Sim.

– Certo, e o que mais?

— Grandes vitrines das lojas, enormes nuvens no céu, cheias de chuva, e velhas árvores de madeira no campo.

— Seu bobo! O que mais você viu depois disso? – perguntou Coggan.

— Deixe ele em paz – interrompeu Joseph Poorgrass – O que o menino quis dizer é que o céu e a terra no reino de Bath não são totalmente diferentes dos nossos aqui. É muito bom adquirir conhecimento sobre cidades diferentes, então devemos tolerar as palavras do menino.

— E o povo de Bath – continuou Cainy – nunca precisa acender o fogo, exceto como um luxo, pois a água brota da terra quente, pronta para uso.

— Isso é verdade mesmo. – confirmou Matthew Moon – Já ouvi outros viajantes dizerem a mesma coisa.

— Eles não bebem nada – disse Cain – e parecem gostar de ver como quando outras pessoas bebem algo.

— Bem, parece uma prática bastante bárbara, mas acho que os nativos não se importam com isso – disse Matthew.

— E não há alimentos em grande quantidade quanto as bebidas? – perguntou Coggan, girando os olhos.

— Não... confesso que há muita água lá em Bath... uma quantidade absurda. Deus não lhes forneceu alimentos na mesma proporção que a água, e essa foi uma desvantagem que não consegui superar.

— Bem, é um lugar no mínimo curioso – observou Moon – e o povo de lá também deve ser curioso.

— A srta. Everdene e o soldado estavam andando juntos, você disse? – disse Gabriel, voltando para o grupo.

— Sim, e ela usava um lindo vestido de seda dourado, enfeitado com renda preta, que poderia ficar em pé sozinho, sem pernas, se necessário. Era uma visão encantadora, e seu cabelo estava esplêndido. E quando o sol iluminava o vestido brilhante e seu casaco vermelho... meu Deus! Como ficavam lindos. Dava para vê-los por toda a extensão da rua.

– E depois? – murmurou Gabriel.

– Depois fui ao Griffin's para consertar minhas botas e à confeitaria do Riggs e pedi a eles um dos queijos mais baratos e mais bonitos, que estavam quase mofados, mas não exatamente. E enquanto eu mastigava, andei e vi um relógio imenso...

– Mas isso não tem nada a ver com a patroa!

– Vou chegar lá, se me deixar falar, sr. Oak! – protestou Cainy – Se o senhor me deixar nervoso, talvez provoque minha tosse, e então não conseguirei lhe dizer nada.

– É verdade... deixe que ele fale do seu modo – disse Coggan.

Gabriel assumiu uma atitude desesperada de paciência, e Cainy continuou:

– E havia casas enormes e mais gente durante toda a semana do que nas caminhadas nos clubes de Weatherbury nas terças-feiras. Fui a grandes igrejas e capelas. E como o pároco orava! Sim, ele se ajoelhava, juntava as mãos e os anéis de ouro sagrados, que ele ganhou por orar tão bem, brilhavam muito em seus dedos e cintilavam nos olhos! Ah, como eu gostaria de viver lá.

– Nosso pobre padre Thirdly não consegue dinheiro para comprar esses anéis! – disse Matthew Moon, pensativo – E o melhor homem que já existiu. Não acredito que o pobre Thirdly tenha um único anel, nem mesmo de estanho ou cobre. Um ornamento tão lindo ficaria bem nele em uma tarde monótona, quando ele está no púlpito iluminado pelas velas de cera! Mas isso é impossível, pobre homem! Ah, como as coisas são desiguais!

– Talvez ele não goste de usar anéis – disse Gabriel, severamente – Bem, já chega desse assunto. Continue, Cainy... mais rápido.

– Ah, e o novo estilo dos párocos que usam bigodes e barbas compridas – continuou o ilustre viajante – se parecem com Moisés e Aarão e fazem com que nós, membros da congregação, nos sintamos como os filhos de Israel.

– Um sentimento muito justo... muito justo – disse Joseph Poorgrass.

– E há duas religiões no país agora... A Igreja Alta e a Capela Alta. Então pensei em agir corretamente. Fui à Igreja Alta de manhã e à Capela Alta à tarde.

– Um rapaz correto e apropriado – disse Joseph Poorgrass.

– Bem, na Igreja Alta eles oram, cantam e adoram todas as cores do arco-íris; e na Capela Alta eles oram, fazem pregações e adoram apenas o monótono e o esbranquiçado. E então... não vi mais a srta. Everdene.

– Por que não disse isso antes? – exclamou Oak totalmente desapontado.

– Ah! – disse Matthew Moon – ela vai se arrepender se ficar íntima demais daquele homem.

– Ela não é íntima demais dele – respondeu Gabriel indignado.

– Ela deve saber – disse Coggan – Nossa patroa tem muito bom senso debaixo daqueles cabelos pretos para fazer uma coisa tão louca.

– Vejam bem, ele não é um homem grosseiro e ignorante, porque foi bem educado. – disse Matthew, com certa dúvida – Foi apenas seu lado selvagem que fez dele um soldado, e as donzelas preferem um pecador.

– Agora, Cain Ball, – disse Gabriel, inquieto – você pode jurar por tudo que é mais sagrado que a mulher que você viu era a srta. Everdene?

– Cain Ball, você não é mais um bebezinho – disse Joseph no tom sepulcral que as circunstâncias exigiam – e você sabe o que é fazer um juramento. É uma declaração importante selada com sangue, e o profeta Mateus nos diz que aquele que não cumprir sua palavra será reduzido a pó. Agora, diante de todos aqui reunidos, você pode jurar por suas palavras como o pastor lhe pede?

— Por favor, não, sr. Oak! — disse Cainy, olhando de um para o outro com grande desconforto diante da magnitude espiritual da posição — Não me importo de dizer que é verdade, mas não gosto de dizer que é uma verdade maldita, se é isso que o senhor pensa.

— Cain, Cain, como você pode! — perguntou Joseph severamente — Pedimos que você jurasse de maneira sagrada, e você jura como o ímpio Simei, filho de Gera, que amaldiçoou a todos. Que pena, meu rapaz!

— Não, eu não fiz nada demais! É você que quer julgar a alma de um menino, Joseph Poorgrass... é isso! — disse Cain, começando a chorar — Tudo o que sei é que, na verdade, eram a srta. Everdene e o sargento Troy, mas se vocês querem outra maldita verdade, então, talvez tenham sido outras pessoas!

— Não vamos chegar a lugar nenhum desse modo — disse Gabriel, voltando ao seu trabalho.

— Cain Ball, você não vale um centavo! — gemeu Joseph Poorgrass.

Então os ganchos dos ceifeiros voltaram ao trabalho, e os sons antigos continuaram. Gabriel, sem nenhuma pretensão de ficar animado, nada fez para mostrar que estava particularmente aborrecido. No entanto, Coggan o conhecia muito bem, e quando eles estavam juntos em um canto, comentou:

— Pare de se preocupar com ela, Gabriel. Que diferença faz de quem ela é namorada, já que não pode ser sua?

— É exatamente isso que digo a mim mesmo — respondeu Gabriel.

CAPÍTULO XXXIV

NOVAMENTE EM CASA - UM VIGARISTA

Naquela mesma noite, ao anoitecer, Gabriel estava debruçado sobre o portão do jardim de Coggan, observando toda a área antes de se retirar para descansar.

Um veículo chegou calmamente ao longo da margem gramada da estrada. Dele se espalhavam os sons de duas mulheres conversando, e eram naturais e nada contidos. Oak imediatamente percebeu que as vozes eram de Bathsheba e Liddy.

A carruagem veio pelo lado oposto e passou. Liddy e sua patroa, a srta. Everdene eram as únicas ocupantes. Liddy fazia perguntas sobre a cidade de Bath, e sua companheira respondia com indiferença e despreocupação. Tanto Bathsheba quanto o cavalo pareciam cansados.

O extraordinário alívio de descobrir que ela estava aqui novamente, sã e salva, dominou qualquer reflexão, e Oak sentiu-se muito contente. Tudo o que ele havia ouvido antes foi esquecido.

Ele permaneceu ali até que não houvesse mais diferença entre as extensões do céu oriental e ocidental, e as tímidas lebres começaram a correr corajosamente em torno das colinas escuras. Gabriel poderia ficar lá por mais meia hora quando uma forma escura passou lentamente e disse: – Boa noite, Gabriel.

Era Boldwood.

– Boa noite, senhor – respondeu Gabriel.

Boldwood também desapareceu na estrada, e Oak logo depois voltou para casa para dormir.

O fazendeiro Boldwood seguiu em direção à casa da srta. Everdene. Chegou na porta da frente e, aproximando-se da entrada, viu uma luz na sala. A persiana não estava fechada, e dentro da sala estava Bathsheba, examinando alguns papéis e cartas. Ela estava de costas para Boldwood. Ele foi até a porta, bateu e esperou com os músculos tensos e a testa franzida.

Boldwood não saía de seu jardim desde seu encontro com Bathsheba na estrada para Yalbury. Silencioso e sozinho, permaneceu meditando melancolicamente sobre os costumes daquela mulher, considerando como essenciais do sexo feminino os incidentes que ele já havia visto de perto. Aos poucos, um temperamento mais caridoso tomou conta dele, e esse foi o motivo de sua visita naquela noite. Ele veio pedir desculpas e implorar perdão a Bathsheba com uma espécie de sentimento de vergonha por sua violência, pois acabara de saber que ela havia retornado de uma visita a Liddy, como ele imaginava, mas desconhecia totalmente a fuga de Bath.

Ele perguntou pela srta. Everdene. Os modos de Liddy estavam estranhos, mas ele não percebeu. Ela entrou, deixando-o ali, parado, e na sua ausência a persiana do cômodo onde Bathsheba estava foi baixada. Boldwood pressentiu algo ruim com esse sinal. Liddy saiu.

– Minha senhora não pode vê-lo, senhor – ela disse.

O fazendeiro saiu imediatamente pelo portão. Ele não foi perdoado... essa era a realidade. Ele a viu, o que para ele era ao mesmo tempo um deleite e uma tortura, sentada na sala que dividira com ela como um convidado particularmente privilegiado apenas um pouco antes no verão, e ela lhe negara a entrada lá agora.

Boldwood não voltou correndo para casa. Eram pelo menos 10 horas quando, caminhando deliberadamente pela parte baixa de Weatherbury, ouviu a charrete do transportador entrar no vilarejo. O veículo ia e vinha de uma cidade na direção norte, pertencia e era dirigido por um homem de Weatherbury, e parou na porta da casa do mesmo. A lâmpada pendurada no capô iluminou uma silhueta escarlate e dourada, que foi a primeira a descer.

– Ah! – disse Boldwood a si mesmo – veio visitá-la de novo.

Troy entrou na casa do condutor, que havia sido o local de sua hospedagem em sua última visita à sua terra natal. Boldwood foi movido por uma súbita determinação. Correu para casa e em dez minutos estava de volta, e fez como se fosse visitar Troy na casa do condutor. Mas, quando se aproximou, alguém abriu a porta e saiu. Ele ouviu essa pessoa dizer "boa noite" aos que estavam lá dentro, e a voz era de Troy. Isso era estranho, vindo tão imediatamente após sua chegada. Boldwood, porém, apressou-se em abordá-lo. Troy tinha o que parecia ser uma sacola na mão... a mesma que ele trouxera consigo. Parecia que ele iria embora novamente naquela mesma noite.

Troy subiu a colina e acelerou o passo. Boldwood apressou-se.

– Sargento Troy?

– Sim... sou o sargento Troy.

– Acabou de chegar, eu acho?

– Sim, acabei de chegar de Bath.

– Sou William Boldwood.

– Pois não. Pode falar.

O tom com que essa palavra foi pronunciada era tudo o que Boldwood queria para começar a conversa.

– Gostaria de trocar algumas palavras com você – ele disse.

– Sobre o quê?

– Sobre ela que mora logo ali em frente e sobre uma mulher que você ofendeu.

– Fico surpreso com sua impertinência – disse Troy, seguindo em frente.

– Agora olhe aqui. – disse Boldwood, parando na frente dele – Você queira ou não, vai ter de conversar comigo.

Troy percebeu a determinação triste na voz de Boldwood, olhou para seu corpo robusto e depois para o bastão grosso que carregava na mão. Lembrou que já passava das 10 horas, então, parecia valer a pena ser civilizado com Boldwood.

– Muito bem, ouvirei com prazer – disse Troy, colocando a bolsa no chão – apenas fale baixo, pois alguém pode nos ouvir lá na casa da fazenda.

– Pois bem, sei muito bem sobre seu compromisso com Fanny Robin. Posso dizer também que acredito ser a única pessoa no vilarejo a saber disso, com exceção de Gabriel Oak. Você deveria se casar com ela.

– Suponho que sim. Na realidade, eu gostaria, mas não posso.

– Por quê?

Troy estava prestes a dizer algo apressadamente; então controlou-se e respondeu: – Sou muito pobre. – Sua voz estava alterada. Anteriormente, tinha um tom despreocupado, agora era a voz de um vigarista.

O estado de espírito de Boldwood naquele momento não era crítico o suficiente para perceber os tons. Ele continuou: – Vou falar claramente. Entenda, não desejo entrar em questões de certo ou errado, honra e vergonha de uma mulher, nem expressar nenhuma opinião sobre sua conduta. Pretendo fazer um acordo com você.

– Entendo. – disse Troy – Vamos nos sentar aqui.

Um velho tronco de árvore estava sob a cerca do lado oposto, e eles se sentaram ali.

– Eu estava noivo da srta. Everdene e iríamos nos casar – disse Boldwood – mas você chegou e...

– Não estavam noivos – disse Troy.

– Era como se estivéssemos.

– Se eu não tivesse aparecido, ela poderia ter sido sua noiva.

– Sim, poderia!

– Certo, então.

– Se você não tivesse aparecido, eu certamente... sim, *com certeza*... teria sido aceito a essa altura. Se você não a tivesse conhecido, poderia ter casado com Fanny. Bem, não há muita diferença entre a posição da srta. Everdene e a sua para que esse flerte com ela possa beneficiá-lo, terminando em casamento. Então tudo que peço é: não a procure mais. Case-se com Fanny. Farei valer a pena.

– Como fará isso?

– Você será muito bem pago. Vou estipular uma quantia em dinheiro sobre ela e cuidarei para que você não sofra com a pobreza no futuro. Vamos esclarecer tudo. Bathsheba está apenas brincando com você: você é pobre demais para ela, como eu disse; então desista de perder seu tempo com um grande casamento que você nunca fará, em vez de um casamento moderado e legítimo que você poderá fazer amanhã; pegue sua mala, dê meia-volta, saia de Weatherbury agora, esta noite, e você levará 50 libras com você. Fanny terá mais 50 para se preparar para o casamento, quando você me disser onde ela mora, e ela terá mais 500 libras pagas no dia do casamento.

Ao fazer essa declaração, a voz de Boldwood revelou muito claramente uma consciência da fragilidade da sua posição, dos seus objetivos e do seu método. Seus modos eram bastante diferentes daqueles do firme e digno Boldwood de tempos anteriores. Esse esquema proposto por ele agora teria sido condenado como infantilmente imbecil apenas alguns meses atrás. Discernimos uma grande força no amante que lhe falta enquanto homem livre; mas há uma amplitude de visão no homem livre que no amante buscamos em vão. Onde há muito preconceito, deve haver alguma mesquinhez, e o amor, embora seja uma emoção adicional, tem a capacidade subtraída. Boldwood exemplificou isso de forma anormal: não sabia nada sobre as circunstâncias ou o paradeiro de Fanny Robin, não sabia nada sobre as possibilidades de Troy, mas foi isso que ele disse.

– Gosto mais de Fanny. – disse Troy – E se, como você diz, a srta. Everdene está fora do meu alcance, não tenho nada a perder aceitando seu dinheiro e me casando com Fan, não é mesmo? Mas ela é apenas uma criada.

– Não se preocupe. Você concorda com a minha proposta?

– Concordo.

– Ah! – disse Boldwood, com uma voz mais elástica – Oh, Troy, se você gosta mais dela, por que, então, veio aqui e prejudicou minha felicidade?

– Amo Fanny mais agora. – disse Troy – Mas quando estava em Bath... a srta. Everdene me enfeitiçou e me fez esquecer Fanny por um tempo. Agora acabou.

– Por que acabaria tão cedo? E por que, então, você voltou para cá?

– Há razões significativas. Você disse 50 libras agora mesmo?

– Sim, eu disse. – respondeu Boldwood – Aqui estão 50 moedas de ouro – em seguida entregou a Troy um pequeno pacote.

– Está tudo pronto, parece que calculou que eu aceitaria o acordo – disse o sargento, pegando o pacote.

– Achei que aceitaria – disse Boldwood.

– Tem apenas minha palavra de que o acordo será respeitado, enquanto eu, pelo menos, tenho 50 libras.

– Havia pensado nisso e considerei que, se não posso apelar para sua honra, posso confiar em sua... bem, vamos dizer astúcia... para não perder 500 libras em perspectiva e também se tornar um inimigo ferrenho de um homem que está disposto a ser um amigo extremamente útil.

– Pare, ouça! – disse Troy sussurrando.

Ouviram um pequeno barulho na estrada logo acima deles.

– Meu Deus... é ela – ele continuou – Tenho de ir para encontrar-me com ela. Ela... quem?

– Bathsheba.

– Bathsheba, sozinha a esta hora da noite! – disse Boldwood, surpreso, e assustado – Por que você precisa encontrar-se com ela?

– Ela estava me esperando esta noite... e agora preciso falar com ela e dizer-lhe adeus, de acordo com o que acordamos.

— Não vejo necessidade de conversarem.

— Não haverá problema nenhum... e ela ficará procurando por mim se eu não conversar com ela. Você ouvirá tudo o que eu disser a ela. Isso irá ajudá-lo em seu relacionamento com ela quando eu partir.

— Seu tom é zombeteiro.

— Oh, não. E lembre-se disto: se ela não souber o que aconteceu comigo, pensará mais em mim do que se eu lhe disser categoricamente que vim para terminar tudo com ela.

— Limitará suas palavras a esse ponto? Posso ouvir cada palavra que disser?

— Cada palavra. Agora sente-se aí, segure minha mala e preste atenção no que vai ouvir.

Os passos leves se aproximaram, parando ocasionalmente, como se a pessoa que estava caminhando estivesse ouvindo algum som. Troy assobiou uma nota dupla em um tom suave como se fosse uma flauta.

— Vá logo, então! — murmurou Boldwood, inquieto.

— Prometeu ficar em silêncio — disse Troy.

— Prometo novamente.

Troy deu um passo adiante.

— Frank, querido, é você? — A voz era de Bathsheba.

— Oh, meu Deus! — disse Boldwood.

— Sim — Troy respondeu.

— Como você está atrasado! — continuou, com ternura — Você veio com o carregador? Escutei as rodas dele entrando no vilarejo, mas já faz algum tempo, e quase desisti de vir ao seu encontro, Frank.

— É claro que eu viria. — disse Frank — Você sabia que eu viria, não sabia?

— Bem, pensei que você viria. — disse ela, brincando — Frank, é muita sorte! Não há ninguém na minha casa além de mim esta noite. Pedi que todos eles saíssem para que ninguém no mundo saiba de sua visita aos aposentos de sua dama. Liddy queria ir à casa do avô contar-lhe sobre as férias, e eu disse que ela poderia ficar com eles até amanhã, quando você partirá novamente.

– Excelente – respondeu Troy – Mas, meu Deus, é melhor voltar para pegar minha mala, porque meus chinelos, escova e pente estão lá dentro; você corre para casa enquanto vou buscá-la e prometo estar em seu quarto em dez minutos.

– Sim – ela virou-se e subiu a colina novamente.

Durante esse diálogo, houve uma contração nervosa nos lábios bem fechados de Boldwood, e seu rosto ficou banhado de suor. Em seguida, ele avançou em direção a Troy. Troy virou-se para ele e pegou a mala.

– Devo dizer a ela que desisti e não posso mais me casar com ela? – perguntou o soldado, com ironia.

– Não, não, espere um minuto. Quero dizer-lhe mais algumas coisas! – disse Boldwood, em um sussurro rouco.

– Agora você entende meu dilema – disse Troy – Talvez eu seja um homem mau... vítima dos meus impulsos... levado a fazer o que não deveria. Não posso, no entanto, casar-me com as duas. E tenho dois motivos para escolher Fanny. Primeiro, gosto mais dela e, segundo, você fez valer a pena.

No mesmo instante, Boldwood saltou sobre ele e segurou-o pelo pescoço. Troy sentiu o aperto de Boldwood aumentando lentamente. O movimento foi absolutamente inesperado.

– Um momento! – ele se engasgou – Você está obrigando-a a amá-lo!

– Bem, o que quer dizer com isso? – disse o fazendeiro.

– Deixe-me respirar – pediu Troy.

Boldwood soltou a mão e disse: – Por Deus do céu, gostaria de matá-lo!

— E arruiná-la.

— Salvá-la.

— Ora, como ela pode ser salva agora, a menos que me case com ela?

Boldwood deu um gemido e relutantemente soltou o soldado, jogando-o de volta contra a cerca viva e dizendo: — Demônio, como você me tortura!

Troy ricocheteou como uma bola e estava prestes a atacar o fazendeiro; mas se conteve, dizendo calmamente:

— Não vale a pena medir forças com você. Na verdade, é uma forma bárbara de resolver uma disputa. Em breve deixarei o exército por causa da mesma convicção. Agora, depois da revelação de como Bathsheba ficaria sem mim, seria um erro me matar, não seria?

— Seria um erro matá-lo. — repetiu Boldwood, mecanicamente, com a cabeça baixa.

— É melhor se matar.

— Muito melhor.

— Fico feliz que tenha compreendido.

— Troy, faça dela sua esposa e esqueça o que combinamos agora. A alternativa é terrível, mas fique com Bathsheba. Eu desisto dela! Ela deve amá-lo de verdade para lhe vender a alma e o corpo completamente como ela o fez. Como Bathsheba é uma mulher miserável... e iludida!

— Mas e quanto a Fanny?

— Bathsheba é uma boa mulher — continuou Boldwood, nervoso e ansioso — ela será uma boa esposa, Troy; de fato, vale a pena apressar seu casamento com ela!

— Mas ela tem vontade forte, para não dizer temperamento, e serei um mero escravo dela. Faria qualquer coisa pela pobre Fanny Robin.

— Troy, — disse Boldwood, implorando — farei qualquer coisa por você, apenas não a abandone; rogo que não a abandone, Troy.

— Qual delas, a pobre Fanny?

— Não, Bathsheba Everdene. Ame-a com todo o seu coração! Ame-a com toda a ternura! Como posso fazer com que você perceba quão vantajoso será protegê-la nesse momento?

— Não desejo protegê-la de nenhuma maneira nova.

O braço de Boldwood moveu-se espasmodicamente em direção à pessoa de Troy de novo. Ele reprimiu o instinto e agiu como se sentisse alguma dor.

Troy continuou:

— Em breve comprarei a minha dispensa, então...

— Gostaria que você apressasse esse casamento! Será melhor para vocês dois. Vocês se amam e devem me deixar ajudá-lo a fazer isso.

— Como?

— Ora, aceitando o acordo de 500 libras por Bathsheba em vez de Fanny, para permitir que vocês se casem imediatamente. Ela não aceitaria isso de mim. Pagarei você no dia do casamento.

Troy fez uma pausa, secretamente surpreso com a paixão selvagem de Boldwood. Ele disse descuidadamente: — E terei alguma coisa agora?

— Sim, se você quiser. Mas não tenho muito dinheiro aqui comigo. Não esperava isso. Mas tudo que tenho é seu.

Boldwood, mais parecido com um sonâmbulo do que com um homem acordado, puxou a grande sacola de lona que carregava como bolsa e procurou o dinheiro.

— Tenho mais 21 libras comigo, — disse ele — duas notas e uma moeda. Mas, antes de deixá-lo, preciso que assine um documento...

— Pague-me o dinheiro e iremos direto para a sala dela para

fazer o acordo que quiser garantindo que eu cumpra seus desejos. Mas ela não deve saber nada sobre esse negócio de dinheiro.

– Não, nada – disse Boldwood, apressadamente – Aqui está a quantia toda, e se você vier à minha casa, redigiremos o acordo para o restante, e os termos também.

– Primeiro, iremos visitá-la.

– Mas por quê? Venha comigo esta noite e amanhã iremos ao juiz.

– Mas ela precisa ser consultada, pelo menos informada.

– Muito bem, vamos em frente.

Eles subiram a colina até a casa de Bathsheba. Quando chegaram à entrada, Troy disse: – Espere aqui um momento. – Abrindo a porta, ele entrou sorrateiramente, deixando a porta entreaberta.

Boldwood esperou. Em dois minutos uma luz apareceu no corredor. Boldwood então viu que a corrente estava presa do lado de dentro da porta. Troy apareceu lá dentro, carregando um castiçal de quarto.

– O que aconteceu, você achou que eu entraria sem ser convidado? – disse Boldwood, com desdém.

– Oh, não, é apenas meu jeito de garantir as coisas. Você pode ler isso agora? Vou segurar a luz.

Troy passou um jornal dobrado pela fenda entre a porta e o batente, aproximou a vela, colocou seu dedo em uma linha e disse: – Esse é o parágrafo.

Boldwood olhou e leu:

CASAMENTOS.

No dia 17, na Igreja de Santo Ambrósio, Bath, pelo Rev. G. Mincing, BA, Francis Troy, filho único do falecido Edward Troy, escudeiro e médico, de Weatherbury, e sargento da Dragoon Guards, casou-se com Bathsheba, única filha sobrevivente do falecido sr. John Everdene, de Casterbridge.

– Este pode ser chamado de um encontro do Forte com o Fraco, hein, Boldwood? – disse Troy. Uma gargalhada baixa e irônica seguiu as palavras.

O papel caiu das mãos de Boldwood. Troy continuou:

– Cinquenta libras para me casar com Fanny. Bom. Vinte e uma libras para não me casar com Fanny, mas com Bathsheba. Bom. Final: já sou o marido de Bathsheba. Agora, Boldwood, o seu é o destino ridículo que sempre acompanha alguém que interfere entre um homem e sua esposa. E mais uma coisa. Por pior que eu seja, não sou um vilão a ponto de fazer do casamento ou da tristeza de qualquer mulher uma questão de negócios. Fanny me deixou há muito tempo. Não sei onde ela está. Procurei em todos os lugares. Outra coisa. Você diz que ama Bathsheba, no entanto, à menor evidência aparente, você acredita instantaneamente na desonra dela. Seu amor não vale uma folha seca! Agora que lhe ensinei uma lição, pegue seu dinheiro de volta.

– Não vou aceitar, não vou aceitar! – disse Boldwood, baixinho.

– De qualquer modo, não vou ficar com ele – disse Troy, com desdém. Ele embrulhou o pacote de ouro nas notas e jogou tudo na estrada.

Boldwood sacudiu o punho cerrado para ele: – Seu trapaceiro diabólico! Cão sarnento! Mas ainda vou puni-lo, pode acreditar, ainda vou puni-lo!

Outra gargalhada. Em seguida, Troy fechou a porta e a trancou por dentro.

Durante toda aquela noite, era possível ver a silhueta escura de Boldwood andando pelas colinas e descidas de Weatherbury como um vulto infeliz nos Campos à margem do Rio Aqueronte.

CAPÍTULO XXXV

EM UMA JANELA NO ANDAR DE CIMA

Era bem cedo na manhã seguinte... um momento de sol e orvalho. O início confuso do canto de muitos pássaros espalhava-se pelo ar saudável, e o azul pálido do céu era aqui e ali coberto por finas teias de nuvens incorpóreas que não obscureciam o dia. Todas as luzes da cena eram amarelas e todas as sombras tinham uma forma atenuada. As plantas rasteiras ao redor da antiga mansão estavam curvadas com fileiras de gotas de água pesadas, que tinham sobre os objetos atrás delas o efeito de lentes minúsculas de grande poder de ampliação.

Pouco antes de o relógio bater 5 horas, Gabriel Oak e Coggan passaram pela cruz do vilarejo e seguiram juntos para os campos. Ainda mal avistavam a casa de sua patroa, quando Oak imaginou ter visto uma das janelas superiores aberta. Os dois homens estavam nesse momento parcialmente protegidos por um arbusto de sabugueiro, agora começando a ficar cheio de cachos pretos de frutas, e pararam antes de sair de sua sombra.

Um homem bonito inclinou-se preguiçosamente na grade. Ele olhou para o leste e depois para o oeste, como alguém que faz uma primeira inspeção matinal. O homem era o sargento Troy. Sua jaqueta vermelha estava solta, desabotoada, e ele tinha o porte relaxado de um soldado que estava de folga.

Coggan falou primeiro, olhando silenciosamente pela janela e disse:

– Ela se casou com ele!

Gabriel já havia visto a cena e agora estava de costas, sem responder.

– Imaginei que ficaríamos sabendo de alguma coisa hoje. – continuou Coggan – Ouvi rodas passando pela minha porta logo depois de escurecer; você estava em outro lugar. – Ele olhou para Gabriel – Meu Deus, Oak, como seu rosto está pálido, você parece um cadáver!

– É mesmo? – disse Oak, com um leve sorriso.

– Encoste-se no portão e espere um pouco.

– Tudo bem, tudo bem.

Ficaram parados perto do portão por algum tempo, Gabriel olhando para o chão com indiferença. Sua mente acelerou para o futuro e viu ali representadas em anos de lazer as cenas de arrependimento que resultariam daquele ato apressado. Que estavam casados, ele concluiu imediatamente. Por que tudo foi realizado de forma tão misteriosa? Todos sabiam que ela fizera uma viagem terrível até Bath, por ter calculado mal a distância, que o cavalo havia se machucado e que ela demorou mais de dois dias para chegar lá. Não era o jeito de Bathsheba fazer as coisas, às escondidas. Apesar de todos os seus defeitos, era a sinceridade em pessoa. Poderia ter caído em uma armadilha? A união não foi apenas uma dor indescritível para ele; ele ficou surpreso apesar de ter passado a semana anterior com a suspeita de que esse poderia ser o motivo do encontro de Troy com ela fora de casa. Seu retorno tranquilo com Liddy havia, até certo ponto, dissipado o pavor. Assim como aquele movimento imperceptível que se parece com a calma é infinitamente dividido em suas propriedades da própria calma, também sua esperança era indistinguível do desespero diferente do desespero real.

Em poucos minutos, eles seguiram novamente em direção à casa. O sargento ainda olhava pela janela.

– Bom dia, camaradas! – ele gritou com uma voz animada, quando eles apareceram.

Coggan respondeu à saudação e depois disse a Gabriel: – Não vai responder para o homem? Diga "bom dia", assim não precisa dizer nenhuma palavra com significado alegre e ainda será um homem educado.

Gabriel logo decidiu também que, uma vez que o fato estava consumado, tratar o assunto com mais alegria seria a maior gentileza para com aquela que ele amava.

– Bom dia, sargento Troy – ele respondeu com uma voz medonha.

– Essa casa é muito estranha e sombria – disse Troy, sorrindo.

– Ora... eles *podem* não estar casados! – sugeriu Coggan – Talvez ela não esteja lá.

Gabriel balançou a cabeça. O soldado virou-se um pouco para o leste, e o sol acendeu em seu casaco escarlate um brilho alaranjado.

– Mas é uma bela casa antiga – respondeu Gabriel.

– Sim... suponho que sim, mas me sinto como vinho novo em garrafa velha. Na minha opinião, os caixilhos das janelas deveriam ser colocados por toda parte, e essas velhas paredes poderiam ser cobertas, para ficarem mais iluminadas; ou o carvalho poderia ser totalmente removido, e as paredes seriam revestidas com papel.

– Acho que seria uma pena.

– Bem, não. Um filósofo me disse certa vez que os antigos construtores, que trabalhavam quando a arte era uma coisa viva, não tinham respeito pelo trabalho dos construtores que os precederam e demoliram e alteraram tudo como acharam adequado; e por que não podemos fazer o mesmo? "Criação e preservação não combinam bem", diz ele, "e um milhão de antiquários não conseguem inventar um estilo". Isso é exatamente o que penso. Sou a favor de tornar este lugar mais moderno, para que possamos ficar felizes enquanto podemos.

O militar virou-se e examinou o interior do quarto, para auxiliar suas ideias de melhoria nesse sentido. Gabriel e Coggan seguiram em frente.

– Ei, Coggan, – disse Troy, como se inspirado por uma

lembrança – você sabe se a insanidade alguma vez apareceu na família do sr. Boldwood?

Jan refletiu por um momento.

– Certa vez, ouvi dizer que um tio dele era esquisito da cabeça, mas não sei muita coisa sobre isso – disse ele.

– Não tem importância – respondeu Tom calmamente – Bem, estarei no campo com vocês algum dia desta semana, mas primeiro tenho alguns assuntos para tratar. Então, bom dia para vocês. É claro que manteremos a amizade como de costume. Não sou um homem orgulhoso, ninguém jamais poderá dizer isso do sargento Troy. Porém, como manda o costume, aqui está uma moeda de meia coroa para beber pela minha saúde, homens.

Troy jogou a moeda com habilidade através do terreno na parte da frente e por cima da cerca, em direção a Gabriel, que a evitou quando ela caiu, e seu rosto ficou vermelho de raiva. Coggan girou o olho, seguiu em frente e pegou a moeda ricocheteando na estrada.

– Muito bem, fique com ela, Coggan. – disse Gabriel com desdém e quase ferozmente – Quanto a mim, passarei longe dos presentes dele!

– Não demonstre muito, – disse Coggan, pensativo – porque se ele estiver casado com ela, ouça o que eu lhe digo, comprará sua dispensa e será nosso patrão aqui. Portanto, é bom chamá-lo de "amigo", mesmo que por dentro você diga "encrenqueiro".

– Bem, talvez seja melhor ficar calado, mas não consigo ir além disso. Não posso ficar bajulando, e se meu lugar aqui só puder ser mantido com bajulações, então vou perdê-lo.

Um cavaleiro, que já há algum tempo eles tinham avistado a distância, apareceu agora perto deles.

– Lá está o sr. Boldwood. – disse Oak – Fico imaginando o que Troy quis dizer com a pergunta que fez.

Coggan e Oak acenaram respeitosamente para o fazendeiro, e apenas diminuíram os passos para descobrir se ele queria falar com eles, mas como ele não deu nenhuma indicação, eles recuaram para deixá-lo passar.

Os únicos sinais da terrível tristeza que Boldwood vinha combatendo durante a noite, e lutava agora, eram a falta de cor em seu rosto bem definido, a aparência alargada das veias em sua testa e nas têmporas, e as linhas mais nítidas ao redor de sua boca. O cavalo o conduzia, e o passo do animal parecia estar carregado de um desespero obstinado. Gabriel, por um minuto, superou a própria dor ao perceber a atitude de Boldwood. Viu a figura quadrada sentada, ereta sobre o cavalo, a cabeça virada para nenhum dos lados, os cotovelos firmes nos quadris, a aba do chapéu nivelada e imperturbável, cobrindo seu rosto, até que as bordas afiadas da silhueta de Boldwood desapareceram gradualmente sobre a colina. Para quem conhecia o homem e sua história, havia algo mais impressionante nessa imobilidade do que um colapso. O choque de discórdia entre o temperamento e a matéria, aqui, foi dolorosamente levado ao coração; e, assim como no riso há fases mais terríveis do que nas lágrimas, também havia, na firmeza daquele homem agonizante, uma expressão mais profunda do que um grito.

CAPÍTULO XXXVI

RIQUEZA EM PERIGO - A FESTA

Certa noite, no final de agosto, quando as experiências de Bathsheba como mulher casada ainda eram novas e o tempo ainda estava seco e abafado, um homem ficou imóvel no curral da Fazenda Weatherbury Upper, olhando para a lua e o céu.

A noite tinha um aspecto sinistro. Uma brisa quente, vinda do sul, agitava lentamente os picos de objetos elevados, e no céu nuvens flutuantes navegavam em um curso perpendicular ao de outro estrato, nenhum deles na direção da brisa abaixo. A lua, vista através dessas névoas, tinha uma aparência metálica sinistra. Os campos estavam pálidos devido à luz impura, e todos eram tingidos de preto e branco, como se fossem vistos através de vitrais. Na mesma noite, as ovelhas voltaram para casa, o comportamento das gralhas estava confuso, e os cavalos movimentavam-se com timidez e cautela.

O trovão era iminente e, considerando algumas ocorrências secundárias, era provável que fosse seguido por uma das chuvas prolongadas que marcam o fim do tempo seco para a estação. Antes de doze horas, uma atmosfera de colheita seria coisa do passado.

Oak olhou com desconfiança para oito fardos nus e desprotegidos, enormes e pesados, com a rica produção de metade da fazenda naquele ano, e foi para o celeiro.

Aquela era a noite escolhida pelo sargento Troy... agora dominando o espaço de sua esposa... para oferecer o jantar e o baile da colheita. À medida que Oak se aproximou do prédio, o som de violinos, de um pandeiro, e o movimento regular de muitos pés tornaram-se mais distintos. Aproximou-se das grandes portas, uma das quais estava entreaberta, e olhou para dentro.

O espaço central, somado ao recuo de uma das extremidades, foi completamente esvaziado, e essa área, que ocupava cerca de dois terços do total, era apropriada para a reunião. A outra extremidade, que estava empilhada até o teto com aveia, foi protegida com uma lona. Ramos e guirlandas de folhagem verde decoravam as paredes, as vigas e os candelabros improvisados, e imediatamente em frente a Oak havia sido erguida uma tribuna com mesa e cadeiras. Ali estavam sentados três violinistas, e ao lado deles estava um homem frenético com os cabelos eriçados, o suor escorrendo pelo rosto e um pandeiro tremendo na mão.

A dança terminou, e no centro do chão de carvalho negro formou-se uma nova fila de casais para outra.

– Agora, madame, gostaria de lhe perguntar qual será a próxima dança – perguntou o primeiro violonista.

– Na verdade, não faz diferença – disse a voz clara de Bathsheba, que estava na extremidade interna do edifício, observando a cena por trás de uma mesa coberta com xícaras e iguarias. Troy estava relaxadamente sentado ao lado dela.

– Muito bem – disse o violinista – atrevo-me a dizer que a coisa certa e adequada é tocar *"A Alegria do Soldado"* por haver um soldado galante casado na fazenda. Todos concordam comigo?

– Que seja *"A Alegria do Soldado"* – exclamou um coro.

– Obrigado pelo elogio – disse o sargento alegremente, pegando Bathsheba pela mão e conduzindo-a ao início da dança – Embora eu tenha comprado minha dispensa da Décima Primeira Cavalaria de Sua Majestade, a Dragoon Guards, para cumprir os novos deveres que me aguardam aqui, continuarei sendo um soldado em espírito e sentimento enquanto viver.

Então, a dança começou. Quanto aos méritos de *"A Alegria do Soldado"*, não poderia haver, e nunca haveria, duas opiniões. Foi observado nos círculos musicais de Weatherbury e arredores que essa melodia, ao fim de três quartos de hora de passos ensurdecedores, ainda possuía mais propriedades estimulantes para o calcanhar e os dedos do pé do que a maioria das outras danças na sua introdução. "*A Alegria do Soldado*" também tem um encanto adicional, por ser tão admiravelmente adaptada ao pandeiro mencionado, que é um instrumento nada desprezível nas mãos de um intérprete que entende as contrações, os espasmos, as danças de São Vito e os terríveis frenesis necessários ao exibir seus tons em sua mais alta perfeição.

A melodia imortal terminou, uma bela melodia saindo do contrabaixo com a sonoridade de um bombardeio, e Gabriel não atrasou mais sua entrada. Evitou Bathsheba e aproximou-se o mais possível da plataforma onde o sargento Troy estava agora sentado, bebendo conhaque e água, embora os outros bebessem, sem exceção, cidra e cerveja. Gabriel não conseguia chegar perto do sargento com facilidade e enviou uma mensagem, pedindo-lhe que saísse por um momento. O sargento disse que não era possível.

– Então você poderia dizer a ele – disse Gabriel – que só vim até aqui para avisar que uma forte chuva certamente cairá em breve, e que algo deveria ser feito para proteger os fardos?

– O sr. Troy diz que não vai chover – respondeu o mensageiro – e não pode parar para conversar com você sobre essas inquietações.

Em justaposição com Troy, Oak tinha uma tendência à melancolia que parecia uma vela ao lado do gás e, pouco à vontade, saiu novamente, pensando em ir para casa, pois, dadas as circunstâncias, não tinha ânimo para a cena no celeiro. Parou por um momento à porta ao ouvir Troy falando.

– Amigos, não é apenas a colheita da fazenda que estamos celebrando esta noite, mas esta também é uma festa de casamento. Há pouco tempo tive a felicidade de conduzir ao altar esta senhora, sua patroa, e até agora não pudemos dar nenhuma explicação pública sobre o evento em Weatherbury. Para que tudo seja bem feito e para que todos possam ir para a cama felizes, ordenei que trouxessem aqui algumas garrafas de conhaque e chaleiras de água quente. Uma taça será entregue a cada convidado.

Bathsheba colocou a mão sobre o braço dele e, com o rosto pálido voltado para cima, disse, implorando: – Não, não dê isso a eles, por favor, não, Frank! Isso só lhes fará mal, eles estão todos satisfeitos.

– É verdade – não queremos mais nada, obrigado – disseram alguns deles.

– Bobagem! – disse o sargento com desdém, e levantou a voz como se estivesse iluminado por uma nova ideia. – Amigos, – disse ele – vamos mandar as mulheres para casa! Já é hora de elas irem para a cama. Então nós, os galos, faremos uma farra só de homens! Se houver algum covarde aqui, que procure um trabalho de inverno em outro lugar.

Bathsheba saiu indignada do celeiro, seguida por todas as mulheres e crianças. Os músicos, não se considerando como "companhia", escapuliram silenciosamente para sua carroça e atrelaram o cavalo. Assim, Troy e os homens da fazenda ficaram como únicos ocupantes do local. Oak, para não parecer desnecessariamente desagradável, ficou um pouco; depois ele também se levantou e partiu silenciosamente, seguido por uma praga amigável do sargento por não ficar para uma segunda rodada de grogue.

Gabriel seguiu em direção a sua casa. Ao se aproximar da porta, seu dedo do pé chutou algo que parecia macio, de couro e inchado, como uma luva de boxe. Era um grande sapo passando humildemente pelo caminho. Oak pegou-o, pensando que seria melhor matar a criatura para salvá-la da dor, mas, ao perceber que estava ileso, colocou-o novamente no meio da grama. Sabia o que significava essa mensagem direta da Grande Mãe. E logo veio outra.

Quando acendeu uma luz dentro de casa, apareceu sobre a mesa uma fina faixa brilhante, como se um pincel de verniz tivesse sido levemente passado sobre ela. Os olhos de Oak seguiram o brilho serpentino até o outro lado, levando-o levou até uma enorme lesma marrom de jardim, que havia entrado em casa naquela noite por motivos próprios. Foi a segunda maneira que a

Natureza encontrou para lhe sugerir que deveria se preparar para o mau tempo.

Oak sentou-se, meditando, por quase uma hora. Durante esse tempo, duas aranhas pretas, do tipo comum em casas de palha, passeavam pelo teto, caindo no chão. Isso lembrou-lhe que se havia um tipo de manifestação sobre esse assunto, que ele entendia perfeitamente, eram os instintos das ovelhas. Saiu da sala, correu por dois ou três campos em direção ao rebanho, subiu em uma cerca viva e olhou entre elas.

Estavam amontoadas do outro lado, em torno de alguns arbustos de tojo, e a primeira peculiaridade observável foi que, quando a cabeça de Oak apareceu subitamente por cima da cerca, elas não se mexeram nem fugiram. Tinham agora um terror por algo maior do que o terror pelo homem. Mas essa não era a característica mais notável: estavam todas agrupadas de tal forma que suas caudas, sem exceção, ficavam voltadas para aquela metade do horizonte de onde vinha a ameaça de tempestade. Havia um círculo interno bem amontoado e por fora dele outros mais afastados, o padrão formado pelo rebanho como um todo não era diferente de uma gola de renda Van Dyke, à qual o grupo perto do tojo ficava na posição do pescoço.

Essa cena foi suficiente para restabelecê-lo em sua opinião original. Sabia agora que estava certo e que Troy estava errado. Cada voz na natureza foi unânime em anunciar a mudança. Mas duas traduções distintas estavam associadas a essas expressões silenciosas. Aparentemente haveria uma tempestade, e depois uma chuva fria e contínua. Os seres rastejantes pareciam saber tudo sobre a chuva posterior, mas pouco sobre a tempestade interpolada; enquanto as ovelhas sabiam tudo sobre a tempestade e nada sobre a chuva posterior.

Por ser incomum, essa complicação do tempo era ainda mais temida. Oak voltou para as pilhas de feno. Tudo estava em silêncio ali, e as pontas cônicas das pilhas se projetavam escuras no céu. Havia cinco fardos de trigo e três pilhas de cevada naquele espaço.

O trigo, quando debulhado, renderia em média cerca de trinta quartos para cada pilha; a cevada, pelo menos quarenta. Como seu valor era para Bathsheba, e na verdade para mais ninguém, Oak estimou mentalmente pelo seguinte cálculo simples:

$5 \times 30 = 150$ quartos $= 500$ £.
$3 \times 40 = 120$ quartos $= 250$ £.

Total: 750 £.

Setecentas e cinquenta libras na forma mais divina que o dinheiro pode ser consumido... a de alimento necessário para homens e animais: deveria correr-se o risco de perder esse volume de milho para menos da metade do seu valor, devido à instabilidade de uma mulher? – Nunca, se eu puder evitar! – exclamou Gabriel.

Esse foi o argumento que Oak apresentou a si mesmo. Mas o homem, até para si mesmo, é um palimpsesto[12], tendo uma escrita ostensiva e outra nas entrelinhas. É possível que existisse essa lenda de ouro sob a lenda utilitarista: "Ajudarei a mulher que tanto amo até meu último esforço."

Voltou ao celeiro para tentar obter ajuda para cobrir os fardos naquela mesma noite. Tudo estava em silêncio lá dentro, e ele teria jurado que a festa havia terminado, se uma luz fraca, amarela como açafrão, em contraste com a brancura esverdeada do lado de fora, não penetrasse por um buraco nas portas sanfonadas.

Gabriel olhou lá dentro. Uma imagem incomum atingiu seu olho.

As velas suspensas entre as sempre-vivas estavam queimadas até as bases e, em alguns casos, as folhas amarradas nelas estavam chamuscadas. Muitas das luzes tinham se apagado, outras eram só fumaça e tinham um cheiro ruim, com a cera delas caindo no chão.

---

12 Palimpsesto: designa um pergaminho ou papiro cujo texto foi eliminado para permitir a reutilização.

Ali, debaixo da mesa e encostados em formas e cadeiras em todas as atitudes concebíveis, exceto a perpendicular, estavam todos os trabalhadores miseráveis com seus cabelos tão baixos que mais pareciam esfregões e vassouras. No meio deles brilhava a vermelha e distinta figura do sargento Troy, recostado em uma cadeira. Coggan estava deitado de costas, com a boca aberta, roncando, assim como vários outros. As respirações unidas do conjunto horizontal formavam um rugido moderado que imitava Londres a distância. Joseph Poorgrass estava enrolado como um porco-espinho, aparentemente na tentativa de deixar a menor porção possível de seu corpo em contato com o ar. Atrás dele era vagamente visível um vestígio sem importância de William Smallbury. Os copos e as taças ainda estavam sobre a mesa, um jarro de água estava tombado, e dele saía um pequeno córrego que depois de traçar seu curso com maravilhosa precisão pelo centro da longa mesa, caía no pescoço do inconsciente Mark Clark, em um gotejamento constante e monótono, como o de uma estalactite em uma caverna.

Gabriel olhou desesperadamente para o grupo que, com uma ou duas exceções, era composto de todos os homens fisicamente aptos da fazenda. Percebeu imediatamente que se os fardos tivessem de ser salvos naquela noite, ou mesmo na manhã seguinte, ele precisaria salvá-los com as próprias mãos.

Um leve tilintar ressoou sob o colete de Coggan. Era o relógio dele marcando 2 horas.

Oak foi até a forma toda curvada de Matthew Moon, que geralmente era responsável pelo trabalho com os fardos da propriedade, e o sacudiu. Mas não houve nenhuma reação.

Gabriel gritou em seu ouvido:

– Onde estão seus martelos, suas varas de colheita e as barras de proteção dos fardos?

– Debaixo das escoras – respondeu Moon, mecanicamente, com a prontidão inconsciente de um médium.

Gabriel soltou a cabeça, que caiu no chão como uma tigela. Então foi até o marido de Susan Tall.

– Onde está a chave do granário?

Sem resposta. A pergunta foi repetida, com o mesmo resultado. Ouvir alguém gritando à noite era evidentemente menos novidade para o marido de Susan Tall do que para Matthew Moon. Oak colocou a cabeça de Tall no canto novamente e se virou.

Para ser justo, os homens não eram os grandes culpados por esse encerramento doloroso e desmoralizante do entretenimento noturno. O sargento Troy havia insistido tão veementemente, com o copo na mão, que a bebida deveria ser o vínculo de sua união, que aqueles que desejassem recusar não gostariam de ser tão rudes, dadas as circunstâncias. Considerando que desde a juventude eles não estavam acostumados a nenhuma bebida mais forte do que cidra ou cerveja suave, não era de se admirar que tivessem todos sucumbido, com extraordinária uniformidade, após o decurso de cerca de uma hora.

Gabriel sentiu-se muito deprimido. Essa orgia era um mau presságio para sua patroa determinada e fascinante, a quem aquele homem fiel até agora sentia dentro de si como a personificação de tudo o que era doce, brilhante e desesperador.

Apagou as velas que estavam no fim, para que o celeiro não corresse perigo, fechou a porta com os homens em seu sono profundo e inconsciente e voltou para a noite solitária. Uma brisa quente, como se soprasse dos lábios entreabertos de algum dragão prestes a engolir o globo, soprava-o do sul, enquanto diretamente em frente, no norte, subia um sombrio corpo disforme de nuvens, nas garras do vento. Esse corpo subiu de forma tão anormal que se poderia imaginar que estava sendo levantado por máquinas. Enquanto isso, as tênues nuvens voaram de volta para o canto sudeste do céu, como se estivessem aterrorizadas pela grande nuvem, tal qual uma jovem ninhada observada por algum monstro.

Indo para o vilarejo, Oak atirou uma pequena pedra contra a

janela do quarto de Laban Tall, esperando que Susan a abrisse; mas ninguém se mexeu. Deu a volta até a porta dos fundos, que havia sido deixada aberta para a entrada de Laban, e caminhou até o pé da escada.

– Sra. Tall, vim buscar a chave do granário, para pegar os fardos – disse Oak, falando muito alto.

– É você? – perguntou a sra. Susan Tall, meio acordada.

– Sim – disse Gabriel.

– Venha para a cama, seu malandro, como pode acordar alguém desse modo?!

– Não é Laban... é Gabriel Oak. Quero a chave do granário.

– Gabriel! Meu Deus do céu, por que está fingindo ser Laban?

– Não estou fingindo. Pensei que soubesse que sou eu.

– Está fingindo sim! O que você quer aqui?

– A chave do granário.

– Pegue-a, então. Está no prego. As pessoas que vêm perturbar as mulheres a esta hora da noite deviam...

Gabriel pegou a chave, sem esperar pela conclusão do discurso. Dez minutos depois, sua figura solitária poderia ter sido vista arrastando quatro grandes coberturas impermeáveis pelo quintal, e logo dois dos fardos de tesouros em grãos estavam bem protegidos... duas lonas para cada um. Duzentas libras estavam garantidas. Três pilhas de trigo continuavam descobertas e não havia mais lonas. Oak olhou embaixo das escoras e encontrou um rastelo. Ele montou a terceira pilha de riquezas e começou a operar, adotando o plano de inclinar os feixes superiores um sobre o outro; e, além disso, preencher os interstícios com o material de alguns feixes que não estavam amarrados.

Até agora estava tudo bem. Por meio desse artifício apressado, a propriedade de Bathsheba em termos de trigo estava segura pelo menos por uma ou duas semanas, desde que não houvesse muito vento.

Em seguida veio a cevada. Só foi possível protegê-la através de cobertura sistemática de palha. O tempo passou, e a lua desapareceu para não reaparecer. Foi a despedida do embaixador antes da guerra. A noite tinha uma aparência abatida, como um doente. Então, finalmente, veio uma expiração total de ar de todo o céu na forma de uma brisa lenta, que poderia ter sido comparada à morte. E agora nada se ouvia no quintal, exceto as batidas monótonas do rebite que prendia as barras e o farfalhar da palha nos intervalos.

CAPÍTULO XXXVII

A TEMPESTADE - OS DOIS JUNTOS

Uma luz brilhou sobre a cena, como se fosse refletida em asas fosforescentes cruzando o céu, e um estrondo encheu o ar. Foi o primeiro movimento da tempestade que se aproximava.

A segunda trovoada foi barulhenta, com relativamente poucos relâmpagos visíveis. Gabriel viu uma vela brilhando no quarto de Bathsheba, e logo uma sombra se agitava de um lado para outro por trás da persiana.

Então veio um terceiro clarão. Manobras do tipo mais extraordinário foram acontecendo nas vastas cavidades do firmamento acima. O relâmpago agora era prateado e brilhava nos céus como um exército armado. Os estrondos se transformaram em chocalhos. Gabriel, de sua posição elevada, podia ver a paisagem pelo menos meia dúzia de quilômetros à frente. Cada cerca, arbusto e árvore eram distintos como em uma gravura de linha. Dentro de um cercado na mesma direção havia um rebanho de novilhas, e o contorno delas era visível naquele momento, em que estavam agindo de modo mais selvagem e numa louca confusão, jogando os calcanhares e caudas para o alto e suas cabeças para o chão. Um álamo logo em primeiro plano era como uma pincelada de tinta em latão polido. Então a imagem desapareceu, deixando a escuridão tão intensa, que Gabriel trabalhou inteiramente pelo que sentia com as mãos.

Havia fincado na pilha a haste, ou punhal, como era chamada indiferentemente uma longa lança de ferro, polida pelo manuseio, usada para apoiar os feixes em vez do suporte usado nas casas. Uma luz azul apareceu no zênite e, de uma maneira indescritível, brilhou perto do topo da haste. Foi o quarto dos clarões maiores. Um momento depois, houve um estalo... forte, claro e curto. Gabriel sentiu que sua posição era tudo menos segura e resolveu descer.

Nem uma gota de chuva havia caído ainda. Ele enxugou a testa, cansado, e olhou novamente para as formas negras das pilhas desprotegidas. Será que sua vida era tão valiosa para ele, afinal? Quais eram as perspectivas de ser tão cauteloso em correr riscos, quando um trabalho importante e urgente não poderia ser realizado sem tal risco? Resolveu ficar na pilha. No entanto, tomou uma precaução. Sob as escoras havia uma longa corda, usada para evitar a fuga de cavalos errantes. Levou-a escada acima e prendeu sua vara em um pedaço de madeira, deixando que a outra ponta da corda formasse uma trilha pelo chão. Fixou a estaca. Sob a sombra desse para-raios improvisado, sentiu-se relativamente seguro.

Antes que Oak colocasse novamente as mãos nas ferramentas, surgiu o quinto clarão, como o salto de uma serpente e o grito de um demônio. Era verde como uma esmeralda, e a reverberação foi impressionante. O que era aquilo que a luz lhe revelou? No terreno aberto diante dele, enquanto olhava por cima do topo da pilha, havia uma forma escura e aparentemente feminina. Será que era a única mulher corajosa da paróquia... Bathsheba? A forma deu um passo, e ele não conseguiu ver mais nada.

– É você, senhora? – perguntou Gabriel para a escuridão.

– Quem está aí? – disse a voz de Bathsheba.

– Gabriel. Estou protegendo os feixes.

– Oh, Gabriel!... é você? Vim para vê-los. O tempo me acordou, e pensei no milho. Estou tão angustiada com isso... podemos salvá-lo de qualquer maneira? Não consigo encontrar meu marido. Ele está com você?

– Ele não está aqui.

– Você sabe onde ele está?

– Dormindo no celeiro.

– Ele prometeu que as pilhas seriam protegidas, e agora estão todas abandonadas! Posso fazer alguma coisa para ajudar? Liddy está com medo de sair. Que bom encontrar você aqui a essa hora! Posso fazer alguma coisa?

– Você pode trazer alguns feixes de junco para mim, um por um, senhora; se você não tem medo de subir a escada no escuro – disse Gabriel e continuou: – Cada momento é precioso agora, e isso economizaria muito tempo. Não fica muito escuro depois que o relâmpago desaparece.

– Farei qualquer coisa! – ela respondeu, resolutamente. No mesmo instante pegou um maço sobre o ombro, subiu perto dos calcanhares dele, colocou-o atrás da vara e desceu para pegar outro. Na terceira subida, o feixe subitamente iluminou-se com o brilho incrível de faiança polida. Cada nó em cada palha era visível. Na encosta à frente dele apareceram duas formas humanas, negras como azeviche. O feixe perdeu o brilho e as formas desapareceram. Gabriel virou a cabeça. Foi o sexto clarão que veio do leste atrás dele, e as duas formas escuras na encosta eram as sombras dele e de Bathsheba.

Em seguida veio o estrondo. Era difícil acreditar que uma luz tão celestial pudesse dar origem a um som tão diabólico.

– Que horror! – ela exclamou e agarrou-o pela manga. Gabriel virou-se e firmou-a em seu posto aéreo segurando-a pelo braço. No mesmo momento, enquanto ainda estava de costas na mesma posição, houve mais luz, e ele viu, por assim dizer, uma cópia do alto álamo da colina desenhado em preto na parede do celeiro. Era a sombra daquela árvore, lançada por um clarão secundário no oeste.

Outro relâmpago chegou. Bathsheba estava agora no chão, carregando mais um feixe nos ombros, e suportou seu ofuscamento sem vacilar, com trovão e tudo, e novamente subiu com a carga. Houve então um silêncio em todos os lugares durante quatro ou cinco minutos, e o barulho dos mastros, enquanto Gabriel os martelava apressadamente, pôde novamente ser ouvido distintamente. Ele pensou que o pior da tempestade houvesse passado. Entretanto, veio uma explosão de luz.

– Aguente! – disse Gabriel, pegando o feixe dos ombros dela e segurando seu braço novamente.

O céu se abriu, então, de fato. O clarão era quase novo demais por sua natureza inexprimivelmente perigosa a ser imediatamente percebida, e eles só conseguiam compreender a magnificência de sua beleza. Surgiu do leste, oeste, norte, sul, e foi uma dança perfeita da morte. As formas de esqueletos apareceram no ar, moldados com fogo azul no lugar dos ossos... dançando, saltando, caminhando, correndo e misturando-se em uma confusão sem igual. Com eles estavam entrelaçadas cobras ondulantes verdes, e atrás delas havia uma ampla massa de luz menor. Simultaneamente veio de todas as partes do céu o que pode ser chamado de grito, uma vez que, embora nenhum grito parecesse ser igual a esse, era mais da natureza de um grito do que de qualquer outra coisa terrena. Enquanto isso, uma das formas horríveis pousou na ponta da vara de Gabriel, para descer invisivelmente por ela, pela corda e para dentro da terra. Gabriel ficou quase cego e sentiu o braço quente de Bathsheba tremer em sua mão, uma sensação nova e bastante emocionante; mas o amor, a vida, tudo o que é humano pareciam pequenos e insignificantes em tão estreita justaposição com um universo enfurecido.

Oak mal teve tempo de reunir essas impressões em um pensamento e de ver quão estranhamente a pena vermelha do chapéu dela brilhava sob essa luz, quando a alta árvore na colina antes mencionada parecia pegar fogo em um calor branco, e um novo trovão se misturou, entre as vozes terríveis do último estrondo, com os anteriores. Foi um estrondo estonteante, áspero e impiedoso, e atingiu-lhes os ouvidos num golpe morto e seco, sem aquela reverberação que empresta os tons de um tambor a trovões mais distantes. Pelo brilho refletido em todas as partes da terra e na ampla concha acima dela, ele viu que a árvore estava cortada em todo o comprimento de seu tronco alto e reto, e uma enorme tira de casca aparentemente havia sido arrancada. A outra parte permaneceu ereta e revelou a superfície nua como uma faixa branca na frente. O raio havia atingido a árvore. Um cheiro sulfuroso encheu o ar. Em seguida, tudo ficou em silêncio e escuro como uma caverna em Hinnom.

– Escapamos por pouco! – disse Gabriel, apressadamente – É melhor você descer.

Bathsheba não disse nada, mas ele podia ouvir claramente o ritmo ofegante de sua respiração e o farfalhar recorrente do feixe ao lado dela em resposta às suas pulsações assustadas. Ela desceu a escada, e ele, pensando bem, a seguiu. A escuridão agora era impenetrável pela visão mais nítida. Ambos ficaram parados na parte inferior, lado a lado. Bathsheba parecia pensar apenas no tempo. Oak só pensava nela naquele momento. Finalmente ele disse:

– Parece que agora a tempestade passou.

– Também acho. – disse Bathsheba – Embora haja uma infinidade de relâmpagos. Olhe!

O céu estava agora cheio de uma luz incessante, a repetição frequente fundindo-se com uma continuidade completa, como um som ininterrupto que resulta das batidas sucessivas de um gongo.

– Nada sério – disse ele – Não consigo entender como a chuva não cai. Mas Deus seja louvado, é melhor para nós. Agora vou subir novamente.

– Gabriel, você é mais gentil do que eu mereço! Ficarei aqui e ajudarei você. Meu Deus, por que alguns dos outros não estão aqui?!

– Estariam aqui se pudessem – disse Oak, de forma hesitante.

– Ah, sei de tudo... de tudo – disse ela, acrescentando lentamente: – Estão todos dormindo no celeiro, num sono de embriaguez, e meu marido está entre eles. É isso, não é? Não pense que sou uma mulher tímida e que não posso suportar as coisas.

– Não tenho certeza. – respondeu Gabriel – Vou até lá para verificar.

Ele foi até o celeiro, deixando-a lá, sozinha. Olhou pelas frestas da porta. Tudo estava na escuridão total, como ele havia deixado, e ainda se ouvia, como anteriormente, o zumbido constante de muitos roncos.

Sentiu uma brisa passando pelo seu rosto e se virou. Era a respiração de Bathsheba... ela o havia seguido e estava olhando pela mesma fresta.

Ele se esforçou para mudar o assunto imediato e doloroso de seus pensamentos, comentando gentilmente: – Se quiser voltar, senhorita... senhora, e ajudar mais um pouco... isso economizaria muito tempo.

Então Oak voltou, subiu até o topo, desceu a escada para uma expedição maior e subiu na cobertura de palha. Ela o seguiu, mas sem feixe.

– Gabriel – ela disse, com uma voz estranha e impressionante.

Oak olhou para ela. Não tinha falado desde que ele saiu do celeiro. O brilho suave e contínuo do relâmpago moribundo mostrou um rosto de mármore contra o céu negro do lado oposto. Bathsheba estava sentada quase no topo da pilha, com os pés apoiados no topo da escada.

– Sim, senhora – ele disse.

– Suponho que você pensou que quando fui para Bath naquela noite tinha o propósito de me casar?

– No fim, sim, mas não no início – ele respondeu, um tanto surpreso com a brusquidão com que esse novo assunto foi abordado.

– E os outros também pensavam assim?

– Sim.

– E você me culpa por isso?

– Bem... um pouco.

– Foi o que pensei. Agora, preocupo-me um pouco com a sua

boa opinião e quero explicar uma coisa, porque queria fazê-lo desde que voltei, e você olhava para mim com tanta seriedade. Se eu estivesse para morrer, e posso morrer em breve, seria terrível que tivesse uma impressão errada de mim. Agora, ouça.

Gabriel parou de fazer barulho.

– Fui a Bath naquela noite com a intenção de romper meu noivado com o sr. Troy. Foi devido às circunstâncias que ocorreram depois que cheguei lá que nos casamos. Agora, você vê o assunto sob uma nova luz?

– Sim, um pouco.

– Preciso dizer mais, agora que comecei. E talvez não faça mal, pois você certamente não tem a ilusão de que algum dia eu o amei, ou de que possa ter qualquer objeção em falar, mais do que já tenho mencionado. Bem, eu estava sozinha em uma cidade estranha, e o cavalo estava manco. E, finalmente, não sabia o que fazer. Percebi, quando já era tarde demais, que o escândalo poderia tomar conta de mim por encontrá-lo sozinho daquela maneira. Mas eu estava indo embora, quando, de repente, ele disse que naquele dia tinha visto uma mulher mais bonita do que eu, e que sua constância não poderia ser garantida a menos que eu imediatamente me tornasse dele... fiquei triste e perturbada... – Ela limpou a voz e esperou um momento, como se quisesse recuperar o fôlego – E então, entre o ciúme e a loucura, me casei com ele! – ela sussurrou com impetuosidade desesperada.

Gabriel não respondeu.

– A culpa não foi dele, pois era perfeitamente verdade sobre... sobre ele ter saído com outra pessoa. – acrescentou ela rapidamente – E agora não desejo nenhum comentário seu sobre o assunto... na verdade, eu o proíbo. Só queria que você conhecesse aquela parte incompreendida da minha história, antes que chegue um momento que nunca poderá saber. Quer mais alguns feixes?

Ela desceu a escada, e o trabalho prosseguiu. Gabriel logo

percebeu um langor nos movimentos de cima e para baixo de sua patroa, e disse-lhe, gentilmente como uma mãe:

– Acho que é melhor você ir para dentro de casa agora, você está cansada. Posso terminar o resto sozinho. Se o vento não mudar, a chuva provavelmente não virá.

– Se sou inútil, irei. – disse Bathsheba, com sinais de cansaço – Mas, oh, e se você se machucar?

– Você não é inútil, mas preferiria não cansá-la mais. Você se saiu muito bem.

– E você, melhor! – ela disse com gratidão – Obrigada por sua devoção, mil vezes, Gabriel! Boa noite, sei que está fazendo o melhor por mim.

Ela diminuiu na escuridão e desapareceu, e ele ouviu o trinco do portão cair quando ela passou. Ele agora trabalhava em devaneio, refletindo sobre a história dela e sobre a contradição daquele coração feminino que a fez falar com ele de maneira mais calorosa essa noite do que jamais havia feito enquanto solteira e livre para falar tão calorosamente quanto quisesse.

Sua meditação foi perturbada por um barulho áspero vindo da cocheira. Era o cata-vento do telhado girando, e essa mudança no vento foi o sinal de uma chuva desastrosa.

CAPÍTULO XXXVIII

CHUVA - UM SOLITÁRIO ENCONTRA O OUTRO

Já eram 5 horas, e o amanhecer prometia romper em tons de cinza e monótono. O ar mudou de temperatura e agitou-se com mais vigor. Brisas frescas corriam em redemoinhos transparentes ao redor do rosto de Oak. O vento mudou ainda um ou dois pontos e soprou mais forte. Em dez minutos, todos os ventos do céu pareciam estar soltos. Parte da cobertura das pilhas de trigo estava agora girando fantasticamente no alto, e teve de ser substituída e fixada por algumas barras que estavam próximas. Feito isso, Oak voltou a trabalhar com a cevada. Uma enorme gota de chuva atingiu-lhe o rosto, o vento rosnava em cada esquina, as árvores balançavam até a base dos troncos, e os galhos se chocavam em conflito. Fincando as barras em qualquer ponto e usando algum sistema, centímetro por centímetro ele cobriu cada vez mais com segurança da ruína essa representação perturbadora de 700 libras. A chuva caiu forte, e Oak logo sentiu que a água estava traçando rotas frias e úmidas pelas suas costas. Finalmente, ele ficou encharcado, e as tintas de suas roupas escorreram e formaram uma poça ao pé da escada. A chuva estendia-se obliquamente através da atmosfera monótona em espinhos líquidos, em continuidade ininterrupta entre seu início nas nuvens e suas pontas caindo sobre ele.

Oak, de repente, lembrou-se de que, oito meses antes, havia lutado contra o fogo no mesmo local, com a mesma desesperança com que lutava contra a água agora... e por um amor fútil pela mesma mulher. Quanto a ela... Mas Oak era generoso e verdadeiro, e rejeitou suas reflexões.

Eram cerca de 7 horas da manhã escura e plúmbea quando Gabriel desceu da última pilha e exclamou agradecido: – Está feito!

– Estava encharcado, cansado e triste, mas não tão triste quanto encharcado e cansado, pois sentiu-se animado por uma sensação de sucesso em razão de uma boa causa.

Sons fracos vieram do celeiro, e ele olhou para lá. Figuras passavam pelas portas sozinhas e aos pares... todos andando desajeitados e envergonhados, exceto o primeiro, que usava uma jaqueta vermelha e avançava com as mãos nos bolsos, assobiando. Os outros seguiram cambaleando com ar de consciência pesada: toda a procissão não era diferente do grupo de pretendentes de Flaxman que cambaleava em direção às regiões infernais sob a condução de Mercúrio. As formas retorcidas foram para o vilarejo, e Troy, o líder, entrou na casa da fazenda. Nenhum deles olhou em direção às pilhas nem aparentemente pensou sobre a condição delas.

Logo Oak também voltou para casa, por um caminho diferente do deles. À sua frente, contra a superfície brilhante e molhada da estrada, ele viu uma pessoa andando ainda mais devagar do que ele, sob um guarda-chuva. O homem virou-se e ficou assustado, era Boldwood.

– Como está nesta manhã, senhor? – perguntou Oak.

– Olá, é um dia bem úmido. Oh, estou bem, muito bem, obrigado; muito bem.

– Fico feliz em saber, senhor.

Boldwood pareceu despertar gradualmente para o presente e disse: – Você parece cansado e doente, Oak – e olhou de maneira desconexa para seu companheiro.

– Estou cansado. O senhor parece um pouco alterado, senhor.

– Eu? Nem um pouco, estou muito bem. O que o faz pensar isso?

– Achei que não parecia tão bem como de costume, só isso.

– Na verdade, você está enganado. – disse Boldwood rapidamente – Nada me machuca. Sou feito de ferro.

— Trabalhei duro para cobrir nossas pilhas e quase não cheguei a tempo. Nunca tive tanto trabalho em minha vida... as suas pilhas, é claro, estão seguras, senhor.

— Ah, sim! – acrescentou Boldwood, após um intervalo de silêncio: – O que você perguntou, Oak?

— Suas pilhas estão todas cobertas, não estão?

— Não.

— De qualquer forma, as grandes estão sobre suportes de pedra?

— Não, não estão.

— Estão debaixo de uma cobertura?

— Não. Esqueci de dizer ao responsável para providenciar isso.

— Nem as pequenas que estavam nos degraus?

— Nem as pequenas que estavam nos degraus. Ignorei as pilhas este ano.

— Então nem um décimo do seu milho será avaliado, senhor.

— Possivelmente não.

— Ignorou-as. – Gabriel repetiu vagarosamente para si mesmo. É difícil descrever o efeito intensamente dramático que o anúncio teve sobre Oak naquele momento. Durante toda a noite ele sentiu que a negligência que estava trabalhando para reparar era anormal e isolada... o único caso desse tipo no condado. Mas, ao mesmo tempo, dentro da mesma paróquia, um desperdício maior estava acontecendo, sem reclamação e desconsiderado. Alguns meses antes, se Boldwood esquecesse de seus negócios seria uma ideia tão absurda quanto se um marinheiro se esquecesse de que estava em um navio. Oak ficou pensando que, independentemente do que ele próprio pudesse ter sofrido com o casamento de Bathsheba, ali estava um homem que havia sofrido mais, quando Boldwood falou com uma voz diferente... a de alguém que ansiava por fazer uma confidência e aliviar seu coração.

— Oak, você sabe tão bem quanto eu que as coisas deram errado comigo ultimamente. Pode ser minha culpa. Iria me estabelecer um pouco na vida, mas de alguma forma meu plano deu em nada.

— Achei que minha patroa se casaria com o senhor, — disse Gabriel, sem conhecer o suficiente da profundidade do amor de Boldwood para manter silêncio por causa do fazendeiro, e determinado a não fugir da disciplina fazendo isso por conta própria.
— No entanto, às vezes é assim, e nada do que esperamos acontece — acrescentou, com a tranquilidade de um homem que tinha se acostumado à fatalidade em vez de subjugá-la.

— Ouso dizer que sou uma piada na paróquia. — disse Boldwood, como se o assunto lhe chegasse irresistivelmente à língua, e com uma leveza triste destinada a expressar sua indiferença.

— Oh, não... eu não acho.

— Mas a pura verdade é que não houve, como alguns imaginam, qualquer flerte da parte dela. Nunca existiu nenhum compromisso entre mim e a srta. Everdene. As pessoas dizem isso, mas não é verdade; ela nunca me prometeu nada! — Boldwood ficou imóvel e virou o rosto transtornado para Oak — Oh, Gabriel, — continuou ele — sou fraco e tolo, e não sei como e não consigo afastar essa dor miserável!... Tinha uma fraca crença na misericórdia Divina até que perdi aquela mulher. Sim, Ele preparou um cabaceiro para me dar sombra e, como o profeta, agradeci e fiquei feliz. Mas, no dia seguinte, Ele preparou um verme para ferir a cabeça e secá-la[13]; e sinto que é melhor morrer do que viver!

Seguiu-se um silêncio. Boldwood despertou do clima momentâneo de confiança em que havia caído e caminhou novamente, retomando sua reserva habitual.

---

13 Referência ao livro de Jonas 4:6: "E fez o Senhor Deus nascer uma aboboreira, e ela subiu por cima de Jonas, para que fizesse sombra sobre a sua cabeça, a fim de o livrar de seu enfado; e Jonas se alegrou em extremo por causa da aboboreira".

— Não, Gabriel – prosseguiu, com um descuido que lembrava o sorriso no rosto de uma caveira: – foi feito mais por outras pessoas do que por nós. Às vezes, sinto um pouco de arrependimento, mas nenhuma mulher jamais teve poder sobre mim por muito tempo. Bem, bom dia, sei que posso confiar que você não mencionará aos outros o que aconteceu entre nós dois aqui.

CAPÍTULO XXXIX

VOLTANDO PARA CASA - UM GRITO

Na rodovia entre Casterbridge e Weatherbury, a cerca de cinco quilômetros do antigo local, fica Yalbury Hill, uma daquelas longas e íngremes ladeiras que permeiam as rodovias dessa parte ondulada de South Wessex. Ao retornar do mercado, era comum que os fazendeiros e outras pessoas parassem na base e subissem a pé.

Numa noite de sábado, no mês de outubro, o veículo de Bathsheba estava subindo essa ladeira. Ela estava sentada com indiferença no segundo assento, enquanto caminhava ao lado dela, em trajes de fazendeiro de corte elegante e incomum, um jovem ereto e robusto. Embora a pé, ele segurava as rédeas e o chicote, e ocasionalmente dava leves golpes na orelha do cavalo com a ponta do chicote, como divertimento. Esse homem era seu marido, o ex-sargento Troy, que, tendo comprado sua dispensa com o dinheiro de Bathsheba, foi aos poucos se transformando em fazendeiro de uma escola animada e muito moderna. As pessoas de ideias inalteráveis ainda insistiam em chamá-lo de "Sargento" quando o encontravam, o que se devia, em certa medida, ao fato de ele ainda conservar o bigode bem formado de seus tempos militares e o porte militar inseparável de sua forma e treinamento.

– Sim, se não fosse aquela chuva terrível, eu ganharia 200 libras só de olhar, meu amor. – dizia ele – Você não vê que tudo mudou? Como li em um livro certa vez, o tempo chuvoso é a narrativa, e os dias bonitos são os episódios da história do nosso campo, não é verdade?

– Mas chegou a época do ano em que o clima é instável.

– Bem, sim. O fato é que essas corridas de Outono são a ruína de todos. Nunca vi um dia assim! É um lugar selvagem e aberto, perto de Budmouth, e um mar monótono veio em nossa direção como uma miséria líquida. Vento e chuva... meu bom Deus! A escuridão? Ora, estava tão negro quanto meu chapéu antes da última corrida. Eram 5 horas e não dava para ver os cavalos até que eles estivessem quase dentro, muito menos as cores. O chão estava pesado como chumbo, e todo o julgamento da experiência de um sujeito seria inútil. Cavalos, cavaleiros, pessoas, foram todos soprados como navios no mar. Três cabines foram derrubadas, e as pessoas miseráveis que estavam lá dentro rastejaram para fora, apoiadas nas mãos e nos joelhos; e no campo seguinte havia até uma dúzia de chapéus ao mesmo tempo. Sim, Pimpernel geralmente agia rápido, quando estava a cerca de sessenta metros de distância, e quando vi a polícia chegando, meu coração bateu contra minhas costelas, garanto a você, meu amor!

– E você quer dizer, Frank – disse Bathsheba, com tristeza... sua voz dolorosamente baixa em comparação à plenitude e vivacidade do verão anterior – que perdeu mais de 100 libras em um mês nessa terrível corrida de cavalos? Oh, Frank, isso é cruel; é tolice da sua parte usar meu dinheiro dessa maneira. Teremos de sair da fazenda, isso será o fim de tudo!

– Você está enganada sobre ser cruel. Agora isso de novo: vai começar a chorar; você não muda mesmo.

– Mas vai me prometer que não irá à segunda reunião de Budmouth, não vai? – ela implorou. Bathsheba estava prestes a chorar, mas manteve os olhos secos.

– Não vejo por que deixaria de ir; na verdade, se o dia estiver bom, estava pensando em levar você.

– Nunca, nunca! Primeiro vou percorrer cem quilômetros na direção oposta. Odeio até mesmo escutar essa palavra!

– Mas a questão de ir ver a corrida ou ficar em casa tem muito pouco a ver com o assunto. As apostas são todas reservadas com segurança antes do início da corrida, você pode confiar. Se for uma corrida ruim ou boa para mim, terá muito pouco a ver com a nossa ida para lá na próxima segunda-feira.

– Mas você não quer dizer que arriscou alguma coisa nessa também! – ela exclamou, com um olhar agonizante.

– Pronto, não seja tola. Espere até que eu lhe conte. Ora, Bathsheba, você perdeu toda a coragem e atrevimento que tinha anteriormente, e pela minha vida, se eu soubesse que criatura covarde você era sob toda a sua ousadia, nunca teria... bem, você sabe o quê.

Um lampejo de indignação poderia ter sido visto nos olhos escuros de Bathsheba enquanto ela olhava resolutamente para frente após essa resposta. Eles seguiram em frente sem mais palavras, algumas folhas murchas das árvores que cobriam a estrada naquele local ocasionalmente caíam girando em seu caminho para o chão.

Uma mulher apareceu no topo da colina. A colina ficava num sulco, de modo que ela estava bem perto do marido e da mulher antes de se tornar visível. Troy havia voltado para a carruagem e, enquanto colocava o pé no degrau, a mulher passou por trás dele.

Apesar das árvores que faziam sombra e a aproximação do entardecer os envolvessem em escuridão, Bathsheba podia ver claramente o suficiente para discernir a extrema pobreza do traje da mulher e a tristeza de seu rosto.

– Por favor, senhor, sabe a que horas fecha o Abrigo de Casterbridge à noite?

A mulher disse essas palavras para Troy por cima do ombro dele.

Troy visivelmente se assustou com a voz; no entanto, pareceu recuperar a presença de espírito o suficiente para evitar ceder ao impulso de virar-se subitamente e encará-la. Ele disse calmamente:

– Não sei.

A mulher, ao ouvi-lo falar, ergueu rapidamente os olhos, examinou o lado do rosto dele e reconheceu o soldado sob o traje de fazendeiro. Seu rosto assumiu uma expressão que continha alegria e agonia entre seus elementos. Ela soltou um grito histérico e caiu.

– Oh, pobrezinha! – exclamou Bathsheba, instantaneamente se preparando para descer.

– Fique onde está e cuide do cavalo! – disse Troy, jogando-lhe as rédeas e o chicote de forma decisiva – Leve o cavalo para cima, cuidarei da mulher.

– Mas eu...

– Você não está me ouvindo? Vá, pegue Poppet e suba!

O cavalo, a carruagem e Bathsheba seguiram em frente.

– Como você veio parar aqui? Achei que estivesse a quilômetros de distância ou morta! Por que você não escreveu para mim? – disse Troy para a mulher, com uma voz estranhamente gentil, mas apressada, enquanto a levantava.

– Tive medo.

– Você tem algum dinheiro?

– Nenhum.

– Meu Deus do céu! Gostaria de ter mais para lhe dar! Aqui tem um pouco de dinheiro... que tristeza... uma ninharia. É tudo o que me resta. Não tenho nada além do que minha esposa me dá, você sabe, e não posso pedir a ela agora.

A mulher não respondeu.

– Tenho pouco tempo para falar. – continuou Troy – E agora ouça. Aonde você vai esta noite? Para o Abrigo de Casterbridge?

– Sim, pensei em ir para lá.

– Não deve ir para lá, ainda assim, espere. Sim, talvez esta noite. Não posso fazer nada melhor... que falta de sorte! Durma lá esta noite e fique lá amanhã. Segunda-feira é o primeiro dia livre que tenho, e logo de manhã, exatamente às 10 horas, encontre-me em Grey's Bridge, perto da cidade. Trarei todo o dinheiro que puder juntar. Você não passará necessidade... vou cuidar de tudo, Fanny; então vou conseguir um alojamento para você em algum lugar. Adeus, por enquanto. Sou um bruto... mas preciso dizer adeus!

Depois de avançar a distância que completava a subida da colina, Bathsheba virou a cabeça. A mulher estava de pé, e Bathsheba a viu se afastando de Troy e descer debilmente a colina até o terceiro marco de Casterbridge. Troy então se aproximou de sua esposa, entrou na charrete, pegou as rédeas de sua mão e, sem fazer nenhuma observação, chicoteou o cavalo para um trote. Estava bastante agitado.

– Você sabe quem é aquela mulher? – perguntou Bathsheba, olhando atentamente para o rosto dele.

– Sei. – ele respondeu, olhando corajosamente de volta para ela.

– Achei que soubesse. – ela disse, com arrogância e cheia de raiva, ainda olhando para ele – Quem é ela?

De repente, ele pareceu pensar que a franqueza não beneficiaria nenhuma das mulheres.

– Conheço ela só de vista.

– Qual é o nome dela?

– Como saberia o nome dela?

– Acho que sabe.

– Pense o que quiser. – A frase foi completada por um golpe certeiro do chicote no flanco de Poppet, o que fez o animal avançar em um ritmo selvagem. Nada mais foi dito.

CAPÍTULO XL

NA ESTRADA DE CASTERBRIDGE

A mulher continuou andando por um tempo considerável. Seus passos foram ficando mais fracos e ela forçou os olhos para enxergar ao longe, para a estrada nua, agora indistinta em meio à penumbra da noite. Por fim, sua caminhada reduziu-se a um mero cambaleio, e ela abriu um portão, e do lado de dentro havia um palheiro. Sentou-se debaixo dele e logo dormiu.

Quando a mulher acordou, encontrou-se nas profundezas de uma noite sem lua e sem estrelas. Uma pesada crosta ininterrupta de nuvens se estendia pelo céu, bloqueando cada partícula do céu; e um halo distante que pairava sobre a cidade de Casterbridge era visível contra o côncavo negro, a luminosidade parecendo ainda mais brilhante pelo seu grande contraste com a escuridão ao redor. A mulher voltou os olhos para esse brilho fraco e suave.

– Se ao menos pudesse chegar lá! – ela disse – Encontrá-lo depois de amanhã: Deus me ajude! Talvez esteja no meu túmulo antes disso.

Um relógio de uma mansão, vindo das profundezas da sombra, marcou a hora, em tom baixo e atenuado. Depois da meia-noite, a voz de um relógio parece perder tanto em largura quanto em comprimento, e diminuir sua sonoridade para um fino falsete.

Depois uma luz, duas luzes, surgiram da sombra remota e ficaram maiores. Uma carruagem passou pela estrada e entrou pelo portão. Provavelmente com algumas pessoas que haviam saído para jantar. Os raios de uma lâmpada brilharam por um momento sobre a mulher agachada e deixaram seu rosto em vívido relevo. O rosto era de uma jovem, porém envelhecido; os contornos gerais eram flexíveis e infantis, mas os contornos mais finos começaram a ficar nítidos e finos.

A viajante levantou-se, aparentemente com determinação renovada, e olhou em volta. A estrada parecia familiar para ela, e examinou cuidadosamente a cerca enquanto caminhava com lentidão. Logo tornou-se visível uma forma branca e opaca, era outro marco. Passou os dedos nele para sentir as marcas.

– Mais duas! – ela disse.

Encostou-se na pedra como meio de descanso por um curto intervalo, depois agitou-se e novamente seguiu seu caminho. Por uma pequena distância resistiu corajosamente, depois cedendo como antes. Parou ao lado de um bosque solitário, onde montes de lascas brancas espalhadas pelo chão frondoso mostravam que os lenhadores estavam cortando e fazendo cercas durante o dia. Agora não havia um farfalhar, nem uma brisa, nem o mais leve bater de galhos para lhe fazer companhia. A mulher olhou por cima do portão, abriu-o e entrou. Perto da entrada havia uma fileira de gravetos, amarrados e soltos, junto a estacas de todos os tamanhos.

Durante alguns segundos a viajante permaneceu com aquela quietude tensa que significa não ser o fim, mas apenas a suspensão de um movimento anterior. Sua atitude era a de uma pessoa que escuta, seja o mundo externo do som, seja o discurso imaginado do pensamento. Uma análise rigorosa poderia ter detectado sinais que provassem que ela estava decidida a optar pela última alternativa. Além disso, como foi demonstrado pelo que se seguiu, ela exercia estranhamente a faculdade de invenção na especialidade do inteligente Jacquet Droz, o criador de substitutos automáticos para membros humanos.

Com a ajuda da aurora de Casterbridge e apalpando com as mãos, a mulher selecionou dois gravetos da pilha. Esses gravetos tinham quase um metro ou mais de um metro de altura, onde cada um se ramificava em uma bifurcação como a letra Y. Sentou-se, quebrou os pequenos galhos superiores e carregou o restante consigo para a estrada. Colocou uma forquilha sob cada braço como uma muleta, testou-os jogando timidamente todo o seu peso sobre eles... tão pouco que era... e seguiu em frente. A jovem havia feito para si uma ajuda material.

As muletas responderam bem. O bater de seus pés e o de suas varas na estrada eram todos os sons que vinham da viajante agora. Havia ultrapassado o último marco por uma boa distância e começou a olhar melancolicamente para a margem, como se calculasse outro marco em breve. As muletas, embora tão úteis, tinham poderes limitados. O mecanismo apenas transfere trabalho, sendo impotente para substituí-lo, e a quantidade original de esforço não foi eliminada; foi jogado no corpo e nos braços. Ela estava exausta, e cada movimento para frente ficava mais fraco. Por fim, balançou para o lado e caiu.

Ali ela ficou deitada, um amontoado disforme, por dez minutos ou mais. O vento da manhã começou a soprar com força sobre as planícies e a mover novamente as folhas mortas que estavam imóveis desde o dia anterior. A mulher virou-se desesperadamente sobre os joelhos e depois levantou-se. Firmando-se com a ajuda de uma muleta, ela ensaiou um passo, depois outro, depois um terceiro, usando as muletas agora apenas como bengalas. Assim ela continuou descendo até Mellstock Hill, outro marco apareceu, e logo o início de uma cerca com grades de ferro surgiu. Cambaleou até o primeiro poste, agarrou-se a ele e olhou em volta.

As luzes de Casterbridge agora eram visíveis individualmente. Já era quase manhã, e os veículos podiam ser esperados, se não houvesse pressa. Ela ouviu os ruídos ao redor. Não havia nenhum som de vida, exceto o ápice e a sublimação de todos os sons sombrios, o uivo de uma raposa, suas três notas ocas sendo reproduzidas em intervalos de um minuto, com a precisão de um sino fúnebre.

– Menos de um quilômetro! – a mulher murmurou – Não, mais – acrescentou ela, após uma pausa – Um quilômetro até a prefeitura, e meu local de descanso fica do outro lado de Casterbridge. Um pouco mais de um quilômetro e estarei lá.

– Depois de um intervalo, ela falou novamente. – Cinco ou seis passos para uma jarda... seis talvez. Tenho de percorrer mil e setecentos metros. Cem vezes seis, seiscentos. Dezessete vezes isso. Oh, meu Deus, tenha pena de mim, Senhor!

Ela avançou segurando-se na cerca, empurrando uma mão para frente sobre a cerca, depois a outra, e depois inclinando-se sobre ela enquanto arrastava os pés.

Essa mulher não era dada ao solilóquio, mas o sentimento extremo diminui a individualidade do fraco, à medida que aumenta a do forte. Ela disse novamente no mesmo tom: – Vou acreditar que o fim está cinco postes à frente, e não mais, e assim terei forças para passá-los.

Essa foi uma aplicação prática do princípio de que uma fé meio fingida e fictícia é melhor do que nenhuma fé.

Passou cinco postes e parou no quinto.

– Passarei mais cinco acreditando que meu tão almejado lugar está no próximo quinto. Eu posso fazer isso.

Passou mais cinco.

– Só mais cinco.

Passou mais cinco.

– Cinco mais.

Passou por eles.

– Aquela ponte de pedra é o fim da minha jornada – disse ela, quando a ponte sobre o Froom estava à vista.

Arrastou-se até a ponte. Durante o esforço, cada respiração dela foi para o ar como se nunca mais voltasse.

– Agora, a verdade sobre o assunto. – disse ela, sentando-se – A verdade é que tenho menos de oitocentos metros. – Ao enganar a si mesma, sabendo que era falso, ela conseguiu forças para percorrer oitocentos metros que ela teria sido impotente para enfrentar pela frente. O artifício mostrou que a mulher, por alguma intuição misteriosa, havia compreendido a verdade paradoxal de que a cegueira pode operar com mais vigor do que a presciência, e o efeito míope mais do que a visão distante; que a limitação, e não a amplitude, é necessária para a luta.

A meia milha estava agora diante da mulher doente e cansada como um impassível Juggernaut[14]. Era um rei impassível de seu mundo. A estrada aqui atravessava Durnover Moor, aberta para ambos os lados. Ela observou o amplo espaço, as luzes, ela mesma, suspirou e deitou-se em uma pedra de guarda da ponte.

Nunca a ingenuidade foi exercida tão intensamente como a viajante havia exercido a dela. Toda ajuda, método, estratagema, mecanismo concebível, pelo qual esses últimos oitocentos metros desesperados pudessem ser ultrapassados por um ser humano despercebido, foram revolvidos em seu cérebro ativo e descartados como impraticáveis. Pensou em varas, rodas, rastejar... pensou até mesmo em rolar. Mas o esforço exigido por qualquer um desses dois últimos era maior do que caminhar. A faculdade de inventividade estava desgastada. A falta de esperança finalmente havia chegado.

– Não aguento mais, chega! – ela sussurrou e fechou os olhos.

Pela faixa de sombra no lado oposto da ponte, uma sombra parecia se destacar e se isolar no branco pálido da estrada. Deslizou silenciosamente em direção à mulher reclinada.

Ela percebeu que algo tocava sua mão, era suave e quente. Abriu os olhos, e uma substância tocou seu rosto. Era um cachorro que estava lambendo seu rosto.

Era uma criatura enorme, pesada e quieta, erguendo-se sombriamente contra o horizonte baixo e pelo menos sessenta centímetros mais alto do que a posição atual dos olhos dela. Se era um terra nova, mastim, cão de caça ou o que quer que fosse, era impossível dizer. Parecia ser de natureza muito estranha e misteriosa para pertencer a qualquer variedade entre aquelas da nomenclatura popular. Portanto, como não era possível atribuí-lo a

---

14 Juggernaut: um personagem fictício com força indestrutível.

nenhuma raça, era a personificação ideal da grandeza canina. Uma generalização do que era comum a todos. A noite, em seu aspecto triste, solene e benevolente, além de seu lado furtivo e cruel, foi personificada nessa forma. A escuridão dota os pequenos e comuns da humanidade com poder poético, e até mesmo a mulher que sofria tanto transformou sua ideia em figura.

Em sua posição reclinada, olhou para ele assim como em tempos anteriores, quando ficava em pé, olhava para um homem. O animal, tão abandonado quanto ela, recuou respeitosamente um ou dois passos quando a mulher se mexeu e, vendo que ela não o repelia, lambeu novamente a mão dela.

Um pensamento moveu-se dentro dela como um raio – Talvez ele possa me ajudar... sim, vou tentar!

Ela apontou na direção de Casterbridge, e o cachorro pareceu não entender: ele saiu correndo. Então, descobrindo que ela não conseguia segui-lo, voltou e choramingou.

A singularidade final e mais triste do esforço e da invenção da mulher foi alcançada quando, com uma respiração acelerada, ela se colocou em uma postura curvada e, descansando os dois bracinhos sobre os ombros do cachorro, apoiou-se firmemente nele e murmurou palavras estimulantes. Enquanto seu coração estava cheio de sofrimento, ela aplaudia com sua voz, e o que era mais estranho do que o fato de os fortes precisarem de encorajamento dos fracos é que a alegria fosse tão bem estimulada por tão completo desânimo. Seu amigo avançou lentamente, e ela, com pequenos passos minuciosos, avançou ao lado dele, metade de seu peso sendo jogado sobre o animal. Às vezes ela afundava como havia afundado ao andar com as muletas e as varas. O cão, que agora compreendia perfeitamente o seu desejo e a sua incapacidade, ficava frenético em sua angústia nessas ocasiões; puxava o vestido dela e corria para frente. Ela sempre o chamava de volta, e agora era observado que a mulher ouvia sons humanos apenas para evitá-los. Era evidente que ela tinha como objetivo manter sua presença na estrada e seu estado desamparado desconhecido.

O seu progresso era necessariamente muito lento. Chegaram ao fundo da cidade, e as lâmpadas de Casterbridge jaziam diante deles como plêiades caídas quando viraram à esquerda, entrando na sombra densa de uma avenida deserta de castanheiros, e assim contornaram o bairro. A cidade foi então atravessada, e o objetivo foi alcançado.

Nesse local tão desejado, fora da cidade, erguia-se um edifício pitoresco. Originalmente, era um mero local para presos. A parte externa era tão fina, tão desprovida de excrescências e tão estreitamente desenhada sobre o alojamento, que o caráter sombrio do que estava por baixo transparecia através dela, como a forma de um corpo é visível sob um lençol.

Então a Natureza, como que ofendida, prestou uma ajuda. Massas de hera cresceram, cobrindo completamente as paredes, até o lugar parecer uma abadia; e descobriu-se que a vista da frente, sobre as chaminés de Casterbridge, era uma das mais magníficas do condado. Um conde vizinho disse certa vez que renunciaria ao aluguel de um ano para ter em sua porta a vista que os presos desfrutavam da deles. E muito provavelmente os presos teriam desistido da vista pelo aluguel de um ano.

Esse edifício de pedra consistia em um aglomerado central e duas alas, sobre as quais se erguiam como sentinelas algumas chaminés estreitas, agora borbulhando tristemente ao vento fraco. No muro havia um portão e, junto ao portão, um puxador de sino com um arame pendurado. A mulher levantou-se o mais alto possível sobre os joelhos e conseguiu alcançar a alça. Balançou-a e caiu para frente, curvada, com o rosto apoiado no peito.

Já eram quase 6 horas, e ouviam-se sons de movimento no interior do edifício que era o refúgio de descanso para aquela alma cansada. Uma pequena porta ao lado da grande foi aberta, e um homem apareceu lá dentro. Ele discerniu a pilha ofegante de roupas, voltou para buscar luz e voltou. Entrou pela segunda vez e veio com duas mulheres.

Eles levantaram a mulher prostrada e ajudaram-na a passar pela porta. O homem fechou a porta em seguida.

– Como ela chegou aqui? – perguntou uma das mulheres.

– Só Deus sabe – disse a outra.

– Tem um cachorro lá fora. – murmurou a viajante exausta – Onde ele foi? Ele me ajudou.

– Joguei uma pedra nele para que fosse embora – disse o homem.

A pequena procissão então avançou... o homem na frente carregando a luz, as duas mulheres magras em seguida, sustentando entre elas a outra pequena e flexível. Assim eles entraram na casa e desapareceram.

CAPÍTULO XLI

SUSPEITA - FANNY É TRAZIDA

Bathsheba falou muito pouco com o marido durante toda aquela noite, quando voltaram do mercado, e ele também não estava disposto a falar muito com ela. Exibia a desagradável combinação de uma condição inquieta com uma língua silenciosa. O dia seguinte, que era domingo, transcorreu quase da mesma maneira, em relação à taciturnidade deles, e Bathsheba foi à igreja de manhã e à tarde. Esse foi um dia antes das corridas de Budmouth. À noite, Troy disse, de repente:

– Bathsheba, poderia me dar vinte libras?

Seu semblante desabou instantaneamente. – Vinte libras? – ela disse.

– O fato é que quero muito isso. A ansiedade no rosto de Troy era incomum e muito marcante. Foi o culminar do humor em que ele esteve durante todo o dia.

– Ah! Para aquelas corridas amanhã.

Troy não respondeu de imediato. O erro de entendimento dela tinhas suas vantagens para um homem que evitava ter sua mente inspecionada.

– Bem, suponha que eu queira o dinheiro para as corridas? – ele disse, finalmente.

– Ah, Frank! – Bathsheba respondeu, e havia uma grande súplica nas palavras – Há apenas algumas semanas você disse que eu era muito mais doce do que todos os seus outros prazeres juntos e que desistiria de todos eles por mim; e agora, você não vai desistir desse, que é mais uma preocupação do que um prazer? Por favor, Frank. Venha, deixe-me encantá-lo com tudo que posso fazer... com palavras lindas e olhares atraentes, e tudo que eu puder pensar... para que fique em casa. Diga sim para sua esposa... diga sim!

As fases mais ternas e suaves da natureza de Bathsheba eram proeminentes agora... avançavam impulsivamente para a aceitação dele, sem nenhum dos disfarces e defesas que a cautela de seu caráter utilizava quando estava calma. Poucos homens teriam resistido à súplica arqueada mas digna do belo rosto, jogado um pouco para trás e para o lado, na conhecida atitude que expressa mais do que as palavras que acompanha, e que parece ter sido desenhada para essas ocasiões especiais. Se a mulher não fosse sua esposa, Troy teria sucumbido instantaneamente; do jeito que estava, ele pensou que não iria enganá-la por mais tempo.

– O dinheiro não é para as dívidas de corrida – ele disse.

– É para o que, então? – perguntou ela – Você me deixa muito preocupada com essas responsabilidades misteriosas, Frank.

Troy hesitou. Agora não a amava o suficiente para se deixar levar longe demais pelos seus modos. No entanto, era necessário ser civilizado: – Você me julga mal com suas suspeitas – disse ele – O modo como você me controla não combina com você.

– Acho que tenho o direito de reclamar um pouco já que pago por isso –disse ela, com feições entre um sorriso e um beicinho.

– Exatamente, e, tendo feito o primeiro, suponhamos que devemos prosseguir para o último. Bathsheba, diversão é muito boa, mas não vá muito longe, ou pode ter motivos para se arrepender.

Ela corou e disse rapidamente: – Já me arrependo.

– Do que você se arrepende?

– Que o meu romance chegou ao fim.

– Todos os romances terminam no casamento.

– Não gostaria que falasse assim. Você me entristece profundamente por ser esperto à minha custa.

– Está muito aborrecida comigo. Acredito que você me odeia.

– Você não... só seus defeitos. Odeio todos eles.

– Seria muito mais conveniente se você se dedicasse a

curá-los. Venha, vamos entrar em um acordo com as 20 libras e sermos amigos.

Ela deu um suspiro de resignação: – Tenho quase toda essa quantia aqui para as despesas domésticas. Se você precisa, pegue.

– Muito bom. Obrigado. Espero partir antes do seu café da manhã, amanhã.

– E você precisa mesmo ir? Ah! Houve um tempo, Frank, em que seriam necessárias muitas promessas a outras pessoas para afastar você de mim. Você costumava me chamar de querida. Mas agora não se importa nem como passo meus dias.

– Preciso ir, apesar da emoção. – Enquanto falava, Troy olhou para o relógio e, aparentemente movido por princípios ilógicos, abriu a caixa na parte de trás, revelando, confortavelmente guardado dentro dela, um pequeno cacho de cabelo.

Os olhos de Bathsheba levantaram-se acidentalmente naquele momento, e ela viu a ação e o cabelo. Corou de dor e surpresa, e algumas palavras escaparam antes que pensasse se era ou não sensato pronunciá-las e exclamou: – O cacho de cabelo de uma mulher! Ora, Frank, de quem é?

Troy fechou instantaneamente o relógio e respondeu descuidadamente, como alguém que encobria alguns sentimentos que a visão havia despertado. – Ora, seu, é claro. De quem deveria ser? Tinha esquecido completamente que o tinha.

– Que mentira horrível, Frank!

– Já lhe disse que tinha me esquecido – ele disse em voz alta.

– Não acredito... o cacho era loiro.

– Que besteira.

– Você está me insultando. Sei que era loiro. Agora, de quem era? Quero saber.

– Muito bem, vou lhe contar, então não faça mais escândalo. É o cabelo de uma jovem com quem ia me casar antes de conhecer você.

– Você tem de me dizer o nome dela, então.

– Não posso fazer isso.

– Ela é casada?

– Não.

– Está viva?

– Sim.

– É bonita?

– Sim.

– É maravilhoso como ela pode estar, coitadinha, sob uma aflição tão terrível!

– Aflição... que aflição? – ele questionou rapidamente.

– Ter um cabelo de cor tão terrível.

– Oh, oh, eu gosto! – disse Troy, recuperando-se – Ora, o cabelo dela é admirado por todos que a veem desde que ela o usa solto, o que não faz muito tempo. É um cabelo lindo. As pessoas costumavam virar a cabeça para olhar, pobre menina!

– Chega! isso não é nada... isso não é nada! – ela exclamou, com um tom incipiente de mágoa – Se me importasse com o seu amor tanto quanto antes, poderia dizer que as pessoas se viraram para olhar o meu.

– Bathsheba, não seja tão caprichosa e ciumenta. Você sabia como seria a vida de casada e não deveria ter entrado nela se temesse essas incertezas.

A essa altura, Troy a havia levado à amargura: seu coração estava apertado na garganta, e os dutos que levavam aos olhos estavam dolorosamente cheios. Por mais envergonhada que estivesse de demonstrar emoção, finalmente explodiu:

– Isso é tudo que ganho por amá-lo tanto! Ah! quando me casei com você, sua vida era mais preciosa para mim do que a minha. Teria morrido por você... com toda sinceridade posso dizer que teria morrido por você! E agora zomba da minha tolice em me casar com você. Ora! acha certo jogar o meu erro na minha cara? Qualquer que seja a opinião que tenha sobre minha sabedoria, não deveria me dizer tão impiedosamente, agora que estou em seu poder.

– Não posso evitar a forma como as coisas acontecem. – disse Troy – No meu coração, as mulheres serão a minha morte!

– Bem, não deve ficar com o cabelo das pessoas. Vai queimá-lo, não vai, Frank?

Frank continuou como se não a tivesse ouvido: – Há considerações antes mesmo da minha consideração por você, reparações a serem feitas... laços dos quais você nada sabe. Se você está arrependida de ter se casado, também estou.

Tremendo agora, ela colocou a mão no braço dele, dizendo, em tons mistos de tristeza e persuasão: – Só me arrependo se você não me amar mais do que qualquer mulher no mundo! Caso contrário, não, Frank. Você não se arrepende porque já ama alguém mais do que me ama, não é?

– Não sei. Por que diz isso?

– Você não vai queimar esse cacho. Você gosta da mulher que tem aquele cabelo lindo... sim, é lindo... mais lindo que minha miserável cabeleira negra! Bem, não adianta. Não posso evitar que seja feio. Deve gostar mais dela mesmo!

– Até hoje, quando o tirei da gaveta, não tinha olhado para aquela mecha de cabelo durante vários meses... posso jurar.

– Mas agora há pouco você disse "laços"; e então, é aquela mulher que encontramos?

– Foi o encontro com ela que me lembrou o cabelo.

– É dela, então?

– Sim. Pronto, agora que você já descobriu meu segredo, espero que esteja satisfeita.

– E quais são os laços?

– Ora! Não significaram nada... uma mera brincadeira.

– Uma mera brincadeira! – ela espantou-se com tristeza

– Como pode brincar quando estou falando tão sério? Diga-me a verdade, Frank. Não sou boba, você sabe, embora seja mulher e tenha meus momentos de mulher. Vamos! Trate-me com honestidade! – disse ela, olhando firme e destemidamente para o rosto dele – Não quero muito, só justiça... isso é tudo! Ah! uma vez senti que poderia me contentar com nada menos do que a mais alta homenagem do marido que eu escolhesse. Agora, qualquer coisa que não seja crueldade me deixará satisfeita. Sim, a Bathsheba independente e espirituosa ficou assim!

– Pelo amor de Deus, não fique tão desesperada! – Troy disse, irritado, levantando-se e saindo do quarto.

Assim que ele saiu, Bathsheba começou a soluçar intensamente... soluços de olhos secos, que cortavam à medida que vinham, sem serem suavizados pelas lágrimas. Mas ela decidiu reprimir todas as evidências de sentimento. Fora vencida, mas nunca confessaria enquanto vivesse. Seu orgulho foi de fato abatido pelas descobertas desesperadas de sua espoliação pelo casamento com uma natureza menos pura do que ela própria. Irritou-se, andando de um lado para outro em rebeldia, como um leopardo enjaulado; toda a sua alma estava em luta, e o sangue incendiou seu rosto. Até conhecer Troy, Bathsheba orgulhava-se da sua posição como mulher; foi uma glória para ela saber que seus lábios não haviam sido tocados por nenhum homem na terra... que sua cintura nunca havia sido envolvida pelo braço de um amante. Detestava-se agora. No passado, sempre nutrira um desprezo secreto pelas jovens que eram escravas do primeiro jovem bonito que decidisse cortejá-las. Nunca gostou da ideia do casamento em abstrato, como a maioria das mulheres que via ao seu redor. No tumulto da sua ansiedade pelo amante, concordou em casar-se com ele, mas a percepção que acompanhou seus momentos mais felizes por esse motivo foi mais a de sacrifício do que de estímulo e honra. Embora mal soubesse o nome da divindade, Diana era a deusa que Bathsheba adorava instintivamente. Nunca, pelo olhar, palavra ou sinal, encorajara um homem a aproximar-se dela... sentia-se suficiente para si mesma, e na independência do seu coração de menina imaginava que havia certa degradação em renunciar à simplicidade de uma existência de solteira para se tornar a metade mais humilde de um todo matrimonial indiferente... eram fatos agora lembrados com amargura. Ah, se ela nunca tivesse se rebaixado a uma loucura desse tipo, por mais respeitável que fosse, e pudesse apenas ficar de pé novamente, como havia feito na colina de Norcombe, e nem Troy nem nenhum outro homem ousaria contaminar um fio de cabelo de sua cabeça com a interferência dele!

Na manhã seguinte, acordou mais cedo do que o usual e selou o cavalo para passear pela fazenda, como de costume. Quando chegou, às 8h30... horário habitual para o café da manhã..., foi informada de que o marido havia se levantado, tomado o café da manhã e partido para Casterbridge com a carruagem e Poppet.

Depois do café da manhã, ela estava calma e controlada... como era mesmo, na verdade... e dirigiu-se lentamente até o portão, com a intenção de caminhar até outra parte da fazenda, que ainda supervisionava pessoalmente, tanto quanto suas tarefas na casa permitiam, continuamente. No entanto, encontrou-se precedida em premeditação por Gabriel Oak, por quem passou a nutrir a amizade genuína de uma irmã. É claro que às vezes pensava nele como um antigo amante e imaginava momentaneamente como teria sido a vida com ele como marido; também pensava na vida com Boldwood nas mesmas condições. Mas Bathsheba, embora pudesse sentir, não era muito dada a sonhos fúteis, e suas reflexões sob esse assunto eram curtas e inteiramente confinadas aos tempos em que a negligência de Troy era mais do que normalmente evidente.

Ela viu subindo a estrada um homem como o sr. Boldwood. Era o sr. Boldwood. Bathsheba corou dolorosamente e o observou. O fazendeiro parou ainda muito longe e ergueu a mão para Gabriel Oak, que estava em uma trilha que atravessava o campo.

Os dois homens então se aproximaram e pareciam conversar algum assunto sério.

Assim continuaram por muito tempo. Joseph Poorgrass passou perto deles, empurrando um carrinho de maçãs colina acima até a residência de Bathsheba. Boldwood e Gabriel o chamaram, falaram com ele por alguns minutos e então os três se separaram, Joseph subindo imediatamente a colina com seu carrinho de mão.

Bathsheba, que tinha visto essa pantomima com alguma surpresa, sentiu grande alívio quando Boldwood voltou. – Bem, qual é a mensagem, Joseph? – ela perguntou.

Ele largou o carrinho de mão e, assumindo o aspecto refinado que uma conversa com uma senhora exige, falou com Bathsheba do outro lado do portão.

– A senhora nunca mais verá Fanny Robin, madame.

– Por quê?

– Está morta no Abrigo.

– Fanny morta, não pode ser!

– Sim, madame.

– Morreu de quê?

– Não tenho certeza, mas acho que foi fraqueza. Era uma empregada tão ágil que não via dificuldade em nada, mesmo quando a conheci e era rápida como um acendedor de velas, pelo que dizem. Ficou doente pela manhã e, como estava bastante fraca e esgotada, morreu à noite. Pertence por lei à nossa paróquia, então o sr. Boldwood vai enviar uma carroça às 3 da tarde para trazê-la para casa aqui e enterrá-la.

– Na verdade, não permitirei que o sr. Boldwood faça tal coisa. Eu o farei! Fanny era criada do meu tio e, embora eu a conhecesse há apenas alguns dias, ela me pertence. Tudo isso é muito, muito triste! A ideia de Fanny estar em um abrigo... – Bathsheba havia começado a entender o que era sofrimento e falou com sentimento real: – Vá até a casa do sr. Boldwood e diga que a sra. Troy assumirá a tarefa de buscar uma antiga criada da família. Não devemos colocá-la numa carroça, vamos arrumar um carro funerário.

– Dificilmente haverá tempo, senhora, não é?

– Talvez não. – ela disse, pensativa – Quando você disse que devemos estar na porta... às 3 horas?

– Três horas, esta tarde, madame, foi isso que ouvi dizer.

– Muito bem, você vai em frente. Afinal, uma carroça bonita é melhor do que um carro funerário feio. Joseph, pegue a nova carroça de primavera com carroceria azul e rodas vermelhas e lave-a bem. E, Joseph...

– Sim, madame.

– Leve consigo algumas sempre-vivas e flores para colocar em cima do caixão... na verdade, pegue muitas e enterre-a completamente nelas. Pegue alguns ramos de laurotino, suculentas, teixos e flores de ameixeira; sim, e alguns cachos de crisântemo. E deixe o velho Pleasant desenhá-la, porque ela o conhecia tão bem.

– Vou fazer isso, senhora. Eu preciso lhe dizer que o Abrigo, representado por quatro trabalhadores, irá me encontrar quando eu chegar ao portão do nosso cemitério, e eles irão levá-la e enterrá-la de acordo com os ritos do Conselho de Guardiães, conforme determina a lei.

– Meu Deus, o Abrigo de Casterbridge, Fanny chegou a esse ponto? – disse Bathsheba, meditando – Gostaria de ter ficado sabendo disso antes. Achei que ela estava longe. Há quanto tempo estava morando lá?

– Apenas há um ou dois dias.

– Oh!... Então ela não estava lá como um interno normal?

– Ela primeiro foi morar em um vilarejo do outro lado de Wessex, e desde então vem ganhando a vida trabalhando com costura em Melchester há vários meses, na casa de uma viúva muito respeitável que faz esse tipo de trabalho. Só chegou à casa do

Abrigo no domingo de manhã, acredite, e estão dizendo que ela percorreu cada passo do caminho desde Melchester a pé. O motivo pelo qual ela saiu da casa, não sei dizer, e não posso mentir. Esse é o resumo da história, senhora.

– Ah!

Nenhuma pedra preciosa jamais passou de um raio rosado para um branco mais rapidamente do que a mudança do semblante da jovem esposa enquanto essa palavra vinha dela em um longo suspiro.

– Ela caminhou pela nossa estrada? – perguntou, com uma voz repentinamente inquieta e ansiosa.

– Acredito que sim... Madame, devo chamar Liddy? A senhora não está bem, não é? Parece um lírio de tão pálida e fraca!

– Não, não precisa chamá-la, não é nada. Quando ela passou por Weatherbury?

– No último sábado, à noite.

– Já basta, Joseph; agora você pode ir.

– Certamente, senhora.

– Joseph, venha aqui um momento. Qual era a cor do cabelo de Fanny Robin?

– De fato, madame, agora que me perguntou, não consigo me lembrar, acredite em mim!

– Não tem problema, vá e faça o que lhe pedi. Pare... bem, não, vá em frente.

Ela se afastou para que ele não percebesse o estado de espírito que a deixou tão visivelmente transtornada, e entrou em casa com uma angustiante sensação de fraqueza e a testa franzida. Cerca de uma hora depois, ouviu o barulho da carroça e saiu, ainda com a dolorosa consciência de seu olhar confuso e perturbado. Joseph, vestido com sua melhor roupa, estava montando o cavalo para sair. Os arbustos e as flores estavam todos empilhados na carroça, como ela havia ordenado; Bathsheba mal os via agora.

– Morreu de quê? Você disse, Joseph?

– Não sei, madame.

– Tem certeza?

– Sim, madame, tenho.

– Certeza de quê?

– Tenho certeza de que tudo que sei é que ela chegou de manhã e morreu à noite, sem mais conversas. O que Oak e o sr. Boldwood me disseram foram apenas estas poucas palavras: "A pequena Fanny Robin está morta, Joseph.", disse Gabriel, olhando-me na cara com seu jeito firme de sempre. Fiquei muito triste e disse: "Ah!... e como ela morreu?", "Bem, ela morreu no Abrigo de Casterbridge", disse ele, "e talvez não importe muito como ela morreu. Ela chegou ao abrigo na manhã de domingo e morreu à tarde... isso está bastante claro". Então perguntei o que ela andava fazendo ultimamente, e o sr. Boldwood virou-se para mim e tocou um cardo com a ponta de sua bengala. Ele me contou que ela estava vivendo de costuras em Melchester, como já lhe disse, e que ela veio de lá no final da semana passada, passando por aqui no sábado, à noite, ao anoitecer. Eles então disseram que era melhor que eu apenas contasse a senhora sobre a morte dela, e depois foram embora. A morte dela pode ter sido causada pela friagem noturna, porque as pessoas costumavam dizer que ela não estava bem, tossia bastante no inverno. No entanto, não temos como saber sobre isso agora, porque está tudo acabado.

– Você ouviu uma história totalmente diferente, não foi? – Olhou para ele tão atentamente que os olhos de Joseph tremeram.

– Nem uma palavra, senhora, eu garanto! – ele disse – Quase ninguém na paróquia sabe da notícia ainda.

– Estou me perguntando por que o próprio Gabriel não me trouxe a mensagem. Ele geralmente faz questão de me acompanhar nas tarefas mais insignificantes. – Essas palavras foram meramente murmuradas, e ela estava olhando para o chão.

– Talvez ele estivesse ocupado, senhora. – sugeriu Joseph – E às vezes ele parece sofrer por causa de coisas que estão em sua mente, relacionadas com a época em que ele estava em melhor situação do que está agora. É bastante curioso, um pastor com muito conhecimento aprendido em livros.

– Será que alguma coisa se passava pela cabeça dele enquanto falava com você sobre isso?

– Não posso deixar de dizer que acho que sim, senhora. Ele estava muito triste, assim como o fazendeiro Boldwood.

– Obrigada, Joseph. Agora chega. Vá agora ou irá se atrasar.

Bathsheba, ainda infeliz, voltou para casa. No decorrer da tarde ela perguntou a Liddy, que havia sido informada do ocorrido:
– Qual era a cor dos cabelos da pobre Fanny Robin? Você sabe? Não consigo me lembrar... só a vi por um ou dois dias.

– Era claro, senhora, mas ela o usava preso e colocava um boné, de modo que você mal notaria. Mas eu a via soltá-lo quando ia para a cama, e então ficava lindo. Cabelos dourados de verdade.

– Seu admirador era um soldado, não era?

– Sim. Do mesmo regimento que o sr. Troy. Ele diz que o conhecia muito bem.

– O que. O sr. Troy disse isso? Como foi que ele disse?

– Um dia, estava apenas falando sobre ela e perguntei se ele conhecia o namorado de Fanny. Ele disse: "Ah, sim", e que conhecia o jovem tão bem quanto conhecia a si mesmo, e não havia homem no regimento de quem ele gostasse mais.

– Ah! Ele disse isso, então?

– Sim, e ele disse que havia uma forte semelhança entre ele e o outro jovem, de modo que às vezes as pessoas os confundiam...

– Liddy, pelo amor de Deus, pare de falar! – disse Bathsheba, com a petulância nervosa que vem de percepções preocupantes.

CAPÍTULO XLII

JOSEPH E SUA OBRIGAÇÃO - BUCK'S HEAD

Um muro delimitava o local do Abrigo de Casterbridge, exceto ao longo de uma parte nos fundos. Ali destacava-se uma empena alta, coberta na parte da frente por uma esteira de hera. Não havia janela, chaminé, ornamento ou protuberância de nenhum tipo. A única característica pertencente a ele, além da extensão de folhas verde-escuras, era uma pequena porta.

A situação da porta era peculiar. A soleira ficava a um metro ou um metro e meio acima do solo e, por um momento, não havia explicação para essa altura excepcional, até que sulcos imediatamente abaixo sugeriram que a porta era usada exclusivamente para a passagem de artigos e pessoas de e para um veículo parado do lado de fora. No geral, a porta parecia se anunciar como uma espécie de Portão do Traidor traduzido para outra esfera. Ficava evidente que a entrada e a saída aconteciam apenas em raros intervalos, quando se observava os tufos de grama que floresciam sem serem perturbados nas fendas da soleira.

Quando o relógio do asilo da South-street marcava cinco minutos para as 3h, uma carroça azul e vermelha, contendo ramos e flores, passou pelo fim da rua e subiu em direção a esse lado do edifício. Enquanto os sinos ainda gaguejavam uma forma fragmentada de "Canção macabra", Joseph Poorgrass tocou a campainha e recebeu instruções para apoiar sua carroça contra a porta alta sob a empena. A porta, então, se abriu, e um caixão simples de olmo foi lentamente empurrado para fora e colocado por dois homens, vestidos com roupas de fustão, no meio do veículo.

Um dos homens, então, se aproximou dele, tirou do bolso um pedaço de giz e escreveu na tampa o nome e mais algumas palavras em letras grandes. (Acreditamos que agora fazem essas coisas com mais ternura e fornecem uma placa.) Cobriu tudo com um pano preto, puído mas decente, e a tampa traseira da carroça foi devolvida ao seu lugar. Um dos homens entregou um certificado de registro para Poorgrass, e ambos entraram pela porta, fechando-a atrás deles. A conexão deles com ela, por mais curta que tinha sido, acabara-se para sempre.

Joseph, então, colocou as flores conforme recomendado, e as sempre-vivas ao redor das flores, até que foi difícil adivinhar o que a carroça continha; ele bateu com o chicote, e o carro funerário bastante agradável desceu a colina e seguiu pela estrada para Weatherbury.

A tarde avançava rapidamente e, olhando para a direita em direção ao mar enquanto caminhava ao lado do cavalo, Poorgrass viu estranhas nuvens e uma névoa rolando sobre as longas cristas que circundavam a paisagem naquele lugar. Chegavam em volumes ainda maiores e rastejavam indolentemente pelos vales intermediários e ao redor das bandeirolas murchas de papel das charnecas e das margens dos rios. Então suas formas úmidas e esponjosas se fecharam no céu. Foi um crescimento repentino de fungos atmosféricos que tinham suas raízes no mar vizinho, e no momento em que o cavalo, o homem e o cadáver entraram no Grande Bosque de Yalbury, esses trabalhos silenciosos de uma mão invisível os alcançaram, e eles foram completamente envolvidos, sendo essa a primeira chegada dos nevoeiros de outono, e o primeiro nevoeiro da série.

O ar estava como se um olho ficasse cego de repente. A carroça e sua carga não passavam mais na divisão horizontal entre clareza e opacidade, mas estavam imersas em um corpo elástico de uma palidez monótona. Não havia nenhum movimento perceptível no ar, nem uma gota visível de água caía sobre uma folha das faias, bétulas e abetos que compunham o bosque de ambos os lados. As árvores mantinham-se em atitude de concentração, como se esperassem ansiosamente que um vento viesse e as balançasse. Um silêncio surpreendente pairava sobre todas as coisas ao redor... tão completamente que o ranger das rodas da carroça era como um grande estrondo, e pequenos sussurros, que nunca eram ouvidos exceto à noite, eram distintamente individualizados.

Joseph Poorgrass olhou em volta de sua triste carga, que aparecia vagamente através das flores de laurotino; depois para a escuridão insondável entre as árvores altas de cada lado, indistintas, sem sombras e como um espectro em seu cinza monocromático. Não se sentia nada alegre e desejou ter a companhia de uma criança ou de um cachorro. Ao parar o cavalo, ele ouviu. Não se ouvia um passo ou uma roda em nenhum lugar ao redor, e o silêncio mortal foi quebrado apenas por uma partícula pesada caindo de uma árvore através das sempre-vivas e pousando com uma batida forte no caixão da pobre Fanny. A essa altura, a neblina já havia saturado as árvores, e essa foi a primeira gota de água das folhas que transbordavam. O eco vazio de sua queda lembrou dolorosamente ao condutor os sombrios Levellers[15]. Então caiu outra gota, depois duas ou três. Logo houve um bater contínuo dessas gotas pesadas nas folhas mortas, na estrada e nos viajantes. Os galhos mais próximos estavam enfeitados com a névoa em tom cinzento, como os cabelos de homens idosos, e as folhas vermelho-ferrugem das faias estavam penduradas com gotas semelhantes, como diamantes em cabelos ruivos.

No vilarejo à beira da estrada chamada Roy-Town, logo depois do bosque, ficava a antiga hospedaria Buck's Head. Estava a cerca de um quilômetro e meio de Weatherbury e, nos tempos das viagens em diligências, tinha sido o lugar onde muitas carruagens trocavam e mantinham suas reservas de cavalos. Todo o antigo estábulo estava agora demolido, e pouco restava além da própria hospedaria habitável, que, situada um pouco afastada da estrada, indicava sua existência para as pessoas ao longo da estrada por meio de uma placa pendurada no galho horizontal de um olmo no lado oposto do caminho.

---

15 Levellers: (os niveladores), grupo revolucionário inglês que tinha ideais de igualdade política. Reuniam desde pequenos proprietários a pessoas que defendiam o fim da propriedade privada.

Os viajantes, pois a variedade turística ainda não se tinha desenvolvido em uma espécie distinta naquela época, diziam por vezes, de passagem, quando olhavam para a árvore com o letreiro, que os artistas gostavam de representar a tabuleta assim pendurada, mas que eles próprios nunca antes haviam notado um exemplar tão perfeito em condições reais de funcionamento. Era perto dessa árvore que estava a carroça na qual Gabriel Oak se arrastou em sua primeira viagem a Weatherbury; mas, devido à escuridão, a placa e a hospedaria não foram percebidas.

Os costumes da estalagem eram à moda antiga. Na verdade, na mente de seus frequentadores eles existiam como fórmulas inalteráveis, por exemplo:

> *"Bata com o fundo da sua caneca por mais bebida.*
> *Para mais tabaco, grite.*
> *Ao chamar a moça que está atendendo, diga: 'Moça!'*
> *O mesmo vale para a proprietária da casa, 'Senhora!' etc. etc. etc."*

Foi um alívio para o coração de Joseph quando a placa amigável apareceu e, parando seu cavalo logo abaixo dela, começou a cumprir uma intenção feita muito tempo antes. Seu ânimo havia desaparecido totalmente. Virou a cabeça do cavalo para a margem verde e entrou no albergue para tomar uma caneca de cerveja.

Descendo para a cozinha da hospedaria, cujo chão ficava um degrau abaixo do corredor, que por sua vez ficava um degrau abaixo da estrada lá fora, o que mais Joseph poderia ver para alegrar seus olhos senão dois círculos de cobre, na forma dos semblantes do sr. Jan Coggan e do sr. Mark Clark. Esses donos das duas gargantas mais apreciativas da vizinhança, dentro dos limites da respeitabilidade, estavam agora sentados frente a frente em uma mesa redonda de três pernas com borda de ferro para evitar que copos e potes fossem acidentalmente arremessados com os cotovelos; eles deveriam ser informados que se lembravam o pôr ao sol e a lua cheia brilhando um de frente para o outro pelo globo.

— Ora, é o vizinho Poorgrass! — disse Mark Clark — Pela sua aparência andou levando bronca de sua patroa, Joseph.

— Tive uma companhia muito pálida nos últimos seis quilômetros. — disse Joseph, entregando-se a um estremecimento atenuado pela resignação. — E para falar a verdade, isso estava começando a me afetar. Não como nem bebo nada desde o café da manhã, e não havia mais nada do que orvalho lá fora.

— Então beba, Joseph, e não se controle! — disse Coggan, entregando-lhe uma caneca com três quartos de bebida.

Joseph bebeu por um tempo moderadamente longo, depois por mais tempo, e disse enquanto abaixava a jarra: — É uma bebida muito boa, uma bebida muito boa mesmo, e deixa mais alegre a minha tarefa melancólica, por assim dizer.

— Você tem razão, beber é realmente uma delícia! — disse Jan, como quem repetia um truísmo tão familiar ao seu cérebro que mal notava sua passagem pela língua e, erguendo a xícara, Coggan inclinou gradualmente a cabeça para trás, com os olhos fechados, para que sua alma esperançosa não fosse desviada nem por um instante de sua felicidade por um ambiente irrelevante.

— Bem, preciso voltar — disse Poorgrass — Não que eu não gostaria de tomar outro gole com vocês, mas a paróquia poderia perder a confiança em mim se me vissem aqui.

— Para onde está indo, então, Joseph?

— De volta para Weatherbury. Estou com a pobre Fanny Robin na minha carroça, lá fora, e devo estar nos portões do cemitério às quinze para as 5 com ela.

— Sim, ouvi falar disso. E então ela está no caixão sem ninguém para pagar o xelim do sino e a meia coroa da sepultura.

— A paróquia paga meia coroa pela sepultura, mas não o xelim do sino, porque o sino é um luxo: mas é difícil viver sem a sepultura, pobre corpo. No entanto, espero que nossa patroa pague tudo.

— A criada mais bonita que já vi! Mas qual é a sua pressa, Joseph? A pobre mulher está morta, e você não pode trazê-la de volta à vida, mas pode muito bem sentar-se confortavelmente e tomar outra bebida conosco.

— Não me importo de tomar outro gole com vocês, rapazes. Mas apenas alguns minutos, porque a vida é assim mesmo.

— Claro, tome outro gole. Depois disso, um homem é duas vezes homem. Você se sente tão quente e glorioso que faz seu trabalho sem nenhum problema, e tudo continua acontecendo normalmente. O excesso de bebida alcoólica faz mal e nos leva ao homem com chifres na casa enfumaçada; mas, afinal, muitas pessoas não têm o dom de desfrutar de um trago, e como somos altamente agraciados com uma oportunidade dessas, devemos aproveitar ao máximo.

— Verdade. — disse Mark Clark — Esse é um talento que o Senhor nos concedeu misericordiosamente, e não devemos negligenciá-lo. Mas, com os padres, os clérigos, o pessoal das escolas e as festas de chá sérias, os velhos e alegres modos de boa vida acabaram... que droga, se foram!

— Bem, agora realmente preciso continuar — disse Joseph.

— Agora, agora, Joseph, que besteira! A pobre mulher está morta, não está? Qual é a sua pressa?

— Bem, espero que a Providência Divina não se zangue por minhas ações. — disse Joseph, sentando-se novamente — Tenho tido problemas com momentos de fraqueza ultimamente, é verdade. Já bebi uma vez este mês, não fui à igreja no domingo e disse um ou dois xingamentos ontem; então não quero abusar. Seu próximo mundo é o seu próximo mundo, e não deve ser desperdiçado de repente.

— Acredito que você seja um membro da igreja, Joseph. Acredito mesmo.

— Oh, não, não! Não iria tão longe assim.

— De minha parte — disse Coggan — sou fiel à Igreja da Inglaterra.

— Sim, é a minha fé também — disse Mark Clark.

– Não quero falar muito sobre mim; não quero – continuou Coggan, com aquela tendência de falar sobre princípios que é característica do grão de cevada. – Mas nunca mudei uma única doutrina: sou totalmente devotado à velha fé desde que nasci. Há uma coisa a ser dita sobre a Igreja: um homem pode pertencer à Igreja e permanecer em sua alegre e velha pousada, sem perturbar ou preocupar sua mente com doutrinas. Mas, para ser um seguidor, você deve ir à capela independentemente da estação do ano, e tornar-se um fanático. Sabemos que os membros da capela são pessoas bastante inteligentes à sua maneira. Eles podem tirar lindas orações das próprias cabeças, todas sobre suas famílias e tragédias no jornal.

– Podem... podem mesmo! – disse Mark Clark, com sentimento corroborativo – Mas vejam, nós, os religiosos, devemos ter tudo impresso de antemão, ou está tudo perdido, não saberíamos o que dizer a um grande mestre como o Senhor, assim como os bebês que ainda não nasceram.

– Os seguidores da igreja são mais unidos entre eles do que nós – disse Joseph, pensativo.

– Sim – respondeu Coggan. – Sabemos muito bem que se alguém vai para o céu, são eles. Se esforçaram muito para isso e merecem. Não sou tolo a ponto de fingir que nós, que só vamos à Igreja, temos as mesmas chances que eles, porque sabemos que não temos. Mas odeio um sujeito que muda suas antigas doutrinas para chegar ao céu. E sou testemunha real da lealdade de alguns deles, porque quando todas as minhas batatas sofreram com a geada, o nosso Pároco Thirdly foi o homem que me deu um saco de sementes, embora ele mal tivesse um para uso próprio e não tivesse dinheiro para comprá-los. Se não fosse por ele, não teria uma batata para plantar no meu quintal. Vocês acham que eu não voltaria depois disso? Não, vou ficar, e se estivermos errados, que assim seja: cairei com os caídos!

– Bem falado... muito bem falado – observou Joseph. – No entanto, pessoal, preciso ir agora. Devo prosseguir com a minha vida. O Padre Thirdly vai esperar no portão da igreja, e tem uma mulher do lado de fora na carroça.

– Joseph Poorgrass, não fique tão triste! O Padre Thirdly não vai se importar. Ele é um homem generoso, me encontrou em frangalhos muito tempo atrás, e fiquei dependente dele no decorrer de uma vida longa e sombria, mas ele nunca reclamou de nada. Sente-se.

Quanto mais tempo Joseph Poorgrass ficava ali, menos seu espírito ficava perturbado pelos deveres que lhe cabiam naquela tarde. Os minutos passaram incontáveis, até que as sombras da noite começaram a se aprofundar perceptivelmente, e os olhos dos três não passavam de pontos brilhantes na superfície da escuridão. O relógio repetidor de Coggan bateu 6 horas em seu bolso, com os tons habituais e curtos.

Naquele momento ouviram-se passos apressados na entrada, e a porta se abriu para deixar entrar a figura de Gabriel Oak, seguido pela empregada da hospedaria carregando uma vela. Olhou severamente para um rosto longo e dois rostos redondos parados, que o confrontaram com as expressões de um violino e um par de aquecedores de panela. Joseph Poorgrass piscou e encolheu-se vários centímetros.

– Pela minha alma, tenho vergonha de você, você é um infame, Joseph, um infame! – disse Gabriel, indignado – Coggan, você se considera um homem e não sabe fazer melhor do que isso.

Coggan olhou indefinidamente para Oak, um ou outro de seus olhos ocasionalmente abrindo e fechando por conta própria, como se não fosse um membro, mas um indivíduo sonolento com uma personalidade distinta.

– Não faça isso, pastor! – disse Mark Clark, olhando com reprovação para a vela, que parecia possuir características especiais de interesse para seus olhos.

– Ninguém pode ferir uma mulher morta. – disse Coggan lentamente, com a precisão de uma máquina – Tudo o que poderia ser feito por ela já foi feito... ela está além de nós; e por que um homem deveria se apressar por barro sem vida que não pode sentir nem ver, e não sabe o que fazer com ela? Se ela estivesse viva, eu teria sido o primeiro a ajudá-la. Se ela agora quisesse comida e bebida, eu pagaria, com dinheiro adiantado. Mas ela está morta, e nada que façamos a trará de volta à vida. A mulher nos deixou... o tempo gasto com ela é jogado fora. Por que deveríamos nos apressar em fazer o que não é necessário? Beba, pastor e sejamos amigos, pois amanhã poderemos estar como ela.

— Podemos mesmo! — acrescentou Mark Clark, enfaticamente, bebendo imediatamente, para não correr mais risco de perder sua chance pelo evento aludido, enquanto Jan misturava seus pensamentos adicionais sobre o amanhã em uma canção:

"*A-ma-nhã, a-ma-nhã!*

Enquanto encontro paz e abundância em meu leito,

Com um coração livre de doença e tristeza,

Com meus amigos hoje vou compartilhar a alegria
no meu peito,

E espero que lembrem de mim com pureza.

A-ma-nhã, a-ma-..."

— Pare com essa buzina, Jan! — disse Oak e voltando-se para Poorgrass — Quanto a você, Joseph, que pratica suas más ações de maneiras tão absurdamente sagradas, está o mais bêbado que poderia suportar.

— Não, pastor Oak, não! Ouça a razão, pastor. O único problema comigo é uma aflição chamada olho multiplicador, que é que eu vejo dois de você... quero dizer, você parece que é dois.

— Um olho multiplicador é uma coisa muito ruim — disse Mark Clark.

— Sempre acontece quando estou há algum tempo em um bar. — disse Joseph Poorgrass, humildemente — Sim, vejo dois de cada tipo, como se eu fosse um homem santo vivendo na época do rei

Noé e entrando na arca... S-s-s-sim, – acrescentou ele, ficando muito afetado pela imagem de si mesmo e derramando lágrimas: – me sinto bom demais para a Inglaterra, deveria ter vivido em Gênesis por direito, como os outros homens de sacrifício, e então não seria chamado de b-be-bêbado dessa maneira!

– Gostaria que você se mostrasse um homem de respeito e não ficasse choramingando aí!

– Mostrar-me um homem de respeito?... Ah, bem! deixe-me aceitar humildemente o nome de bêbado... deixe-me ser um homem de joelhos contritos... deixe estar! Sei que sempre digo "Por favor, Deus" antes de fazer qualquer coisa, desde a hora que me levanto até quando me deito, estou disposto a suportar toda desgraça que houver nesse ato sagrado. Ah, sim!... Mas não sou um homem de respeito? Alguma vez já permiti que uma ponta de orgulho se levantasse contra minhas partes mais difíceis, sem gemer virilmente por questionar o direito de fazê-lo? Faço essa pergunta com ousadia?

– Não podemos dizer isso, herói Poorgrass – admitiu Jan.

– Nunca permiti que tal tratamento passasse inquestionável! No entanto, o pastor diz diante de rico testemunho que não sou um homem de respeito! Bem, deixe passar, e a morte é uma boa amiga!

Gabriel, vendo que nenhum dos três estava em condições de assumir o comando da carroça durante o resto da viagem, não respondeu, mas, fechando novamente a porta para eles, atravessou até onde a carroça estava, agora tornando-se indistinto na neblina e na escuridão dessa estação do ano cheia de bolor. Puxou a cabeça do cavalo do grande pedaço de grama que ele estava comendo, reajustou os ramos e as flores sobre o caixão e seguiu em frente pela noite perigosa.

Aos poucos, surgiam rumores no vilarejo de que o corpo a ser trazido e enterrado naquele dia era tudo o que restava da infeliz Fanny Robin, que havia seguido a Décima Primeira Cavalaria de Casterbridge, passando por Melchester. Mas, graças à reticência de Boldwood e à generosidade de Oak, o amante que ela havia seguido nunca foi individualizado como Troy. Gabriel esperava que toda a verdade sobre o assunto não pudesse ser publicada até que, de alguma forma, a menina estivesse em seu túmulo por alguns dias, quando as barreiras interpostas da terra e do tempo, e uma sensação de que os eventos estavam enterrados no esquecimento, amorteceria a dor que a revelação e o comentário invejoso teriam para Bathsheba agora.

Quando Gabriel chegou à mansão, residência dela, que ficava no caminho para a igreja, já estava bastante escuro. Um homem veio do portão e disse através da neblina que pairava entre eles como farinha soprada:

– Poorgrass está com o corpo?

Gabriel reconheceu a voz como sendo a do pároco.

– O corpo está aqui, senhor – respondeu Gabriel.

– Acabei de perguntar à sra. Troy se ela poderia me dizer o motivo do atraso. Receio que agora seja tarde demais para que o funeral seja realizado com a devida decência. Você tem o certificado de registro?

– Não. – disse Gabriel – Espero que Poorgrass tenha, e ele está em Buck's Head. Esqueci de pedir o certificado para ele.

– Então isso resolve o assunto. Adiaremos o funeral para amanhã de manhã. O corpo pode ser levado para a igreja ou pode ser deixado aqui na fazenda e levado pelos carregadores pela manhã. Eles esperaram mais de uma hora e agora foram para casa.

Gabriel tinha razões para considerar esse último um plano muito questionável, apesar de Fanny ter sido moradora da fazenda durante vários anos, durante a vida do tio de Bathsheba. Visões de diversas contingências infelizes que poderiam surgir desse atraso passaram diante dele. Mas a sua vontade não era lei, e entrou em casa para perguntar à sua patroa quais eram os desejos dela sobre o assunto. Encontrou-a com um humor incomum: ao olhar para ele, seus olhos mostravam desconfiança e perplexidade, como se tivessem algum pensamento anterior. Troy ainda não havia retornado. A princípio, Bathsheba concordou com um semblante de indiferença à sua proposta de que deviam ir imediatamente para a igreja com sua carga; mas logo depois, seguindo Gabriel até o portão, mudou ao extremo sua solicitude por causa de Fanny e desejou que a menina fosse trazida para dentro de casa. Oak argumentou sobre a conveniência de deixá-la na carroça, exatamente como ela estava deitada agora, com suas flores e folhas verdes ao seu redor, apenas empurrando o veículo para dentro da cocheira até de manhã, mas sem nenhum propósito.

– É cruel e anticristão – disse ela – deixar a pobrezinha numa cocheira a noite toda.

– Muito bem, então. – disse o pároco – Providenciarei para que o funeral seja realizado amanhã cedo. Talvez a sra. Troy esteja certa ao sentir que devemos tratar um semelhante morto com muita consideração. Devemos lembrar que, embora ela possa ter errado gravemente ao deixar sua casa, ela ainda é nossa irmã; e devemos acreditar que as misericórdias não convencionadas de Deus são estendidas a ela, que é um membro do rebanho de Cristo.

As palavras do pároco espalharam-se pelo ar pesado com uma cadência triste, mas imperturbável, e Gabriel derramou uma lágrima sincera. Bathsheba parecia indiferente. O sr. Thirdly então os deixou, e Gabriel acendeu uma lanterna. Chamando outros três homens para ajudá-lo, eles levaram o caixão para dentro, colocando-o sobre dois bancos no meio de uma pequena sala de estar, ao lado do corredor, conforme Bathsheba havia pedido.

Todos, exceto Gabriel Oak, saíram da sala. Permaneceu ainda indeciso ao lado do corpo. Estava profundamente perturbado com o aspecto miseravelmente irônico que as circunstâncias estavam assumindo em relação à esposa de Troy, e com a própria impotência para neutralizá-las. Apesar de suas manobras cuidadosas durante todo o dia, o pior evento que poderia de alguma forma ter acontecido em relação ao enterro aconteceu agora. Oak imaginou uma descoberta terrível resultante do trabalho dessa tarde que poderia lançar sobre a vida de Bathsheba uma sombra que a interposição de muitos anos não seria capaz de esclarecer e que nada poderia remover por completo.

De repente, como numa última tentativa de salvar Bathsheba, pelo menos de uma angústia imediata, olhou novamente, como havia olhado antes, para a escrita a giz na tampa do caixão. O rabisco era simples: "Fanny Robin e criança". Gabriel pegou o lenço e apagou cuidadosamente as duas últimas palavras, deixando visível apenas a inscrição "Fanny Robin". Então saiu da sala silenciosamente pela porta da frente.

CAPÍTULO XLIII

A REVANCHE DE FANNY

— Quer mais alguma coisa, senhora? – perguntou Liddy, mais tarde, naquela mesma noite, parada junto à porta com um castiçal na mão e dirigindo-se a Bathsheba, que estava sentada triste e sozinha na grande sala ao lado do primeiro fogo da estação.

– Esta noite não, Liddy.

– Posso ficar esperando o patrão chegar, se quiser, senhora. Não tenho medo da Fanny, se me permitir sentar-se em meu quarto e acender uma vela. Era tão infantil e jovem, que seu espírito não poderia aparecer para ninguém nem mesmo se tentasse, tenho certeza.

Ah, não, não! Vá para a cama. Eu mesma vou esperar ele até a meia-noite e, se ele não chegar até essa hora, irei para a cama também.

– São 10h30 agora.

– Oh! É mesmo?

– Por que a senhora não espera lá em cima?

– Por quê? – disse Bathsheba, de maneira incoerente – Não vale a pena, temos a lareira aqui, Liddy. – De repente, ela exclamou em um sussurro impulsivo e animado: – Você já ouviu alguma coisa estranha sobre Fanny? – Assim que as palavras lhe escaparam, uma expressão de arrependimento indescritível cruzou seu rosto e ela começou a chorar.

– Não, nem uma palavra! – disse Liddy, olhando espantada para a mulher que chorava – O que a faz chorar tanto, senhora, alguma coisa a está incomodando? – Ela veio para o lado de Bathsheba com um rosto cheio de simpatia.

– Não, Liddy, não preciso mais de você. Mal posso dizer por que comecei a chorar ultimamente, nunca chorei. Boa noite.

Em seguida, Liddy saiu da sala e fechou a porta.

Bathsheba estava solitária e infeliz agora; na verdade, não estava mais solitária do que antes do casamento; mas a solidão dela estava para a do presente como a solidão de uma montanha está para a solidão de uma caverna. E, nos últimos dois dias, surgiram pensamentos inquietantes sobre o passado de seu marido. Seu sentimento rebelde naquela noite em relação ao local de descanso temporário de Fanny foi o resultado de uma estranha complicação de impulsos no peito de Bathsheba. Talvez fosse mais bem descrita como uma rebelião determinada contra seus preconceitos, uma repulsa a um instinto inferior de falta de caridade, que teria negado toda a simpatia à mulher morta, porque em vida ela precedeu Bathsheba nas atenções de um homem a quem Bathsheba de forma alguma deixou de amar, embora seu amor estivesse doente até a morte agora mesmo com a gravidade de uma maior apreensão.

Cinco ou dez minutos depois, houve outra batida na porta. Liddy reapareceu e, aproximando-se um pouco, ficou hesitante, até que finalmente disse: – Maryann acabou de ouvir algo muito estranho, mas sei que não é verdade. E vamos conhecer os seus direitos dentro de um ou dois dias.

– O que é?

– Oh, nada relacionado a senhora ou a nós. É sobre Fanny. A mesma coisa que a senhora ouviu.

– Não ouvi nada.

– Quero dizer que uma história perversa chegou a Weatherbury nessa última hora... que... Liddy chegou perto de sua senhora e sussurrou lentamente em seu ouvido o restante da frase, inclinando a cabeça enquanto falava na direção da sala onde Fanny estava.

Bathsheba tremeu da cabeça aos pés.

– Não acredito! – ela disse, surpresa – E há apenas um nome escrito na tampa do caixão.

– Nem eu, senhora. E muitas outras pessoas também não, pois certamente teríamos sido informados mais sobre isso se fosse verdade... a senhora não acha?

– Talvez sim, talvez não.

Bathsheba virou-se e olhou para o fogo, para que Liddy não visse seu rosto. Percebendo que sua patroa não diria mais nada, Liddy saiu, fechou a porta suavemente e foi para a cama.

O rosto de Bathsheba, ao continuar olhando para o fogo naquela noite, pode ter despertado solicitude por sua parte, mesmo entre aqueles que menos a amavam. A tristeza do destino de Fanny Robin não tornou o destino de Bathsheba glorioso, embora ela fosse a Ester e a pobre fosse Vasti[16], e seus destinos poderiam ser considerados, em alguns aspectos, contrastantes entre si. Quando Liddy entrou na sala pela segunda vez, os lindos olhos que encontraram os dela tinham uma expressão apática e cansada. Quando ela saiu depois de contar a história, eles expressaram tribulação em plena atividade. Sua natureza simples e do campo, alimentada por princípios antiquados, era perturbada por aquilo que pouco teria perturbado uma mulher do mundo, tanto Fanny quanto seu filho, se ela tivesse um, que estavam mortos.

Bathsheba tinha motivos para conjecturar uma conexão entre a própria história e a vagamente suspeitada tragédia do fim de Fanny, que Oak e Boldwood nunca, nem por um momento, lhe revelaram. O encontro com a mulher solitária no sábado à noite anterior não foi testemunhado e nem comentado. Oak pode ter tido a melhor das intenções ao reter pelo maior número de dias possível os detalhes do que havia acontecido com Fanny; mas se soubesse que as percepções de Bathsheba já haviam sido exercidas

---

16 Ester e Vasti são duas mulheres com cargos de posição na casa do rei Assuero, ambas rainhas, sendo que Ester foi o modelo bíblico de virtude e, a outra, o modelo de mulher tola.

sobre o assunto, não teria feito nada para prolongar os minutos de suspense que ela estava passando, quando a certeza que deveria terminar tal suspense seria, afinal, o pior fato suspeito.

De repente, ela sentiu um desejo ardente de falar com alguém mais forte que ela, e assim obter forças para sustentar sua suposta posição com dignidade e suas dúvidas ocultas com estoicismo. Onde poderia encontrar um amigo assim? Em nenhum lugar da casa. Ela era, de longe, a mais fria das mulheres sob seu teto. Paciência e suspensão do julgamento por algumas horas era o que ela queria aprender, e não havia ninguém para ensiná-la. Ela poderia procurar Gabriel Oak!... mas não poderia ser assim. Que maneira Oak tinha, ela pensou, de suportar as coisas. Boldwood, que parecia muito mais profundo, mais elevado e mais forte em sentimentos do que Gabriel, ainda não havia aprendido, assim como ela mesma, a lição simples que Oak demonstrava dominar a cada volta e olhar que dava... que entre a multidão de interesses pelos quais ele estava cercado, aqueles que afetavam seu bem-estar pessoal não eram os mais absorventes e importantes aos seus olhos. Oak olhava meditativamente sobre o horizonte das circunstâncias, sem nenhuma consideração especial ao próprio ponto de vista. Era assim que ela gostaria de ser. Sendo assim, Oak não era atormentado pela incerteza sobre o assunto mais íntimo de seu peito, como ela estava naquele momento. Oak sabia tudo o que desejava saber sobre Fanny... ela estava convencida disso. Se ela fosse até ele naquele momento e não dissesse mais do que estas poucas palavras: "Qual é a verdade da história?", ele se sentiria obrigado pela honra a contar tudo a ela. Seria um alívio inexprimível. Nenhum outro discurso precisaria ser proferido. Ele a conhecia tão bem que nenhuma excentricidade de comportamento dela o assustava.

Jogou um manto sobre as costas, foi até a porta e a abriu. Cada lâmina, cada galho estava imóvel. O ar ainda estava denso de umidade, embora um pouco menos denso do que durante a tarde, e o bater constante de gotas nas folhas caídas sob os galhos era quase musical em sua regularidade reconfortante. Parecia melhor estar fora de casa do que dentro dela, e Bathsheba fechou a porta e caminhou lentamente pela rua até chegar em frente à casa de Gabriel, onde ele agora morava sozinho, tendo deixado a casa de Coggan por ter sido pressionado por espaço. Só havia luz em uma janela, que ficava no andar de baixo. As venezianas não estavam fechadas, nem qualquer persiana ou cortina fechada sobre a janela, nem o roubo nem a observação eram contingências que pudessem causar grandes danos ao ocupante do domicílio. Sim, era o próprio Gabriel quem estava sentado, lendo. De onde estava, na estrada, ela podia vê-lo claramente, sentado bem quieto, a cabeça clara e encaracolada apoiada na mão, e apenas ocasionalmente olhando para cima para apagar a vela que estava ao seu lado. Por fim, olhou para o relógio, pareceu surpreso com o adiantado da hora, fechou o livro e levantou-se. Estava indo para a cama, ela sabia, e se ela batesse, deveria fazê-lo imediatamente.

E onde ficaria sua determinação! Sentiu que não conseguiria falar com ele. Por nada nesse mundo ela lhe daria uma dica sobre sua tristeza, muito menos pedir-lhe claramente informações sobre a causa da morte de Fanny. Ela teria de suspeitar, adivinhar, irritar-se e suportar tudo sozinha.

Como um andarilho sem teto, permaneceu na margem, como que embalada e fascinada pela atmosfera de contentamento que parecia espalhar-se naquela pequena moradia e que, infelizmente, faltava na sua. Gabriel apareceu no piso superior, colocou a vela no banco da janela e então se ajoelhou para orar. O contraste da imagem com a sua existência rebelde e agitada naquele mesmo momento era demais para que ela suportasse olhar por mais tempo. Não devia dar uma trégua aos problemas por nenhum meio desse tipo. Deveria seguir seu compasso vertiginoso e perturbador até a última nota, como havia começado. Com o coração apertado, subiu novamente a rua e entrou em sua porta.

Mais febril agora, pela reação dos primeiros sentimentos que o exemplo de Oak despertara nela, parou no corredor, olhando para a porta do quarto onde Fanny estava. Entrelaçou os dedos, jogou a cabeça para trás e esticou rigidamente as mãos quentes sobre a testa, dizendo, com um soluço histérico: – Quisera Deus que você pudesse falar e me contar seu segredo, Fanny!... Oh, eu espero, espero que não seja verdade que vocês são dois!... Se eu pudesse olhar para você por um minuto, saberia de tudo!

Alguns minutos se passaram, e ela acrescentou lentamente:
– *E eu irei.*

Bathsheba, em tempos posteriores, nunca conseguiu avaliar o humor que a impulsionou nas ações após essa resolução murmurada nessa noite memorável de sua vida. Foi até o armário de madeira pegar uma chave de fenda. Ao fim de um tempo curto, mas indefinido, se viu na pequena sala, tremendo de emoção, uma névoa diante dos olhos e uma pulsação insuportável no cérebro, parada ao lado do caixão descoberto da garota cujo suposto fim havia tão completamente a absorvido, e dizendo para si mesma com uma voz rouca enquanto olhava para dentro:

– Foi melhor saber o pior, e agora eu sei!

Estava consciente de ter causado essa situação por meio de uma série de ações realizadas como se fosse um sonho extravagante; de seguir aquele método, que lhe surgira no corredor com evidente obviedade, deslizando até o topo da escada, certificando-se, ouvindo a respiração pesada de suas criadas, de que elas estavam dormindo, deslizando novamente, virando a maçaneta da porta da sala dentro da qual a jovem estava e deliberadamente se colocando a fazer o que, se ela tivesse previsto tal empreendimento à noite e sozinha, a teria horrorizado, mas que, quando feito, não foi tão terrível quanto o foi a prova conclusiva da conduta de seu marido, obtida com o conhecimento, sem sombra de dúvida, do último capítulo da história de Fanny.

A cabeça de Bathsheba afundou em seu peito, e a respiração que havia sido contida em suspense, curiosidade e interesse foi exalada agora na forma de um lamento sussurrado: – Oh-h-h! – ela disse, e a sala silenciosa aumentou seu gemido.

Suas lágrimas caíram rapidamente ao lado do par inconsciente no caixão: lágrimas de origem complicada, de natureza indescritível, quase indefinível, exceto aquelas de simples tristeza. Certamente seus fogos habituais devem ter vivido nas cinzas de Fanny quando os acontecimentos foram moldados de modo a trazê-la para cá dessa maneira natural, discreta, mas eficaz. A única façanha... a de morrer... pela qual uma condição mesquinha poderia ser transformada em uma situação grandiosa, Fanny havia conseguido. E a isso o destino havia proporcionado esse reencontro daquela noite, que, na imaginação selvagem de Bathsheba, transformara o fracasso da sua companheira em sucesso, a sua humilhação em triunfo, a sua infelicidade em ascendência; tinha lançado sobre si mesma uma luz berrante de zombaria e sobre todas as coisas ao seu redor um sorriso irônico.

O rosto de Fanny estava emoldurado por seus cabelos loiros e já não havia muito espaço para dúvidas quanto à origem do cacho em propriedade de Troy. Na fantasia acalorada de Bathsheba, o semblante branco e inocente expressava uma vaga consciência triunfante da dor que ela estava retaliando com todo o rigor impiedoso da Lei Mosaica: "Olho por olho, dente por dente".

Bathsheba entregou-se a contemplações de escapar de sua posição por meio da morte imediata, o que, embora ela considerasse uma maneira inconveniente e terrível, tinha limites para sua inconveniência e horror que não podiam ser ultrapassados; enquanto as vergonhas da vida eram imensuráveis. No entanto, mesmo esse esquema de extinção pela morte não passava de uma cópia do método de sua rival, sem as razões que o glorificaram no caso de sua rival. Deslizou rapidamente para cima e para baixo na sala, como era seu hábito quando estava agitada, com as mãos cruzadas na frente do corpo, enquanto pensava, e às vezes expressava em palavras entrecortadas: – Oh, eu a odeio, mas não quero dizer que a odeio, pois isso é doloroso e perverso; e ainda assim a odeio um pouco! Sim, a minha carne insiste em odiá-la, queira o meu espírito ou não!... Se ela estivesse viva, eu poderia ficar zangada e ser cruel com ela com alguma justificativa; mas ser vingativa para com uma pobre mulher morta é algo que faço contra mim mesma. Ó, Senhor, tenha misericórdia! Estou infeliz com tudo isso!

Nesse momento, Bathsheba ficou tão aterrorizada com o próprio estado de espírito que procurou em volta algum tipo de refúgio para si mesma. A visão de Oak ajoelhado naquela noite lhe ocorreu e, com o instinto imitativo que anima as mulheres, aproveitou a ideia e resolveu ajoelhar-se e, se possível, orar. Gabriel havia orado, ela também podia fazê-lo.

Ajoelhou-se ao lado do caixão, cobriu o rosto com as mãos e, durante algum tempo, a sala ficou silenciosa como um túmulo. Seja por uma causa puramente mecânica ou por qualquer outra causa, quando Bathsheba surgiu, foi com o espírito acalmado e com pesar pelos instintos antagônicos que se apoderaram dela pouco antes.

No desejo de fazer alguma reparação, pegou as flores de um vaso perto da janela e começou a colocá-las em volta da cabeça da menina morta. Bathsheba não conhecia outra maneira de mostrar bondade às pessoas que partiram a não ser dar-lhes flores. Não sabia quanto tempo permaneceu envolvida dessa forma. Esqueceu-se do tempo, da vida, de onde estava, do que estava fazendo. Uma batida nas portas da cocheira no quintal a trouxe de volta a si. Um instante depois, a porta da frente se abriu e fechou, passos cruzaram o corredor, e seu marido apareceu na entrada do quarto, olhando para ela.

Ele observou tudo aos poucos, olhou perplexo para a cena, como se pensasse que era uma ilusão criada por algum encantamento diabólico. Bathsheba, pálida como um cadáver, olhou para ele da mesma maneira selvagem.

Tão poucas são as suposições instintivas, fruto de uma indução legítima que, naquele momento, enquanto estava com a porta na mão, Troy nunca pensou em Fanny em conexão com o que viu. Sua primeira ideia confusa foi que alguém na casa havia morrido.

— Então... o que aconteceu aqui? — perguntou Troy, sem nenhuma expressão.

— Tenho de ir! Tenho de ir! — disse Bathsheba, mais para si mesma do que para ele. Foi em direção à porta com o olhar dilatado para passar por ele.

— Qual é o problema, em nome de Deus? Quem está morto? — perguntou Troy.

— Não consigo dizer; deixe-me sair. Quero ar! — ela continuou.

— Não, fique, eu insisto! — Ele agarrou a mão dela e então a vontade pareceu abandoná-la, e ela entrou em um estado de passividade. Ele, ainda segurando-a, entrou na sala e, assim, de mãos dadas, Troy e Bathsheba se aproximaram da lateral do caixão.

A vela estava sobre uma cômoda perto deles, e a luz estava inclinada para baixo, iluminando distintamente as feições frias da mãe e do bebê. Troy olhou para dentro, largou a mão de sua esposa, o conhecimento de tudo isso tomou conta dele com um brilho sinistro, e ele ficou imóvel.

Permaneceu tão imóvel que se poderia imaginar que nenhuma força motriz havia sido deixada nele. Os choques de sentimentos em todas as direções confundiam-se, produziam uma neutralidade e não havia movimento em nenhuma direção.

— Você a conhece? — indagou Bathsheba, num pequeno eco fechado como se vindo do interior de uma cela.

— Conheço — disse Troy.

— É ela?

— Sim.

Antes, ele estava perfeitamente ereto. E agora, na imobilidade quase congelada de seu corpo, podia-se discernir um movimento incipiente, como na noite mais escura pode-se discernir luz depois de um tempo. Ele foi gradualmente baixando para frente. As linhas de suas feições suavizaram-se e a consternação modulou-se para uma tristeza ilimitada. Bathsheba o observava do outro lado, ainda com os lábios entreabertos e os olhos distraídos. A capacidade de sentimentos intensos é proporcional à intensidade geral da natureza, e talvez em todos os sofrimentos de Fanny, muito maiores em relação à sua força, nunca houve um momento em que ela sofreu em sentido absoluto o que Bathsheba sofria agora.

O que Troy fez foi cair de joelhos com uma união indefinível de remorso e reverência no rosto e, curvando-se sobre Fanny Robin, beijou-a suavemente, como se beijaria uma criança adormecida para evitar acordá-la.

Ao ver e ouvir o que Troy fazia, o que para ela era um ato insuportável, Bathsheba saltou em direção a ele. Todos os fortes sentimentos que estavam espalhados por sua existência desde que ela sabia o que era sentimento, pareciam agora reunidos em uma única pulsação. A repulsa, causada pelo seu estado de indignação um pouco antes, quando ela meditou sobre a honra comprometida, o abandono, a ocultação da maternidade na outra, foi violenta e completa. Tudo isso foi esquecido no simples e ainda forte apego da esposa ao marido. Ela havia suspirado por sua integridade e agora gritava contra o rompimento da união que lamentava. Jogou os braços em volta do pescoço de Troy, exclamando descontroladamente do fundo de seu coração:

– Não... não os beije! Oh, Frank, não posso suportar isso, não posso! Eu o amo mais do que ela, beije-me também, *Frank... beije-me! Vamos, Frank, beije-me também!*

Havia algo tão anormal e surpreendente na dor infantil e na simplicidade desse apelo de uma mulher do calibre e da independência de Bathsheba, que Troy, afrouxando os braços firmemente presos do pescoço, olhou para ela perplexo. Foi uma revelação tão inesperada de que todas as mulheres eram iguais no coração, mesmo aquelas tão diferentes nos artifícios como Fanny e essa ao lado dele, que Troy mal conseguia acreditar que ela fosse sua orgulhosa esposa, Bathsheba. O próprio espírito de Fanny parecia animar seu corpo. Mas esse foi o clima de apenas alguns instantes. Quando a surpresa momentânea passou, sua expressão mudou para um olhar silenciador e imperioso.

– Não vou beijar você! – ele disse, afastando-a.

O que ela podia fazer agora era não continuar com esse comportamento. No entanto, talvez, dadas as circunstâncias angustiantes, falar abertamente teria sido o único ato errado que poderia ser melhor compreendido, se não perdoado por ela, do que o ato correto e político, sendo a sua rival agora apenas um cadáver. Todo o sentimento de loucura que havia demonstrado, ela atraiu de volta para si mesma por meio de um esforço extenuante de autocontrole.

– O que você tem a dizer como seu motivo? – ela perguntou, sua voz amarga e estranhamente baixa, quase como se fosse de outra mulher agora.

– Devo dizer que fui um homem mau e de coração negro – respondeu ele.

– E que esta mulher é sua vítima; e eu não menos que ela.

– Ah! não me provoque, madame. Esta mulher é mais para mim, morta como está, do que você nunca foi, é ou será. Se Satanás não tivesse me tentado com esse seu rosto e com esses malditos galanteios, teria me casado com ela. Nunca tive outro pensamento até você aparecer no meu caminho. Quisera Deus que eu tivesse, mas é tarde demais! – Ele se virou para Fanny e disse: – Mas não importa, querida, aos olhos de Deus você é minha esposa!

Ao ouvir essas palavras, saiu dos lábios de Bathsheba um grito longo e baixo de desespero e indignação incomensuráveis, um lamento de angústia como nunca antes havia sido ouvido dentro daquelas velhas paredes habitadas. Foi o fim de sua união com Troy.

– Se ela é... isso..., o que... eu sou? – ela acrescentou, como uma continuação do mesmo grito, e soluçando lastimosamente, e a raridade de tal abandono para ela apenas tornou a condição mais terrível.

— Você não é nada para mim... nada — disse Troy, sem coração — Uma cerimônia diante de um padre não constitui um casamento. Não sou moralmente seu.

Um impulso veemente de fugir dele, de fugir daquele lugar, esconder-se e escapar de suas palavras a qualquer preço, sem parar antes da própria morte, tomou conta de Bathsheba. Não esperou um instante, virou-se para a porta e saiu correndo.

CAPÍTULO XLIV

DEBAIXO DE UMA ÁRVORE - REAÇÃO

Bathsheba seguiu pela estrada escura, sem saber nem se importar com a direção ou o motivo de sua fuga. A primeira vez que notou definitivamente sua posição foi quando chegou a um portão que levava a um matagal coberto por grandes carvalhos e faias. Ao olhar para o local, ocorreu-lhe que já o tinha visto à luz do dia em alguma ocasião anterior, e que o que parecia ser um matagal intransponível era na realidade um bosque de samambaias que agora murchava rapidamente. Não conseguia pensar em nada melhor para fazer com sua palpitação do que entrar aqui e se esconder; e, ao entrar, parou num lugar protegido da neblina úmida por um tronco reclinado, onde se deixou cair sobre um sofá emaranhado de folhas e caules. Mecanicamente puxou algumas braçadas em volta de si para se proteger da brisa e fechou os olhos.

Se dormiu ou não naquela noite, Bathsheba não sabia claramente. Mas foi com uma existência revigorada e um cérebro mais fresco que, muito tempo depois, tomou consciência de alguns processos interessantes que aconteciam nas árvores acima de sua cabeça e ao redor.

Uma conversa bruta foi o primeiro som.

Era um pardal acabando de acordar.

A seguir ela ouviu: "Piu-piu-piu-piu!" de outro esconderijo.

Era um tentilhão.

Em seguida: "Tik-tik-tik-tik-tik!" da cerca.

Era um tordo.

"Muk-muk-muk!" logo acima de sua cabeça.

Um esquilo.

Então, ouviu um som vindo da estrada, "Com meu ra-tá-tá, e meu rum-tum-tum!"

Era um jovem camponês. Como estava vindo do lado oposto, ela acreditou, pela voz dele, que era um dos meninos de sua fazenda. Era seguido por um caminhar cambaleante de pés pesados, e, olhando através das samambaias, Bathsheba pôde discernir, à luz pálida do amanhecer, uma parelha de seus cavalos. Pararam para beber água em um lago do outro lado do caminho. Ela os observou entrando no lago, bebendo, levantando a cabeça, bebendo de novo, a água escorrendo de seus lábios como fios prateados. Houve outra agitação, e então saíram do lago e voltaram em direção à fazenda.

Ela olhou mais ao redor. O dia estava apenas nascendo e, além do ar fresco e das cores, suas ações acaloradas e resoluções noturnas se destacavam em um contraste sinistro. Percebeu que em seu colo, e agarradas a seus cabelos, havia folhas vermelhas e amarelas que haviam caído da árvore e pousado silenciosamente sobre ela durante seu sono parcial. Bathsheba sacudiu o vestido para se livrar delas, quando multidões da mesma família deitadas ao seu redor se levantaram e esvoaçaram na brisa assim criada, "como fantasmas em uma fuga encantada".

Havia uma abertura para o leste, e o brilho do sol que ainda não havia nascido atraiu seus olhos para lá. Aos seus pés, e entre as belas samambaias amareladas com seus braços emplumados, o chão descia para uma depressão, onde havia uma espécie de pântano, salpicado de fungos. Uma névoa matinal pairava sobre ele agora como um véu prateado abundante, magnífico, cheio de luz do sol, mas semiopaco, e a cerca atrás dele estava em certa medida escondida por uma luminosidade nebulosa. Nas laterais dessa depressão cresciam feixes de junco comum e, aqui e ali, uma espécie peculiar de lírio, cujas folhas brilhavam ao sol nascente, como foices. Mas o aspecto geral do pântano era maligno. De seu manto úmido e venenoso pareciam exalar as essências das coisas malignas da terra e das águas subterrâneas. Os fungos cresciam em todas as posições, a partir de folhas podres e tocos de árvores, alguns exibindo ao olhar apático delas suas copas pegajosas, outros, suas guelras com limo. Alguns eram marcados com grandes manchas, vermelhas como sangue arterial, outros eram amarelo-açafrão, e outros eram altos e atenuados, com hastes como macarrão. Alguns pareciam couro e de um marrom intenso. A depressão parecia um viveiro de pestilências pequenas e grandes, ameaçando o espaço do conforto e da saúde, e Bathsheba levantou-se com um tremor ao pensar em ter passado a noite à beira de um lugar tão sombrio.

Agora ouviam-se outros passos ao longo da estrada. Os nervos de Bathsheba ainda estavam à flor da pele; agachou-se novamente para não ser vista, e um pedestre apareceu. Era um estudante, com uma bolsa pendurada no ombro contendo o jantar e um livro na mão. Parou perto do portão e, sem olhar para cima, continuou murmurando palavras em um tom alto o suficiente para chegar aos ouvidos dela.

– "Oh, Senhor, oh, Senhor, oh, Senhor, oh, Senhor, oh, Senhor": isso eu sei do livro. "Dá-nos, dá-nos, dá-nos, dá-nos, dá-nos": isso eu sei. "Dá-nos sua graça, sua graça, sua graça, sua graça": isso eu sei – Outras palavras seguiram com o mesmo efeito. O menino aparentemente era da classe dos ignorantes; o livro era um saltério, e essa era a sua maneira de aprender a coleta. Nos piores ataques de problemas parece haver sempre uma película superficial de consciência que é deixada desvinculada e aberta à atenção de ninharias, e Bathsheba divertiu-se um pouco com o método do menino, até que ele também sumiu.

A essa altura, o estupor deu lugar à ansiedade, e a ansiedade começou a dar lugar à fome e à sede. Uma silhueta apareceu na colina do outro lado do pântano, meio escondida pela névoa, e veio em direção a Bathsheba. A mulher aproximou-se com o rosto de perfil, como se olhasse intensamente para todos os lados. Quando ela deu uma volta um pouco mais para a esquerda e se aproximou, Bathsheba pôde ver o perfil da recém-chegada contra o céu ensolarado e sabia que a curva ondulada da testa ao queixo, sem ângulo nem linha decisiva em qualquer lugar, era o contorno familiar de Liddy Smallbury.

O coração de Bathsheba se encheu de gratidão ao pensar que ela não estava totalmente abandonada, e ela deu um pulo: – Oh, Liddy! – ela disse ou tentou dizer, mas as palavras só se formaram em seus lábios, não havia nenhum som. Ela havia perdido a voz devido à exposição à atmosfera obstruída durante todas aquelas horas da noite.

– Oh, madame! Estou tão feliz por ter lhe encontrado – disse a jovem, assim que viu Bathsheba.

– Não atravesse – sussurrou Bathsheba, que se esforçou em vão para falar alto o suficiente para chegar aos ouvidos de Liddy. Essa, sem saber disso, desceu até o pântano, dizendo: – Isso vai me sustentar, eu acho.

Bathsheba nunca esqueceu aquela pequena imagem transitória de Liddy atravessando o pântano até ela, à luz da manhã. Bolhas iridescentes de ar subterrâneo e úmido subiam da grama suada ao lado dos pés da criada enquanto ela caminhava, sibilando enquanto explodiam e se expandiam para se juntar ao firmamento vaporoso acima. Liddy não afundou, como Bathsheba havia previsto.

Ela chegou em segurança do outro lado e olhou para o rosto lindo, embora pálido e cansado, de sua jovem patroa.

– Pobrezinha! – disse Liddy, com lágrimas nos olhos: – Anime-se um pouco, senhora. Muito bem...

– Não consigo falar mais do que um sussurro, estou sem voz. – disse Bathsheba, apressadamente – Creio que o ar úmido daquele buraco tenha causado isso. Liddy, não me faça nenhuma pergunta, por favor. Quem mandou você?

– Ninguém. Pensei, quando descobri que a senhora não estava em casa, que algo cruel havia acontecido. Imagino ter ouvido a voz dele ontem à noite; e então, sabendo que algo estava errado...

– Ele está em casa?

– Não, saiu um pouco antes de mim.

– Fanny já foi levada?

– Ainda não. Será em breve... às 9 horas.

– Não vamos voltar para casa agora, então. Vamos caminhar pela floresta?

Liddy, sem entender exatamente nada daquele episódio, concordou, e saíram caminhando juntas entre as árvores.

– Mas é melhor entrar, senhora, e comer alguma coisa. Vai morrer de frio!

– Não vou entrar em casa ainda... talvez nunca mais.

– Vou pegar alguma coisa para a senhora comer e algo para colocar na sua cabeça além desse pequeno xale!

– Se puder fazer isso, Liddy.

Liddy desapareceu, e depois de vinte minutos voltou com uma capa, um chapéu, algumas fatias de pão com manteiga, uma xícara e um pouco de chá quente dentro de um pequeno jarro de porcelana.

– Fanny já foi? – disse Bathsheba.

– Não – disse sua companheira, servindo o chá.

Bathsheba se agasalhou, comeu e bebeu com moderação. Sua voz ficou um pouco mais clara e um pouco de cor voltou ao seu rosto. – Agora vamos andar de novo – disse ela.

Passearam pela floresta por quase duas horas, Bathsheba respondendo com monossílabos à tagarelice de Liddy, pois sua mente estava ocupada com um assunto, e apenas um. Ela interrompeu dizendo:

– Acho que Fanny já foi levada a esta hora?

– Vou até lá para ver.

Ela voltou com a informação de que os homens tinham acabado de levar o cadáver, que estavam perguntando por Bathsheba e que ela havia respondido que sua patroa não estava bem e não poderia descer.

– Então eles acham que estou no meu quarto?

– Sim. – Liddy então se aventurou a acrescentar: – Quando a encontrei pela primeira vez a senhora disse que talvez nunca mais voltasse para casa... não estava falando sério, estava?

– Não, mudei de ideia. Apenas as mulheres sem orgulho fogem dos maridos. Há uma situação pior do que ser encontrada morta na casa do seu marido devido aos seus maus tratos, que é ser encontrada viva por ter ido para a casa de outra pessoa. Pensei em tudo esta manhã e escolhi meu caminho. Uma esposa fugitiva é um estorvo para todos, um fardo para si mesma e um motivo de zombaria, tudo o que constitui uma tristeza maior do que ficar em casa... embora isso possa incluir itens insignificantes como insulto, espancamento e fome. Liddy, se algum dia se casar... Deus não permita que o faça!... e se encontrar em uma situação terrível, preste atenção, não fuja. Fique onde está, mesmo que seja subjugada. É o que vou fazer.

– Ora, senhora, não fale assim! – disse Liddy, pegando a mão dela – Sabia que aconteceu algo para a senhora esconder-se desse jeito. Posso perguntar que coisa terrível houve entre a senhora e ele?

– Você pode perguntar, mas não direi.

Cerca de dez minutos depois voltaram para casa por um caminho tortuoso, entrando pelos fundos. Bathsheba deslizou pelas escadas dos fundos até um sótão abandonado, e sua companheira a seguiu.

– Liddy, – disse ela, com o coração mais leve, pois a juventude e a esperança começaram a se reafirmar – você será minha confidente no momento, alguém deve ser, e eu escolho você. Bem, vou morar aqui por um tempo. Você poderia acender uma fogueira, colocar um pedaço de carpete e me ajudar a deixar o lugar confortável? Depois, quero que você e Maryann tragam aquele pequeno estrado do quartinho, e a cama que pertence a ela, uma mesa, e algumas outras coisas... O que devo fazer para passar esse tempo aqui?

– Fazer bainha em lenços é muito bom – disse Liddy.

– Oh não, não! Odeio costurar, sempre odiei.

– Tricô?

– Também não gosto.

– Pode terminar seu bordado. Só faltam os cravos e os pavões para serem preenchidos; e depois poderia emoldurar e cobrir com vidro para pendurar ao lado do de sua tia.

– Bordados estão fora de moda... terrivelmente campestre. Não Liddy, vou me dedicar à leitura. Traga-me alguns livros, mas não os novos. Não tenho ânimo para ler nada novo.

– Alguns dos antigos do seu tio, senhora?

– Sim. Alguns daqueles que guardamos em caixas. – Um leve brilho de humor passou por seu rosto quando ela disse: – Traga *A Tragédia da Donzela*, de Beaumont e Fletcher, *A Noiva de Luto* e... deixe-me ver... *Pensamentos Noturnos* e *A Vaidade dos Desejos Humanos*.

– E aquela história do negro que assassinou sua esposa, Desdêmona? É um livro belo e sombrio que combinaria perfeitamente com a senhora agora.

– Ora, Liddy, está olhando meus livros sem me avisar; eu disse que não deveria fazer isso! Como você sabe que me serviria? Não combinaria comigo de jeito nenhum.

– Mas se os outros olham...

– Não, eles não olham, e não vou ler livros sombrios. Por que eu deveria ler livros sombrios? Traga-me *Amor no Vilarejo*, *A Dama do Moinho*, *Doutor Syntax*, e alguns volumes de *O Espectador*.

Durante todo aquele dia, Bathsheba e Liddy ficaram no sótão, em estado de barricada; uma precaução que se revelou desnecessária contra Troy, pois ele não apareceu na vizinhança nem as incomodou. Bathsheba ficou sentada à janela até o pôr do sol, às vezes tentando ler, outras vezes observando cada movimento externo sem muito propósito e ouvindo sem muito interesse cada som.

O sol estava se pondo quase vermelho-sangue naquela noite, e uma nuvem lívida recebia seus raios no leste. Contra esse fundo escuro, a fachada oeste da torre da igreja... a única parte do edifício visível das janelas da casa de fazenda... erguia-se distinta e brilhante, o cata-vento no topo eriçado de raios. Por aqui, às 6 horas, os jovens do vilarejo reuniram-se, como era de costume, para um jogo da base de Prisioneiros. O local havia sido consagrado a essa antiga diversão desde tempos imemoriais, os velhos troncos formavam convenientemente uma base voltada para o limite do adro da igreja, em frente da qual o terreno era preparado pelos jogadores. Ela podia ver as cabeças marrons e pretas dos rapazes correndo para a direita e para a esquerda, as mangas das camisas brancas brilhando ao sol; enquanto ocasionalmente um grito e uma gargalhada interrompiam a quietude do ar noturno. Continuaram jogando por mais ou menos um quarto de hora, quando o jogo terminou abruptamente e os jogadores pularam o muro e desapareceram para o outro lado, atrás de um teixo, que também ficava atrás de uma faia, que agora se espalhava uma massa de folhagem dourada, na qual os galhos traçavam linhas pretas.

– Por que os jogadores terminaram o jogo tão de repente? – Bathsheba perguntou, na outra vez que Liddy entrou no quarto.

– Acho que foi porque naquele momento dois homens vieram de Casterbridge e começaram a erguer uma grande lápide esculpida – disse Liddy – Os rapazes foram ver de quem era.

– Você sabe? – perguntou Bathsheba.

– Não sei – respondeu Liddy.

CAPÍTULO XLV

O ROMANTISMO DE TROY

Quando a esposa de Troy saiu de casa, no meio da noite anterior, a primeira atitude dele foi esconder os mortos da vista. Feito isso, subiu as escadas e, jogando-se na cama vestida como estava, esperou miseravelmente pela manhã.

O destino tratou-o severamente durante as últimas vinte e quatro horas. Seu dia foi passado de uma forma muito diferente de suas intenções. Há sempre uma inércia a ser superada no estabelecimento de uma nova linha de conduta, não mais em nós mesmos, ao que parece, do que nos eventos delimitados, que parecem como se estivessem unidos para não permitir novidades no caminho da melhoria.

Tendo garantidas 20 libras que recebeu de Bathsheba, ele adicionou à quantia tudo o que conseguiu reunir por conta própria, o que totalizou 7 libras e dez. Com esse dinheiro, 27 libras e dez no total, saiu às pressas do portão naquela manhã para cumprir seu compromisso com Fanny Robin.

Ao chegar a Casterbridge, deixou o cavalo e a carroça em uma hospedaria e, cinco minutos antes das 10, voltou à ponte na extremidade inferior da cidade e sentou-se no parapeito. Os relógios marcaram a hora, mas Fanny não apareceu. Na verdade, naquele momento ela estava sendo vestida com suas roupas mortuárias por duas atendentes do Abrigo... as primeiras e últimas criadas que a gentil criatura teve a oportunidade de ter. Quinze minutos se passaram, e, então, meia hora. Uma onda de lembranças tomou conta de Troy enquanto ele esperava: aquela era a segunda vez que ela quebrava um compromisso sério com ele. Furioso, jurou que seria o último, e às 11 horas, depois de se demorar e observar a pedra da ponte até reconhecer cada líquen dela e ouvir o tilintar das ondulações abaixo até que o deixassem irritado, jurou que seria o último, ele saiu de onde estava, foi até a hospedaria para pegar sua carroça e, com um humor amargo de indiferença em relação ao passado e imprudência em relação ao futuro, foi para as corridas de Budmouth.

Chegou ao hipódromo às 2 horas e permaneceu lá ou na cidade até as 9. Mas a imagem de Fanny, tal como lhe aparecera nas sombras daquela noite de sábado, voltou à sua mente, seguida pelas injúrias de Bathsheba. Jurou que não apostaria e manteve a promessa, pois, ao sair da cidade, às 9 horas da noite, seu dinheiro havia diminuído apenas alguns xelins.

Cavalgou lentamente de volta para casa e foi então que pela primeira vez lhe ocorreu o pensamento de que Fanny poderia realmente ter sido impedida de cumprir sua promessa devido a alguma doença. Dessa vez ela não poderia ter cometido nenhum erro. Ele lamentou não ter permanecido em Casterbridge e ter feito perguntas. Chegando em casa, ele desatrelou silenciosamente o cavalo e entrou em casa, como vimos, para o terrível choque que o aguardava.

Assim que ficou claro o suficiente para distinguir os objetos, Troy levantou-se e, em estado de absoluta indiferença ao paradeiro de Bathsheba e quase alheio à sua existência, desceu as escadas e saiu de casa pela porta dos fundos. Sua caminhada foi em direção ao cemitério, onde ele procurou até encontrar uma cova desocupada recém-escavada... a cova escavada no dia anterior para Fanny. Depois de ter marcado a posição, saiu apressado para Casterbridge, apenas parando e meditando por um momento na colina onde vira Fanny viva pela última vez.

Chegando à cidade, Troy desceu por uma rua lateral e entrou em um portão debaixo de uma placa com as palavras "Lester, trabalhos em pedra e mármore". Dentro havia pedras de todos os tamanhos e desenhos, inscritas como sagradas para a memória de pessoas não identificadas que ainda não haviam morrido.

Troy estava agora tão diferente de si mesmo em aparência, palavras e ações, que a falta de semelhança era perceptível até mesmo em sua consciência. Seu modo de se envolver nesse negócio de comprar um túmulo foi o de um homem absolutamente inexperiente. Ele não conseguia considerar, calcular ou economizar. Desejava algo obstinadamente e começou como uma criança no berçário: – Quero um bom túmulo. – disse ele ao homem que estava em um pequeno escritório no quintal – Quero o melhor que você puder me dar por 27 libras.

Era todo o dinheiro que tinha.

– Essa quantia inclui tudo?

– Tudo. O entalhe do nome, transporte para Weatherbury e colocação. E quero isso agora, hoje mesmo.

– Não conseguimos fazer nada de especial para esta semana.

– Preciso disso agora.

– Se você quiser um desses em estoque, pode ficar pronto imediatamente.

– Muito bem. – disse Troy, impaciente – Vamos ver o que você tem.

– O melhor que tenho em estoque é este aqui. – disse o marmoreiro, entrando em um galpão. – Aqui está uma lápide de mármore lindamente decorada, com medalhões abaixo dos dizeres típicos; aqui está a pedra para o pé da sepultura, seguindo o mesmo padrão, e aqui está a cimalha para lacrar a sepultura. Só o polimento do conjunto me custou 11 libras – as placas são as melhores do gênero, e posso garantir que resistirão à chuva e à geada por cem anos sem voar.

– E quanto custa?

– Bem, posso acrescentar o nome e colocá-la em Weatherbury pela quantia que você mencionou.

– Faça para hoje e pagarei a quantia agora.

O homem concordou e ficou surpreso com o estado de espírito de um visitante que não usava nenhum sinal de luto. Troy escreveu então as palavras que formariam a inscrição, pagou a conta e foi embora. À tarde voltou e descobriu que as letras estavam quase prontas. Esperou no quintal até que o túmulo fosse embalado e viu-o colocado na carroça; em seguida partiu para Weatherbury, deixando antes instruções aos dois homens que o acompanhariam para perguntar ao sacristão sobre o túmulo da pessoa nomeada na inscrição.

Já estava bastante escuro quando Troy saiu de Casterbridge. Carregava uma cesta bastante pesada no braço, com a qual caminhava melancolicamente ao longo da estrada, descansando ocasionalmente em pontes e portões, onde depositava sua carga por um tempo. No meio da jornada encontrou, retornando na escuridão, os homens e a carroça que transportava o túmulo. Ele apenas perguntou se o trabalho estava feito e, ao ter certeza de que estava, continuou em seu caminho.

Troy entrou no cemitério de Weatherbury por volta das 10 horas e foi imediatamente para a esquina onde havia marcado o túmulo vazio no início da manhã. Ficava no lado obscuro da torre, em grande parte protegido da vista dos transeuntes ao longo da estrada, um local que até recentemente tinha sido abandonado a montes de pedras e arbustos de amieiro, mas agora estava limpo e arrumado para enterros, em razão do rápido enchimento do terreno em outros lugares.

Ali estava o túmulo, como os homens haviam declarado, branco como a neve e bem torneado na escuridão, sendo que a parte de cima era de pedra e o pé de uma borda de mármore que os unia. No meio havia um pouco de terra, adequada para plantas.

Troy depositou sua cesta ao lado do túmulo e desapareceu por alguns minutos. Ao retornar trazia consigo uma pá e uma lanterna, cuja luz dirigiu por alguns momentos sobre o mármore, enquanto lia a inscrição. Pendurou sua lanterna no galho mais baixo do teixo e tirou de sua cesta raízes de flores de diversas variedades. Havia maços de galantos, jacintos e bulbos de açafrão, violetas e margaridas duplas, que floresceriam no início da primavera, também havia cravos, rosas, lírios do vale, miosótis, dálias, açafrão-do--prado e outras, para as estações posteriores do ano.

Troy colocou-os na grama e, com uma expressão impassível, começou a trabalhar para plantá-los. Os galantos foram dispostos em linha na parte externa da cimalha, o restante dentro do recinto da sepultura. Os açafrões e jacintos deveriam crescer em fileiras; colocou algumas das flores de verão sobre a cabeça e os pés dela, os lírios e os miosótis sobre o coração. O restante foi disperso nos espaços entre esses.

Troy, em sua prostração nesse momento, não havia notado que na futilidade dessas ações românticas, ditadas por uma reação de remorso da indiferença anterior, havia elementos de absurdo. Derivando suas idiossincrasias de ambos os lados do Canal da Mancha, demostrou nesse momento decisivo a falta de elasticidade dos ingleses, juntamente com a cegueira para a linha onde o sentimento beira a pieguice, característica dos franceses.

Era uma noite nublada, abafada e muito escura, e os raios da lanterna de Troy espalharam-se pelos dois velhos teixos com um estranho poder de iluminação, tremulando, ao que parecia, até o teto negro de nuvens acima. Sentiu uma grande gota de chuva nas costas da mão, e logo uma delas entrou por um dos buracos da lanterna, quando a vela estalou e se apagou. Troy estava cansado e, como não estava longe da meia-noite e a chuva ameaçava aumentar, resolveu deixar os retoques finais do seu trabalho para o início do dia. Tateou ao longo da parede e por cima dos túmulos no escuro até se encontrar no lado norte. Aqui entrou no alpendre e, reclinado no banco do lado de dentro, adormeceu.

CAPÍTULO XLVI

A GÁRGULA: SUAS AÇÕES

A torre da Igreja de Weatherbury era uma construção quadrada do século XIV, com duas gárgulas de pedra em cada uma das quatro faces do parapeito. Dessas oito protuberâncias esculpidas, apenas duas continuavam a servir ao propósito de sua construção, o de escoar a água do telhado interno. Uma boca em cada lado tinha sido fechada por antigos guardiões da igreja, como supérfluas, e outras duas estavam quebradas e entupidas, uma questão que não tem muita importância para o bem-estar da torre, pois as duas bocas que ainda permaneciam abertas e ativas eram suficientes para fazer todo o trabalho.

Tem-se argumentado algumas vezes que não existe critério mais verdadeiro para a vitalidade de qualquer período artístico do que o poder dos grandes mestres da época do grotesco; e certamente no caso da arte gótica não há como contestar a proposição. A torre de Weatherbury era um exemplo do início do uso de um parapeito ornamental na paróquia, distinto das igrejas catedrais, e as gárgulas, que são os correlativos necessários de um parapeito, eram excepcionalmente proeminentes... do corte mais ousado que a mão pudesse moldar, com o design mais original que um cérebro humano pudesse conceber. Havia, por assim dizer, a simetria em sua distorção que é menos característica dos grotescos britânicos do que dos grotescos continentais da época. Todas as oito eram diferentes umas das outras. Um observador se convenceria de que nada na terra poderia ser mais hediondo do que aquelas que viu no lado norte, até dar a volta para o sul. Das duas gárgulas nessa última face, apenas a do canto sudeste dizia respeito à história. Era humana demais para ser chamada de dragão, travessa demais para ser como um homem, animalesca demais para ser como um demônio, e menos que um pássaro para ser chamada de grifo. Essa horrível entidade de pedra havia sido esculpida como se estivesse coberta por uma pele enrugada, tinha orelhas curtas e eretas, olhos saltando das órbitas, e os dedos e as mãos agarravam os cantos da boca, que parecia abrir para dar passagem livre à água que vomitava. A fileira inferior de dentes estava bastante desgastada, embora a superior ainda permanecesse. Aqui e ali, projetando-se a alguns centímetros da parede contra a qual seus pés repousavam como apoio, a criatura ria durante quatrocentos anos da paisagem circundante, silenciosamente no tempo seco, e no tempo de chuvas, com um som borbulhante e moderado.

Troy continuou dormindo no alpendre, e a chuva aumentou lá fora. Logo as gárgulas começaram a cuspir. No devido tempo, um pequeno riacho começou a escorrer pelos vinte metros de espaço aéreo entre sua boca e o solo, onde as gotas de água chegavam como tiros em velocidade acelerada. A corrente engrossou em substância e aumentou em força, jorrando gradualmente cada vez mais da lateral da torre. Quando a chuva caiu em uma torrente constante e incessante, o fluxo desceu em grande volume.

Seguimos seu curso até o solo nesse momento. A extremidade da parábola líquida saiu da parede, avançou sobre as molduras do pedestal, sobre um monte de pedras, sobre a borda de mármore, até o meio da sepultura de Fanny Robin.

A força da corrente tinha, até muito recentemente, sido recebida sobre algumas pedras soltas espalhadas por ali, que serviram de escudo para o solo. Durante o verão, estes haviam sido removidos do solo e agora não havia nada para resistir à queda, a não ser a terra nua. Durante vários anos, o riacho não jorrava tão longe da torre como naquela noite, e tal contingência havia sido ignorada. Às vezes, esse canto obscuro não recebia nenhum habitante pelo espaço de dois ou três anos, e então geralmente era apenas um mendigo, um caçador ou outro pecador de pecados indignos.

A torrente persistente das mandíbulas da gárgula dirigiu toda a sua vingança para a sepultura. O rico bolor castanho-amarelado foi posto em movimento e borbulhava como chocolate. A água acumulou-se e desceu mais fundo, e o rugido do lago assim formado espalhou-se pela noite como o principal entre outros ruídos criados pela chuva torrencial. As flores plantadas com tanto cuidado pelo amante arrependido de Fanny começaram a se mover e se contorcer em sua cama. As violetas de inverno viraram lentamente de cabeça para baixo e tornaram-se um mero tapete de lama. Logo o galanto e outros bulbos dançavam na massa borbulhante como ingredientes dentro de um caldeirão. As plantas das espécies tufadas se soltaram, subiram à superfície e flutuaram.

Troy só acordou de seu sono desconfortável quando já era dia. Não estando na cama há duas noites, sentia os ombros rígidos, os pés sensíveis e a cabeça pesada. Lembrou-se de sua posição, levantou-se, estremeceu, pegou a pá e saiu novamente.

A chuva havia cessado completamente, e o sol brilhava através das folhas verdes, marrons e amarelas, agora cintilantes e envernizadas pelas gotas de chuva com o brilho de efeitos semelhantes nas paisagens de Ruysdael e Hobbema, e cheio de todas aquelas belezas infinitas que surgem da união da água e da cor com luzes fortes. O ar tornou-se tão transparente pela forte chuva que os tons outonais da meia distância eram tão ricos quanto os mais próximos, e os campos remotos interceptados pelo ângulo da torre apareciam no mesmo plano da torre.

Ele entrou no caminho de cascalho que o levaria para trás da torre. O caminho, em vez de ser pedregoso como na noite anterior, estava coberto por uma fina camada de lama. Em um dos pontos do caminho viu um tufo de raízes fibrosas, brancas e limpas como um feixe de tendões. Apanhou-as, pois certamente não poderia ser uma das prímulas que ele havia plantado. Viu um bulbo, outro e mais outro enquanto avançava. Sem dúvida eram os açafrões. Com uma expressão de perplexidade e consternação, Troy dobrou a esquina e então viu os estragos que a água havia causado.

A poça sobre a sepultura tinha sido absorvida pelo chão, e

em seu lugar havia um buraco. A terra revolvida tinha sido lavada sobre a grama e no caminho, sob o disfarce da lama marrom que ele já tinha visto, percebeu que a lápide de mármore apresentava as mesmas manchas. Quase todas as flores foram retiradas do solo e ficaram com as raízes para cima nos pontos onde tinham sido espalhadas pela corrente.

Troy contraiu a testa fortemente. Cerrou os dentes, e seus lábios comprimidos moveram-se como os de alguém que sente muita dor. Esse acidente singular, por uma estranha confluência de emoções nele, foi sentido como a dor mais aguda de todas. O rosto de Troy era muito expressivo, e qualquer observador que o tivesse visto agora dificilmente acreditaria que ele era um homem que ria, cantava e derramava ninharias de amor no ouvido de uma mulher. Amaldiçoar sua situação miserável foi a princípio seu impulso, mas mesmo aquele estágio mais baixo de rebelião precisava de uma atividade cuja ausência fosse necessariamente antecedente à existência da tristeza mórbida que o atormentava. A visão, como veio, sobreposta ao cenário escuro dos dias anteriores, formou uma espécie de clímax de todo o panorama, e foi mais do que ele poderia suportar. Sanguinário por natureza, Troy tinha o poder de escapar do sofrimento simplesmente adiando-o. Poderia adiar a consideração de qualquer espectro em particular até que o assunto se tornasse obsoleto e suavizado pelo tempo. O plantio de flores no túmulo de Fanny talvez tivesse sido apenas uma espécie de subterfúgio da dor inicial, e agora era como se sua intenção tivesse sido conhecida e contornada.

Quase pela primeira vez em sua vida, Troy, ao lado daquele túmulo desmantelado, desejou ser outro homem. É raro que uma pessoa com espírito animal não sinta que o fato de sua vida ser sua é a única qualificação que a destaca como uma vida mais esperançosa do que a de outros que possam realmente se parecer com ela em todos os detalhes. Sentiu, à sua maneira transitória, centenas de vezes, que não poderia invejar a condição de outras pessoas, porque a posse dessa condição teria exigido uma personalidade diferente, quando ele não desejava outra senão a sua. Não se importava com as peculiaridades de seu nascimento, com as vicissitudes de sua vida, com a incerteza meteórica de tudo o que lhe dizia respeito, porque tudo isso pertencia ao herói de sua história, sem o qual não teria havido história alguma para ele. Parecia ser apenas da natureza das coisas que elas se resolveriam em algum momento adequado e terminariam bem. Naquela mesma manhã a ilusão completou seu desaparecimento e, por assim dizer, de repente, Troy odiou a si mesmo. A rapidez foi provavelmente mais aparente do que real. Assim como um recife de coral que fica abaixo da superfície do oceano não está mais no horizonte do que se nunca tivesse sido iniciado, e o mero golpe final é o que muitas vezes parece criar um evento que há muito tempo já está potencialmente consumado.

Levantou-se e meditou... um homem desprezível. Para onde deveria ir? "Aquele que é maldito, seja maldito", foi o anátema impiedoso escrito nesse esforço destruído de sua solicitude recém-nascida. Um homem que gastou sua força primordial viajando em uma direção não tem muito ânimo para reverter seu curso. Troy, desde ontem, tinha invertido ligeiramente a sua, mas a menor oposição o desanimou. Dar meia-volta já teria sido bastante difícil sob o maior incentivo providencial, mas descobrir que a Providência Divina, longe de ajudá-lo a seguir um novo rumo, ou de demonstrar qualquer desejo que ele pudesse adotar, na verdade zombara de seu primeiro tremor e de sua tentativa crítica, era mais do que sua natureza poderia suportar.

Lentamente retirou-se do túmulo. Não tentou tapar o buraco, substituir as flores ou fazer qualquer coisa. Simplesmente baixou as cartas e renunciou ao seu jogo naquele momento e para sempre. Saindo do cemitério da igreja silenciosamente e sem ser observado... nenhum dos moradores ainda havia se levantado... passou por alguns campos nos fundos e emergiu secretamente na estrada principal. Pouco depois saiu do vilarejo.

Enquanto isso, Bathsheba permaneceu prisioneira voluntária

no sótão. A porta ficava trancada, exceto durante as entradas e saídas de Liddy, para quem fora arrumada uma cama no pequeno quarto ao lado. A luz da lanterna de Troy no cemitério foi percebida por volta das 10 horas pela criada, que casualmente olhou pela janela naquela direção enquanto jantava, e chamou a atenção de Bathsheba para isso. Ambas observaram o fenômeno com curiosidade por um tempo, até que Liddy foi mandada para a cama.

Bathsheba não dormiu bem naquela noite. Quando sua atendente estava inconsciente e respirando calmamente no cômodo ao lado, a dona da casa ainda olhava pela janela para o brilho fraco que se espalhava por entre as árvores... não com um brilho constante, mas piscando como uma luz costeira giratória, embora essa aparição não lhe sugerisse que uma pessoa estivesse passando e repassando diante dela. Bathsheba ficou sentada ali até começar a chover e a luz desaparecer, quando retirou-se para ficar deitada inquieta em sua cama e reencenar, em uma mente desgastada, a cena sinistra da noite passada.

Quase antes de aparecer o primeiro sinal tênue do amanhecer, levantou-se e abriu a janela para respirar plenamente o novo ar da manhã, as vidraças agora molhadas com lágrimas trêmulas deixadas pela chuva noturna, cada uma arredondada com um brilho pálido capturado de cortes em tons de prímula através de uma nuvem baixa no céu que despertava. Das árvores vinha o som do gotejar constante sobre as folhas caídas sob elas, e da direção da igreja ela podia ouvir outro barulho, peculiar, e não intermitente como o resto, o barulho da água caindo em uma poça.

Liddy bateu às 8 horas, e Bathsheba destrancou a porta.

– Que chuva forte tivemos durante a noite, senhora! – disse Liddy, quando suas perguntas sobre o café da manhã foram feitas.

– Sim, muito forte.

– Você ouviu o barulho estranho no cemitério?

– Ouvi um barulho estranho. Acho que deve ter sido a água das bicas da torre.

— Bem, isso é o que o pastor disse, senhora. Ele foi ver.

— Oh! Gabriel esteve aqui esta manhã!

— Apenas deu uma olhada de passagem... bem à sua maneira antiga, que pensei que ele tivesse deixado de lado ultimamente. Mas as bicas da torre costumavam respingar nas pedras, e ficamos perplexos, pois era como se fosse uma panela em ebulição.

Não sendo capaz de ler, pensar nem trabalhar, Bathsheba pediu a Liddy que ficasse e tomasse café da manhã com ela. A língua da mulher mais infantil ainda falava dos acontecimentos recentes: — A senhora vai à igreja? — ela perguntou.

— Não que eu saiba — respondeu Bathsheba.

— Achei que a senhora gostaria de ir ver onde colocaram Fanny. As árvores escondem o lugar da sua janela.

Bathsheba tinha todos os tipos de temores de encontrar-se com o marido: — O sr. Troy esteve aqui essa noite? — perguntou ela.

— Não, madame; acho que ele foi para Budmouth.

Budmouth! O som da palavra trazia consigo uma perspectiva muito reduzida dele e de seus atos; havia um intervalo de vinte quilômetros entre eles agora. Ela odiava questionar Liddy sobre os movimentos do marido e, na verdade, até então evitava diligentemente fazê-lo; mas agora toda a casa sabia que tinha havido um terrível desentendimento entre eles, e era inútil tentar disfarçar. Bathsheba havia atingido um estágio em que as pessoas deixam de ter qualquer consideração apreciativa pela opinião pública.

— O que a faz pensar que ele foi para lá? — indagou ela.

— Laban Tall o viu na estrada de Budmouth esta manhã, antes do café da manhã.

Bathsheba ficou momentaneamente aliviada daquele peso rebelde das últimas vinte e quatro horas que extinguira nela a vitalidade da juventude sem substituí-la pela filosofia dos anos mais maduros, e resolveu sair e caminhar um pouco. Então, quando o café da manhã terminou, colocou o chapéu e seguiu em direção à igreja. Eram 9 horas e, tendo os homens voltado ao trabalho depois da primeira refeição, era pouco provável que ela encontrasse muitos deles na estrada. Sabendo que Fanny tinha sido enterrada na parte do cemitério para os rejeitados, chamado na paróquia de "atrás da igreja", que era invisível da estrada, foi impossível resistir ao impulso de entrar e olhar para um local que, por sentimentos inomináveis, ela ao mesmo tempo temia ver. Era incapaz de superar a impressão de que existia alguma conexão entre sua rival e a luz através das árvores.

Bathsheba contornou o pilar e contemplou o buraco e a tumba, com sua superfície delicadamente manchada e com espirros de lama, exatamente como Troy a vira e deixara duas horas antes. Do outro lado da cena estava Gabriel. Seus olhos também estavam fixos no túmulo e, como sua chegada foi silenciosa, ela ainda não havia atraído sua atenção. Bathsheba não percebeu imediatamente que a grande tumba e a sepultura danificada eram de Fanny, e olhou para ambos os lados e ao redor em busca de algum monte mais humilde, aterrado e coberto de terra da maneira usual. Então seu olhar seguiu o de Oak e ela leu as palavras da inscrição:

> *Erguido por Francis Troy*
>
> *Em Memória da Amada*
>
> *Fanny Robin*

Oak a viu, e seu primeiro ato foi olhar intrigado para saber como ela tomou conhecimento da autoria da obra, o que para ele causou considerável espanto. Mas tais descobertas não a afetaram muito. As convulsões emocionais pareciam ter se tornado lugares comuns em sua história, e ela desejou-lhe bom dia e pediu que preenchesse o buraco com a pá que estava ao seu lado. Enquanto Oak fazia o que desejava, Bathsheba coletou as flores e começou a plantá-las com aquela manipulação simpática de raízes e folhas que é tão visível na jardinagem de uma mulher, e que as flores parecem compreender e prosperar. Ela pediu a Oak que falasse com os guardiões da igreja para que virassem a boca da gárgula que pendia aberta sobre eles, para que assim o fluxo pudesse ser direcionado para o lado e a repetição do acidente fosse evitada. Finalmente, com a magnanimidade supérflua de uma mulher cujos instintos mais estreitos lhe trouxeram amargura em vez de amor, ela limpou as manchas de lama do túmulo, como se gostasse mais das palavras do que de outra forma, e voltou para casa.

CAPÍTULO XLVII

AVENTURAS À BEIRA-MAR

Troy vagou em direção ao sul. Um sentimento complexo, composto de desgosto, para ele, do tédio monótono da vida de um fazendeiro, imagens sombrias daquela que estava deitada no cemitério, remorso e uma aversão geral à companhia de sua esposa o levaram a procurar um lar em qualquer lugar na terra, exceto Weatherbury. Os tristes acessórios do fim de Fanny confrontaram-no como imagens vívidas que ameaçavam ser indeléveis e tornaram a vida na casa de Bathsheba intolerável. Às 3 da tarde encontrava-se no sopé de uma encosta com mais de um quilômetro e meio de comprimento, que se estendia até o cume de uma cadeia de colinas paralelas à costa, formando uma barreira monótona entre a bacia de terras cultivadas no interior e o cenário mais selvagem da costa. Subindo a colina estendia-se uma estrada quase reta e perfeitamente branca, os dois lados aproximando-se um do outro em uma conicidade gradual até encontrarem o céu no topo, a cerca de três quilômetros de distância. Em toda a extensão desse plano inclinado estreito e cansativo, nenhum sinal de vida era visível naquela tarde exuberante. Troy avançou pela estrada com um langor e uma depressão maiores do que qualquer outro que ele havia experimentado nos dias e anos anteriores. O ar estava quente e abafado, e o topo parecia recuar à medida que ele se aproximava.

Finalmente chegou ao cume, e uma perspectiva ampla e nova irrompeu sobre ele, com um efeito quase semelhante ao do Pacífico no olhar de Balboa, o explorador. O amplo mar de aço, marcado apenas por linhas tênues, que pareciam estar gravadas nele em um grau não profundo o suficiente para perturbar sua regularidade geral, estendia-se por toda a largura de sua frente e curvava-se para a direita, onde, perto da cidade e do porto de Budmouth, o sol eriçou-se sobre ele e baniu todas as cores, para substituí-lo por um esmalte transparente e oleoso. Nada se movia no céu, na terra ou no mar, exceto uma espuma branca como leite ao longo dos ângulos mais próximos da costa, cujos fragmentos lambiam as pedras contíguas como línguas.

Desceu e chegou a uma pequena bacia de mar cercada por penhascos. A natureza de Troy renovou-se dentro dele. Pensou em descansar e tomar um banho ali antes de prosseguir. Despiu-se e mergulhou. Dentro da enseada a água era desinteressante para um nadador, sendo calma como um lago, e para pegar um pouco das ondas do oceano, Troy nadou entre as duas saliências rochosas que formavam os pilares de Hércules para esse Mediterrâneo em miniatura. Infelizmente, para Troy, existia ali uma corrente desconhecida por ele, que, sem importância para alguma embarcação, era estranha para um nadador que pudesse ser pego de surpresa. Troy foi levado para a esquerda e depois em direção ao mar.

Agora lembrava-se do lugar e de seu caráter sinistro. Muitos banhistas já tinham orado ali por uma morte sem afogamento e, como também Gonzalo, ficaram sem resposta. Troy começou a considerar a possibilidade de ser acrescentado a tal número. Nenhum barco de qualquer tipo estava à vista no momento, mas, ao longe, Budmouth jazia sobre o mar, por assim dizer, observando silenciosamente seus esforços, e ao lado da cidade o porto mostrava sua posição por uma tênue rede de cordas e mastros. Depois de quase se exaurir nas tentativas de voltar à boca da enseada, em sua fraqueza nadou vários centímetros mais fundo do que costumava, mantendo a respiração inteiramente pelas narinas, virando-se de costas uma dúzia de vezes, nadando em borboleta, e assim por diante, Troy resolveu como último recurso pisar na água em uma ligeira inclinação, e assim se esforçar para chegar à costa em qualquer ponto, apenas dando a si mesmo um impulso suave para dentro enquanto continuava na direção geral da maré.

Descobriu que esse processo, necessariamente lento, não era tão difícil, e embora não houvesse escolha de local de desembarque... os objetos em terra passando por ele em uma procissão triste e lenta... aproximou-se perceptivelmente da extremidade de uma faixa de terra ainda mais à direita, agora bem delimitada contra a parte ensolarada do horizonte. Enquanto os olhos do nadador estavam fixos na faixa de terra como seu único meio de salvação desse lado do desconhecido, um objeto em movimento rompeu o contorno da extremidade e imediatamente apareceu um barco de navio tripulado por vários marinheiros, com a proa voltada para o mar.

Todo o vigor de Troy reviveu espasmodicamente para prolongar ainda mais a luta. Nadando com o braço direito, ergueu o esquerdo para chamá-los, batendo nas ondas e gritando com toda a força. Da posição do sol poente, sua forma branca era distintamente visível no fundo do mar, agora em tons profundos, a leste do barco, e os homens o viram imediatamente. Recuando os remos e pondo o barco em movimento, eles rumaram em sua direção com vontade, e cinco ou seis minutos depois de seu primeiro grito, dois dos marinheiros o puxaram pela popa.

Eles faziam parte da tripulação de um brigue e desembarcaram em busca de areia. Emprestando-lhe algumas peças de roupa que tinham disponíveis como uma ligeira proteção contra o ar que esfriava rapidamente, concordaram em desembarcá-lo pela manhã; e sem mais demora, pois já era tarde, dirigiram-se novamente para o ancoradouro onde estava o seu navio.

E agora a noite descia lentamente sobre os amplos níveis de água à frente; e não muito distante deles, onde a linha da costa se curvava e formava uma longa faixa de sombra no horizonte, uma série de pontos de luz amarela começou a existir, denotando que o local era Budmouth, onde as lâmpadas estavam sendo acesas ao longo do desfile. O barulho de seus remos era o único som distinto no mar, e à medida que trabalhavam em meio às sombras cada vez mais espessas, as luzes das lâmpadas ficavam maiores, cada uma parecendo enviar uma espada flamejante para o fundo das ondas à sua frente, até que surgiram, entre outras formas escuras do tipo, a forma do navio para o qual estavam se dirigindo.

CAPÍTULO XLVIII

DÚVIDAS SURGEM - DÚVIDAS PERMANECEM

Bathsheba suportou o aumento da ausência do marido de horas para dias com um leve sentimento de surpresa e um leve sentimento de alívio; no entanto, nenhuma das sensações elevou-se, em momento algum, muito acima do nível comumente designado como indiferença. Ela pertencia a ele: as certezas dessa posição eram tão bem definidas e as probabilidades razoáveis de sua ocorrência eram tão limitadas que ela não podia especular sobre contingências. Não tendo mais interesse em si mesma como uma mulher esplêndida, adquiriu os sentimentos indiferentes de uma estranha ao contemplar seu provável destino como uma infelicidade singular; pois Bathsheba designou a si mesma e a seu futuro cores que nenhuma realidade poderia distinguir da escuridão. Seu vigoroso orgulho original da juventude adoeceu e, com isso, diminuíram todas as suas ansiedades em relação aos próximos anos, uma vez que a ansiedade reconhece uma alternativa melhor e uma pior, e Bathsheba decidiu que alternativas em qualquer escala notável haviam cessado para ela. Cedo ou tarde... e não muito tarde... seu marido voltaria para casa. E então os dias de arrendamento da Upper Farm estariam contados. Originalmente, o agente da propriedade havia demonstrado alguma desconfiança no mandato de Bathsheba como sucessora de James Everdene, devido ao seu sexo, à sua juventude e à sua beleza; mas a natureza peculiar do testamento de seu tio, seu testemunho frequente, antes de sua morte, sobre a espertez dela em tal tarefa, e sua vigorosa organização dos numerosos rebanhos e manadas que repentinamente chegaram às mãos dela antes da conclusão das negociações, conquistaram sua confiança e nenhuma outra objeção foi levantada. Ultimamente ela tinha tido grandes dúvidas sobre quais seriam os efeitos jurídicos de seu casamento sobre sua posição; mas ainda não havia sido notificado de sua mudança de nome, e apenas um ponto estava claro: no caso de sua incapacidade ou de seu marido não conseguirem se encontrar com o agente no próximo dia do aluguel de janeiro, muito pouca consideração seria demonstrada, e, aliás, muito pouco seria merecido. Uma vez fora da fazenda, a aproximação da pobreza seria certa.

Consequentemente, Bathsheba vivia com a percepção de que seus propósitos haviam sido interrompidos. Não era uma mulher que pudesse ter esperança sem bons materiais para o processo, diferindo assim das menos perspicazes e enérgicas, embora mais mimadas, com quem a esperança funciona como uma espécie de mecanismo de relógio e para quem o mais simples alimento e o abrigo são suficientes; percebendo claramente que seu erro havia sido fatal, aceitou sua posição e esperou friamente pelo fim.

No primeiro sábado após a partida de Troy, ela foi sozinha para Casterbridge, uma viagem que nunca fizera desde seu casamento. Naquele sábado, Bathsheba passava lentamente a pé por entre a multidão de homens de negócios rurais reunidos como de costume em frente ao mercado, observados pelos burgueses com a sensação de que aquelas vidas saudáveis eram remuneradas pela exclusão de um possível cargo de vereador, quando um homem, que aparentemente a seguia, disse algumas palavras para outro à sua esquerda. Os ouvidos de Bathsheba eram aguçados como os de qualquer animal selvagem, e ela ouviu claramente o que o orador disse, embora estivesse de costas para ele.

– Estou procurando a sra. Troy. É aquela bem ali?

– Sim, acredito que seja aquela jovem senhora – disse a pessoa abordada.

– Tenho uma notícia difícil para dar a ela. Seu marido se afogou.

Como se estivesse dotada do espírito de profecia, Bathsheba exclamou: – Não, não é verdade; não pode ser verdade! – Então não disse e nem ouviu mais nada. O gelo do autocontrole que ultimamente se acumulara sobre ela foi quebrado, e as correntes explodiram novamente e a subjugaram. Seus olhos escureceram e ela caiu.

Mas não no chão. Um homem sombrio, que a observava debaixo do pórtico do antigo mercado de milho quando ela passou pelo grupo lá fora, aproximou-se rapidamente no momento da exclamação e pegou-a nos braços enquanto ela caía.

– O que aconteceu? – perguntou Boldwood, olhando para quem trouxe a grande notícia, enquanto ele a apoiava.

– O marido dela morreu afogado esta semana enquanto tomava banho em Lulwind Cove. Um guarda costeiro encontrou suas roupas e as trouxe para Budmouth ontem.

Então um fogo estranho iluminou os olhos de Boldwood e seu rosto ficou corado com a emoção reprimida de um pensamento indizível. O olhar de todos agora estava centrado nele e em Bathsheba, que permanecia inconsciente. Ele levantou-a do chão, alisou as dobras do vestido como uma criança faria com um pássaro atingido pela tempestade, arrumando suas plumas eriçadas, e a carregou pela calçada até a Hospedaria King's Arms. Ali passou com ela sob o arco para uma sala privada e quando depositou, com relutância, a preciosa carga sobre um sofá, Bathsheba abriu os olhos. Lembrando-se de tudo o que havia acontecido, ela murmurou: – Quero ir para casa!

Boldwood saiu da sala. Ficou parado por um momento na passagem para recuperar os sentidos. A experiência foi demais para que sua consciência acompanhasse, e agora que ele a compreendera, já havia terminado. Durante aqueles poucos momentos celestiais e dourados, ela esteve em seus braços. O que adiantava se ela não sabia disso? Ela esteve tão próxima dele e ele dela.

Boldwood resolveu tomar providências, mandou uma mulher para ver se ela precisava de algo e saiu para apurar todos os fatos do caso. Esses pareciam estar limitados ao que ele já tinha ouvido. Então ordenou que o cavalo dela fosse atrelado à carroça e, quando tudo estava pronto, voltou para informá-la. Descobriu que, embora ainda pálida e indisposta, ela havia mandado chamar o homem de Budmouth que trouxera a notícia e ficou sabendo de tudo o que havia para saber.

Como não estava em condições de dirigir para casa como havia dirigido para a cidade, Boldwood, com toda a delicadeza de modos e sentimentos, ofereceu-se para arranjar-lhe um condutor ou dar-lhe um assento em sua carruagem, que era mais confortável do que a dela. Bathsheba gentilmente recusou as propostas, e o fazendeiro partiu imediatamente.

Cerca de meia hora depois, ela se revigorou com um esforço, sentou-se e tomou as rédeas como sempre... mantendo a aparência externa, como se nada tivesse acontecido. Saiu da cidade por uma rua tortuosa e seguiu lentamente, sem prestar atenção na estrada e nem na paisagem. As primeiras sombras da noite estavam aparecendo quando Bathsheba chegou em casa, onde, silenciosamente desceu e deixou o cavalo nas mãos do menino, subiu imediatamente as escadas. Liddy a encontrou no patamar. A notícia precedeu Bathsheba até Weatherbury meia hora antes, e Liddy olhou interrogativamente para o rosto de sua patroa. Bathsheba não tinha nada a dizer.

Entrou em seu quarto e sentou-se perto da janela, pensando até que a noite a envolveu, e apenas as linhas extremas de sua silhueta eram visíveis. Alguém veio até a porta, bateu e abriu.

– Bem, o que é, Liddy? – ela disse.

– Estava pensando que a senhora deve vestir algo – disse Liddy, hesitante.

– O que você quer dizer?

– Luto.

– Não, não, não – disse Bathsheba, apressadamente.

– Mas suponho que deve haver algo a ser feito pelo pobre...

– Não no momento, eu acho. Não é necessário.

– Por que não, senhora?

– Porque ele ainda está vivo.

— Como sabe disso? — perguntou Liddy, espantada.

— Não sei. Mas não teria sido diferente, ou eu não deveria ter ouvido mais detalhes, se estivesse morto, eles não o teriam encontrado, Liddy?... ou... não sei como é, mas a morte teria sido diferente do que aconteceu. Estou perfeitamente convencida de que ele ainda está vivo!

Bathsheba permaneceu firme nessa opinião até a segunda-feira, quando duas circunstâncias a abalaram. A primeira foi um pequeno parágrafo no jornal local, que, além de apresentar, por meio de uma sistematização, uma formidável evidência presumível da morte de Troy por afogamento, continha o importante testemunho de um jovem sr. Barker, médico de Budmouth, que falou ser uma testemunha ocular do acidente, na carta ao editor. Em tal carta ele afirmou que estava passando pelo penhasco no lado mais remoto da enseada no momento em que o sol se punha. Naquele momento, viu um banhista sendo levado pela corrente para fora da entrada da enseada e adivinhou num instante que havia poucas chances para ele, a menos que fosse possuidor de poderes musculares incomuns. Ele flutuou atrás de uma projeção da costa, e o sr. Barker seguiu ao longo da costa na mesma direção. Mas quando conseguiu atingir uma altitude suficiente para ter uma visão do mar além, o crepúsculo já havia se instalado e nada mais podia ser visto.

A outra circunstância foi a chegada das roupas dele, quando foi necessário que ela as examinasse e identificasse, embora isso já tivesse sido feito praticamente muito antes por aqueles que examinaram as cartas nos bolsos dele. Era tão evidente para ela, no meio de sua agitação, que Troy havia se despido com plena convicção de que se vestiria novamente quase imediatamente, que a noção de que qualquer coisa, exceto a morte, poderia tê-lo impedido era perversa de se considerar.

Então Bathsheba disse para si mesma que os outros estavam seguros de sua opinião; estranho que ela não deveria estar. Um estranho reflexo lhe ocorreu, fazendo seu rosto corar. Suponha que Troy tivesse seguido Fanny para outro mundo. Será que ele teria feito isso intencionalmente, mas conseguiu fazer com que sua morte parecesse um acidente? No entanto, esse pensamento de como a aparência poderia ser diferente da realidade, tornando-se vívida pelo ciúme de Fanny e o remorso que ele demonstrara naquela noite, não a cegou para a percepção de uma diferença mais provável, menos trágica, mas para ela mesma muito mais desastrosa.

Quando estava sozinha, tarde da noite, ao lado de uma pequena lareira, e bem mais calma, Bathsheba pegou o relógio de Troy, que havia sido devolvido a ela com o resto dos artigos pertencentes a ele. Abriu a tampa como ele abrira diante dela há uma semana. Lá estava o pequeno cacho de cabelo claro que serviu de estopim para aquela grande explosão.

– Ele era dela e ela era dele, devem ter partido juntos. – disse ela – Não sou nada para nenhum deles, e por que deveria guardar o cabelo dela? – Ela pegou-o na mão e segurou-o sobre o fogo – Não, não vou queimá-lo, vou guardá-lo em memória dela, coitadinha! – ela acrescentou, puxando a mão de volta.

CAPÍTULO XLIX

O AVANÇO DO OAK - UMA GRANDE ESPERANÇA

O fim do outono e início do inverno avançavam rapidamente, e as folhas caíam espessas sobre a grama das clareiras e os musgos dos bosques. Bathsheba, que antes vivia em estado de sentimento suspenso que não era suspenso, agora vivia em clima de quietude que não era exatamente tranquilidade. Embora ela soubesse que ele estava vivo, poderia ter pensado em sua morte com serenidade; mas agora que poderia tê-lo perdido, lamentava que ele não fosse seu. Ela manteve a fazenda funcionando, arrecadou seus lucros sem se importar muito com eles e gastou dinheiro em empreendimentos porque já o fizera em tempos passados, que, embora não muito distantes, pareciam infinitamente distantes de seu presente. Olhou para trás, para aquele passado, sobre um grande abismo, como se agora fosse uma pessoa morta, tendo ainda nela a faculdade da meditação, por meio da qual, como a nobreza em decomposição da história do poeta, ela poderia sentar-se e refletir o que sua vida costumava ser.

No entanto, um excelente resultado de sua apatia geral foi a tão adiada nomeação de Oak como administrador da fazenda; mas já exercendo virtualmente essa função há muito tempo, a mudança, além do aumento substancial de salários que trouxe, foi pouco mais do que uma mudança de nome dirigida ao mundo exterior.

Boldwood vivia isolado e inativo. Grande parte do seu trigo e toda a sua cevada daquela estação foram estragados pela chuva. A cevada brotou, cresceu em esteiras intrincadas e acabou sendo jogada aos porcos às braçadas. A estranha negligência que resultou em ruína e desperdício tornou-se assunto de conversas sussurradas entre todas as pessoas na vizinhança. Um dos homens de

Boldwood deixou escapar que o esquecimento não tinha nada a ver com isso, pois ele havia sido lembrado do perigo que seu milho corria várias vezes e persistentemente pelos empregados que ousavam fazê-lo. A visão dos porcos se virando de desgosto por causa das espigas podres pareceu despertar Boldwood, e uma noite ele mandou chamar Oak. Tenha ou não sido influenciado pelo recente ato de promoção de Bathsheba, o fazendeiro propôs, na entrevista, que Gabriel assumisse a superintendência da Lower Farm, bem como da de Bathsheba, devido à necessidade que Boldwood sentia de tal ajuda, e à impossibilidade de encontrar um homem mais confiável. A estrela maligna de Gabriel certamente estava se afastando rapidamente.

Bathsheba, quando soube da proposta... pois Oak foi obrigado a consultá-la... a princípio opôs-se languidamente. Ela considerou que as duas fazendas juntas eram extensas demais para serem administradas por um só homem. Boldwood, que aparentemente foi determinado por razões pessoais e não comerciais, sugeriu que Oak deveria receber um cavalo para seu uso exclusivo e afirmou que o plano não apresentava dificuldades, visto que as duas fazendas ficavam lado a lado. Boldwood não se comunicou diretamente com ela durante essas negociações, apenas falando com Oak, que foi o intermediário durante todo o processo. Finalmente, tudo foi arranjado harmoniosamente, e agora vemos Oak montado em um cavalo forte e trotando diariamente por cerca de dois mil acres de comprimento e largura, com um alegre espírito de vigilância, como se todas as colheitas pertencessem a ele, a dona verdadeira de uma metade e ao patrão da outra, os dois últimos sentados em suas respectivas casas em reclusão sombria e triste.

A partir daí, durante a primavera seguinte, surgiu um boato na paróquia de que Gabriel Oak estava arrumando seu ninho rapidamente.

– Vocês podem pensar qualquer coisa, – disse Susan Tall – mas Gabriel Oak está ficando vaidoso. Agora usa botas brilhantes duas ou três vezes por semana, uma cartola aos domingos, e quase nem usa mais um avental. Quando vejo pessoas querendo ser o que não são, fico só observando e não digo nada!

Por fim, soube-se que Gabriel, embora recebesse um salário fixo de Bathsheba, independente das flutuações dos lucros agrícolas, havia feito um compromisso com Boldwood pelo qual Oak receberia uma parte dos lucros... uma pequena parte, certamente, mas era dinheiro de maior qualidade do que os meros salários e capaz de trazer expansão de uma forma que os salários não o eram. Alguns estavam começando a considerar Oak um homem "avarento", pois, embora sua condição tivesse melhorado até então, não vivia em melhor estilo do que antes, ocupando a mesma cabana, cultivando as próprias batatas, remendando suas meias e às vezes até arrumando sua cama com as próprias mãos. Porém, como Oak não era apenas provocadoramente indiferente à opinião pública, mas também um homem que se apegava persistentemente a velhos hábitos e costumes, simplesmente porque eram antigos, havia espaço para dúvidas quanto a seus motivos.

Uma grande esperança havia germinado recentemente em Boldwood, cuja devoção irracional a Bathsheba só poderia ser caracterizada como uma loucura afetuosa que nem o tempo nem as circunstâncias, nem as más nem as boas notícias, poderiam enfraquecer ou destruir. Essa esperança febril cresceu novamente como um grão de mostarda durante o silêncio que se seguiu à precipitada conjectura de que Troy havia se afogado. Ele a alimentou com medo e quase evitou seriamente contemplá-la, temendo que os fatos revelassem a natureza selvagem do sonho. Bathsheba finalmente foi persuadida a usar luto, e sua aparição ao entrar na igreja naquele disfarce era em si um acréscimo semanal à sua fé de que um tempo estava chegando... talvez muito distante, mas certamente aproximando-se... em que sua espera seria recompensada. Boldwood não tinha ainda considerado quanto tempo teria de esperar. O que ele reconhecia era que a situação severa a que ela fora submetida tornara Bathsheba muito mais atenciosa do que antes com os sentimentos dos outros, e ele confiava nisso, caso ela estivesse disposta a se casar em algum momento no futuro, com qualquer homem, esse homem seria ele mesmo. Havia nela um substrato de bons sentimentos: sua autocensura pelo dano que ela havia causado a ele impensadamente poderia ser considerada agora, em uma extensão muito maior do que antes de sua paixão e decepção. Seria possível aproximar-se dela pelo canal de sua boa natureza e sugerir um acordo amigável e profissional entre eles, para realização em algum dia futuro, mantendo o lado apaixonado do desejo dele inteiramente fora da vista dela. Essa era a esperança de Boldwood.

Aos olhos da meia-idade, Bathsheba talvez estivesse ainda mais encantadora agora. Sua exuberância de espírito havia sido podada; o fantasma original do deleite não se mostrava muito brilhante para a alimentação diária da natureza humana, e ela conseguiu entrar nessa segunda fase poética sem perder muito da primeira no processo.

O retorno de Bathsheba de uma visita de dois meses à sua velha tia em Norcombe proporcionou ao apaixonado e ansioso fazendeiro um pretexto para perguntar diretamente por ela... agora possivelmente no nono mês de sua viuvez... e se esforçar para ter uma noção de seu estado de espírito em relação a ele. Isso ocorreu no meio da colheita, e Boldwood planejou ficar perto de Liddy, que estava ajudando nos campos.

– Estou feliz em vê-la aqui fora, Liddy – ele disse com alegria.

Ela sorriu e se perguntou por que ele estava falando tão abertamente com ela.

– Espero que a sra. Troy esteja bem depois de sua longa ausência – continuou ele, imaginando que por ter sido tão educado e cortês, Liddy diria algo mais sobre ela.

– Ela está muito bem, senhor.

— E contente, suponho.

— Sim, contente.

— Com medo, você disse?

— Oh, não. Eu simplesmente disse que ela estava contente.

— Ela conversa com você sobre todos os assuntos?

— Não, senhor.

— Sobre alguns deles?

— Sim, senhor.

— A sra. Troy confia muito em você, Lydia, e muito sabiamente, talvez.

— Sim, senhor. Estive com ela durante todos os seus problemas e na época do falecimento do sr. Troy e tudo mais. E se ela se casar novamente, espero ficar com ela.

— Com certeza ela quer que você fique... é natural — disse o amante estratégico, vibrando com a presunção que as palavras de Liddy pareciam justificar, de que sua amada havia pensado em se casar novamente.

— Não... ela não me prometeu nada exatamente. Estou simplesmente julgando por minha conta.

— Sim, sim, entendo. Quando ela alude à possibilidade de casar-se novamente, você conclui...

— Ela nunca faz alusão a isso, senhor — respondeu Liddy, pensando que o sr. Boldwood estava ficando um tanto ridículo.

— Claro que não. - ele respondeu apressadamente, sua esperança caindo novamente — Você não precisa fazer movimentos tão longos com seu ancinho, Lydia... os curtos e rápidos são os melhores. Bem, talvez, como ela é dona absoluta novamente agora, seja sábio da parte dela decidir nunca desistir de sua liberdade.

— Minha patroa certamente disse uma vez, embora não seriamente, que ela acha que poderia se casar novamente no final de sete anos, contando a partir do ano passado, arriscando que o sr. Troy pudesse voltar e reclamar seu lugar de marido.

– Ah, seis anos a partir de agora. Disse que poderia. Ela pode se casar imediatamente, na opinião de qualquer pessoa razoável, independentemente do que os advogados digam em contrário.

– Já perguntou a eles? – indagou Liddy, inocentemente.

– Eu não. – disse Boldwood, ficando corado – Liddy, você não precisa ficar aqui nem um minuto a mais se não quiser, como diz o sr. Oak. Agora vou um pouco mais longe. Boa tarde.

Ele foi embora irritado consigo mesmo e envergonhado por ter feito, naquela única vez em sua vida, algo que pudesse ser chamado de dissimulado. O pobre Boldwood não tinha mais habilidade em ser sutil do que um aríete, e sentia-se desconfortável com a sensação de parecer estúpido e, o que era pior, malvado. Mas, afinal de contas, havia descoberto um fato como recompensa. Era um fato singularmente novo e fascinante e, embora não isento de tristeza, era pertinente e real. Dentro de pouco mais de seis anos, Bathsheba certamente poderia se casar com ele. Havia algo de definitivo nessa esperança, pois admitindo que talvez não houvesse nenhuma reflexão profunda nas palavras de Bathsheba a Liddy sobre casamento, elas mostravam pelo menos sua crença sobre o assunto.

Essa ideia agradável estava agora continuamente em sua mente. Seis anos eram muito tempo, porém mais curto do que nunca, se considerasse a ideia que durante tanto tempo foi obrigado a suportar! Jacó serviu duas vezes sete anos para casar-se com Raquel, o que seriam seis anos para uma mulher como essa? Tentou gostar mais da ideia de esperar por ela do que de conquistá-la imediatamente. Boldwood sentia que seu amor era tão profundo, forte e eterno, que era possível que ela ainda não tivesse conhecido seu volume por completo, e essa paciência na espera lhe daria a oportunidade de dar uma doce prova sobre esse assunto. Ele aniquilaria os seis anos de sua vida como se fossem minutos, tamanho era o valor de seu tempo na terra ao lado do amor dela. Ele a deixaria ver, durante todos aqueles seis anos de namoro etéreo e intangível, quão pouco se importava com qualquer outra coisa que não fosse a consumação do seu amor.

Enquanto isso, o início e o fim do verão marcaram a semana em que a Feira de Greenhill foi realizada. Essa feira era geralmente frequentada pelo povo de Weatherbury.

CAPÍTULO L

A FEIRA DE OVELHAS - TROY TOCA NA MÃO DE SUA ESPOSA

Greenhill era como a feira russa de Nijni Novgorod em South Wessex e o dia mais movimentado, mais alegre e mais barulhento era o dia da feira de ovelhas. Essa reunião anual realizava-se no cume de uma colina que conservava em bom estado os restos de um antigo terreno constituído por uma enorme muralha e entrincheiramento de forma oval que circundava o topo da colina, embora um tanto quebrada aqui e ali. Para cada uma das duas aberturas principais em lados opostos subia uma estrada sinuosa, e o espaço verde plano de dez ou quinze acres cercado pela margem era o local da feira. Algumas construções permanentes pontilhavam o local, mas a maioria dos visitantes usava apenas lonas para descansar e se alimentar durante sua estada aqui.

Os pastores que acompanhavam seus rebanhos vindos de longas distâncias partiam de casa dois ou três dias, ou mesmo uma semana, antes da feira, conduzindo suas ovelhas alguns quilômetros por dia... não mais que dez ou doze... e descansando-os à noite em campos arrendados à beira do caminho em pontos previamente escolhidos, onde se alimentaram, pois estavam em jejum desde a manhã. O pastor de cada rebanho marchava atrás, com uma bolsa contendo seu kit para a semana amarrada nos ombros, e na mão seu cajado, que usava como apoio para sua peregrinação. Várias ovelhas ficavam cansadas e mancas, e ocasionalmente ocorria um parto na estrada. Para enfrentar essas contingências, era frequentemente providenciado, para acompanhar os rebanhos dos pontos mais remotos, um pónei e uma carroça, onde eram levadas as mais fracas pelo restante da viagem.

As Fazendas de Weatherbury, entretanto, não ficavam tão longe da colina, e esses arranjos não eram necessários no caso delas. Mas os grandes rebanhos unidos de Bathsheba e do fazendeiro Boldwood formavam uma multidão valiosa e imponente, que exigia muita atenção, e por esse motivo Gabriel, além do pastor de Boldwood e Cain Ball, acompanhava-as ao longo do caminho, através da cidade velha e decadente de Kingsbere e para cima no planalto, com a companhia de seu velho cachorro George, sempre atrás deles.

Quando o sol de outono se inclinou sobre Greenhill aquela manhã e iluminou a planície orvalhada no seu cume, nuvens de poeira podiam ser vistas flutuando entre os pares de cercas que riscavam a ampla paisagem em todas as direções. Elas convergiram gradativamente para a base do morro, e os rebanhos tornaram-se individualmente visíveis, subindo pelos caminhos sinuosos que levavam ao topo. Assim, como em uma procissão lenta, eles entravam na abertura que vinha das estradas, multidão após multidão, com chifres e sem chifres, rebanhos azuis e rebanhos vermelhos, rebanhos amarelos e rebanhos marrons, até verdes e de cor salmão, de acordo com a fantasia do colorista e o costume da fazenda. Os homens gritavam, os cães latiam, com grande animação, mas os viajantes que se amontoavam nessa viagem tão longa eram quase indiferentes a tais terrores, embora ainda balissem lamentavelmente devido aos fatos inusitados de suas experiências, e então um pastor alto aparecia aqui e ali no meio deles, como um ídolo gigantesco em meio a uma multidão de devotos prostrados.

A grande massa de ovelhas na feira consistia em South Downs e nas antigas raças com chifres de Wessex; a essa última classe pertenciam principalmente os de Bathsheba e do fazendeiro Boldwood. Eles entraram em fila por volta das 9 horas, com seus chifres vermiculados caindo graciosamente de cada lado das bochechas em espirais geometricamente perfeitas e uma pequena orelha rosa e branca aninhada sob cada chifre. Antes e depois vieram outras variedades, leopardos perfeitos quanto à rica substância de sua pelagem, faltando apenas as manchas. Havia também alguns da raça Oxfordshire, cuja lã começava a encaracolar como o cabelo louro de uma criança, embora superados nesse aspecto pelos afeminados Leicesters, que por sua vez eram menos encaracolados que os Cotswolds. Mas o mais pitoresco, de longe, era um pequeno rebanho de Exmoors, que por acaso estava lá naquele ano. Seus rostos e pernas malhados, chifres escuros e pesados, tranças de lã penduradas em suas testas morenas, aliviavam bastante a monotonia dos rebanhos naquela parte.

Todos aqueles milhares de balidos, ofegantes e cansados haviam entrado e foram presos antes que a manhã terminasse, sendo que o cão pertencente a cada rebanho ficava amarrado no canto do respectivo cercado. Vielas para os pedestres cruzavam os cercados e logo estavam lotadas de compradores e vendedores de longe e de perto.

Em outra parte da colina, uma cena completamente diferente começou a se impor aos olhos por volta do meio-dia. Uma tenda circular, de excepcional novidade e tamanho, estava sendo erguida ali. À medida que o dia avançava, os rebanhos começavam a mudar de mãos, aliviando as responsabilidades do pastor que voltava sua atenção para a tenda e perguntava o que estava acontecendo a um homem que estava trabalhando, cuja alma parecia concentrada em amarrar um nó em pouco tempo.

– A apresentação do Hipódromo Real de Turpin's Ride to York e a Morte de Black Bess – respondia o homem prontamente, sem desviar os olhos ou deixar de amarrar.

Assim que a tenda terminou de ser montada, a banda começou a tocar harmonias altamente estimulantes, e o anúncio foi feito publicamente, com Black Bess em posição visível do lado de fora, como uma prova viva, se fosse necessária uma prova, da verdade das declarações do palco por onde as pessoas deveriam entrar. As pessoas ficaram tão convencidas pelos apelos genuínos ao coração e à compreensão que logo começaram a se aglomerar em abundância, entre os mais visíveis estavam Jan Coggan e Joseph Poorgrass, que estavam de folga ali naquele dia.

– Esse grande bagunceiro está me empurrando! – gritou uma mulher na frente de Jan, por cima de seu ombro para ele, quando a multidão ficou mais agitada.

– Como posso não empurrar você quando as pessoas que estão atrás de mim me empurram? – disse Coggan, em tom depreciativo, virando a cabeça na direção do referido povo o máximo que podia, sem virar o corpo, que parecia estar preso a um torno.

Houve um silêncio e, em seguida, tambores e trombetas ecoaram novamente suas notas. A multidão ficou novamente em êxtase e deu outra guinada na qual Coggan e Poorgrass foram novamente empurrados pelos que estavam atrás sobre as mulheres na frente.

– Oh, as mulheres indefesas ficam à mercê desses desordeiros! – exclamou novamente uma das senhoras, enquanto balançava como um junco sacudido pelo vento.

– Ora, – disse Coggan, apelando com voz sincera ao público em geral, que estava agrupado ao redor de suas omoplatas – vocês já ouviram uma mulher tão injusta quanto essa? Por minha alma, amigos, se eu conseguisse sair dessa prensa de queijo, as malditas mulheres poderiam comer o show por mim!

– Não perca a paciência, Jan! – implorou Joseph Poorgrass, sussurrando. – Podem pedir a seus homens que nos matem, pois acho, pelo brilho dos olhos dela que é uma mulher do tipo pecaminoso.

Jan segurou a língua, como se não tivesse nenhuma objeção em ser acalmado para agradar a um amigo, e eles gradualmente chegaram ao pé da escada, Poorgrass achatado como um marionete, e os 6 pences, para entrada, que ele havia separado meia hora antes, ficaram fedorentos com o forte aperto de mãos com a mulher de lantejoulas, anéis de bronze, diamantes de vidro, rosto e ombros riscados com giz, que pegou o dinheiro dele e deixou-o cair às pressas novamente por medo de que algum truque tivesse sido feito para queimar seus dedos. Então todos entraram, e o pano da tenda, aos olhos de um observador do lado de fora, ficou inchado com inúmeras bolhas, como as que observamos em um saco de batatas, causadas pelas várias cabeças, costas e cotovelos humanos em alta pressão do lado de dentro.

Na parte de trás da grande tenda havia dois pequenos camarins. Um deles, destinado aos artistas masculinos, era dividido em metades por um pano; e em uma das divisões estava sentado na grama, calçando um par de botas, um jovem que imediatamente reconhecemos como o sargento Troy.

A aparição de Troy nessa posição pode ser brevemente explicada. O brigue a bordo do qual ele foi levado em Budmouth Roads estava prestes a iniciar uma viagem, embora com falta de mão de obra. Troy havia lido os artigos sobre sua morte e decidiu partir, mas antes de partirem um barco foi despachado pela baía até a enseada de Lulwind; como ele esperava, suas roupas desapareceram. Finalmente conseguiu sua passagem para os Estados Unidos, onde levou uma vida precária em várias cidades como professor de ginástica, exercícios com espada, esgrima e pugilismo. Alguns meses foram suficientes para que sentisse aversão a esse tipo de vida. Havia certa forma animal de refinamento em sua natureza; e por mais agradável que pudesse ser uma condição estranha, embora as privações fossem facilmente evitadas, era desvantajosamente grosseira quando o dinheiro era curto. Também esteve sempre presente a ideia de que poderia reivindicar uma casa e seus confortos e, então, optou por retornar à Inglaterra e à Fazenda Weatherbury. Se Bathsheba pensava que ele estava morto era um assunto frequente de curiosas conjecturas. Finalmente, ele voltou para a Inglaterra, mas o fato de se aproximar de Weatherbury abstraiu seu fascínio, e sua intenção de entrar em seu antigo ritmo no local mudou. Foi com tristeza que considerou, ao desembarcar em Liverpool, que se voltasse para casa sua recepção seria muito desagradável de se contemplar, pois o que Troy tinha em termos de emoção era um sentimento ocasional e intermitente que às vezes lhe causava tantos transtornos quanto emoções de tipo forte e saudável. Bathsheba não era uma mulher para ser ridicularizada, nem para sofrer em silêncio, e como poderia suportar a existência com uma esposa espirituosa, a quem, ao entrar pela primeira vez, ficaria em dívida com alimentação e alojamento? Além disso, não era de todo improvável que a sua mulher fracassasse na sua atividade agrícola, se já não o tivesse feito. Ele então se tornaria responsável pela manutenção da fazenda, e que vida seria esse futuro de pobreza com ela, o espectro de Fanny constantemente entre eles, atormentando seu temperamento e amargando suas palavras! Assim, por razões que misturavam desgosto, arrependimento e vergonha, ele adiou seu retorno dia após dia, e teria decidido adiá-lo completamente se pudesse ter encontrado em qualquer outro lugar o estabelecimento pronto que existia para ele lá.

Naquele momento, o mês de julho anterior ao mês de setembro em que nos encontramos na Feira de Greenhill, ele se deparou com um circo itinerante que se apresentava nos arredores de uma cidade do norte. Troy se apresentou ao administrador domesticando um cavalo rebelde da trupe, acertando uma maçã suspensa com uma bala de pistola disparada das costas do animal quando em pleno galope e outros feitos. Por todos os seus méritos, mais ou menos baseados em suas experiências na guarda, Troy foi aceito pela companhia, e a peça de Turpin foi preparada tendo em vista a sua personificação do personagem principal. Troy não ficou muito entusiasmado com o espírito agradecido com que foi sem dúvida tratado, mas achou que a contratação poderia lhe pagar algumas semanas por consideração. Foi assim, descuidadamente, e sem ter feito nenhum plano para o futuro, que Troy se viu na Feira de Greenhill com o restante da companhia naquele dia.

E então o suave sol de outono diminuiu, e em frente ao pavilhão ocorreu o seguinte incidente. Bathsheba, que fora levada à feira naquele dia por seu estranho empregado Poorgrass, tinha, como todo mundo, lido ou ouvido o anúncio de que o sr. Francis, o grande cavaleiro cosmopolita e domador de cavalos, representaria o papel de Turpin, e ela ainda não estava tão velha e cansada para que não tivesse um pouco de curiosidade em vê-lo. A apresentação em particular era de longe a maior e mais grandiosa da feira, uma horda de pequenos espetáculos agrupando-se sob a sua sombra, como galos em volta de uma galinha. A multidão havia entrado, e Boldwood, que passara o dia todo esperando uma oportunidade de falar com ela, vendo-a relativamente isolada, aproximou-se.

— Espero que as ovelhas estejam bem hoje, sra. Troy? — ele disse, nervoso.

— Ah, sim, obrigada. — disse Bathsheba, com o rubor brotando no centro de suas bochechas — Tive a sorte de vendê-las todas assim que subimos a colina, então não tivemos de cercar nada.

— E agora está totalmente livre?

— Sim, exceto que tenho de ver mais um negociante dentro de duas horas: caso contrário, já estaria indo para casa. Ele estava olhando para essa grande tenda e para o anúncio. O senhor já viu a peça *"Turpin's Ride to York"*? Turpin era um homem de verdade, não era?

— Ah, sim, é perfeitamente verdade, tudo isso. Na verdade, acho que ouvi Jan Coggan dizer que um parente dele conhecia muito bem Tom King, amigo de Turpin.

— Devemos lembrar que Coggan é bastante dado a histórias estranhas relacionadas com seus parentes. Espero que possamos acreditar em todas elas.

— Sim, sim, conhecemos Coggan. Mas Turpin é verdade. Você nunca viu a encenação, eu suponho?

— Nunca. Não tinha permissão para entrar nesses lugares quando era jovem. Ouça! O que é aquela agitação? Como gritam!

— Acho que Black Bess acabou de começar. Estou certo ao supor que gostaria de ver a apresentação, sra. Troy? Por favor, desculpe-me se estiver errado, mas se quiser, posso conseguir um lugar para a senhora com prazer – Percebendo que ela hesitava, acrescentou: – Eu mesmo não ficarei para ver porque já vi.

Bem, Bathsheba realmente queria assistir um pouco o espetáculo e só parou na escada porque temia entrar sozinha. Ela esperava que Oak aparecesse, cuja assistência nesses casos era sempre aceita como um direito inalienável, mas Oak não estava em lugar nenhum; e foi por isso que ela disse: – Então se o senhor olhar primeiro, para ver se há lugar, acho que vou entrar por um minuto ou dois.

E assim, pouco tempo depois, Bathsheba apareceu na tenda com Boldwood ao seu lado, que, levando-a até um assento "reservado", retirou-se novamente.

O lugar reservado era em um banco elevado em uma parte muito visível do círculo, coberto com um pano vermelho e forrado com um pedaço de carpete, e Bathsheba descobriu imediatamente, para sua confusão, que ela era a única pessoa a ter um lugar reservado na tenda. Os outros espectadores estavam todos apertados, de pé, nas bordas da arena, onde tinham uma visão duas vezes melhor do espetáculo pela metade do dinheiro. Por isso, tantos olhares se voltaram para ela, entronizada sozinha nesse lugar de honra, contra um fundo escarlate. Logo os pôneis e o palhaço estavam envolvidos em façanhas preliminares no centro, sem que Turpin tivesse aparecido. Chegando lá, Bathsheba foi obrigada a aproveitar e permanecer. Sentou-se, espalhando as saias com alguma dignidade sobre o espaço desocupado de cada lado dela, e dando um aspecto novo e feminino ao pavilhão. Em poucos minutos ela notou a nuca gorda e vermelha de Coggan entre aqueles que estavam logo abaixo dela, e o perfil santo de Joseph Poorgrass um pouco mais adiante.

O interior era sombrio com um tom peculiar. As estranhas opacidades luminosas das belas tardes de outono intensificaram-se em efeitos como obras de Rembrandt; os poucos raios de sol amarelos que atravessavam buracos e divisões na lona espirravam como jatos de pó de ouro através da atmosfera azul escura de névoa que impregnava a tenda, até pousarem nas superfícies internas do tecido do lado oposto, brilhando como pequenas lâmpadas suspensas.

Troy, ao espiar de sua tenda-camarim através de uma fenda para um reconhecimento antes de entrar, viu sua esposa inconsciente no alto, diante dele, conforme descrito, sentada como rainha do torneio. Recuou completamente confuso, pois embora seu disfarce ocultasse efetivamente sua personalidade, ele imediatamente sentiu que ela com certeza reconheceria sua voz. Várias vezes durante o dia ele pensou na possibilidade de alguma pessoa de Weatherbury aparecer e reconhecê-lo, mas havia assumido o risco descuidadamente. Ele havia dito a si mesmo: – Se me virem, deixe-os. – Mas ali estava Bathsheba em pessoa, e a realidade da cena era tão mais intensa do que qualquer uma de suas previsões. Sentiu que não havia considerado o problema como devia.

Ela parecia tão encantadora e bela que a frieza dele em relação às pessoas de Weatherbury mudou. Ele não esperava que ela exercesse esse poder sobre ele num piscar de olhos. Deveria continuar e não se importar com nada? Não conseguiria fazer isso. Além de um desejo político de permanecer desconhecido, de repente surgiu nele um sentimento de vergonha pela possibilidade de que sua jovem e atraente esposa, que já o desprezava, o desprezasse ainda mais ao descobri-lo em uma condição tão miserável depois de tanto tempo. Na verdade, ele corou com a ideia e ficou extremamente irritado com o fato de seus sentimentos de antipatia por Weatherbury o terem levado a vagar pelo país dessa maneira.

Mas Troy nunca foi mais inteligente do que quando estava absolutamente perdendo o juízo. Rapidamente abriu a cortina que dividia seu pequeno camarim com o do administrador e proprietário, que agora aparecia como o indivíduo chamado Tom King até a cintura, e como o mencionado administrador respeitável, das pernas aos dedos dos pés.

– O diabo está aqui cobrando meu pagamento! – disse Troy.

– Como assim?

– Ora, há um credor canalha na tenda grande que não quero ver, que vai me descobrir e prender tão certo quanto Satanás se eu abrir a boca. O que pode ser feito?

– Acho que você tem de aparecer agora.

– Não posso.

– Mas a peça tem de continuar.

– Diga ao público que Turpin está com um forte resfriado e não consegue falar, mas que ele fará seu papel da mesma forma, só que sem falar!

O proprietário sacudiu a cabeça.

– De qualquer forma, com ou sem peça, não vou abrir a boca – disse Troy, com firmeza.

– Muito bem, então deixe-me ver. Eu lhe digo como vamos conseguir – disse o outro, que talvez achasse que seria extremamente estranho ofender seu protagonista justamente nesse momento – Não vou dizer nada a eles sobre você ficar em silêncio, continue com a peça e não diga nada, fazendo o que puder com uma piscadela criteriosa de vez em quando e alguns acenos indomáveis em lugares heroicos, você sabe. Nunca descobrirão que as falas foram omitidas.

Aquilo parecia bastante viável, pois os discursos de Turpin não eram muitos e nem longos, e o fascínio da peça residia inteiramente na ação; consequentemente, a peça começou e, na hora marcada, Black Bess saltou para o círculo gramado em meio aos aplausos dos espectadores. Na cena da estrada, onde Bess e Turpin são perseguidos à meia-noite pelos oficiais, e o porteiro meio acordado, com sua touca de dormir com franjas, nega que qualquer cavaleiro tenha passado, Coggan pronunciou um "Muito bem!" que podia ser ouvido por toda a feira apesar do balido das ovelhas, e Poorgrass sorriu deliciado com uma bela sensação de contraste dramático entre nosso herói, que salta friamente o portão, e a justiça hesitante na forma de seus inimigos, que precisam parar desajeitadamente e esperar para passar. Com a morte de Tom King, ele não pôde deixar de agarrar Coggan pela mão e sussurrar, com lágrimas nos olhos: – É claro que ele não levou um tiro de verdade, Jan... apenas aparentemente! – E quando a última cena triste aconteceu, e o corpo da galante e fiel Bess teve de ser carregado sobre uma veneziana por doze voluntários entre os espectadores, nada pôde impedir Poorgrass de erguer a mão, exclamando, enquanto pedia a Jan para juntar-se a ele: – Será algo para contar no Warren nos próximos anos, Jan, e passar para nossos filhos. – Durante muitos anos em Weatherbury, Joseph contou, com o ar de um homem que teve experiências em sua época, que tocou com a própria mão o casco de Bess enquanto ela estava deitada na prancha em cima do ombro dele. Se, como sustentam alguns pensadores, a imortalidade consiste em ser consagrada na memória dos outros, então Black Bess tornou-se imortal naquele dia, se ainda não era.

Enquanto isso, Troy havia acrescentado alguns toques à maquiagem comum do personagem, para se disfarçar de maneira mais eficaz, e embora tivesse sentido um leve escrúpulo ao entrar pela primeira vez, a metamorfose efetuada ao "revestir" criteriosamente seu rosto com um arame o deixou a salvo dos olhos de Bathsheba e de seus homens. No entanto, ele ficou aliviado por ter passado desapercebido.

Houve uma segunda apresentação à noite, e a tenda foi iluminada. Dessa vez, Troy desempenhou seu papel muito discretamente, aventurando-se a apresentar alguns discursos de vez em quando; e estava acabando de concluí-lo quando, enquanto estava na borda do círculo contíguo à primeira fila de espectadores, observou, a um metro de distância, o olhar de um homem lançando-se atentamente para suas feições laterais. Troy mudou apressadamente de posição, depois de ter reconhecido no escrutinador o desonesto administrador Pennyways, inimigo jurado de sua esposa, que ainda rondava os arredores de Weatherbury.

A princípio, Troy decidiu não dar atenção e respeitar as circunstâncias. Que ele tivesse sido reconhecido por esse homem era altamente provável; ainda assim havia espaço para dúvidas. Então, a grande objeção que ele sentira em permitir que a notícia de sua proximidade o precedesse em Weatherbury no caso de seu retorno, baseado na sensação de que o conhecimento de sua ocupação atual o desacreditaria ainda mais aos olhos de sua esposa, retornou com força total. Além disso, se ele decidisse não voltar, seria estranho contar a história de que ele estava vivo e na vizinhança; e ele estava ansioso para tomar conhecimento dos assuntos temporais de sua esposa antes de decidir o que fazer.

Nesse dilema, Troy saiu imediatamente para fazer um reconhecimento. Ocorreu-lhe que encontrar Pennyways e, se possível, tornar-se amigo dele, seria um ato muito sábio. Ele estava usando uma barba espessa emprestada do estabelecimento e com ela perambulava pelo campo da feira. Já estava quase escuro, e as pessoas respeitáveis estavam preparando seus coches e carruagens para voltar para casa.

O maior estande de bebidas da feira foi cedido por um dono de hospedaria de uma cidade vizinha. Era considerado um lugar excepcional para obter alimentação e o descanso necessários: O Anfitrião Trencher (como era alegremente chamado pelo jornal local) era um homem importante e de grande reputação pelo fornecimento de comida em todas as vizinhanças. A tenda era dividida em compartimentos de primeira e segunda classe, e no fim da divisão de primeira classe havia ainda um recinto mais exclusivo, cercado no corpo da tenda por um balcão de almoço, atrás do qual o próprio anfitrião andava de avental branco e mangas de camisa, e parecia como se nunca tivesse vivido em outro lugar que não fosse debaixo de uma lona durante toda a sua vida. Nessas partes mais reservadas havia cadeiras e uma mesa que, com velas acesas, formavam um espetáculo bastante aconchegante e luxuoso, com uma urna, bules de chá e café, xícaras de porcelana e bolos de ameixa.

Troy parou na entrada da barraca, onde uma cigana fritava panquecas em uma pequena fogueira de palitos e as vendia por um centavo a unidade, e olhava por cima da cabeça das pessoas que estavam lá dentro. Ele não conseguia ver nada de Pennyways, mas logo avistou Bathsheba através de uma abertura no espaço reservado no outro lado. Troy então recuou, deu a volta na tenda na escuridão e escutou. Ele podia ouvir a voz de Bathsheba imediatamente dentro da tela; ela estava conversando com um homem. Um calor tomou conta de seu rosto: certamente ela não era tão sem princípios a ponto de flertar numa feira! Naquele momento, ele se perguntou se ela considerava sua morte uma certeza. Para chegar à raiz da questão, Troy tirou um canivete do bolso e abriu suavemente dois pequenos cortes transversais no tecido, que, ao dobrar as pontas, deixaram um buraco do tamanho de uma hóstia. Colocou o rosto perto do rasgo, afastando-o novamente em movimento de surpresa, pois seu olho estava a trinta centímetros do topo da cabeça de Bathsheba. Estava perto demais para ser conveniente. Fez outro buraco um pouco mais para o lado e mais abaixo, num lugar com sombra ao lado da cadeira dela, de onde era fácil e seguro observá-la olhando horizontalmente.

Troy podia ver a cena completamente agora. Ela estava recostada, bebendo uma xícara de chá que segurava na mão, e o dono da voz masculina era Boldwood, que aparentemente acabara de trazer a xícara para ela. Bathsheba, de modo negligente, estava encostada preguiçosamente na lona pressionando seu ombros. De fato, ela estava tão bem quanto nos braços de Troy, e ele foi obrigado a conter a respiração com cuidado, para que ela não sentisse o calor através do tecido enquanto ele olhava para dentro.

Troy encontrou acordes inesperados de sentimentos sendo despertados novamente dentro dele, como havia acontecido no início do dia. Ela estava linda como sempre e era dele. Demorou alguns minutos antes que pudesse neutralizar seu desejo repentino de entrar e reivindicá-la. Então pensou como a jovem orgulhosa que sempre o desprezara, mesmo quando o amava, iria odiá-lo ao descobrir que ele era um artista itinerante. Se ele fosse reconhecido, esse capítulo de sua vida deveria, sem dúvida, ser mantido para sempre escondido dela e do povo de Weatherbury, ou seu nome seria uma piada em toda a paróquia. Seria apelidado de "Turpin" enquanto vivesse. Certamente, antes que ele pudesse reivindicá-la como esposa, esses últimos meses de sua existência deveriam ser totalmente apagados.

— Devo trazer outra xícara de chá antes de partir, madame? — perguntou o fazendeiro Boldwood.

— Obrigada. — disse Bathsheba — Mas devo ir imediatamente. Foi uma grande negligência da parte daquele homem manter-me esperando aqui até tão tarde. Já deveria ter ido há duas horas, se não fosse por ele. Não tinha ideia de vir aqui; mas não há nada tão refrescante quanto uma xícara de chá, embora nunca teria tomado uma se o senhor não tivesse me ajudado.

Troy examinou o rosto dela iluminado pelas velas e observou cada tonalidade variada e as sinuosidades brancas em forma de concha de sua pequena orelha. Ela pegou a bolsa e insistiu com Boldwood para que ela mesma pagasse o chá, quando nesse momento Pennyways entrou na tenda. Troy tremeu: aqui estava seu plano de respeitabilidade ameaçado imediatamente. Ele estava prestes a sair de seu buraco de espião, tentar seguir Pennyways e descobrir se o ex-administrador o havia reconhecido, quando foi preso pela conversa e descobriu que era tarde demais.

— Com licença, madame, — disse Pennyways — tenho algumas informações particulares somente para a senhora.

— Não posso ouvir agora — disse ela, friamente. Era evidente que Bathsheba não suportava esse homem; na verdade, ele vinha continuamente até ela com uma ou outra história, pela qual poderia ganhar o favor à custa de pessoas caluniadas.

— Vou anotar — disse Pennyways, confiante. Ele se inclinou sobre a mesa, puxou uma folha de uma carteira torta e escreveu no papel, com caligrafia redonda:

"Seu marido está aqui. Eu o vi. Quem é o tolo, agora?"

Ele dobrou e entregou-o a ela. Bathsheba não quis ler, ela

nem estendeu a mão para pegá-lo. Pennyways, então, com uma risada de escárnio, jogou-o no colo dela e, virando-se, saiu.

Pelas palavras e ações de Pennyways, Troy, embora não tivesse conseguido ver o que o ex-administrador escrevera, não teve a menor dúvida de que a nota se referia a ele. Nada que ele pudesse imaginar poderia ser feito para verificar a exposição – Que falta de sorte a minha! – ele sussurrou, e acrescentou imprecações que sussurrava na escuridão como um vento pestilento. Enquanto isso Boldwood disse, pegando o bilhete do colo dela:

– Não quer ler, sra. Troy? Se não quer, vou destruí-lo.

– Oh, bem, – disse Bathsheba, descuidadamente – talvez seja injusto não lê-lo; mas posso adivinhar do que se trata. Ele quer que eu o recomende, ou é para me contar sobre algum pequeno escândalo ou outra coisa relacionada com meus empregados. Ele está sempre fazendo isso.

Bathsheba segurava o bilhete com a mão direita. Boldwood entregou-lhe um prato de pão com manteiga; quando, para pegar uma fatia, ela colocou o bilhete na mão esquerda, onde ainda segurava a bolsa, e deixou a mão cair ao lado dela, perto da lona. Chegou o momento de salvar o jogo, e Troy sentiu impulsivamente que daria uma cartada. Por mais uma vez ele olhou para a bela mão e viu as pontas rosadas dos dedos e as veias azuis do pulso, rodeadas por uma pulseira de fragmentos de coral que ela usava: como tudo isso lhe era familiar! Então, com a ação de um relâmpago da qual era tão adepto, enfiou silenciosamente a mão por baixo da lona da tenda, que não estava bem presa, ergueu-a um pouco, mantendo o olho no buraco, arrancou-lhe o bilhete dos dedos, largou a lona e fugiu na escuridão em direção à margem e à vala, sorrindo do grito de espanto que ela soltou. Troy então deslizou pelo lado de fora da trincheira, apressou-se na parte inferior até uma distância de cem metros, subiu novamente e atravessou com coragem em uma caminhada lenta em direção à entrada da frente da tenda. Seu objetivo agora era chegar a

Pennyways e evitar uma repetição do anúncio até o momento em que escolhesse.

    Troy chegou à porta da tenda e, entre os grupos ali reunidos, procurou ansiosamente por Pennyways, evidentemente não desejando tornar-se visível perguntando por ele. Um ou dois homens falavam de uma ousada tentativa que acabava de ser feita de roubar uma jovem, levantando a lona da tenda ao lado dela. Supunha-se que o bandido havia imaginado que um pedaço de papel que ela segurava na mão fosse dinheiro, pois ele o agarrou e fugiu com ele, deixando a bolsa para trás. Todos diziam que seu desgosto e decepção ao descobrir sua inutilidade seriam uma boa piada. No entanto, o acontecimento parecia ter sido do conhecimento de poucos, pois não interrompeu um violinista que recentemente começara a tocar junto à porta da tenda, nem os quatro velhos curvados, de rosto sombrio e bengalas nas mãos, que estavam dançando ao som de "*Major Malley's Reel*". Atrás deles estava Pennyways. Troy deslizou até ele, acenou e sussurrou algumas palavras, e com um olhar mútuo de concordância os dois homens saíram juntos noite adentro.

CAPÍTULO LI

BATHSHEBA CONVERSA COM O CAVALEIRO QUE A ESCOLTA

O acordo para voltar a Weatherbury era que Oak ocupasse o lugar de Poorgrass no transporte de Bathsheba e a levasse para casa, sendo descoberto no fim da tarde que Joseph estava sofrendo de sua antiga doença, um olho multiplicador, e era, portanto, pouco confiável como cocheiro e protetor de uma mulher. Mas Oak estava tão ocupado e cheio de tantas preocupações em relação aos rebanhos de Boldwood que não haviam sido vendidos, que Bathsheba, sem contar a Oak ou a ninguém, resolveu ir sozinha para casa, como havia feito muitas vezes desde Casterbridge Market, confiando em seu anjo bom por realizar a jornada sem ser molestada. Mas tendo se encontrado acidentalmente com o fazendeiro Boldwood (pelo menos da parte dela) na barraca de bebidas, achou impossível recusar a oferta dele de cavalgar ao lado dela como escolta. Já anoitecia antes que ela percebesse, mas Boldwood garantiu-lhe que não havia motivo para inquietação, pois a lua nasceria em meia hora.

Imediatamente após o incidente na tenda, ela se levantou para ir embora. Agora estava absolutamente alarmada e realmente grata pela proteção de seu antigo pretendente, embora lamentando a ausência de Gabriel, cuja companhia ela teria preferido, por ser mais adequada e mais agradável, já que ele era seu administrador e criado. No entanto, isso não podia ser evitado. Ela não iria, de forma alguma, tratar Boldwood duramente, já o tendo maltratado uma vez, e como a lua já havia nascido, e o carro estava pronto, ela atravessou o topo da colina no caminho sinuoso que levava para baixo. Para a obscuridade alheia, como parecia que a lua e a colina que ela inundava de luz estavam no mesmo nível, o resto do mundo jazia como uma vasta sombra côncava entre eles.

Boldwood montou em seu cavalo e seguiu de perto. Assim que eles chegaram às terras baixas, os sons daqueles que ficaram na colina vinham como vozes do céu, e as luzes eram como as de um acampamento nas alturas. Eles logo passaram pelos alegres retardatários nas imediações da colina, atravessaram Kingsbere e pegaram a estrada principal.

Os instintos aguçados de Bathsheba perceberam que a devoção firme do fazendeiro para com ela ainda não havia diminuído, e ela ficou profundamente compadecida. A visão daquilo a deprimiu bastante aquela noite. Lembrou de sua loucura e desejou novamente, como havia desejado há muitos meses, ter algum meio de reparar sua culpa. Então a sua piedade pelo homem que a amava tão persistentemente, até à sua injúria e melancolia permanente, fez com que Bathsheba adotasse uma atitude de consideração imprudente, que parecia quase ternura, e deu novo vigor ao sonho requintado de sete anos de serviço de Jacó na pobre mente de Boldwood.

Ele logo encontrou uma desculpa para avançar de sua posição na retaguarda e cavalgou ao lado dela. Haviam percorrido três ou quatro quilômetros ao luar, falando de maneira desconexa ao volante de sua carruagem sobre feira, agricultura, a utilidade de Oak para ambos e outros assuntos indiferentes, quando Boldwood disse repentina e simplesmente:

– Sra. Troy, vai se casar de novo um dia?

Essa pergunta à queima-roupa a confundiu inequivocamente, e só depois de um minuto ou mais ela respondeu: – Ainda não pensei seriamente no assunto.

– Entendo isso perfeitamente. No entanto, o seu marido morreu há quase um ano e...

– O senhor está esquecendo que a morte dele nunca foi absolutamente provada e pode não ter ocorrido, de modo que posso não ser realmente viúva – disse ela, aproveitando a oportunidade de escape que o fato proporcionava.

— Não foi absolutamente provado, talvez, mas foi provado circunstancialmente. Um homem também o viu se afogando. Nenhuma pessoa razoável tem nenhuma dúvida da sua morte; nem a senhora, imagino.

— Não tenho nenhuma agora, ou teria agido de forma diferente. - disse ela, gentilmente – Certamente, no início, tive uma sensação estranha e inexplicável de que ele não poderia ter morrido, mas fui capaz de explicar isso de várias maneiras desde então. Mas, embora esteja plenamente convencida de que não o verei mais, estou longe de pensar em casamento com outra pessoa. Seria muito desprezível se me entregasse a tal pensamento.

Ficaram em silêncio por algum tempo e, ao percorrerem uma trilha pouco frequentada através de um parque, os rangidos da sela de Boldwood e das molas de seu veículo eram todos os sons que podiam ser ouvidos. Boldwood encerrou a pausa.

— Você se lembra de quando a carreguei desmaiada em meus braços até o King's Arms, em Casterbridge? Todo cachorro tem seu dia: aquele foi o meu.

— Eu sei... sei de tudo – ela respondeu apressadamente.

— Eu, por exemplo, nunca deixarei de lamentar os acontecimentos que tiraram você de mim.

— Também sinto muito. - disse ela, e então se conteve – Quer dizer, você sabe, sinto muito que você tenha pensado que eu...

— Sempre sinto esse triste prazer em pensar naqueles tempos passados com você... que eu era algo para você antes que ele fosse, e que você quase me pertenceu. Mas, claro, isso não é nada. Você nunca gostou de mim.

— Gostei, sim, e o respeitei também.

— Agora?

— Sim.

— Qual deles?

— O que quer dizer com qual?

— Você gosta de mim ou você me respeita?

— Não sei, pelo menos não posso lhe dizer. É difícil para uma mulher definir os seus sentimentos na linguagem que é feita principalmente pelos homens para expressar os seus. O modo como tratei você foi impensado, indesculpável, perverso! Vou me arrepender eternamente. Se houvesse algo que eu pudesse ter feito para reparar, o teria feito com muito prazer... não havia nada no mundo que eu desejasse mais do que reparar o erro. Mas isso não foi possível.

— Não se culpe... você não estava tão errada quanto supõe. Bathsheba, suponha que você tivesse provas reais e completas de que você está, de fato, viúva, você repararia o antigo erro cometido casando-se comigo?

— Não posso dizer. De qualquer forma, não deveria.

— Mas poderia em algum momento futuro da sua vida?

— Oh, sim, poderia em algum momento.

— Bem, então, você sabe que, sem mais provas de qualquer tipo, poderá se casar novamente daqui a cerca de seis anos, sem que ninguém se oponha ou culpe?

— Ah, sim! – ela disse rapidamente – Sei de tudo isso. Mas não fale sobre isso... seis ou sete anos... onde estaremos todos a essa altura?

— Eles logo passarão, e parecerá um tempo surpreendentemente curto para olhar para trás, muito menos do que olhar para frente agora.

— Sim, sim, descobri por experiência própria.

— Agora ouça mais uma vez – implorou Boldwood – Se eu esperar esse tempo, você se casará comigo? Você reconhece que me deve reparações... deixe que essa seja a sua maneira de fazer isso.

— Mas, sr. Boldwood... seis anos...

— Quer ser a esposa de qualquer outro homem?

— Não, de jeito nenhum! Quer dizer, não quero falar sobre esse assunto agora. Talvez não seja apropriado, e eu não deveria permitir isso. Deixemos isso de lado. Meu marido pode estar vivo, como já disse.

— Claro, vamos mudar de assunto se você quiser. Mas a propriedade não tem nada a ver com meus motivos. Sou um homem de meia-idade, disposto a protegê-la pelo resto de nossas vidas. Do seu lado, pelo menos, não há paixão ou pressa censurável... do meu, talvez haja. Mas não posso deixar de perceber que se você escolher, entre um sentimento de piedade e, como você diz, um desejo de fazer as pazes, fazer uma barganha comigo por um tempo muito futuro... um acordo que consertará todas as coisas e me faça feliz, por mais tarde que seja... não há nada de errado em estar com você como mulher. Eu não tinha o primeiro lugar ao seu lado? Você já não foi quase minha uma vez? Você certamente pode me dizer que me receberá de volta se as circunstâncias permitirem? Por favor, fale! Oh, Bathsheba, prometa... é apenas uma pequena promessa... que se você se casar novamente, se casará comigo!

Seu tom era tão animado que ela quase teve medo dele naquele momento, mesmo que ela o compreendesse. Era um simples medo físico... o fraco do forte; não havia aversão emocional ou repugnância interior. Ela disse, com alguma angústia na voz, pois se lembrava vividamente de sua explosão na estrada de Yalbury, e se esquivava de uma repetição de sua raiva:

— Nunca me casarei com outro homem enquanto você desejar que eu seja sua esposa, aconteça o que acontecer... mas não falemos mais no assunto... você me pegou de surpresa.

— Mas vamos estabelecer as coisas com estas simples palavras: que daqui a seis anos você será minha esposa? Não mencionemos acidentes inesperados, porque eles, é claro, devem ser evitados. Agora, desta vez sei que você manterá sua palavra.

— É por isso que hesito em dar-lhe minha palavra.

— Por favor, dê! Lembre-se do passado e seja gentil.

Ela respirou e depois disse com tristeza: – Oh, o que devo fazer? Não o amo e tenho muito medo de que nunca o amarei tanto quanto uma mulher deve amar um marido. Se o senhor sabe disso, e ainda posso lhe dar felicidade com uma mera promessa de casamento ao fim de seis anos, se meu marido não voltar, é uma grande honra para mim. E se valoriza tal ato de amizade vindo de uma mulher que não se estima como antes e que tem pouco amor sobrando, por que eu... eu...

– Prometa!

– Vou pensar no assunto, se não puder prometer logo.

– Mas logo talvez seja nunca?

– Ah, não, não é! Quero dizer, em breve. Vamos dizer no Natal.

– No Natal! – Ele não disse mais nada até acrescentar: – Bem, não direi mais nada sobre isso até lá.

Bathsheba estava em um estado mental muito peculiar, o que mostrava como a alma é inteiramente escrava do corpo, o espírito etéreo dependente de sua qualidade sobre a carne e o sangue tangíveis. Não é exagero dizer que ela se sentiu coagida por uma força mais forte do que a própria vontade, não apenas ao ato de prometer sobre esse assunto singularmente remoto e vago, mas também à emoção de imaginar que deveria prometer. Quando as semanas que decorreram entre a noite dessa conversa e o dia de Natal começaram a diminuir perceptivelmente, a sua ansiedade e perplexidade aumentaram.

Um dia, por acidente, ela foi conduzida a um diálogo estranhamente confidencial com Gabriel sobre sua dificuldade. Isso lhe proporcionou um pequeno alívio... de um tipo aborrecido e triste. Estavam auditando contas, e algo aconteceu no decorrer de seus trabalhos que levou Oak a dizer, falando de Boldwood: – Ele nunca a esquecerá, senhora, nunca.

Em seguida, surgiu seu problema antes que ela percebesse, e contou a ele como havia caído novamente na armadilha; o que

Boldwood havia perguntado a ela e como ele esperava seu consentimento.

– A razão mais triste de todas para eu concordar com ele – disse ela com tristeza – e a verdadeira razão pela qual penso fazer isso para o bem ou para o mal, é esta: é algo que não contei a nenhuma alma viva, por enquanto... acredito que, se eu não der minha palavra, ele enlouquecerá.

– Você realmente acha isso? – perguntou Gabriel, com seriedade.

– Acredito que sim. – continuou ela, com uma franqueza imprudente – E Deus sabe que digo isso com um espírito oposto ao da vaidade, pois estou entristecida e profundamente preocupada com isso... acredito que tenho o futuro daquele homem em minhas mãos. Seu futuro depende inteiramente do tratamento que eu dispensar a ele. Oh, Gabriel, estremeço diante da minha responsabilidade, pois é terrível!

– Bem, penso o seguinte, senhora, como lhe disse anos atrás, – disse Oak, – que a vida dele será um vazio total caso não possa ter esperanças por você; mas não posso supor... espero que nada tão terrível esteja ligado a isso como você imagina. O jeito natural dele sempre foi sombrio e estranho, você sabe. Mas já que o caso é tão triste e esquisito, por que não faz uma promessa condicional? Acho que eu faria.

– Mas está certo? Alguns atos precipitados da minha vida passada me ensinaram que uma mulher vigiada deve ter muita cautela para manter apenas um pouco de crédito, e eu quero e desejo ser discreta com isso! E seis anos... porque podemos estar todos em nossos túmulos até lá, mesmo que o sr. Troy não volte, o que pode não ser impossível de acontecer! Tais pensamentos dão uma espécie de ideia absurda ao plano. Não é absurdo, Gabriel? Enquanto ele sonha com isso, não consigo nem imaginar. Mas é errado? Você sabe, você é mais velho que eu.

– Oito anos mais velho, madame.

– Sim, oito anos... é errado?

– Talvez seja um acordo incomum entre um homem e uma mulher; não vejo nada de realmente errado nisso. – disse Oak, lentamente – Na verdade, o que torna duvidoso se você deva se casar sob qualquer condição é o fato de você não gosta dele... pois acho...

– Sim, você pode supor que falta amor. – ela disse logo em seguida – O amor é algo que foi deixado totalmente para trás, lamentável, desgastado e triste para mim... para ele ou para qualquer outra pessoa.

– Bem, a sua falta de amor parece-me a única coisa errada nesse acordo com ele. Se houvesse um calor selvagem, fazendo com que você desejasse superar o constrangimento causado pelo desaparecimento de seu marido, isso poderia estar errado, mas um acordo sem sentimento algum comprometendo-se com um homem parece diferente, de alguma forma. O verdadeiro pecado, senhora, na minha opinião, está em pensar em se casar com um homem que não ama, honesta e verdadeiramente.

– Estou disposta a pagar por isso. – disse Bathsheba com firmeza. – Sabe, Gabriel, é isso que não consigo tirar da minha consciência: uma vez eu o machuquei gravemente por pura futilidade. Se eu nunca tivesse feito aquela brincadeira com ele, ele nunca iria querer se casar comigo. Ah, se ao menos eu pudesse pagar a ele em dinheiro pelo mal que causei, e assim tirar o pecado da minha alma!... Bem, há a dívida, que só pode ser saldada de uma maneira, e acredito que sou obrigada a fazê-lo se honestamente estiver ao meu alcance, sem nenhuma consideração pelo meu futuro. Quando uma pessoa indecente desperdiça suas expectativas, o fato de ser uma dívida inconveniente não o torna menos responsável. Fui indecente, e a única coisa que pergunto é: considerando meus escrúpulos e o fato de que, aos olhos da lei, meu marido só está desaparecido, não poderei me casar com nenhum homem até que sete anos se passem. Estou livre para considerar tal ideia, mesmo que seja uma espécie de penitência... pois não será isso mesmo?

Odeio o ato do casamento nessas circunstâncias e a classe de mulheres à qual pareceria pertencer ao fazê-lo!

– Parece-me que tudo depende de como você pensa, como todo mundo pensa, que seu marido está morto.

– Sim, há muito que deixei de duvidar disso. Sei bem o que o teria trazido de volta há muito tempo, se estivesse vivo.

– Bem, então, no sentido religioso, você será tão livre para pensar em se casar novamente quanto qualquer viúva real em um ano. Mas por que você não pede conselho ao sr. Thirdly sobre como tratar o sr. Boldwood?

– Não. Quando quero uma opinião ampla para esclarecimento geral, diferente de conselhos especiais, nunca procuro um homem que lide profissionalmente com o assunto. Portanto, gosto da opinião do pároco sobre direito, do advogado sobre medicina, do médico sobre negócios e da opinião do meu administrador... que é você... sobre moral.

– E sobre o amor...

– Da minha opinião.

– Receio que haja um obstáculo nessa discussão. – disse Oak, com um sorriso sério.

Ela não respondeu imediatamente, e depois disse: – Boa noite, sr. Oak – e foi embora.

Ela conversou francamente e não pediu, nem esperava, de Gabriel resposta mais satisfatória do que obtivera. No entanto, nas partes mais profundas do seu coração complicado existia naquele momento uma pequena pontada de decepção, por uma razão que ela não se permitia reconhecer. Oak não desejou que ela fosse livre para que ele próprio pudesse se casar com ela... nem uma vez ele disse "Eu poderia esperar por você tão bem quanto ele". Foi isso que a incomodou. Não que ela tivesse dado ouvidos a tal hipótese. Ah, não, pois não era ela mesma que dizia o tempo todo que tais pensamentos sobre o futuro eram impróprios? E Gabriel não era um homem pobre demais para lhe falar sobre sentimentos? No entanto, ele poderia apenas ter insinuado aquele seu antigo amor e perguntado, de uma forma divertida e espontânea, se poderia falar sobre ele. Pareceria bonito e doce, nada mais; e então ela teria mostrado quão gentil e inofensivo o "Não" de uma mulher pode ser às vezes. Mas dar um bom conselho... o conselho que ela havia pedido... deixou nossa heroína irritada a tarde toda.

CAPÍTULO LII

CAMINHOS CONVERGENTES

I

Chegou a véspera de Natal e uma festa que Boldwood daria à noite era o grande assunto em Weatherbury. Não que a raridade das festas de Natal na paróquia tornasse essa uma maravilha, mas sim que Boldwood era o anfitrião. O anúncio tinha um som anormal e incongruente, como se alguém ouvisse falar de um jogo de *croquet* no corredor de uma catedral ou de que algum juiz muito respeitado estivesse subindo ao palco. Não havia dúvidas que a festa pretendia ser verdadeiramente jovial. Um grande ramo de visco foi trazido da floresta naquele dia e pendurado no salão da casa daquele homem solteiro. Trouxeram azevinho e hera aos montes. Das 6 da manhã até depois do meio-dia, o enorme fogo a lenha na cozinha rugia e brilhava no máximo, a chaleira, a caçarola e a panela de três pernas aparecendo no meio das chamas como Sadraque, Mesaque e Abednego[17]; além disso, as operações de assar e regar com temperos eram realizadas continuamente diante do fogão.

Conforme ficava mais tarde, o fogo foi aceso no amplo e grande salão para o qual descia a escada, e todos os obstáculos foram retirados para a dança. A lenha que deveria formar a fogueira noturna era o tronco não cortado de uma árvore, tão pesado que não podia ser trazido nem rolado para seu lugar; e, consequentemente, dois homens foram observados arrastando-o e levantando-o por meio de correntes e alavancas, à medida que a hora da festa se aproximava.

Apesar de tudo isso, faltava o espírito festivo no ambiente da

---

17 Refere-se a três homens que foram lançados na fornalha a mando do rei Nabucodonosor. A história é relatada no livro de Daniel, na Bíblia Sagrada.

casa. O proprietário nunca havia feito tal coisa e agora parecia fazê-lo com certa tristeza. As alegrias pretendidas insistiam em parecer grandezas solenes, a organização de todo o esforço era realizada de modo frio, por mercenários, e uma sombra parecia mover-se pelos quartos, dizendo que os procedimentos não eram naturais para o lugar e para o único homem que ali vivia e, portanto, não era bom.

II

Nesse momento Bathsheba estava em seu quarto, vestindo-se para o evento. Ela pediu velas, e Liddy entrou e colocou uma em cada lado do espelho de sua patroa.

– Não vá embora, Liddy! – disse Bathsheba, quase timidamente – Estou estupidamente agitada... não sei dizer por quê. Gostaria de não ser obrigada a ir a esse baile, mas não há como escapar agora. Não falo com o sr. Boldwood desde o outono, quando prometi vê-lo no Natal a negócios, mas não tinha ideia de que haveria algo desse tipo.

– Mas eu iria. – disse Liddy, que ia com ela, pois Boldwood foi indiscriminado em seus convites.

– Sim, eu irei, é claro – respondeu Bathsheba – Mas *eu sou a razão* da festa e isso me irrita!... Não diga nada, Liddy.

– Oh, não, madame! A senhora é a razão da festa?

– Sim. Sou a razão da festa. Se não fosse por mim, essa festa nunca aconteceria. Não posso explicar mais nada... não há mais nada a ser explicado. Gostaria de nunca ter conhecido Weatherbury.

– Isso é maldade da sua parte... desejar estar em situação pior do que está.

– Não, Liddy. Nunca estive livre de problemas desde que vim para cá, e essa festa provavelmente me trará mais. Agora, pegue meu vestido de seda preto e veja como ele fica em mim.

– Não vai abandonar esse luto, senhora? Está viúva há quatorze meses e deveria usar algo mais alegre em uma noite como esta.

– Isso é necessário? Não, vou aparecer como sempre, pois se eu usar qualquer vestido de cor clara, as pessoas vão ficar falando sobre mim, e eu pareceria estar alegre quando sou solene o tempo todo. A festa não me agrada nem um pouco, mas não importa, fique e me ajude a se vestir.

III

Boldwood também estava se vestindo àquela hora. Um alfaiate de Casterbridge estava com ele, auxiliando-o na operação de experimentar um casaco novo que acabara de ser trazido para casa.

Nunca Boldwood foi tão meticuloso, irracional quanto ao ajuste e difícil de agradar. O alfaiate deu voltas e voltas nele, puxou-o pela cintura, puxou a manga, esticou a gola e, pela primeira vez em sua experiência, Boldwood não ficou entediado. Houve tempos em que o fazendeiro exclamava que todas essas sutilezas eram infantis, mas agora nenhuma repreensão filosófica ou precipitada foi provocada por esse homem por dar tanta importância a um vinco no casaco quanto a um terremoto na América do Sul. Boldwood finalmente se expressou quase satisfeito e pagou a conta, o alfaiate saiu pela porta no momento em que Oak entrou para relatar o progresso do dia.

– Olá, Oak. – disse Boldwood – É claro que verei você aqui esta noite. Quero vê-lo feliz. Estou determinado a não deixar que nem despesas nem problemas me tragam preocupações.

– Tentarei estar aqui, senhor, embora talvez não muito cedo. – disse Gabriel calmamente – Estou realmente feliz em ver essa mudança no senhor em relação ao que costumava ser.

– Sim, devo confessar que estou alegre esta noite: alegre e mais do que alegre, tanto que quase fico triste novamente com a sensação de que tudo isso está passando. E às vezes, quando estou excessivamente esperançoso e alegre, um problema se aproxima a distância, de modo que muitas vezes consigo olhar para a tristeza em mim com contentamento e ter medo de um bom humor. Sei que isso pode ser absurdo, sinto que é absurdo. Talvez meu dia esteja finalmente chegando.

– Espero que seja longo e muito bom.

– Obrigado, obrigado. No entanto, talvez a minha alegria se baseie numa tênue esperança. E ainda assim confio na minha esperança. É fé, não esperança. Acho que desta vez tenho de contar com meu acolhimento... Oak, minhas mãos estão um pouco trêmulas, ou algo assim; não consigo amarrar este lenço direito. Talvez você possa amarrá-lo para mim. O fato é que não tenho me sentindo bem ultimamente, você sabe.

– Sinto muito em ouvir isso, senhor.

– Oh, não é nada. Quero que faça o melhor que puder, por favor. Existe algum nó que esteja na moda, Oak?

– Não sei, senhor – respondeu Oak. Seu tom havia caído para tristeza.

Boldwood aproximou-se de Gabriel e, enquanto Oak amarrava o lenço, o fazendeiro continuou em tom febril:

– Será que uma mulher cumpre sua promessa, Gabriel?

– Se não for inconveniente para ela, talvez ela cumpra.

– ... ou uma promessa implícita.

– Não vou responder por ela. – disse Oak, com leve amargura – Essa palavra é tão cheia de furos quanto uma peneira.

– Oak, não fale assim. Você está bastante cínico ultimamente... por quê? Parece que mudamos de posição: eu me tornei o homem jovem e esperançoso, e você, o velho e incrédulo. No entanto, será que uma mulher cumpre a promessa, não de se casar, mas de assumir um compromisso de casar-se em algum momento? Você conhece as mulheres melhor do que eu... diga-me.

– Receio que o senhor honre demais minha compreensão. Muito bem, ela pode cumprir a promessa, se for feita com um significado honesto para reparar um erro.

– Ainda não fomos tão longe, mas acho que iremos em breve... sim, eu sei que chegaremos lá – disse ele, num sussurro impulsivo – Eu a pressionei sobre o assunto, e ela se inclina a ser gentil comigo e a pensar em mim como um marido no futuro, e isso é o suficiente para mim. Como posso esperar mais? Ela tem a noção de que uma mulher não deveria se casar durante sete anos após o desaparecimento do marido... ela mesma não deveria, quero dizer... porque o corpo dele não foi encontrado. Pode ser apenas essa razão legal que a influencie, ou pode ser um motivo religioso, mas ela reluta em falar sobre o assunto. No entanto, ela prometeu... deu a entender... que ratificará um compromisso esta noite.

– Sete anos – murmurou Oak.

– Não, não, não é isso! – ele disse, com impaciência – Cinco anos, nove meses e alguns dias. Quase quinze meses já se passaram desde que ele desapareceu, e não há algo tão maravilhoso em um noivado de pouco mais de cinco anos?

– Parece muito longo, olhando para frente. Não se baseie muito em tais promessas, senhor. Lembre-se que já foi enganado. A intenção dela pode ser boa, mas ela ainda é jovem.

– Enganado? Nunca! – disse Boldwood, veementemente – Ela nunca me prometeu naquela primeira vez e, portanto, não quebrou sua promessa! Se ela me prometer, se casará comigo. Bathsheba é uma mulher que cumpre sua palavra.

IV

Troy estava sentado em um canto da taverna The White Hart, em Casterbridge, fumando e bebendo uma mistura fumegante de um copo. Alguém bateu à porta, e Pennyways entrou.

– Bem, você o viu? – Troy perguntou, apontando para uma cadeira.

– Boldwood?

– Não... o advogado Long.

– Ele não estava em casa. Fui lá primeiro, também.

– Isso é um incômodo.

– Sim, também acho.

– No entanto, não vejo assim, porque se um homem parece ter se afogado e não o foi, ele não deve ser responsável por nenhuma coisa. Não vou perguntar a nenhum advogado... eu não.

– Mas não é isso, exatamente. Se um homem muda seu nome e assim por diante, e toma medidas para enganar o mundo e a própria esposa, ele é um trapaceiro, e isso aos olhos da lei é sem dúvida um vigarista, e sem dúvida um vagabundo idiota, e essa é uma situação punível.

– Ha-ha! Muito bem, Pennyways. – Troy riu, mas foi com certa ansiedade que disse: – Agora, o que eu quero saber é o seguinte: você acha que há realmente alguma coisa acontecendo entre ela e Boldwood? Pela minha alma, nunca deveria ter acreditado nisso! Como ela deve me detestar! Descobriu se ela está aceitando o galanteio dele?

– Não consegui descobrir nada. Aparentemente, há muito sentimento da parte dele, mas não sei da parte dela. Até ontem eu não sabia nada sobre a festa na casa dele, e o que ouvi foi que ela irá até lá esta noite. Estão dizendo que essa é a primeira vez que ela vai lá. E dizem também que ela nem sequer falou com ele desde que estiveram na Feira de Greenhill, mas será que se pode acreditar no que as pessoas dizem? No entanto, ela não gosta dele... é muito arisca e não tem interesse nenhum nele, isso eu sei.

– Não tenho tanta certeza disso... Ela é uma mulher bonita, Pennyways, não é? Reconheça que você nunca viu uma criatura melhor ou mais esplêndida em sua vida. Pela minha honra, quando a vi naquele dia, me perguntei como pude deixá-la sozinha por tanto tempo. E então fui prejudicado por aquele espetáculo chato, do qual finalmente estou livre, graças às estrelas. – Ele fumou um pouco e depois acrescentou: – Como ela estava quando você passou por ela ontem?

– Ora, ela não prestou muita atenção em mim, você pode imaginar; mas ela parecia bem, até onde eu sei. Apenas lançou seus olhos altivos para meu pobre corpo e depois os deixou passar por mim em direção ao que estava além, como se eu não fosse mais do que uma árvore sem folhas. Tinha acabado de desmontar da égua para ver o último preparo de cidra do ano; estava cavalgando, e por isso suas cores estavam fortes e sua respiração bastante rápida, de modo que seu peito estufava e abaixava... estufava e abaixava... bem diante dos meus olhos. Sim, e lá estavam os rapazes ao redor dela, espremendo o queijo, andando de um lado para o outro e dizendo: – Cuidado com as maçãs, senhora: vai estragar seu vestido. – Então Gabe trouxe para ela um pouco da cidra nova, e ela teve de beber com um canudo, e não de uma forma natural. – Liddy, – disse ela – traga alguns galões para dentro, e eu farei um pouco de vinho de cidra! – Sargento, para ela não sou mais do que um pedaço de carniça na casa de combustível.

– Preciso encontrá-la de uma vez por todas... Ah, sim, preciso ir. Oak ainda é o chefe, não é?

– Sim, acredito que seja. E na Fazenda Little Weatherbury também. Ele administra tudo.

– Ele deve ficar maluco para administrar as coisas para ela, assim como qualquer outro homem de seu calibre!

– Não sei nada sobre isso. Ela não pode viver sem ele e, sabe muito bem que ele é bastante independente. E ela tem alguns pequenos segredos quanto a ele, mas não consegui descobrir nenhum, que droga!

– Ah, meu rapaz, ela está um nível acima de você, e você precisa aceitar isso: uma classe superior de animal... um tecido mais fino. No entanto, fique comigo, e nem essa deusa arrogante, essa peça arrojada de feminilidade, minha Juno-esposa (Juno era uma deusa, sabe), nem ninguém mais irá machucá-lo. Mas entendo que tudo isso precisa ser investigado. Com uma coisa aqui e outra ali, vejo que esse trabalho é ideal para você.

V

– Como estou esta noite, Liddy? – disse Bathsheba, dando um ajuste final em seu vestido antes de sair da frente do espelho.

– Nunca vi a senhora tão bem antes. Sim, vou lhe dizer quando esteve assim; foi naquela noite, há um ano e meio, quando apareceu tão ferozmente e nos repreendeu por fazermos comentários sobre a senhora e o sr. Troy.

– Todo mundo pensará que estou me preparando para cativar o sr. Boldwood, suponho – ela murmurou – Acho que é isso que eles vão dizer. Meu cabelo não pode ser penteado um pouco mais liso? Estou com medo de ir, mas também não quero correr o risco de magoá-lo se eu me afastar.

– De qualquer forma, senhora, não pode estar vestida de maneira mais simples do que está, a menos que se vista com um saco. É o seu entusiasmo que a faz parecer tão notável esta noite.

– Não sei qual é o problema, sinto-me infeliz em um momento e animada em outro. Gostaria de ter continuado sozinha como estive durante o último ano ou mais, sem esperanças e sem medos, sem prazer e sem tristeza.

– Agora, imagine que o sr. Boldwood lhe pedisse... apenas imagine... para fugir com ele, o que a senhora faria?

– Liddy, nada disso! – disse Bathsheba séria – Lembre-se, não vou ouvir piadas sobre esse assunto. Você escutou?

– Peço perdão, senhora. Mas, sabendo como nós, mulheres, somos estranhas, apenas comentei... no entanto, não vou falar sobre isso novamente.

– Nada de casamento para mim por muitos anos; se

acontecer, será por razões muito, muito diferentes daquelas que você pensa, ou que outros acreditam! Agora pegue meu manto, pois é hora de ir.

VI

– Oak, – disse Boldwood – antes de você ir, quero mencionar o que tem passado pela minha cabeça ultimamente... quero dizer, aquele pequeno acordo que fizemos sobre sua parte na fazenda. Essa parcela é pequena, muito pequena, considerando que quase nem cuido dos negócios agora e quanto tempo e atenção você dedica a isso. Bem, como o mundo está se iluminando para mim, quero mostrar o que sinto, aumentando sua participação na parceria. Farei um memorando do acordo que me pareceu conveniente, pois não tenho tempo para falar sobre isso agora, e depois discutiremos isso em nosso tempo livre. Minha intenção é, em última análise, me aposentar completamente da administração e, até que você possa assumir todas as despesas sozinho, serei um sócio passivo. Então, se me casar com ela... e assim espero... acho que o farei, porque...

– Por favor, não fale sobre isso, senhor. – disse Oak, apressadamente. – Não sabemos o que pode acontecer. Tantas surpresas podem acontecer com o senhor. Há muitos deslizes, como dizem... e eu o aconselho... sei que desta vez vai me perdoar... por não ter muita certeza.

– Eu sei, eu sei. Mas a sensação que tenho de aumentar a sua participação se deve ao que sei de você. Oak, aprendi um pouco sobre o seu segredo: o seu interesse por ela é mais do que o de administrador pela patroa. Mas você se comportou como um homem, e eu, como uma espécie de rival bem-sucedido... em parte devido à sua bondade de coração... gostaria definitivamente de mostrar meu sentimento por sua amizade sob o que deve ter sido uma grande dor para você.

– Ora, não é necessário, obrigado. – disse Oak, apressadamente – Tenho que me acostumar com isso, e se outros homens conseguem, eu também consigo.

Oak então o deixou. Ficou inquieto por causa de Boldwood, pois percebeu novamente que essa paixão do fazendeiro fizera dele um homem diferente do que já fora um dia.

Enquanto Boldwood permanecia sozinho em seu quarto por algum tempo... pronto e vestido para receber seus convidados... o clima de ansiedade em relação à sua aparência pareceu passar e ser sucedido por uma profunda solenidade. Olhou pela janela e observou o contorno indistinto das árvores no céu, e o crepúsculo se aprofundando na escuridão.

Depois foi até um armário que ficava trancado e tirou de uma gaveta fechada uma pequena caixa circular do tamanho de uma caixa de comprimidos e estava prestes a colocá-la no bolso. Mas ele demorou a abrir a tampa e dar uma olhada momentânea no interior. Continha um anel de mulher, cravejado em toda a volta com pequenos diamantes e, pela sua aparência, evidentemente fora comprado recentemente. Os olhos de Boldwood demoraram-se por muito tempo em seus muitos brilhos, embora seu aspecto material o preocupasse um pouco, era evidente em seus modos e semblante que em sua mente a preocupação estava com a possível história futura daquela joia.

O barulho das rodas na frente da casa tornou-se audível. Boldwood fechou a caixa, guardou-a cuidadosamente no bolso e saiu para o patamar. O velho que era seu feitor interno chegou no mesmo momento ao pé da escada.

– Estão chegando, senhor, muitos deles a pé e de condução!

– Eu já estava descendo neste momento. Essas rodas que eu ouvi... é a sra. Troy?

– Não, senhor... ainda não é ela.

Uma expressão reservada e sombria retornou ao rosto de Boldwood, mas disfarçou mal seus sentimentos quando pronunciou o nome de Bathsheba, e sua ansiedade febril continuou a mostrar sua existência através de um movimento galopante dos dedos na lateral da coxa enquanto descia as escadas.

VII

– Como isso fica em mim? – disse Troy para Pennyways – Ninguém me reconheceria agora, tenho certeza.

Ele estava abotoando um pesado sobretudo cinza, com capa e gola altas, essa última ereta e rígida, como uma parede arredondada, e quase chegando à beira de um chapéu de viagem que foi puxado até as orelhas.

Pennyways apagou a vela, ergueu os olhos e inspecionou deliberadamente Troy.

– Você decidiu ir, então? – ele perguntou.

– Decidi? Sim, é claro que sim.

– Por que não escrever para ela? O senhor se meteu numa situação muito estranha, sargento. Sabe que todas as coisas virão à tona se você voltar, e elas não são tão boas. Meu Deus, se eu fosse você, ficaria como está: um homem solteiro chamado Francisco. Ter uma esposa é muito bom, mas melhor do que ter uma esposa é não ter nenhuma. Agora, essa é minha opinião, e sempre me chamam de perspicaz.

– Tudo bobagem! – disse Troy, com raiva – Lá está ela com muito dinheiro, uma casa, uma fazenda, cavalos, conforto, e eu aqui vivendo precariamente... um aventureiro necessitado. Além disso, não adianta falar agora; é tarde demais, e estou feliz com isso. Fui visto e reconhecido aqui esta tarde. Deveria ter voltado para ela no dia seguinte à feira, se não fosse você falando sobre a lei e as bobagens sobre conseguir uma separação; então não vou adiar mais nenhum dia. Que diabos me deu na cabeça para fugir, não consigo entender! Senti-me um charlatão... é isso que sou.

Mas que homem no mundo saberia que sua esposa teria tanta pressa em se livrar de seu nome?!

– Eu deveria saber disso. Ela é ruim o suficiente para fazer qualquer coisa.

– Pennyways, preste atenção com quem você está falando.

– Bem, sargento, tudo o que tenho a dizer é que, se eu fosse você, iria novamente para o exterior, de onde vim... ainda há tempo para fazer isso. Eu não iria agitar o negócio e ganhar uma má reputação por viver com ela, pois tudo isso sobre sua atuação na peça certamente virá à tona, você sabe, embora pense o contrário. Por Deus do céu, haverá uma confusão se voltar agora no meio da festa de Natal de Boldwood!

– Hum, sim. Imagino que não serei um convidado muito bem-vindo se ele a receber lá. – disse o sargento, com uma leve risada – Uma espécie de Alonzo, o Bravo; e quando eu entrar, os convidados ficarão sentados em silêncio e com medo, e todos os risos e prazeres serão silenciados, e as luzes do salão ficarão azuis, e os vermes... Ugh, horrível!... Peça mais um pouco de conhaque, Pennyways, senti um arrepio horrível nesse momento! Bem, o que está faltando? Uma bengala... devo levar uma bengala.

Pennyways sentia-se agora em certa dificuldade, pois, caso Bathsheba e Troy se reconciliassem, seria necessário recuperar a boa opinião dela se ele quisesse manter o apoio de seu marido.

– Às vezes acho que ela ainda gosta de você e, no fundo, é uma boa mulher. – disse ele, como uma frase salvadora – Mas não há como dizer com certeza, estando do lado de fora da situação. Bem, você fará o que quiser, é claro, sargento, e quanto a mim, farei o que você me disser.

– Agora, deixe-me ver que horas são. – disse Troy, depois de esvaziar o copo de um só gole enquanto se levantava – Seis e meia da tarde. Não vou me apressar na estrada e estarei lá antes das 9.

CAPÍTULO LIII

CONCURRITUR - HORA E MOMENTO [VIVENDO CADA MINUTO]

Do lado de fora, na frente da casa de Boldwood, um grupo de homens estava parado no escuro, com os rostos voltados para a porta, que ocasionalmente abria e fechava para a passagem de algum convidado ou criado, quando uma listra de luz dourada riscava o chão por um momento e desaparecia novamente, não deixando nada do lado de fora, exceto o pálido brilho dos pirilampos entre os pinheiros, perto da porta.

– Ele foi visto em Casterbridge esta tarde... foi o que o menino disse. – comentou um deles, falando bem baixinho – Bem, eu acredito. O corpo dele nunca foi encontrado, vocês sabem.

– É uma história estranha. – disse o outro – Pode apostar que ela não sabe nada disso.

– Nem uma palavra.

– Talvez ele não queira que ela saiba – disse outro homem.

– Se ele está vivo e aqui na vizinhança, não tem boas intenções. – disse o primeiro – Coitadinha! Tenho pena dela, se for verdade. Ele vai arrastá-la para a lama.

– Oh, não, ele vai se aquietar de vez – disse alguém disposto a ter uma visão mais esperançosa do caso.

– Como ela foi tola de se envolver com aquele homem! É tão obstinada e independente também, que é mais certo dizer que está colhendo o que plantou do que ter pena dela.

– Não, não. Não concordo com você. Ela só estava agindo com sua mente feminina, e como poderia saber que tipo de homem ele era? Se isso for realmente verdade, é um castigo muito duro, e mais do que ela merece.

– Olá, quem é? – Eles fizeram essa pergunta ao ouvirem alguns passos se aproximando.

– William Smallbury. – disse uma figura indistinta nas sombras, aproximando-se e juntando-se a eles – Esta noite está escura como borra de café, não é? Errei a plataforma sobre o rio e caí lá no fundo... nunca fiz uma coisa dessas antes na minha vida. São empregados de Boldwood? Ele olhou para seus rostos.

– Sim, todos nós. Nós nos encontramos aqui alguns minutos atrás.

– Ah, agora ouvi... é Sam Samway, pensei que também conhecia a voz. Vão entrar?

– Daqui a pouco. Mas eu digo, William, – Samway sussurrou – já ouviram essa história estranha?

– Qual?... aquela sobre o sargento Troy ter sido visto, vocês querem dizer? – disse Smallbury, também baixando a voz.

– Sim, em Casterbridge.

– Sim, eu soube. Laban Tall comentou algo sobre isso, mas agora... eu não sei. Ouçam, aí vem o próprio Laban, eu acho. Passos se aproximaram.

– Laban?

– Sim, sou eu – respondeu Tall.

– Ouviu mais alguma coisa sobre aquele assunto?

– Não. – disse Tall, juntando-se ao grupo – E prefiro pensar que é melhor ficarmos quietos. Se não for verdade, ela ficará muito irritada; e se for verdade, não adiantará nada tentar evitar que ela tenha problemas. Deus permita que isso seja mentira, pois embora Henery Fray e alguns outros falem mal dela, ela nunca foi injusta comigo. Ela é nervosa e apressada, mas é uma jovem corajosa que nunca contará uma mentira, por mais que a verdade possa prejudicá-la, e não tenho motivos para desejar-lhe mal.

– Ela nunca conta mentirinhas de mulheres, isso é verdade;

e é algo que pode ser dito de muito poucas. Sim, todo o mal que ela pensa, diz na sua cara, ela não é nada dissimulada.

Eles ficaram em silêncio, então, cada homem ocupado com os próprios pensamentos, durante os quais sons de alegria podiam ser ouvidos lá dentro. Então a porta da frente se abriu novamente, os raios saíram, a forma bem conhecida de Boldwood foi vista na área retangular iluminada, a porta se fechou, e Boldwood passou lentamente pelo caminho.

– Esse é o mestre. – sussurrou um dos homens, quando ele se aproximou deles – É melhor ficarmos quietos... logo ele entrará de novo. Ele pode achar inadequado ficarmos vagando por aqui.

Boldwood se aproximou e passou pelos homens sem vê-los, pois estavam sob os arbustos na grama. Ele fez uma pausa, inclinou-se sobre o portão e soltou um longo suspiro. Eles o ouviram dizendo em voz baixa:

– Espero por Deus que ela venha, ou esta noite não será nada além de tristeza para mim! Oh, minha querida, minha querida, por que você me deixa nesse suspense?

Ele disse isso para si mesmo, mas todos ouviram claramente. Boldwood permaneceu em silêncio depois disso, e o barulho de dentro da casa voltou a ser ouvido, até que, alguns minutos depois, rodas leves puderam ser distinguidas descendo a colina. Elas se aproximaram e pararam no portão. Boldwood voltou correndo para a porta e a abriu; a luz brilhou sobre Bathsheba chegando pelo caminho.

Boldwood conteve sua emoção em meras boas-vindas, e os homens notaram sua leve risada e pedido de desculpas dela ao encontrá-lo. Ele a conduziu para dentro de casa, e a porta se fechou novamente.

– Meu Deus, eu não sabia que ele ainda estava assim! – disse um dos homens – Achei que aquela paixão dele havia acabado há muito tempo.

— Você não conhece o mestre muito bem, se pensou assim — disse Samway.

— Acho que ele não deveria saber que ouvimos o que ele disse para o mundo! — comentou um terceiro.

— Gostaria que tivéssemos contado toda a história imediatamente. — continuou o primeiro, inquieto — Mais problemas podem advir disso do que pensamos. Pobre sr. Boldwood, será difícil para ele. Gostaria que Troy estivesse... Bem, Deus me perdoe por tal desejo! Só um canalha para enganar uma pobre esposa dessa forma. Nada prosperou em Weatherbury desde que ele chegou aqui. E agora não tenho coragem de entrar. Por que não vamos dar uma olhada no Warren por alguns minutos primeiro?

Samway, Tall e Smallbury concordaram em ir até o Warren e saíram pelo portão, os outros entraram na casa. Os três logo se aproximaram da maltaria, chegando pelo pomar na lateral, e não pela rua. O painel de vidro estava iluminado como sempre. Smallbury estava um pouco à frente dos demais quando, fazendo uma pausa, virou-se subitamente para seus companheiros e disse:
— Silêncio! Olhem ali!

Percebeu-se então que a luz da vidraça brilhava não sobre a parede de hera, como de costume, mas sobre algum objeto próximo ao vidro. Era um rosto humano.

— Vamos chegar mais perto. — sussurrou Samway, e eles se aproximaram na ponta dos pés. Não havia mais como não acreditar na história. O rosto de Troy estava perto da vidraça, e ele estava olhando para dentro. Não apenas olhando, mas parecia estar entretido com uma conversa em andamento na maltaria, sendo as vozes dos interlocutores as de Oak e do cervejeiro.

— A festa é toda em homenagem a ela, não é? — disse o velho — Embora ele tenha dito que era apenas para celebrar o Natal.

— Não sei — respondeu Oak.

— Ah, isso é verdade, sim. Não consigo entender como o fazendeiro Boldwood foi tão tolo com essa idade a ponto de desejar essa mulher desse modo, e ela não se importa nem um pouco com isso.

Os homens, depois de reconhecerem as feições de Troy, atravessaram o pomar tão silenciosamente quanto haviam chegado. A sorte de Bathsheba estava no ar naquela noite, em todos os lugares ela era o assunto. Quando eles estavam fora do alcance de serem ouvidos, pararam, por instinto.

– Ele virou o rosto para mim – disse Tall, respirando.

– Para mim também. – disse Samway – O que vamos fazer?

– Acho que isso não é problema nosso. – Smallbury murmurou meio duvidoso.

– Mas é! É uma coisa que diz respeito a todos. – disse Samway – Sabemos muito bem que o mestre está no caminho errado e que ela não desconfia de nada, e deveríamos avisá-los imediatamente. Laban, você a conhece melhor... é melhor você pedir para falar com ela.

– Não sei fazer essas coisas. – disse Laban, nervoso – Acho que William deve ir. Ele é o mais velho.

– Não tenho nada a ver com isso. – disse Smallbury – É um negócio muito delicado. Ora, ele mesmo vai falar com ela em alguns minutos, vocês vão ver.

– Não sabemos se vai. Venha, Laban!

– Muito bem, se não tem outro jeito, eu vou. – respondeu Tall com relutância – O que devo dizer?

– Só peça para falar com o mestre.

– Oh, não. Não vou falar com o sr. Boldwood. Se eu tiver de falar com alguém, será com a patroa.

– Muito bem – respondeu Samway.

Laban então foi até a porta. Quando ele a abriu, o zumbido de agitação da festa saiu para fora como uma onda numa praia calma... e a reunião dentro do salão ficou amortecida em um murmúrio quando ele a fechou novamente. Cada homem esperou atentamente e olhou em volta para as copas escuras das árvores balançando suavemente contra o céu e ocasionalmente tremendo com o vento fraco, como se estivesse interessado na cena, o que não era verdade. Um deles começou a andar para cima e para baixo, depois voltou ao ponto de partida e parou novamente, com a sensação de que caminhar era algo que não valia a pena fazer agora.

– Acho que Laban já deve ter visto a patroa a essa altura. – disse Smallbury, quebrando o silêncio – Talvez ela não venha falar com ele.

A porta se abriu. Tall apareceu e se juntou a eles.

– E então? – perguntaram ambos.

– Bem, não quis falar com ela, no fim das contas. – Laban hesitou – Eles estavam todos muito agitados, tentando colocar um pouco de alegria na festa. De alguma forma, parece que não estão se divertindo muito, embora exista tudo o que um coração pode desejar; e eu não poderia, por tudo que é mais sagrado, interferir e estragar tudo, mesmo que fosse para salvar minha vida, não poderia.

– Acho que é melhor irmos todos juntos. – disse Samway, com certa melancolia – Talvez eu possa ter a chance de dar uma palavra com o mestre.

Então os homens entraram no salão, que foi o cômodo escolhido e preparado para a reunião, devido ao seu tamanho. Os homens mais jovens e as criadas estavam finalmente começando a dançar. Bathsheba estava perplexa sobre como agir, pois ela era apenas uma jovem esbelta, e o peso da imponência caíra sobre ela. Às vezes pensava que não deveria ter ido de jeito algum; em seguida, considerava que teria sido crueldade não vir e finalmente decidiu pelo meio-termo, de ficar apenas cerca de uma hora, e sair sem ser observada, tendo desde o início decidido que não poderia de forma alguma dançar, cantar e nem participar de qualquer atividade.

Depois que passou a hora determinada com conversas e

observações, Bathsheba disse a Liddy para não se apressar e foi até a pequena sala para se preparar para a partida, que, assim como o salão, estava decorada com azevinho e hera e bem iluminada.

Não havia ninguém na sala, mas ela mal havia entrado quando o dono da casa chegou.

– Sra. Troy... já está de saída? – ele disse – Nós mal começamos!

– Se me der licença, gostaria de ir agora. – Seus modos eram inquietos, pois ela se lembrou da promessa e imaginou o que ele estava prestes a dizer. – Mas, como não é tarde, – acrescentou ela – posso ir caminhando para casa e deixar meu empregado e Liddy irem quando quiserem.

– Estou esperando uma oportunidade para falar com você. – disse Boldwood – Talvez saiba o que desejo dizer?

Bathsheba olhou em silêncio para o chão.

– Você promete? – ele disse, ansiosamente.

– O quê? – ela sussurrou.

– Por que essa evasão?! Ora, a promessa. Não quero me intrometer de forma alguma, nem deixar que alguém fique sabendo disso. Mas me dê sua palavra! Um simples acordo de negócios, você sabe, entre duas pessoas que estão além da influência da paixão. – Boldwood sabia quão falsa era essa imagem na sua opinião, mas ele sabia que esse era o único tom com que ela permitiria que ele se aproximasse dela. – Uma promessa de se casar comigo ao fim de cinco anos e três quartos. Você me deve isso!

– Sinto que sim. – disse Bathsheba – Isto é, se você exigir. Mas sou uma mulher mudada... infeliz... e não... não...

– Você ainda é uma mulher muito bonita. – disse Boldwood. Honestidade e pura convicção sugeriram a observação, desacompanhada de qualquer percepção de que poderia ter sido adotada por bajulação só para acalmá-la e conquistá-la.

No entanto, não teve muito efeito, pois ela disse, num murmúrio desapaixonado que era em si uma prova das suas palavras:

– Não tenho nenhum sentimento sobre o assunto. E não sei o que é certo fazer na minha difícil posição, e também não tenho ninguém para me aconselhar. Mas prometo, se for necessário, como pagamento de uma dívida, condicionalmente, é claro, ao fato de eu ser viúva.

– Vai se casar comigo daqui a cinco ou seis anos?

– Não me pressione demais. Não vou me casar com mais ninguém.

– Mas certamente você indicará a hora, ou não há nada para prometer?

– Ah, não sei, por favor, deixe-me ir! – ela disse com bastante ansiedade – Estou com medo do que fazer! Quero ser justa com o senhor, e isso parece ser uma injustiça comigo mesma, e talvez seja uma violação dos mandamentos. Há dúvidas consideráveis sobre a morte dele, e isso é terrível; deixe-me perguntar a um advogado, sr. Boldwood, se devo ou não!

– Diga as palavras, querida, e o assunto estará encerrado; uma intimidade amorosa e feliz de seis anos, e depois o casamento... oh, Bathsheba, diga! – ele implorou com voz rouca, incapaz de sustentar as formas de mera amizade por mais tempo. – Comprometa-se comigo, eu mereço isso, realmente mereço, pois amei você mais do que qualquer pessoa no mundo! E se eu disse palavras precipitadas e demonstrei maneiras desnecessárias com você, acredite, querida, não tive a intenção de lhe causar angústia. Estava em agonia, Bathsheba, e não sabia o que disse. Você não deixaria um cachorro sofrer o que eu sofri, se soubesse! Às vezes, quero esconder o que sinto por você e às vezes fico angustiado porque você nunca saberá de tudo. Seja gentil e se entregue um pouco a mim, considerando que eu daria minha vida por você!

Os enfeites de seu vestido, ao tremerem contra a luz, mostravam como ela estava agitada e, por fim, ela começou a chorar: – E o senhor não vai me pressionar sobre mais nada, se eu disser, em cinco ou seis anos? – ela soluçou, assim que teve condições de falar.

– Sim, deixarei a cargo do tempo.

Ela esperou um momento e disse solenemente: – Muito bem. Vou me casar com o senhor em seis anos a partir de hoje, se estivermos vivos.

– E você aceitará isso como um sinal meu.

Boldwood chegou perto dela e agora ele segurou uma das mãos dela entre as suas e levou-a até o peito.

– O que é isso? Ah, não posso usar um anel! – ela exclamou, ao ver o que ele segurava – Além disso, eu não deixaria ninguém saber que é um noivado! Talvez não seja adequado! Além disso, não estamos comprometidos no sentido usual, não é? Não insista, sr. Boldwood... não! – Ao sentir-se incomodada por não conseguir tirar a mão dele da dela imediatamente, ela bateu firmemente no chão com um pé, e as lágrimas encheram seus olhos novamente.

– Isso significa simplesmente uma promessa, sem sentimento, o selo de um acordo prático. – ele disse mais calmamente, mas ainda mantendo a mão dela firmemente apertada – Agora venha! – E Boldwood colocou o anel no dedo dela.

– Não posso usá-lo. – disse ela, chorando, como se seu coração fosse se partir – O senhor está me assustando. Que plano selvagem! Por favor, deixe-me ir para casa!

– Somente esta noite, use-o somente hoje à noite, para me agradar!

Bathsheba sentou-se numa cadeira e enterrou o rosto no lenço, embora Boldwood ainda segurasse sua mão. Por fim, ela disse, numa espécie de sussurro desesperado:

– Muito bem, então, farei isso esta noite, se você deseja tanto. Agora solte minha mão; vou usá-lo esta noite.

– E será o início de um agradável namoro secreto de seis anos, com um casamento no fim?

– Deve ser, suponho, já que assim o deseja! – ela disse, derrotada por não resistir.

Boldwood apertou a mão dela e deixou-a cair em seu colo.

– Estou feliz agora. – disse ele – Deus a abençoe!

Ele saiu da sala e, quando achou que ela poderia estar suficientemente calma, enviou uma das criadas até ela. Bathsheba disfarçou os efeitos da última cena da melhor maneira que pôde, seguiu a moça, e em poucos momentos desceu com o chapéu e o manto, pronta para partir. Para chegar à porta era necessário passar pelo corredor, e antes de fazê-lo parou no pé da escada que descia até um canto, para dar uma última olhada na multidão reunida.

Não havia música ou dança em andamento agora. Na extremidade inferior, preparada especialmente para os empregados, um grupo conversava em sussurros e com olhares ofuscados. Boldwood estava parado perto da lareira, e ele também, embora tão absorto nas visões decorrentes de sua promessa que quase não via nada, parecia naquele momento ter observado seus modos peculiares e olhares desconfiados.

– Qual é o problema de vocês, homens? – ele disse.

Um deles se virou e respondeu, inquieto: – Foi algo de que Laban ouviu falar, só isso, senhor.

– Novidades? Alguém se casou ou noivou, nasceu ou morreu? – perguntou o fazendeiro, alegremente – Conte-nos, Tall. Alguém poderia pensar, pela sua aparência e maneiras misteriosas, que foi algo realmente terrível.

– Oh, não, senhor, ninguém morreu – disse Tall.

– Queria que alguém tivesse morrido – disse Samway, sussurrando.

– O que você disse, Samway? – perguntou Boldwood, um tanto bruscamente – Se tem algo a dizer, fale; se não, vamos para outra dança.

– A sra. Troy desceu. – disse Samway a Tall – Se você quiser contar a ela, é melhor fazê-lo agora.

– Você sabe o que eles querem dizer? – o fazendeiro perguntou a Bathsheba, do outro lado da sala.

– Não tenho a mínima ideia – respondeu Bathsheba.

Houve uma batida rápida na porta. Um dos homens abriu-a imediatamente e saiu.

– Estão procurando a sra. Troy – ele voltou dizendo.

– Estou aqui. – disse Bathsheba – Embora não esteja esperando ninguém.

– É um estranho, madame – disse o homem que estava perto da porta.

– Um estranho? – disse ela.

– Peça-lhe para entrar – respondeu Boldwood.

O recado foi dado e Troy, coberto até os olhos como o vimos, ficou na porta.

Houve um silêncio sobrenatural, todos olhando para o recém-chegado. Aqueles que acabaram de saber que ele estava na vizinhança o reconheceram instantaneamente; aqueles que não o fizeram ficaram perplexos. Ninguém observou Bathsheba. Ela estava encostada na escada. Sua testa estava fortemente contraída, todo o seu rosto estava pálido, os lábios abertos, os olhos rigidamente fixos no visitante.

Boldwood estava entre aqueles que não perceberam que ele era Troy. –Entre, entre! – ele repetiu, alegremente – e tome uma bebida de Natal conosco, estranho!

Em seguida, Troy avançou para o meio da sala, tirou o chapéu, baixou a gola do casaco e olhou Boldwood nos olhos. Mesmo assim, Boldwood não reconheceu que era o representante da ironia persistente do Céu, que uma vez já havia quebrado sua felicidade, açoitado e roubado seu deleite, e tinha voltado para fazer essas coisas uma segunda vez. Então Troy deu uma risada mecânica, e Boldwood o reconheceu naquele momento.

Troy voltou-se para Bathsheba. A tristeza da pobre moça naquele momento estava além de qualquer coisa que alguém pudesse imaginar ou falar. Acomodou-se no degrau mais baixo, e lá estava ela, com a boca azul e seca, e os olhos escuros fixos vagamente nele, como se estivesse se perguntando se tudo aquilo não seria uma terrível ilusão.

Então Troy disse:

– Bathsheba, estou aqui por você!

Ela não respondeu.

– Vamos para casa comigo: venha!

Bathsheba mexeu um pouco os pés, mas não se levantou. Troy foi até ela.

– Venha, senhora, ouviu o que eu disse? – ele falou peremptoriamente.

Uma voz estranha veio da lareira... uma voz que soava distante e confinada, como se viesse de uma masmorra. Dificilmente alguém ali na festa reconheceria que os tons delicados eram os de Boldwood. O desespero repentino o transformou.

– Bathsheba, vá com seu marido!

Entretanto, ela não se mexeu. A verdade é que Bathsheba estava além dos limites da atividade... e ainda não tinha desmaiado. Estava num estado mental de gota serena[18]; sua mente ficou por um minuto totalmente privada de luz, e ao mesmo tempo sem nenhum obscurecimento aparente.

Troy estendeu a mão para puxá-la para si, quando ela rapidamente recuou. Esse pavor visível dele pareceu irritar Troy, e ele agarrou o braço dela e puxou-o com força. Se ele a

---

18 Gota serena: na espiritualidade, pode ser um símbolo de purificação, renovação e conexão com o divino. Expressão que também pode indicar surpresa ou admiração a algo muito bom.

machucou com sua força ou se o mero toque foi a causa, nunca se soube, mas naquele momento ela se contorceu e deu um grito rápido e abafado.

O grito foi ouvido apenas por alguns segundos, mas foi seguido por um estrondo repentino e ensurdecedor que ecoou pela sala e deixou todos alarmados. A divisória de carvalho tremeu com o abalo, e o lugar se encheu de fumaça cinza.

Perplexos, eles voltaram os olhos para Boldwood. Às suas costas, diante da lareira, havia um suporte de armas, como é habitual nas casas de fazenda, construído para acomodar duas armas. Quando Bathsheba gritou nas mãos do marido, o rosto de desespero intenso de Boldwood mudou. As veias estavam inchadas, e uma expressão frenética brilhava em seus olhos. Ele se virou rapidamente, pegou uma das armas, engatilhou-a e disparou imediatamente em Troy.

Troy caiu. A distância entre os dois homens era tão pequena que a munição não se espalhou, mas a bala passou por seu corpo. Ele soltou um longo suspiro gutural... houve uma contração... uma extensão... e então seus músculos relaxaram, e ele ficou imóvel.

Boldwood foi visto através da fumaça novamente manuseando a arma. Era de cano duplo e, por sua vez, ele de alguma forma prendeu o lenço no gatilho e, com o pé na outra extremidade, estava prestes a girar o segundo cano sobre si mesmo. Samway, seu empregado, foi o primeiro a ver isso e, em meio ao horror geral, correu em sua direção. Boldwood já havia torcido o lenço e a arma explodiu uma segunda vez, enviando seu conteúdo, com um golpe oportuno de Samway, para a viga que cruzava o teto.

– Bem, não faz diferença! – Boldwood se engasgou – Há outra maneira de morrer.

Então ele se livrou de Samway, atravessou a sala até Bathsheba e beijou-lhe a mão. Colocou o chapéu, abriu a porta e saiu na escuridão. Ninguém pensou em impedi-lo.

CAPÍTULO LIV

DEPOIS DO CHOQUE

Boldwood entrou na estrada principal e virou na direção de Casterbridge. Ali caminhou em um ritmo regular e constante para Yalbury Hill, ao longo da planície, subiu a Colina Mellstock e entre 11 e meia-noite cruzou Moor para chegar à cidade. As ruas estavam agora quase desertas, e as chamas ondulantes das lâmpadas apenas iluminavam fileiras de venezianas cinzentas e faixas de calçada branca, nas quais seus passos ecoavam à medida que passava. Virou para a direita e parou diante de um arco de pedra pesada, fechado por um par de portas de ferro. Essa era a entrada da prisão, e sobre ela estava fixada uma lâmpada, cuja luz permitia ao infeliz viajante encontrar a corda do sino.

O pequeno portão abriu-se finalmente, e apareceu um porteiro. Boldwood deu um passo à frente e disse algo em voz baixa e, então, depois de algum tempo, outro homem apareceu. Boldwood entrou, a porta foi fechada atrás dele, e ele não andou mais pelo mundo.

Muito antes desse momento, Weatherbury já estava completamente agitada, e o ato selvagem que pôs fim à festa de Boldwood tornou-se conhecido de todos. Dos que estavam fora de casa, Oak foi um dos primeiros a saber da catástrofe e, quando entrou na sala, cerca de cinco minutos após a saída de Boldwood, a cena era terrível. Todas as mulheres estavam amontoadas, horrorizadas, contra as paredes, como ovelhas numa tempestade, e os homens não sabiam o que fazer. Quanto a Bathsheba, ela havia mudado. Estava sentada no chão ao lado do corpo de Troy, a cabeça dele apoiada em seu colo, onde ela mesma a colocou. Com uma das mãos ela segurava o lenço contra o peito dele e cobria o ferimento, embora quase não tivesse corrido uma única gota de sangue, e com a outra mão apertava com força uma das dele. A convulsão doméstica fez com que ela voltasse a ser ela mesma. O coma temporário cessou, e a atividade veio com a necessidade. Atos de resistência, que parecem comuns em filosofia, são raros em conduta, e Bathsheba estava surpreendente ao seu redor agora, pois sua filosofia era sua conduta, e ela raramente considerava praticável o que não praticava. Era feita do material de que são feitas as mães dos grandes homens. Era indispensável para a geração mais nova, odiada nas festas de chá, temida nas lojas e amada nas crises. Troy, deitado no colo da esposa, formava agora o único espetáculo no meio da espaçosa sala.

– Gabriel, – ela disse, automaticamente, quando ele entrou, mostrando um rosto do qual restavam apenas as linhas bem conhecidas para lhe dizer que era o dela, pois todo o resto da imagem havia desaparecido completamente – vá imediatamente até Casterbridge e traga um cirurgião. Acredito que seja inútil, mas vá. Boldwood atirou no meu marido.

Sua declaração do fato em palavras tão calmas e simples veio com mais força do que uma declamação trágica, e teve certo efeito de colocar as imagens distorcidas em cada mente presente no foco adequado. Oak, quase antes de compreender qualquer coisa além do mais breve resumo do evento, saiu correndo da sala, selou um cavalo e partiu. Só depois de ter cavalgado mais de um quilômetro é que lhe ocorreu que teria feito melhor se enviasse outro homem para essa tarefa, permanecendo ele mesmo em casa. O que havia acontecido com Boldwood? Ele precisava de atenção. Será que estava furioso? Houve uma briga? E como Troy chegou lá? De onde ele veio? Como esse notável reaparecimento ocorreu quando muitos achavam que ele estava no fundo do mar? Oak estava, até certo ponto, preparado para a presença de Troy ao ouvir um boato sobre seu retorno pouco antes de entrar na casa de Boldwood; mas antes de analisar essa informação, esse evento fatal se sobrepôs. No entanto, já era tarde demais para pensar em enviar outro mensageiro, e ele seguiu em frente, na agitação dessas perguntas investigativas e sem discernimento, quando, estava a cerca de cinco quilômetros de Casterbridge, um pedestre de figura quadrada passou sob a sebe escura na mesma direção que ele seguia.

Os quilômetros a serem percorridos e outros obstáculos incidentais, devido ao adiantado da hora e à escuridão da noite, atrasaram a chegada do sr. Aldritch, o cirurgião. Mais de três horas se passaram entre o momento em que o tiro foi disparado e o momento em que ele entrou na casa. Oak também foi detido em Casterbridge por ter de avisar as autoridades sobre o que havia acontecido e, em seguida, descobriu que Boldwood também havia entrado na cidade e se entregado.

Nesse ínterim, o cirurgião, tendo entrado às pressas no salão de Boldwood, encontrou-o às escuras e bastante deserto. Foi até os fundos da casa, onde encontrou na cozinha um homem idoso, a quem fez perguntas.

– Ela o levou para sua casa, senhor – disse o informante.

– Ela quem? – perguntou o médico.

– A sra. Troy. Ele estava morto, senhor.

Essa era uma informação surpreendente. O médico, então, disse: – Ela não tinha o direito de fazer isso. Haverá um inquérito, e ela deveria ter esperado para saber o que fazer.

– Sim, senhor, sugerimos que era melhor esperar até que as autoridades fossem avisadas. Mas ela disse que a lei não significava nada para ela e que não permitiria que o cadáver de seu querido marido fosse negligenciado para que as pessoas ficassem contemplando como se fossem médicos legistas da Inglaterra.

Aldritch dirigiu-se imediatamente até a casa de Bathsheba, colina acima. A primeira pessoa que conheceu foi a pobre Liddy, que parecia literalmente ter diminuído de tamanho nas últimas horas.

– O que fizeram? – ele perguntou.

– Não sei, senhor. – disse Liddy, com a respiração suspensa – Minha patroa fez tudo.

— Onde ela está?

— Lá em cima com ele, senhor. Quando ele foi trazido para casa e levado para cima, ela disse que não queria mais a ajuda dos homens. E então ela me chamou e me fez encher a banheira, e depois disso me disse que era melhor eu ir me deitar porque parecia estar doente. Em seguida, ela se trancou no quarto sozinha com ele e não deixou nenhuma enfermeira entrar, nem ninguém. Mas pensei em esperar no quarto ao lado, caso ela precisasse de mim. Eu a ouvi se movimentando lá dentro por mais de uma hora, mas ela só saiu uma vez, e isso foi para pegar mais velas, porque as delas tinham queimado até o fim. Ela disse que deveríamos avisá-la quando o senhor ou o sr. Thirdly chegassem.

Oak entrou com o pároco nesse momento, e todos subiram juntos, precedidos por Liddy Smallbury. Tudo estava silencioso como um túmulo quando pararam no patamar. Liddy bateu, e o vestido de Bathsheba foi ouvido farfalhando pelo quarto. A chave girou na fechadura, e ela abriu a porta. Sua aparência era calma e quase rígida, como um busto levemente animado da deusa grega da tragédia, Melpômene.

— Oh, sr. Aldritch, o senhor finalmente chegou. — ela murmurou apenas com os lábios, e abriu a porta — Ah, e sr. Thirdly. Bem, tudo está feito, e qualquer pessoa no mundo pode vê-lo agora. — Ela então passou por ele, cruzou o patamar e entrou em outro quarto.

Olhando para a câmara da morte que ela havia desocupado, eles viram, à luz das velas que estavam nas gavetas, uma forma alta e reta, deitada no outro extremo do quarto, envolta em branco. Tudo ao redor estava bastante ordenado. O médico entrou e depois de alguns minutos voltou ao patamar, onde Oak e o pároco ainda esperavam.

— Na verdade, está tudo pronto, como ela diz. — observou o sr. Aldritch, em voz baixa — O corpo foi despido e devidamente colocado em roupas mortuárias. Deus do céu, ela é uma simples garota! Deve ter uma força estoica!

– Apenas o coração de uma esposa. – flutuou um sussurro nos ouvidos dos três, e, virando-se, viram Bathsheba no meio deles. Então, como se naquele instante quisesse provar que sua coragem tinha sido mais uma questão de vontade do que de espontaneidade, ela silenciosamente afundou entre eles e se tornou um amontoado de tecido no chão. A simples consciência de que a tensão sobre-humana não era mais necessária encerrou imediatamente seu poder de continuar alerta.

Eles a levaram para outro quarto, e o atendimento médico que havia sido inútil no caso de Troy foi indispensável para Bathsheba, que teve uma série de desmaios que foram considerados graves por um tempo. A doente foi para a cama, e Oak, descobrindo pelos boletins que nada realmente terrível estava acontecendo com ela, deixou a casa. Liddy ficou de vigia no quarto de Bathsheba, onde ouviu sua senhora gemer em sussurros durante as horas lentas e monótonas daquela noite miserável:

– Oh, a culpa é minha... como posso viver! Meu Deus do céu, como posso viver!

CAPÍTULO LV

DEPOIS DE MARÇO - "BATHSHEBA BOLDWOOD"

Passamos rapidamente para o mês de março, para um dia ventoso, sem sol, com geada e orvalho. Em Yalbury Hill, a meio caminho entre Weatherbury e Casterbridge, onde a rodovia expressa passa sobre o cume, um grande número de pessoas se reuniu, os olhos da maioria frequentemente voltados para longe, na direção norte. Os grupos consistiam em uma multidão de ociosos, um grupo de lançadores de dardos e dois trompetistas, e no meio havia carruagens, numa das quais estava o xerife. Com os desocupados, muitos dos quais haviam subido ao topo de um corte formado na estrada, estavam vários homens e meninos de Weatherbury, entre eles Poorgrass, Coggan e Cain Ball.

Ao fim de meia hora, uma leve poeira foi vista no bairro na parte esperada e, pouco depois, uma carruagem, trazendo um dos dois juízes do Circuito Ocidental, subiu a colina e parou no topo. O juiz mudou de carruagem enquanto um floreio era tocado pelos trompetistas de bochechas grandes, e uma procissão se formou ao lado dos veículos e dos atiradores de dardos, todos seguiram em direção à cidade, exceto os homens de Weatherbury, que assim que viram o juiz partir, voltaram para o trabalho.

– Joseph, vi você se espremendo perto da carruagem. – disse Coggan, enquanto caminhavam – Você notou o rosto do senhor juiz?

– Notei. – disse Poorgrass – Olhei atentamente para ele, como se fosse ler sua alma; e havia misericórdia em seus olhos... ou para falar com a verdade exata exigida de nós nesse momento solene, nos olhos que estavam voltados para mim.

– Bem, espero que dê certo, – disse Coggan – embora acho

que não será nada bom. No entanto, não irei ao julgamento, e aconselho a todos vocês não irem. Ele ficará com a mente mais perturbada do que qualquer coisa, se nos ver ali olhando para ele como se fosse um espetáculo.

– Exatamente o que eu disse esta manhã. – observou Joseph – A Justiça vai pesá-lo na balança... eu disse, em meu modo reflexivo, e se ele for achado em falta, que assim seja, e um espectador disse "Ouçam, ouçam! Um homem que pode falar assim deve ser ouvido". Mas não gosto de insistir nisso, pois as minhas palavras são poucas; embora haja rumores de que a fala de alguns homens seja longa por natureza.

– É assim mesmo, Joseph. E agora, vizinhos, como eu disse, cada homem vai esperar em casa.

A resolução foi acatada, e todos esperaram ansiosamente pelas notícias no dia seguinte. O suspense foi desviado, no entanto, por uma descoberta feita à tarde, lançando mais luz sobre a conduta e a condição de Boldwood do que quaisquer detalhes que a precederam.

Todos aqueles que eram íntimos dele sabiam que, desde a Feira de Greenhill até a fatal véspera de Natal, ele estava animado e com um humor incomum; mas ninguém imaginou que houvesse nele sintomas inequívocos da perturbação mental de que Bathsheba e Oak, únicos entre todos os outros e em momentos diferentes, suspeitaram momentaneamente. Dentro de um armário que ficava trancado foi descoberta agora uma extraordinária coleção de artigos. Havia vários conjuntos de vestidos de senhora, de diversos materiais caros; sedas e cetins, popelines e veludos, todos de cores que, pelo estilo de vestir de Bathsheba, poderiam ter sido considerados seus favoritos. Havia dois regalos, de zibelina e arminho. Acima de tudo, havia uma caixa de joias contendo quatro pesadas pulseiras de ouro e vários medalhões e anéis, todos de excelente qualidade e fabricação. Essas coisas foram compradas em Bath e em outras cidades ao longo do tempo e trazidas para casa às escondidas. Elas foram todas cuidadosamente embaladas em papel, e cada pacote foi rotulado como "Bathsheba Boldwood", uma data anexada com seis anos de antecedência em todos os casos.

Essas evidências um tanto patéticas de uma mente enlouquecida de cuidado e amor foram o tema do discurso na cervejaria de Warren, quando Oak entrou de Casterbridge com a notícia da sentença. Ele veio à tarde, e seu rosto, iluminado pelo brilho do forno, contou a história muito bem. Boldwood, como todos imaginavam que faria, confessou-se culpado e foi condenado à morte.

A convicção de que Boldwood não tinha sido moralmente responsável por seus atos posteriores tornou-se agora geral. Os fatos suscitados antes do julgamento apontavam fortemente na mesma direção, mas não tinham peso suficiente para levar a uma ordem de exame do estado de espírito de Boldwood. Era surpreendente, agora que a presunção de insanidade foi levantada, quantas circunstâncias colaterais foram lembradas para as quais uma condição de doença mental parecia fornecer a única explicação... entre outras, a negligência sem precedentes das suas pilhas de milho no verão anterior.

Uma petição foi dirigida ao ministro do Interior, apresentando as circunstâncias que pareciam justificar um pedido de reconsideração da sentença. Não foi "numerosamente assinado" pelos habitantes de Casterbridge, como é habitual nesses casos, pois Boldwood nunca fez muitos amigos no balcão. As lojas acharam muito natural que um homem que, ao importar diretamente do produtor, tivesse ousadamente deixado de lado o primeiro grande princípio da existência provincial, a saber, que Deus criou os vilarejos rurais para abastecer os clientes das cidades do condado, tivesse ideias confusas sobre o Decálogo. Os instigadores eram alguns homens misericordiosos que talvez tivessem considerado com muito sentimento os fatos recentemente descobertos, e o resultado foi que foram colhidas provas que se esperava pudessem remover o crime do ponto de vista moral para fora da categoria de homicídio doloso, e levá-lo a ser considerado como um puro resultado da loucura.

O resultado da petição foi aguardado em Weatherbury com interesse solícito. A execução havia sido marcada para as 8 horas da manhã de sábado, cerca de quinze dias depois de a sentença ter sido proferida, e até a tarde de sexta-feira nenhuma resposta foi recebida. Naquela época, Gabriel veio da prisão de Casterbridge, onde estivera para se despedir de Boldwood, e virou uma rua secundária para evitar a cidade. Ao passar pela última casa, ouviu batidas e, levantando a cabeça baixa, olhou para trás por um momento. Por cima das chaminés ele podia ver a parte superior da entrada da prisão, rica e brilhante ao sol da tarde, e algumas figuras em movimento estavam lá. Eram carpinteiros que colocavam um poste na posição vertical dentro do parapeito. Desviou o olhar rapidamente e apressou-se.

Já estava escuro quando ele chegou em casa, e metade do vilarejo saiu para recebê-lo.

– Nenhuma notícia. – disse Gabriel, cansado – E receio que não haja esperança. Estive com ele por mais de duas horas.

– Você acha que ele realmente estava fora de si quando fez aquilo? – disse Smallbury.

– Sinceramente, não posso dizer que sim. – respondeu Oak – No entanto, podemos falar disso em outro momento. Houve alguma mudança na patroa esta tarde?

– Nenhuma.

– Ela está lá embaixo?

– Não. Ela está do mesmo jeito. Está um pouco melhor agora do que no Natal. Fica perguntando se você veio e se há novidades, até que a gente se cansa de responder. Devo ir e dizer que você veio?

– Não. – respondeu Oak – Ainda há uma chance, mas não pude mais ficar na cidade depois de vê-lo também. Então Laban... Laban está aqui, não está?

– Sim. – disse Tall.

– O que combinei é que você deverá cavalgar até a cidade esta noite; sai daqui por volta das 9, e espera um pouco lá, chegando em casa por volta da meia-noite. Se nenhuma notícia for recebida até às 11 da noite, dizem que não há chance alguma.

– Espero que a vida dela seja poupada. – disse Liddy – Se não for, ela também ficará louca. Pobrezinha, seus sofrimentos foram terríveis; ela merece a piedade de todos.

– Ela está muito alterada? – perguntou Coggan.

– Se você não vê nossa pobre patroa desde o Natal, não a reconhecerá. – disse Liddy – Seus olhos estão tão tristes que ela não é a mesma mulher. Apenas dois anos atrás ela era uma garota brincalhona, e agora está desse jeito!

Laban partiu conforme as instruções e, às 11 horas daquela noite, vários moradores caminharam ao longo da estrada para Casterbridge e aguardaram sua chegada... entre eles Oak e quase todos os demais homens de Bathsheba. A ansiedade de Gabriel era grande de que Boldwood pudesse ser salvo, embora em sua consciência sentisse que ele morreria, pois havia qualidades no fazendeiro que Oak amava. Finalmente, quando todos estavam cansados, ouviu-se o barulho de um cavalo ao longe:

Primeiro morto, como se pisasse no gramado,

Depois, fazendo barulho na estrada da vila

Em outro ritmo que não o anterior, lá se vai nosso amado.

– Em breve saberemos, de uma forma ou de outra. – disse Coggan, e todos eles desceram do banco em que estavam parados na estrada, e o cavaleiro saltou no meio deles.

– É você, Laban? – perguntou Gabriel.

– Sim... sou eu. Ele não vai morrer. Ficará confinado durante a vontade de Sua Majestade.

– Viva! – exclamou Coggan, com o coração apertado – Deus ainda está acima do diabo!

CAPÍTULO LVI

A BELA NA SOLIDÃO - FINALMENTE

Bathsheba reviveu com a primavera. A total prostração que se seguiu à febre baixa de que ela sofria diminuiu sensivelmente quando toda a incerteza sobre cada um dos assuntos chegou ao fim.

Mas ela permanecia sozinha a maior parte do tempo e ficava em casa ou, no máximo, ia até o jardim. Evitava todos, até mesmo Liddy, não fazia confidências e a não pedia compreensão.

À medida que o verão avançava, ela passava mais tempo ao ar livre, e começou a examinar assuntos agrícolas por pura necessidade, embora nunca cavalgasse nem supervisionasse pessoalmente como em tempos anteriores. Numa noite de sexta-feira, em agosto, caminhou um pouco pela estrada e entrou no vilarejo pela primeira vez, desde o sombrio acontecimento do Natal anterior. A cor antiga ainda não havia voltado ao seu rosto, e sua palidez absoluta era acentuada pelo preto azeviche de seu vestido, parecendo até anormal. Quando chegou a uma lojinha no outro extremo do local, quase em frente ao cemitério, Bathsheba ouviu cantos dentro da igreja e percebeu que os cantores estavam ensaiando. Atravessou a rua, abriu o portão e entrou no cemitério, os altos parapeitos das janelas da igreja, protegendo-a eficazmente dos olhos daqueles que estavam ali reunidos. Sua caminhada furtiva foi até o recanto onde Troy havia trabalhado plantando flores no túmulo de Fanny Robin, e ela chegou até a lápide de mármore.

Um movimento de satisfação animou seu rosto enquanto ela lia a inscrição completa. Primeiro vieram as palavras do próprio Troy:

> *Erguido por Francis Troy*
> *Em Memória da Amada*
> *Fanny Robin,*
> *Falecida em 9 de outubro de 18...,*
> *Aos 20 anos.*
>
> Abaixo, estava inscrito em novas letras:
>
> *No mesmo túmulo*
> *Estão os restos do mencionado*
> *Francis Troy,*
> *Falecido em 24 de dezembro de 18...,*
> *Aos 26 anos.*

Enquanto ela ficava parada, lia e meditava, os tons do órgão recomeçaram na igreja, e ela foi com o mesmo passo leve até a varanda e escutou. A porta foi fechada, e o coro estava aprendendo um novo hino. Bathsheba foi agitada por emoções que ultimamente ela supunha estarem completamente mortas dentro dela. As vozes pouco atenuadas das crianças traziam ao seu ouvido, em elocução distinta, as palavras que cantavam sem pensar ou compreender:

> *Conduza-me, bondosa Luz, em meio à escuridão ao meu redor,*
> *Conduza-me a Ti.*

Os sentimentos de Bathsheba sempre dependeram, até certo ponto, de seus caprichos, como é o caso de muitas outras mulheres. Algo grande surgiu em sua garganta, e seus olhos se arrepiaram... e pensou que permitiria que as lágrimas iminentes fluíssem se assim o desejasse. Elas fluíram abundantemente, e uma delas caiu no banco de pedra ao lado dela. Depois que ela começou a chorar por mal saber o que, não pôde deixar de se concentrar em pensamentos que conhecia muito bem. Teria dado qualquer coisa no mundo para ser, como aquelas crianças, indiferente ao significado de suas palavras, porque era inocente demais para sentir a necessidade de tal expressão. Todas as cenas apaixonadas de sua breve experiência pareciam reviver com emoção adicional naquele momento, e aquelas cenas que não tinham emoção durante o falecimento ganharam emoção. No entanto, a dor chegou a ela mais como um luxo do que como o flagelo de tempos passados.

Devido ao rosto de Bathsheba estar enterrado em suas mãos, ela não percebeu uma forma que entrou silenciosamente no alpendre e, ao vê-la, primeiro moveu-se como se fosse recuar, depois parou e olhou para ela. Bathsheba não levantou a cabeça por algum tempo e, quando olhou em volta, seu rosto estava molhado, e seus olhos estavam afogados e ofuscados.

— Senhor Oak — exclamou ela, desconcertada — há quanto tempo está aqui?

— Somente alguns minutos, senhora — disse Oak, respeitosamente.

— Vai entrar? — perguntou Bathsheba; e então veio de dentro da igreja o som da música como se fosse um instigador:

Amei o dia brilhante, e apesar dos medos,

O orgulho domino minha vontade: não me lembro dos últimos anos.

— Eu ia — respondeu Gabriel — sou um dos cantores do baixo, você sabe. Faço parte do coral há alguns meses.

— Verdade? Não sabia disso. Vou deixá-lo, então.

Que eu amei há muito tempo e perdi por algum tempo, cantaram as crianças.

— Não quero que vá embora, senhora. Acho que não vou entrar.

— Ah, não, não irei.

Então eles ficaram em um estado de certo constrangimento, Bathsheba tentando enxugar o rosto terrivelmente encharcado e inflamado sem que ele percebesse. Por fim, Oak disse:

— Não a vejo, quero dizer, converso com você há muito

tempo, não é? – Mas ele temia trazer de volta lembranças angustiantes e se interrompeu com: – Estava indo para a igreja?

– Não. – disse ela – Vim ver a lápide em particular, para ver se eles haviam cortado a inscrição como eu desejava. Sr. Oak, você não precisa se importar em falar comigo, se desejar, sobre o assunto que está em nossas mentes neste momento.

– E fizeram como queria? – perguntou Oak.

– Sim. Venha ver, se ainda não viu.

Então, foram juntos e leram o túmulo.

– Oito meses atrás! – Gabriel murmurou ao ver a data – Parece que foi ontem, para mim.

– E para mim é como se tivesse acontecido anos atrás... longos anos, como eu já estivesse morta entre eles. E agora estou indo para casa, sr. Oak.

Oak caminhou atrás dela e disse com certa hesitação:

– Queria lhe contar sobre um pequeno assunto assim que possível. Apenas sobre negócios, e acho que posso mencionar isso agora, se me permite.

– Oh, sim, com certeza.

– É que em breve terei de deixar a administração da sua fazenda, sra. Troy. O fato é que estou pensando em deixar a Inglaterra... não agora, você sabe... na próxima primavera.

– Deixar a Inglaterra! – ela disse, com surpresa e genuíno desapontamento: – Ora, Gabriel, por que vai fazer isso?

– Bem, achei melhor. – Oak gaguejou – A Califórnia é o lugar que tenho em mente.

– Mas todos sabem que você vai ficar com a fazenda do pobre sr. Boldwood por sua conta.

– Recusaram minha proposta, mas nada está resolvido ainda, e tenho motivos para desistir. Terminarei meu ano lá como gerente dos administradores, mas não mais.

– E o que farei sem você? Ah, Gabriel, não acho que você

deva ir embora. Está comigo há tanto tempo... em tempos bons e em tempos sombrios... somos velhos amigos... que isso parece cruel. Imaginei que, se você arrendasse a outra fazenda como senhor, ainda poderia dar uma olhada na minha. E agora você está indo embora!

– Eu faria de boa vontade.

– No entanto, agora que estou mais indefesa do que nunca, se você vai embora!

– Sim, essa falta de sorte... – disse Gabriel, em tom angustiado – E é por causa desse desamparo que me sinto obrigado a ir. Boa tarde, senhora – concluiu, com evidente ansiedade de fugir, e saiu imediatamente do cemitério por um caminho que ela poderia seguir sem qualquer pretensão.

Bathsheba foi para casa, com a mente ocupada com um novo problema, que, sendo mais perturbador do que mortal, foi calculado para fazer bem, desviando-a da melancolia crônica de sua vida. Começou a pensar muito em Oak e no desejo dele de evitá-la; e ocorreram a Bathsheba vários incidentes de sua última conversa com ele, que, triviais quando vistos isoladamente, representavam uma aversão perceptível por sua companhia. Por fim, foi uma grande dor que seu último discípulo estivesse prestes a abandoná-la e fugir. Aquele que acreditou nela e argumentou ao seu lado quando todo o resto do mundo estava contra ela, finalmente, como os outros, tornou-se cansado e negligente da antiga causa, e estava deixando-a lutar sozinha em suas batalhas.

Três semanas se passaram e mais evidências de seu desinteresse por ela surgiram. Ela notou que, em vez de entrar na pequena sala ou escritório onde as contas da fazenda eram mantidas e esperar ou deixar um memorando, como fizera até então durante sua reclusão, Oak nunca aparecia quando ela provavelmente estaria lá, entrando apenas em horas quando sua presença naquela parte da casa era menos esperada. Sempre que queria informações, mandava uma mensagem, ou um bilhete sem título nem assinatura, ao qual ela era obrigada a responder com o mesmo estilo improvisado. A pobre Bathsheba começou a sofrer a dor mais torturante de todas... uma sensação de que ela era desprezada.

O outono passou de forma bastante sombria, em meio a essas conjecturas melancólicas, e chegou o dia de Natal, completando um ano de sua viuvez legal e dois anos e três meses de sua vida sozinha. Ao examinar seu coração, pareceu-lhe extremamente estranho que o assunto que poderia ter sido considerado sugestivo... o acontecimento no salão de Boldwood... não a estivesse incomodando; mas, em vez disso, uma convicção agonizante de que todos a repudiavam... pelo que ela não sabia dizer... e de que Oak era o líder dos dissidentes. Ao sair da igreja naquele dia, ela olhou em volta na esperança de que Oak, cuja voz grave ela ouvira ecoando da galeria acima de uma maneira muito despreocupada, pudesse ter a chance de permanecer em seu caminho, como antigamente. Lá estava ele, como sempre, descendo o caminho atrás dela. Mas, ao ver Bathsheba se virar, ele olhou para o lado e, assim que ultrapassou o portão, e houve a menor desculpa para uma divergência, ele criou uma e desapareceu.

A manhã seguinte trouxe o golpe culminante; ela já esperava por isso há muito tempo. Foi uma notificação formal por carta dele de que não deveria renovar seu contrato com ela para o próximo Dia da Anunciação.

Na verdade, Bathsheba sentou-se e chorou amargamente por causa dessa carta. Ficou muito magoada porque a posse do amor desesperado de Gabriel, que ela passou a considerar como seu direito inalienável à vida, seria retirada dessa maneira apenas por sua vontade. Também ficou perplexa com a perspectiva de ter de contar novamente com os próprios recursos. Tinha a impressão de que nunca mais conseguiria adquirir energia suficiente para ir ao mercado, negociar e vender. Desde a morte de Troy, Oak compareceu a todas as vendas e feiras para ela, realizando seus negócios ao mesmo tempo que os dele. O que ela faria agora? Sua vida estava se tornando uma desolação.

Bathsheba estava tão desolada aquela noite, que numa

absoluta fome de piedade e simpatia, e desesperada por parecer ter sobrevivido à única amizade verdadeira que já tivera, ela colocou o chapéu e seu casaco e desceu até a casa de Oak logo depois do pôr do sol, guiada em seu caminho pelos pálidos raios de prímula de uma lua crescente de alguns dias.

Uma forte luz de fogo brilhava pela janela, mas não havia ninguém visível na sala. Ela bateu nervosamente e depois achou duvidoso que fosse certo uma mulher solteira visitar um solteiro que morava sozinho, embora ele fosse seu administrador, e ela poderia fazer uma visita de negócios sem qualquer impropriedade real. Gabriel abriu a porta, e a lua brilhou em sua testa.

– Sr. Oak – disse Bathsheba, sutilmente.

– Sim, sou o sr. Oak. – respondeu Gabriel – A quem deve a honra... ora, que estupidez da minha parte de não a conhecer, senhora!

– Não serei sua patroa por muito mais tempo, não é, Gabriel? – ela disse, em tom patético.

– Bem, não. Eu acho... mas entre, senhora. Ah, e vou acender uma luz – respondeu Oak, com certo constrangimento.

– Não, não por minha causa.

– É tão raro receber uma visita que receio não ter uma acomodação adequada. Sente-se, por favor? Aqui está uma cadeira, e ali também tem uma. Lamento que todas as minhas cadeiras tenham assentos de madeira e sejam bastante duras, mas eu... estava pensando em comprar algumas novas. – Oak colocou dois ou três para ela.

– Estão ótimas para mim.

Então ela sentou-se, e ele também, o fogo dançando em seus rostos, e os móveis antigos, que eram os bens domésticos de Oak, enviaram de volta um reflexo dançante em resposta. Era muito estranho para essas duas pessoas, que se conheciam bem, que a mera circunstância de se encontrarem em um novo lugar e de uma nova maneira as tornasse tão estranhas e constrangidas. Nos campos, ou em sua casa, nunca havia qualquer constrangimento; mas agora que Oak havia se tornado o anfitrião, suas vidas pareciam voltar aos dias em que eram estranhos.

– Você pode achar estranho que eu tenha vindo aqui, mas...

– Oh, não, absolutamente.

– Mas eu pensei... Gabriel, não estou tranquila porque acho que o ofendi e que está indo embora por causa disso. Isso me entristeceu muito e não pude deixar de vir.

– Me ofendeu! Não tem como você fazer isso, Bathsheba!

– Não o ofendi? – ela perguntou agradecida – Mas, por que está indo para outro lugar?

– Não vou mais emigrar, você sabe, eu não tinha ciência que você não gostaria que eu fosse, porque se eu soubesse não teria pensado em fazê-lo. – disse ele, simplesmente – Assinei um contrato com a Fazenda Little Weatherbury e a terei em minhas mãos no Dia da Anunciação. Você sabe que eu já tinha uma participação nela há algum tempo. Ainda assim, isso não me impediria de cuidar de seus negócios como antes, se não tivessem tido certas coisas sobre nós?

– O que? – disse Bathsheba surpresa – Coisas sobre você e eu! O que disseram?

– Não posso lhe contar.

– Seria mais sensato se você contasse, eu acho. Você desempenhou o papel de mentor para mim muitas vezes e não vejo por que deveria ter medo de fazê-lo agora.

– Não foi nada que você tenha feito dessa vez. O ponto principal é este: o que estou farejando aqui, esperando pela fazenda do pobre Boldwood, com a ideia de conquistá-la algum dia.

– Conquistar-me! O que isso significa?

– Casar-me com você, em linguagem mais simples. Você me pediu para contar, então não pode me culpar.

Bathsheba não parecia tão alarmada como se um canhão

tivesse sido disparado perto de seu ouvido, que era o que Oak esperava.

– Casar comigo! Não sabia que era isso que você queria. – ela disse calmamente – Uma coisa como essa é um imenso absurdo... é muito cedo para se pensar nisso!

– Sim, claro, é um imenso absurdo. Não desejo tal coisa, eu já sabia que isso estava bastante claro a essa altura. Certamente, certamente você é a última pessoa no mundo com quem penso em me casar. É um imenso absurdo, como você diz.

– Muuuito... ceeedo foram as palavras que usei.

– Perdão por corrigi-la, mas você disse "imenso absurdo", e eu também.

– Peço perdão também! – ela disse, com lágrimas nos olhos – "Muito cedo" foi o que eu disse. Mas isso não importa nem um pouco... de forma alguma... mas eu apenas quis dizer "muito cedo". Na verdade, eu não disse, sr. Oak, e deve acreditar em mim!

Gabriel olhou-a demoradamente no rosto, mas, como a luz do fogo estava fraca, não havia muito para ser visto.

– Bathsheba, – disse ele, com ternura e surpresa, aproximando-se: – se eu soubesse apenas uma coisa... se você me permitisse amá-la e conquistá-la, e depois me casar com você... se eu soubesse disso!

– Mas você nunca saberá – ela murmurou.

– Por quê?

– Porque nunca pergunta.

– Oh... Oh! – disse Gabriel, com uma leve risada de alegria – Minha querida...

– Você não devia ter me enviado aquela carta dura esta manhã. – ela interrompeu – Isso mostra que você não se importa nem um pouco comigo e estava pronto para me abandonar como todos os outros! Foi muito cruel da sua parte, considerando que eu fui a primeira namorada que você teve, e você foi o primeiro que tive, e não vou esquecer!

– Ora, Bathsheba, você gosta de me provocar. – disse ele, rindo – Você sabe que foi simplesmente porque eu, como um homem solteiro, cuidando de um negócio para você, que é uma jovem muito atraente, tive um papel muito difícil a desempenhar... mais especificamente porque as pessoas sabiam que eu tinha uma espécie de sentimento por você; e imaginei, pela forma como fomos mencionados, que isso poderia prejudicar o seu bom nome. Ninguém sabe o calor e a preocupação que isso tem me causado.

– E isso é tudo?

– Tudo.

– Oh, como estou feliz por ter vindo! – ela exclamou com alegria, enquanto se levantava da cadeira. – Pensei muito mais em você desde que imaginei que não queria nem me ver de novo. Mas preciso ir agora, ou sentirão minha falta. Ora, Gabriel, – ela disse, com uma leve risada, enquanto se dirigiam para a porta – parece exatamente como se eu tivesse vindo cortejá-lo... que terrível!

– E também está certo. – disse Oak – Corri atrás de você, minha linda Bathsheba, por muitos quilômetros e por muitos dias; não é justo ficar reclamando que veio me fazer uma visita.

Ele a acompanhou colina acima, explicando-lhe os detalhes de sua futura administração na outra fazenda. Eles falaram muito pouco sobre seus sentimentos mútuos; frases bonitas e expressões calorosas provavelmente seriam desnecessárias entre amigos tão antigos. A afeição deles era aquela afeição substancial que surge (se é que surge alguma) quando os dois são colocados juntos e começam primeiro por conhecer os lados mais rudes do caráter um do outro, e mais tarde o melhor de cada um. O romance cresceria nos interstícios de uma massa de dura realidade prosaica. Essa boa camaradagem... comunhão... que geralmente ocorre através da semelhança de atividades, infelizmente raramente é adicionada ao amor entre os sexos, porque homens e mulheres se associam, não em seus trabalhos, mas apenas em seus prazeres. Onde, porém, as circunstâncias felizes permitem o seu desenvolvimento, o sentimento composto prova ser o único amor que é forte como a morte... aquele amor que muitas águas não podem extinguir, nem as enchentes afogar, ao lado do qual a paixão geralmente é evanescente como vapor.

CAPÍTULO LVII

UMA MANHÃ E UMA NOITE DE NÉVOA - CONCLUSÃO

"O casamento mais privado, secreto e simples que for possível."

Essas foram as palavras de Bathsheba para Oak certa noite, algum tempo depois do evento do capítulo anterior, e ele meditou durante uma hora inteira sobre como realizar os desejos dela ao pé da letra.

– Uma licença... Ah, sim, deve ser uma licença. – disse finalmente para si mesmo – Muito bem, então, primeiro, uma licença.

Em uma noite escura, alguns dias depois, Oak chegou com passos misteriosos na porta do juiz, em Casterbridge. No caminho para casa, ouviu passos pesados à sua frente e, ultrapassando o homem, descobriu que era Coggan. Caminharam juntos pelo vilarejo até chegarem a uma pequena alameda atrás da igreja, que levava à casa de Laban Tall, que recentemente havia sido empossado como secretário da paróquia, e ainda sentia um pavor mortal da igreja aos domingos quando ouvia sua voz solitária entre certas palavras duras dos Salmos, quando ninguém se atrevia a segui-lo.

– Bem, boa noite, Coggan. – disse Oak – Vou seguir este caminho.

– Oh! – disse Coggan, surpreso – O que está acontecendo hoje à noite, o sr. Oak está tão ousado?

Parecia bastante mesquinho não contar a Coggan, dadas as circunstâncias, pois Coggan tinha sido verdadeiro como o aço durante todo o tempo da infelicidade de Gabriel, em relação a Bathsheba, e então Gabriel disse:

– Consegue guardar um segredo, Coggan?

– Você me conhece e sabe que sim.

– Sim, eu sei. Bem, então, a patroa e eu pretendemos nos casar amanhã de manhã.

– Meu Deus do céu! Penso nisso às vezes; verdade, eu penso. Mas assim tão perto! Bem, não é da minha conta, e desejo toda a felicidade a você e a ela.

– Obrigado, Coggan. Mas garanto que esse grande mistério não é o que eu desejava, ou o que qualquer um de nós teria desejado se não fosse por certas coisas que fariam um casamento feliz dificilmente parecer adequado. Bathsheba tem um grande desejo de que toda a paróquia não esteja na igreja olhando para ela... está tímida e nervosa com isso, na verdade... então estou fazendo isso para agradá-la.

– Sim, entendo, você está certo. E agora você vai falar com o secretário.

– Sim, você pode vir comigo.

– Receio que o seu trabalho em manter o casamento em segredo seja desperdiçado. – disse Coggan, enquanto caminhavam – A mulher de Laban Tall vai espalhar tudo pela paróquia em meia hora.

– Meu Deus, não tinha pensado nisso! – disse Oak, fazendo uma pausa. – No entanto, preciso contar a ele esta noite, eu acho, pois ele está trabalhando tão longe e sai mais cedo.

– Vou lhe dizer como poderíamos agir. – disse Coggan – Vou bater e pedir para falar com Laban do lado de fora da porta, você fica escondido lá no fundo. Então ele sairá, e você poderá conversar com ele. Ela nunca vai adivinhar o que eu quero e posso inventar alguma coisa sobre o trabalho da fazenda.

Esse plano foi considerado viável, e Coggan avançou corajosamente e bateu à porta da sra. Tall; e ela própria abriu.

– Queria dar uma palavra com Laban.

– Ele não está em casa e só chegará depois das 11 horas. Foi forçado a ir para Yalbury depois do trabalho, e eu também terei de ir.

– Acho que a senhora não irá. Espere um momento. – e Coggan deu a volta na esquina da varanda para consultar Oak.

– Quem é o outro homem? – perguntou a sra. Tall.

– Só um amigo – respondeu Coggan.

– Diga a ele para encontrar a patroa perto do postigo da igreja amanhã de manhã, às 10. – disse Oak, sussurrando – Que ele deve vir sem falta e usar suas melhores roupas.

– Se falar sobre as roupas, ela pode desconfiar! – disse Coggan.

– Tem de ser assim. – respondeu Oak – Diga a ela.

Então Coggan entregou o recado: – Não importa, faça sol ou chuva, com vento ou neve, ele deve vir. – acrescentou Jan – É muito particular, na verdade. O fato é que precisar testemunhar e assinar um documento jurídico sobre a tomada de ações com outro fazendeiro por um longo período. Pronto, é isso, e agora já lhe contei, Mother Tall, de uma maneira que não deveria ter feito se não gostasse tanto de vocês.

Coggan retirou-se antes que ela pudesse perguntar mais alguma coisa; e em seguida visitaram o vigário de uma maneira que não despertou nenhuma curiosidade. Então Gabriel foi para casa e se preparou para o dia seguinte.

– Liddy, – disse Bathsheba, ao ir para a cama naquela noite – quero que você me ligue amanhã, às 7 horas, caso eu não acorde.

– Mas você sempre acorda antes disso, minha senhora.

– Sim, mas tenho algo importante para fazer, que lhe contarei quando chegar a hora, e é melhor ter certeza.

Bathsheba, porém, acordou sozinha, às 4 horas e, por algum motivo, não conseguiu dormir novamente. Por volta das 6, tendo certeza de que seu relógio havia parado durante a noite, ela não podia esperar mais. Foi e bateu na porta de Liddy e, depois de algum trabalho, acordou-a.

– Mas pensei que fosse eu quem deveria acordar a senhora; – disse Liddy confusa – E ainda não são nem 6 horas.

– São sim. Como você pode falar assim, Liddy? Sei que já deve ter passado das 7. Venha para o meu quarto assim que puder. Quero que você dê uma boa escovada no meu cabelo.

Quando Liddy chegou ao quarto de Bathsheba, sua senhora já estava esperando. Liddy não conseguia compreender essa extraordinária rapidez: – O que está acontecendo, senhora?

– Bem, vou lhe contar. – disse Bathsheba, com um sorriso malicioso nos olhos brilhantes – O fazendeiro Oak vem aqui, jantar comigo, hoje!

– O Fazendeiro... e ninguém mais?... vocês dois sozinhos?

– Sim.

– Mas é seguro, senhora, depois do que andaram dizendo por aí? – perguntou sua companheira, em dúvida – O bom nome de uma mulher é um artigo tão perecível que...

Bathsheba riu com as bochechas coradas e sussurrou no ouvido de Liddy, embora não houvesse ninguém presente. Então Liddy olhou e exclamou: – Deus do céu, que notícia! Meu coração está disparado!

– O meu também está. – disse Bathsheba – No entanto, não há como fugir disso agora!

Era uma manhã úmida e desagradável. No entanto, faltando vinte minutos para às 10 horas, Oak saiu de sua casa e subiu a colina com aquele tipo de passo que um homem sai em busca de uma noiva e bateu na porta de Bathsheba. Dez minutos mais tarde, um guarda-chuva grande e um menor foram vistos saindo da mesma porta, seguindo pela névoa ao longo da estrada para a igreja. A distância não era superior a quatrocentos metros, e essas duas pessoas sensatas consideraram desnecessário dirigir. Quem estivesse observando precisava estar muito próximo para descobrir que as silhuetas sob os guarda-chuvas eram as de Oak e Bathsheba, de braços dados pela primeira vez em suas vidas. Oak com um sobretudo que se estendia até os joelhos, e Bathsheba com um manto que chegava até os pés. No entanto, embora vestida de forma tão simples, havia nela certa aparência rejuvenescida: *como se uma rosa se fechasse e voltasse a ser botão.*

A tranquilidade havia voltado ao rosto dela e, a pedido de Gabriel, arrumou o cabelo aquela manhã como o usara anos atrás, em Norcombe Hill. Ela parecia, aos olhos dele, notavelmente, a menina dos seus sonhos. Considerando que ela tinha agora apenas 23 ou 24 anos, talvez não fosse muito maravilhoso. Na igreja estavam Tall, Liddy e o pároco, e num espaço de tempo notavelmente curto o casamento foi realizado.

Os dois sentaram-se muito calmamente para tomar chá na sala de Bathsheba na noite do mesmo dia, pois havia sido combinado que o fazendeiro Oak iria morar lá, já que ele ainda não tinha dinheiro, casa, nem móveis dignos desse nome, embora ele estivesse no caminho certo em direção a eles, enquanto Bathsheba tinha, comparativamente, uma infinidade de todos os três.

No momento em que Bathsheba servia uma xícara de chá, seus ouvidos escutaram o disparo de um canhão, seguido pelo que parecia ser um tremendo toque de trombetas, na frente da casa.

– Ora! – disse Oak, rindo: – Eu sabia que esses caras estavam tramando alguma coisa, pela expressão em seus rostos.

Oak acendeu a luz e foi para a varanda, seguido por Bathsheba com um xale na cabeça. Os raios incidiram sobre um grupo de figuras masculinas reunidas sobre o cascalho em frente da casa, que, ao verem o casal recém-casado na varanda, soltaram um sonoro "Viva!", e no mesmo momento o estrondo do canhão soou novamente ao fundo, seguido por um ruído terrível de música de tambor, pandeiro, clarineta, serpentão, oboé, um violão tenor e um contrabaixo... as únicas relíquias remanescentes da verdadeira e original banda de Weatherbury... instrumentos veneráveis carcomidos, que estavam presentes nas vitórias de Marlborough, sob os dedos dos antepassados daqueles que os tocavam agora. Os artistas se aproximaram e marcharam até a frente.

– Esses garotos brilhantes, Mark Clark e Jan, estão por trás de tudo isso. – disse Oak – Entrem meus amigos, comam e bebam algo comigo e com minha esposa.

– Esta noite não. – disse o sr. Clark, com evidente abnegação – Obrigado mesmo assim, mas faremos uma visita em um momento mais apropriado. No entanto, não poderíamos deixar o dia passar sem algum tipo de nota de admiração. Se você puder mandar um pouco de bebida e comida para o Warren, seria muito bom. Desejamos vida longa e felicidade para o vizinho Oak e sua linda noiva!

– Obrigado; obrigado a todos. – disse Gabriel – Mandaremos um pouco para o Warren imediatamente. Pensei que provavelmente receberíamos algum tipo de saudação de nossos velhos amigos, e estava dizendo isso para minha esposa agora mesmo.

– Deus do céu! – disse Coggan, em tom crítico, voltando-se para seus companheiros. – O homem aprendeu a dizer "minha esposa" de uma maneira maravilhosa e natural, considerando que acabou de se casar, não acham vizinhos?

– Nunca ouvi um sujeito casado há vinte anos dizer "minha esposa" em um tom mais amoroso do que aquele que Oak usou agora. – disse Jacob Smallbury – Poderia ter sido um pouco mais natural de um homem se tivesse sido falado de forma mais fria, mas isso não era de esperar nesse momento.

– Essa melhoria virá com o tempo – disse Jan, virando os olhos.

Então Oak riu, e Bathsheba sorriu (pois ela nunca ria prontamente agora), e seus amigos se viraram para ir embora.

– Sim, acredito que tudo está muito bem. – disse Joseph Poorgrass com um suspiro alegre enquanto se afastavam – E desejo a ele a alegria dela. Embora já tenha dito uma ou duas vezes hoje, como o santo Oséias, no meu jeito de falar das escrituras, que é minha segunda natureza: *"Efraim está entregue aos ídolos: deixe-o em paz"*. Mas, considerando que as coisas são como são, poderia ter sido pior, então me sinto muito agradecido por tudo.

Impressão e Acabamento
Gráfica Oceano